Nightmares & Dreamscapes

Stephen King

夜梦
故事集

上

[美]

斯蒂芬·金

著

王泽林

罗彧

译

上海文化出版社　博集天卷 CS-BOOKY

目录
Contents

Introduction

序 言

神话、相信、信仰，以及里普利的《信不信由你!》

我还是个孩子的时候，相信所有我听到的、读到的以及自己头脑发热想象出来的东西。这些东西导致了不少失眠夜，但也让我的世界充满了色彩和质感——即使用一生的安眠夜来换，我也不换。早在当时我就知道，世界上有些人——事实上，这种人太多了——的想象力要么迟钝不堪，要么完全死去，而其精神状态几近色盲。我总为他们感到遗憾，从没想到（至少在当时）他们中的很多人也在同情着我，或看不起我，不单单是因为我遭受了众多非理性恐惧的折磨，还因为我深深地、毫无保留地相信几乎所有的事物。“有个男孩，”他们中肯定有人想过（我知道我妈妈就这样想过），“不是只信了一次那些让人难以置信的事情，而是一生中反复如此。”

我觉得这话放在当时倒也不全错，而且老实说，到了现在，这话也还有一定的道理。我妻子至今还享受告诉大家她的丈夫在幼稚的二十一岁第一次参加总统选举时，把票投给了理查德·尼克松的快乐。“尼克松说他有让美国撤离越南的计划，”她说，眼睛里通常闪着兴奋的光，“史蒂夫信了他！”

没错，史蒂夫信了，而这也不是史蒂夫在他那四十五年的生命历程（经常很怪异）中所相信的唯一的事。比如，同一个小区的孩子里，我是最后一个明白所有那些街角的圣诞老人意味着并没有真实存在的圣诞老人（我还是觉得这个想法毫无逻辑和价值，这就像是说出一百万个门徒就能证明没有大师的存在）。我的奥伦叔叔说可以用钢铁制的帐篷桩撕碎一个人的影子（前提是正好在正午时分），他的妻子说每次我们打寒战的时候，都有一只鹅正走过我们日后的墓地。这些我都从未质疑。考虑到我一生中打寒战的次数，死后我必然要被葬在罗迪阿姨位于怀俄明州鹅潭的谷仓后面。

我也相信所有在校园里听到的事，小小的鲦鱼和鲸鱼大小的庞然大物可以同样轻松地滑入我的喉咙。有个孩子非常笃定地告诉我，如果在铁轨上放一枚十美分硬币，之后来的第一列火车将会因此脱轨。另一个孩子告诉我，铁轨上的十美分硬币会被下一列火车完美地弄平滑（他就是这么说的——完美地弄平滑），而火车经过后，你将得到一枚一美元硬币那么大的柔软又几乎透明的硬币。我自己的想法是两者都对：那些放在铁轨上的硬币在让火车脱轨前先被火车完美地弄平滑了。

其他我在上学时候——康涅狄格州斯特拉特福的中心学校、缅因州达勒姆的达勒姆小学——听到的引人入胜的事实涉及各类事物，比如高尔夫球（球心有毒，有腐蚀性）、流产儿（有时候活着出生，但是畸形的怪物，必须由医护人员杀死，这些医护人员是不吉利的，被称为“特别护士”）、黑猫（如果有黑猫穿过你走的路，你必须立刻朝它做出化解邪恶之眼的手势，否则在天黑前必死无疑），还有人行道上的裂缝。或许我不必解释裂缝与完全无辜的妈妈的脊柱之间所存在的可能的危险关系。

当时，这些奇妙且令人惊讶的事实主要来自里普利所著的《信不信由你！》——口袋书出版社发行的平装合集。正是在里普利的书里，我发现刮下扑克牌背面的赛璐珞，然后把它们塞入一根管子，就可以制作出有杀伤力的炸弹；在你头盖骨上钻一个洞，插上蜡烛，你就成了人体夜灯（我没想过为什么会有人想干这样一件事，直到多年以后）；真的有巨人（身高超过八英尺[1]的男人），有小矮人（身高不足十一英寸[2]的女人），有恐怖到难以描述的怪物……而里普利描绘出了所有这些东西，用充满爱意的细节，还常常配着图片（哪怕活到一百岁，我都忘不了那个在剃了头发的头盖骨正中插蜡烛的人）。

那套丛书是世界上最神奇的表演——至少对我而言，我会把它们装在后裤兜里带着四处走动。周末下午下着雨，又没有棒球比赛，而所有人都厌倦了大富翁游戏时，我会和这本书一起宅着。里普利说的所有那些绝妙的奇珍异物和人类怪物都是真的吗？在这个语境下，那似乎毫不相关。它们对我而言是真实的，而且那段时期——六岁到十一岁——大概是人类想象力形成的关键时期，它们对我来说都极为真实。我相信它们，正如我相信一枚十美分硬币可以使一列货运列车脱轨，或者相信如果不小心沾到了高尔夫球的中心那黏糊糊的东西，你的手就会被腐蚀掉。正是在里普利的书里，我才开始意识到奇妙和乏味间的区别有时候可以如此微妙，也开始懂得这两者的并存不但照亮了生命中那些普普通通的时刻，同时也照亮了生命中那些偶尔出现的奇特瞬间。记住，我们这里说的是相信，而相信是神话的摇篮。那么现实如何？好吧，就我个人而言，现实可以像滚动的甜甜圈一样能滚多远滚多远。我从不为现实说话，至少在我的作品中如此。通常情况下，现实之于想象简直如同白蜡树树桩之于吸血鬼。

---

[1] 1 英尺合 30.48 厘米。——编者注（除特别说明外，本书注释均为编者注）

[2] 1 英寸合 2.54 厘米。

事实上，我认为神话和想象几乎是可以互换的概念，而相信则是两者的源泉。对什么的相信呢？说实话，我不觉得这很重要：一个神或多个神，或者一枚十美分硬币可以让一列货运列车脱轨。

我的这些相信和信仰毫无关系，这一点我们必须说清楚。我作为卫理公会教徒被养大，儿时学到的教义还对我起着作用，使我相信我的这个想法往好了说是狂妄，往坏了说就是完全的渎神。我之所以相信所有那些奇怪的事物是因为我天生如此。人们参加跑步比赛是因为他们天生跑得快，去打篮球是因为上帝让他们长到六英尺十英寸高，又或者在黑板上解出又长又复杂的方程是因为他们天生沉浸于数字，对数字敏感。

然而信仰将在某处介入，我想这个某处就是你不断地重复做一件事。即使在最真实的内心深处，你相信自己无法做得比现在更好，而且你相信如果继续做，只能走下坡路，可你还得继续做。第一次击打皮纳塔[1]的时候你没有东西可失去，但击打第二个（第三个、第四个……第三十四个）时你将面临失败、沮丧的风险，而体裁已被很好定义的短篇小说领域，对作家来说就意味着要冒自嘲的风险。不过我们还将继续，我们中的大部分人，虽然情况会变得很艰难。二十年前，甚至十年前，我绝不相信这一点，可事实就是如此。情况越来越难。有时候我觉得这台旧王氏文字处理机五年前就不再靠电驱动了，从《黑暗的另一半》开始，它就完全靠信仰驱动。但这没关系，不管是什么，只要能让文字出现在屏幕上就行，对吗？

这本书里的每个故事，其灵感来自相信的瞬间，且在信仰、幸福和乐观一齐爆发的时刻写就。然而这些积极的感受有它们黑暗的同类——对失败的恐惧还远非其中最可怕的那个。最可怕的——至少对我而言——是一个令人

---

[1] 在欧美，尤其是墨西哥、古巴等拉美国家玩的一种小游戏，人们在高处悬挂一个用报纸、纸板等做成的五彩斑斓的人偶或动物，在里面装满糖果、糕点和小礼物等，然后蒙上孩子们的眼睛，让他们用棍子将皮纳塔打碎。

痛苦的推测，即我可能已经说了所有我想说的话，而如今只是在重复听我自己连续发出的不断的“嘎嘎”声，因为声音停下后的寂静太过毛骨悚然。

最近几年，让短故事成型的必要条件之一——信仰之跃渐渐变得非常难得。现在，似乎所有东西都想成为小说，而所有小说都想有接近四千页的篇幅。不少评论家提到了这一点，通常是以批评的态度。我写过的每一本长篇小说——从《末日逼近》到《必需品专卖店》，都有评论指责我的作品过于冗长。在某些情况下，批评有好处；在另一些情况下，它们只是坏脾气的男人和女人说的废话而已，这些人接受了过去三十年的文学厌食症，缺乏讨论和异议，这很令人费解（至少对我而言）。这些自封的当代美国文学教会执事似乎带着怀疑看待慷慨，带着厌恶看待质感，带着完全的厌恶看待大胆的文学上的新尝试。其结果就是催生了一种奇怪而荒芜的文学氛围，诸如尼科尔森·贝克的《声音》，简直如指甲屑般无意义，却成了大众热烈讨论和研究的对象，而真正志向远大的美国小说，如格雷格·马修斯的《国之心》却完全受到了冷落。

不过说起来，这些都是题外话，而且就是点小牢骚——毕竟，哪个作家不会感到自己遭到了评论家不公平的批判呢？在我粗鲁地打断自己之前，我最开始想说的是，信仰将相信转变为实物（一篇人们真正想要阅读的短篇小说）的行为，最近几年对我来说有点难。

“好吧，那就别写了，”有些人可能会说（通常这只是我脑海里听到的一个声音，就像杰茜·伯林盖姆在《杰罗德游戏》中听到的那样），“毕竟，你不像以前那样需要写书挣钱。”

这很真实。那些用四千字故事的收入为耳朵感染的孩子买青霉素或者付房租的日子已经一去不复返了。但这样的逻辑错得离谱，是危险的。要知道，我确实也不需要写长篇小说挣钱了。如果只是为了钱，我可以洗洗睡了，或者在加勒比的某个海岛上度过余生，晒晒太阳，看看自己的指甲能长到多长。

不过这无关乎钱，无论那些浮夸的小报说了什么；这也并不是关于卖书，虽然那些自大的评论家似乎确实是这么认为的。时间在流逝，但根本的东西还是适用，我的目标始终如一——我的工作是写书给你们看，我的书迷，我可以随意摆布你们，把你们吓得毛骨悚然，吓到你们晚上都不敢关灯睡觉。这些关乎看到不可能之事，然后说出来；也关乎让你们相信我所相信的东西，至少在那一瞬。

我不太说这些事，因为这让我觉得尴尬，而且听起来有点自大，但我一直把故事本身看得很伟大。它们不但可以提高生活水平，而且真的可以拯救生活。我并非在用隐喻的方式述说。好的写作——好的故事——是想象的撞针，而想象的目的，我认为，是在难以承受的生命历程和处境下，给我们提供安慰和避难所。当然了，我只能从我自身的经历来说，但对我而言，想象——在我儿时常常让我惊恐到难以入眠的想象，帮助我度过了成人时期一些极为疯狂、可怕的现实。如果源自那些想象的故事也可以帮助到一部分读到它们的人，那么我会非常开心、非常满足——就我所知，这种感受无法用高额的电影合约或者数百万美元的图书合约来交换。

然而，短篇小说仍然是一种困难的、有挑战性的文学形式，这也就是我为什么如此高兴地——同时如此惊讶地——发现我有足够的储备，可以出版第三本集子。这本集子到来的时间也很合适，因为孩童时期我完全确信的事实之一是（我很可能是在里普利的《信不信由你！》中看到的）人们每七年就会完全更新一次自身：每一块组织、每一个器官、每一块肌肉都会被全新的细胞取代。我是在一九九二年的夏天编纂的《夜梦故事集》，那一年正好是我上一本短篇小说集《斯蒂芬·金的故事贩卖机》出版七年后，也是我的第一本短篇小说集《守夜》出版十四年后。我知道，虽然将想法变成现实所需的信仰之跃愈来愈难（你知道，跳跃肌每天都在衰退），但还是能做到的——这是最好的事情。次好的事情是知道仍然有人想读我的故事——那就是你们，我的书迷——如果你们想知道这些的话。

这些故事中最老的是《上头》（我个人版本的高尔夫球黏液杀手和流产恶魔，如果你愿意那样说的话），最早发表在缅因大学一本叫《沼泽根》的文学杂志上。不过这个故事在本书里做了大量改动，这样它就能更贴近它本身想要表达的东西——对遭到诅咒的小镇城堡岩的终极回顾。最新的故事《十点民族》写于一九九二年夏天发烧的那三天。

书里有一些真正的珍品——我唯一一部原创电视剧剧本的初版；夏洛克·福尔摩斯的故事，其中华生医生走到台前解开了案子；设定是发生在伦敦郊区的克苏鲁神话故事，我第一次碰到彼得·斯特劳布时他就生活在那里；强硬的理查德·巴克曼[1]式“犯罪”故事；《我漂亮的小马驹》的略微修改版，芭芭拉·克鲁格[2]为其绘制了插图，这个故事最初是惠特尼美国艺术博物馆作为限量版出版的。

深思熟虑后，我还决定加入一篇很长的非虚构作品——《低头》，是关于孩子和棒球的，最早在《纽约客》上发表。在过去十五年里，这大概是我花了最多工夫的作品。当然，这并没有让它很优秀，但是我知道写作和发表它让我感到巨大的满足，正因为此，我决定把它放入集子。这个作品其实并不适合收在一本主要是关于悬疑和超自然现象的故事集里，但从某种角度来看，它又适合：质感是相同的。看看你认同与否。

我做过最努力的事就是避开老掉牙的栗子和树干的故事，还有抽屉底部之类的东西。差不多自一九八〇年起，有些评论家就一直说我出版自己的洗衣单都能卖出上百万本，但这么说的评论家中，大部分都认为我本来就是这么干的。不过那些为了找乐子读我书的人显然不这么想。我一直都知道，我是为了这些读者编的这本书，而不是那些评论家。我

---

[1] 斯蒂芬·金用过的一个笔名。

[2] 美国著名的摄影艺术家，通过自己独特的作品风格，去展现女性的身份、地位以及两性的不平等关系等。

想，这本书成了分配不均衡的“阿拉丁的山洞”，它造就了一个三部曲，前两本分别是《守夜》和《斯蒂芬·金的故事贩卖机》。现在，所有好的短篇小说都被收进了书里；坏的都被尽可能远地扫到了毯子下，而且将一直待在那里。如果还会有另一本集子，那么里面都是新故事——还没写出来的，甚至是还没想到的故事（还没有被相信的故事，如果你愿意这么说），我想这本集子会在以“2”开头的年份出来。

同时，我还想说这二十几个故事（我必须提醒你，其中一些非常古怪），每个故事都包括了一些我相信了一段时间的东西，我知道有些东西——下水道里伸出的手指、食人的蟾蜍、饥饿的牙齿——有点吓人，但我想，我们一起经历的话就没事。首先，跟着我念：

我相信一枚十美分硬币可以让一列货运列车脱轨。

我相信纽约城的下水道系统里有短吻鳄，更不用说像设得兰群岛的矮种马那么大的老鼠。

我相信可以用钢铁制的帐篷桩撕碎一个人的影子。

我相信真的有圣诞老人，而我们在圣诞节看到的那些红衣人都是他的帮手。

我相信我们周围有一个看不见的世界。

我相信高尔夫球里充满了有毒气体，如果切开后吸入溢出的气体，我们就会死。

最重要的是，我真的相信有鬼，我真的相信有鬼，我真的相信有鬼。

可以吗？准备好了吗？好的。拉住我的手，我们现在出发啦。我知道路，你所要做的就是紧紧抓住我的手，然后去相信。

班戈市，缅因州

一九九二年十一月六日

Dolan's Cadillac

多兰的凯迪拉克

复仇是适合冷食的菜肴。

——西班牙谚语

我等待、观察了七年。我看着他——多兰——来来去去。我看着他穿着燕尾服走进高档餐厅，总是挽着不同的女人，前后各跟着一个保镖。我看着他的头发从铁灰色变成时髦的银色，而我自己的头发却在不停地掉，直到秃了。我看着他离开拉斯维加斯，定期前往西海岸进行朝圣之旅，又看着他回来。有那么两三次，我在支路上看着他的帝威轿车[1]——

[1] 凯迪拉克的一款车型。——译者注

和他的头发同色——在去往洛杉矶方向的71号公路上飞驰而过。也有少数几次，我看着他离开他在好莱坞山的住宅，坐着同一辆灰色凯迪拉克返回拉斯维加斯——不过不常有。我是一名学校老师。老师和奢靡的恶棍没有同等的移动自由，这就是生活的经济现实。

他不知道我在观察他——我从来没有离他近到让他知道。我很小心。

他杀了我的妻子，或者说导致了她的死亡；不管怎么说，结果是一样的。你想知道细节吗？我不会告诉你的。如果你真想知道，就去查往期的报纸。她的名字是伊丽莎白，和我在同一所学校教书，我如今还在那里教书。她教一年级。孩子们很爱她，我想有些人可能还没忘了这份爱，虽然他们现在已经是青少年了。我爱过她，现在也还爱着她。她不美，但漂亮。她安安静静，但也能开怀大笑。我梦到她，梦到她那淡褐色的眼睛。我生命中从来没有别的女人，也永远不会再有。

他——多兰，逃跑了。这就是你所需要知道的全部。伊丽莎白就在那儿，在错误的时间、错误的地点，看到了他逃跑。她去找警察，被送到联邦调查局，受到质询，她说好，她愿意做证。他们保证会保护她的安全，但后来要么是他们自己溜了，要么是他们低估了多兰，也可能是两者兼有。无论是什么，一天晚上，她上了自己的车，装在发动机上的炸药让我成了鳏夫。他——多兰，让我成了鳏夫。

没有证人做证，他被无罪释放。

他回到了他的世界，我回到了我的世界。他住在拉斯维加斯的顶层豪华公寓，我住在空荡荡的小区房里。他有络绎不绝、穿红戴绿的美女，我只有寂静。他有灰色凯迪拉克，这些年来换了四辆，我只有一辆老旧的别克里维埃拉。他的头发染成了银色，而我直接秃了。

但是我一直观察着。

我小心翼翼——哦，是的！非常小心。我知道他是什么，知道他能做出什么。我知道他会像踩虫子那样踩住我，只要他看到或者感觉到我打算对他做的事，所以我很小心。

三年前的暑假，我跟着他（谨慎起见，保持一定的距离）到了洛杉矶，他常去那儿。他待在自己的豪华公寓里开派对（我在街尾安全的阴影处看着人们来去，不时有警车巡逻，那会儿我就躲起来），我待在一个廉价的宾馆里，那儿总有人大声放收音机，路对面“无上装”酒吧的霓虹灯在房间的窗上闪烁。那些晚上，我睡着后梦到伊丽莎白褐色的眼睛，梦到这些事都没有发生，有时候醒来时，脸上还带着干涸的泪痕。

我几乎要失去希望了。

你看，他被保护得太好了，实在是太好了。他去哪儿都跟着那两个全副武装的“大猩猩”，而那辆凯迪拉克覆盖了一层防弹钢板。那车大大的子午线轮胎是自密封的，这种轮胎深受一些动乱小国的独裁者喜爱。

然后，就在上次，我想出了怎么才能做到这件事——被狠狠吓了一跳之后才想出来的。

我跟着他回拉斯维加斯，至少保持着一英里[1]的距离，有时候两英里，有时候三英里。我们穿越沙漠，朝东行驶，他的车有时看上去就是地平线上的一道阳光。我想起了伊丽莎白，想起了阳光照在她头发上的样子。

当时，我远远落在后面。因为是工作日，71 号公路上车很少。这种情况下，跟踪变得很危险——即使是学校老师也知道这一点。我经过一个橘黄色的警示牌，上面写着：前方五英里绕道[2]。然后我就离多兰的车更远了一点。车辆在沙漠上绕道时速度慢得像在爬行，我不想冒险出现在灰色凯迪拉克后面，因为那辆车的驾驶员正小心翼翼地把车开到一条满是车辙的二级公路上。

下一个警示牌上写着：前方三英里绕道。下面还写着：前方爆破区，

---

[1] 1 英里约合 1.61 千米。

[2] 美国高速公路施工时会封闭相关路段，并架设绕行车道供车辆通行。——译者注

请关闭无线对讲机。

我开始思考几年前看过的一部电影。在影片中，一伙持枪抢劫犯通过放置错误的绕行警示牌，诱使一辆装甲运钞车进了沙漠。一旦司机上钩，在荒无人烟的土路上关掉了无线对讲机（沙漠里有上千条这样的路，包括放羊路、牧场路，还有不知道通往何处的古老的政府路），歹徒们就移走警示牌，确保装甲车被隔离，然后将它团团围住，直到保镖们下车。

他们杀了保镖。

我记得这个情节。

他们杀了保镖。

我到了岔口，上了绕行道。路况和我想象中一样差——尘土飞扬、双车道、路面坑坑洼洼，害得我的老别克不断弹跳、嘎吱作响。这辆别克需要新的减震器了，但颠簸有时候是一个学校老师得忍受的东西，即使他是一个没有孩子、除了复仇没有其他爱好的鳏夫。

别克在路上颠簸着前行时，我突然想到一个主意。下次多兰的凯迪拉克从拉斯维加斯回洛杉矶或者从洛杉矶去拉斯维加斯时，我不跟在它后面，恰恰相反，我要超过它——走在它前面。我要搞一个电影里那样假的绕行道，把多兰的车诱骗到拉斯维加斯西部的荒原里，那里安安静静，群山环绕。然后我再拿走警示牌，正如歹徒们在电影里做的那样……

我猛然跳回了现实。多兰的凯迪拉克在我前面，就在正前方，它停到了土路边。其中一个轮胎，不管是不是自密封的，瘪了。不，不仅仅是瘪了，是直接爆了，有一半脱离了轮毂。事故原因很可能是硬质土层里嵌着的一块尖利的楔形石块，有点像小型的坦克陷阱。其中一个保镖正在前轮下操作千斤顶。另一个是长着猪脸的怪物，头上汗水淋漓，站在多兰身边保护着他。即使是在沙漠里，你看，他们也不给别人留任何机会。

多兰站在一边，身形瘦削，穿着开领衬衫和深色宽松裤子，沙漠里的微风吹得他的银发飘在头顶。他抽着烟，看着两个保镖，仿佛置身别处，在一家饭店、舞厅，又或者一个客厅里。

透过我这辆车的前风挡玻璃，他的眼神和我的交会了，然后他转开了视线，完全没有认出我，但他曾在七年前见过我一次（当时我还有头发！）——在预审听证会上，我就坐在我妻子身边。

追上凯迪拉克的恐惧完全被愤怒取代了。

我幻想着靠过去，摇下车窗大喊：*你怎么敢忘了我？你怎么敢忽略我？*哦，可是这么做就成疯子了。他忘了我很好，他忽略我也没关系。做一只躲在护墙板后面啃噬电线的老鼠更好。做一只藏在高高屋檐下织网的蜘蛛更好。

那个因鼓捣千斤顶而大汗淋漓的人向我招手示意，不过多兰可不是唯一有能力忽略别人的人。我冷漠地看着挥手那人的身后，心里祈祷他得个心脏病或中个风，最好是并行不悖。我继续向前开，但头一跳一跳地抽痛，有那么一会儿，地平线上的群山似乎翻倍了，甚至变成了三倍。

我想：*要是我有一把枪！要是我有一把枪，我就可以立刻了结他那腐朽、悲惨的生命。要是我有一把枪！*

开了几英里后，某个想法脱颖而出，占了上风。如果我有一把枪，我唯一确信的事情是我会害自己被杀死。如果我有一把枪，我会在那个鼓捣千斤顶的男人招手时靠边停下，下车，然后疯狂地在这荒无人烟的地方扫射。我可能会伤到别人。我会被杀死，埋到浅坟中，而多兰则继续有美女相伴，坐着他银色的凯迪拉克往返拉斯维加斯和洛杉矶。沙漠里的动物挖出我的遗骸，在冰冷的月光下为争夺骨头大打出手。对伊丽莎白来说，根本就没有复仇——一点也没有。

陪多兰一起出行的人是经过训练的杀手。我是经过训练的三年级老师。

我回到高速公路上，经过一块橘黄色的警示牌“施工路段结束，内华达州感谢您！”时提醒自己：这不是在拍电影。如果我真的混淆了现实和电影，以为一个秃顶、近视的三年级老师能在除自己白日梦以外的地方成为肮脏的哈里[1]，那么就永远不会有什么复仇了，永远。

会有复仇吗？会有吗？

搞一个假的绕行道的想法和跳出老别克拿枪向那三个人扫射的想法一样浪漫又不现实——我在十六岁后就没有开过枪，而且从来没有开过手枪。

没有同伙，做成这样一件事情是不可能的——即使是在我看过的那部很浪漫的电影里，也把这一点说得很清楚。那个团体有八九个人，分成了两组，用无线对讲机保持相互间的联络。甚至专门有人开着小飞机在高速公路上空盘旋，确保装甲车在靠近既定位置的时候处于一个相对孤立的环境中。

毫无疑问，这样的情节是由一个肥头大耳的编剧幻想出来的，他坐在自家泳池旁，一手拿着椰林飘香鸡尾酒，一手拿着一支新派通笔，在埃德加·华莱士[2]的帮助下创作着。即使是这样一个人，也需要一支小军队来执行他的想法。而我只有一个人。

不会成功的。这只是一道短暂的虚幻微光，就像过去几年里我所拥有的其他希望那样：我可以在多兰的空调里释放有毒气体，或者在他洛杉矶的家里放置炸弹，又或者得到什么真正致命的武器——比如说，一个反坦克火箭筒——让他那辆该死的银色凯迪拉克在71号公路上向东开往拉斯维加斯或向西开往洛杉矶时变成一团火球。

最好忘了那个想法。

---

[1] 电影《肮脏的哈里》的主人公。警探哈里疾恶如仇、身手不凡，办案果敢坚决，甚至不考虑方法，因此得一绰号“肮脏的哈里”。

[2] 英国著名犯罪小说家、剧作家、记者。

但忘不了。

让他落单，脑海里替伊丽莎白说话的那个声音不停地低语，像经验丰富的牧羊犬在主人的命令下让一只母羊落单那样。用绕行道骗他进荒野，然后杀了他。杀了他们所有人。

成不了的。如果我只能认可一个事实，那么我至少会认可一个活了那么久的人，一定有着小心打磨出的生存感——可能磨炼到了一种偏执的地步。他和他的保镖们肯定一眼就能看穿绕行道的骗局。

今天他们进绕行车道了，替伊丽莎白说话的那个声音说，甚至没有犹豫一下，就像玛丽的小羊羔那样进了绕行车道。

但是我知道——是的，不知怎么的，我就是知道！——像多兰那样的人，比起人更像狼的人，发展出了一种嗅出危险信号的第六感。我可以去道路部门的库房里偷真的绕道警示牌，放到所有该放的地方；我甚至可以放上闪着橙色荧光的交通锥和一些烟熏炉。我可以做所有这些，但多兰还是能闻到穿着舞台服的我手心里因为紧张而冒出的汗所散发出的味道。透过他的防弹窗就能闻到。他会闭上眼睛，在内心深处——那蛇窟般的心，听到伊丽莎白的名字。

替伊丽莎白说话的声音沉默了，我以为它今天终于放弃了。然而，当拉斯维加斯真正出现在眼前——蓝色、朦胧，摇曳在沙漠遥远的边缘处时，它又开口了。

那么不要用假的绕行车道骗他，它悄声说，用真的绕行车道愚弄他。

我一个急转弯，把别克靠向路肩，然后双脚踩住刹车，颤抖着停了下来。在后视镜里，我看到了自己瞪大的、惊惶的眼睛。

脑海里的那个声音开始大笑，这笑声野蛮、疯狂。过了一会儿，我也跟着一起大笑。

我加入了第九街健身俱乐部，其他老师对此嘲笑不已。有一个人想知道是不是有人侮辱了我。我和他们一起哈哈大笑。人们不会对我这样的人起疑，只要我跟着他们一起大笑。为什么不笑呢？我的妻子死了七年了，对吧？她仅仅是棺材里的尘埃、毛发和一点骨头了！所以我为什么不笑呢？只有当我这样的人不笑的时候，人们才会想知道我发生了什么事。

我和他们一起大笑，虽然整个秋冬，我的肌肉都酸痛无比。我放声大笑，即使我经常感到饥饿——自助餐不拿第二盘，晚上不吃夜宵，不喝啤酒，餐前不喝金汤力，但吃很多红肉、蔬菜、蔬菜和蔬菜。

我给自己买了一台鹦鹉螺健身器当圣诞礼物。

不——不完全是这样。是伊丽莎白给我买了一台鹦鹉螺健身器当圣诞礼物。

我减少了观察多兰的次数，忙着健身，减啤酒肚，锻炼手臂、胸部和腿部肌肉。但是有好几次，我感觉自己难以继续，仿佛重获身体健康之类的事情是不可能的，仿佛我离了第二盘自助餐、咖啡蛋糕和不时放到咖啡里的甜奶油就活不下去。每当这种感觉袭来，我就把车停到多兰最爱的一家餐厅对面，或者进入他喜爱的一家夜店等他出现，看着他从雾灰色的凯迪拉克上下来，挽着一个自大的金发冰山美女或一个笑声不断的红发女郎，或者一边一个。他就在那里，那个杀了我的伊丽莎白的男人；他就在那里，穿着毕坚牌的正式衬衫，神采奕奕，手腕上的金色劳力士在夜店灯光的照射下闪闪发光。每次感到疲劳沮丧的时候，我就去看多兰，就像一个饥渴难耐的人有可能在沙漠中找到绿洲一样。我喝下他的毒液，然后重新恢复活力。

从二月开始，我每天跑步。其他老师嘲笑我的秃头，它不断地掉皮、变成粉红色，不管我抹多少防晒霜都没用。我就和他们一起笑，好像自己在跑完后没有差点晕倒两次，腿部肌肉没有刀刺般的持续痉挛。

夏天到来的时候，我向内华达州高速公路部门申请了一份工作。市政就业处在我的申请表上盖了临时批准章，让我跟着一个叫哈维·布洛克尔的领班干活。布洛克尔很高，几乎被内华达州的太阳晒成了黑色。他穿着牛仔裤、布满灰尘的工作靴和一件剪掉袖子的蓝色T恤。T恤上写着“态度恶劣”。他皮肤下的肌肉鼓鼓囊囊，块大又结实。他看了看我的申请表，又看了看我，然后就笑了。申请表被卷了起来，握在他硕大的拳头里，看起来非常可怜。

“你在开玩笑吧，朋友。我是说，你肯定是在开玩笑。我们说的可是沙漠里的烈日和高温啊——可不是那些雅皮士[1]的晒黑沙龙什么的垃圾。现实生活中你是干什么的，老弟？一名会计？”

“老师，”我说，“教三年级。”

“哦，亲爱的，”他说，又笑了起来，“从我眼前滚开，好吗？”

我有一块怀表，是我曾祖父传下来的，他曾在那条伟大的横贯大陆铁路的最后一段修建工作。根据家族传说，那根金色道钉[2]被钉下时他就在场。我拿出怀表，抓着表链子在布洛克尔眼前晃动。

“看到了吗？”我说，“值六百或七百美元。”

“这是贿赂吗？”布洛克尔又笑了，他是个老笑鬼，“兄弟，我听说过有人和魔鬼做交易，但你是我碰到的第一个想把自己贿赂进地狱的人。”现在，他带着类似同情的眼光看了看我。“你可能以为自己明白要做什么，但我告诉你，你什么都不知道。七月份，印第安斯普林斯西部的温度会升到一百一十七华氏度[3]，能把强壮的男人热哭，而你根本都不强壮，老弟。不用你脱衣服，我都知道你身上也就一点雅皮士在健身房里练出来

[1]20世纪80年代一批追求个人奋斗，谋求安逸生活的美国青年。他们往往接受过良好的高等教育，精力充沛，不受传统思想的束缚，谋职于政、商、学界的重要岗位。

[2]一根巨大的道钉在1869年被钉在犹他州海角峰的土地中，这根道钉意味着美国第一条跨州铁路——太平洋铁路的完工。

[3]约合47.2摄氏度。

的肌肉，在沙漠里这可什么用都没有。”

我说：“到你觉得我确实没用的那天，我自己会离开。你拿着这表吧。就这么着了。”

“你就是个该死的骗子。”

我看着他，和他对视了一会儿。

“你不是骗子。”他带着惊叹的语气说。

“不是。”

“你能把表交给廷克保管吗？”他朝一个体形巨大的黑人翘了翘拇指，那个黑人坐在附近一台推土机的驾驶室里，身上穿着扎染衬衫，一边吃着麦当劳的水果派，一边听着我们说话。

“他可靠吗？”

“你简直烦死人了。”

“那就让他保管怀表，直到你让我滚蛋，或者九月份我回学校。”

“我需要干点什么呢？”

我指了指他拳头里握着的申请表。“签了它，”我说，“那就是你需要干的。”

“你真是个疯子。”

我想起了多兰，想起了伊丽莎白，什么也没说。

“你要从最苦的活开始干，”布洛克尔警告说，“从卡车上铲下热土块，填进路坑里。不是因为我想要你那破表——虽然我确实很乐意收了它，而是每个人都从这活开始。”

“没问题。”

“希望你理解，老弟。”

“我理解。”

“不，”布洛克尔说，“你不理解。不过你马上会理解的。”

他是对的。

一开始那几周发生的事情，我几乎什么都不记得了——就只有铲下热土块，填进路坑里，然后垂头跟着卡车走到下一个路坑边。有时候我们在赌场聚集的市区干活，我能听到赌场里传出的中彩票头奖的铃声。时不时地，我觉得铃声就在我脑海中响起。我抬起头，看到哈维·布洛克尔正以奇怪又同情的眼神看我，他的脸在烘烤着道路的热气中发着光。有时候我看向廷克，他推土机的驾驶室外罩着帆布遮阳伞，他就坐在伞下，每次都拿出我曾祖父的怀表，抓着链子摇晃，让表盘反射出太阳光。

最大的挑战是不要晕倒，无论发生什么，都要保持意识清醒。整个六月我都坚持了下来，还有七月的第一周。终于，某天午饭时，我正用一只颤巍巍的手吃三明治，布洛克尔坐到了我身边。有时候我的手会不停颤抖，直到晚上十点。是因为热气。不是颤抖就是晕倒，但不知怎的，我一想起多兰，就止不住地颤抖。

“你还是不强壮呀，老弟。”他说。

“是，”我说，“不过就像人们说的，得看我开始时是什么样。”

“我一直期待着能看到你在路基上晕倒，然而你坚持着没晕倒。不过你会的。”

“不，我不会。”

“不，你会的。如果你继续拿着铲子跟在卡车后面，你会的。”

“不。”

“夏天最热的时候还没到呢，老弟。廷克说那是烤盘天。”

“我会熬过去的。”

他从口袋里拿出了一个东西，是我曾祖父的表。他把表扔到我腿上。“拿走这破玩意，”他嫌恶地说，“我不要。”

“你和我做了一笔交易。”

“我取消这笔交易。”

“如果你炒我鱿鱼，我就去申请仲裁，”我说，“你签了我的申请表，你——”

“我不是要炒你鱿鱼，”他说，扭头看向别处，“我打算让廷克教你开前端装载机。”

我看了他很久，不知道说什么。凉爽舒适的三年级教室从来没有变得如此遥远……然而我还是完全不知道布洛克尔那样的人在想什么，也不知道他说这些话是什么意思。我知道他既欣赏我又看不起我，但一点也不明白他为什么会同时有这两种看法。你不需要关心这个，亲爱的，伊丽莎白的声音突然在我脑海里响起，多兰才是你的事。记住多兰。

“你为什么要这么做？”我最后问道。

他把视线移回我身上，我看到他既愤怒又觉得好笑。不过怒气是主要情绪，我想。“你有什么毛病吗，老弟？你当我是什么人？”

“我不——”

“你以为我为了那块破表想要杀了你？你是这样想的吗？”

“对不起。”

“是啊，你就是个悲剧。我见过的最可悲的浑蛋。”

我收起了曾祖父的怀表。

“你永远都不会变强壮的，老弟。有些人和植物在太阳下能挺住，有些会枯萎、死亡。你在死亡。你知道你在死亡，但不愿意移到阴影里。为什么？你为什么要给自己整这破事？”

“我有自己的理由。”

“嗯，我相信你有。保佑那些挡你道的人。”

他起身走开了。

廷克走了过来，咧嘴笑着。

“你觉得自己能学会开前端装载机？”

“我觉得能。”我说。

“我也这么觉得，”他说，“那个老傻瓜喜欢你——他只是不知道怎么表达。”

“我看出来了。”

廷克笑了。“你是个硬骨头的浑蛋，对吗？”

“我希望是。”我说。

夏天剩下的日子里，我都在开前端装载机。秋天回到学校的时候，我已经差不多和廷克一样黑了，同事们不再嘲笑我。有时候他们在我经过后用眼角的余光看我，但不再大笑了。

“我有自己的理由。”我是这么告诉他的，而我确实有自己的理由。我并不是一时兴起，在那地狱里待了一个夏天。要知道，我必须有良好的身体状况。为给一个男人或女人挖坟做准备可能不需要如此极端的行为，但我想的不只是一个男人或女人。

我打算埋的是那辆该死的凯迪拉克。

到第二年四月，我已经进了州高速公路委员会的邮寄名单，每月收到一份叫《内华达路标》的快报。我略读大部分内容——基本都是关于悬而未决的道路改善法案、道路施工设备交易、州立法机构对沙丘控制和新型抗侵蚀技术的立法。我感兴趣的东西总是在最后一页或最后两页。这一部分被简单地称为日历，列出了下个月道路施工的日期和地点。我尤其对后面写着“RPAV”四个缩写字母的日期和地点感兴趣，这四个字母代表重新铺设，我在哈维·布洛克尔手下干活的经历告诉我这是最常需要绕道的道路施工。但不是每次——确实不是。关闭一段路绝不是公路委员会会采取的措施，除非是没有别的办法了。我想，迟早，那四个字母将拼出多兰的末路。虽然只有四个字母，可我梦到过很多次：RPAV。

并不是说事情简单，或者很快——我知道我可能需要等上好几年，而与此同时，或许会有其他人杀了多兰。他是一个罪恶的人，罪恶的人活得很危险。四个分散的关联矢量必须集中到一起，就像罕见的行星联结那样：多兰出行，我放假，一个全国性假期，一个三天的周末。

可能要好几年，也可能永远没有机会。但是我感到一种安详——一种这件事会发生的笃定，一种机会到来时我将有备无患的笃定。终于，机会来了。不是那年夏天，不是那年秋天，也不是第二年春天，而是去年六月，我打开《内华达路标》时在日历上看到了这个：

> 7月1日—7月22日（暂定）：
>
> 71号公路440—472路段（西向）RPAV

我颤抖着双手，把桌上的日历翻到七月，看到七月四日[1]是周一。

这样就集齐了四个矢量中的三个，毫无疑问，在一项如此大规模的道路施工工程里，中间某个地方肯定会绕道。

但是多兰……多兰怎么办？这第四个矢量怎么办？

我记忆中此前他有三次在七月四日那周去了洛杉矶——那周是拉斯维加斯少数的慢节奏的周之一，有三次去了其他地方——一次纽约，一次迈阿密，一次遥远的伦敦，还有一次就待在拉斯维加斯，哪儿也没去。

如果他去了……

我有办法知道地点吗？

我花了很长时间、很多精力思考这个问题，但不断被两个画面打断。在第一个画面里，我看到黄昏时分，多兰的凯迪拉克在71号公路上向西朝着洛杉矶疾驰，车后投下长长的影子。我看到它经过“前方绕道”的一系列警示牌，其中最后一个牌子上警告使用民用无线电的车辆关闭相

[1] 美国独立日。

关设备。我看到凯迪拉克经过空置的道路施工设备——推土机、平地机、前端装载机。空置不只是因为过了工作时间而无人操作，还因为那是周末，一个三天的周末。

在第二个画面里，所有东西都和第一个画面一样，除了绕道警示牌不见了。

它们不见了，因为我拿走了。

学校放假前的最后一天，我突然想到了怎么找出多兰要去的地方。当时我差点就要睡过去了，完全没想着多兰或者学校，然后我突然惊坐起来，打翻了放在桌子边缘的一个花瓶（里面插着一些漂亮的沙漠之花，是学生送我的放假礼物），花瓶掉在地上，摔得粉碎。几个也在打盹的学生也一下惊坐起来。大概是我脸上的表情吓到了其中一个，有个叫蒂莫西·乌里希的小男孩大哭起来，我不得不安抚他。

床单，我一边想，一边安抚蒂米[1]。床单、枕头、床上用品、银器、地毯、地板。所有东西都得这样。他要所有东西都得这样。

当然如此。让东西刚好这样是多兰的一部分，就像他的凯迪拉克是他的一部分一样。

我笑了起来，蒂米·乌里希回了我一个微笑，不过我并不是冲着蒂米笑。

我是冲着伊丽莎白笑。

那年，学校放假是在六月十日。十二天后我飞去了洛杉矶。我租了一辆车，住进了一家便宜的小旅馆，之前办其他事情时也住过几次。接下来的三天，每一天我都开车去好莱坞山，监视多兰的房子。不能持续监视，这样会被注意到。有钱人会雇专门的人盯住闯入者，因为大部分

[1] 蒂莫西·乌里希的昵称。

时候他们会很危险。

比如我。

一开始什么异常都没有。房子没有被木条封起来，草坪也修剪得体——但愿不会如此！泳池里的水清澈无比，而且加了氯消毒。但同时，那里有一种空荡荡的、无人使用的感觉——遮阳篷被搭起来阻挡夏天的日头，中央回车场上没有车，没有人用泳池，虽然一个扎马尾的年轻男人每隔一天就在早上清理一次。

我相信这次行动毫无价值，但我还是留了下来，期待最后一个矢量的到来。

六月二十九日，当我差点又给自己派了一年任务——观察、等待、锻炼，以及给哈维·布洛克尔开一整个夏天的前端装载机（前提是他还愿意用我），一辆写着“洛杉矶保安服务”的蓝色汽车停到了多兰家门口。一个穿着制服的男人下了车，用钥匙打开了门。他把车开进院子，停到角落里。几分钟后，他走了出来，关门上锁。

这至少打破了惯例。我感到了微弱的希望。

我开车离开，逼着自己在外面待了差不多两小时才回来，这次停到了街头，而不是街尾。十五分钟后，一辆蓝色货车开到了多兰家门前，车身上写着“大乔保洁服务”。我的心在胸腔里狂跳起来。我一直看着后视镜，我记得自己的手紧紧握住了租来的车的方向盘。

四个女人下了货车，两个白人，一个黑人，一个墨西哥裔美国人。她们穿着白衣服，像服务员，不过她们当然不是服务员，她们是保洁员。

其中一个按了门铃，保安开了门。这五个人一起说说笑笑。保安试图拍其中一个女人的屁股，结果他的手被她笑着拍开了。

一个女人回了货车，把车开进回车场。剩下的人一边走进院子，一边互相交谈。保安再次关门上锁。

我脸上汗如雨下，感觉像是在淌油，而胸腔里像是在擂鼓。

后视镜里看不见他们了。我冒了个险，环顾四周。

我看到货车的后门大开着。

一人拿着一叠整齐的床单，一人拿着毛巾，一人拿着两个吸尘器。

她们一起走到门前，保安让她们进了屋。

我开车走了，浑身颤抖，几乎握不住方向盘。

他们在打扫房子。他就要来了。

多兰并不是每年都换凯迪拉克，甚至也不是每两年——那年六月结束时，他开的那辆灰色帝威就有三年了。我精确地知道它的尺寸。我曾给通用汽车公司写信要它的尺寸，假装自己是一名研究者。他们给我寄了一份操作手册和当年车型的规格表，甚至还寄回了我附上的贴了邮票、写了姓名和地址的信封。显然，大公司总是保持它们的礼仪，即使是在亏损的情况下。

我拿着三个数据——那款凯迪拉克的最大宽度、高度和长度——去找了一个在拉斯维加斯高中教数学的朋友。我想我告诉过你，我一直都在准备着，而且不全是身体上的准备。毫无疑问，大部分都不是。

我以纯粹假设的名义提出了我的问题。我说我想写一个科幻故事，想让数据完全正确。我甚至编造了一些合情合理的情节片段——我的创造力着实惊到了自己。

朋友想知道我这辆外星人侦察车打算开多快。这个问题我还没有想到，所以我问他有没有什么影响。

“当然有影响，”他说，“影响大了。如果你想让故事里的侦察车直直掉进你的陷阱里，那么陷阱就必须刚好是某个大小。你现在给我的数据是十七英尺宽，五英尺深。”

我正要张嘴说那不完全对时，他抬起手阻止了我。

“这只是个大概，”他说，“这样更容易计算弧度。”

“什么？”

“坡道弧度。”他说。我冷静了下来。这个表达是一个耽于复仇的男人会爱上的表达，听起来带有黑暗而平稳的凶兆气息。坡道弧度。

我想当然地认为，如果我按着凯迪拉克的大小挖了坟墓，这车就能进坟墓。是这个朋友让我明白在这个坟墓成为坟墓之前，它得先成为一个陷阱。

形状本身很重要，他说。我之前设想的狭长沟渠可能没用——事实上，它失败的概率比成功的概率还大。“如果车辆没有精确撞上沟的进口端，”他说，“那么它可能根本就不会进到沟里。只会以某个角度滑行一段，车停了之后，所有外星人就会从车门爬出，杀了你的英雄们。”他还说成功的方法是扩大进口端，让整个工事的形状看上去像漏斗一样。

然后还有速度的问题。

如果多兰的凯迪拉克开太快，而洞太短，那么这车就会飞过沟渠，飞到中途下沉一点，之后车身或轮胎会碰到另一端的洞沿。它会整个翻过来——但完全不会落进洞里。另一方面，如果凯迪拉克开太慢，而洞太长，那么这车就是车头，而不是车轮着地，这也不行。你不能活埋一个腿翘在外面的人，同样也不能活埋一辆后备厢的最后两英尺和后保险杠都翘在外面的凯迪拉克。

“所以你的侦察车要开多快呢？”

我快速计算了一下。在畅通的高速公路上，多兰的司机把时速保持在六十到六十五之间。在我计划搞事的地方，他可能会开得慢一点。我可以拿走绕道警示牌，但没法藏起筑路机械，也没法清除所有的施工痕迹。

“大约二十卢尔[1]。”我说。

---

[1] 此处的“卢尔”可能是主人公在其编造的科幻故事中所创造的一种速度单位。

他笑了。“请翻译一下？”

“大约每小时五十英里。”

“啊哈。”他立刻用计算尺投入计算，我在旁边坐着，眼神明亮，脸上带着笑容，想着那个完美的表达：坡道弧度。

他很快就抬起了头。“你知道，”他说，“你或许可以考虑一下改变车辆的尺寸，朋友。”

“哦？为什么这么说？”

“对一辆侦察车来说，十七乘以五的尺寸实在是太大了，”他笑了，“这非常接近林肯马克四代轿车的大小。”

我也跟着笑了。我们一起笑了。

看到女人们拿着床单和毛巾进屋后，我飞回了拉斯维加斯。

我打开自己家的门，进了客厅，拿起电话。我的手微微颤抖着。整整九年，我一直等待着、观察着，像屋檐下的一只蜘蛛，像壁板后的一只老鼠。我尽量不给多兰一丝一毫的线索，不让他感知到伊丽莎白的丈夫仍对他有兴趣——那天在回拉斯维加斯的路上，我经过他那辆坏了的凯迪拉克时，他投在我身上的眼神空荡荡的，虽然当时我对此非常生气，但那就是我这么多年努力的成果。

现在我需要冒一次险了。我不得不冒这个险，因为我无法同时出现在两个地方，而知道多兰是否会来，以及什么时候让绕道警示牌暂时消失极为重要。

在回家的飞机上，我想出了一个办法。我想这办法能成功。我会让它成功。

我打电话给洛杉矶查号台，询问大乔保洁服务公司的电话。我拿到了电话，拨了过去。

“您好，我是伦尼酒席承办服务公司的比尔，”我说，“周六晚上，我们要在好莱坞山阿斯特尔大道 1121 号办一场派对。我想知道你们那儿能不能去个人替多兰先生查看一下炉子上面碗柜里的大酒杯，您能帮帮我吗？”

对方让我等等。不知怎的，我等了，虽然随着时间的流逝，我越来越确定他闻到了阴谋的味道，正在用另一条线给电话公司打电话。

最后——过了很久很久，他回来了，听上去有点焦虑，不过没关系。我就想让他那样。

“周六晚上？”

“对，没错。但我没有他们要的那么大的酒杯，除非我找遍整个镇子。我印象里他本来是有一个的。我就想确认一下。”

“先生，我的日程表上说多兰先生周日下午三点才来。我很乐意派人去查看一下大酒杯，但我首先要弄清楚您说的派对的事。在多兰先生那儿可不能胡来，请原谅我的——”

“我完全同意。”我说。

“如果他要提前一天出现，我得马上派更多人过去。”

“我再确认一下。”我说。旁边桌上摊着我上课用的阅读教材《通向各处的路》。我拿起书，把它靠近电话翻了几页。

“哦，天哪，”我说，“是我的错，他在周日晚上才有客人。真对不起。您要骂我吗？”

“不。听着，您再等会儿，我去找一个人，让她查看——”

“不用了，如果是周日，”我说，“我自己的大酒杯当天上午就能从格伦代尔市的一个婚宴上回来了。”

“好的，别紧张。”舒心。没有起疑。一个不会再重新思考此事的声音。

我希望。

我挂断电话，安静地坐着，在头脑里尽可能细致地安排计划。为了三点到达洛杉矶，他得在周日早上十点左右离开拉斯维加斯，然后在十一点十五分到三十分之间到达绕行车道附近。那时，路上的来往车辆几乎就没有了。

我觉得是时候停止做梦，开始行动了。

我浏览了很多广告，打了几个电话，然后出门看了五辆价格在我承受范围内的二手车，最后选了一辆老旧的福特货车，车的出厂年份和伊丽莎白被杀那年是一样的。现金结算。我的储蓄账户里现在只剩下二百五十七美元，但这一点也没让我不安。回家的路上，我在一家有折扣店那么大的租赁店停留了一会儿，租了一台便携式空气压缩机，用万事达卡做的担保。

周五下午晚些时候，我把车装好：十字镐、铲子、压缩机、手推车、工具箱、双筒望远镜，还有一个从高速公路部借来的手持风钻，配有各式用于切割沥青的箭头状配件；一大块方形沙色帆布，再加一大卷帆布——后者来自我去年夏天参加的一个特别的项目，还有二十一根细木支柱，每根五英尺长；最后，一个大型工业订书机。

进入沙漠前，我去购物中心偷了一对车牌，挂到自己的货车上。

在拉斯维加斯向西七十六英里处，我看到了第一个橘黄色警示牌："前方道路施工，通行危险自负。"然后，再往前一英里左右，我看到了那块自从……自从伊丽莎白死了以后我就一直期待的警示牌，虽然很早之前我并不知道它。

前方六英里绕道

暮色加深，黑暗降临，我到了那儿之后开始查看场地。如果是我来安排绕道就更好了，但这样也差不多。

这个绕行车道的道口在两个上坡间的右转弯处，看上去像一条布置了警戒线的老路，由高速公路部拓宽弄平，暂时用来承接较大的交通流量。绕行车道还用了一个电池供电的闪光指示箭头标示，电池嗡嗡作响，放在上了锁的钢盒里。

就在绕行车道前方，通往第二个上坡的坡顶之处，公路被拦上了两排交通锥。再往前（如果真有人能蠢到先错过了闪光指示箭头，然后不知不觉地撞倒了交通锥——我猜有些驾驶员的确如此）是一个橘黄色警示牌，几乎有广告牌那么大，写着“道路封闭，请绕道”。

但绕道而行的原因从这里是看不出来的，这很好。我不想让多兰在掉入陷阱前闻到一丝一毫阴谋的气息。

我敏捷地从货车里出来——不想在这里被看到，迅速摞起几十个交通锥，清出一条够货车通行的车道。然后把“道路封闭”的警示牌拽到右边，跑回车上，开了过去。

我听到不断靠近的发动机声了。

我又抓起交通锥，尽可能快地把它们放回原处。其中两个从我手上滑了出去，滚进了沟里。我气喘吁吁地在后面追，在黑暗中被一块石头绊倒，仰面摔在地上，又迅速爬了起来，脸上沾满了灰，一只手掌滴着血。车更近了，很快它就会出现在绕道口前的那个上坡，在远光灯的照射下，司机会看到一个穿着牛仔裤和T恤的男人正试图把交通锥放回原处，而他的车停在非施工部门相关车辆禁止进入的地方。把最后一个交通锥归位后，我跑向警示牌。我拖得太用力，牌子摇摇晃晃，差点倒下。

来车的车头灯在东向的上坡亮了起来，我突然确信那是内华达州的警车。

警示牌回到了原来的位置——如果不完全是，那么也够近了。我冲向我的货车，上车，开向下一个上坡。正当我过了坡时，我看到身后出现了车头灯的亮光。

我的车灯关着，他也能在黑暗中看到我吗?

我觉得没有。

我靠到座椅上，闭上眼，等着心跳慢下来。最后，当车在绕行道上颠簸的声音消失后，我终于平静了下来。

我在这里——安全地躲在绕行车道后。

是时候开始工作了。

上坡再往前，道路向下倾斜至一块又长又直的平地。三分之二的路段几乎没有路面——尘土飞扬，铺满了碾碎的沙砾。

他们会看到这个就停下来吗？掉头回去？还是继续前进，认为既然没看到绕路警示牌，那么肯定有能通过的路？

现在担心这个已经太晚了。

我挑了一个点，离平地二十码[1]左右，但离路面消失的地方还是不够四分之一英里。我把车停到路边，绕到车的后面打开后车厢，拿出一些木板以及相关设备。然后我休息了一会儿，抬头看向苍凉的沙漠夜空。

“要开始啦，伊丽莎白。”我小声地对星星说。

我感觉仿佛有一只冰冷的手在抚摸我的后颈。

压缩机发出阵阵噪声，手持风钻更是可怕，但没什么办法——我能期待的最好情况就是第一阶段工作可以在半夜前完成。不管怎么说，如果半夜还无法完成，我就有麻烦了，因为手头给压缩机用的汽油有限。

别担心，别去想有人会听到噪声，并好奇是什么傻瓜在半夜用手持风钻。想想多兰，想想灰色帝威。

想想坡道弧度。

我先用工具箱里的白粉笔和卷尺画出了坟墓的轮廓，根据我的数学家朋友提供的数据。完工后，一个不到五英尺宽、四十二英尺长的大致的长方形在黑暗中发着光。在近端口，这个长方形变宽了。黑暗中，这

[1] 1码约合0.91米。

玩意看起来不太像漏斗，没有我的数学家朋友第一次在绘图纸上画出来时那么像。黑暗中，它看起来更像张开的大嘴，接在一条又长又直的气管后面。吃了你就更好了，亲爱的。我想，在黑暗中笑着。

我在长方形里画了二十多条线，线与线之间宽两英尺。最后，我在中间画了一条垂直线，弄出了一个由四十二个方块组成的网格，每个方块的尺寸为二英尺乘以二点五英尺。第四十三部分呈铲子形，位于尾端。

然后我撸起袖子，发动压缩机，回到第一个方块。

工作进行得比我能想到的还快，但没有我幻想中那么快——我的幻想有实现过吗？如果能用重型设备就更好了，不过接下来可以用到。第一件事就是切割路面上的方块。我干到半夜没干完，干到凌晨三点也没干完，而那时压缩机已经没油了。事先预想到这种情况可能会发生，我准备了一根可以插进货车油箱的虹吸管。我站得尽可能地远，然后拧开油盖，结果一闻到汽油的味道，我立刻又把盖子拧了回去，平躺到后车厢里。

不能再干了，今晚干不了了。虽然戴了工作手套，我的手上还是起了大水泡，很多都破了。整个身体似乎都在随着手持风钻稳定、有力的节奏振动着，而胳膊就像一个疯了的音叉。头痛。牙痛。背也折磨着我，仿佛脊柱里填满了磨砂玻璃。

我已经切割了二十八个方块。

二十八个。

还剩十四个。

而这还只是开始。

永远不可能，我想。不可能的。做不到。

那只冰冷的手又来了。

能的，亲爱的，能的。

我耳朵里的隆隆声现在平息了一点，偶尔能听到不断靠近的发动机声……车子进入绕行道，沿着高速公路部为避开施工路段所设立的环形道路行驶时，这声音渐渐偏向右侧，变成嗡嗡声。

明天是周六……对不起，今天。今天是周六。多兰周日就来了。没时间了。

是的，亲爱的。

爆炸把她撕成了碎片。

我亲爱的伊丽莎白被撕成了碎片，就因为她对警察说出了自己看到的真相，因为她拒绝接受威胁，因为她为人勇敢，而多兰还开着他的凯迪拉克四处晃悠，喝着二十年的苏格兰威士忌，手腕上的劳力士闪着微光。

我会试试的，我想。然后我睡着了，无梦，像死了一样睡着了。

醒来时太阳已经升起。阳光照在脸上，虽然才八点，却已经很晒了。我坐了起来，发出一声尖叫，颤抖的双手迅速摸了摸后腰。干活？切割剩下的十四块沥青？我连路都走不了。

但是我能走的，而且我做到了。

我走得像一个去玩推圆盘游戏的老头，挪到仪表盘的杂物箱旁，打开了箱子。这儿放了一瓶阿司匹林，以防出现今天早上这种情况。

我相信自己有着良好的身体状况了吗？真的相信了吗？

好吧！这很搞笑，对吧？

我用水服了四片阿司匹林，等了十五分钟，让它们在胃里消化，然后狼吞虎咽地吃下早饭——一些干果和冷的果酱吐司饼干。

我看向放压缩机和手持风钻的地方。压缩机黄色的表皮似乎已经在早晨的日光下滋滋作响了，它身后两侧是我切出来的整齐的沥青块。

我不想过去拿起手持风钻。我想起哈维·布洛克尔说过，你永远都不会变强壮的，老弟。有些人和植物在太阳下能挺住，有些会枯萎、死亡……你为什么要给自己整这破事？

“她被撕成碎片了，”我声音沙哑地说，“我爱她，但她成了碎片了。”

作为加油用语，布洛克尔的这些话永远不可能取代“去吧，大熊！”或者“勾住他们，大角！”，但这些话能让我行动起来。我从货车油箱里用虹吸管吸了一些汽油出来，汽油的臭味让我窒息，全凭意念坚持我才没有把早饭吐出来。我想了一下，如果道路施工人员在回家过周末前把柴油从机器里排空了该怎么办，不过我很快就把这个念头甩出了脑海。担心无法控制的事情毫无意义。我越来越感到自己像一个跳下 B–52 轰炸机的人，只不过是手里拿着遮阳伞，而不是背上挂着降落伞。

我拿着汽油罐来到压缩机旁，把汽油倒进油箱里。我得用左手把右手手指弯曲起来才能握住压缩机的启动手柄。一拉动手柄，很多水泡就破了。压缩机启动了，我看到黏稠的脓液从手中滴落。

永远做不到了。

求你了，亲爱的。

我走向手持风钻，再次启动了它。

第一个小时最难熬，接下来风钻稳定的隆隆声和阿司匹林结合起来，似乎让一切都麻木了——我的背、手、头都麻木了。十一点，我切完了最后一块沥青。是时候看看我还记得多少廷克教给我的启动道路施工设备的方法了。

我跌跌撞撞地回到车上，开了一点五英里到达道路施工处，一眼就看到了我要的机器：一辆大型凯斯 – 乔丹铲斗装载机，车后带着钩和钳。价值十三万五千美元的轨道车。我给布洛克尔开过一辆卡特彼勒[1]牌的，

[1] 卡特彼勒公司（Caterpillar）成立于 1925 年，总部位于美国伊利诺伊州，是建筑工程机械、采矿设备、柴油和天然气发动机、工业用燃气轮机，以及柴电混合动力机组生产领域的全球领先企业。

这个应该也差不多。

我希望。

我爬上驾驶室，看了看变速杆手柄球上印着的图，看起来和那辆卡特牌的一样。我试了一两次。一开始有点阻力，因为变速箱里进了一些沙砾——开这宝贝的人没有放下沙石挡，他的工头也没有检查。布洛克尔肯定会查，然后罚这司机五美元，不管是不是长周末。

他的眼神。他那半是欣赏、半是鄙视的眼神。他会怎么看待这样一个错误？

别管了，现在不是想哈维·布洛克尔的时候，现在是想伊丽莎白的时候。还有多兰。

驾驶室的钢质地板上有一块粗麻布，我把它拿了起来，想找找钥匙。当然了，里头并没有钥匙。

我脑海里响起廷克的声音：*见鬼，一个小孩都能发动这些机器，毫无难度。汽车还有个点火开关呢——至少新车有。看这儿。不是，不是插钥匙的地方，你现在没钥匙，干吗看插钥匙的地方？看这下面。看到这些垂下来的电线了吗？*

我马上低下头，看到了垂下来的电线，它们看上去就和廷克教我的一模一样：红色、蓝色、黄色和绿色。每根电线我都剪掉一英寸的外皮，然后从后口袋里拿出一段铜丝。

好了，朋友，好好听，一会儿我们可能还有问答环节，明白？你要用金属丝把红线和绿线连起来。这颜色忘不了的，就是圣诞节的颜色嘛。这两根线能解决点火问题。

我把带来的铜丝接到了点火装置上红绿线裸露的地方。沙漠的风呜响着，声音尖利而稀薄，像是有人在吹苏打水瓶的瓶口。汗水沿着我的脖子淌下，流进衬衫，被吸收了，阵阵发痒。

现在拿起蓝黄线。不用连起来，只要把它俩碰在一起就成了，千万

别用手碰任何裸露的电线，除非你想让热电流流遍全身，朋友。蓝线和黄线是打开发动机的。来吧。如果你玩够了，就把红线和绿线分开，就像用钥匙关掉一样，虽然你没有钥匙。

我把蓝黄线碰到一起，冒出了一个巨大的黄色火花，我往后一缩，脑袋撞到了驾驶舱后面的一根金属杆上。我俯身向前，再次把这两根线接到一起。发动机启动了，它轰鸣着，突然，机器猛地向前冲了一下。我被甩到简陋的仪表盘上，左脸撞上了操作杆。该死，我忘了挂空挡，差点瞎了一只眼。我几乎能听见廷克的嘲笑声。

我解决了这个问题，再次试着把电线接到一起。发动机启动起来，发出噗噗声，一股肮脏的浓烟喷到空中，风持续不断，浓烟很快就被吹散了，接下来发动机就一直处在启动状态。我不停告诉自己，这只是因为机器的保养不好——一个走之前忘了把沙石挡放下来的人，自然也会忘了其他事情。但是我越来越确定他们排空了柴油，正如之前担心的那样。

正当我打算放弃，去找个能用的东西插进油箱测油时（亲爱的，最好还是看看坏消息），发动机咆哮着复活了。

蓝色电线的裸露部分一直在冒烟，我赶紧松开电线，踩下油门。铲斗装载机平稳地行驶起来时，我换到一挡，掉头，朝着高速公路西向道上切割整齐的棕色长方形进发。

这天余下的时间，我仿佛置身于一个明亮的地狱，周围充斥着发动机的咆哮和太阳的炙烤。铲斗装载机司机忘了放下沙石挡，却记着拿走遮阳伞。好吧，我猜上了年纪的神有时候爱开玩笑。没有理由，他们就这么干。而且我还猜他们的幽默感都很变态。

我把所有沥青块都弄到沟里时已经差不多两点了，因为用钳子没法做精细活，而且机器尾部还装了个铲子。我只能把沥青块分成两半，再用手把它们拖进沟里，因为担心用钳子操作会压坏它们。

所有沥青块都进了沟后，我把铲斗装载机开回道路施工设备停放处。汽油不够，需要虹吸了。我走到货车旁，拿出虹吸管，然后发现自己着迷地盯着那个大水罐子。我当下就扔开管子，爬进货车后车厢，把水浇到自己的脸、脖子和胸口上，发出开心的尖叫。我知道喝水会吐，但不得不喝。所以我喝了，也吐了，甚至都没有坐起来吐，只是把头转到一边，吐完像螃蟹一样爬开，尽可能地远离那堆呕吐物。

后来我睡着了，再次醒来的时候暮色已经降临。某个地方，一只狼正对着紫色天空中升起的新月嗥叫。

在越来越暗的光线下，我搞出来的东西看起来确实像坟墓——某种神秘的食人魔的坟墓。或许是歌利亚[1]的。

不可能成功了。我对着沥青路面里的长洞说。

求你了，伊丽莎白轻声回道，求你了……为了我。

我从杂物箱里又拿出四片阿司匹林，吞了下去。“为了你。”我说。

我把凯斯－乔丹装载机停到一辆推土机旁，两个油箱离得很近，然后我用撬棍撬开两个油箱盖。州政府雇的推土机司机忘了放下沙石挡可能会逃脱惩罚，但如今油价涨到了一点零五美元，他忘了锁油箱会逃脱惩罚吗？不可能！

推土机里的油流到铲斗装载机里时，我静静等着，试图不去想任何事，只看着月亮在天上越升越高。过了一会儿，我又开回切割沥青的地方，开始挖起来。

在月光下开装载机可比在炙烤的沙漠太阳下用风钻容易多了，但速

---

[1]《圣经》中被大卫杀死的巨人。——译者注

度还是慢，因为我决定让这个作品拥有完美的弧度。因此，我不停地用随身带着的木匠用水平仪检测。这意味着停下装载机，下车，测量，再爬回顶上的驾驶座。平时倒没什么问题，可在半夜时分，我的身体僵硬不堪，每一个动作都带给肌肉和骨头尖锐的疼痛。背是最严重的，我开始担心是不是自己对它做了极不友好的事情。

但是这个问题——如同其他所有问题一样——是以后才要担心的事情。

要弄出一个五英尺深、四十二英尺长、五英尺宽的大洞几乎是不可能的，不管有没有铲斗装载机——我还不如计划把多兰送进外太空，或者把泰姬陵扔到他头上。这些尺寸对应的土块体积超过一千立方英尺[1]。

“你得弄出一个漏斗形的坑，把那些邪恶的外星人都吸进去，”我的数学家朋友说，“然后你还得再弄出一个这样弧度的斜面。”

他在另一张绘图纸上画出了斜面。

“这意味着你那些星系的叛徒，或者无论什么其他的东西，只需要移走最初那么多土的一半就行了。在这个案例里——”他在草稿纸上写写画画，笑着说，“五百二十五立方英尺。这也太少了，一个人就能干了。”

我曾经也如此相信，曾经，但我没有考虑到高温、水泡、筋疲力尽，以及背上稳定而持续的疼痛。

停了一会儿，但不长。测量沟的坡度。

情况不像你想的那么坏，对吧，亲爱的？至少这是路基，不是沙漠里的硬质土层——

洞越来越深，我沿着坟墓的长边更加缓慢地移动着。操纵手柄球时，我的双手鲜血淋漓。大臂操纵杆[2]快速推到顶，让铲斗落在地上，拉回，

---

[1] 1 立方英尺约合 0.028 立方米。

[2] 用来控制铲斗上下移动。——译者注

然后猛推小臂操纵杆[1]，电动机的转子发出了嘎吱声。油亮的金属小臂从肮脏的橙色车体滑出，把铲斗插到土里。碰到硬物，铲斗不时爆出几点火星。现在举起铲斗，转动——星空下，它就是一个黝黑的长方形（我试着忽略脖子上不间断的抽痛，就跟忽略背部更深的疼痛一样），把土倒进沟里，盖住那些沥青块。

没事的，亲爱的——完事了包扎一下手就好。等结果了他。

“她被撕碎了。”我哑着嗓子说，把铲斗装载机开回坟墓旁，从里面再挖出两百磅[2]的土。

人在开心的时候，时间过得多么快啊。

我注意到东边出现了鱼肚白，几分钟后，我下车用木匠用的水平仪再次检查地面的弧度。确实快到终点了，我觉得自己能成功。我俯身跪下测量，感到背上有什么东西断了，发出沉闷的“吧嗒”声。

我声音粗哑地喊叫起来，侧身瘫倒在大坑狭窄的斜面上，龇牙咧嘴地按住后腰。

痛楚一点点过去，我又能站起来了。

好吧，我想。就这样了。结束了。是一个很好的尝试，但现在结束了。

求你了，亲爱的。伊丽莎白轻声回应——虽然过去我绝不相信，但我脑海里的低语声已经带上了令人不快的调子，有一种怪物般的无情。请不要放弃。请继续。

接着挖吗？我都不知道自己还能不能走！

但就剩一点点了！那个声音恸哭起来——这不再是替伊丽莎白

[1] 用于控制铲斗做挖铲动作。——译者注

[2] 1 磅约合 0.45 千克。

说话的声音了，即使曾经是；这就是伊丽莎白。*就剩一点点了，亲爱的！*

在渐渐明亮的天色中，我看着自己的工事。她说得没错，铲斗装载机离终点只剩五英尺了，最多七英尺。但那是最深的五英尺或七英尺，是土块体积最大的五英尺或七英尺。

*你能做到的，亲爱的——我知道你可以。*温柔的甜言蜜语。

最终，不是她的声音让我继续干下去的，真正让我继续干下去的是多兰。我想到了他正躺在豪华公寓里安然入睡，而我却站在大坑旁，站在恶臭的、轰鸣的铲斗装载机旁，浑身都是尘土，双手伤痕累累。他正穿着丝质睡裤，搂着只穿了上衣的金发美女。

楼下停车场里，那辆凯迪拉克停在用玻璃隔开的要客区，已经装好了行李，马上就加满油准备出发。

“那好吧。”我说，慢慢爬回铲斗装载机的驾驶座，发动了起来。

我一直干到九点才停下——还有其他事要做，但时间不够了。我那有弧度的洞现在长四十英尺。应该够了。

我把铲斗装载机开回原来的地方，停好。接下来还会再用到，这就得弄更多汽油，不过现在没时间了。我需要更多阿司匹林，但瓶子里剩的不多了，而今天一整天我都会需要……还有明天。哦，是的，明天——周一，那光荣的七月四日。

我没吃阿司匹林，而是休息了十五分钟。其实我浪费不起这时间，但还是逼自己休息了。我四脚朝天地躺在车厢里，全身的肌肉都在跳动、抽搐，脑海里想着多兰。

他应该正在做最后的收拾，往行李箱里装一些东西——一些要看的文件、一个洗漱包，或许还有一本平装书、一副牌。

*如果他坐了飞机怎么办？*我内心深处一个邪恶的声音轻声说。我再

也受不了了，溢出了一声呻吟。他之前从来没有坐飞机去洛杉矶——总是开凯迪拉克。我猜他是不喜欢飞机。不过有时候也坐——有一次飞去了伦敦。这个想法挥之不去，刺痛着我，像皮肤上的一块皮屑。

九点三十分，我拿出了帆布、工业订书机和细木支柱。天色阴沉下来，凉快了一点——上帝有时候也帮个小忙。之前我一直没想起自己秃了的脑袋，因为想着其他更大的痛苦，但现在，用手指碰一下，我都疼得“嘶——”了好几声，立刻拿开了手。我从倒车镜里能看到那儿已经变成了一种刺目的深红色——几乎是李子的颜色。

在拉斯维加斯，多兰应该正在打出发前的最后几个电话。司机把凯迪拉克开到他跟前，离我只有七十五英里，而且很快会以每小时六十英里的速度缩短这段距离。没有时间站在这里痛惜自己晒伤的脑袋了。

*我喜欢你晒伤的脑袋，亲爱的。*伊丽莎白在我旁边说。

“谢谢，贝丝。”我说，然后把支柱拿到洞里。

和之前挖洞比起来，现在的活轻松了很多。背上那几乎难以忍受的疼痛也平息了下来，成了一种持续的钝痛。

*但接下来怎么办？*那个邪恶的声音暗讽道。*那个怎么办，嗯？*

之后再说吧，就这样。陷阱看起来快准备好了，这才是最重要的事情。

支柱正好够插进两边的沥青里，紧紧地，这构成了整个工事的最上层。这活在晚上可能更难做，因为沥青很硬，但现在，上午十点的时候，沥青就跟烂泥一样软和，往里面插木头就像往正在冷却的太妃糖里插铅笔。

插完所有支柱后，这个洞看起来就跟我图纸上的一样了，除了中间那条线。我把沉重的帆布放在浅端洞沿旁，解开捆绑帆布的绳子。

然后在 71 号公路上铺了四十二英尺长的帆布。

收尾了，陷阱并不完美——在前三排观众看来，舞台化妆和布景绝不完美。但是只要到了几码外，就基本上看不出来了。看上去只是一段深灰色的平面，完全贴合 71 号公路的真正路面。帆布带的左侧（面朝西）有一条断裂的黄色通行线。

我把帆布放在木头支柱上，然后慢慢绕上，用订书机把帆布订到木桩上。我的手拒绝做这事，但我哄着它们干下去。

帆布固定好了，我回到货车旁，滑进驾驶座（坐下这个动作又引发了一阵短暂却极度痛苦的肌肉痉挛），把车开回坡顶。我在那里坐了整整一分钟，看着放在自己腿上的双手，凹凸不平、伤痕累累。然后我下了车，回头看 71 号公路，悠哉游哉的。你看，我不想专注于某样东西，我想要的是一个整体——一个完全形态，如果你愿意这么说的话。我想要尽可能多地看到多兰和他的保镖们来到这上坡时看到的景象。我想了解他们将感到多么正常——或不正常。

我看到的比我所能期待的更好。

公路尽头的道路施工设备合理解释了我挖出来的那堆土。沟里的沥青块大部分都被埋了，一部分还裸露着——风大了起来，吹散了一些土——不过看起来像过去进行道路施工时留下的。我装在货车车厢里带来的压缩机像是高速公路部的施工设备。

从这里看，帆布带的伪装完美无缺——71 号公路看上去像是完全没有被动过。

周五的交通量很大，周六也同样——进入绕行车道的发动机的轰鸣声连续不断。然而，今天早上几乎没有车辆，大多数人已经到了计划过周末的地方，或者选择沿州际公路向南开四十英里到达目的地。这对我没什么影响。

我把车停到坡顶一处其他人刚好看不见的地方，趴着休息到十点四十五分。接着，一辆大型运奶车缓慢又笨重地开上了绕行车道。我把车倒下来，打开后门，把所有交通锥都扔了进去。

闪光指示箭头更难处理——一开始我想不出自己怎么能从上了锁的电池盒上取下它而不被电死，然后我看到了插头，几乎被箱子旁的一个硬质橡胶圈遮住了……这是一个小小的保险措施，针对蓄意破坏和搞恶作剧的人，他们大概会觉得拔了高速公路警示牌的插头很好玩。

我从工具箱里找出锤子和凿子，重重的四锤应该够弄坏橡胶圈的了。接着，我用一对钳子钳开橡胶圈，拉出电线。箭头停止发光，暗了下来。我把电池盒扔进沟里埋了。站在旁边，听着电池盒在下面嗡嗡作响有点古怪。不过这让我想起了多兰，我大笑起来。

我想多兰不会嗡嗡作响。

他可能会尖叫，但不会有“嗡嗡”声。

四个螺栓把箭头固定在了一个铁座上。我以最快速度拧开螺栓，同时竖起耳朵听下一辆车驶过的声音。是时候来一辆了——但还不是多兰那辆，当然不是。

这又让我内心的悲观情绪涌现了出来。

万一他坐了飞机怎么办？

他不喜欢坐飞机。

万一他走了另一条路怎么办？比如，走了州际公路？今天，所有其他人都……

他总是走71号公路。

对，但万一——

“闭嘴，”我愤怒地低声吼道，“闭嘴，去死吧，闭上你的臭嘴！”

放松，亲爱的——放松！一切都会好的。

我把箭头扔进货车车厢，它撞上了车厢侧壁，一些灯泡碎了。铁座扔进去后，更多灯泡碎了。

做完这些，我开回上坡，停到坡顶往下看。箭头和交通锥已经被拿走了，现在只剩下那个大大的橘黄色警示牌：道路封闭，请走绕道。

来了一辆车。我突然想到如果多兰提前到了，那么一切就都白费了——开车的笨蛋会直接走绕行道，留下我一人在沙漠里抓狂。

来的是一辆雪佛兰。

心跳慢了下来，我颤抖着吐出长长的一口气。没时间疑神疑鬼了。

我开回之前停车的地方，欣赏自己完成的伪装工事。停好车后，我在车厢底部摸索，找出千斤顶。后背疼得我想大喊大叫，但我只能无情地忽视。我用千斤顶托起货车尾部，拧开后胎螺母，取下后胎扔进车厢——他们如果来了，就能看到后胎没了。更多玻璃碎了，我只能祈祷轮胎没坏。我没有备胎。

我走回车头，拿了我的望远镜去绕行道那边。过了绕行道，我以最快速度登上相邻上坡道的坡顶——这次，小步蹒跚是我能做到的全部了。

到了坡顶，我把望远镜对准东边。

我能看到三英里远的地方，再向东两英里只能看到大致的情况。现在路上有六辆车，像一条长线上随意串着的珠子。第一辆是外国车，达特桑[1]或斯巴鲁，我想，还剩不到一英里了。后面是一辆皮卡，皮卡后面好像是福特野马。其他的看不清，只是一些金属和玻璃反射出来的光。

第一辆车靠近了，是斯巴鲁。我站了起来，伸出拇指。考虑到自己现在的样子，我没指望能搭上车，也就没有失望。驾驶座上做了昂贵发型的女人惊恐地看了我一眼，脸绷得像个拳头。她消失了，下了坡，上了绕行道。

[1] 日本日产汽车公司（Nissan Motor Co.）生产的一款汽车，下文的斯巴鲁是日本富士重工业株式会社生产的一款汽车，普利茅斯是美国克莱斯勒汽车公司的一个汽车品牌，温尼贝戈是美国知名的房车品牌。

“洗个澡吧，朋友！”半分钟后，皮卡司机对我喊道。

福特野马其实是一辆福特福睿斯，再后面是普利茅斯、温尼贝戈，后者车内发出一群孩子在打闹的声音。

没有多兰的影子。

我看了看表，上午十一点二十五分。如果他今天能出现，应该快了。这时间很好。

我表上的指针慢慢移到了十一点四十分，还是没有他的影子。只有一辆新款福特和积雨云一般黑的灵车。

他不会来了。走了州际公路，不然就是坐了飞机。

不。他会来的。

然而并不会。你担心他嗅到了你的阴谋，他确实嗅到了，所以改变了行程。

远处又亮起金属的反光。这辆车很大，大到可能是一辆凯迪拉克。

我趴下，在路肩的沙砾上支起胳膊肘，将望远镜贴到眼睛上。车消失在坡后……又出现了……在一个弯道滑出视线……然后又出现了。

好吧，是一辆凯迪拉克，但不是灰色的，是深薄荷绿色。

接下来是我一生中最痛苦的三十秒，长得像三十年的三十秒。一半的我当机立断，斩钉截铁地认为多兰用旧的凯迪拉克换了一辆新的。他之前就这么做过，虽然没换过绿色的，但这又不违法。

另一半的我激烈反对，认为拉斯维加斯到洛杉矶的公路和支路上的凯迪拉克多如牛毛，那辆绿色凯迪拉克属于多兰的概率只有百分之一。

汗水流进眼里，模糊了我的视线，我放下望远镜。不管怎么说，望远镜也没法解决这个问题。等我能看到车里的人，就已经太晚了。

现在也快错过了！赶紧下去扔了绕行道的警示牌！你快错过他了！

我来告诉你如果现在藏起警示牌你会抓到什么：两个去洛杉矶看望自己的孩子并带孙子去迪士尼乐园的有钱老人。

行动吧！就是他！这是你唯一的机会了！

没错。唯一的机会。所以别搞错人，毁了这次机会。

是多兰！

不是！

“闭嘴，”我呻吟着，捧住了头，“闭嘴，闭嘴。”

现在，我能听到发动机声了。

多兰。

老人。

女士。

老虎。

多兰。

老——

“伊丽莎白，帮帮我！”我呻吟着。

亲爱的，那个男人一辈子都没买过绿色凯迪拉克。他永远都不会买的。当然不是他了。

我脑袋里的疼痛消失了。我又站了起来，伸出拇指。

不是老人，也不是多兰。看上去像是十二个拉斯维加斯的歌舞团女郎挤在车里，再加一个老男孩，戴着我见过的最大的牛仔帽和最黑的福斯特·格兰特太阳镜。绿色凯迪拉克摆着车尾上了绕行道，车里一个女郎向我亮出屁股挑衅。

慢慢地，我又举起了望远镜，感到筋疲力尽。

然后看到他来了。

在望远镜所能看到的最远处，我看到他的车转过了弯，毫无疑问，就是那辆凯迪拉克——灰得和头顶的天空一样，在东向上坡的沉闷棕色的映衬下，显得惊人的澄澈，非常惹眼。

是他——多兰。此刻，我刚刚长时间的疑虑和犹豫立刻显得如此遥远和愚蠢。就是多兰，我都不需要看那辆灰色凯迪拉克就知道是多兰。

我不知道他能不能嗅到我，但我能嗅到他。

知道他正在过来让我更容易抬起自己疼痛不已的腿，一路跑起来。

我回到绕行道的警示牌旁，把它正面朝下地推进沟里，在上面盖了一块沙色帆布，又弄了些沙子到底座上。总体效果不像假路面那么好，不过我想已经够用了。

我跑上第二个上坡，我的车停在那里，现在它是整个画面的一部分了——一辆暂时被车主抛下的车，车主可能去什么地方寻找新轮胎或者修理旧轮胎了。

我坐进驾驶座，在座位上伸展四肢，心脏怦怦跳着。

时间仿佛再次被拉长了。我躺在那儿，听着发动机声，但一直没来，没来，没来。

他们转弯了。他在最后一刻识破了你的阴谋……或者有什么东西看起来不对劲，不管是在他看来，还是在他的保镖看来。然后他们转弯了。

我躺在座位上，背部时不时地传来绵长而缓慢的抽痛，眼睛紧紧地闭着，好像这样能听得更清楚。

那是发动机声吗？

不是——只是风而已，现在吹得厉害起来，足以将大片沙子吹到车壁上。

没来。要么转弯了，要么回去了。

只有风。

要么转弯了，要么回——

不，不只是风。是发动机，声音在渐渐变大，几秒钟后，一辆车——只此一辆——从我身边呼啸而过。

我坐起来，抓住方向盘——我必须抓住点什么，透过风挡玻璃往外看。我眼珠子鼓起，舌头抵在牙齿间。

灰色凯迪拉克下了山坡，开向平路，车速五十或五十多一点。刹车灯完全没亮，到了最后都没亮。他们完全没看到陷阱，甚至连一点点想法都没有。

接下来的事情是这样的：突然间，凯迪拉克好像开在了路里，而不是路面上。这想象如此有说服力，我感到了一瞬的眩晕，即使这只是我自己的想象，也让我觉得困惑不已。多兰的凯迪拉克已经深深地陷在了 71 号公路里，先是毂盖，接着是车门。我突然有了一个奇怪的想法：如果通用汽车公司生产豪华潜水艇，这估计就是那玩意下水时候的样子。

支撑帆布的支柱在车的撞击下断裂了，我能听到微弱的断裂声，还有帆布起伏和撕裂的声音。

所有这一切发生在三秒内，但这三秒我一辈子都不会忘。

我感觉凯迪拉克现在只看得见车顶和两三英尺的车窗了，然后传来了一声沉闷的巨响，以及玻璃碎裂、金属压弯的声音。空中扬起一大片灰尘，很快就被风吹散了。

我想下去看看——想立刻下去，但首先得把绕道警示牌放回去。我不想自己被打断。

我下了车，绕到后面，拿出轮胎。我把轮胎放到后轮位置，尽快拧紧六个螺母，只用了手指。过会儿可以做得更细致，现在只需要把车开回绕行车道和 71 号公路分岔的地方。

我放下保险杠，一瘸一拐地迅速跑向驾驶座。我在那儿停了一会儿，支起脑袋听着。

能听到风声。

还有长方形洞里传来的喊叫……也可能是尖叫。

我微笑着上了车。

我沿着道路快速开了回去，货车醉酒似的前后摇晃。我下了车，打开后车门，拿出交通锥。我竖起耳朵，留心听着不断靠近的车辆，但风太大了，听不清楚。当我听到声音的时候，车子已经很近了。

我跳进沟里，摔倒了，屁股着地地滑到了底部。我推开沙色帆布，把绕道警示牌拖到最上面，然后立起警示牌，回到车旁，"砰"地关上后门，完全不打算装回指示箭头。

我开车返回第二个上坡，停在刚好看不见绕行道的老位置，然后下车拧紧后轮的螺母，这次用了撬胎棍。喊叫停了，不过明显是尖叫了，声音越来越大。

我不紧不慢地拧紧螺母，不担心他们会爬出来，也不担心他们会攻击我或者跑进沙漠里，因为他们没法出来。陷阱运行完美。凯迪拉克现在不偏不倚、轮子着地地陷在洞底，两侧都只有不到四英尺的空隙。车里的三个人最多只能打开门，伸出一只脚。他们没法开窗，因为窗是电动的，而电池早已被挤碎，成了塑料、金属和酸液，散在发动机的残骸里。

司机和副驾驶座上的人大概也被挤成了碎片，不过我并不关心；我知道车里还有人活着，正如我知道多兰总是坐在后排，系着安全带，像一个好公民会做的那样。

螺母拧紧到我满意了之后，我把车开到陷阱较宽、较浅的一端，下了车。

大部分支柱都没了，但我还能看到一些碎裂的末端，仍戳在沥青上。帆布"路"在洞底躺着，皱了，撕裂了，变形了，看上去像蜕下的蛇皮。

我走到较深的一端，多兰的凯迪拉克就在那儿。

车头完全废了。发动机盖向上翻折成了锯齿状的扇形。发动机部分则是一堆金属、橡胶和软管，整个被撞击时崩塌的沙子和灰尘给盖住了。洞里传出“嘶嘶”声，还能听到某个地方有液体往外漏，滴滴答答地响个不停。防冻液里冰冷的酒精味飘在空气中，辛辣刺鼻。

我之前担心风挡玻璃，担心它可能向内破裂，让多兰有足够的空间挤出来。不过我的担心是多余的，我说过，多兰的车是按小国家独裁者和暴虐军事领袖的规格搞的。玻璃不应该碎，也确实没碎。

后窗更结实，因为面积小。多兰没法打碎它——当然了，在我给的时间里做不到，而且他也不敢开枪打。近距离射击防弹玻璃简直就是另一种形式的俄罗斯轮盘赌。子弹只会在玻璃上留下一个小小的白色斑点，然后弹回车里。

我确信只要有足够的时间和空间，他能找到出来的办法，但有我在，我什么都不会给他。

我朝凯迪拉克的车顶踢了一脚土。

下面立刻有了反应。

“我们需要帮助，求你了。我们陷在这里了。”

多兰的声音。他听起来没有受伤，而且镇静得让人毛骨悚然。不过我感受到了他深层的恐惧，他被这种恐惧牢牢地控制着，当时我对他产生了极度同情。我能想象到他正坐在自己被压扁的凯迪拉克的后座上，一个保镖受伤了，不停地呻吟，大概是被发动机压住了，另一个保镖不是死了就是昏迷了。

我想象着，感到了一瞬间的紧张——共情幽闭恐惧症，我只能这么形容。摇车窗——没反应。试试门吧，虽然你也明白，在他们能挤出来之前，怕是得用力敲上半天。

然后我止住了想象。是他自己买的这车，不是吗？是的。他买了自己的死亡车票，还付了全价。

“谁在那儿？”

“我，”我说，“不过我不是你想要的帮手，多兰。”

我又踢了一脚沙石到车顶。那个尖叫的人又开始尖叫，因为第二波沙石从车顶“哗啦”漏了下去。

“我的腿！吉姆，我的腿！”

多兰的声音突然变得警觉起来。外面的这个男人，这个站在车顶的男人，知道他的名字。这意味着现在的情况极度危险。

“吉米，我的腿骨都露出来了！”

“闭嘴。”多兰冷酷地说。听他们的声音这样飘上来有点诡异。我想我可以爬下去，站到凯迪拉克的后备厢盖上，透过后窗往里看，不过也看不到什么，就算把脸紧紧贴在玻璃上也不行，因为玻璃是偏光的，我之前可能说过。

不管怎么说，我并不想见到他。我知道他长什么样。我见他干吗呢？为了搞明白他有没有戴劳力士？有没有穿名牌牛仔裤？

“你是谁，兄弟？”他问。

“我谁也不是，”我说，“只是一个完全有理由把你弄成如今这样的无名之辈。”

突然，多兰说：“你是鲁宾逊吧？”真是诡异又恐怖。

我感觉有人冲我的腹部打了一拳。他如此快速地建立了联系，在一堆不熟悉的名字和脸中分析筛选，然后找出了完全正确的那一个。我是否想过他是个野兽，有着野兽的直觉？我一点都不知道。事实上，还好我不知道，不然我没胆子做今天的事情。

我说：“我的名字无关紧要。但你知道现在发生了什么，对吧？”

尖叫又开始了——叫得很好，听起来像液体在沸腾。

“让我出去，吉米！让我出去！上帝哪！我的腿断了！”

“闭嘴。”多兰说。然后，他对我说：“我听不清你说话，朋友，他叫得太大声了。”

我趴了下来，双手和双膝着地，向前倾了倾身子。“我说你知道——”

突然，我眼前浮现出狼外婆对小红帽说话的场景。*亲爱的，再靠近一点，这样我能听得更清楚*。我立刻后退，很是及时。左轮手枪响了四次。在我刚刚趴着的地方声音已经很大了，车里一定震耳欲聋。凯迪拉克的车顶出现了四只黑漆漆的眼睛，我感到有什么东西擦着我的额头过去了。

“打中你了吗，狗娘养的？”多兰问。

“没有。”我说。

尖叫变成了哭泣。这个人在副驾驶座上。我看到了他的手，惨白得像一个溺水之人的手，虚弱地拍打着风挡玻璃，旁边倒着一具尸体。吉米必须把他救出去了，他在流血，痛得厉害，痛得要死，痛得超过了承受范围。以上帝之名，他真心为过往的罪行忏悔，但这实在是超过了——

又传来两声巨响。副驾驶座上的人不叫了，他的手从风挡玻璃上滑了下来。

“好了，”多兰说，声音里带点深思的意味，“他不痛了，我们也能听清彼此说话了。”

我一言不发，突然感到晕眩和不真实。他刚刚杀了一个人。杀了他。我又感到自己远远低估了他，虽然一直很小心谨慎，但现在我还能活着已经很幸运了。

“我有个提议。”多兰说。

我继续沉默——

“我的朋友？”

继续沉默。

“喂！你！”他的声音轻轻地颤抖了一下，“如果你还在那儿，说话啊！这又能有什么坏处呢？”

“我在，”我说，“我只是在想，你已经开了六次枪，不久之后，你可能会希望给自己留一发子弹。不过枪里也可能有八发子弹，或者你还有备用的。”

现在轮到他沉默了。

“你在计划什么？”

“我想你已经猜到了，”我说，“过去的三十六小时，我一直在挖洞，挖出了世界上最长的坟墓，现在，我要把你埋在你那辆该死的凯迪拉克里。”

他声音里的恐惧还在控制之弦内。我希望那根弦断掉。

“你想先听听我的提议吗？”

“我会听的，不过得几秒钟后。我要先去拿点东西。”

我走回货车，拿上铲子。

我回来时，听到他在喊：“鲁宾逊？鲁宾逊？鲁宾逊？”像一个对着挂了的电话喊话的人。

“在呢，”我说，“你说吧，我听着呢。你说完了我可能会提一个相反的提议。”

他开始说了，听上去开心了很多。我说的相反提议其实就是交易。如果我开始谈交易，那么他就快出局了。

“我给你一百万美元，让我离开这里。但是，同样重要的是——”

我往凯迪拉克的后备厢盖上铲了一铲沙土，小石子在后窗上噼里啪啦地蹦着，尘土沿着后备厢盖的缝隙往下漏。

“你在做什么？”他的声音尖利起来，充满警觉。

“手闲着干点坏事，”我说，“我觉得在听你说话的时候手可不能闲着。”

我又挖了一铲土，倒了进去。

多兰的语速变快了，声音更加急切。

“一百万美元，再加上我的个人保证，绝对没有人伤害你……我不会，我的人不会，任何其他人的人也不会。”

我的手不疼了，这很神奇。我不断地铲土，五分钟不到，凯迪拉克的后盖就已经深埋在了土下。显然，把车埋起来，即使是徒手，也比弄出来简单得多。

我停了一会儿，靠在铲子上。

“接着说。”

“嘿，这就是疯了，”他说，现在我能明显地听出他声音里的惊恐了，“我说这完全就是疯了。”

“这点你说对了。”我说，铲了更多土。

他坚持的时间比我想的要长了很多，说话，讲道理，哄骗——但是随着沙土持续地在后窗上堆积，他说话越来越没有章法，重复、出尔反尔、结结巴巴。有那么一会儿，车门被开到最大，“砰”的一下撞到洞的侧面。我看到了一只手，关节上长着黑毛，食指上戴着一枚巨大的红宝石戒指。我快速往车里送了四铲松散的泥土。他大骂起来，用力关上门。

又过了没多久，他崩溃了。我想是沙土掉落的声音最终吓住了他。当然是了。在凯迪拉克里，这声音听起来肯定很大。沙土和石头噼里啪啦地掉在车顶，再沿着车窗下滑。他一定是终于意识到了自己正坐在一个装着软垫、带有八缸发动机的棺材里。

“让我出去！”他尖叫道，“求你了！我受不了了！让我出去！”

“你准备好听我的提议了吗？”

“是的！是的！天哪！是的！是的！是的！”

“尖叫。这就是我的提议。这就是我想要的。为我尖叫。如果你叫得够大声，我就让你出来。”

他发出刺耳的尖叫。

“不错！”我说，而且我真这么觉得，“不过离好差远了。”

我又开始挖土，一铲子一铲子地往车顶上倒。散开的土块沿着风挡玻璃往下滑，落进流水槽里。

他又叫起来，甚至更大声了，我开始好奇人到底能不能喊破自己的喉咙。

“不差嘛！”我说，加倍努力地干起活来。虽然我的背抽痛着，但我露出了微笑。“你可能会成功哟，多兰——你真的可能成功。”

“五百万。”这是他说出来的最后一个完整的句子。

“我想还是不要了。”我说，靠在铲子上，用脏兮兮的手掌根擦了擦前额的汗，手上满是污垢。整个车顶几乎已经被土盖住了，看上去像星暴[1]，或者像一只巨大的棕色的手攫住了多兰的凯迪拉克。“不过如果你能从嘴里发出一声，我想想，和一辆在点火开关上绑了八捆炸药的1968款雪佛兰爆炸时一样大的声音，我就让你出来，你可以信我这话。”

他叫起来，我继续把土铲进洞里。有那么一会儿，他确实叫得很大声，但我判断也就两捆炸药的音量。最多三捆。到凯迪拉克整个被盖住的时候，我歇了下来，看着洞里这个被土覆盖的小圆丘，他已经发不出什么声音了，只有一些嘶哑破碎的咕哝。

我看了看表，刚过一点。手又开始流血，铲柄也滑溜溜的。一捧沙砾吹到脸上，我后退了一步。沙漠里的强风发出了让人特别不舒服的声音——长而平稳的嗡嗡声，持续不断，像一个蠢蛋幽灵发出的声音。

我靠近洞口。“多兰？”

没有回答。

---

[1] 两个星系中巨大的气体云团在烟火般耀眼的光芒中撞击在一起，会产生几千个炽热的新恒星，这就是“星暴”现象。

“叫啊，多兰。”

一开始没有声音，然后传来一串尖利的咆哮。

圆满!

我回到车里，发动货车，开了一点五英里回到道路施工的地方。在路上，我把收音机调到了拉斯维加斯的WKXR台——这辆车唯一能收到的电台。巴里·马尼洛说他写出了让整个世界一起歌唱的歌，对此我是存疑的，接下来天气预报开始了。预报有强风，拉斯维加斯到加利福尼亚的主路上已经架起了通行警示牌。电台主持人说，席状砂的出现很可能导致能见度不足，但真正要小心的东西是风切变[1]。我知道他说的是什么，因为我能感觉到风切变正在切割我的货车。

我的凯斯-乔丹铲斗装载机就在这儿，我已经把它当作自己的东西了。上了车，哼着巴里·马尼洛的歌，我把蓝线和黄线接到一起，铲斗装载机顺利地发动起来。这次我记得挂空挡。不错嘛，朋友。我能听到廷克在我脑海里说。你在学呢。

是的，我一直都在学。

我坐了一分钟，看着沙帘呼啸着穿过沙漠，听着铲斗装载机的发动机嗡嗡作响，想着多兰现在怎么样了。毕竟，这是他绝佳的机会。打破后窗，或者爬到前座去打破风挡玻璃。虽然前后玻璃上都堆了几英尺厚的沙土，但还是有可能打破的。这主要看他现在疯成什么样了，不过这就不是我能知道的事了，所以真的没法去想。其他事情却可以想。

我挂上挡，铲斗装载机动了起来，上了公路，开向大坑。到了以后，我紧张地小跑过去，往下看，希望能看到凯迪拉克小圆丘的前窗或后窗上出现一个人形的鼠洞——多兰打破玻璃爬出来了。

---

[1] 风速矢量或其分量沿垂直方向或某一水平方向的变化。

我艰苦卓绝的工作没有被破坏。

“多兰。”我说。我想我的语气足够高兴。

没有回答。

“多兰！”

没有回答。

他自杀了，我想。我感到一阵苦涩的失望。用某种方法自杀了，或者被吓死了。

“多兰？”

土堆里传出笑声，明亮的、不受抑制的、完全真实的笑声。我感到自己的肌肉自动鼓胀起来。这是一个疯子的笑声。

他笑着，用嘶哑的声音笑着。然后叫了起来，又笑了起来。最后又笑又叫。

我和他一起笑了一会儿，叫了一会儿，或者又笑又叫，风也对着我们又笑又叫。

然后我回到铲斗装载机上，放下铲斗，开始真正地埋葬他。

四分钟后，凯迪拉克连形状都看不出来了，只剩下一个填满了土的洞。

我感觉自己能听见点什么，但风声很大，还有铲斗装载机发动机的嗡嗡声，所以没法判断。我跪下来，然后整个趴倒在地上，头探到洞里。

洞的深处，在所有土层下面，多兰还在笑。那种声音像漫画书里读到的声音：嘻嘻嘻，哈哈哈。可能也夹杂了些什么话，不好说。可我还是笑了，点了点头。

“叫吧，”我低声说道，“叫吧，如果你想。”但那微弱的笑声一直持续着，不断从土里渗出来，像有毒的蒸汽。

一阵突如其来又神秘的恐惧攫住了我——多兰在我身后！对，不知怎的，多兰到了我身后！在我转身之前他就要把我推到洞里了——

我跳起来，转过身，伤得厉害的手勉强握成拳。

被风吹起的沙子拍了我一脸。

没有任何其他东西。

我用脏手帕擦了擦脸，回到铲斗装载机驾驶室，继续工作。

天黑之前我就把洞填回去了。

甚至还有剩余的土，即使风吹走了一部分，因为凯迪拉克占了很大一块地方。事情进展很快，如此之快。

我开起铲斗装载机，直接轧过埋多兰的地方，思绪疲倦、茫然若失，还有点神志不清。

把车停到一开始的地方后，我脱下衬衫，用它擦了驾驶室里的所有金属，为了抹去指纹。我并不知道自己为什么这么做，哪怕到了今天也不知道，因为在其他一百多个地方，我肯定也留下了指纹。做完一切后，伴着风暴下黄昏的棕灰色微光，我回到了货车上。

打开后门，看到多兰蹲在里面，我尖叫着，踉跄地退了几步，抬起一只手护住脸。我感觉自己的心脏要在胸腔里爆炸了。

什么都没有，没有人从车里出来。门在风中拍打摇晃，像闹鬼房子里的最后一扇百叶窗。最后，我慢慢挪过去，心怦怦跳着，往车里看。什么都没有，只有我留下的那堆东西——碎了灯的闪光指示箭头、千斤顶、工具箱。

“你必须控制住自己的情绪，”我轻轻地说，“坚持住。”

我等着伊丽莎白说：*你会没事的，亲爱的*……就像这样的话……但只有风声。

我上了车，发动起来，朝着坟墓开了一半。这是我能到的最远的地方了。虽然我知道这很蠢，但我就是越来越相信多兰正在车里潜伏着。我不停地瞟后视镜，想从那堆东西里找出他。

风更大了，吹得货车摇摇晃晃。大片沙尘被吹起，落到车前，像是车头灯在冒烟。

最后，我停到路边，下车，关上所有门。我知道想在这样的户外睡觉简直就是疯了，但我实在没办法睡在车里。就是不行，所以我拿着睡袋爬到了货车底下。

我拉上睡袋，五秒后就睡着了。

我被噩梦吓醒了，但我忘了这个梦，只记得有手掐着我的喉咙，然后我发现自己被活埋了。鼻子上有沙，耳朵里有沙，喉咙里也有沙，这让我窒息。

我大声尖叫，奋力爬起。一开始，我还以为困住我的睡袋也是沙土，结果脑袋一下子撞到了货车的底盘，几块铁锈掉了下来。

我滚出车底，这时候正是黎明时分，天色是混浊的青灰色。一出睡袋，它就像风滚草似的被吹走了。我惊叫一声，追着跑了二十英尺，然后意识到这是最可怕的错误。可见度已经降到最多二十码，还可能更低。某些地方的路已经完全消失。回头看车，模糊一片，也几乎不见了，像一幅深褐色幽灵城的遗迹照片。

我摇摇晃晃地回到车旁，找出钥匙上了车。我还在不停地吐沙子、干咳。车子发动起来，沿着来时的路慢慢开回去。没必要等天气预报，整个早上，主持人能讲的只有天气，内华达州有史以来最可怕的沙漠风暴。所有道路都封闭了。在家待着，除非万不得已，那也还是在家待着。

这光荣的七月四日。

待着别动。疯了才出去。会被沙子弄瞎的。

我愿意冒险。这是永远掩盖这一切的最好机会——我从未想过自己能有这样一个机会，即使在我最大胆的幻想里，而如今机会就在眼前，我要抓住它。

之前多带了三四条毯子，我从上面撕下又长又宽的一条，绑在头上，看上去有点像疯了的贝都因人。出发。

整个早上，我都在把沥青块从沟里弄上来，放回挖出的坑里，尽量弄得和泥瓦匠砌墙或者砌壁龛那么整齐。这活本身并不是特别困难，虽然我得从土里挖出大部分沥青块，就跟考古学家挖文物似的，而且差不多每二十分钟我就得回到车里躲避风沙，让刺痛的眼睛歇一会儿。

我从洞的浅端开始，慢慢向西挪动。到了十二点一刻——六点开始的，已经到了最后的十七英尺左右。当时风快停了，我时不时能看到头上的一块块蓝天。

我搬着、填着，搬着、填着。算起来，现在我应该正站在多兰上面。他死了吗？一辆凯迪拉克能有多少立方英尺的空气？考虑到多兰的两个朋友都已经不呼吸了，那还要多久车里的空气才会没法支撑生命？

我跪倒在光秃秃的土里。风已经侵蚀了铲斗装载机的车辙，但还没有完全消除；在那些淡淡的锯齿状痕迹下方的某个地方，有一个戴着劳力士手表的男人。

“多兰，”我亲切地说，“我改主意了，决定让你出来。”

没反应。什么声音都没有。这次肯定是死了。

我又回去拿起一块沥青，放到坑里。正要站起来，我听到了微弱的、咯咯的笑声从土里渗出来。

我瘫成一团，蹲了下来，头往前伸——如果我还有头发，这会儿头发就挂脸上了，这个姿势维持了一会儿，我听着多兰在下面笑。声音很微弱，毫无音质可言。

声音停了，我走回去又拿起一块沥青。这块有一段断裂的黄色通行线，看上去像连字符。我跪了下来。

“看在上帝的分上！”他尖声说，“看在上帝的分上，鲁宾逊！”

“对啊，”我笑着说，“看在上帝的分上。”

我把手头的沥青块整齐地摆放在其他沥青块旁，侧耳再听，多兰已经没声了。

那晚十一点，我回到了拉斯维加斯，睡了十六小时，起床去厨房煮咖啡时，突然就瘫倒了，背上袭来一阵可怕的痉挛，痛得我在地板上打滚。我一只手去够后腰，另一只手塞到嘴里止住尖叫。

过了一会儿，我爬进浴室——试着站起来，但引来了又一阵电击般的疼痛，扶着脸盆架支起身体，让自己刚好能够到药柜里的阿司匹林。

我吃了三片，打算洗个澡。浴缸放水时，我躺在地板上。水满了，我扭动着脱掉睡衣，设法进入浴缸。我在里面躺了五小时，大部分时候都在打盹。出来的时候，可以走路了。

一点点而已。

我去找了一个脊椎按摩师。他说我有三节椎间盘突出，而且下面的脊椎还严重错位。他好奇我是不是打算去做马戏团的大力士。

我告诉他这是在花园里挖坑时弄伤的。

他让我去堪萨斯城。

我去了。

他们给我做了手术。

麻醉师把氧气罩放到我脸上时，我听到多兰在嘶嘶作响的黑暗中大笑。我知道自己要死了。

恢复室贴了水绿色的瓷砖。

“我还活着吗？”我哑着嗓子说。

护士笑了。“是的。”他的手碰了碰我的眉毛——绕着整个脑袋长的眉毛。“你晒伤太严重了！天哪！痛吗？还是你还晕乎着呢？”

“还晕乎着，”我说，“我昏迷的时候说话了吗？”

“说了。”

我感到浑身冰冷，冷到了骨子里。

“说了什么？”

“你说：‘这里很黑，让我出去！’”他又笑了。

“哦。”我说。

他们再也没找到他——多兰。

多亏了风暴，那赶巧的风暴。我很确定自己知道发生了什么，不过如果我告诉你我从没靠近去查看，我想你也能理解。

RPAV——记得吗？他们在重铺道路。风暴几乎埋了绕行车道所关闭的那段71号路。他们回来工作后，不用费力一次性地移走堆积起来的沙丘，而是干到哪儿算哪儿——何苦全移走呢？反正也不用担心交通问题，所以挖沙子和拆除旧路面同时进行。如果铲斗装载机司机碰巧留意到某一路段上被沙子覆盖的沥青——一段约四十英尺长的路面——在他的铲斗前断裂成了整齐的、几乎呈几何状的碎块，而他什么都没说，那大概是醉了，也可能是那天晚上他梦见自己带着孩子出去了。

然后大型垃圾车就来了，装着满满当当的新沙砾，后面跟着洒布机和压路机。再后面是罐式汽车，车尾接着大喷枪，散发出热沥青味，特别像化了的皮鞋味。等新鲜沥青干了，贴合机将到场。帆布遮阳伞下的司机会不断回头看黄线，保证它笔直，完全不知道自己正压过一辆雾灰色的凯迪拉克，里头还有三个人，不知道在下面的黑暗中，有一枚红宝石戒指和一块金色劳力士手表——这手表估计还在走时。

本来这些重型设备中的任何一个肯定能压坏一辆普通的凯迪拉克，压下去的时候设备会晃一下，发出嘎吱声，然后一堆人就会去挖土，看能找到什么——或者谁。不过多兰的车简直就是辆坦克，而他的极端小心又成功地不让任何人找到他。

当然了，凯迪拉克迟早会塌，可能是在一辆半挂车的重压下，然后经过的下一辆车将在西向车道上看到一个巨大的凹陷，人们会通知公路部，再安排一次 RPAV。不过如果工人们不去现场勘察情况，不去发现其实是路面下的空心导致仅仅一辆卡车的重量就引发坍塌，我想他们会认为“沼洞”（就是这么叫的）是由霜冻、塌陷的盐丘，或者一次沙漠地震引起的。他们会把路修好，生活继续。

他——多兰，被报失踪了。

有几个人流了那么几滴眼泪。

《拉斯维加斯太阳报》的一个专栏作家认为他可能在和吉米·霍法[1]一起打牌、打台球。

或许这个推测很接近事实了。

我很好。

我的背现在基本恢复了。医生严厉嘱咐我不能独自提任何超过三十磅的物体，好在今年我有一大帮三年级学生，他们什么样的忙都能帮。

我开着自己新的本田讴歌，在那段路上跑了几个来回。有一次我还下了车（提前确认了两个方向上都没有来车），在那个点上撒了一泡尿，我很确定就是那个点。但尿不太出来，虽然膀胱满满当当。我继续上路，不断查看后视镜：你看，我有个很滑稽的想法，多兰会从后座上冒出来，皮肤烧成了肉桂色，木乃伊一般干瘪的皮肤挂在骨架上，头发上满是沙子，眼珠子和劳力士手表闪闪发光。

---

[1] 1975 年神秘失踪的美国工会领袖。——译者注

事实上，那是我最后一次走 71 号公路。现在，向西走的时候我都走州际公路。

伊丽莎白呢？跟多兰一样，她也归于宁静了。这对我是一种解脱。

The End of the Whole Mess

混乱终结

我想告诉你战争的结束、人类的堕落以及弥赛亚[1]之死——史诗般的故事，值得上千书页和满架书卷来书写，但是你（如果以后还能有“你”来读到这些）只能将就这冷冻干燥版的叙述。直接注射起效很快，我想大概花了四十五分钟到两小时，时长因血型而异。我觉得我是A型血，给我的时间应该稍微长点，不过要是我记得清清楚楚，那才是见鬼了。如果不巧是O型血，那你读到的就是大量空白页了，我的朋友——虚拟的朋友。

[1] 源于希伯来文 mashiah，原意为“受膏者”，相当于希腊语的“基督”，是犹太人所盼望的“复国救主”之专称。

无论哪种情况，我想还是做好最坏的打算，以最快的速度做好这事。

我用的是电传打字机——博比的文字处理器更快一点，但那东西的发电机的循环周期太不规律了，就算用上线条控制器也难以信任。我只有一次机会，不能看着写得差不多了就去冒险，因为一个失误或者一个控制器无法处理的波动而前功尽弃。

我的名字是霍华德·弗诺一，一名自由作家。我的弟弟罗伯特·弗诺一是弥赛亚。四小时前，我用他自己的发明杀死了他。他管那个东西叫“镇静剂”。“严重错误剂”或许是个更好的名字，但没办法，木已成舟——这是爱尔兰人说了几个世纪的话，证明了他们有多浑蛋。

见鬼，我承担不起这样跑题啊。

博比死了以后，我用被子把他盖起来，在小屋里唯一一扇位于客厅的窗户旁坐了三小时，看着窗外的树林。过去经常能看到北康威高强度钠弧灯的橘黄色光亮，如今不行了。现在只有怀特山——看上去像孩子在绉纸上剪出的黑色三角形和毫无意义的星星。

我打开收音机，调了四个台，只找到一个疯子，就又关了收音机。我坐着想该怎么说这个故事。我的思绪不断飘到所有那些绵延数英里的黑暗松林里，飘到所有那些虚无里。最后，我意识到我需要振作起来，当机立断。没有截止时间的活我真是干不了。

不过，毫无疑问，现在有截止时间了。

我们的父母完全没有理由期待任何他们所未曾拥有的东西：聪明的孩子。爸爸专攻历史，三十岁就成了霍夫斯特拉大学的教授。十年后，他成了华盛顿国家档案馆的六名副馆长之一，更是馆长候选人。他同时还是个大好人，收集了查克·贝里[1]的每一张唱片，自己也是个非常优秀

---

[1] 美国歌手、作曲家、吉他演奏家。

的蓝调吉他手，白天捣鼓文件，晚上玩摇滚。

妈妈以优异的成绩从德鲁大学毕业。她有一把美国大学优等生荣誉学会的钥匙，有时候会挂在那顶时髦的男士软呢帽上。她成了华盛顿的一名成功的注册会计师，认识了爸爸，结了婚，然后在怀着我的时候开了自己的事务所。我出生于一九八〇年。到了一九八四年，她已经在为我爸爸的一些合伙人提供税务服务——她管这个叫“小爱好”。一九八七年博比出生的时候，她在给十几个有权有势的人处理税务、投资和财产规划问题。我能说出他们的名字，可谁管这些呢？到这会儿，这些人不是死了就是成了口水直流的傻子。

我感觉她每年从她的“小爱好”里挣的钱要比爸爸工作挣的钱多不少，不过这并不重要——他们都对自己的状态和彼此的状态很满意。他们之间经常争吵，但从没打起来。在成长过程中，我所看到的我的妈妈和我同伴的妈妈之间的唯一差别是，他们的妈妈通常一边让电视播肥皂剧，一边看书、熨衣服、缝缝补补或者打电话，而我妈妈则是一边让电视播肥皂剧，一边按小型计算器，在大大的绿纸上写下一串串数字。

对一对钱包里装着门萨[1]金卡的夫妻来说，我没有让他们失望。就读于公立学校那几年，我的成绩要么是A，要么是B（就我所知，我或者我弟弟应该去读私立学校这个想法从来没有被讨论过）。很小的时候，我就写得一手好文章，而且毫不费力。二十岁时，我卖出了我第一篇刊登在杂志上的文章——关于大陆军[2]如何在福吉谷过冬。我把它卖给了一本航空杂志，赚了四百五十美元。我深爱着的爸爸问我他能不能买下那张

[1] 英文名是“Mensa”，世界顶级智商俱乐部的名称，于1946年成立于英国牛津。

[2] 美国独立战争中由北美13个殖民地联合建立的革命武装力量，美国历史上著名的资产阶级革命军队，于1775年6月组建。

支票。他给了我他的私人支票，然后把航空杂志开给我的那张裱了起来，挂在桌子上方。一个浪漫的天才，如果你不介意我这么说的话。一个浪漫的、演奏蓝调音乐的天才。相信我，一个孩子能做到这样已经不错了。当然了，我爸妈去年年底也都开始疯言疯语、屎尿失禁，后双双去世，就像这个地球上几乎所有人那样，但我一直深爱着他们。

我是那种符合父母预期的孩子——聪明、善良、有天分，而且这种天分在爱与自信的环境中早早成熟，有信仰、热爱并尊重自己的父母。

博比和我不一样。任何人，连我们这样的“门萨人”，都从不曾料想过博比那样的孩子。从不曾。

我的如厕训练比小博比整整早两年，这是我唯一打败过他的事。但我从来没有嫉妒他，嫉妒他就像是美国退伍军人协会里一个相当不错的投手嫉妒诺兰·莱恩[1]或者罗杰·克莱门斯。到了某个点，引起嫉妒心的比较就完全不存在了。我经历了这些，我可以告诉你：到了某个点之后，你就会自动往后站，遮住眼睛以抵挡耀眼的强光。

博比两岁认字，三岁开始写短文（《我们的狗》《和妈妈一起去波士顿》)。他打出来的文字是一个六岁孩童才能写出来的，凌乱、扭曲，却让人激动不已，这本身已经够令人震惊了，但还有更神奇的：如果可以誊写出来，让他那还在发展的发动机控制力不再成为一个影响因素，你会以为自己读的是一个聪明的五年级孩子的作品，虽然极度幼稚。他以惊人的速度从简单句转换到并列句，再到复杂句，并且掌握了从句、分句和修饰句，他的语感强大到诡异。当然，他有时候也犯错，句子结构错了，或者修饰语的位置错了，但在五岁的年纪，他就可以很好地掌控这些错误——这些折磨大部分作家一生的错误。

[1] 美国著名的棒球投手，下文的罗杰·克莱门斯也是美国著名的棒球投手。——译者注

他开始头痛。父母担心他身体出了问题——脑肿瘤什么的，带他去看了医生。医生给他做了仔细的检查，同时更仔细地听他叙述病情，然后告诉我父母，博比的身体没有任何问题，只是压力太大：他极端沮丧，因为他的手速跟不上他的脑速。

“你们的孩子试图绕过思维结石，”医生说，“我可以给他开一点治头痛的药，但其实他最需要的是一台打字机。”所以爸妈给博比买了一台IBM牌打字机。一年后，他们给了他一台装了文字之星文字处理软件的康懋达64[1]当作圣诞礼物。博比的头痛好了。在我们说其他事情前，我只想补充一下，接下来的三年里，博比一直以为是圣诞老人把那台电脑放在了树下。这么说起来，我还有一个打败他的地方：我更早知道圣诞老人的真相。

关于那些日子，我有很多很多可以说的，但我想我只能告诉你一点点，而且必须又快又简短。截止时间。啊，截止时间。我曾读到过一篇非常有意思的文章，叫《〈飘〉之精华》，里头的内容是这样的：

> “战争？”斯佳丽笑了，“哦，胡说！”
>
> 哗！阿什利上了战场！亚特兰大烧毁了！瑞特走了进来又走了出去！
>
> “胡说，”斯佳丽泪眼婆娑地说，“我明天再想这件事，明天又是新的一天了。”

读这篇文章时，我简直笑得打滚；然而现在，当我面临着做同样事情的窘境时，这事就没那么好笑了。我会这么写：

[1] 康懋达公司于1982年推出的家用电脑。——译者注

"一个拥有现存测试无法测验的超高智商的孩子？"印地娅·弗诺一笑着对她深爱的丈夫理查德说，"胡说！我们可以为他——还有他那不算笨的哥哥——提供一个合适的智力发展环境。哎呀，我们还会把他们像正常的美国男孩子那样养大！"

哗！弗诺一男孩们长大了！霍华德去了弗吉尼亚大学，以优异的成绩毕业，成了一名自由作家！生活舒适！和很多女人外出，和其中一部分上床！成功避开了性病和药瘾！买了一套三菱立体音响！一周至少写信回家一次！出版了两本卖得还不错的小说！"胡说！"霍华德说，"这是我的生活！"

就是如此，至少一直到博比出人意料地出现那天为止（以疯子科学家能有的最好方式）。他带着自己的两个玻璃箱——一个箱子里装着蜜蜂巢，另一个箱子里装着黄蜂巢，反穿一件印有字母的T恤，处于摧毁人类智商的边缘，却开心得像涨潮时的蛤蜊。

像我弟弟博比那样的人，两三代才可能出现一个——比如达·芬奇、牛顿、爱因斯坦，或许还有爱迪生。他们看起来都有一个共同点：像巨大的指南针，很长一段时间都在漫无目的地摇摆，寻找真正的北方，可一旦确认方向，就会以惊人的力量坚持下去。而在找到正北之前，他们会经历一些奇奇怪怪的事情，博比也不例外。

他八岁，我十五岁的时候，他来找我，说自己发明了一架飞机。那会儿我已经很了解他了，知道这不是说句"扯淡"然后把他赶出房间的事。我跟他到了车库，发现里面有一台长相怪异的胶合板机器，就放在雷德福莱尔[1]牌四轮小红车上。看上去有点像战斗机，但机翼朝前，而不

[1] 美国的一家玩具车公司，创建于1917年。

是朝后。飞机中部装了从木马上拆下来的马鞍，用螺栓固定住。旁边有个操纵杆，但没有发动机。他说这是一架滑翔机。他想让我把他推下卡里根山，那是格兰特公园里最陡的地方了，山上有一条供老人上下的水泥路。博比说那条路就是他的跑道。

“博比，你把这个宝贝的翅膀装反了。”

“没有，本来就该这样。我在《野生王国》[1]上看到了一些关于老鹰的知识。捕猎的时候它们俯冲下来，然后翻转翅膀飞回去。它们有两个关节，明白了吗？你最好这样拿起来。”

“那为什么美国空军不这样造战斗机呢？”我问，幸好自己当时还不知道美国和俄国的空军都计划在绘图板上设计这种机翼向前的战斗机。

博比耸了耸肩。他不知道，也不关心。

我们去了卡里根山，他爬上木马马鞍，抓住操纵杆。“用力推我。”他的眼里闪烁着疯狂的光——这光我很熟悉。天哪，他还躺在摇篮里的时候，眼睛里就不时地亮起这种光。但是我对天发誓，如果知道这玩意真能飞起来，我绝对不会那么用力地把他推下去。

可我不知道，所以当时我特别用力。他哧溜一下，滑下了山坡，兴奋地大喊大叫，像一个刚上路准备去镇上喝几杯的牛仔。一个老妇人不得不跳开给他让路，而一个推着助行器的老头险险避开。到了半路，他拉起操纵杆，我瞪大眼睛，又害怕又兴奋地看着他的胶合板飞机从小红车上分离。一开始，飞机只在小红车上方几英尺的地方盘旋，有那么一会儿，它看起来要落回去了。一阵风忽然吹了起来，飞机高高飞起，仿佛被一根无形的缆绳拉扯着。小红车脱离水泥路，撞进灌木丛里。突然间，博比就在十英尺的高空中了，然后是二十英尺，五十英尺。他坐着

---

[1] *Wild Kingdom*，有时被称为 *Mutma of Omaha's Wild Kingdom*，是一部以野生动物和自然为特色的美国纪录片。

一架不停升空的飞机滑翔在格兰特公园上空，开心地大喊大叫。

我在下面追着他跑，尖叫着让他下来，脑海里清晰地浮现出他从那个蠢不拉唧的马鞍上掉下来，被树枝或者公园里的某个雕像刺穿的画面。我并不只是幻想出了我弟弟的葬礼，实话告诉你，我还去参加了！

“博比！下来！”我尖叫。

“啊啊啊啊啊啊！”博比冲我尖叫着回应，声音模糊，但毫无疑问，他极度兴奋。下棋的，玩飞盘的，看书的，谈恋爱的，慢跑的，他们都震惊了，所有人都停下了手头的事情看着他。

“博比，那个玩意上他妈的没有安全带！”我大喊。那是我第一次用这个脏词，就我的记忆而言。

“我——没——事——”他用最大的声音喊回来，但我惊恐地发现，自己基本上什么都听不见。我跑下卡里根山，一路都在尖叫。我一点都记不起自己当时喊了些什么，只是到了第二天，嗓子完全哑了。但我记得当时有一个年轻人经过，他西装笔挺，站在山脚下埃莉诺·罗斯福的雕像旁。他看着我，闲谈道：“告诉你，朋友，这会儿迷幻药的劲又回来了。”

我还记得飞机那怪异畸形的影子掠过公园绿色地面上的样子，经过长凳、垃圾桶和那些仰起头看的人时起起伏伏的样子。我记得我一直追着它。我记得妈妈听到消息时痛苦不堪、泣不成声。我告诉她，博比的飞机一开始没有飞起来，但突然来了一阵风，飞机就直接上天了，然后博比完成了他第一次短暂而惊人的飞行，这次飞行驶过了整条 D 街。

事情的结局出人意料——如果事情真能如大家预料的那样，反而更好，但并没有。

博比倾斜着飞回了卡里根山，漫不经心地抓着机尾，防止自己掉落。他把飞机降到了格兰特公园中央的一个小池塘，在水面上方五英尺处滑翔，然后是四英尺……再然后他直接用脚在水面上滑行，留下两道一模一样的白色痕迹，吓住了那些自鸣得意（还常常吃撑）的鸭子，在他前方愤怒乱叫起来，嘲笑他那欢快的笑声。到了池塘岸边，飞机落地了，正好停在两个能卡断机翼的长凳间。他被甩出马鞍，撞到了脑袋，大叫起来。

这就是博比的生活。

不是所有事情都如此惊世骇俗——事实上，我觉得没有一件事情是……至少在发明镇静剂之前。我说出这个故事是因为我觉得这个极端的情况可以说明博比的日常：他的生活就是这么天马行空，和他生活在一起就是持续不断的心灵折磨。到了九岁，他已经在乔治敦大学上量子力学和高等代数课。有一次，他截断了我们街上以及邻近四个街区的所有收音机和电视机的信号，自己广播；他在阁楼上找到了一台旧的便携式电视机，把它变成了一个宽频电台。一台旧的齐尼思牌黑白电视机、一根十二英尺的音响线，还有一个放在屋顶上的晾衣架，然后奇迹出现了！差不多有两小时，乔治敦的四个街区都只能收到 WBOB 频道。其实这是我弟弟的频道，他在读我的短篇小说，开傻乎乎的玩笑，还解释了一下每周日早上，我们爸爸在教堂里放那么多屁的原因是烤豆子里含有太多硫元素。“不过他的屁大部分都是闷屁，”博比告诉他三千名左右的听众，“那些响屁他有时候会忍到唱赞美诗的时候。”

我爸爸对此可不太高兴，他向联邦通信委员会交了七十五美元的罚款，这笔钱从博比来年的零花钱里扣除了。

和博比生活在一起，唉……看看我吧，我都哭了。我好奇这是真实感情还是情绪突然发作？我想是前者——天知道我有多爱他，不过我觉得自己还是加快速度比较好。

博比十岁就从高中毕业了，出于各种现实原因，他从没有获得文学士学位或理学士学位，更不用说其他高等学位了。他跟从的是他心里那个巨大有力的指南针，不停摇摆，寻找真正的北方。

他学了一段时间的物理，也在着迷化学的时候学了一段时间的化学，不过最终，这两个领域都被他放弃了，因为他对数学感到不耐烦。他能搞懂数学，但包括数学在内的所有的硬科学都让他感到无聊。

到了十五岁，他对考古学产生了兴趣，把怀特山的山脉翻了个遍，就在我们位于北康威的避暑住处附近。利用箭镞、火石，甚至新罕布什尔州中部地区中石器时代洞穴里的那些早已熄灭的篝火中的木炭的形状，他确立了当地印第安人的历史。

然而这种兴趣也很快过去了，他开始阅读历史和人类学著作。十六岁时，我父母不情不愿地同意让他跟着一群新英格兰人类学家去南非探险。

五个月后，他回来了，人生中第一次被晒得黝黑，还长高了一英寸，轻了十五磅，也安静了许多。他还是和以前一样开开心心，或者说能够开心起来，但那种小男孩式的活力——有时候能感染他人，有时候又很烦人——不见了。他长大了。第一次，我听他谈起新闻……多可怕啊！那是二〇〇三年，当时从巴勒斯坦解放组织分裂出来的一个名为“圣战之子”（这名字在我听来总是荒谬得像宾夕法尼亚州某处的一个天主教社区服务团体）的小团体在伦敦引爆了一颗喷气式炸弹，致使伦敦百分之六十的面积受到污染，而剩下的百分之四十对打算要孩子或想活过五十岁的人来说也不健康。还是那一年，有一群疯狂的浑蛋试图在柏林空投艾滋病毒。

这种事情让所有人都很郁闷，但对博比来说，却格外严重。

“为什么人们都如此自私？”有一天他问我。当时是八月末，我们正在新罕布什尔的避暑住处，大部分东西都已经打包整理好了。屋子里弥漫着伤感、荒凉的气息，我们分别前通常都是如此。我要回纽约，博比去得州韦科。整个夏天，他都在读社会学和地质学的课本——这两样混搭起来会怎样？他说他想去韦科做几个实验。他说得很随意，漫不经心，但过去几周，我看到妈妈用一种特别的若有所思的目光审视着博比。爸爸和我都没有怀疑过什么，但我想妈妈知道博比的指南针终于停止摇摆，开始有所指向了。

“为什么他们都如此自私？”我问道，“我应该回答这个？”

“最好有人回答一下，”他说，“按照事情的发展，越快越好。”

“他们一直都是这样的啊，而且我想他们那么做是因为他们生来就是自私的。如果你想怪谁，那就只能怪上帝了。”

“这太扯了，我不信。就连那个双 X 染色体[1]到头来也是扯淡。别告诉我是经济压力引起的，什么穷人和富人的矛盾冲突，这也没法完全解释。”

“原罪在我这儿说得通——它演奏出美妙动人的音乐，让人们随之翩翩起舞。”

“好吧，”博比说，“或许就是原罪。那么是什么乐器奏出了这罪恶之音呢，哥哥？你想过吗？”

“乐器？什么乐器？我没懂。”

“我觉得是水。”博比低沉地说。

“你说什么？”

“水，水里的东西。”

他看着我。

“或者不在水里的东西。”

第二天，博比出发去了韦科。我再也没有见过他，直到他反穿着那

[1] 此处疑为作者笔误，应为双 Y 染色体。20 世纪时，有些研究人员认为拥有 XYY 染色体的男性更容易犯罪，现在这种结论已被推翻。

件印有字母的T恤，带着两个玻璃箱出现在我公寓门口。那已经是三年后了。

“你怎么样啊，老霍。”他说着进了屋，若无其事地在我背上拍了一巴掌，好像我们只有三天没见。

“博比！”我叫起来，张开双臂给了他一个熊抱。我的胸膛撞上了什么硬邦邦的东西，听到了愤怒的蜂鸣声。

“我也很高兴见到你，”博比说，“不过你最好淡定点。你惊扰到这些小家伙了。”

我立刻后退。博比放下手里的大纸袋，取下肩上的背包，然后小心翼翼地从纸袋里拿出玻璃箱。一个箱子里是蜜蜂巢，另一个箱子里是黄蜂巢。蜜蜂们已经平静了下来，该干吗干吗去了；但黄蜂们显然对整件事情非常不高兴。

“好吧，博比。”我说。我看着他笑了，笑得停不下来。“这次来有何贵干？”

他拉开背包，拿出一个蛋黄酱瓶，里面装了半瓶透明液体。

“看到这个了吧？”他说。

“嗯，看上去既像水又像‘白色闪电’[1]。”

“事实上两者都是，如果你愿意相信的话。这来自拉普拉塔的一口自流井，在韦科东边四十英里的一个小镇。这是我把五加仑[2]的水提炼成浓缩态才得到的。我在那儿有个长期运作的小蒸馏室，老霍，但我不觉得政府会为此逮捕我。”他咧着嘴笑呢，这会儿笑得更欢了，“这就是彻头彻尾的水，不过这也是人类见过的最牛气的私酿了。”

---

[1] 私酿烈酒的代称。

[2] 1美制加仑约合3.79升。

“我完全不知道你在说什么。”

“我知道你不知道，不过你会知道的。你知道吗，老霍？”

“知道什么？”

“如果愚蠢的人类可以再坚持六个月，我敢说他们可以永远坚持下去。”

他举起蛋黄酱瓶子，透过瓶身，博比的一只被放大的眼正看着我，眼神非常严肃。“这是好东西，可以治愈人类无力抵抗的最可怕的病。”

“癌症？”

“不，”博比说，“战争、酒吧斗殴、飞车枪击。所有混乱。老霍，厕所在哪儿？我憋得不行了。”

他从厕所出来后，不仅T恤翻正了，头发也梳了——梳头的方式还是老样子。把头放在水龙头下冲一会儿，然后用手指把脑袋上的头发往后捋。

他看了看两个玻璃箱，说蜜蜂和黄蜂都恢复正常了。“这并不是说黄蜂巢可以接近正常状态，老霍。黄蜂是社会性昆虫，和蜜蜂、蚂蚁一样，但和蜜蜂、蚂蚁不同的是，蜜蜂几乎总是理智的，而蚂蚁只在少数情况下会发疯，黄蜂却生来就是疯子，”他笑了，“就像我们智人一样。”他揭开了蜜蜂巢玻璃箱的盖子。

“听我说，博比，”我笑着说，但笑容有点夸张，“把盖子盖回去，用嘴说就行了，你说呢？以后再展示。我是说，我房东是个软蛋，但公寓管理员是个大块头，抽奥迪·普罗德牌香烟，比我还重三十磅。她——”

“你会喜欢这个的。”博比说，好像我什么都没讲似的——我很熟悉他的这个习惯，跟他那手指梳头法一样熟悉。他不是无礼，只是太沉浸于自己的世界了。我能阻止他吗？哦，该死，不能。他能回来实在是太好了。我是说当时我就知道肯定有什么事情要出错，但只和博比待了五分钟，我就被迷住了。他就是扶着橄榄球的露西，这次信誓旦旦地向我保证不会出错，而我是查理·布朗，冲下球场去踢球。[1]“事实上，可能你之前见过这事——他们时不时地出现在杂志上，或者电视上的野生动物纪录片里也有出现。不是什么特别的事情，但看起来很像回事，因为人们对蜜蜂有着毫无理性的偏见。”

诡异的是，他说对了——我确实之前就见过。

博比把手伸进箱子里，放在箱壁和蜂巢之间。不到十五秒，他的手就戴上了一只黑黄相间的活体手套。这场面引发了我的回忆：坐在电视机前，穿着连体睡衣，抱着帕丁顿熊，差不多是睡前半小时吧（那会儿博比还有好几年才出生），心情五味杂陈，混合了恐惧、恶心和着迷，看着养蜂人让蜜蜂覆盖他的整张脸。一开始，蜜蜂在他头上形成了刽子手的兜帽状，然后被他刮成了古怪又逼真的胡子状。

博比突然缩了一下，狠狠地，然后咧嘴笑了起来。

“有一只叮我了，它们还在因为这场旅途有点生气。我搭了一个卖保险女士的飞机从拉普拉塔到韦科，她开一架旧的‘派珀小熊’，然后坐了一架小型通勤飞机到了新奥尔良，航空公司大概是叫浑蛋航空。一路上倒腾了差不多四十次，不过我对天起誓，一定是拉瓜迪亚机场[2]的那辆出租车让它们疯的。第二大道上的坑还是那么多，比德国人投降后卑尔根、斯特拉斯堡地上的坑还多。”

“嗯，我真觉得你应该把手拿出来了，博比。”我说。我等着飞出几只蜜蜂来——我能想象到自己拿着一本卷起的杂志在屋里连着几小时追赶蜜蜂，一只只地打下来，像是追赶那种老监狱片里出现的逃犯。但没有蜜蜂逃出来，至少到目前为止没有。

---

[1] 美国漫画家查尔斯·舒尔茨（Charles Schulz）的漫画《花生》（*Peanuts*）中的场景，露西在查理·布朗踢球的那一刻把球拿走，让查理摔跤。

[2] 美国纽约市的三大机场之一。

“放轻松，老霍。你看到过蜜蜂叮花吗？或者听说过吗？”

“你看上去不像花。”

他笑了。“放屁，你觉得蜜蜂知道花长什么样？啊哈！不可能，朋友！他们对花的形状的了解就和我们对云的声音的认识一样无知。他们只知道我甜甜的，因为我的汗液里分泌了蔗糖，以及其他三十七种化合物，这还只是我们所知道的部分。”

他若有所思地停住了。

“但我必须承认，今晚我刻意增加了自己的甜度，在飞机上吃了一盒涂有巧克力的樱桃——”

“哦，博比，天哪！”

“在来这里的出租车上吃了几块马洛奶油。”

他把另一只手伸进箱子里，小心翼翼地赶开蜜蜂。在这个过程中，我看见他又瑟缩了一下，然后他把箱子盖上了，这着实让我松了一口气。他两只手上各有一个红肿块：一个在左手虎口，一个在右手高一点的位置，靠近手相先生称之为事业线的地方。他被叮了，但我也看明白了他想让我理解的东西：至少有四百只蜜蜂“调查”了他，只有两只叮了他。

他从裤袋里掏出一对镊子，走到我的书桌前，挪开我打字机旁放着的一沓稿子，然后把台灯放到稿子原来的位置——调试灯光，直到樱桃木桌面上形成一个小小的高亮光点。

“写了什么好东西吗，汪汪？”他随口问道。我却感到脖子后面汗毛倒立。他上次叫我“汪汪”是什么时候的事了？他四岁？六岁？天啊，我不记得了。他正小心地用右手操作镊子，我看到他夹出了一根什么小东西，看上去有点像鼻毛，然后放到了我的烟灰缸里。

“写了一篇艺术品造假的文章，给《名利场》杂志的。博比，这次你到底又在搞什么鬼？”

“你想替我拔另一根吗？”他把镊子和他的右手伸给我，露出歉意的微笑，“我一直在想，如果我真这么聪明，应该左右手都很灵活才对。不过我左手的智商大概还是只有六。”

还是博比的老配方。

我在他身边坐下，拿起镊子，从红肿处拔出了蜂刺，对他来说，这位置应该叫厄运线。这期间，他说起了蜜蜂和黄蜂之间的差别，拉普拉塔水和纽约水的差别，还有——该死！——在他的水和我的一点点帮助下，一切都会好起来的计划。

哦，见鬼，到头来我们还是玩起了橄榄球游戏。我智力超群的弟弟拿着橄榄球，大笑着，而我则追着他跑。这是我们最后一次这么玩。

“蜜蜂不到迫不得已不会咬人，因为咬完它们就死了。”博比实事求是地说，“你还记得那次在北康威，你说人类不停地互相残杀是因为原罪吗？”

“嗯。别动。”

“呃，如果真有这么个东西，如果真有上帝可以爱我们爱到让他自己的儿子上十字架，同时又能用火箭把所有人都送进地狱，就因为有个蠢女人咬了一口坏苹果，那么诅咒内容如下：上帝把我们造得更像黄蜂，而不是蜜蜂。老霍，你干吗呢？”

“别动，我把这东西弄出来。如果你要大幅度晃动，那我就再等等。”

“好吧。”他说。说完后他不动了（相对而言），我开始拔刺。“蜜蜂是自然界里的神风特攻队[1]飞行员，汪汪。看看那个玻璃箱，蜇了我的两只蜜蜂都死在箱底呢。它们的刺有倒钩，就跟鱼钩一样，很容易就能刺

[1] 第二次世界大战末期，日本为了抵御美国空军的强大优势，挽救其战败的局面，组建神风特攻队，对美军船舰实施自杀式攻击。

进去，但拔出来的时候会把自己的内脏都拉出来。”

“恶心。”我说，把第二根刺放到烟灰缸里。我没看见倒钩，不过我也没有显微镜。

“但是这让它们与众不同。”他说。

“没错。”

“黄蜂就不一样了，它们的刺是平滑的，想叮多少次就叮多少次。第三或第四次的时候毒液就用完了，但只要它们乐意，就能一直扎洞。它们通常也是这么做的，特别是土墙蜂，就是我带来的这种。必须用药让它们镇静下来，我用的这种叫诺克森。一定让它们难受了很久，因为醒过来后，这些黄蜂会比之前更疯。”

他严肃地看着我。第一次，我看到了他眼睛下的黑眼圈，意识到我孩子气的弟弟从没有如此疲劳过。

“那就是人们不断斗争的原因，汪汪。一直一直，从不间断。我们的刺是平滑的。现在看看这个。”

他站起来，走到纸袋旁，在里面翻找，拿出一根眼药水滴管，打开蛋黄酱瓶，用滴管吸出小水泡大小的“得州蒸馏水”。

当他拿着滴管靠近有黄蜂巢的玻璃箱时，我看到这个箱子的盖子有点不一样——上面有一段小小的塑料滑轨。这点不用他解释：处理蜜蜂时，他很乐意揭开整个箱盖；但处理黄蜂时，他不想冒任何风险。

他挤了挤滴管的黑胶头，两滴水落进了蜂巢，留下一个深色印迹，但很快就消失了。“等三分钟左右。”他说。

“什么——”

“别问，你会看到的。三分钟。”

那段时间里，他读了我写的那篇艺术品造假的文章，虽然已经有二十页了。

“好了，”他说，放下纸稿，“很不错啊，老哥。你应该读一读十九世纪商业大亨杰伊·古尔德如何用假的马奈作品装饰自己私人列车的特等车厢——那可真是笑料十足。”他边说边揭开有黄蜂巢的玻璃箱的盖子。

“天哪，博比，别闹了！”我大叫。

“还是这么没用。”博比笑了，从箱子里拽出暗灰色、保龄球大小的蜂巢。他把蜂巢拿在手里。黄蜂飞出来，叮在他胳膊、脸颊、额头上。有一只飞到了我这儿，落在我小臂上。我一掌拍过去，打死了它，它落在了地毯上。我害怕了——极其害怕。肾上腺素在我体内流淌，我还感觉到眼珠子都要从眼眶里挤出来了。

“别杀它们，”博比说，“这跟杀死婴儿一样，它们现在没法对你产生什么伤害。这是整件事情的意义所在。”他在两只手上来回扔蜂巢，好像那就是个超大号的垒球。他把蜂巢抛到空中，黄蜂在客厅里梭巡，像是巡逻的战斗机。我恐惧地看着。

博比小心翼翼地把蜂巢放回玻璃箱，在沙发上坐下。他拍了拍身旁的位置，我走了过去，简直像被催眠了一样。到处都是黄蜂：地毯上、天花板上、窗帘上。大概有半打正在我电视机的大屏幕上爬来爬去。

我要坐下时，他赶走了沙发垫上的一对黄蜂，免得被我的屁股压死。它们立刻飞走了。所有黄蜂都轻松地飞着，轻松地爬着，敏捷地移动着。它们的行为完全不像是被下了药。博比说话的时候，它们渐渐找到了返回用自己的唾液糊起来的纸质蜂巢的路，在蜂巢上爬来爬去，最终通过顶上那个洞再次消失在了蜂巢里。

“我不是第一个对韦科感兴趣的人。按人口计算，得州是全美最暴力的州，但那里有一小片很奇怪的非暴力区域，而韦科凑巧是那片区域里最大的城市。得州人民爱好互相射击，老霍——我是说，这就像是整个州的爱好。有一半男性出门会带枪。周六晚上沃斯堡的酒吧简直是个射击场，只不过砰砰倒地的是酒鬼，而不是陶制鸭子。步枪协会的会员比卫理公会的教徒还多。不是说得州是唯一一个人们喜欢互相射击、用直剃刀互相伤害，或者把大哭的孩子塞进烤箱的地方，你知道的，只不过得州人确实是武器的狂热粉丝。”

“除了韦科。”我说。

“哦，韦科人也爱那样，”他说，“只是他们真正用枪的时候少得多。”

天哪，我抬头看了看钟表，看到了时间。我感觉我只写了十五分钟左右，事实上已经过了一小时。如果我以白热化的速度写稿子，这种情况有时候会发生，但我不允许自己沉迷于这些小细节。我感觉自己和往常一样好——喉咙里没有明显的干涩感，下笔成章，挥洒自如，回过头看已经成稿的内容，也只有常见的拼写错误和字母重叠。但我不能欺骗自己。必须得加速了。“胡说。”斯佳丽说。一切都是如此。

韦科地区的非暴力氛围之前就被注意到并进行了调查，主要是通过社会学家们。博比说如果把韦科和其他类似地区足够多的相关数据——人口密度、平均年龄、平均经济水平、平均教育水平，以及其他几十个因素——输入电脑，就会得到一个很明显的异常点。学术论文很少开玩笑，但即便如此，在博比读过的五十多篇相关论文中，还是有好几篇都讽刺性地提出可能是“水里的什么东西”引起的异常。

“我觉得也许是时候严肃对待这个玩笑了。毕竟很多地方的水里都有某种物质可以防止牙齿退化，那种物质叫作氟化物。”

他带着三个研究助理去了韦科：两个社会学研究生和一个地质学教授。后者正好在休假，对冒险跃跃欲试。六个月内，博比和那两个社会学研究生编写出了一套电脑程序，可以展示出被他称为静震的东西。他的背包里有一份皱巴巴的打印稿，他取出来给了我。我看到一连串的四十个同心圆，韦科在从外往里数的第八、第九、第十个。

“现在看看这个。”他说，在稿子上放了一个透明胶片。更多圆出现了，但每一个都有一个数字。第四十个圆，471；第三十九个圆，420；第三十八个圆，418，等等。有几个地方数字是变大的，而不是变小，不过只在几个地方（数字变化也不大）。

“这是什么？”

“每一个数字代表着那个特定区域里暴力犯罪的发生率，谋杀、强奸、袭击和殴打，甚至还有破坏公物行为。电脑会根据一个将人口密度考虑在内的公式进行赋值，”他指了指第二十七个圆，上面写着204，“比如在这整片区域，有不到九百个人。这个数字代表了三四起家庭暴力，两起酒吧斗殴，一起动物虐待——我记得是几个老农民对一头猪不爽，朝着它射了一堆岩盐，还有一起过失杀人。”

我看到中央几个圆上的数字急速下降：85，81，70，63，40，21，5。“博比静震”的震中是拉普拉塔，把它称为沉睡小镇是再公平不过的了。

赋给拉普拉塔的值是零。

“所以就是这里了，汪汪，”博比倾身向前，紧张地搓着修长的双手，“我选中的伊甸园。这里住了一万五千人，有百分之二十四是混血，通常被叫作印第安人。当地有一家软帮鞋厂，几家小型汽车旅馆，几个灌木农场。工作方面就这样。说到娱乐，有四家酒吧，几家舞厅——你能听到你想听的任何形式的音乐，只要听起来像乔治·琼斯[1]，两家免下车餐馆，一家保龄球馆，”他顿了顿，补充道，“还有一家酒厂。我都不知道田纳西州外还有人能酿出这么好喝的威士忌。”

简单地说（现在也来不及详细地说了），拉普拉塔本应该成为暴力行为的甜蜜温床，就是那些你每天都能在当地报纸的警情通报栏目里读到的各种随机暴力行为。本应该，但并没有。我弟弟去那儿之前的五年时

[1] 美国著名乡村音乐歌手，小酒馆乡村乐（Honky Tonk）风格的代表人物。

间里，拉普拉塔只发生过一起谋杀，两起袭击，没有强奸，没有上报的虐童案。有四起持枪抢劫，但最后发现这四起暴力事件都是暂住者犯的，谋杀和其中一起袭击也是。当地警长是个胖胖的老共和党人，模仿罗德尼·丹泽菲尔德[1]很有一手。事实上，他广为人知的一件事情就是整天坐在咖啡馆里，用力拽着领带结，请求别人带走他老婆。博比说他觉得这不仅仅是个蹩脚的笑话，他很确定这个可怜人正在遭受阿尔茨海默病第一阶段的折磨。他手下唯一的警官是他侄子。博比说那侄子看起来很像以前综艺节目《嘻嘻》里的朱尼尔·桑普尔斯[2]。

“要是把这样两个人放到宾州任何一个除地理位置之外和拉普拉塔类似的小镇，早在十五年前他们就被踢到爪哇国去了。但在拉普拉塔，他们可以继续当警官，一直到死，而且很可能会死在梦乡里。”

“你做了什么？”我问，“怎么处理的？”

“数据整合起来后差不多一周，我们都只是坐着，面面相觑。我们做好了有点什么的准备，但没想到是这样的东西，甚至连韦科都不能很好地为拉普拉塔做铺垫。”博比不安地晃动着，把指关节按得咔咔响。

“天哪，我讨厌你这么干。”我说。

他笑了。“对不起，汪汪。不管怎么说，我们开始了地质学测试，还有水质的显微分析。我没抱太大的期望。该地区每个人家都有一口井，往往是深井，他们定期检测水质，确保自己没喝进硼砂或其他什么东西。如果有什么明显异常，很早之前就该发现了。所以我们接着做电子显微分析，这时候注意到了一些特别奇怪的东西。”

“什么样奇怪的东西？”

“原子键断裂、子动态电流波动，还有某种未知蛋白质。水不见得是

[1] 美国喜剧演员，主要作品有《未来哥哥》《鬼马小精灵 2》等。

[2] 美国喜剧演员，是综艺节目《嘻嘻》（*Hee-Haw*）的主持人。

H_2O——你知道的，在加入硫化物、铁之后就不是了，天知道特定区域的含水层里还有什么。而拉普拉塔的水——你得给它一串字母，就像荣誉教授名字后面的那串字母一样。”他的眼睛亮了，“不过蛋白质是最有意思的东西，汪汪。据我们所知，这种蛋白质还存在于另一个地方：人类大脑里。”

啊哦。

那种感觉来了，就在两次吞咽之间：喉咙干涩。还没那么严重，但足够让我跑开去喝一杯冰水。我大概还剩四十分钟。天哪，我想说的东西那么多！关于他们找到的不会叮人的黄蜂的蜂巢，关于博比和一个助手看到的一场小车祸——两个司机都是男性，都喝醉了，都是二十四岁左右（换言之，社会学意义上的好斗分子），他们走下车握手，互相友好地交换了保险信息，然后进了最近的酒吧接着喝酒。

博比说了好几个小时——比我剩下的时间多得多。但结论很简单：蛋黄酱瓶里的东西。

“我们现在在拉普拉塔有自己的蒸馏室了。这就是我们酿的东西，老霍，和平主义者的‘白色闪电’。得州那个地区的含水层很深，也惊人地大，感觉像是大得出奇的维多利亚湖插入了覆盖莫霍界面的多孔沉积物。水本身很烈，但是我们提炼出了更烈的物质，就是我刚才滴到蜂巢里的那东西。现在他妈的差不多有六千加仑了，装在大钢罐里。到今年年底，能有一万四千加仑。到明年六月，三万加仑。不过还是不够。我们还需要更多，而且要更快。接下来就需要运输。”

“运到哪里？”我问他。

“婆罗洲[1]，从那儿开始。”

---

[1] 即加里曼丹岛，位于东南亚，是世界第三大岛，全境由印度尼西亚、马来西亚及文莱三国管辖。

我觉得自己要么疯了，要么听错了。我真这么想。

“你看，汪汪……对不起，老霍，”他又在背包里翻找，拿出一些航拍照片递给我，“看到了吗？”我看照片的时候他问道，“你看到这有多完美了吗？这简直就像是上帝本人突然用一种神奇的东西打断了我们一如既往的运输，那东西的效果就像‘现在插播一条特别新闻！蠢蛋，这是你们最后的机会了！我们要把你们送回《我们的日子》[1]’。”

“我不懂，也完全不知道自己在看什么。”我当然知道，那是一座岛——不是婆罗洲，而是婆罗洲西边的一个岛，叫古兰迪奥，中间有一座山，低海拔处分布着很多泥泞的小村子。因为云层的覆盖，很难看到山。我的意思是说我不知道自己应该看到什么。

“山的名字和岛的一样，”他说，“古兰迪奥。在当地语言里，这个词的意思是恩惠、命运或者天意，随你选哪个。但杜克·罗杰斯说，事实上，那是地球上最大的定时炸弹……被设定在明年十月爆炸，也可能更早。”

疯狂之处在于——快速说明白这事，而我正打算这么干。博比想让我帮他筹集六十到一百五十万美元，以完成如下事项：第一，提炼五万到七万加仑他称为“烈水”的东西；第二，把所有这种水空运到婆罗洲，那儿有配套的着陆设施（目的地古兰迪奥能降落一架悬挂式滑翔机，不过仅此而已）；第三，用船把水运到那个叫作命运岛、恩惠岛，或者什么天意岛的地方；第四，用卡车把水运到火山山坡上，这火山从一八〇四年起就休眠了（除了一九三八年的几次小喷发），然后沿着火山口泥泞的管道把水倒下去。杜克·罗杰斯事实上是约翰·保罗·罗杰斯，那个地质学教授。他断言古兰迪奥不只是喷发，还会爆炸，就像十九世纪的喀拉

[1] 1965 年美国 NBC（全国广播公司）电视台播出的一部日间电视剧。——译者注

喀托火山那样发出巨大的响声。

喀拉喀托火山爆炸后产生的碎片，博比告诉我，不夸张地说，环绕了整个地球，其观察结果形成了萨根小组核冬天理论[1]的重要部分。其后三个月，半边地球的日出日落始终伴着古怪的颜色，这是游荡在大气急流和范艾伦粒子流（位于范艾伦辐射带下方四十英里处）中的火山灰所致。全球都发生了气候变化，持续了五年之久；此外，原本只生长于东非和密克罗尼西亚的水椰突然出现在了南美洲和北美洲。

“北美洲的水椰在一九〇〇年前就灭绝了，但它们在赤道地区还好好地活着。喀拉喀托火山把它们播撒在那儿，老霍……我想用同样的方法把拉普拉塔的水传播到全世界。我想在下雨的时候，让人们浸润在拉普拉塔的水中——古兰迪奥爆炸后会经常下雨。我想让人们喝落到他们水库里的拉普拉塔的水，想让人们用拉普拉塔的水洗头洗澡、浸泡隐形眼镜，想让妓女用拉普拉塔的水冲洗阴道。”

“博比，”我说，“你疯了。”但我知道他没疯。

他歪着嘴冲我笑了笑，疲惫不堪。“我没疯。你想看看真正的疯狂吗？打开CNN[2]，汪……老霍，你会看到活生生的疯狂。”

不过我都不用打开CNN（我一个朋友称之为末日街头演奏者）就知道博比说的是什么。印度和巴基斯坦在边境对峙，战争一触即发。阿富汗也一样。半个非洲都在闹饥荒，另一半在闹艾滋病。过去五年里，美国和墨西哥边境冲突不断，而且人们开始把加州的蒂华纳过境站叫作小

---

[1]该理论由美国康奈尔大学天文学家卡尔·萨根博士和国家宇航局的四位科学家提出，其基本观点是：大规模核爆炸掀起的微尘和因大火产生的滚滚浓烟，会长时间遮挡住阳光，造成全球性气候变化，使地球处于黑暗和严寒之中，动植物濒临灭绝，人类生存面临严重威胁。

[2]即美国有线电视新闻网。

柏林，因为那儿有堵墙。武力威胁司空见惯。去年最后一天，美国核管理委员会的科学家把他们的黑色时钟调到了零点前十五秒。

“博比，假设这事能干成，所有计划就都实现了。虽然大概率上不可能，也不会实现，不过我们还是假设一下。你完全不知道长期影响是什么。”

他开口打算说点什么，我抬手阻止了他。

“别说什么你知道，因为你不知道！你有时间去发现这个静震，并分析出原因，这一点我承认。但你听说过沙利度胺吗？那种实用的痤疮抑制剂和安眠药，在三十多岁的人群里引发了癌症和心脏病。你忘了一九九七年的艾滋病疫苗了吗？”

“老霍？”

“那种疫苗能防止感染艾滋病，但让受试对象得了无法治愈的癫痫，最后都在十八个月内死了。”

“老霍？”

“还有——”

“老霍？”

我停了下来，看着他。

“这个世界……”博比开口，又止住了。他的喉咙动了动，我看到他在努力忍着眼泪。“这个世界需要英雄行径，老哥。我不知道长期影响是什么，也没有时间去研究了，因为根本就没有长期展望。或许我们可以治好所有混乱，或许……”

他耸了耸肩，试图笑一笑，然后用亮晶晶的眼睛看着我，两滴泪慢慢滑落脸颊。

“又或许我们是在给一个晚期癌症患者服用海洛因。不管哪种可能，都可以阻止正在发生的事情，可以终结世界的痛苦。”他摊开双手，掌心向上，我看到了蜇伤，“帮帮我，汪汪。求你帮帮我。”

所以我帮了他。

然后我们搞砸了。事实上，我觉得你可以说我们彻底搞砸了。你想知道真相吗？我才不在乎呢。我们杀死了所有植物，不过至少还保留了温室。总有一天，这里会再长出点什么。我希望。

你还在看吗？

我的脑子开始有点迟钝了。这么多年来第一次，我不得不思考我在做什么。写作的机械动作。一开始就应该加快速度的。

别管了。太晚了，什么都不能改变了。

我们当然完成了那些事情：提炼水，空运水，把水运到古兰迪奥，在火山山坡上搭建一个简单的升降系统——一半是电动绞车、一半是齿轨铁路，往黑乎乎、雾蒙蒙的火山口倒入一万两千多个五加仑容器的拉普拉塔的水——炸脑版的。我们只用了八个月就完成了所有工作。花费不是六十万美元，或者一百五十万美元，而是超过了四百万美元，不过还是比当年美国国防支出的一千六百分之一要少。想知道我们是怎么寿[1]（筹）到的？如果拾（时）间充分我就告诉你了，但是我的脑袋快要裂开了，所以就无所胃（谓）了。要是你真关心，我可以说大部分都是我自己筹集的。这儿来点，那儿来点。说实话，我都布（不）知道自已（己）能做到。不过我们做到了，不知怎的，世界就大团结了，而那座火山——不管它名字是什么，我现在都记不清了，也没又（有）时间回过头去看了——就那么暴（爆）炸了，嘣……

等等……

---

[1] 本篇主角从此处开始出现不加标点、拼写错误等书写错误，括号内是正字。

好了。好一点了。洋地黄苷。博比有。心脏疯了一样跳着，但我又能思考了。

火山——我们叫它恩惠山——就在肚（杜）克·罗杰斯预言的时间暴（爆）炸了。所有东西都飞到了添（天）上，有那么一会儿，所有人的注意力都被吸引了，纷纷看向天空。湖（胡）说，思（斯）佳丽说。

事情发生得很快，就跟性交一样，然后一切都被控制住了，特笑（效）一般，接着所有人又都恢复了健康。我的意思是说……

等等……

天哪，让我写完这个吧。

我是说所有人都恢复正常了。所有人都看青（清）了一些当时的情况。事（世）界变得像博比向我展示的蜂巢里的黄蜂，不太爱叮人了。有三年的时间，大家的生活像小阳春。人们聚在一起，像铁血青年乐队的那首老歌里唱的，“来吧，所有人，现在就聚在一起”；像喜（嬉）皮士想要的那样，你知道的，何（和）平和爱，还有……

等等……

大爆炸。感觉我的心脏都要从耳朵里出来了。不过如果我集中起所有力量，我的注意力——

它就像小阳春一样，我想说的就是这个，像连续三年的小阳春。博比继续他的研究。拉普拉塔。社会学背景什么的。你还记得那个当地的警长吗？胖胖的老共和党人，非常擅长磨（模）仿罗德尼？博比说他有罗德尼病第一阶段的正（症）状。

集中啊，浑蛋……

不只有他一个人，人们发砚（现）得州那块地区出现了很多这样的情况。我想说的是很多人都得了阿尔次（茨）海默病。整整三年，我和博比都在那儿。编写了一套新程序。做出新的圆环涂（图）。我明白发生了什么，然后回到了这里。博比和他的两个住（助）手留在了那里。博比回来的时候说，其中一个开枪自杀了。

等等，还有一次爆……

好了。最后一次。心跳如此之快，我几乎无法呼系（吸）。新的圆环图，最后一张圆环图，覆盖到静震图上时，真的会震撼到你。静震图显示，越靠近中间的拉普拉塔，报(暴)力值就越低；阿尔茨海默病图显示，越靠近拉普拉塔，该病的发病时间就越提前。人们在很年轻的时候就变得很春(蠢)。

我和博比在那三年里都尽可能地小心，只喝八（巴）黎水，下雨的时候皮（披）着长长的雨衣。没有战争。当所有人都开始变春（蠢），我回到了这里，因为他——我弟弟，我记不起他的名字了……

博比……

博比他今晚来我这里哭哭替替（啼啼）的　我说博比我爱你　博比说对不起汪汪　对不起　我让整个世界都成了杀（傻）子和笨蛋　我说杀（傻）子和笨蛋比暴力狂好　他哭了　我哭了　博比　我爱你　他说你能给我一杯那种特别的水吗　我说好的　他说你会写下来吗　我说是的　我感觉我写了　但我记不清了　我看到了子（字）　但不知道是什么意思……

我有一个博比他的明（名）字是弟弟我想我写完了我有一个核（盒）子可以放这份稿子博比说那个核（盒）子里充满了安静的空气能保存一百

万念（年）所以好孩子好孩子每个弟弟，我要就此打住了好孩子博比我爱你这不是你的错我爱你

原凉（谅）你

爱你

签明（名）（为世界）：

汪汪·弗诺一

Suffer the Little Children

小恶魔

她的名字是希德利小姐，教书是她的游戏。

她个子矮小，得铆足了劲才能写到黑板最上面的地方。她现在正这么做呢。身后没有嬉笑，没有悄悄话，也没有人嚼藏在手心里的秘密糖果。他们太了解希德利小姐准得要命的直觉了。希德利小姐总能找出谁在教室后面嚼口香糖，谁在兜里藏了射豆枪，谁去厕所换棒球卡而不是撒尿拉屎，她仿佛上帝一般无所不知，无所不觉。

她头发灰了，背驼了，穿了矫正带加强支撑，形状清楚地印在印花连衣裙上。瘦小、病痛不断，但目光敏锐的女人。他们怕她。她的舌头简直是校园传奇。那双眼睛在看着嬉笑的人或说悄悄话的人时，能把最硬气的人吓得屁滚尿流。

现在，她在黑板上写今日的拼写单词时，意识到自己漫长教师生涯的成功可以通过这一日常行为总结、检验并证实：她可以信心满满地背对自己的学生。

“假期，”她说出了这个词的发音，同时在黑板上写下了它，字迹苍劲有力，干净利落，“爱德华，请用‘假期’造句。”

“我假期去了纽约。”爱德华尖着嗓子说。然后，按希德利小姐教的那样，他又认真地重复了那个词。“假——期。”

“很好，爱德华。”她开始教下一个词。

当然了，她有自己的小技巧。她坚信，成功取决于大处，同样也取决于小节。她不断在课堂上应用这一原则，从没失手。

“简。”她轻声说。

简正在偷偷地阅读自己的读本，她愧疚地抬起头。

“请立刻合上那本书。”书合上了，简眼神黯淡，厌恶地看着希德利小姐的背影，“下课铃响后，你在座位上再坐十五分钟。”

简的嘴唇都颤抖了。“好的，希德利小姐。”

她的一个小技巧是精于使用眼镜。整个班级都被映在厚厚的镜片上，每次看到学生做坏事被抓包后愧疚和害怕的表情，她就觉得有点开心。现在她看到坐在第一排的罗伯特那变形的人影在皱鼻子。她没有开口。还不是时候。再给他点绳子，他就会自己上吊了。

“明天，”她发音清楚地说，“罗伯特，请你用‘明天’造句。”

罗伯特皱起了眉头。九月末的太阳搞得整个教室鸦雀无声、昏昏欲睡。门上的电子钟嗡嗡地响了，离三点下课只剩半小时，唯一没有让这些年轻的大脑在拼写课上睡过去的是希德利小姐沉默而可怕的背影所带来的威胁。

“我等着呢，罗伯特。”

“明天会发生一件坏事。”罗伯特说。这句话毫无恶意，但是有着训练有素的第七感的希德利小姐，一点也不喜欢这句话。“明——天。”罗伯特结束了回答。他双手整齐地放在桌上，又皱了皱鼻子，还皮笑肉不笑地咧了一下嘴。一时之间，希德利小姐确信——毫无来由，罗伯特知道她那个眼镜小技巧。

好吧，很好。

她接着写下一个词，没有表扬罗伯特，而她挺直的身体却传达出不满的讯息。她一只眼睛仔细观察着镜片，很快，罗伯特就会吐出舌头或者做那个大家都知道的恶心手势（如今好像连女孩子们都知道了），就为了看看她是不是真知道他在干吗。然后他就会被惩罚。

镜片上的倒影很小，怪异而扭曲。她几乎只用眼角的余光看着自己正在写的单词。

罗伯特变了。

她只瞟到一眼，很可怕的一幕，罗伯特的脸变成了……其他的东西。

她转过身，脸色苍白，几乎没有觉察到背部发出的抗议，一阵刀刺般的疼痛。

罗伯特疑惑又平静地看着她，双手整齐地叠放在桌子上，一绺头发正立在他后脑勺上。他看上去并不害怕。

我臆想出来的，她心想，我在找什么东西，结果什么都没有，然后我的大脑就自己编了东西出来。很配合了。但是——

“罗伯特？”她想让自己听起来很权威，想让自己的声音传达出坦白从宽的命令。没有达到预期效果。

“是，希德利小姐？”他的眼睛是深棕色的，像缓慢流淌的小溪底部的泥浆的颜色。

“没什么。”

她转回黑板，教室里响起一阵窃窃私语。

“安静！”她厉声说道，又转过身对着学生，“再发出一点声音，所有人下课后和简一起留堂！”她对全班学生说，但主要是盯着罗伯特说的。他用孩子般无辜的眼神回望着她：谁？我？不是我，希德利小姐。

她转回黑板，开始写字，这次没有偷看镜片边缘。最后半小时过得很慢，而且她感觉罗伯特离开教室的时候用一种奇怪的眼神看了她一眼。那个眼神说：我们之间有一个秘密，对吧？

那个眼神盘桓在她心里，它就卡在那儿，像牙缝里塞着的一丝烤牛肉——确实是个小东西，但让人感觉有煤渣块那么大。

五点钟，她坐下来一个人吃晚餐（荷包蛋吐司）时，还在想那个眼神。她知道自己老了，也很平静地接受了这个事实。她才不要像那些老处女老师，又古板又敏感，到了退休的年纪还在教室里故意拖拉、动手动脚、大喊大叫。她们让她想起赌输后不肯离开赌桌的赌徒。她可没有输。她永远都是赢家。

她低头看她的荷包蛋。

难道不是吗？

她想起了自己三年级教室里那些洗得干干净净的脸，结果发现罗伯特的脸凸显了出来。

她站起来，打开另一盏灯。

后来，就在她快要睡着的时候，罗伯特的脸又浮现在她眼前，在那片黑暗中令人不快地笑着。脸开始变形——

但就在她要看清脸变成什么之前，她坠入了黑暗。

希德利小姐整个晚上都睡得不安稳，因此第二天，她脾气很暴躁。她等着，几乎是期盼着，一句悄悄话、一声嬉笑，或者一张字条。但教室里很安静——非常安静。学生们都迟钝地看着她，她似乎能感受到他们目光的重量，像是爬来爬去的瞎眼蚂蚁。

停下！她严厉地对自己说，你现在的表现就像是个刚从师范学校毕业的小女生！

时间好像又被拉长了。放学铃响的时候，她觉得自己比学生们更松了一口气。孩子们在门口按顺序排好队，从低到高，听话地手拉着手。

“放学。”她说，没好气地听着他们尖叫着穿过大堂，走到明亮的阳光里。

他变脸的时候我看到了什么？球状的东西。发光的东西。盯着我的东西。对，盯着我，还笑着，根本就不是一张孩子的脸。又老又邪恶——

“希德利小姐？”

她猛地抬起头，喉咙里不自觉地发出一声惊叫。

是曼宁先生，他歉意地笑着。“不好意思，吓着你了。”

“没关系。”她说，比预想的还要无礼一点。她在想什么？有病吗？

“可以麻烦你查看一下女卫生间里的手纸吗？”

“当然可以。”她站了起来，手放在后腰上。曼宁先生同情地看着她。得了吧，她想，老处女可没有被你取悦到，连兴趣都没有。

她擦着曼宁先生的衣服，穿过大堂去往女卫生间。一群男孩正拿着破破烂烂的棒球装备嬉笑打闹着，一看到她就噤若寒蝉，像做了错事一样，从门口溜了出去，一出去就又开始打打闹闹。

希德利小姐在他们走了之后皱了皱眉，想着她那会儿的孩子可不这样。不是说更有礼貌——孩子没时间有礼貌，也不是说更尊重长辈，而是一种虚伪，这在之前从未有过。一种只有在成年人脸上才会出现的无声微笑，这在之前也从未有过。一种无声的轻蔑，让人不安，让人不爽，好像他们是……

躲在面具后面？是这样吗？

她把这个想法从脑海里赶出去，进了卫生间。这卫生间不大，L形，纵向上有一侧排列着马桶，横向上两侧都是洗手台。她开始检查手纸盒，在其中一面镜子里看到了自己的脸，把脸凑近看的时候着实吓到了自己。

她不在乎自己看到了什么——一点也不，只是脸上出现了一种两天前还没有的神情，一种害怕的、提防的神情。在这突如其来的冲击下，她意识到罗伯特那苍白、恭敬的脸在她镜片上的模糊倒影已经印在了她心里，甚至开始溃烂了。

门开了，她听到两个女孩咯咯笑着走了进来，正偷偷地讨论着什么。她正要转过拐角经过她们时听到了自己的名字。她又返回到洗手台那里，再次检查手纸盒。

“然后他……”

咯咯的轻笑声。

“她知道，但是……”

更多的咯咯声，柔和、黏糊糊的，像化了的肥皂。

“希德利小姐是——”

停下！停止那噪声！

她稍微动了动，看见了她们的影子，有点模糊和变形，因为光线透过结了霜花的玻璃漫射了进来，影子凑在一起，洋溢着女孩子特有的欢乐。

另一个想法从她心里爬了出来。

她们知道她在那儿。

是的，是的，她们知道。这俩小贱人知道。

她要使劲摇她们，摇得她们牙齿松动，摇得她们嬉笑变痛哭；她要把她们的脑袋往瓷砖墙上撞；她要让她们承认自己知道。

就在这时，影子变了，好像被拉长了，像油滴那样流淌，又聚成奇怪的峰状。这把希德利小姐吓得退到了陶瓷洗手台旁，心脏怦怦直跳。

但她们还在咯咯笑着。

她们的声音变了，不再孩子气，现在听上去没有性别，没有灵魂，而且非常非常邪恶。那缓慢、浮夸的愚蠢声音流动在角落里，污水一般。

她盯着聚成一团的影子，突然尖叫起来。尖叫一直持续，在她脑海里放大又放大，达到疯狂的程度。然后她晕倒了。那些嬉笑声，如恶魔般的嬉笑声，跟着她一起沉入黑暗。

她当然不能说出事实。

希德利小姐一睁眼，看到曼宁先生和克罗森太太紧张的脸，就知道这一点。克罗森太太正拿着体育馆急救包里的一瓶嗅盐放在她鼻下。曼宁先生转过身让两个小女孩回家，她们正好奇地看着希德利小姐。

她们都冲她笑了——我们之间有秘密的那种很慢的笑，然后走了。

很好，她会保守她们的秘密，片刻而已。她不会让人觉得自己疯了，或者衰老症状已早早降临。她要配合她们玩游戏，直到可以揭露她们的卑鄙，然后连根拔起。

“不好意思，我滑倒了，”她平静地说，不顾背上的剧痛坐了起来，“有块地方有点湿。”

“太吓人了，”曼宁先生说，“太可怕了。你——”

“摔着背了吗，埃米莉？”克罗森太太打断了他。曼宁先生感激地看着她。

希德利小姐站起来，她的脊椎痛得她想要放声尖叫。

“没有。事实上，这一摔有点按摩脊椎的神奇功效。我的背好多年没这么舒服过了。”

“我们可以叫个医生来——”曼宁先生开口道。

“没必要。”希德利小姐冷冷地朝他笑道。

“我给你叫辆出租车。”

“可别，”希德利小姐说着，走向女卫生间的门，打开了它，“我坐惯了巴士。”

曼宁先生叹了口气，看向克罗森太太，后者转了转眼睛，什么也没说。

第二天放学后，希德利小姐把罗伯特留了下来。他什么也没做，没有惩罚的正当理由，所以她直接诬陷了他。没什么良心不安的，他根本不是小男孩，而是魔鬼。必须让他承认这一点。

她的背痛得要死。她意识到罗伯特知道这一点，还指望这能帮到他。然而并不会。这是她的另一个小小的优势。过去十二年里，她的背疼痛不止，很多次都有这么疼——好吧，几乎这么疼。

她关上门，把自己和罗伯特关在屋里。

她静静地站了一会儿，注视着罗伯特，等着他垂下眼睛。他没有。他也在看着她，嘴角露出浅笑。

“你笑什么，罗伯特？”她轻柔地问。

“我不知道。”罗伯特说，继续笑着。

“请告诉我。”

罗伯特什么也没说。

继续笑着。

外面孩子们玩闹的声音听起来很远、很梦幻。只有墙上时钟催眠般的嗡嗡声是真实的。

“有不少我们这样的人。”罗伯特突然说，像是在评论天气一样。

这回轮到希德利小姐沉默了。

“学校里一共有十一个。”

真邪恶，她惊讶地想着，非常地、让人难以置信的邪恶。

“编故事的小男孩会下地狱，”她一字一句地说，“我知道很多家长不再让自己的子女知道这件事，但我向你保证，这是真的，罗伯特。编故事的小男孩会下地狱。小女孩也一样。”

罗伯特笑得更欢了，那笑容变得和狐狸一样狡诈。“你想看我变形吗，希德利小姐？你想好好看看吗？”

希德利小姐感到自己的背一阵刺痛。“滚，”她不客气地说，“明天让你家长来学校，我们把这件事情捋清楚。”好了，又感到踏实了。她等着他的脸皱起来，等着眼泪。

然而，罗伯特的笑容更大了，大到牙都露出来了。“这就像表演秀，对吧，希德利小姐？罗伯特——另一个罗伯特——喜欢表演秀。他还藏着呢，就藏在我脑海深处，”他的笑容凝在嘴角，像烧焦后翘起的纸张，“有时候他跑来跑去……很痒。他想让我放他出来。”

“滚。”希德利小姐木然地说。时钟的嗡嗡声听起来很大声。

罗伯特变形了。

他的脸突然就像化了的蜡一样熔在一起；眼睛变得扁平，像被刀刺了的蛋黄一样散开；鼻孔变大张开，嘴巴不见了；脑袋拉长，头发突然不是头发，而是散乱的、不断抽动的什么东西。

罗伯特轻声笑了起来。

那缓慢幽深的声音来自他的鼻子，而他的鼻子正在啃食下半部分的脸，两个鼻孔交会、融合，成了脸中央的一个黑洞，像一张巨大的、尖叫的嘴。

罗伯特站起来，还在轻声笑着。在他身后，希德利小姐只能看到另一个罗伯特的残影，而那个真正的小男孩，被这怪物篡夺了身体的罗伯特，他十分惊恐，疯了似的叫喊，尖叫着想挣脱出来。

她跑了。

她在走廊里一路尖叫，一些还没走的学生瞪大眼睛不解地看着她。曼宁先生猛地拉开自己办公室的门探出头来，正好看到她从玻璃大门冲出去，在九月明亮天空的映衬下，留下一个疯狂可怕、挥舞双手的影子。

他跟着跑了出去，喉结上下滑动。“希德利小姐！希德利小姐！”

罗伯特从教室里出来，好奇地看着。

希德利小姐什么也没听见，什么也没看见。她噔噔噔地下了台阶，穿过人行道，上了街，一路都在尖叫。突然传来一声巨大又粗哑的喇叭声，她面前出现了一辆巴士，司机脸上写满了恐惧。巴士的刹车呜呜咽咽地低吼着，像暴怒的巨龙。

希德利小姐摔倒了，巴士的车轮冒着烟颤颤巍巍地停下，离她穿着矫正带的虚弱身体只有八英寸远。她躺在路上，浑身发抖，听到了人群向她聚拢过来的声音。

她转了转脸，看到孩子们正盯着她。他们围成了一个紧凑的小圈，像是围着坟墓的哀悼者。带头的正是罗伯特，年轻而清醒的教堂司事，已经准备好往她脸上铲第一铲土。

远处，巴士司机受到惊吓，含糊不清地说："疯了……我的天，再靠近半英尺……"

希德利小姐看着孩子们。他们的影子遮住了她。他们无动于衷，有些露出了神秘的微笑，希德利小姐知道自己很快又要开始尖叫了。

曼宁先生破开了孩子们紧凑的小圈，把他们轰走。希德利小姐哭了起来，声音微弱。

她一个月没有回班里。她平静地告诉曼宁先生她觉得自己身体不舒服。曼宁先生建议她找个有名的医生看看，讨论一下病情。希德利小姐认为这是唯一合理的办法。她还说如果校董事会希望她辞职，她会立刻照办，虽然这样会让她很受伤。曼宁先生看上去不太自在，说他不觉得有这个必要。后来，希德利小姐于十月末回到学校，再次准备好加入游戏，不过现在她已经知道怎么玩了。

第一周，一切照旧。现在，好像整个班都带着敌对和防御性的眼神看她了。罗伯特坐在第一排，冷漠地冲着她微笑，但她不敢批评他。

有一次，她在操场上值班，罗伯特朝她走了过来，手里拿着一个躲避球，微笑着。“我们现在人很多，多到你都不敢相信，”他说，“谁也不敢相信，”他眨了一下眼睛，无比狡诈，“你知道的，如果你试图告诉别人会怎样。”她目瞪口呆。

操场另一边一个荡秋千的女孩看着她的眼睛，嘲笑她。

希德利小姐沉着地对着罗伯特笑起来。“哟，罗伯特，你在说什么？”

但罗伯特只是一直笑着，回去玩球了。

希德利小姐带了枪去学校，就放在她的手提包里。这是她哥哥的枪。突出部战役[1]结束后不久，他从一个死了的德国佬身上拿的。吉姆死了也有十年了。她至少有五年没打开放枪的那个盒子，好在打开的时候枪还在，发出黯淡的光。子弹匣也还在。她小心翼翼地装弹，按照吉姆教她的样子。

她开心地对着学生们笑，特别是罗伯特。罗伯特也笑了，她能看到模糊不清的诡异在他的皮肤下游走，黏糊糊的，满是邪恶。

她完全不知道他皮肤下现在住着什么，也不在乎；她只希望真正的小男孩已经完全消失了。她不想做杀人犯。她认为真正的罗伯特肯定已经死了或者疯了，住在这个肮脏的、爬来爬去的东西里。这东西在教室里冲她轻声笑着，害得她尖叫着跑上了街。所以即使他还活着，结束他的痛苦也是一种仁慈。

“今天我们进行一次测试。”希德利小姐说。

学生们听明白后，没有哀鸣，也没有骚动，他们就那么看着她。她能感觉到他们的眼神，有重量。很重，压得人喘不过气。

“这次测试很特别。我会把你们一个个叫到油印室，给你们发卷子。然后你们就可以拿一颗糖回家了。是不是很不错？”

---

[1] 即阿登战役，发生于1944年12月16日至1945年1月25日，为美、英联军为粉碎德军在阿登地区的反攻而进行的一次攻防战役。

学生们空洞地笑了笑，什么也没说。

“罗伯特，你愿意先来吗？”

罗伯特站起来，露出他的招牌笑容，直接冲她皱了皱鼻子。“好的，希德利小姐。”

希德利小姐拿上她的包，他们一起进了空空荡荡、响着回音的走廊，穿过一扇扇关着的教室门，门后面传出令人昏昏欲睡的背书声。油印室在大厅另一侧，得过了卫生间才能到。两年前那里装了隔音设备，因为大机器太老太吵了。

希德利小姐关了门，上了锁。

“没有人能听到你，”她平静地说，从包里拿出枪，“不管是你，还是这个。”

罗伯特一脸无辜地笑着。“不过我们有很多人，不只是在这里。”他把自己干干净净的小手放到油印机纸盒上，“你想再看我变一次形吗？”

她还没来得及说话，罗伯特的脸已经开始闪烁着变作怪物了。希德利小姐朝他开枪了。一次。在头上。他向后跌去，撞上了放着纸的架子，然后滑到地上。一个死了的小男孩，右眼上方有一个黑乎乎的圆洞。

他看上去非常悲惨。

希德利小姐站在旁边，气喘吁吁，脸颊苍白。

地上那缩成一团的身体没有动。

是人类。

是罗伯特。

不！

都是你臆想出来的，埃米莉。都是你臆想的。

不！不不不！

她回到教室，把学生一个个带了出来。她杀了十二个学生，要不是克罗森太太来油印室拿一沓稿纸，她会杀了所有学生。

克罗森太太的眼睛瞪得非常大，抬起一只手捂住嘴，尖叫起来。希德利小姐走过来，把一只手搭在她肩上时，她还在叫。“必须这样做，玛格丽特，”她告诉正在尖叫的克罗森太太，“很可怕，但必须这样。他们都是怪物。”

克罗森太太看着散在油印室地板上的一具具小尸体继续尖叫，他们都穿着鲜艳的衣服。被希德利小姐拉着手的那个小女孩哭了起来：“呜哇——呜哇哇——呜哇哇——”哭声持续不断且单调。

“变形，”希德利小姐说，“变形给克罗森太太看看。向她证明必须这样做。”

小女孩继续疑惑不解地哭着。

“该死的，变啊！”希德利小姐尖叫着，“肮脏的贱货，蠕动的邪恶的贱货，反自然的怪物！变啊！变啊！”她举起枪，小女孩吓得缩了回去，克罗森太太像猫一样扑上去护住她。希德利小姐放弃了。

没有审判。

报纸吵嚷着要求审判，痛失爱子的父母歇斯底里地骂着希德利，整个城市都震惊到麻木了，却只是冷眼旁观着。但最后，冷静占了上风，没有审判。州议会呼吁提高教师考核标准，夏日街小学停课一周哀悼被害学生，希德利小姐被悄悄送去了奥古斯塔的杜松山。医生对她进行了深入分析，给她用了最新的药，每天给她做心理治疗。一年后，在严格的控制下，希德利小姐开始了试验性的“会心团体”疗法[1]。

他叫巴迪·詹金斯，精神病学是他的游戏。

---

[1] 团体人本主义治疗的代表形式，由美国心理学家卡尔·罗杰斯（Carl Rogers）于20世纪60年代提出。背景或问题相似的个体组成小组，通过团体的互动来帮助参加者消除不良的行为或人际交往障碍等心理问题。

他坐在单向玻璃后面，手里拿着记录板，看着一个被布置成儿童室的房间，房间对面的墙上画有奶牛跳往月球和老鼠跑向时钟的画。希德利小姐坐在轮椅上，拿着一本故事书，周围环绕了一群值得信任的重度智障儿童，流着口水，微笑着。他们朝她笑，口水滴滴答答的，还用湿乎乎的小小手指碰她，而几个护理人员正隔着玻璃密切注视着她，防止她出现什么攻击性行为。

有那么一会儿，巴迪认为她反应很好。她大声读故事，摸了摸一个小女孩的脑袋，安慰了一个被玩具绊倒的小男孩。然后她好像被什么东西干扰了，眉头皱了起来，不再看孩子们。

“请带我离开。”希德利小姐说，声音轻柔，语调平稳，没有特别对着谁。

她被带走了。巴迪·詹金斯看见孩子们看着她离开，眼睛大而空洞，但不知怎么的，很深邃。一个孩子笑了，另一个狡猾地把手指放进嘴里。两个小女孩互相抱住，咯咯笑起来。

那天晚上，希德利小姐用镜子碎片割了自己的喉咙，从此以后，巴迪·詹金斯开始越来越多地观察孩子们。最后，他几乎很难把视线移开了。

The Night Flier
夜航员

I

虽然有飞行执照，但迪斯直到马里兰机场连环谋杀案的第三、第四起发生后才对飞行有了兴趣。他闻到了血和内脏混合的特殊味道——《内部看法》的读者们期待的味道。要是加入这样一个如廉价商店般吸引人的神秘事件，搞不好销量就会呈爆炸性增长；而在通俗小报生意里，增加销量不仅仅是重中之重，还是人人追求的圣杯。

然而，对迪斯来说，既有好消息也有坏消息。好消息是他比别家杂志更早拿到这个故事，他没有被打败，还是赢家，还是猪圈里最好的猪。坏消息是玫瑰真正的主人是莫里森，至少到目前为止。莫里森，一名新手编辑，继续去调查那件要命的事情，即使资深记者迪斯再三向他确保除了烟和回声什么都没有。迪斯不喜欢莫里森先于他闻到鲜血的味道——事实上，很讨厌，这就给了他完全合理的理由干掉这个碍眼货。他知道怎么做。

“马里兰杜弗瑞？”

莫里森点点头。

“目前有其他报刊了解到这个故事吗？”迪斯问，很满意地看到莫里森立刻就炸毛了。

“如果你是说有没有其他人认为这是个连环谋杀案，答案是没有。”他硬邦邦地说。

但很快就会有的，迪斯想。

“但很快就会有的，”莫里森说，“如果有另一个——”

“把卷宗给我。”迪斯说，指了指米色的文件夹，正放在莫里森整洁到让人觉得可怕的桌上。

那秃头编辑把一只手放在了文件夹上，迪斯明白了两件事：莫里森会把卷宗给他，但前提是他得为一开始的不相信以及他那“我是这里的老手”的态度付出一点代价。好吧，这也没什么问题。大概猪圈里最好的猪也得时不时地卷起尾巴，重温一下自己在整件事中的地位。

“我想你应该去过自然历史博物馆，采访那个企鹅人。”莫里森说。他的嘴角弯起一个微笑，但绝对地邪恶。“那个认为企鹅比人类和海豚都聪明的人。”

迪斯指了指莫里森桌上除文件夹和家人照片（他的妻子和三个孩子都一副蠢样）之外的唯一物件：一个写着“每日食粮”的铁丝篮。篮子里现在只放了薄薄的一份稿子，六页或八页，用一个迪斯特有的紫红色回形针夹着，还有一个信封，上面写着“联系表，勿折”。

莫里森从文件夹上移开手（看上去随时准备拍上去，只要迪斯稍稍动一下），打开信封，抖出两张印了黑白照片的纸，大小和邮票差不多。每张照片上都有一长串企鹅在静静地看着你。这些企鹅身上有种不可否认的诡异——对默顿·莫里森来说，它们像穿着燕尾服的乔治·罗梅罗[1]式僵尸。他点点头，又把照片塞回信封。原则上，迪斯讨厌所有编辑，但他不得不承认莫里森至少能认可该认可的事。这是一种很罕见的品质，迪斯认为这种品质会给以后的生活带来各种健康问题。也可能问题已经开始出现了。他坐在那儿，明显没到三十五岁，但至少有百分之七十的头皮都露出来了。

“不错啊，谁拍的？”

“我拍的，”迪斯说，“我总是自己给自己的故事拍照。你从来没看过图片来源吗？”

“一般不看。”莫里森说，瞥了一眼迪斯在企鹅故事上方甩出的暂定标题。当然了，排版部的莉比·葛兰妮特会弄出一个更简短有力、更富于色彩的标题——毕竟，这是她的工作。不过迪斯对标题的直觉也是很不错的，通常能找到“正确的街道”，哪怕不能正确到“门牌号”。这个标题是《北极地区的外星智慧》。企鹅当然不是外星人了，而且莫里森总觉得它们其实生活在南极，但这些都无关紧要了。《内部看法》的读者朋友们对外星人和智慧都很着迷（大概是因为他们中的大部分觉得自己是前者，而且觉察到了自己极度缺乏后者），这才是重要的。

“标题还差点什么，”莫里森开口道，“不过——”

“这就是莉比存在的原因，”迪斯接上他的话，“所以……”

“所以？”莫里森问。他的眼睛大而蓝，在金边眼镜后面显得很坦率。他把手放回文件夹上，朝迪斯笑，等待着。

“所以你想让我说什么？说我错了？”

莫里森的笑容扩大了一两毫米。“就说你可能错了。这就行了，我想——你知道我很好说话。”

[1] 美国导演、编剧、制片人，僵尸电影《活死人之夜》的导演。

“对啊，确实如此。”迪斯说，放宽了心。一点小侮辱不是问题，真正不舒服的是卑躬屈膝。

莫里森坐下看着他，右手盖在文件夹上。

“好吧，我可能错了。”

“你真是心胸宽广，能这样承认。”莫里森说，递过文件夹。

迪斯迫不及待地一把夺了过来，拿到窗边的椅子上，打开了它。这次他读到的东西——虽然只是一些通讯报道和一些小镇周报上的剪报——让他兴奋不已。

我之前没看出这些，他想。接下来他又想：为什么我之前没看出来？

他不知道……但他知道一点，如果再错过很多这样的故事，他就得好好考虑一下自己还是不是猪圈里最好的猪了。他还知道：如果他和莫里森的位置换一下（在过去七年里，迪斯不止一次，而是两次拒绝了《内部看法》的编辑席位），他会让莫里森像爬行动物那样卑躬屈膝，然后再给他卷宗。

别扯了，他告诉自己，你会直接炒了他鱿鱼。

“可能已经江郎才尽了”的想法占据了他的脑海。他知道在这一领域，才华耗尽的概率是很高的。显然，一个人只能花上这么些年写写掠夺了巴西所有村庄的飞碟（配图通常是失了焦的吊在线头上的灯泡）、会算数的狗、像劈柴那样劈了自家孩子的失业老爹。然后突然有一天，你的弦就断了。就像多蒂·沃尔什，某天晚上回家后她用一个干洗袋包住了自己的脑袋，然后去洗澡。

别傻了，他告诉自己，不过还是感到不安。故事就在那里，就在那里，活生生的，但丑恶度翻倍。他到底是怎么错过的？

他抬头看莫里森，后者靠在椅子上来回摇动，双手交叠放在肚子上，看着他。“怎么样？”莫里森问。

“嗯，这可能是个大案子，但还不是全部。我觉得这真是太棒了。”

“谁在乎这是不是真的棒。卖得好就行。肯定大卖，是不是，理查德？”

“是的，”他站了起来，把文件夹夹在胳膊下，“我要追踪那个人的老巢，从我们已知的第一个地方开始，缅因州那个。”

“理查德？”

他在门口转过身，看到莫里森又在盯着联系表看。他在笑。

“你觉得我们给这些案子里最精彩的那个配上蝙蝠侠电影里丹尼·德维托的照片怎么样？”

“我觉得可以。”迪斯说，走了出去。问题和自我怀疑是突如其来的，谢天谢地已经被放到一边了；之前那股鲜血的味道回到了他鼻腔里，很强烈，极其激动人心。现在，他只想追踪到底。他要的“底”一周后就来了，不在缅因州，不在马里兰，而是在更南的地方，在北卡罗来纳州。

Ⅱ

夏天到了。这意味着生活会轻松一点，棉花也会长很高。但一整天，理查德·迪斯都不太好过。

主要问题在于他没法——至少到现在为止——进入威尔明顿机场。这个机场很小，只有一家大型航空公司、几条短途往返航线，还有不少私人飞机。当天该区域有强雷暴单体，迪斯在离机场九十英里远的地方盘旋，在不稳定的气流里上上下下，嘴里还骂骂咧咧的。夜幕降临前的最后一小时就这么过去了。到了晚上七点四十五分，他才得到落地许可的通知。比官方的日落时间只早了四十分钟。他不知道那名夜航员是不是遵循了传统规则，如果是，那时间就很紧张了。

夜航员已经到了，迪斯很确定。他找到了正确的地方，正确的飞机——赛斯纳天空大师。他的猎物本可以选择弗吉尼亚比奇、夏洛特或者伯明翰，或者其他更南的地方，但他没有。迪斯不知道他离开马里兰杜弗瑞到达这里之前躲在哪里，也不关心。只要知道自己的直觉正确就够了——他的猎物还在继续惯常的环形路线。过去那一周，迪斯花了很多时间打电话给杜弗瑞南边的机场，那些看上去符合夜航员作案手法的机场。他在戴斯汽车旅馆的房间里一圈圈地拨电话，拨号拨得手指生疼，连电话另一端的联系人都开始抱怨他的坚持不懈。不过到了最后，坚持胜利了，大部分情况下都是如此。

前晚，所有有着高概率作案机会的机场都有私人飞机降落，而赛斯纳公司的天空大师 337 在所有这些机场都出现过。这不奇怪，因为天空大师 337 可以说是私人航空领域的丰田车。但昨晚降在威尔明顿的赛斯纳 337 才是他要找的飞机，毋庸置疑。他找到他了。

准确地找到了。

“N471B，34 跑道盲降，”简洁明了的无线电声慢吞吞地传进他的耳机，“方向一百六。降落，保持三千。”

“方向一百六。六到三十，收到。”

“请注意地面天气，仍很恶劣。”

“收到。”迪斯说。他心想，那个老农约翰，一个饭桶，也不知怎么就通过了威尔明顿的空中交通管制考核，真是特别有资格告诉他这一点。他知道该地区的天气状况还是不好，能看到雷雨云，有些还打着闪电，像是巨大的烟火。过去四十分钟左右，飞机一直都在盘旋，他觉得自己坐的是搅拌器，而不是双发动机的比奇飞机。

他关闭自动驾驶仪，握住方向盘。就是这个驾驶仪刚刚一直带着他在同一个傻乎乎的路线上飞，让他一会儿看见北卡罗来纳州的农田，一会儿又看不见，花了很长时间。下面看不见任何棉花田，不管飞高还是飞低，都没有，只有一片荒废的烟草地，葛根都长疯了。迪斯开心地把机头对准威尔明顿，朝着坡道降落，在飞行员、空中交通管制和塔台的监控下进行盲降。

他拿起麦克风，想着要不要给老农约翰打个招呼，问问他地面上有没有非正常情况——说不定是《内部看法》的读者们所喜爱的暴风雨之夜，最终还是放下了它。离日落还有一会儿，下降途中，他已经根据华盛顿国家机场的时间校准了威尔明顿时间。不，他想，还是把问题再憋一会儿。

迪斯相信夜航员是个真正的吸血鬼，正如他相信小时候是牙仙在他枕头底下放了那些二十五美分的硬币。不过如果那个人认为自己是吸血鬼——迪斯确定他就是这么认为的，那么光是这个想法就足以让他遵从吸血鬼法则了。

毕竟，生活模仿艺术。

他敢打赌吸血鬼德古拉有私人飞行执照。

不得不承认，迪斯想，这实在比企鹅杀手计划打倒人类要有意思多了。

比奇平稳地降落着，在穿过一片厚云层时上下颠簸起来。迪斯咒骂着操纵飞机，让它保持平衡——它好像越来越不满意这天气了。

我们都不满意，亲爱的。迪斯想。

出了云层后，终于能清楚地看见威尔明顿的灯光和赖茨维尔海滩了。

是的，朋友，那些在711便利店买买买的胖子会爱死这个故事的，他想，闪电在港口方向亮起，他们会在晚上出去喝啤酒、吃夜宵的时候买上无数份报纸。

还不止于此，他知道的。

这个故事……嗯……总之就是好极了。

这个故事会成为传奇。

有一段时间，这样的词根本就不会出现在你的脑子里，老伙计，他想，你大概是江郎才尽了。

然而这次，大写的标题像糖果一样在他脑海里跳跃：《〈内部看法〉的记者逮捕疯狂夜航员，独家报道吸血鬼夜航员最终落网的过程》。“我不得不这么干。”致命吸血鬼德古拉说。

确切说来，这不是什么牛气的歌剧——迪斯不得不承认，但这个故事自带气派的背景音乐，类似《变异体入侵》里的那种。

他又拿起了麦克风，按下按钮。他知道他那个爱好鲜血的朋友还在下面，不过他也知道自己在完全确认前会一直感到不安。

“威尔明顿，我是N471B。地面坡道上是否还停着马里兰州过来的天空大师337？”

回复在静电干扰声中传了过来：“好像是的，老伙计。现在不能聊天，我手头管着空中交通呢。”

“那飞机有涂红的地方吗？”迪斯执意追问道。

有那么一会儿，他以为对方不会回答了，然后听到：“有。挂了吧，N471B，如果你不是让我去察看它，我就给你整个联邦通信委员会的罚款。今天晚上要煎的鱼太多了，锅不够。”

“谢谢，威尔明顿。”迪斯用自己最谄媚的声音说。他关了麦克风，冲它比了比中指，不过脸上是笑着的，几乎没注意到穿过又一片云层时飞机的颠簸。天空大师，涂红的，他很乐意赌上明年的工资，就赌那架飞机的尾号是N101BL——如果塔台里的那个蠢货没这么忙。

一周的时间，天哪，短短一周。这就是他花的工夫。他找到了夜航员，现在天还没黑，虽然看起来可能性不大，但现场确实没有警察。如果有警察，如果他们去那儿是为了赛斯纳，老农约翰肯定早说了，管它什么空中拥堵啊，天气恶劣啊。有些东西实在是太精彩了，没法不八卦一下。

我要拍到照片，你这浑蛋，迪斯想。现在他能看到进场灯了，在暮色中闪着白光。我会及时搞到你的故事，不过首先，得拍照片。一张就够，可我得拍到。

是的，因为照片让故事读起来更真实。不是模糊的失焦灯泡，不是

“艺术家的构思”，而是一张真正生动的黑白照片。他加大降落幅度，无视飞机发出的哔哔哔的降落警告，脸色苍白而坚定，嘴唇微微后缩，露出了细小的白牙，发着光。

在暮色和仪表盘光线的映照下，理查德·迪斯看上去也有点像吸血鬼了。

Ⅲ

《内部看法》不具备很多特点，比如说文学性，再比如说过度关注精确度和道德标准一类的小事，不过有一点不可否认：它对恐怖十分在行。默顿·莫里森有点混账（不过不像迪斯第一次看到莫里森吸他那根破烟管时想的那么混账），但迪斯得认可他一点——他记住了让《内部看法》从根本上成功的东西：一桶桶鲜血和一堆堆内脏。

哦，还有可爱婴儿的照片、很多通灵预言、超级食谱（包含了诸如啤酒、巧克力和薯片之类的难吸收食物），但莫里森感受到了时代风气的巨大变化，而且从来没有质疑过自己对报纸未来走向的判断。迪斯认为这种自信就是莫里森待了这么久的原因，虽然他的烟管和花呢夹克简直就像伦敦的一对浑蛋兄弟那样。莫里森知道六十年代的花朵少年已经长成了九十年代的食人怪物。拥抱治疗、政治正确、“感受的语言”可能在上层知识分子中意义重大，但对普罗大众来说，更有意思的还是连环谋杀、明星私生活丑闻以及“魔术师”约翰逊是怎么染上艾滋病的。

迪斯毫不怀疑现在还有人读《明亮美好的事物》，但随着“伍德斯托克一代”渐生华发，嘴角刻下岁月留下的暴躁又任性的痕迹，《血腥可怕的破事》的势头渐渐强劲起来。默顿·莫里森——迪斯已经认可他是直觉天才了，在一个给所有内部员工和特约记者的著名备忘录里把自己的内部观点说得很清楚，那会儿他和他的烟管刚在办公室一角坐了不到一周。备忘录里写道：在上班路上，一定要停下来嗅一嗅玫瑰，但一旦找到了玫瑰，就张大鼻孔——很大——开始嗅血和内脏。

迪斯，一个天生就是嗅血和内脏的人，对这种说法很满意。他的鼻子是他今天在这里的原因，飞向威尔明顿的路上。那里有个怪物，一个以为自己是吸血鬼的人。迪斯专门为他定制了一个名字，这名字在他脑子里灼烧着，就像一枚昂贵的硬币在口袋里灼烧一样。很快他就会掏出这枚硬币花了它。到时候，这名字就会占据美国所有超市收银台的小报陈列栏，用让人无法忽略的六十分贝音量对着顾客们放声尖叫。

小心了，女士们以及寻求刺激者，迪斯想。在你们毫不知情的情况下，一个大坏蛋正在朝你们靠近。你们看到过他的真名，但转眼就忘了，不过没关系。你们将会记得的是我给他取的名字，一个能让他和开膛手杰克、碎尸杀手克利夫兰、黑色大丽花齐名的名字。你们将记住夜航员，他很快就会出现在你身旁的收银台。独家故事、独家采访……但我最想要的是独家照片。

他又看了看表，让自己放松了一点点（这是他能放松的极限了）。离夜幕降临还有近半小时，十五分钟内他就可以降落在涂红的白色天空大师（机尾上用同款红漆写着 N101BL）旁了。

夜航员会睡在镇子上或去往镇子路上的汽车旅馆里吗？迪斯不这么认为。天空大师 337 如此流行的原因一个是价格相对便宜，另一个是它是同型号飞机里唯一有腹舱的，说实话，不比老式大众甲壳虫的后备厢大多少，但够放下三个大箱子或者五个小箱子。当然，也可以容纳一个人，只要不是专业篮球运动员那种体形的就行。夜航员可能就在腹舱里，因为他要么以胎儿的姿势入睡，膝盖收起抵住下巴，要么疯狂到以为自己真的是吸血鬼，又或者两者皆有。

迪斯赌最后一种。

现在，高度计上的数字从四千到了三千英尺，迪斯想：不，你不住旅店或汽车旅馆，我的朋友，对吗？扮演吸血鬼的时候，你就像弗兰克·辛纳特拉——有自己的一套路子。知道我怎么想的吗？我想着，当打开飞机腹舱时，我第一眼看到的会是一堆坟墓里的土（就算不是这样，你也可以用门牙打赌，故事登出来的时候就是这样），接着会出现一条腿伸进西装裤里，然后是另一条，因为你会换装，对吧？哦，亲爱的，你会穿得无比华丽，为了杀人而盛装出席。我已经在相机上装了自动卷片器，只要一看到风中飘起的斗篷一角——

他的幻想到此戛然而止，因为底下两条跑道上闪着白光的灯突然熄灭了。

Ⅳ

我要追踪那个人的老巢，他曾告诉默顿·莫里森，从我们已知的第一个地方开始，缅因州那个。

不到四小时后，他飞到坎伯兰县机场，和一个叫埃兹拉·汉农的机械师交谈。汉农先生看上去像是刚从金酒酒瓶里爬出来。迪斯不会让他靠近自己的飞机，不过他说的话迪斯还是认真谦恭地聆听了。他当然这么做了，埃兹拉·汉农是他认为的可能被证明为一条重要线索中的第一环。

对一个乡村机场而言，坎伯兰县机场这名字真是够气派的。机场里有两个活动房屋和两条交叉成十字的跑道，其中一条铺了沥青。迪斯从没在土路上降落过，所以请求了另一条，结果落地时被颠得六亲不认，这让他决定下次起飞时选土路。尝试后，他开心地发现果然平坦得很，跟女同学的胸部有得一拼。机场里当然也有一个风向袋，跟老爹的两条缝补后的旧内裤差不多。这类机场总有风向袋。这也是它们迷惑人的魅力所在，就像以前的双翼飞机似乎总停在单翼机库前。

坎伯兰县是缅因州人口最多的县，虽然这一点你永远无法从摩肩接踵的机场人群里判断出来，迪斯想，也没法从那个神奇的金酒脑机械师埃兹拉身上看出来。他笑起来的时候，露出剩下的六颗牙，看上去就像詹姆斯·迪基的小说《解救》里的群众演员。

机场位于法尔茅斯镇郊区，这个镇子更繁华一些。机场的主要收益来自夏季富有的度假者们付的降落费。克莱尔·鲍伊，夜航员的第一个受害者，是这个机场的夜间交通控制员，拥有这个机场四分之一的股份。其他员工包括两名机械师、一名二级地面控制员（地面控制员还卖薯片、香烟、苏打水；迪斯进一步了解到，被杀的那个人还卖劣质的奶酪汉堡）。

机械师和控制员还充当稳压泵和管理员的角色。在这里，控制员经常得放下打扫厕所的活计匆匆跑回来，给即将降落的飞机下达落地许可，再从迷宫般复杂的十字交叉跑道里选定一条作为降落跑道。这些工作压力惊人，在夏季高峰期，夜间控制员有时候一晚上只能好好地睡六小时——在半夜十二点到早上七点之间。

克莱尔·鲍伊在迪斯到访前一个月左右被杀。之前那个记者搞出来的照片是合成的，一部分来自莫里森那份薄薄的卷宗，另一部分来自那个神奇的金酒脑机械师七彩斑斓的想象。虽然迪斯在最初信息来源的基础上自动做了必要补充，他还是很确定这个傻蛋似的小机场在七月上旬的时候发生了一些非常奇怪的事情。

赛斯纳 337，机尾编号 N101BL，用无线电呼叫了机场，请求在七月九日黎明前夕准许降落。克莱尔·鲍伊自一九五四年起就在机场上夜班，当时飞行员们还得偶尔中止降落，因为跑道（那时还只有一条）上有时候会有牛遛弯。那天，他在凌晨四点三十二分记录了请求，记录的落地时间是凌晨四点四十九分，飞行员名为德怀特·伦菲尔德，飞机的起点是缅因州班戈市。这些时间毫无疑问都是正确的，而其他信息都是扯淡（迪斯向班戈机场查证过，根本就没有 N101BL 的编号，他对此毫不惊讶）。

不过就算鲍伊知道这些信息是假的，大概也没法改变什么；坎伯兰县机场的管理很松，降落费就只是降落的费用。

飞行员给的名字是个荒诞的玩笑。有一名演员叫德怀特·弗赖伊，而他恰好饰演了伦菲尔德的角色——一个流着口水的疯子，崇拜历史上最著名的吸血鬼。用德古拉伯爵的名字请求降落，即使是在这样一个昏昏欲睡的小地方也可能会引起怀疑吧，迪斯分析。

可能会，迪斯不太确定。毕竟，降落费就只是降落的费用，而德怀特·伦菲尔德及时用现金付清了自己的那份，还付了钱加满油箱——第二天有人在登记簿上找到了钱，以及鲍伊开具的收据复写页。

迪斯知道五六十年代小机场管理私人航空运输的那种松散、不靠谱的方式，但他还是对夜航员在坎伯兰县机场受的待遇的非正式性感到震惊。毕竟现在已经不是五六十年代了，现在是严打违禁药品的时代，但大部分你应该说不的东西正通过各类小港口里的小船、小机场里的小飞机（比如德怀特·伦菲尔德的那架赛斯纳天空大师）不断输入。降落费就只是降落的费用，这是当然的，不过迪斯还是希望鲍伊告诉班戈机场一声，说这架飞机不在飞行计划内，哪怕只是为了他自己的安全。可他没有。迪斯这时候想到了贿赂，但他那泡在金酒里的消息提供者断言克莱尔·鲍伊一直都是正直的人，后来采访的两名法尔茅斯警察证实了他的判断。

疏忽似乎是更合理的答案，不过其实也都无所谓了，《内部看法》的读者们对这类事情为什么会发生以及如何发生的深奥问题毫无兴趣。他们很满足于读到发生了什么，用了多长时间，以及当事人是否有时间尖叫。当然了，还有照片。他们想要照片。大大的、高清晰度的黑白照片，如果可能的话——最好是随时能从报纸上跳出来，以密集像素点的形式钉入你前脑的那种照片。

迪斯问伦菲尔德降落后可能去了哪里时，那个神奇的金酒脑机械师埃兹拉看上去很惊讶，若有所思的。

“不知道啊，”他说，“我想大概是汽车旅馆吧。肯定打了个车。”

“你来机场的时候……你说是什么时候来着？那天早上七点？七月九日？”

“嗯哼，就在克莱尔回家前。”

“当时赛斯纳天空大师停好、绑好，而且里面没人？”

“对，就停在你现在停的地方。”埃兹拉指了指，迪斯后退了一点。机械师闻起来有点像一块在钻石金酒里泡过后又放了很久的罗克福尔奶酪。

“克莱尔有没有碰巧提起过他给飞行员叫了车？去汽车旅馆？周围步行范围内好像没有旅馆。”

“确实没有，”埃兹拉同意道，“最近的一家是海风旅店，那也是二英里以外了，也可能更远，”他挠了挠自己胡子拉碴的下巴，“但我不记得克莱尔说过什么给那人叫了车的事。”

迪斯还是在心里记下了要打电话给当地的出租车公司。当时他正在形成一个似乎很合理的假设：他寻找的那个人在床上睡觉，和大部分人一样。

“豪华轿车呢？”

“没有，”埃兹拉更为确定地回答，“克莱尔完全没提起有关豪华轿车的事，这个他本应该提的。”

迪斯点了点头，决定还要给附近的豪华轿车公司打电话。他还会采访其他员工，不过没指望能得到点什么信息，这金酒上头的老家伙所提供的大概就是所有的了。那天早上，克莱尔下班前和他一起喝了一杯咖啡，回来上夜班的时候又和他一起喝了一杯，这好像是他记得的所有内容了。除了夜航员本人，埃兹拉似乎是看到克莱尔·鲍伊的最后一个人。

这些思绪的主角正望向远方，挠着下巴上的赘肉，露出诡异的神色，然后又把充血的眼睛转回迪斯身上。“克莱尔没有说起任何出租车或者豪华轿车的事，不过他确实说了点别的。”

“是吗？”

“是的。”埃兹拉说。他拉开自己满是油点的工作服口袋，拿出一包切斯特菲尔德牌香烟，点了一支，咳得像个暮气沉沉的老头子。透过烟雾，他看着迪斯，目光中带着一种老练。“可能没什么意义，可不管怎么说，只是有可能。但这确实让克莱尔觉得很奇怪。百分百让他觉得很奇怪，因为大部分时候，老克莱尔都是有满嘴话也不说一个字的人。”

“他说了什么？”

“记不太清了，”埃兹拉说，“有时候，你知道，我忘了什么东西时，看看亚历山大·汉密尔顿[1]就能让我重新想起来。”

“亚伯拉罕·林肯的怎么样？”迪斯冷冰冰地问。

思考了一会儿——很短，汉农觉得林肯有时候也有此等功效，然后这位绅士的肖像就从迪斯的钱包里到了埃兹拉微微颤抖的手里。迪斯想着或许乔治·华盛顿的肖像也有效果，不过他要确保这人完全和自己站在同一立场上，而且，反正都能报销。

“说吧。”

“克莱尔说那个人看上去像是要去一个超级豪华的派对。”埃兹拉说。

“哦？为什么呢？”迪斯想，还不如坚持给华盛顿呢。

“说那个人看上去像刚从一个礼服盒里出来，礼服、丝绸领结，所有那套东西。”埃兹拉顿了一下，“克莱尔说那人还穿了一件大斗篷。里衬红得跟消防车一样，外面黑得跟土拨鼠的屁眼一样。说这斗篷在身后展开的时候看上去贼像蝙蝠翼。”

---

[1] 指代面额为十美元的纸币，下文出现的亚伯拉罕·林肯和乔治·华盛顿分别指代的是面额为五美元和一美元的纸币。——译者注

迪斯的脑海里突然闪过一个巨大的亮着红色霓虹灯的字眼，这个字眼是 BINGO。

你不知道，我泡在金酒里的朋友，迪斯想，你刚刚说的话会让你闻名遐迩。

“你问了这么多关于克莱尔的问题，但你一次也没问我有没有看到什么奇怪的东西。”

“你有吗？”

“事实上，我有。”

“是什么呢，我的朋友？”

埃兹拉用自己又长又黄的指甲挠了挠他胡子拉碴的下巴，那双充血的眼睛睿智地看着迪斯，嘴里吐出一口烟。

“又来了。”迪斯说，但还是拿出了另一张亚伯拉罕·林肯，同时小心翼翼地保持自己的声音和面部表情友好和善。他的本能被完全唤醒了，他知道这个金酒上头的先生还没有被榨干。至少还剩一点。

“我要告诉你的消息可不止这点价值，”埃兹拉责备道，“像你这样有钱的城里人应该能拿出比十美元还多的钱。”

迪斯看了看自己的手表——一块沉甸甸的劳力士，表盘上镶着钻，闪闪发光。“天哪！”他说，“都这么晚了！我还没去和法尔茅斯的警察谈谈呢！”

他还没站起来，手里的五美元就已经消失，加入汉农工作服口袋里的同伴中去了。

“好吧，如果你还有什么要说的，说吧，”迪斯说，他的友好和善已经消磨殆尽了，“我还有地方要去，有人要见。”

机械师认真地想了想，一边挠着自己下巴上的赘肉，一边呼出阵阵放了很久的奶酪的气息。他有点不太情愿地说：“我在天空大师的底部看到了一大堆土，就在行李舱下面。”

“是吗？”

“是，我还用靴子踢了。”

迪斯等着。他能做到这一点。

“恶心的东西。全是蠕虫。”

迪斯等着。这很好，很有用，但他觉得这老家伙还有东西能榨出来。

“蛆虫，还有蛆虫。像那种死了什么的地方。”

那晚迪斯住在了海风旅店。第二天早上八点，他出发飞往纽约北部的奥尔德顿镇。

V

对于猎物的行踪，迪斯有很多不理解的地方，但最让他感到困惑的是夜航员的游刃有余。在缅因州和马里兰州，杀人前他真的逗留了一会儿。他唯一的一次留宿发生在奥尔德顿，那是他在杀了克莱尔·鲍伊两周后去的地方。

奥尔德顿的湖景机场比坎伯兰县机场还小——一条未铺沥青的跑道，一个 Ops/UNICOM 组合，其实就是一个刚涂了点油漆的小棚子。没有着陆进场系统，但有一个巨大的天线接收器，这样的话，在这个地方着陆的农民就不会错过《墨菲·布朗》[1]或者《幸运之轮》之类真正重要的东西了。

迪斯很喜欢一点：未铺沥青的那条跑道就跟缅因州的那条一样平坦。我能适应这条跑道，迪斯想着，干脆利落地把飞机降到路面上，开始减速。没有落到沥青路面上发出的巨大撞击声，也没有能让飞机落地后自转的大坑……是的，我能很轻松地适应这条跑道。

---

[1] 美国情景喜剧，下文的《幸运之轮》是美国的一档有奖抢答电视节目。

在奥尔德顿，没有人伸手要总统或者总统朋友们的肖像。在奥尔德顿，整个镇子——不到一千人——都很震惊，而不仅仅是那几个兼职人员，他们和死了的巴克·肯德尔一起管理湖景机场，几乎像做慈善一样（当然了，一直在亏损）。不过真是没什么人可以采访，甚至没有埃兹拉·汉农那样的货色。汉农有点老眼昏花，迪斯想着，但至少还有点用。

“一定是个很强大的人，”其中一个兼职人员告诉迪斯，“老巴克，死在两点二十分左右。大部分时候他都很好相处，但如果真惹到他了，那够你喝一壶的。两年前在波基浦西的嘉年华上，我看到他在拳击台上打倒一个人。那种打法当然是犯法的，但巴克缺钱，他需要支付他那架小型派珀飞机的费用，所以就去打拳击赛了。得了两百美元，都给了贷款公司。我猜，再晚两天，贷款公司可就要来收他的坐骑了。”

兼职人员摇了摇头，看上去很是郁闷，迪斯希望自己提前拿出了相机。《内部看法》的读者会乐于见到那张长长的、长满皱纹的、悲痛的脸。迪斯在心里记下，要去找找死了的巴克·肯德尔有没有养狗。《内部看法》的读者也乐于见到死者养的狗的照片。把照片挂到死者房子的门廊上，附上文字“巴菲开始了漫长的等待”，或其他类似的话。

“真的很可惜。”迪斯同情地说。

兼职人员叹了口气，点点头。“杀人犯肯定是从背后偷袭的。我觉得这是唯一可能的情况。”

迪斯不知道杰勒德·巴克·肯德尔是从哪个方向被袭击的，不过他知道这一次，受害者的喉咙没有被割开，只有洞，“德怀特·伦菲尔德”可能用来吸血的洞。但有个奇怪的事实，根据验尸报告，洞分布在脖子两侧，一个在颈静脉上，一个在颈动脉上。不是贝拉·卢戈西时代那种谨慎小心的小咬痕，也不是克里斯托弗·李那种略带血腥的风格。验尸报告里写着厘米数，不过迪斯可以把数字转换成实物大小，而莫里森则有莉比·葛兰妮特喋喋不休地向他解释，验尸官干巴巴的语言只能揭示出部分事实：要么这杀人犯的牙齿大得和深受《内部看法》读者喜爱的野人大脚一样，要么他用了更不浪漫的钉子和锤子弄出了这俩洞。

《致命夜航员刺穿受害者后吸其鲜血》，两人在同一天的不同地方想到了同样的标题。不错。

夜航员曾在七月二十三日晚上十点半多请求在湖景机场降落。肯德尔同意了这一请求，记下了迪斯非常熟悉的飞机尾号：N101BL。肯德尔还记下了“飞行员名字”是“德怀特·伦菲尔德”，以及“飞机品牌和型号”是“赛斯纳天空大师337”。没有提到涂红，自然也没有提到飞扬的蝙蝠翼斗篷，那件里衬红得像消防车、外面黑得像土拨鼠屁眼的斗篷，不过迪斯还是对这两点很确定。

夜航员在十点半后不久飞进了奥尔德顿的湖景机场，杀了强壮的巴克·肯德尔，吸了他的血，然后在某个时候又开着他的飞机走了，第二天凌晨五点，詹娜·肯德尔来给丈夫送现做的华夫饼，结果发现了他被吸干的尸体。

迪斯站在快散架的湖景机场塔台外，思考所有这些信息。他突然意识到，一个献血的人最多能得到一杯橙汁和一句谢谢，而一个拿走血的人——确切地说是吸血——却能成为标题。他把剩下的烂咖啡倒在地上，走回自己的飞机，准备向南飞去马里兰时，突然想到上帝的手在完成自己这部创世大作的时候可能稍微抖了一下。

VI

现在是离开华盛顿国家机场两小时后，情况急转直下，而且非常突然，让人震惊。跑道灯全灭了，不过迪斯看到那还不是所有灭了的灯——威尔明顿一半的灯，以及赖茨维尔海滩所有的灯也都灭了。盲降系统还在，但迪斯抓起麦克风大喊“怎么了？说话，威尔明顿！”时，对方毫无回应，只有静电的“刺刺”声，混杂着如遥远幽灵般含糊不清的声音。

他试图把麦克风插回去，可没插上，掉到了驾驶舱的地上，拉长了连着的缠成一团的电线。迪斯直接忽略了它。抓起麦克风大喊完全就是飞行员的本能。他清楚地知道发生了什么，就跟他清楚地知道太阳从西边落下一样……很快，太阳就要下山了，之前肯定有一道闪电直接打到了机场附近的变电站。现在的问题在于还要不要继续降落。

“你已经得到许可了。”一个声音说。另一个声音立刻（还很正确地）回应说这逻辑纯粹就是扯淡。你还在学习开飞机的时候学过在这种情况下应该怎么做。逻辑和书本都让你考虑另一种办法，试着联系空中交通管制。在这样混乱的情况下降落会导致违规，交大量罚款。

另一方面，现在——立刻——不降落，会让他失去夜航员的踪迹，也可能会丢掉一条（或很多条）人命，但是迪斯基本上没把这两点算作相同之事，直到一个想法像闪光灯一样在他脑子里闪现，这个灵感就和他的大多数灵感一样，是黑体加粗的：

英雄记者从疯狂的夜航员手下拯救了________（填入一个数字，要尽可能地大，考虑到易轻信人群数量的巨大）。

不管了，老农约翰。迪斯想，继续朝着 34 号跑道降落。

下面的跑道灯突然又亮了，好像在同意他的决定，然后又灭了，在他视网膜上留下一些蓝色残像，后来变成了腐烂的鳄梨那种恶心的绿色。接着无线电里传来的诡异静电声消失了，老农约翰尖叫着：“改变左舷航向，N471B；皮德蒙特，改变右舷航向；天哪，哦，天哪，半空，半空中——”

迪斯自我保护的本能完全被激活了，就跟他在灌木丛里闻到血的味道时一样。他甚至没看见皮德蒙特 727 的频闪灯，老农约翰刚说完第二个字，他就紧紧地握住操纵杆——忙着让飞机尽可能地向左倾斜。迪斯很乐意去验证这一事实，如果他能从这要命的风暴中活下来。一瞬间，他看到、感觉到头上有一个巨大的东西擦过，紧接着比奇 55 就遭到了剧烈撞击，相比之下，之前的气流波动简直像挠痒痒一样。他上衣口袋里的香烟飞了出去，掉得到处都是。半明半暗的威尔明顿天空疯了一样歪歪斜斜。他感觉自己的胃正拼命把心脏挤出喉咙、挤进嘴里，口水沿着一侧脸颊哗哗流下，像孩子“嗖——”地滑下一条抹了油的滑梯。地图跟鸟一样乱飞。机舱外因飞机喷气和自然雷电而轰隆巨响。四人座上的一个玻璃窗向内爆裂了，一阵强风冲了进来，尖叫着把一切没有固定住的东西吸进了那风暴里。

“回到原先指定的高度，N471B！”老农约翰尖叫道。迪斯意识到自己刚刚毁了一条价值两百美元的裤子——他尿了。不过他有种强烈的预感，老农约翰肯定被吓出一卡车屎了，这对他是不小的安慰。不管怎么说，至少听起来是那样的。

迪斯随身带着一把瑞士军刀。他从右裤袋里掏出军刀，左手把着驾驶盘，把军刀刺入左肘上方，血流了出来。紧接着，他在左眼下方浅浅划了一刀。他折起刀，把它塞进门上装了松紧带的地图袋里。以后要清理一下，他想。如果我忘了，那麻烦可就大了。不过他知道自己不会忘，一想起夜航员逃脱的那些惩罚，他就觉得自己会没事的。

跑道灯又亮了起来，这次最好一直亮下去，他希望着，虽然灯光明暗的方式说明现在灯由发电机供电。他再次沿着 34 号跑道降落，血沿着左脸淌下，流到了嘴角。他舔了舔嘴角，吮了点血，吐出一口混着血的粉红色口水，吐在瞬时垂直速度指示器上。从来不错过任何一个小计谋，只要紧跟本能，总能找到正确的出路。

他看了看表，离日落只有十四分钟了。这么一来，时间就太紧了。

“上升，比奇！”老农约翰喊道，“你聋了吗？”

迪斯直直地盯着跑道灯，用手摸索麦克风，先摸到了缠在一起的线，又顺着线拿到了麦克风，抓在手里按下了启动键。

“听好了，你这该死的浑蛋，”他说，龇牙咧嘴的，露出整个牙床，“我差点撞上 727，把自己搞成草莓果酱，就因为你那他妈的发电机没有及时发电，害得我没法跟空中交通管制建立通信联系。我不知道这架飞机上有多少人错过了变成草莓果酱，但我敢保证你错过了，机组人员也错过了。你们这群人还活着的唯一原因是机长够聪明，给飞机整了个阿勒曼德舞曲，紧急右转，我够聪明，配合着来了个互绕步！不过我的飞机和我的身体都受到了损害。你最好现在就给我降落许可，不然我就直接降了。唯一的区别是如果我没有许可就降落，那你得跟我一起出席联邦航空局的听证会。可在此之前，我保证你的头和身体会分家。明白了吗，长官？”

一阵漫长、静止般的沉默，然后传来很小的声音——完全不像老农约翰之前热情满满的“嘿，兄弟”：“允许你降落在 34 号跑道上，N471B。”

迪斯笑了，沿着 34 号跑道降落。

他又打开麦克风，说：“刚刚有点激动了，态度不好，还大声嚷嚷，对不起。差点要死的时候就是这样的。”

没有来自地面的回应。

“好吧，去他妈的。”迪斯说，然后继续下降，忍住了瞥一眼手表的冲动。

VII

迪斯一贯冷酷无情，他也为此骄傲，但欺骗自己毫无意义，他在杜弗瑞看到的东西吓得他鸡皮疙瘩都起来了。夜航员的飞机在坡道上又停了一整天——七月三十一日，不过这真的只是恐怖的开端。血才是深受

《内部看法》的忠实读者所喜爱的，这倒本该如此，永远都是如此，阿门，阿门。但迪斯越来越确定，血（在老雷和埃伦·萨茨的案子里，连血都没有）只是整个故事的开端，血的下面才是幽暗诡谲的大洞。

迪斯在八月八日到了杜弗瑞，正好比夜航员晚了一周时间。他再次好奇那个蝙蝠朋友在不杀人的时候去了哪里。迪士尼乐园？布希公园？或者去亚特兰大看勇士队的比赛？这些东西目前都是小事，因为还处在追踪阶段，不过到了后期就重要了。事实上，这些东西会成为新闻工作者的汉堡帮手，把夜航员的故事扩展一下，就可以再撑几期，让读者们在消化完大块肉后还能再回味一会儿。

这故事里有大洞——读者可能掉进去就再也出不来的黑暗地方。这听起来很疯狂，很老生常谈，但当迪斯拍了杜弗瑞发生了什么的照片时，他开始信了。这意味着故事的一部分永远都不会见报，不只是因为隐私问题。一旦出版那部分，迪斯唯一的铁律就会遭到破坏：绝不相信你出版的东西，绝不出版你相信的东西。这么多年来，正是这条铁律帮他保住了自己的理智和清醒，要知道，很多同行都“疯”掉了。

为了换换环境，他降落在华盛顿国家机场——一个真正的机场，然后租了一辆车，开了六十英里去杜弗瑞，因为没有雷·萨茨和他妻子埃伦就没有杜弗瑞机场。除了埃伦的姐姐雷琳，这夫妻俩基本上就是整个工作组了，而雷琳是个相当不错的女机械师。机场里只有一条沥青跑道（为了减少尘土，抑制杂草生长），控制台不比建在拖车上的小屋大多少。萨茨夫妇就住在小屋里。两个人都退休了，退休前都是飞行员，据说都顽强得跟钉子一样。他们感情很好，结婚快五十年了还深陷爱河。

迪斯进一步了解到，萨茨夫妇严密监控进出的私人飞机，他们以个人名义对毒品宣战，因为他们唯一的儿子由于走私毒品死在了佛罗里达大沼泽地。当时他试图降落在一片看似畅通无阻的水域，驾驶着偷来的比奇 18 飞机，装载了超过一吨的毒品。水域确实畅通无阻，除了一个树桩。飞机撞上树桩，翻在水里，炸了。道格·萨茨飞出驾驶座，浑身焦黑，冒着烟，但极有可能还活着，虽然只有他那悲伤的父母愿意相信。是鳄鱼吃了他。一周后，缉毒局工作人员找到他时，发现他只剩了支离破碎的骸骨，几块爬满蛆虫的肉，一条焦了的 CK 牛仔裤，一件保罗·斯图尔特运动外套。外套的一个口袋里装了两万多美元的现金，另一个口袋里装了差不多一盎司[1]来自秘鲁的片状可卡因。

“是毒品和该死的毒贩子害死了我的孩子。”雷·萨茨屡次说起这句话，而埃伦·萨茨只愿成倍地说。她对毒品和毒贩子的恨意绵绵不绝，只有因儿子被那些人引诱后所产生的悲痛和困惑能与之一较高下。这一点迪斯已经听到很多次了（他觉得有点搞笑，在杜弗瑞，大家几乎一致认为老萨茨夫妇死于帮派谋杀）。

自从儿子死了，萨茨夫妇就紧盯着任何与毒品有关的人或事，只要看上去跟贩毒有点关系就会被他们盯上。马里兰州的州警有四趟得到的是错误警报，去了之后什么事都没有。不过州警并不怪他们，因为另有三次小的和两次极大的情况完全属实。最近一次是三十磅来自玻利维亚的纯净可卡因走私案。这样可以让人平步青云的好案件能成功地让你忘记过去的一些错误警报。

七月三十日晚深夜，赛斯纳天空大师来了，它的编号和外形描述已经传遍了全国的每一个机场，包括杜弗瑞机场。这架赛斯纳上的飞行员自称是德怀特·伦菲尔德，来自特拉华州贝肖尔机场，而该机场从不知有个叫伦菲尔德的飞行员或者机尾编号为 N101BL 的天空大师飞机。这是一架几乎可以肯定飞行员就是杀手的飞机。

“如果他飞到我们这儿来，这会儿早就在监狱里待着了。”贝肖尔机

---

[1] 1 常衡盎司约合 28.35 克。

场的一个控制员在电话里如是说，不过迪斯怀疑其真实性。是的，非常怀疑。

夜航员在晚上十一点二十七分降落在杜弗瑞。这名“德怀特·伦菲尔德”不但在萨茨夫妇的飞行日志上签了字，还接受了雷·萨茨的邀请，到他们的拖车上喝了杯啤酒，一起看了电影《枪声硝烟》的重播。第二天，埃伦·萨茨把这一切都告诉了杜弗瑞发廊的老板。发廊老板塞利达·麦卡蒙自称是死了的埃伦·萨茨的闺密之一。

迪斯问她那天埃伦看起来怎么样，塞利达顿了顿，然后说：“梦游一样。像个犯花痴的高中少女，她差不多都七十岁了。脸红得不得了，我还以为是打了腮红呢，到开始烫头才发现原来是脸红。然后我看出来她就是……你知道……”塞利达耸了耸肩。她知道自己想说什么，但表达不出来。

“亢奋。”迪斯建议道。塞利达大笑起来，拍了拍手。

“亢奋！对了！你还真是个作家呢！”

“哦，我写起来就跟变异物一样灵活。”迪斯说着笑了一下，暗自希望是个快乐温暖的笑容。他曾不断练习这个表情，现在还在继续频繁地练习，对着纽约一所被称为家的公寓里的镜子，对着旅店和汽车旅馆他那真正的家里的镜子。似乎起作用了——塞利达给出了很积极的反应，然而，事实却是迪斯一生中从没感到过自己是快乐的或者温暖的。在儿童时期，他觉得这些情绪是完全不存在的，只是伪装而已，是社会习俗。后来他觉得自己错了，大多数被他当作“《读者文摘》心情”的情绪是真实的，至少对大多数人来说如此。可能连爱，这只存在于传说中的大馅饼，也是真的。毫无疑问，他无法亲自感受到这些情绪是一大遗憾，但还没到世界末日的程度。毕竟，得癌症、感染艾滋病、大脑记忆受损之类的还大有人在。这么一看，你就立马觉得被剥夺让人亲亲抱抱的情感冲动简直就是不值一提的小事。只要能时不时地牵动面部肌肉到正确的位置上，就万事大吉。这一操作不会带来痛苦，而且很简单。如果你能记得尿完拉上拉链，显然也能记得在需要的时候来个微笑，让它看上去温暖可人。这么多年来，他还发现，一个理解的微笑是世界上最好用的采访工具。有几次，他内心有个声音问，他自己的内部看法是什么，但迪斯不要自己的所谓内部看法。他只想写下故事，拍出照片。他擅长写作，过去是，将来也是。他知道这点，不过还是更喜欢拍照。他喜欢触摸自己的照片，喜欢看着相机把人定格下来，不管上面是向世界展示了自己真实的表情，还是可以轻易被识破的、不可否认的面具。他喜欢人们吃惊和恐惧的表情。这是最好的表情，有种被抓个正着的感觉。

如果你继续问，他会说照片提供了所有他需要的内部看法，不过这个问题跟本案毫不相干。相干的是夜航员，他的小小蝙蝠兄弟，他是如何在一周，甚至更早之前跳着华尔兹闯入雷和埃伦的生活的。

夜航员走下飞机，走进了他们的办公室，墙上还挂着联邦航空局的红色通缉令。上面说最近有个开赛斯纳天空大师337、飞机编号为N101BL的危险男人，疑似已经杀了两个男人。上面还说，这个人有可能自称德怀特·伦菲尔德。天空大师降落了，德怀特·伦菲尔德登记了名字，而且几乎可以确定他第二天在飞机上过了一天。老萨茨夫妇干吗去了？他们不是目光敏锐吗？

萨茨夫妇什么也没说，什么也没做。

不过迪斯后来发现“什么也没做”不完全属实。雷·萨茨当然做了点什么，他邀请了夜航员进门，和他们一起看老电影《枪声硝烟》，还喝了啤酒，就像招待老朋友一样。然后第二天，埃伦·萨茨去了趟发廊，这让老板塞利达感到很惊讶，因为通常情况下，埃伦的到访跟钟表发条一样有规律，而这次，她来得比常规时间早了至少两周。要求也非常明确，不但要像平时那样修剪，还要烫染。

“她想看起来年轻了一点。”塞利达告诉迪斯，用手背擦掉脸颊上的一滴眼泪。

但是比起她丈夫，埃伦的反常表现简直就是小儿科。他给华盛顿国家机场的联邦航空局打了电话，要求他们发布一则航行通告，把杜弗瑞机场从现行的航空网中移除，至少暂时移除。换言之，他拉下帘子，把店关了。

在回家的路上，他在杜弗瑞的德士古加油站停了一会儿，告诉诺姆·威尔逊——加油站老板——他觉得自己得流感了。诺姆说他觉得这可能是真的——雷看上去确实苍白憔悴，一下子变得比实际年龄还老。

那天晚上，这两名警觉的缉毒员被烧死了。人们在小控制室里发现了雷·萨茨，他的头被扯下来扔到远处的角落里，上面还连着一截参差不齐的脖子，眼睛呆滞，瞪着大开的门廊，仿佛那里真有东西可看。

埃伦是在拖车卧室里被发现的，在床上，穿着崭新的睡衣——估计那晚是第一次穿。一个警官告诉迪斯（迪斯给了他二十五美元，比那个愚蠢的金酒脑机械师还贵，不过值了），虽然埃伦年纪不小了，但看一眼你就知道她穿成那样是准备与爱人共度良宵。迪斯被他发出的鼻音迷住了，在本子上逐字逐句地记下来。那些长钉般巨大的洞嵌入她脖子，一个在颈动脉，一个在颈静脉。她面容沉静，眼睛闭着，手放在胸口。

虽然埃伦浑身的血都快流失了，但人们只在她身下的枕头和摊开在腹部的书上找到了几点血迹，书上的要多一点。那本书是安妮·赖斯写的《吸血鬼莱斯特》。

夜航员呢？

七月三十一日晚上，或者八月一日凌晨，他就那么飞走了。像一个变异物。

或者一只蝙蝠。

Ⅷ

迪斯在正式日落前七分钟降落在威尔明顿。他一边吐出嘴里的血水——眼睛下那一刀流出的血，一边给飞机减速，突然看到了带着蓝白火焰的强烈闪电，几乎闪瞎他的眼睛。紧接着是震耳欲聋的雷声，这是他听过的最大的雷声。这一观点被一扇震裂成钻石碎片状的客舱玻璃证实了，这扇玻璃逃过了皮德蒙特 727 的撞击，只出现了星状裂痕。

在强烈的光线中，他看到一道闪电打在了 34 号跑道旁的一栋低矮的立方体建筑物上。建筑物爆炸了，向天空喷射出柱状火焰，虽然也很亮，但还是无法和点燃它的闪电比。

像是用小型核武器引爆了一捆炸药，迪斯杂乱无章地想，然后：发电机。爆炸的是发电机。

灯光——所有灯光，跑道两侧的白灯和跑道终点的红灯——一下子消失了，像是被一阵强风吹灭的蜡烛。突然之间，迪斯陷入了以高于每小时八十英里的速度从黑暗冲向另一黑暗的境地。

爆炸带来的冲击不但摧毁了机场的主发电机，还像一记重拳击中了比奇——不只是击中，还像循环运作的干草机一样不断捶打。飞机还不知道自己再次成了弹跳生物，右舷惊恐地抽搐起来，抬起又落下，右轮砸到了什么东西——一些东西，不断弹跳着，迪斯模糊地感到是着陆灯。

倾斜左舷！他心里在尖叫。倾斜左舷，浑蛋！

他差点就这么做了，还好他保持了冷静。如果以现在的速度改变航向，倾斜左舷，飞机会发生地转。可能不会爆炸，毕竟油箱里剩的油不多了，但也有可能爆炸。还可能直接解体，留下理查德·迪斯内脏以下的部分在驾驶座上抽搐，内脏以上的部分则去了另一方向，断了的肠子长长拖着，像派对彩带，肾掉到地上，像两大坨鸟屎。

扛过去！他对自己大喊。扛过去啊，浑蛋，扛过去！

又有一些东西——发电机的副油箱，他见缝插针地推断了一下——爆炸了，飞机又往右舷倾斜了一些，不过这挺好，至少把飞机从着陆灯上弄出来了。突然之间，飞机又能相对平稳地行驶了，左轮落在 34 号跑道边上，右轮落在着陆灯和他之前看到的跑道右侧的沟中间，紧靠边缘处，令人毛骨悚然。飞机还在颤动，但不是很严重。他意识到目前有一个轮胎已经瘪了，右轮在砸到指示灯的时候被扎破了。

飞机在减速，这才是重要的事情，比奇终于开始明白自己跟之前不一样了，现在它属于大地。迪斯正要放松下来，就看到机身宽大的利尔喷射机（飞行员们都管它叫胖子阿伯特）在前方滑行，疯了一样横着停在了跑道上，正好停在 5 号跑道的滑行道口。

迪斯朝它冲过去，看到亮着的窗户，看到很多双眼睛盯着他，像收容所里的傻子们在看一场魔术表演一样目瞪口呆的。然后，毫不犹豫地，他把方向舵完全打到右侧，飞机弹出跑道，落到沟里，以一点五英尺的距离险险擦过利尔。他听到一些模糊的尖叫，但什么都注意不到，只知道眼前炸开了一连串火花，像放鞭炮一样，因为飞机试图再次升空，结果襟翼已经落下，发动机的转速也慢了，难以再度升空，最后只扑腾了一次，像二次爆炸中即将消逝的光那样闪了一下。飞机开始在滑行道上滑行。有几分钟，他看到了通用航空航站楼，楼的角落里亮着由蓄电池供电的应急灯，还看到了停靠的飞机——其中一架绝对是夜航员的天空大师，在不祥的橙色落日的映衬下，仿佛黑色绉纸上的剪影，在雷雨云降临时才显出本尊。

*我要靠过去！*他对着自己尖叫，比奇也确实动了动，左翼在最靠近航站楼的滑行道上擦出一串火花，翼尖直接掉落，滚进了灌木丛，潮湿的杂草被摩擦产生的热量点燃，火花幽暗。

接着飞机停下了，唯一的声响是无线电发出的巨大的“刺刺”声、客舱破瓶子里的东西流入地毯所发出的“嘶嘶”声，以及迪斯自己心脏的狂跳声。他猛地解开安全带，走向加压舱口，甚至不确定自己是不是还活着。

后来的事他记得异常清晰，但是从比奇在滑行道上歪着机身、紧靠利尔停下，到他听见航站楼里传出第一波尖叫，其间他唯一能确切记住的是他踉踉跄跄地回去拿了相机。他不能不拿相机就下飞机。他的尼康相机是最接近于老婆的存在。十七岁时，他在托莱多的一家当铺买下这台相机，从此就一直带在身边。加了一些镜头，但基本框架没变，唯一变的是工作过程中产生的一些擦痕和凹陷。相机放在座位后的弹性袋里。他拿出相机，检查它是否完好无损——依旧完好。他把相机挂在脖子上，弯腰走向舱门。

他扳动操纵杆，跳出机舱，踉跄了一下，差点摔倒，赶紧在相机撞到水泥地之前抓住了它。又传来一道轰隆隆的雷声，但只有一声，远远的，没什么威胁。微风拂过他的脸颊，仿佛一只温柔的手抚摸着他。但腰带下面更觉得冰凉，迪斯做了个鬼脸。比奇差点撞上皮德蒙特时他尿了裤子这部分也不会出现在故事里。

这时，航站楼里发出一阵尖利刺耳的声音——混合着痛苦和恐惧的尖叫。迪斯感觉自己像被人扇了一巴掌。他清醒过来，再次集中到自己的目标上。他看了看表，表停了。不是刚才的震荡弄坏了它，就是它自己停了。这表是个有意思的古董，得时不时地上发条，他已经不记得上次上发条是什么时候了。

日落了吗？该死的，现在很黑，是的，但雷雨云都聚到了机场上空，很难说天黑是怎么回事。是吗？

又传来一阵尖叫——不，不只是尖叫，是刺耳的尖叫，还有玻璃碎裂的声音。

迪斯认为，日落已经不重要了。

他跑了起来，隐隐约约地感觉到发电机的副油箱还在燃烧，空气中能闻到汽油味。他试图加速，可感觉自己跑在水泥里，阻力很大。航站楼越来越近了，但他速度不快。不够快。

“求你了，不要！求你了，不要！求你了，不要啊！哦，求你了！”

尖叫声越来越刺耳，突然被一阵恐怖的、非人的吼叫切断了。然而这吼叫里还有一些人性，或许这才是最恐怖的地方。在航站楼角落里应急灯发出的不稳定的灯光下，迪斯看到一个黑乎乎的东西正在猛击航站楼面向停机坪的那面墙上的玻璃——墙上几乎都是玻璃，然后那个东西飞了出去，落在坡道上，发出砰的一声闷响，又滚了几圈。是个男人。

风暴走了，但闪电还是不时亮起。迪斯气喘吁吁地跑进停机坪，终于看到了夜航员的飞机，机尾上写着显眼的 N101BL。闪电下这些字母和数字看起来是黑色的，不过他知道应该是红色的。其实也无所谓。相机里装满了黑白胶卷，还配上了智能闪光灯，会在光线亮度跟不上胶卷速度时亮起。

天空大师舱门大开，像尸体的嘴。机舱下面是一大堆土，里面有什么东西在蠕动。迪斯看到后目瞪口呆，接着又恍然大悟，一下子停住了。现在他心里不但充满恐惧，还有一种雀跃不已的狂喜。谁能想到事情就这么凑一块了！太好了！

是的，他想，不过这不是运气——谁敢说这是运气，连直觉都不是。

没错。不是运气让他待在了那个差劲的小旅馆里，空调“哐哐”响着，也不是直觉——不完全是直觉——让他连着几小时打电话给污渍斑斑的机场，反复报出夜航员的机尾编号。这完全就是记者的本能，现在就是获奖的时刻。而且这还不是普通的获奖，这可是头奖啊，黄金国，传说中的大馅饼。

他冲到大开的舱门前，想要举起相机，结果差点把自己给勒死。他妈的。解开带子。聚焦。

航站楼里又传来一阵尖叫——女人或者孩子的。迪斯没怎么留意。他先想到那里正在发生着一场大屠杀，然后又想到大屠杀只会让自己的故事更丰满，接着这两种想法都没了，因为他快速拍了三张赛斯纳的照片，确保大开的机舱和机尾编号都进了镜头。相机的自动卷片器嗡嗡作响。

迪斯继续跑起来。更多玻璃碎了。又传来“砰”的一声，另一个人被扔到水泥地上，像一个被灌满止咳糖浆类黏糊糊、黑漆漆液体的布娃娃。迪斯看过去，看到了奇怪的事情，一个像是斗篷的东西在飘着，但离得太远了，看不清。他转过身，又拍了两张飞机的照片。没错了，大开的机舱和土堆在印刷后会非常清晰，不可否认。

然后他转身跑向航站楼，从没想过他浑身上下只用了一台旧尼康相机武装自己。

他停在十码外的地方。三具尸体躺在那儿，两个成人，一男一女，第三个可能是瘦小的女人，也可能是十三岁左右的女孩。她的脑袋不见了，所以很难判断。

迪斯举起相机，快速连拍了六张照片，闪光灯自动亮起白光，自动卷片器发出满意的嗡嗡声。

他一直数着自己拍了几张照片。装的胶卷可以拍三十六张，已经拍了十一张，还剩二十五张。裤子口袋里还塞着胶卷，这太棒了，如果有机会装的话。绝不能去想还有机会什么的，拍这种照片就得争分夺秒、见缝插针。完全就是快餐式的。

迪斯到了航站楼，猛地拉开楼门。

IX

他以为自己见惯了大千世界，结果眼前所见还是超出了以往所有的经验范畴。从未见过。

多少？他在心里大声嚷嚷。你还有多少张底片？六？八？或者十二？

他不知道。夜航员把这小小的航站楼变成了屠宰场，到处都是尸体和尸块。迪斯看到一只穿着匡威运动鞋的脚，拍下来。一段躯干，拍下来。还有一个穿着油腻腻工作服的男机械师，还活着。有那么奇怪的一瞬间，他以为是坎伯兰县机场的那个金酒脑机械师，但这男人不是快秃了，而是完全秃了。他的脸从额头到下巴被整个砍开，鼻子从中间裂开，这让迪斯疯了一样地想起烤香肠，裂了，正好夹上小圆面包。

拍下来。

突然，他体内有什么东西暴动了，大喊“别拍了！”，声音威严笃定，不容忽视，更别说拒绝了。

别拍了，停下，结束了！

他看到墙上画着一个箭头，下面写着“卫生间由此去”。迪斯沿着箭头方向跑过去，相机在胸前晃荡。

男卫生间正好第一个出现，但他根本管不了这是男卫生间、女卫生间，还是外星人卫生间。他正发出刺耳又粗哑的巨大哭泣声。很难承认这是他发出来的声音。他已经很多年没哭了。上次哭的时候，他还是个孩子。

他猛地冲进卫生间，像一个失控的滑雪员那样滑了一段，然后抓住了第二个洗手槽边。

他俯下身，所有东西一股脑涌了出来，伴着恶臭，有些溅到脸上，有些溅到镜子的棕色血迹上。他闻到了在汽车旅馆的房间里弯腰打电话时吃的炸鸡外卖的味道，这就发生在他搞明白情况，出发去追夜航员前不久。然后他又吐起来，发出一阵巨大刺耳的声音，像因过度拉紧，齿轮快要被折断的机器。

天哪，他想，天哪，这不是人干的，这不可能是人——

就在这时，他听到了声音。

这是他听过千万次的声音，这是男人一生中最常听到的声音，但现在，听着这声音，他感到深深的恐惧和诡异，超出以往任何经验的范畴。

这是一个男人往便池里撒尿的声音。

透过被呕吐物喷溅的镜子，他能看到屋里的三个便池，但看不到人。

迪斯想：吸血鬼不在镜子里成像——

然后他看到红色液体落入中间那个便池，看到它顺着池壁流下，看到它以漩涡状流到池底呈几何状排列的洞里。

空中没有水流，只有在尿液碰到便池时才能看到。

那时候才会显现。

迪斯感觉自己石化了。他站着，手抓着洗手槽边，嘴、喉咙、鼻子和窦道充满了浓浓的炸鸡味，眼睁睁看着身后发生的事，难以置信，又平淡无奇。

我正在，他模糊地想，看一个吸血鬼撒尿。

似乎要尿到天长地久——血色尿液落入便池，显现，然后以漩涡状流入下水道。迪斯就那么站着，双手死撑在满是呕吐物的洗手槽边上，看着镜子里的倒影，感觉自己像一台被完全卡住的机器里那动弹不了的齿轮。

我差不多死定了，他想。

在镜子里，他看到便池上方的镀铬冲水柄自己动了一下。冲水了。

迪斯听到一阵沙沙声和噗噗声，知道是斗篷发出的，就像他知道如果他此时转身，就能实现刚才“差不多”的想法。他原地不动，手掌紧抓在洗手槽边。

他身后传来永恒般的低语。声音的主人靠得很近，迪斯都能感到喷在他脖子上的冰冷气息。

“你一直在追踪我。”那永恒的声音说。

迪斯呻吟了一声。

“是你，”那永恒的声音说，就像迪斯刚才否认了他的话，“我知道你，我知道你所有的事。现在给我听好了，我好奇的朋友，因为我只说一次：

别再追踪我。”

迪斯又呻吟了一声，狗一样的哀鸣，裤腿里流下更多液体。

“打开你的相机。”那声音说。

*我的胶卷！*迪斯体内有个声音大喊。*我的胶卷！我只有这些了！只有这些了！我的照片！*

斗篷又发出一阵干巴巴、蝙蝠一样的拍打声。虽然迪斯什么都看不见，他还是感到夜航员靠得更近了。

“现在。”

胶卷不是他唯一拥有的东西。

还有他的命。

就是这样。

他看到自己转过身，然后看到了镜子没法倒映的东西，看到自己正看着夜航员，他的蝙蝠朋友，一个怪物，浑身满是血肉和一绺绺被扯掉的头发，看到自己不停按下快门，相机的自动卷片器嗡嗡作响……但照片上什么都不会有。

什么都没有。

没法拍出吸血鬼的照片。

“你是真的。”他哑着嗓子说，一动不动，双手仿佛焊在了洗手槽边上。

“你也是。”那个刺耳的声音说。现在迪斯能在他的呼吸中闻到古老地下室和尘封墓地的味道了。“至少现在是。这是你最后的机会，我好奇的未来传记作家。打开相机，不然我会替你打开。”

迪斯的双手似乎已经完全麻痹了，但还是打开了尼康。

空气拂过他冰冷的脸，一种剃须刀片滑过的触感。他看到一只白色的长长的手，上面鲜血淋漓，还看到参差不齐的指甲，指甲缝里嵌满脏东西。

然后他的胶卷被从相机里扯了出来，缠成一团。

又是一阵干巴巴的拍打声。一阵散发恶臭的呼吸。那一瞬间，他以为夜航员要动手杀他了。然后他在镜子里看到卫生间的门自己开了。

他不需要我，迪斯想，肯定是今晚吃饱了。一想到这里，他又开始呕吐，这次直接吐到了镜子里他自己的脸上。

一阵风吹过，门又“呼哧”一声关上了。

迪斯一动不动地站了三分钟左右，直到不断靠近的警笛声几乎到了航站楼上空，直到听到飞机发动机的轰鸣声。

毋庸置疑，赛斯纳天空大师 337 的发动机。

然后他像踩着高跷般走出卫生间，撞到卫生间对面的墙，弹了回来，又走回航站楼。他踩到一摊血，差点滑倒。

“不许动！”一个警察在他身后大叫，“不许动！再动我就开枪了！”

迪斯连身都没转。

“记者，蠢货。”他说，一只手举起自己的相机，另一只手举起自己的记者证。他走到一扇碎裂的玻璃前，曝光了的胶卷从相机里掉出来，像一条长长的棕色纸带。他站在那里看着赛斯纳沿着 5 号跑道加速。突然之间，在发电机和副油箱喷出的熊熊火光中，飞机成了黑色的影子，很像蝙蝠的影子。然后它腾空了，消失了。警察用力把迪斯扑到墙上，力度大到迪斯的鼻子被撞出血，不过他不在乎，他什么都不在乎了。当哭声再次冲破胸腔发出来时，他闭上了眼睛，但还能看到夜航员血色的尿液落入便池，显现，然后以漩涡状流入下水道。

他觉得自己永远都忘不掉那场景了。

Popsy

小亲亲

谢里登正开着车在商场外的空地上慢慢转悠，看到一个小孩从商场“卡曾小镇”的大门里走出来，写有那四个字的牌子正亮着灯挂在大门上方。是个男孩，可能三岁，但肯定没到五岁。他脸上的表情谢里登很熟悉，他努力忍着不哭，但很快就会哭出来的。

谢里登停了一会儿，感受着那股熟悉的自我厌弃浪潮……不过每带走一个小孩，那种感觉就会削弱一点。第一次，他整整一周没睡。他一直在想那个大块头、油腻腻、自称“巫师先生”的土耳其人，一直在想他会对孩子们做什么。

“他们坐船，谢里登先生。”土耳其人告诉他，只是这话说出来是“踏们卓传，谢尔顿显省”。土耳其人笑了。那笑容在说：“如果你知道什么对自己好，你就不会再问了。”这内容表达得既清楚又明白，没有一点口音。

谢里登再也没问，但这不等于他不想，特别是事后。他辗转反侧，希望自己可以从头再做一次，这样他就可以反转整件事情，可以不受诱惑。第二次几乎和第一次一样糟糕。第三次稍微好一点。到了第四次，他几乎已经不再想船的事了，也不再想坐完船等着孩子们的会是什么。

谢里登把小货车停到商场前的残疾人专用停车位上。他有一块政府给残疾人士办理的特殊牌照，就挂在车后面。这牌照价同黄金，因为它可以让所有商场的保安都毫不起疑，而且残疾人停车位总是特别方便，还极有可能有空位。

你总是装成自己不是出门找猎物的样子，但又总是提前一两天挂起特殊牌照。

不管那些破事了。他现在一团乱，而那个孩子能解决一些大问题。

他下了车，走向那个孩子，后者正左顾右盼，看上去越来越害怕。没错，谢里登想，他就是五岁，也可能六岁，只是很虚弱。在透过玻璃门射出来的刺眼荧光灯的灯光下，这个男孩的脸色白得跟纸一样，不只是吓的，可能还病了。而谢里登觉得这只是吓坏了。他通常可以一眼辨认出恐惧，因为过去一年半左右，这种表情他在自己的镜子里见过太多次了。

孩子抬起头，充满希望地看着他周围来来往往的人。那些人兴冲冲地进到商场里买东西，然后大包小包地出来，表情有点迷乱，简直像嗑了药一样，那种可能被他们自认为是满足的药。

那孩子穿着牛仔裤和匹兹堡企鹅队的T恤，用眼神寻求帮助。寻求有谁关注一下他，注意到他不对头。寻求有人问出那个正确的问题——孩子，你和爸爸走散了吗？寻求朋友。

我来了，谢里登一边想，一边走近他。我来了，孩子——我来做你的朋友。

快到孩子身边时，他看到商场的一个保安正缓缓走过大厅，朝大门走去。他把手伸进口袋，大概是在拿烟。他很快就会出来，看到那个孩子，抢走谢里登嘴边的“鸭子”。

见鬼，他想，不过至少在保安出来的时候，他不会被看到和孩子搭讪。那种情况就更坏了。

谢里登后退了几步，摸了摸自己的口袋，似乎是在确认钥匙还在不在。他的视线快速从男孩移到保安，又回到男孩身上。男孩已经开始哭了。不是放声大哭，还不是，而是豆大的泪珠，沿着光洁的脸颊滑落，在“卡曾小镇”红色牌子的灯光下呈粉红色。

服务台的女孩拦下保安，和他说了点什么。她很漂亮，深色头发，二十五岁左右。保安是沙色金发，蓄着胡子。他屈肘靠在服务台上，对着女孩笑。谢里登觉得这画面就像杂志后面的香烟广告。沙龙精神。点燃我的好彩。他在这里急得跟热锅上的蚂蚁一样，而他们在那里打情骂俏——下班了干吗去，要不要去那个新地方喝一杯，等等。现在她开始抛媚眼了。多么可爱。

谢里登突然决定放手一搏。孩子已经哭得上气不接下气了，一旦他开始号啕大哭，就会引起注意。谢里登不喜欢在距自己不到六十英尺的地方站着个保安时就行动，但如果他不能在接下来的二十四小时内还清雷吉先生的钱，他想几个壮汉就会来探望他，对他的胳膊做点即兴手术，给每条胳膊都加点“弯管”。

他——一个穿着普通 T 恤和卡其裤的高大男人，一个脸盘宽大、长相普通、第一眼看上去和蔼可亲的男人，走向孩子。他朝小男孩俯身，手放在大腿上。男孩转过头来看他，脸色苍白，十分恐惧，眼睛绿得和翡翠一样，被灯光染成粉色的泪珠洗涤了这双眼睛，衬出了这绿色。

“孩子，你和爸爸走散了吗？”谢里登问。

“我的小亲亲，”孩子说，擦了擦眼睛，“我……我……找不到小亲亲了！”

这时孩子开始呜咽起来，一个女人略带关心地看了过来。

“没事。”谢里登对她说。她走了。谢里登把手搭在男孩肩上抚慰他，把他带到右边一点，那是小货车的方向。然后他回头看了看门里面。

保安的脸就凑在服务台女孩脸的边上，看起来今晚要被点燃的不只是那女孩的好彩了。谢里登放松下来。这会儿，就算大厅里发生了持枪抢劫案，那保安也不会注意到。现在这事倒像是小菜一碟了。

“我要小亲亲！”男孩哭喊着。

“当然了，当然了，”谢里登说，“我们会找到他的。别担心。”

他又把男孩往右边带了带。

男孩抬头看他，突然充满了希望。

“可以吗？先生，你可以吗？”

“当然了！”谢里登说，咧开嘴露出一个发自内心的笑容，“找爸爸……可以说这是我的专长呢。”

“是吗？”孩子也笑了起来，虽然眼泪还哗哗地流着。

“对啊。”谢里登说，又往门里面看了一眼，确保那个保安——现在几乎看不见了（保安也几乎看不见谢里登和男孩了，即使他碰巧抬起头）——还忙着自己的事。他还忙着。“孩子，你爸爸穿着什么衣服？”

“他穿西装，”孩子说，“大部分时候都穿西装。我只看到他穿了一次牛仔裤。”他说得好像谢里登得知道所有这些关于他爸爸的事。

“我猜是件黑色的西装。”谢里登说。

孩子的眼睛亮了起来。“你见过他！在哪里？”

他热切地回头看向门里面，眼泪都忘了流，谢里登不得不控制自己，才能不当场抓走这脸色苍白的小东西。这种事可不好。不能引人围观。不能做任何会被人记住的事情。得让他上车。货车除了风挡玻璃，其他所有地方都贴了遮光膜。几乎不可能看到车里的情况，除非你把脸紧贴在玻璃上。

首先得把他弄上车。

他碰了碰男孩的胳膊。“我没在里面看到他，孩子。我在那边看到的。”

他指向停满车的巨大停车场，其尽头有一条辅路，辅路外能看到麦当劳大大的金拱门 M。

“为什么小亲亲要去那儿？”男孩问，似乎谢里登或者爸爸——或者两人——完全疯了。

“我不知道。”谢里登说。他的大脑快速运转，像一趟特快列车那样发出咔嗒声。紧急状况下他的脑子总是这样，这种时候就不能瞎想了，不成功便成仁。小亲亲。不是父亲或者爸爸，而是小亲亲。这孩子纠正过他。可能小亲亲是爷爷，谢里登想道。“不过我很确定那是他，穿黑西装的老人。白色头发……绿色领带。”

“小亲亲系了蓝色领带。他知道我最喜欢那根。”

“是了，可能是蓝色的。在那些灯光下，谁能搞得清呢？来吧，上车，我送你过去。”

“你确定那是小亲亲吗？因为我不明白他为什么会去那样一个地方，他们在那里——”

谢里登耸了耸肩。“孩子，你看，如果你确定那不是他，那最好你自己去找他。你还是有可能找到他的。”他掉头就走，往车的方向走去。

孩子没有中计。他想着回去，再试一次，但已经花了太长时间——要么把暴露的时间控制到最短，要么就等于求着被关二十年监狱。他还是去下一个商场吧，可能是斯科特维尔，或者——

“等等，先生！”是那个孩子，他的声音里充满恐惧，运动鞋跑动的声音传了过来。“等等！我跟小亲亲说我渴了，他一定是觉得得去那边给我买喝的。等等！”

谢里登转过身，笑了。“我并不是真的要抛下你，孩子。”

他领着孩子上了车。这车开了四年，漆成了难以描述的蓝色。他打开门，朝着孩子微笑，后者疑惑地看着他，绿色的眼睛在那张苍白的小脸上游移，大得像丝绒画里流浪儿的眼睛，就是一周发行一次的廉价小报上会登的那种，比如《国家询问报》和《内部看法》。

“上车吧，小朋友。”谢里登说，挤出一个看起来几乎完全自然的笑容。他变得如此得心应手本身就是件很诡异的事情。

孩子照办了。虽然他不知道，但从车门关上的那一刻起，他就成了布里格斯·谢里登的盘中餐。

他生命中只有一个问题。不是女人，虽然和所有男人一样，他也喜欢听短裙滑落的声音，喜欢感受丝袜的光滑质感；不是酒精，虽然他因习惯晚上喝几杯酒而为人所知。谢里登的问题——甚至可以说他的致命缺点——是打牌。任何类型的牌，只要能赌钱。他丢了工作，透支了信用卡，输掉了妈妈留给他的房子。他还从没进过监狱，至少到现在为止，不过第一次落到雷吉先生手里时，他就觉得说不定监狱是个更放松的地方。

那天晚上他有点疯狂。他发现一上场就输反而更好，输得快你就没兴致了，直接回家，在电视上看看莱特曼[1]，然后就洗洗睡了。如果一开始你赢了点，你就会继续。谢里登那晚继续了，最后欠了一万七千美元。他简直不敢相信，浑浑噩噩地回了家，一想到这笔巨大的数额，就有点癫狂。开车回家的路上，他不断告诉自己，他欠雷吉先生的不是七百美元，不是七千美元，而是一万七千美元，一万七千个钢铁侠啊。每次一想到这个数字，他就忍不住咯咯笑起来，然后把收音机的音量调高。

但是第二天晚上，两个打手找上门来的时候他笑不出来了。如果他不还钱，这两个人保证他的胳膊会以各种新奇有趣的角度弯来弯去。他们带他去了雷吉先生的办公室。

[1] 美国脱口秀节目主持人、喜剧演员和电视节目制作人。

“我会还钱的，”谢里登马上开始口齿不清地求饶，“我会还的，听着，这没问题，几天之后，最多一周？不，最多两周——”

“你让我烦了，谢里登。”雷吉说。

“我——”

“闭嘴。如果我给你一周时间，你以为我不知道你要干吗吗？你会找朋友借几百美元，假设你还有朋友能借的话。如果找不到能借钱的朋友，你会去抢劫酒水专卖店，如果你有这胆子。我怀疑你没有，不过谁知道呢，一切皆有可能。”雷吉先生探身向前，下巴撑在手掌上，微笑着。他散发出泰德·拉皮迪斯牌古龙水的香味。“假设你真搞到了两百美元，你又会怎么办呢？”

“给你。”谢里登咕哝着说。那会儿他已经快哭了。“我会马上给你！”

“不，你不会的。你会上赌桌，试图让它翻倍。你会给我扯出一堆狗屁借口。朋友，这次你摊上大事了。绝对的大事。”

谢里登再也忍不住眼泪，号啕大哭起来。

“这些人能把你弄进医院躺很久，”雷吉先生若有所思地说，“你每条胳膊都会插上管子，还有一根在你鼻子里。”

谢里登哭得更大声了。

“我能给你的就这么多，”雷吉先生说，把一张叠起来的纸推到谢里登面前，“你可能会和这人处得不错。他自称‘巫师先生’，不过他是和你一样的垃圾。现在给我滚吧，一周后再来。我把你的欠款记在这张桌子上了。要么你自己赎回去，要么我让我的朋友们在你身上动动手脚。布克说了，一旦开始，就得干到他们满意了为止。”

那个土耳其人的真名写在了那张纸上。谢里登去找了他，了解了孩子和船的事。巫师先生给了他一个比雷吉先生手里的数字更大一点的数额。从那时起，谢里登就开始梭巡于商场了。

他驶离“卡曾小镇”商场的停车场，小心看着来往车辆，开过辅路，进了麦当劳的车道。孩子一路都靠前坐在副驾驶座上，双手放在膝盖上，眼神警觉，让人头疼。谢里登朝着麦当劳开过去，转了个大弯，绕开麦当劳和得来速汽车餐厅的车道，然后继续往前开。

“你为什么要绕到后面？”孩子问。

“得去别的门，”谢里登说，“孩子，别怕。我觉得我在那里看到他了。”

“真的吗？你真的看见了？”

“我很确定，是的。”

孩子的心里仿佛有一块大石头落地了，有那么一会儿，谢里登都为他感到难过——天哪，他并不是怪物，或者疯子。但是他的数字每次都变大一点，那个浑蛋雷吉先生对他上吊自杀这件事一点良心上的不安都不会有。这次可不是一万七了，也不是两万，甚至不是两万五。这次是三万五，一整支该死的钢铁侠军队。他得赶紧赢下比赛，如果不想在下周六多断几截胳膊的话。

他在餐厅后面的垃圾压缩机旁停下。没人停在这里，很好。门上挂了个弹性袋，用来装地图什么的。谢里登把左手伸了进去，拿出一副打开的铁手铐。

“我们为什么停在这里，先生？”孩子问。他声音里的恐惧又回来了，但等级不同；他突然意识到在人来人往的商场里和善良的小亲亲走散或许不是最坏的事情。

“我们不是停在这里，不完全是。”谢里登轻松地说。第二次干这事的时候他就明白了，不能低估一个警觉的六岁孩子。第二个孩子踢中了他下身，差点逃脱。“只是刚才开车的时候，我想起我没戴眼镜。这可能会让我的驾照被吊销。眼镜在那边地上的眼镜盒里呢，滑到你那边去了。递给我吧，好吗？”

孩子弯腰去捡眼镜盒，其实里面是空的。谢里登靠过去，干脆利落地把一只手铐铐在他伸出的手上。然后麻烦来了。他刚刚不是还在想低估一个六岁的孩子是个巨大的错误吗？这小东西剧烈反抗，像个狼崽子一样，大力扭动着，如果不是亲身经历，谢里登根本不会相信。孩子扭动着、反抗着，接着猛地冲向车门，他喘着粗气，嘴里发出奇怪的鸟叫一样的声音。他抓到了把手。门开了，但顶灯没有亮起——第二次任务后谢里登把顶灯打碎了。

谢里登抓住孩子T恤的圆领，把他拽了回来。他试图把另一只手铐铐在副驾驶座旁边的支架上，但没成功。孩子咬了他的手两次，见血了。天哪，他的牙跟剃刀一样锋利。伤口痛得厉害，整条胳膊都痛起来。他冲着孩子的嘴打了一拳，孩子跌回到座位上，蒙蒙地。谢里登的血还留在他嘴上、下巴上，滴到了他T恤的螺纹圆领上。谢里登铐好了另一只手铐，然后坐回到驾驶座，吸吮自己的右手手背。

真的很痛。他把手从嘴边拿了下来，就着昏暗的仪表盘上的灯光检查手背。两排浅浅的、凹凸不平的牙印从指关节一直延伸到手腕，每排大约两英寸长。血珠一点点地如小溪流般渗出来，不过他不想再打孩子了。这和破坏土耳其人的货物可是一点关系都没有，虽然那个浑蛋确实用他那油腻腻的口音紧张不安地警告过他："破坏货物就会破坏价值。"

不，他不怪这孩子反抗——他自己也会这么做。他得尽快给伤口消毒，说不定得去打个破伤风。他在什么地方读到说人咬的伤口是最糟糕的。不过，他还是忍不住给这孩子的胆量点赞。

他挂上前进挡，绕过汉堡店，经过汽车餐厅的窗口，又回到辅路上，左转。土耳其人在塔卢达高地有一座农场式的大房子，位于城市边缘。谢里登会走二级公路过去，只是为了安全。三十英里，可能四十五分钟，也可能一小时。

他经过一块写着"感谢您在美丽的卡曾小镇商场购物"的牌子，之后左转，接着慢慢加速，以完全合法的每小时四十英里的速度行车。他从后口袋里掏出一块手帕，对折了一下盖在右手背上，然后专心朝着土耳其人保证的一个男孩的价格——四万美元——开过去。

“你会后悔的。”孩子说。

谢里登从自己的白日梦中醒了过来，不耐烦地转过头看他。他刚刚在幻想自己连赢了二十把，雷吉先生不得不反过来趴在他脚边，汗如雨下地求他收手。这人想怎么着来着？打他？

孩子又开始哭，他的眼泪还是带着奇怪的粉红色，虽然他们现在离商场的明亮灯光已经很远了。谢里登开始怀疑这孩子是不是有什么传染病。他想反正现在开始担心这种事情也已经晚了，干脆别想了。

“我的小亲亲找到你的时候你会后悔的。”孩子解释道。

“对。”谢里登说，点了一根烟。他驶离 28 号国道，上了一条没有路标的双车道沥青路。路的左侧有一片长长的沼泽地，右侧是连绵不绝的树林。

孩子拉了拉手铐，发出一声啜泣。

“放弃吧，对你没好处。”

然而，孩子又拉了拉手铐。这次传来了金属“嘎吱”的声音，充满了抗议，谢里登很讨厌这声音。他转过头，惊奇地看到座位旁的金属支架——他亲手焊上的支架——被拉变形了。妈的！他想，这孩子的牙跟剃刀一样，现在我又发现他力大如牛。如果这是他生病时的状态，天哪，希望上帝不要让我在他身体好的时候抓他。

他把车停到路边的软路肩上，说：“停下！”

“我不！”

孩子又开始用力拉手铐，谢里登看到支架弯得更厉害了。天哪，这孩子是怎么做到的？

是因为惊恐，他告诉自己，这就是他力大如牛的原因。

但没有任何其他孩子能这么做，很多孩子到了游戏的这个阶段比这孩子惊恐得多。

他打开仪表盘中间的置物箱，拿出一个针筒。这是土耳其人给的，还警告他不到万不得已不要用。“药品，”土耳其人说（发音是哟品），“会损坏货物。”

“看到了吗？”

孩子用眼角瞥了一眼针头，点点头。

“你想让我用上这个吗？”

孩子立刻摇了摇头。不管力气大不大，他还是跟所有其他孩子一样，看到针头就害怕。谢里登对这一点很满意。

“很聪明，这会把你放倒，”他顿了顿，不想说出那话（见鬼，他真的是个好人，如果不是自己的小命危在旦夕了），不过不得不说，“甚至可能杀了你。”

孩子盯着他，因为恐惧而嘴唇颤抖，脸色苍白如纸。

“你别用力拉手铐，我把针筒收起来。成交吗？”

“成交。”孩子咕哝着说。

“你保证？”

“我保证。”孩子张开嘴，露出白牙。其中一颗牙上还沾着谢里登的血。

“你以妈妈的名义保证？”

“我没有妈妈。”

“见鬼。”谢里登厌恶地说。车子又开动起来，比之前快一点，不只是因为现在他已经出了大路。这孩子很古怪。谢里登想赶紧把他转交给土耳其人，拿上自己的钱跑路。

“我的小亲亲特别强壮，先生。”

“是吗？”谢里登问。他心想：*必须的，孩子。只有敬老院里住着的人才能扯断绑住自己的东西，不是吗？*

“他会找到我的。”

“嗯哼。”

“他能闻到我。”

谢里登信了。他能闻到这孩子。通过之前的经历，谢里登学到恐惧是有味道的，不过这孩子的那种味道是不真实的——这孩子闻起来像是汗液、泥浆和被缓慢加热的蓄电池流出的酸液混合的味道。谢里登越来越确定这孩子有什么严重问题……不过那很快就是巫师先生的烫手山芋了，不是他的，正如那些穿着宽大长袍的老人所说：一经出售，概不负责。一经他妈的出售，就绝不负责。

谢里登摇下车窗。左边，沼泽地连绵不绝，凝滞不动的水面上闪烁着支离破碎的月光。

“小亲亲会飞。”

“对啊，”谢里登说，“灌几瓶‘午夜列车’红酒以后吧。我赌他飞得跟只狗娘养的老鹰一样。”

“小亲亲——”

“小亲亲小亲亲的，够了！好吗，孩子？”

孩子闭上了嘴。

又开了四英里，左边的沼泽地扩成了一片宽阔的空池塘。谢里登转进一条硬土路，就在池塘北边。向西五英里后，他就能右转上41号公路，从那儿就可以直接到达塔卢达高地了。

他看向池塘，池塘在月光下就像一张平滑的银纸……然后月光不见了，被完全遮住。

头顶传来拍打声，像是晾衣绳上的大床单发出的声音。

“小亲亲！”孩子大喊。

“闭嘴，就是只鸟而已。”

但是猛地一下，他被吓住了，完全吓住了。他看了看孩子，孩子的嘴又咧开了，牙又露出来了，很白，很大。

不……不大。大不是正确的描述，长才是，特别是上边的那两颗牙。你怎么叫它们？对，是虎牙。

他突然又开始天马行空地想象了，好像加速时发出的“咔嗒”声。

我跟小亲亲说我渴了。

他为什么会去那样一个地方，他们在那里——

（吃东西？他是要说吃东西吗？）

他会找到我的。

他能闻到我。

小亲亲会飞。

什么东西落到了货车顶上，发出重重的撞击声。

“小亲亲！”孩子又大叫起来，几乎高兴到发疯了。忽然间，谢里登就看不到路了——一只巨大的膜翼整个盖住了风挡玻璃，翼上还有鼓动的血管。

小亲亲会飞。

谢里登尖叫起来，猛踩刹车，希望把车顶上的东西甩下去。右边又传来“嘎吱”抗议的金属拉扯声，这次伴随着一声简短又剧烈的“啪”。片刻之后，孩子的手指就抓到了他脸上，撕开了他的脸颊。

“他拐了我，小亲亲！”孩子冲着车顶用鸟叫一样的声音尖声说，“他拐了我，拐了我，这个坏人拐了我！”

你不懂，孩子，谢里登想。他摸出针筒。我不是坏人，我只是走投无路了。

然后一只手，确切地说是一只爪子，冲破了车窗，从谢里登手里抢走了针筒——还有他的两根手指。过了一会儿，小亲亲撕下了驾驶座的整扇车门，铰链瞬间成了毫无意义的明亮金属块。谢里登看到了一件翻腾的斗篷，外面是黑色的，里衬是红丝绸的，他还看到了那个鬼东西的领带——其实是领结，但真的是蓝色的，就像孩子说的那样。

小亲亲把谢里登从车里狠狠地扯了出来，爪子穿透了他的外套和T恤，深深陷进他肩上的肉里。小亲亲原本的绿眼睛突然变得像血玫瑰那么红。

“我们不过是去商场买我孙子想要的忍者神龟玩具而已，”小亲亲轻声说，呼吸间满是肉生了蛆的味道，“电视上播的那种。所有孩子都想要。你不应该招惹他的。你不应该招惹我们的。”

谢里登像个布娃娃一样被摇晃着。他尖叫了起来，再次被摇晃。他听到小亲亲关切地问孩子还渴吗，听到孩子说是的，还很渴，这个坏人吓到他了，他喉咙干得不得了。他看到小亲亲大拇指的指甲只出现了一秒，然后立刻消失在他下巴下方，那指甲又糙又厚。他还没意识到发生了什么，他的喉咙已经被割开了。在视线模糊之前，谢里登看到的最后一个场景是那孩子正掬着手接他喉咙里喷出的血，就像他小时候在炎热的夏天掬起手喝后院水龙头里的水一样，而小亲亲正温柔地抚摸着孩子的头，充满了爷爷般的慈爱。

It Grows on You

上头

新英格兰的秋天，薄土层布满了豚草和秋麒麟草，斑斑驳驳，等着四周后的初雪。排水沟里满是落叶，天空是无尽的灰色。玉米秆斜斜地排着，像找到了站立着死亡的绝妙方法的士兵。感染了软腐病的干瘪南瓜堆放在黄昏下的小棚边，散发出老妇人的气息。每年的这个时节都是不冷也不热，只有单调闹腾的空气，在众鸟呈 V 形列队南飞的白色天空下不断拍打着裸露的田地。风吹起路边的尘土，让它们像托钵僧似的狂舞旋转；又分开荒废的田地，像梳子分开头发；还潜入后院废弃的车里。

Y3 乡道旁的纽沃尔小屋能俯瞰城堡岩上被称为弯部的地方。不知为什么，这房子就是找不出一点好。它看上去死气沉沉的，部分原因是油漆脱落。前院的草坪一团糟，全是干巴巴的小土丘，很快，寒霜会在上面拱起更多奇形怪状的凸起。薄烟从山脚下布朗尼的店里升起。曾经，弯部是城堡岩很重要的地方，不过朝鲜人来了以后，情况就变了。布朗尼的店对面的旧舞台上，两个小孩在来回滑动一辆红色消防车。他们的脸色都很疲惫，筋疲力尽，简直是老人的面容。他们不停地玩消防车，手像割开空气般迅速，只时不时地停下来擦鼻涕——鼻涕一直就没停过。

身材臃肿、脸色红润的哈利·麦基西克正在店里指挥，而老约翰·克拉特巴克和伦尼·帕特里奇正跷着脚坐在火炉边，保罗·科利斯则靠在柜台上。店里的味道很古老——萨拉米香肠、捕蝇纸、咖啡和烟草混合的味道，汗液和深棕色可口可乐的味道，胡椒粉、丁香和发胶（这玩意的功能是把头发变成雕像）的味道。一张推广一九八六年豌豆晚宴的海报还挂在窗边的墙上，上面沾了不少苍蝇屎，旁边还有一张宣传一九八四年城堡镇市集出现的“乡村音乐人”肯·科里沃的海报。几乎有十个夏天的光和热作用在第二张海报上，如今肯·科里沃（这十年中，他至少有五年不干乡村音乐这营生了，目前在钱伯林卖福特汽车）看上去已经褪色了，而且被烤得焦黄。店后面放了一台大型玻璃门冷冻柜，一九三三年纽约产的；每一处都能闻到模糊又强烈的咖啡豆味。

那个老头看着外面的孩子，声音低沉又散漫。约翰·克拉特巴克正在谈论镇上的垃圾填埋场，他的孙子安迪正忙着在冬天来临前喝死自己。这垃圾场在夏天真是臭得要命，老约翰说。没人反驳这一点——这是事实，不过也没人对这感兴趣，因为现在不是夏天，是秋天，而巨大的煤油炉正在释放出让人昏昏欲睡的强烈热度。柜台后面的温度计显示的是八十二华氏度[1]。克拉特巴克的左眉上方有个很大的凹坑，是在一九六三

[1] 约合 27.8 摄氏度。

年的一场交通事故中留下的，当时他撞到了头部。小孩们有时候会请求摸一摸。老克拉特靠这个坑在夏天赢了不少钱，因为很多人不信它可以容纳中型玻璃杯大小的水量。

“保尔森。”哈利·麦基西克平静地说。

一辆旧雪佛兰停在伦尼·帕特里奇那辆极其烧油的车后面。雪佛兰一侧是一张用一大堆遮蔽胶带贴着的薄纸板，上面写着“加里·保尔森·谢尔古董手杖买卖”，字下面还有联系电话。加里·保尔森慢吞吞地从车里出来。他是个老头，穿着褪色的绿色长裤，裤裆很大。他从身后拽出一根有凸起的手杖，然后紧紧抓住门框，直到按照自己喜欢的方式放好手杖。手杖上装了一个从儿童自行车上拆下来的白色塑料手柄，像个避孕套似的连着黑色的手杖顶端。保尔森小心翼翼地从车里挪到布朗尼店的门口，手杖在无生命的灰尘中卷起小小旋涡。

舞台上的孩子们抬起头来看他，然后顺着他的目光（似乎是恐惧的目光）看向他们上方山脊处歪歪扭扭、爆裂声不断的纽沃尔小屋，接着又回到他们的消防车游戏中。

乔·纽沃尔在一九〇四年买下了城堡岩，其所有权一直持续到一九二九年，不过他的钱都是在附近盖茨瀑布这座工业小镇里赚的。他骨瘦如柴，总是神色激动、愤懑不平，眼角膜还发黄。他从牛津第一国家银行那里买下了一大块弯部的空地，当时那里还是个热闹繁荣的村子，村里有利润可观的木材加工厂和家具厂。那块地最早属于菲尔·布德里奥，后来在县警长尼克森·坎贝尔的协助下被该银行作为抵押品没收了。菲尔很受欢迎，但在某种程度上，他却被周围的邻居看作蠢蛋。他后来偷偷搬到基特里，在那里待了十二年左右，修理汽车和摩托车。再后来他又去了法国打德国兵，结果在执行一次侦察任务的时候掉下了飞机（有传言这么说），死了。

很多年来，布德里奥的那块地就静静地在那里荒芜，而乔·纽沃尔则住在盖茨瀑布镇上的出租屋里，忙着发家致富。一九〇二年他低价买下一家濒临破产的工厂，此后他力挽狂澜，扭亏为盈。这一事件在当时很有名，但更有名的是他的员工解雇政策。工人们叫他解雇乔，因为只要你错过了一个班，你就会被炒鱿鱼，不接受任何理由，甚至连听都不会听。

一九一四年，他娶了卡尔·斯托的侄女科拉·伦纳德。这段婚姻有很多好处——自然是在乔·纽沃尔眼里，因为科拉是卡尔唯一活着的亲人，等卡尔死了，毫无疑问，她会继承一笔不错的财产（只要乔和他友好相处，当然了，乔也没打算和他相处成别的样子，这老头年轻时候可是个老谋深算的家伙，不过到了老年时，却成了软蛋先生）。那个地区也有其他一些可以廉价买入、扭亏为盈的工厂……前提是，手头有点小钱作为辅助。乔很快就有了他的辅助，他老婆的有钱叔叔在她婚礼后不到一年就死了。

所以这段婚姻确实有好处——哦，是的，毫无疑问了。不过对科拉本人来说没什么好处，她简直就是个饭桶，髋部惊人地宽大，臀部惊人地圆乎，偏偏胸又平得跟个男孩一样，再配上她那荒唐的细长脖子和巨大的脑袋——点头的时候让人想起诡异又柔弱的向日葵。她的脸颊像是挂着两个面团，嘴唇像两根猪肝香肠。她神色安宁，堪比冬夜天空中的满月。即使是在二月份，她胳肢窝那块也湿漉漉的，在裙子上落下大块的深色印迹，身上永远散发着潮湿的汗味。

一九一五年，乔开始在布德里奥的那块空地上为他的妻子建房子，一年后似乎建成了。房子外面漆成白色，里面有十二个角度奇怪的房间。乔·纽沃尔在城堡岩不受欢迎，部分是因为他的钱不是在这里挣的，部分是因为他的前任布德里奥如此友好可亲（虽然是个蠢蛋，这两种描述总让人联想到一起，就好像愚蠢和友好共同进退，忘了这一点就是世界末日了），不过主要是因为他建他那该死的房子时用了外来工人。在安装排水槽和落雨管前不久，装了扇形窗的前门上就被人用黄粉笔画上了春宫图，还配了个单音节的古英语词。

到了一九二〇年，乔·纽沃尔已经很富有了。他名下的三家位于盖茨瀑布的工厂生意火爆，利润价值堪比一场世界大战，哪怕新兴中产阶级的订单像雪片一样飞来，这三家工厂也能轻松应对。他开始在房子上加建厢房。镇上大部分人都说没必要这样做——毕竟就住他们两个人，同时几乎所有人都同意这搞法唯一的用处就是让原建筑更丑，那时候已经有很多人认为原建筑丑出天际了。这新厢房比主屋高一层，俯视着山脊，但其实什么都看不到，因为那会儿，山上全是散乱分布的松树。

盖茨瀑布镇有消息悄悄传来，二人行很快要变成三人行了。这消息最可能来自多丽丝·金杰克罗夫特，她当时是罗伯逊医生手下的护士，所以加建的厢房似乎是一种庆祝。六年天堂般的婚姻生活，四年在弯部的生活，人们只远远看到科拉·伦纳德·纽沃尔穿过自家门庭，或者不时在房外的地里采摘鲜花——番红花、野玫瑰、蕾丝花、黄花杓兰、扁萼花。但在那之后，她终于亢奋起来了。

她从没有在布朗尼店买过东西，而是每周四下午去盖茨中心的姬蒂·科纳商店进行采购。

一九二一年一月，科拉生了一个没有胳膊的怪物，据说那怪物的一个眼窝子里还伸出一只手指分明的小手。毫无章法的宫缩把这小东西无知觉的红脸挤到光下，不到六小时，这孩子就死了。十七个月后，乔·纽沃尔给厢房加了穹顶，那是一九二二年的晚春（缅因州西部没有早春，只有晚春和晚春前的冬季）。他还是在镇外采购，跟比尔·布朗尼·麦基西克的店毫无关联。他也从没有踏足弯部卫理公会教堂的大门。那个从他妻子子宫里出来的畸形婴儿被葬在了纽沃尔一家在盖茨镇住的地方，而不是这里。小小的墓碑上写着：

萨拉·台姆森·塔比莎·弗朗辛·纽沃尔

一九二一年一月十四日

上帝佑她安眠

在布朗尼的店里，人们谈论着乔·纽沃尔、他的妻子和他的房子。那时候，布朗尼的孩子哈利就站在一旁听。他还没到刮胡子的年纪（虽然衰老早已埋下种子，冬眠着、等待着，说不定还在做梦呢），但已经可以在任何需要他的时候堆放蔬菜，把成堆的土豆拖到路边的货摊上了。人们大部分时候聊的八卦都是房子，说那是对审美的侮辱和视觉的毒害。“但它很上头。”克莱顿·克拉特巴克（约翰的父亲）有时候会这么说。从来没有人对此做出过任何回应。这就是个没有一丝意义的论断……但同时，这也是个明显的事实。如果你站在布朗尼的院子里，或许就只是看着浆果季里最好的那批浆果，迟早你会发现不知何时，自己的眼睛已经转向了山脊上的那座房子，就像三月的暴风雨前夕，风向标转向东北方向那样。你迟早都得看过去，而随着时间的推移，大多数人只会在更短的时间内看过去，因为，正如克莱顿·克拉特巴克所说，这地方很上头。

一九二四年，科拉在新厢房和穹顶之间的楼梯上摔倒了，摔断了脖子和背。镇子里流传（估计是从主妇帮手面包坊里传出来的）说她当时赤身裸体。她被葬在了自己畸形短命的女儿旁边。

乔·纽沃尔——现在大多数人认为他绝对有犹太人血统——继续不费吹灰之力地挣着大钱。他在山脊上建了两个小棚和一个谷仓，都通过新厢房和主屋相连。谷仓于一九二七年完工，它的目的几乎马上就显现出来了——乔显然是打算做绅农。他从梅凯尼克瀑布镇的一个家伙那里买了十六头奶牛，又从那家伙那里买了一台崭新的亮闪闪的挤奶机。送货的卡车司机上山前停在布朗尼那儿喝一瓶冰啤酒时，有人朝卡车后头偷瞄，看到了金属章鱼一样的东西。

奶牛和挤奶机就位后，乔从默顿镇雇了一个蠢蛋来照顾这生意。这抠门强势的工厂主怎么做了这么一件事，所有关心他的人都迷惑不解。纽沃尔的脑子正在退化似乎是唯一的解释——而他确实退化了，所有奶牛都死了。

镇卫生官去看奶牛，乔向他出示了一份兽医签署的声明（人们后来说那是盖茨瀑布镇的兽医，而且一说到这个，他们的眉毛就高高挑起），这份声明说这群奶牛死于牛脑膜炎。

“用人话说就是运气不好。”乔说。

“这是个玩笑吗？”

“你想怎么理解就怎么理解，没什么问题。”乔说。

“为什么不让那个蠢货闭嘴？”镇卫生官说。他看着下方车道上的傻子，后者正靠在纽沃尔家的信箱上，嘴里在大声嚷嚷着什么，眼泪从他肮脏圆胖的脸上流了下来。他不时后退几步，狠狠打自己一耳光，好像他知道整件事都是他的错。

“他也没问题。”

“在我看来，这里没什么事是没问题的，”镇卫生官说，“至少十六头奶牛都死掉了，四脚朝天地仰躺着，像栅栏柱一样。从这儿我就能看见。”

“很好，这是你能到的最远的地方了。”乔·纽沃尔说。

镇卫生官扔下盖茨瀑布镇兽医的声明，抬起一只靴子在上面踩了踩。他看了看乔·纽沃尔，脸涨得通红，明亮得很，连鼻翼上弯曲凸起的毛细血管都成了紫色。“我要看那些奶牛。实在不行，我会拖走一头。”

“不行。”

“你没权说这话，纽沃尔——我会拿到法庭命令。”

“那咱们就看看你能不能拿到。”

卫生官开车走了。乔看着他。在车道末端，那个蠢蛋继续靠在纽沃尔家的信箱旁，大喊大叫着，身上穿了一条从西尔斯·罗巴克邮购商品目录上买的背带工装裤——上面沾满了牛粪。整个炎热的八月他都那么待着，仰起他那扁平又看似先天愚笨的脸，冲着黄色的天空，用尽力气放声大叫。小加里·保尔森形容他“叫得像头月光下的小牛犊”。

镇卫生官是西罗伊斯山的克莱姆·厄普肖。他本来打算只要自己的“温度调节器”下调一点就放下这事，但布朗尼·麦基西克——支持了他工作（还让他赊了不少啤酒钱）的人，让他别放弃。哈利·麦基西克的爸爸通常不是利用他人的人——除非不得不这样，但他一直想在私产这一点上和乔·纽沃尔掰扯清楚。他想让乔明白，私产很重要，没错，一种美国式的东西，但私产仍是镇子的一部分，而在城堡岩，人们还是相信集体高于个人，即使对那些心血来潮想加建房子就可以加建房子的有钱人来说也是如此。所以克莱姆·厄普肖去了县政府的所在地拉克里，拿到了法庭命令。

当卫生官去拿法庭命令的时候，一辆大货车经过咆哮着的蠢蛋，朝谷仓开去。当克莱姆带着法庭命令回来时，只剩了一头奶牛，它用那呆滞冷淡的黑眼珠看着他，身上盖着干草和谷糠。克莱姆认为至少这头奶牛确实死于牛脑膜炎。他走之后，大货车又回来拉走了最后一头牛。

一九二八年，乔开始建另一间厢房。就在这时候，聚在布朗尼店的人一致认为他疯了。很聪明，没错，但疯了。本尼·埃利斯说乔挖出了他女儿的一只眼睛，保存在厨房餐桌上的瓶子里，本尼管那瓶子里的东西叫“胡尔马林”，里面还有孩子出生时从另一只眼睛里伸出的那只手上截下来的手指。本尼是恐怖杂志的忠实读者，就是那种在封面上展示裸女被巨型蚂蚁带走或者其他类似噩梦的杂志。很显然，他关于乔·纽沃尔瓶子故事的灵感就来自他读过的恐怖故事。很快整个城堡岩的人——不只是弯部的人——都说本尼说的每个字都是真的，有些人还说乔甚至在瓶子里泡了一些更加不可描述的东西。

一九二八年八月，第二间厢房建好了。过了两个晚上，一辆速度很快的破车尖叫着并颤抖地冲上了乔·纽沃尔家的车道，扔了一只恶臭的生着蛆的大臭鼬在新厢房上。臭鼬落在一扇窗户上方，在窗玻璃上溅出了一摊血，形成像汉字一样的图案。

同年九月，一场火烧了纽沃尔在盖茨瀑布镇王牌工厂的梳理间，造成五万美元的损失。十月，股市崩盘了。十一月，乔·纽沃尔把自己吊死在横梁上，在未竣工新厢房里的其中一间——可能是用来做卧室的那间，新鲜木材的树液味道还很浓烈。克利夫兰·托尔巴特发现了他。托尔巴特是盖茨工厂的经理助理以及乔在华尔街部分风险投资的合伙人（或者是谣传），如今这些投资连一只患了结核病的可卡犬的呕吐物都不值了。镇上的验尸官解剖了尸体，这人正好是克莱姆·厄普肖的弟弟诺贝尔。

十一月的最后一天，乔被葬在了他的妻子和孩子旁。那天天气很冷，很明亮。城堡岩唯一一个参加葬礼的人是阿尔文·科伊——他负责开殡葬车。阿尔文说观礼人中有个长相年轻、身材匀称的女人，穿着皮草外套，戴着黑色钟形女帽。阿尔文坐在布朗尼店里，直接从桶里拿泡菜吃，脸上露出讽刺的笑容，告诉他的狐朋狗友们，她是爵士女郎，如果他真见过一个的话。她一点都不像科拉·伦纳德·纽沃尔家族的人，而且她在祈祷时没有闭眼睛。

加里·保尔森小心翼翼地走进店里，又小心翼翼地关上门。

“下午好。”哈利·麦基西克冷淡地说。

“听说你昨天晚上在格兰奇赢了一只火鸡。”老克拉特边说边准备点烟斗。

“对啊。”加里说。他八十四岁了，跟其他人一样，还记得弯部以前比现在热闹得多的日子。他的两个儿子分别死在了两场战争中——越南战争前的那两场，这是件让他很难接受的事情。他的第三个儿子，一个好孩子，死在了和制浆木材运输车相撞的车祸中，就在普雷斯克岛附近。当时是一九七三年。不知怎的，这种死亡反而更容易被接受，天知道为什么。这些日子，加里有时候会嘴角流涎，然后他就努力趁口水还没有逃离、沿着下巴流走的当口吸回嘴里，时不时地发出哧溜声。最近几年，他不知道的事情多了去了，但还是知道衰老不是度过生命最后几年的好方法。

“咖啡？”哈利问。

“还是不了。”

伦尼·帕特里奇收回了自己的脚，让老人加里过去。他走到角落，小心翼翼地落到椅子上（这是一九八二年加里自己用藤条编的椅子）坐下。伦尼两年前在一起奇怪的车祸中弄断了肋骨，或许永远都不能恢复如初了。保尔森咂了咂嘴，吸回唾沫星子，粗糙的双手交叠放在手杖顶上，看上去疲惫又枯槁。

“见鬼要下很大的雨了，”他最后说，“痛得不得了。”

“这秋天不好。”保罗·科利斯说。

没人回应。店里充满了火炉散发的热量——这家商店等哈利死了就会关门，甚至可能在此之前就关了，如果他最小的女儿非得这么干。热量充斥着整家店，卷裹住老人们的骨架——至少努力了，或者爬上脏脏的玻璃，玻璃上还贴着朝向院子的老海报，院子里曾经放了一些气泵，直到一九七七年美孚石油公司把它们移走。这些老头子大部分都看着自己的孩子离开这里，去了更赚钱的地方。布朗尼现在基本上没什么生意，除了几个本地人和偶尔几个夏天来的游客（他们往往认为像这样的老头，这些七月天里还穿着保暖内衣坐在火炉边的老头相当古怪）。老克拉特总说会有新人来这里，但过去几年，情况变得前所未有地糟糕——整个镇子似乎正在死亡。

“谁正在那死了人的纽沃尔家房顶上建新厢房？”加里问。

他们转头看他。有那么一会儿，老克拉特刚用过的火柴神秘地悬浮在他的烟斗上，梗一点点烧黑，火柴头变灰后卷了起来。最后，老克拉特把火柴熄灭在了斗钵里，开始吞云吐雾。

“新厢房？”哈利问。

“没错。”

一缕蓝色的烟雾从老克拉特的烟斗里飘出，飘过火炉，四散开来，像一张精致的渔网。伦尼·帕特里奇扬起下巴，绷紧脖子上的垂肉，然后从上往下，用手缓缓地摸了摸喉咙，发出一阵干巴巴的刮擦声。

“不是我认识的人。”哈利说。根据他的声调，这指的是任何情况下的每一个人，至少是这块区域内。

“一九八一年以来，他们一直没有买家。”老克拉特说。他说的“他们”指南缅因州纺织公司和南缅因州银行，还指马萨诸塞州的意大利佬。南缅因州纺织公司接管了乔的三家工厂以及乔在山脊上的房子，大概在他自杀后一年，但聚集在布朗尼店火炉边的男人始终认为，那个名字就是个烟幕弹，或者是有时候被叫作法律的东西，就像“她申请了针对他的保护令，如今他连自己的孩子都不能探望，因为法律的限制”。这些人讨厌法律，因为法律影响他们和他们朋友的生活，但每次一想到有些人通过法律来增加其非法所得，他们就激动不已。

南缅因州纺织公司，即南缅因州银行，又名马萨诸塞州意大利佬，长期坐享乔·纽沃尔扭亏为盈的高利润工厂所带来的利益。不过真正让这些成天没事、坐在布朗尼店里消磨时间的老男人感兴趣的是他们怎么着都没办法脱手山脊上的那栋房子。“就像手指上甩不掉的鼻屎，”伦尼·帕特里奇有一次说，所有人都点头同意，“甚至连那些吸食意大利面的鬼佬都摆脱不了那个包袱。”

老克拉特和孙子安迪最近闹矛盾了，起因是乔·纽沃尔那栋丑房子的所有权……但毫无疑问，表面之下潜藏着更多私人问题——几乎总是这样的。某天晚上，爷孙两人——现在都是鳏夫了——在镇上孙子的家里吃了一顿美美的晚饭，饭后他们聊起了纽沃尔的丑房子。

小安迪当时还没有丢掉镇警局的工作，努力（相当任性地）给他爷爷解释，这么多年来，南缅因州纺织公司和纽沃尔的财产没有任何关系，弯部那栋房子的真正主人是南缅因州银行，而这两家公司毫无关系。老约翰告诉安迪，如果他信这鬼话，那他就是个傻子，所有人都知道纺织公司和银行都是马萨诸塞州的意大利佬的幌子，两者的唯一区别就是名字。老克拉特解释说，他们只是把它们明显的关系用厚厚的文件藏了起来，换言之，法律。

小克拉特很恶趣味地笑了。老克拉特脸红起来，把餐巾扔在盘子上，站了起来。*笑吧，*他说，*你笑吧。干吗不笑呢？一个醉汉擅长嘲笑自己不懂的事，更擅长哭自己不知道的事。*这话一下子就点着了安迪，他说他喝酒是因为梅利莎，约翰质问他孙子还打算把酗酒归咎到他死去的妻子身上多久。老人说这话的时候，安迪已经气到脸色发白，让他滚出自己的房子。约翰照办了，而且从此再也没有去过。他也不想去。除了言语不和，他也没法看着安迪和他一样酗酒直到完蛋。

不管是不是推测，有一点不可否认：山脊上的房子已经空置了十一年，从没有人在那儿住过很久，通常是南缅因州银行通过当地的房产中介来卖这房子。

“纽约上城区的人是最不可能买这房子的，对吧？”保罗·科利斯问。他平时说话很少，这一开口，大家都转过头去看他，连加里都看他了。

“是的，”伦尼说，“他们是一对好人。那个男人要把谷仓漆成红色，改成一家古董店，是吧？”

“嗯，”老克拉特说，“后来他们的孩子找到了他们藏着的枪——”

“简直粗心得可怕——”哈利插了一句。

“他死了吗？”伦尼问，“那个男孩？”

没人回答，好像没人知道。然后，终于——几乎是不情不愿地，加里发言了。“没有，”他说，“不过眼睛瞎了。他们搬到了奥本，也可能是利兹。”

“他们挺招人喜欢的，”伦尼说，“我真以为他们能成功呢，但偏偏选了那房子。他们以为别人说那房子晦气都是在开玩笑，就因为他们是外地人。”他若有所思地停了一下，“可能现在想明白些了……不管他们在哪里。”

伦尼想着纽约上城区的人，又或者他们坏掉的感官时，周围一片静默。火炉后面的昏暗中，油汩汩地流着。更远处，一扇百叶窗在躁动的秋风中重重地来回开合。

“那房子又在建新厢房了，没错。”加里说。他说得平静，但很有力，好像有人反驳了他似的。“我从河路上下来的时候看到了，大部分框架已经打好了。那鬼东西看起来得有一百英尺长，三十英尺宽。以前从没注意到。看上去是上好的枫木。这年头，谁还能搞到这样上好的枫木？”

没人回答。没人知道。

最后，保罗·科利斯试探着说：“你肯定不是在想那栋房子吧，加里？你是不是——”

“是不是个屁，”加里说，声音还是很平静，但更有力，“就是纽沃尔的房子，纽沃尔的房子上的新厢房，已经打好框架了，如果你还有什么疑问，只要出门看看就行了。”

都这么说了，那就没别的好说了——他们信了。然而，谁也没有冲出去，伸长脖子看纽沃尔的房子上新建的厢房。他们觉得这事很重要，所以不能急。又过了很久——哈利·麦基西克不止一次地想，如果时间是纸浆木，那他们就都发财了。保罗去软饮柜台（用水降温）要了一杯橙汁。他给了哈利六十美分，后者打开了收银机收钱。当哈利关上机子的时候，他感到店里的气氛悄悄变了。出现了其他的讨论议题。

伦尼·帕特里奇咳嗽起来，脸上的肌肉抽搐了几下，手轻轻地按在胸口上，那里断了的肋骨一直没好利落。他问加里明天什么时候去给达纳·罗伊的葬礼帮忙。

“明天，在戈勒姆。他妻子也葬在那里。”

露西·罗伊死于一九六八年，达纳两天前死于肠癌。他生前是美国石膏公司（这些老头惯常叫这家公司“石头”，不含偏见成分）在盖茨瀑布镇的电工，一直工作到一九七九年。他一生都住在城堡岩，喜欢说自己这八十年里只出过缅因州三次：一次去康涅狄格州看阿姨；一次到芬威公园看波士顿红袜队比赛（“他们输了，这群废物。”他说到这里总要加一句）；一次到新罕布什尔州朴次茅斯参加电工大会。“真他妈浪费时间，”他总是这么说大会，“就是酒和女人，那些女人压根不值得看，更别说酒了。”他是这男人帮里的一分子，如今他死了，剩下的人感到既悲伤又高兴，真是古怪又矛盾的感情。

“他动手术取出了四英尺的肠子，一点作用也没有。癌细胞已经扩散到全身了。”加里告诉大家。

“他认识乔·纽沃尔，”伦尼突然说，“当年他爸去给乔布线的时候他也在那儿——不到六岁，或是不到八岁，我猜。我记得他说乔有一次给了他一根棒棒糖，不过他坐他爸爸的卡车回家的时候把糖扔了。说吃起来酸酸的，很怪。后来，乔所有的工厂又开工之后——应该是三十年代末，他负责重装电路。你记得吧，哈利？”

“没错。”

话题绕了一圈，又从达纳·罗伊回到了乔·纽沃尔。老头子们静静坐着，搜肠刮肚地回忆和两人有关的奇闻逸事。后来老克拉特开口了，他说了个耸人听闻的事。

“当时厢房上的那个死臭鼬是达纳·罗伊的大哥威尔干的。我几乎可以肯定是他。”

“威尔？”伦尼挑起了眉毛，“威尔·罗伊是个很稳重的人，不会干这事，我感觉。”

加里·保尔森很平静地说：“嗯，是威尔。”

大家都转头看他。

“而且那天是乔的老婆给了达纳糖，”加里说，“是科拉，不是乔。那会儿，达纳不是六岁，也不是八岁。死臭鼬事件差不多发生在金融危机的时候，那会儿科拉已经死了。给糖的事达纳可能记得一点，但他应该不超过两岁。那是一九一六年左右，因为就是在那一年，埃迪·罗伊给房子布了电线。后来他就再也没去过。弗兰克——他们家第二个孩子，死了有十年，或是十二年了吧，当时可能是六岁或八岁。弗兰克看到了科拉对达纳干的事，这点我还是知道的，但我不知道达纳什么时候告诉了威尔。这不重要。最后威尔决定干点什么。当时科拉已经死了，所以他就把气出在乔为她修建的房子上。”

“后面这部分不重要。她对达纳做了什么？我好奇的是这个。”哈利着迷地说。

加里平静又审慎地说：“有天晚上，弗兰克喝了点酒，跟我说，那个女人一只手给了达纳糖，另一只手摸进了他的尿布。就当着达纳哥哥的面。”

“不会吧！”老克拉特说，不由自主地吃了一惊。

加里什么也没说，只用自己泛黄浑浊的眼睛看着他。

又是一阵静默，只听得见风声和百叶窗撞击的声音。舞台上的孩子已经带着消防车去了别的地方，这毫无深度的下午还在继续着。屋里的光线就像安德鲁·怀斯[1]的画，苍白沉寂，充满了虚无感。大地已经放弃了自己贫瘠的收获，徒劳地等着初雪降临。

加里想跟大家说说坎伯兰纪念医院病房里的达纳·罗伊。他躺在病床上等死，鼻子周围有一圈黑鼻涕，都结块了，闻起来像一条暴晒在太阳下的鱼。他想告诉大家医院里冷冰冰的蓝地砖和头发扎成小圆髻的护士。这些护士大部分都是年轻小姑娘，两腿漂亮，胸部坚挺，丝毫不知道一九二三年的真实，和困扰这些老男人骨头的病痛一样真实。他觉得自己想谈一谈世道的邪恶，甚至可能是某些场景下的邪恶，然后解释一下为什么城堡岩如今是一颗坏到终于要掉的烂牙。最重要的是，他想告诉大家达纳·罗伊听上去仿佛胸口被塞满了干草，不得不通过这堆阻塞物呼吸，而他看起来仿佛已经开始腐烂了。但他什么都说不出来，因为不知道怎么说，所以只能默默吸口水。

"没人那么喜欢乔，"老克拉特说，然后他的脸突然亮了起来，"但是天哪，他也上头！"

其他人没有回应。

十九天后，也就是初雪覆盖贫瘠土地的前一周，加里·保尔森出人意料地做了一个梦……事实上，这个梦大部分是回忆。

一九二三年八月十四日，十三岁的加里·马丁·保尔森开着他爸爸的农用卡车经过纽沃尔小屋时，碰巧看到科拉·纽沃尔从车道末端的信箱旁转过身来，一手拿着报纸。看到加里，她用空着的手抓住了自己家居服的裙摆，整个撩起裙子。她没有笑。那银盘似的大脸苍白无神。她只是一本正经地看着他，然后在他经过时转过屁股，对着他震惊的脸。

---

[1] 20世纪中叶美国知名艺术家，其画作充满现实主义风格，代表作有《克里斯蒂娜的世界》。

从那以后，他跟很多女人上过床。第一个女人是萨莉·维莱特，那是在一九二六年的庭桥下。然而每次快要结束的时候——每一次，他都看到了科拉·纽沃尔：看到她在炎热的青铜色天空下站在信箱旁，看到她撩起裙子，露出圆滚滚的奶油色肚子。只要一想起来（做爱的时候是不受控制地想起）就让他发狂的是科拉朝他扭动屁股的方式，再配上她毫无表情的脸（如此空白，看起来更像白痴），她就是每个初经人事的年轻男人对性的有限理解和欲望的总和——一种压抑、渴望的黑暗，伊甸园里发光的科拉粉。

从此，他的性生活就被那次经历限定了。但他从来不曾提起，虽然喝酒后，他不止一次地想要倾诉。他封存了这次经历。这个梦让他近九年来第一次勃起，也让他小脑里的一根小血管破裂，形成血块，悄无声息地夺走了他的生命，很贴心地免了他四周，甚至四个月的瘫痪折磨，也免去了他胳膊上的软管以及各种导管，还有头发扎成小髻、胸部坚挺的安静的护士们。他死在睡梦中。残梦就像昏暗房间里关掉的电视机上残留的影像那样很快消逝了。如果他的好友能听到他的遗言（说的时候上气不接下气，不过还是够清楚），一定会感到很困惑。他说："月亮！"

他下葬后的第二天，纽沃尔的小屋上的新厢房开始建新的穹顶。

Chattery Teeth
嘎喳嘴

霍根往展示柜里看，很像透过一块脏玻璃往他少年时代的中间阶段张望。那是七岁到十四岁，他疯了一样对展示柜那样的东西着迷。霍根又靠近了一点，忘了外面越来越大、如泣如诉的风声，以及沙子砸到玻璃上发出的啪啦声。柜子里装满了绝妙的“垃圾”，大部分铁定是中国台湾和韩国的产品，但挑选这些东西的标准也是铁定的。里头是他见过的最大的嘎喳嘴，也是他见过的唯一有脚的——橙色大卡通鞋，配着白色鞋罩。值得为之真正地尖叫一声。

霍根抬头看了看柜台后的胖女人。她穿着一件 T 恤，上半部分写着“内华达州是上帝之地”（字母被她巨大的胸部撑得变形了），下半部分是大概一英亩[1]大的牛仔布。她正向一个面色苍白的年轻人卖烟。这年轻人留着长金发，梳成马尾，用一根鞋带扎在脑后，长着一张聪明的实验室小白鼠的脸。他在找零钱买烟，用一只满是油污的手费力地数着钱。

“不好意思，女士，能再说一遍吗？”霍根问。

她瞟了他一眼，后门砰的一声开了。一个精瘦的男人闯了进来，嘴和鼻子上围着一块印花大手帕。沙漠的风打着旋把沙子往他身上招呼，同时把墙上钉着的瓦尔沃林日历上的美女画像吹得哗哗响。新来的朋友推着手推车，车上堆了三个铁丝网笼子，最顶上那个笼子里关了一只狼蛛。第二个笼子里是一对响尾蛇，正不停地快速盘起，又展开身体，愤怒地摇晃自己的响环。

“关上那扇该死的门，斯库特，你是生在谷仓里了吗？”柜台后的女人大喊。

他看了她一会儿，眼睛泛红，眼神急躁，都是沙子吹的。“等一下，女人！你看不见我两手都在忙吗？没眼睛吗？他妈的！”他的手越过手推车，甩上了门，飞舞的沙子落到地板上。他拉着车往店后面的储藏室走，嘴里还咕咕哝哝的。

“这是最后一批了？”女人问。

“除了汪汪，”他说成了“旺旺”，“我要把它塞到加油站后面。”

“你休想！”体形庞大的女人反驳，“汪汪是明星，是门面，你可别忘了。你把它带来，收音机里说这鬼天气还会继续变差。变差很多。”

“你以为自己在忽悠谁呢？”那个精瘦的男人（霍根猜是她老公）站着，眼神挑衅（但很疲惫），双手放在屁股上，“那个破东西不过就是只明尼苏达州的小狼狗，任谁看半眼都能明白。”

风又一阵猛吹，沿着“斯库特杂货店 & 路边动物园”的屋檐一路哀

---

[1] 1 英亩约合 4046.86 平方米。

鸣，干沙砾不断砸到玻璃上。天气一直在变差，霍根只能希望自己的车可以开出风暴区。他跟利塔和杰克保证了七点到家，最晚八点。他是个喜欢遵守诺言的男人。

“好好照顾它就行了。”壮女人说，然后不耐烦地转身面对鼠脸男孩。

“女士？”霍根又问。

“再等会儿，等一下再说。”斯库特太太说。她说话给人感觉像是被淹没在了毫无耐心的顾客的海洋里，虽然霍根和男孩是仅有的在场的顾客。

“少了十分，阳光吉姆。”她迅速看了一眼柜台上的硬币，告诉那个金发青年。

青年用大大的、无辜的眼睛看着她。“你不相信我了？”

“我在想罗马教皇抽不抽烟，不过如果他抽，我也不会信他。”

青年脸上无辜的神情消失了，换上一种阴沉沉的厌恶（霍根觉得这个表情更让他觉得自在），然后开始慢吞吞地摸索自己的口袋。

*忘了这事吧，赶紧走，*霍根心想。*现在不走的话，八点前绝对到不了洛杉矶，不管有没有风暴。这种地方就只有两种速度——缓慢和停止。你加了油，也付了钱，所以就假装自己已经占了便宜，在风暴更猛烈之前赶紧上路。*

他差点就执行了左脑做出的好决定，然后他又看了看展示柜里的嘎喳嘴，穿着橙色大卡通鞋、站在那儿的嘎喳嘴。还有白色鞋罩！这真的太有吸引力了。杰克会爱死它们的，他的右脑说。*承认吧，比尔，老兄，如果杰克不想要，你自己也想要。你这一生中说不定还有机会看到别的大号嘎喳嘴，毕竟一切皆有可能，但穿着橙色大卡通鞋？哈哈，我深表怀疑。*

这次他听从的是右脑的声音，然后就发生了一系列故事。

马尾青年还在摸口袋，每次一无所获的时候，他脸上的表情就更阴沉。霍根对烟没兴趣——他爸爸，一天两包的老兄，得肺癌死了，不过他预感自己还得等上一小时。“嘿，孩子！”

青年转过身，霍根扔给他一枚二十五美分的硬币。

“嘿！谢啦，老兄！”

“小事而已。”

那孩子和壮硕的斯库特太太结束交易后，把烟塞进口袋，把剩下的十五美分塞进另一个口袋。他完全没提把找回的零钱还给霍根，后者也没期待。像他这样的男女青年如今大把大把的，遍布整个美国，风滚草似的滚来滚去。可能青年们一直如此，但对霍根来说，现在的这些孩子好像既让人讨厌，又有点恐怖，就像斯库特正要放到店后面去的响尾蛇。

这种路边动物园里的蛇杀不死人，它们的毒液一周取两次，卖给诊所做药。这很规律，就跟每周二和周四酒鬼必去当地血库卖血一样。不过如果靠得实在太近，会把它们逼疯，然后被狠狠咬上一口。霍根想，现在，路上那群孩子也这样。

斯库特太太沿着柜台慢慢走了下来，T恤上的字母随着她的移动上下左右地摆动。“你要什么？”她问。语气还是那么凶狠。西部人民以友好闻名，霍根在西部二十年，感觉这名声大部分时候还站得住脚，但这女人简直跟布鲁克林一个两周内被折磨得疯了三次的店员一样。霍根猜想这种类型大概正在成为新西部的典型，和马路青年一样。很伤感，但确实如此。

“这些多少钱？”霍根问，指着脏玻璃后面的嘎喳嘴，上面挂了个牌子：“特大号嘎喳嘴——会走路！”。柜子里放满了新奇玩意——中国指套、胡椒味口香糖、滑稽博士喷嚏粉、卷烟纸（包装上写着“笑掉大牙！”，霍根认为这更可能打掉你的牙）、防辐射玻璃、塑料呕吐物（如此逼真！）、欢乐蜂鸣器。

“不知道，”斯库特太太说，“盒子哪儿去了？”

嘎喳嘴是柜子里唯一没有包装盒的物件，不过它确实很大，霍根想——超级大，事实上，比他小时候（当时生活在缅因州）特别喜欢的那个能上发条的大了四倍。拿掉那双滑稽的脚，它看上去就像《圣经》里的巨人摔倒时露出的牙齿——门牙是大白块，虎牙像帐篷柱子，嵌在红得不可思议的塑料牙床里。一把钥匙从牙床里伸出来，牙齿用一根粗橡皮筋绑在一起。

斯库特太太吹了吹嘎喳嘴上的灰，然后把它转了过来，看了看橙色鞋的鞋底，找上面的价格标签。没有。“我不知道，”她生气地说，瞪着霍根，好像是他拿走了标签，“只有斯库特才会买这样的垃圾放在这里。诺亚从方舟上下来的时候这破东西就在这儿了。我得去问问他。”

霍根突然对这女人和斯库特杂货店 & 路边动物园不耐烦了。嘎喳嘴确实很不错，杰克也肯定会很喜欢，但他保证了最晚八点到家。

“算了，就只是——”他说。

“这牙本来应该是十五点五九美元，信不信由你，”斯库特在柜子后面说，“它们可不是塑料的——这是漆成了白色的金属牙，动起真格来能咬得你哭爹喊娘。可惜两三年前她掸灰的时候把它碰到了地上，摔坏了。”

“哦，这太可惜了。我还从没见过，你知道，带脚的。”霍根失望地说。

“现在这样的很多了。拉斯维加斯和干泉的新奇玩物店里都有卖，不过确实没见过这么大的。看它在地板上走简直能把你笑死，跟只鳄鱼一样啪啪啪的。被这老太婆摔坏了真是太可惜了。”

斯库特看向自己的老婆，不过她正看着窗外吹起的沙子。她脸上的表情霍根不太能破译——是悲伤，还是厌恶？或是两者兼有？

斯库特又看向霍根。“三点五美元卖给你，如果你要的话。反正我们正在甩卖这些新奇玩意，那个柜台要放用于出租的录影带。”他关上储藏室的门，拉下脸上的大手帕，让它落在灰扑扑的衬衫上。他脸色憔悴，特别瘦。霍根看出他那沙漠黄的皮肤下潜藏着重病的踪影。

“斯库特，你怎么能干出这样的事！”壮女人气急败坏地大喊，转身朝向他，差点撞到他身上。

“闭嘴，你搞得我头都疼了。”斯库特说。

“我让你去带汪汪过来——”

“迈拉，如果你想让汪汪来这儿，就自己去接。”他开始反攻，而斯库特太太妥协了，霍根感到很惊讶——事实上几乎是大吃一惊。“不过是只明尼苏达狼狗罢了。就三美元吧，朋友，那个嘎喳嘴就是你的了。再加一美元，你还能拿走迈拉的那只汪汪。如果你有五美元，这整个地方都归你了。反正这儿没了收费站以后就一文不值了。”

长发青年站在门边，撕开烟的包装膜，就是霍根帮着买的那包烟，津津有味地看着这场小喜剧，脸上露出贱贱的愉悦。那双灰绿色小眼睛闪闪发亮，来回看着斯库特和斯库特太太。

“去你的。”迈拉哑着嗓子说。霍根意识到她快哭了。“你不去接我的小宝贝，我自己去。”她大踏步地擦着斯库特走过，差点用巨石般的胸部把他撞倒。要是真碰上了，能把这小男人压平，霍根想。

“看吧，我想我刚刚火上浇油了。”霍根说。

“唉，妈呀，别管迈拉。我得了癌症，她得了所有这些变化。现在她很不好相处，这不是我的问题。拿走这该死的牙吧。我猜你有个会喜欢它的儿子。可能只是一个齿轮松脱了一点，我相信手巧的人能修好，既能走路，也能再次咯咯地咬牙。”

他看了看周围，脸上流露出无助的表情，陷入了沉思。店外的风声突然变成了稀薄、短促又尖锐的鸣叫，那青年打开店门溜了出去。显然，他认为演出已经结束了。一阵沙尘在店内过道的中间（罐头食品和狗粮间）旋转落下。

“以前我自己就很手巧。”斯库特吐露道。

霍根顿了很久，他实在想不出任何话——真的是任何话——来回应。他低头看着布满划痕、脏兮兮的展示柜里的特大号嘎喳嘴，十分希望打破沉默（现在斯库特就站在他眼前，他看到斯库特的眼睛又大又黑，闪着痛苦和用药过量的光芒）。然后他说出了脑子里蹦出来的第一句话：“天哪，它看起来跟没坏一样。”

他拿起牙齿，确实是金属的——这么重的只能是金属制品，透过微微张开的嘴往里看时，他被驱动这东西工作的发条吓住了。他觉得可能让这样的牙咯咯地咬起来、走起来就是需要那么大的发条。斯库特怎么说来着？*动起真格来能咬得你哭爹喊娘*。霍根试探性地拉了拉粗橡皮筋，然后解了下来。他还在看嘎喳嘴，这样就不用和斯库特漆黑又痛苦的双眼对视。抓住钥匙后，他鼓起勇气抬头看了斯库特一眼。还好那个精瘦男人的脸上露出了一点笑容，他松了一口气。

“可以试试吗？”霍根问。

“我没问题啊，朝圣者，走一个。”

霍根咧开嘴笑了，转动了钥匙。一开始一切正常，嘎喳嘴发出一阵细碎的、齿轮摩擦的“咔嗒”声，他能看到发条转了起来。到了第三圈，里面传来“砰”的一声，钥匙直接脱开了。

“看到了吧？”

“嗯。”霍根说。他把嘎喳嘴放在柜台上，但是这牙就那么静静地站在它那令人难以置信的橙色大脚上，什么都没做。

斯库特用指尖戳了戳左手边紧咬在一起的臼齿，牙关打开了。一只橙色大脚抬起，梦游般往前走了半步。然后牙齿又停了下来，整套东西倒向一边。嘎喳嘴卡在发条钥匙上，露出一个歪斜、空洞的笑容，停在了鸟不拉屎的地方。过了一会儿，伴随着慢腾腾的“咔嗒”声，这副大牙又合上了。表演结束。

霍根这一生中还从没有过预感，此时突然感到了一种强烈的笃定，既诡异又病态的笃定。*从现在算起的一年后，眼前这个男人已在坟墓里躺了八个月，如果有人挖出他的棺材，撬开棺材盖，就能看到这样一幅*

场景——牙齿在他干瘪的死人脸上凸了出来，像一个釉质做的陷阱。

他抬头看向斯库特的眼睛，仿佛生锈底座上深色珠宝般闪闪发光的眼睛。突然，他感到自己不再是想要离开这里，而是必须离开这里了。

“好吧，得走了。祝你好运，先生。”他说（强烈希望斯库特不要伸出手来握手）。

斯库特确实伸出了手，但不是为了握手。相反，他迅速把橡皮筋套回嘎喳嘴的牙上（霍根完全不知道为什么，反正这些牙也坏了），再把它放到搞笑的卡通脚上，从满是刮痕的柜台上向他推过来。“谢谢你，拿走这些牙吧。不要钱。”

“哦……谢谢，但我不能……”

“你当然可以。拿走吧，给你的孩子。虽然已经坏了，但光是放到他房间里的书架上，他也会很开心的。我还是懂点男孩子的事的，养大了三个儿子呢。”

“你怎么知道我有个儿子？”霍根问。

斯库特眨了眨眼。这动作很吓人，也很可悲。“你脸上写着呢，拿走吧。”

风又呼啸起来，这次强到让房子的木板呻吟。打在玻璃上的沙子发出细雪般的声音。霍根提着塑料脚拿起了牙，再次震惊于它的重量。

“给你，”斯库特从柜台底下拿出一个纸袋子，边上皱巴巴的，简直和他自己的脸有得一拼，“放到这里。你穿的那件运动外套很不错，如果直接把这牙塞进口袋，衣服就要被撑变形了。”

他把袋子放到柜台上，好像知道霍根有多么不想碰到他。

“谢谢，”霍根说，把嘎喳嘴放进袋子里，卷起了袋口，“我替杰克谢谢你——我儿子叫杰克。”

斯库特笑了，露出和袋子里一样的假牙（不过远没那么大）。“别客气，先生。风暴范围内小心开车，到了山脚地带就一切安好了。”

“我知道，”霍根清了清喉咙，“再次感谢。祝你……呃……早日康复。”

“这不错，不过我想这大概是不可能了，对吧？”斯库特语调平平地说。

“呃，好吧，”霍根沮丧地意识到自己完全不知道该如何结束这次相遇，“好好照顾自己。”

斯库特点点头。“你也是。”

霍根朝着门退去，打开门之后紧紧拉住——风一直想把门从他手里夺走，再“砰——”地甩到墙上。细小的沙砾快速地打在他脸上，他不得不眯起眼。

出门，关上身后的门，穿过门廊时把那件相当好的运动外套的领子拉起来挡住嘴和鼻子，走下台阶，朝自己那辆定制的道奇露营车走去，车就停在加油站过去一点。风拉扯他的头发，沙子刺痛他的脸颊。他正要绕到驾驶座那边，结果被人拉住了胳膊。

“先生！嘿，先生！”

他转过身，是那个脸色苍白、头发金色的鼠脸青年。他缩在疾风劲沙中，就穿了一件T恤和一条褪色的李维斯501牛仔裤。在他身后，斯库特太太正拉着一条拴了狗链的满是疥疮的动物往商店后门走。明尼苏达狼狗看起来像一只忍饥挨饿的德国牧羊幼犬——还是一窝里最瘦弱的那只。

“怎么了？”霍根大喊，心里却很清楚怎么了。

“我能搭个车吗？”那青年也顶着疾风大喊。

霍根通常不让别人搭车——从五年前的那个下午以后就不让了。当时，他在托诺帕郊区为一个年轻女孩停下了车。那女孩站在路边，有点像联合国儿童基金会海报上眼神忧伤的流浪儿，那种看起来妈妈和最后一个朋友都死于一周前同一场火灾的可怜孩子。然而，她一上车，霍根就看到了长期吸毒导致的病变皮肤和疯狂眼神。可是来不及了。她用枪指着他的脸，要他的钱包。枪又旧又锈，柄上裹着破碎的电工胶带。霍根怀疑它没有上膛，或者如果上膛了，也没法发射……但他在洛杉矶有老婆孩子，即使是孑然一身，一百四十美元就值得冒生命危险了？不过当时他想得没这么明白，因为那会儿，他刚刚开始适应新工作，一百四十美元似乎比现在有分量得多。他给了女孩钱包。她的男朋友已经在旁边停好了车（那时候他自己开的是福特伊克诺莱恩厢式货车，远没有定制道奇 XRT 那么好），一辆脏兮兮的蓝色雪佛兰诺瓦。霍根问女孩能不能留下驾驶证和利塔、杰克的照片。“滚吧，甜心。”她说，狠狠扇了他一巴掌，然后带着他的钱包走了，跑向那辆蓝色汽车。

搭车人都是麻烦。

但是风暴越来越严重了，这孩子连个外套都没有。他应该说什么呢？滚吧，甜心，和蜥蜴一起爬到石头下面躲着，等风暴过去？

“好。”霍根说。

“谢谢你！太感谢了！”

那孩子跑向副驾驶座，想打开门，发现门锁着，然后就那么站着等门开，缩着脖子耸着肩。风把他背上的 T 恤吹了起来，鼓得像帆一样，下面瘦削、长满脓包的背若隐若现。

霍根走向驾驶座的时候回头看了一眼斯库特杂货店 & 路边动物园。斯库特正站在窗边，看着他，然后庄重地举起手，掌心朝外。他也举起手回应斯库特，然后把钥匙插进钥匙孔，转了转。他打开车门，按下车窗开关旁的开门按钮，示意青年上车。

青年照办了，上车后得双手并用才能关上车门。风绕着小车咆哮，真的让它左右晃了晃。

“哇哦！”那孩子喘着气，手指轻快地穿过头发（之前那根鞋带掉了，头发现在打着结披在肩上），“好大的风啊，非常大！”

“嗯。”霍根说。车子前面两个座位（宣传册喜欢管这样的座位叫船长椅）间有个小箱子，霍根把纸袋子放进杯托里，然后转动了车钥匙。发动机立刻发动起来，发出隆隆声，运转十分顺畅。

孩子在位子上扭来扭去，欣赏着车后部。一张床（现在折叠成了沙发）、一个小型液化石油气煤气灶、几个储物柜（霍根用来装各种样品），还有最后面的一个小卫生间。

“不错啊，老兄！”孩子说，“很舒服，”他回头看霍根，“你去哪儿？”

“洛杉矶。”

孩子笑了。“太好了！我也是！”他拿出刚买的烟，抽出一根。

霍根已经打开了车前灯，挂了前进挡。这会儿又挂回停车挡，转身面向孩子。“咱们有几件事得说清楚。”他说。

孩子又瞪大眼，无辜地看着他。“当然了，朋友——没问题。”

“第一，我一般不让人搭便车。几年前我有过一次非常不好的经历，你可以说我是一朝被蛇咬，十年怕井绳。我会带你到圣克拉拉那儿的山脚，不过就到此为止了。那地方对面有个卡车休息站，萨米站，靠近收费公路。我们在那儿分道扬镳，行吗？”

“好的，没问题。就按你说的。”眼睛还是大睁着。

“第二，如果一定要抽烟，那么我们现在就说拜拜。行吗？”

有那么一会儿，霍根看到了孩子的另一种表情（虽然很短暂，霍根却愿意打赌他就这两种表情）：刻薄的，警惕的。然后又变回了大眼睛的小无辜，就是《韦恩的世界》[1]里来的无害难民。他把烟夹在耳朵上，向霍根展示自己空空的双手。他抬起手时，霍根看到他左侧肱二头肌上的手写文身：永远的威豹[2]。

“不抽烟，”孩子说，“我知道了。”

---

[1] 电影《韦恩的世界》中由主角制造的一档展示各种惊奇发明的节目。

[2] 1977 年在英国谢菲尔德成立的摇滚乐队。

“很好，比尔·霍根。”他伸出手。

“布莱恩·亚当斯。”那孩子说，快速握了握霍根的手。

霍根再次把车挂到前进挡，慢慢驶向46号公路。路上，他匆匆瞥了一眼仪表盘上放着的一盘磁带。《粗心大意》，布莱恩·亚当斯[1]。

没问题，他想。你是布莱恩·亚当斯，我其实是唐·亨利。我们刚刚在斯库特杂货店＆路边动物园为我们的下一张专辑收集了点材料，对吧，兄弟？

车上了高速。这时候风沙已经很严重了，视野很差。他发现自己又开始想那个女孩，那个在托诺帕郊区用他的钱包扇了他一巴掌后逃之夭夭的女孩。他开始对现在的这个搭车人产生了很不好的感觉。

突然吹起一阵狂风，简直要把车吹向对面车道。他静下心来，专心致志地开车。

他们安静地开了一会儿。霍根看了一眼右边，看到那青年正闭着眼靠在椅背上——可能睡着了，可能在打盹，也可能只是不想聊天在假寐。这挺好，霍根也不想聊天。一方面，他不知道和这个从美国无名处来的布莱恩·亚当斯先生说什么。很明显，年轻的布莱恩·亚当斯先生不从事标签或和扫码器有关的工作，而这是霍根卖的产品。另一方面，光是让车子开在路上就已经是个不小的挑战了。

正如斯库特太太警告的那样，风暴加重了。公路成了横穿不规则黄褐色沙脊的模糊影子，像减速带一样，逼得霍根以不超过每小时二十五英里的速度爬行。这还能接受。但是，从某一刻起，沙子开始均匀散布在路面上，成功伪装成了道路，霍根不得不降速到每小时十五英里，跟

---

[1]加拿大著名歌手、作曲家、吉他手，下文的唐·亨利是老鹰乐队的主唱及鼓手。——译者注

着车灯照在两侧路标上的昏暗反射光慢行驶。

风沙中不时逼近一辆小车或卡车，像瞪着愤怒圆眼的远古幽灵。其中一辆足有汽艇那么大的旧林肯马克四代，开在了46号公路的正中间。霍根按起喇叭，方向盘打到右边，感到轮子里嵌进了沙子，感到自己张开嘴发出了一声无能为力的咒骂。就在他确定这辆来车要把他逼进水沟的时候，林肯及时转回了自己的车道，留出刚好够霍根通过的空间。他觉得他听到了两车保险杠亲吻的摩擦声，不过考虑到风沙持续不断的尖叫声，那声音肯定是他自己的幻想。他瞟到了林肯车的司机——一个秃头老男人，笔直地坐在方向盘后面，全神贯注地盯着风沙，眼神简直有点狂热。霍根冲他挥了挥拳头，但那老头压根就没看他。可能没意识到我在，霍根想，更别说差点撞到我了。

有那么一会儿，他也快要开到路外面去了，能感到右侧轮子不停被沙子吸吮，车子快翻了。本能驱使他使劲向左打方向盘，同时猛踩油门，让车不停往左侧靠。汗水湿了腋窝，最后一件好衬衫也被毁了。终于，轮胎上的吸力减小了，车子又回到他的掌控之下。霍根长舒一口气。

“开得不错啊，朋友。”

他之前的注意力过于集中，忘了车上的乘客。让他吃惊的是，他差点又把方向盘一直向左打，引起一场麻烦。他转头看到金发青年正看着他，灰绿色的眼睛躁动不安，闪闪发亮，眼里毫无睡意。

“完全就是运气好。如果有地方停一下，我会……不过我知道这段路，只有萨米站一个地方。到了山脚就能好多了。”霍根说。

他没说从这儿到那儿七十英里的路程可能要花三个小时。

“你是个推销员，对吗？”

“没错。”

他希望这孩子别开口了，他想专心开车。前方，黑暗中射出黄色幽灵般的雾灯。他们后面跟着一辆加州牌照的雪佛兰科迈罗 Iroc-Z。两辆车你追我赶地爬行着，像敬老院走廊里的老太太们。透过眼角的余光，霍根看到那孩子从耳朵上拿下了烟，放在手中把玩。布莱恩·亚当斯，真的吗？这孩子为什么说个假名呢？这情节简直像从旧共和国的那种电影里出来的，那种还能在夜间电视节目里看到的黑白犯罪电影——一个旅行推销员（可能是雷·米兰德饰演）顺路搭载了一个年轻强悍的囚犯（可能是尼克·亚当斯饰演），这囚犯刚从加布斯、迪斯之类的地方越狱。

“你卖什么，朋友？”

“标签。”

“标签？”

“没错，带有商品条形码的标签，上面有提前设定好数字的黑色条码。”

孩子点了点头，这让霍根有点惊讶。“明白——在超市里，他们把标签放在电子眼下扫描，然后价格就像变魔术一样在收银机上显示出来了，对吧？”

“对，但这不是魔术，也不是电子眼，那是个激光扫描器。我也卖那个，大的和可携带的都卖。”

“大生意啊，伙计。”孩子声音里的讽刺味很淡，不过确实有。

“布莱恩？”

“嗯？”

“我的名字是比尔，不是老兄，不是朋友，更不是伙计。”

他发现自己越来越强烈地希望时间能倒回到斯库特那儿，对这个请求搭车的孩子说不。斯库特夫妇不是坏人，他们会让这孩子一直待到晚上风暴平息为止。说不定斯库特太太还会给他五美元，让他看着狼蛛、响尾蛇以及汪汪——那只神奇的明尼苏达小狼狗。霍根感到自己越来越不喜欢那双灰绿色的眼睛。他能感到那双眼睛注视在他脸上的重量，像小石头一样。

“嗯——比尔，标签兄比尔。”

比尔没有回答。孩子把手指交握在一起，向后弯折，关节发出“咔咔”声。

“好吧，我老母亲过去常说——不是什么大事，但也是门生计。对吧，标签兄？”

霍根嘟哝了一句有的没的，继续专注于开车。现在他很笃定自己犯了个错误。他载上次那女孩的时候，上帝让他逃过了一劫。求你了，他祈祷着，再放过我一次，好吗，上帝？最好是我对这孩子判断失误了——让我的感觉变成受低气压和强风影响的过度反应吧。还有名字的巧合，毕竟也不是罕见的名字。

对面来了一辆巨大的马克卡车，铁栅上的银色牛头犬标志似乎在凝视飞扬的沙砾。霍根把方向盘打到了右边，直到堆积在路旁的沙子开始再次贪婪地抓着汽车轮胎。马克卡车拉着的长条银色集装箱挡住了霍根左侧的所有视线。离他只有六英尺远，甚至可能更近，而且似乎永远都过不完。

集装箱终于全过去了，金发孩子问：“你看起来干得很不错啊，比尔——这么一辆车至少得三十张大钞吧，所以为什么——？”

“比那便宜多了，”霍根不知道“布莱恩·亚当斯”有没有听出他声音里的烦躁，反正他自己肯定听出来了，“很多东西都是自己弄的。”

“都一样，你肯定衣食无忧了。所以你为什么不避开这鬼天气，舒舒服服地坐飞机？”

这个问题霍根有时候也问自己，就在从坦佩到图森、从拉斯维加斯到洛杉矶那漫长又空旷的路上。当收音机里只有蹩脚的合成器流行乐或者乏味的老歌，而时下畅销音乐的最后一盘磁带已经听完，当车窗外空无一物，只有连绵不断的水沟和灌木林地（都归山姆大叔[1]所有），你就

[1] 美国的别称。——译者注

只能问自己这样的问题了。

他可以说是为了实地走访全国各地，更好地了解客户以及客户需求，然后推销他的产品，这是事实，但并不是原因。他还可以说样品箱（太大了，没法放在飞机座位下面）过安检太让人头疼，而等着它们从行李传送带上出来常常是一场冒险。（有一次，他一个本该出现在亚利桑那州希尔赛德机场的、装了五千张饮料标签的箱子出现在了夏威夷的希洛机场。）这也是事实，但还不是原因。

原因是一九八二年，他乘坐的一架短程往返飞机坠毁在了距里诺北部十七英里的高地，机上的六位乘客（一共十九位）和全部两名机组成员死了。霍根背部摔断，在床上躺了四个月，又花了十个月戴很重的支架。他老婆利塔管这个架子叫钢铁少女。有人说（不管是谁）如果从马上摔下来，就应该立刻爬回去。威廉·霍根说这就是放屁。从此，除了去纽约参加父亲葬礼的时候坐了一次飞机（紧张得关节发白，还吃了两粒安定），他再也没上过飞机。

他很快从这些思绪中抽离出来，意识到两件事：马克过去后路上就只剩他一辆车了；那孩子还在躁动不安地看着他，等他回答问题。

"我有一次在短程往返飞机上经历了很不好的事情，从此我几乎就坚持选择发动机坏了时能临时停车的交通方式了。"

"比尔兄，你看起来就经历了不少不好的事，"那孩子说，声音里带了一种伪装的同情，"而现在，很抱歉，你又要经历一件不好的事了。"霍根突然听到一声尖锐的金属撞击声。他转过头去，看到孩子手里拿着一把刀身八英寸的折叠刀，闪闪发光。他并不吃惊。

该死，霍根想。这会儿刀就在眼前了，他反而不那么害怕了，只是感到很累。*真见鬼，离家就四百英里了。该死。*

"停车，比尔兄。慢慢地、好好地停。"

"你想要什么？"

“如果你真不知道这问题的答案，那你还真是比看起来傻。”青年的嘴角露出一个浅浅的笑容，他胳膊上自制的文身随着肌肉的收缩起起伏伏，“我要你的钱，大概还要你的车，至少现在需要一会儿。不过别担心，前面不远的地方有个小型卡车休息站——萨米站。靠近收费公路。会有人捎你一段。当然了，不想停车的人会像看鞋上的狗屎一样看你，你可能还得哀求一把，不过我确信你最后肯定能搭上便车。现在停车。”

霍根惊讶地发现自己不但感到疲惫，还很生气。上一次自己生气了吗，搭便车女孩抢了他钱包那次？说实在的，记不清了。

“别对我使这套，”他说，转身对着小鬼，“你要搭便车，我载了你一程，也没让你求我。要不是我，你还在吃着沙子伸手拦车呢，所以还不如收起那玩意，我们——”

孩子突然举刀挥了上来，霍根感到右手一阵烧灼般的疼痛。车歪了，经过沙堆减速带时猛地哆嗦起来。

“停车，我说。你要么就给我下车走，标签兄，要么就喉咙上开一刀，然后躺到附近的水沟里去，屁股上再塞个激光扫描器。再告诉你一件事，我要一路抽烟到洛杉矶，每抽完一根，就把它按在你这个他妈的仪表盘上。”

霍根看了看自己的手，一条斜长的血痕从小指的最后一个关节延伸到拇指指根。怒气又来了，只不过这次是暴怒，即便疲惫感还在，也已经被埋在了失去理智的红眼里。他努力在脑海中想起利塔和杰克，压下暴怒情绪，免得情绪占了上风，做出什么癫狂的事。然而，脑海里的画面模糊、失焦，一个形象清晰地浮现出来，却不是此时该出现的——托诺帕郊区那个女孩的脸，眼神和海报上的流浪儿一样忧伤，嘴巴却不干不净、吵吵嚷嚷，说滚吧，甜心，然后用他的钱包扇了他一巴掌。

他踩下油门，车子开始加速，红色指针超过了三十。

青年满脸惊讶，然后困惑，接着愤怒。“你在干吗？我让你停车！你是想看着自己的肠子掉到大腿上吗？还是其他的什么？”

“我不知道。”霍根说，脚还踩在油门上，指针颤颤巍巍地到了四十。车子碾过一堆堆沙丘，抖得像一条发烧的狗。“你想要什么，孩子？断脖子怎么样？只要转一转方向盘就能做到。我可系了安全带，但你没有。”

青年瞪大了他那双灰绿色的眼睛，混合着恐惧和愤怒，闪闪发亮。你应该停车，那双眼睛说。对着刀应该这么反应——你不知道吗？

“你不会毁了我们的。”孩子说，但霍根觉得他其实是想说服自己。

“为什么不？”霍根再次转向他，“毕竟我很确定我能逃出来，车也上了保险。你来决定吧，浑蛋，怎么样？”

“你——”孩子开口说。突然，他瞪大眼睛，注意力完全转移到别的东西上。“小心！”他尖叫。

霍根立刻朝前看，看到四个巨大的白色车前灯正穿过沙尘迎面而来。那是一辆油罐车，可能载着汽油或丙烷。喇叭声响起，像一只愤怒的大鹅大喊：嘎！嘎！嘎！

霍根和搭车青年斗智斗勇的时候车子偏离了车道，现在一半已经开在了对面车道上。他把方向盘狠狠往右打，然而心里知道已经太晚了，这么做毫无意义。好在靠近的卡车也在移动，霍根拼命往右，它拼命往左，和刚刚霍根躲避马克四代时一样。两车在沙尘中擦身而过，间不容发。霍根感到车的右轮再次嵌进沙堆里，他知道这次没法不脱离车道了——以每小时超过四十英里的速度做不到。大钢罐（侧面写着卡特农产品 & 有机肥）的模糊轮廓离开视野后，他感到手里的方向盘失灵了，一直往右偏，眼角还瞥到那小鬼竟然拿着刀倾身向前。

你怎么了？疯了吗？他想冲着孩子这样大喊，不过即使有时间说出来，那也是个蠢问题。这孩子当然疯了——只要好好看一下那双灰绿色的眼睛就能知道。霍根自己估计也疯了，否则刚开始就不会同意载他，但这些现在都不重要了。现在得处理手头的情况，如果他不切实际地相信这事不会发生在他自己身上——哪怕花上一秒，那他很可能明后天就会被发现抛尸荒野，喉咙上开个大口子，眼珠子被红头鹫啄了出来。这事真的正在发生，是真事。

青年竭尽全力把刀片架在霍根脖子上，但不巧，车开始晃荡，越来越深地陷进满是沙子的沟里。霍根退开刀口，也不管方向盘了，让车子自由发挥，本以为自己已经脱离刀口的威胁，结果感到脖子侧面热乎乎、湿漉漉的，完全被血浸透了。刀子划开了他的右脸，从下巴一直到太阳穴。他挥动右手，试图抓住青年的手腕。就在这当口，车的左前轮碾上一块公用电话那么大的石头，一下子重重飞起，活像电影里的特技飞车（这种居无定所的青年绝对会喜欢的那种电影）。车在半空中翻滚，四个轮子还不停转着，根据仪表盘，车速是每小时三十英里。霍根感到安全带紧压着胸部和腹部，简直像是又经历了一次空难——现在，他是真的不敢相信这事正在发生了。

青年被扔到前面，又飞到上面，手里还拿着刀。车子底朝天的时候，他的头撞到了车顶，又狠狠弹了回来。霍根看到他在胡乱挥舞左手，吃惊地意识到他还想刺过来。是了，他是条响尾蛇，霍根这点判断对了，但没人取出他的毒囊。

车撞到硬土层，行李架被削掉了。青年的脑袋又撞到车顶，比上次更重，他手里的刀也掉了。汽车后备厢弹了开来，样品手册、激光扫描器掉了一地。霍根模模糊糊地听到一声非人的尖叫——道奇的车顶在水沟边的沙砾上滑行，不断发出声嘶力竭的呐喊。他心想：*所以这就是有人用开瓶器开罐头，而你待在罐头里的感觉。*

风挡玻璃碎了，整个车头内陷下垂，面上有密密麻麻的裂缝。车子继续翻滚，先是驾驶座那侧着地，撞碎了窗玻璃，掉进一些石子和沙土，接着车子又摇晃着翻正。霍根闭上眼睛，抬手护住脸。车身摇摇晃晃，似乎还想往青年那侧翻过去……然后，它停了下来。

霍根一动不动，可能坐了五秒，他把眼睛瞪大，双手紧握座椅扶手，有点像被克林贡人[1]攻击后的柯克舰长的感觉。他意识到自己腿上有一堆沙土和碎玻璃，还有点别的，但他不知道是什么。他还感觉到了风，正穿过碎玻璃吹进更多沙土。

然后他的视线被一个快速移动的物体挡住了。这物体混杂了白色皮肤、棕色沙土、破皮的关节，以及红色的血。是个拳头，还狠狠打在了霍根的鼻子上。疼痛突如其来，十分剧烈，像有人直接朝他脑袋开了一枪。他眼前黑了一阵，全是白花花的点子。视线刚要恢复的时候，一双手突然卡住了他的脖子。霍根无法呼吸。

那青年，来自美国无名处的布莱恩·亚当斯先生，正俯身靠向两个前座间的箱子。他头上大概有六处伤口在流血，落到脸颊、额头、鼻子上，像妖艳的浓妆。他那双灰绿色的眼睛瞪着霍根，眼里满是固执又疯狂的愤怒。

“看看你干了什么，妈的！”青年大喊，“看看你对我干了什么！”

霍根努力往后退，卡在脖子上的手暂时松开了，他吸了一口气，但安全带还系着——根据感觉，还很牢固。真的是无处可躲。青年的手几乎立刻就跟上来了，这次直接用拇指使劲压住他的气管，想阻断他的呼吸。

霍根试图举起自己的手，但青年的胳膊硬得跟监狱栅栏一样，死死锁住他。他想打掉青年的胳膊，但毫无成效，两条胳膊纹丝不动。他听到了另一种风声——他脑子里尖利、咆哮的风声。

“看看你做了什么，你这白痴！我流血了！”

听到了青年的声音，但比之前远了很多。

他正在杀我，霍根想，然后一个声音回答道：没错——滚吧，甜心。

---

[1]《星际迷航》系列电影中虚构的一个好战外星种族，下文的柯克舰长也是《星际迷航》系列电影中的一个角色。

这声音重新点燃了他的愤怒。他在自己腿上摸索，找那个不是沙土和玻璃的东西。是一个纸袋子，里头装了一个很大的东西——霍根记不清是什么了。他抓住这东西，朝着那青年的下巴招呼过去，打到时发出了一声巨大的声响。在这突如其来的袭击下，那青年痛得尖叫起来，身子向后倒去，手上的钳制也消失了。

霍根抽搐着深吸一口气，耳中听到一种水烧开时壶盖在炉子上一开一合的声音。是我吗，发出这种声音？天哪，是我吗？

他又吸了一口气，空气里满是飞尘，刺伤了他的喉咙，引起一阵咳嗽，不过能呼吸还是像在天堂般美好。他低头看自己的手，看到棕色纸袋上清楚地印出了嘎喳嘴的形状。

突然，霍根觉得这牙动了。

这个动作很像人做的，十分可怕，霍根大叫一声，立刻把袋子扔了。感觉像是拿起了人类的一块下颌骨，这骨头还试图跟他的手说话。

袋子砸到青年背上，又掉在车里的地毯上。“布莱恩·亚当斯”东倒西歪地弯下腰。霍根听到橡皮筋断裂的声音，然后是绝对不会听错的牙齿的咬合声，一开，一合。

可能只是一个齿轮松脱了一点，斯库特之前说了，我相信手巧的人能修好，既能走路，还能再次咯咯地咬牙。

或者用力撞一下也行，霍根想。如果我能活过这次，以后又去了那儿，一定要告诉斯库特想修好一个坏了的嘎喳嘴，只要把车翻滚一下，再拿它去砸一个试图掐死你的变态搭车人就可以了。简单得要命，小屁孩也能做。

牙齿在破损的棕色袋子里开合，“咔嗒、咔嗒”的。袋子随着牙齿的动作抖了起来，看起来像是一个被摘除了又不肯衰竭的肺。青年从袋子旁爬开，一眼都不敢看——往车后面爬，左右摇晃着脑袋，想把自己晃清醒。细细的血珠从他打结的头发上喷了出来。

霍根找到他安全带的带扣，按了下去。什么都没发生。扣子中间的弹簧纹丝不动，带子也还死死钳着，陷进皮带上方中年男子的啤酒肚里，胸口上也留下深深的斜印子。他在座位上前后晃动，试图用这样的方式解开安全带。他脸上一直在流血，能感到自己的脸像一条干裂的墙纸那样前后飘动。他内心的恐惧层层叠叠，快要盖过了震惊。他向右转头，想看看青年在干吗。

答案不太理想。青年在车尾看到了自己的刀，就在一堆说明书和手册上面。他抓起刀，甩开脸上的头发，转头看向霍根。他在咧嘴笑，笑容里的某种东西让霍根的命根子紧缩起来，就像有人往他内裤里塞了两颗桃核。

啊，在这儿呢！他的笑容说，我担心了一两分钟——非常非常担心，不过最终一切都会好的。事态失控了一会儿，来了段即兴表演，不过现在都回到剧本上了。

“卡住了，标签兄？”青年扯着嗓子说，压过了持续不断的尖厉风声。“卡住了，对吧？系上安全带真是件好事，对吧？是我的好事。”

他试图站起来，差点就成功了，但膝盖一软又跌了回去。他脸上露出极为震惊的表情，夸张得要命，换个场合，简直就是一出喜剧。然后他又把脸上油腻腻的、被血染湿了的头发甩开，朝霍根爬过去，左手抓着刀把，胳膊上威豹乐队的文身随着瘦削二头肌的伸缩起起伏伏，让霍根想起迈拉走路时，她 T 恤上那波浪般起伏的字母——内华达州是上帝之地。

霍根双手抓紧安全带的带扣，拇指用力按弹簧，和那青年掐他脖子时一样用力。还是毫无反应，安全带卡住了。他再次伸长脖子去看青年。

青年已经爬到了折叠床那儿，然后停下了。他脸上又露出那种夸张的、喜剧式的震惊。他正直直地朝前看，这意味着他正看着地上的什么东西。霍根突然想起了那副牙，它还在“咔嗒、咔嗒”地吧唧着。

他低头，正好看到嘎喳嘴从破袋子的开口处走出来，穿着那双搞笑的橙色鞋子。臼齿、虎牙、门牙快速开合，发出一种冰块在鸡尾酒调酒器里的声音。套着白色时髦鞋罩的鞋子简直像是在灰色地毯上蹦跶。霍根发现自己想起了弗雷德·阿斯泰尔[1]跳着踢踏舞进出舞台的样子，他胳膊下夹着一根藤条，斜戴着一顶草帽，十分俏皮。

“妈的！”孩子说，带着笑意，“这就是你在那个店里看上的东西吧？天哪！我要杀了你，标签兄，我要给世界做件好事。”

钥匙，霍根想。牙边上的钥匙，用来上发条的那个……没有转。

他突然又有了一种预见未来的感觉，完全知道接下来要发生什么。青年会伸手去拿嘎喳嘴。

忽然之间，嘎喳嘴停止了走动和开合，就那么站在略微倾斜的车厢地板上，嘴微微张着。虽然没有眼睛，但能感到它正嘲弄地看着青年。

“嘎喳嘴。”布莱恩·亚当斯，一个来自美国无名处的先生，满脸不可思议。他伸出右手拿起牙，正如霍根所料。

“咬他！”霍根尖叫，“马上咬掉他那该死的手指！”

青年猛地抬头，灰绿色眼睛大睁，写满了惊吓。他目瞪口呆地看了霍根一会儿——震惊到麻木的表情，然后开始哈哈大笑。他的笑声高亢尖锐，完美互补了呼啸着穿过车子的风声。这风吹起车里的窗帘，形如长长的鬼手。

“咬我啊！咬啊！咬啊！”青年不停地说，仿佛这是他听过最搞笑的笑话中的点睛之句，“标签兄，我记得我才是撞了脑袋的那个啊！”

他把刀把咬在嘴里，左手食指伸进嘎喳嘴里。“咬吧！”他含着刀把说。他咯咯笑着，手指在嘎喳嘴巨大的牙关里来回晃。“咬啊！哈哈哈，咬！”

---

[1] 美国著名的电影演员、舞蹈家、舞台剧演员、歌手。

牙没动，橙色的脚也没动。霍根的预感像梦醒一般破灭了。青年又把手指在嘎喳嘴里晃动了一回之后打算拿出来，结果却开始声嘶力竭地尖叫。“见鬼！见鬼！该死的！”

霍根感到他的心脏在胸腔里漏跳了一拍，紧接着意识到虽然那青年还在使劲喊叫，但其实是在大笑。嘲笑他。嘎喳嘴始终都纹丝不动。

青年把刀拿回手里，举起牙近距离地查看。他在嘎喳嘴前晃了晃自己的刀，像老师在一个调皮的孩子面前晃教鞭一样。“你不该咬我，这样很不——”

一只橙色的脚突然在他脏兮兮的手掌上向前踏了一步，同时牙关也张开了。霍根还没意识到发生了什么，嘎喳嘴就已经一口咬在了青年鼻子上。

这次布莱恩·亚当斯的尖叫是真的了——混合着痛苦和极大惊奇的叫喊。他用右手拍打嘎喳嘴，想把它打下来，可惜那些牙紧紧地咬在他鼻子上，紧得跟困住霍根的安全带差不多。虎牙间喷出血和丝状软骨的红色混合物。青年弯下腰，连连后退，霍根只能看到他胡乱摆动的身体，胳膊肘剧烈挥动，两脚乱踢。然后他看到了刀光。

青年还在尖叫，突然猛地坐了下来，长发像帘子一样垂在脸上，紧咬着他的嘎喳嘴像某种怪船的船舵，在他脸上凸起。他不知怎么就成功地把刀子插进了牙和残余的鼻子间。

“杀了他！”霍根粗着嗓子大喊。他已经失去理智了，在某种程度上，他感觉自己肯定疯了，不过就现在而言，这些都无所谓。“上啊，杀了他！”

青年尖叫起来，火警警报一般的声音，又长又刺耳，然后他一把转起刀子。刀片断了，不过还是成功撬开了一点牙关。嘎喳嘴从他脸上掉了下来，掉在他的大腿上，他的大部分鼻子也一起掉了下来。

青年甩开脸上的头发，两只灰绿眼睛挤在一起，想看看自己脸中央那残破不全的鼻子。他痛得龇牙咧嘴，脖子上青筋暴起。

他伸手去够嘎喳嘴，结果后者踩着橙色大卡通鞋敏捷地后退。它上下点头，不断开合，有条不紊，朝着他微笑。青年的屁股现在坐在小腿上，血浸透了他的前襟。

他又嚷起来："把我的鼻子还回来，你这狗娘养的！"霍根再次确定自己真疯了，只有精神错乱才会听到这种话。

青年再度伸手去够嘎喳嘴，这次它朝前跑，跑过了抓它的手，跑到他张开的两腿间，只听一声有力的"咔嚓"，牙齿已经咬上了他褪色牛仔裤拉链下方的那块鼓起的地方。

布莱恩·亚当斯猛地瞪大了双眼，嘴也张大了，手举到肩膀附近，手指张开，看上去像在模仿阿尔·乔尔森[1]唱《妈咪》。刀飞过他肩膀，朝车子后部飞去。

"天哪！天哪！天——"

橙色大脚欢快地蹦跶着，跳着苏格兰高地舞，粉色牙关快速地上下开合，好像在说"好呀！好呀！好呀！"，又快速左右摆动，好像在说"不呀！不呀！不呀！"。

"天——"

小鬼的裤子被撕开了——从声音上判断，这不是唯一被撕开的。霍根晕了过去。

他醒了两次。第一次肯定是刚晕过去不久，因为车里车外还能听到风暴的咆哮，光线也依旧昏暗。他试图转身，但脖子上袭来一阵可怕的疼痛。是颈椎抻着了，可能没有预想中那么严重，不过明天可能会更严重。

[1] 出生于立陶宛，美国歌唱家、表演家。

总得假设自己能活到明天啊。

那青年，我得看一眼，确认他死了。

不，用不着。他当然死了。如果他没死，死的就该是你。

他听到身后传来一种新声音——牙齿持续不断地上下开合的声音。

它们要来咬我了。它们已经解决了那青年，可还不够，所以来找我了。

他再次把手放在安全带的带扣上，但弹簧还是卡着，毫无希望，而他的手也没什么力气。

牙齿越靠越近，已经到了他座椅后面——从声音上判断。霍根混乱的大脑从它不间断的开合声中读出了一首顺口溜：咔嗒咔嗒咔嗒！我们是大牙，我们回来啦！看我们走路，看我们咬人，我们吃了他，现在吃了你！

霍根闭上眼。

“咔嗒”声停了。

现在只有呼啸的风声和沙子打到凹陷车身的声音。

霍根等着。很久很久之后，他听到了一声“咔嗒”，然后传来撕扯布料的细微声。中间停了一会儿，后来“咔嗒”声和布料撕扯声又重复了起来。

这嘴在干吗？

“咔嗒”声和撕扯声第三次重复的时候，他感到座椅后面移动了一点，然后他懂了。嘎喳嘴正在往他身上爬。它正在往他身上爬！

霍根想起嘎喳嘴一口咬上小鬼牛仔裤拉链下方那块鼓起的地方的情景，希望自己赶紧晕过去。沙子从破碎的风挡玻璃上吹进来，打在他的脸上、额头上，痒痒的。

咔嗒、刺啦。咔嗒、刺啦。咔嗒、刺啦。

最后一声很近了。霍根不想往下看，但他忍不住。就在右臀上方，坐垫和椅背接触的地方，他看到了一个白色的大大的笑容。它以一种磨人的速度缓慢向上爬，一边用门牙咬住灰色座套，一边用目前还看不见的橙色大脚往上顶，接着松开牙关，“嗖”的一下蹭了上去，摇摇晃晃地。

这次咬住的是霍根的裤袋，他又晕过去了。

霍根第二次醒时，风已经小了，天也快黑了，空气中带着一种他之前从未见过的诡异紫色。破碎的风挡玻璃外，沙子还被吹得尖声作响，看上去像逃难的鬼娃。

他一时完全想不起自己是怎么出现在这里的，能记起的最后一幕是查看燃油表，油面已经低到了八分之一，然后抬头看到路边有个牌子——“斯库特杂货店 & 路边动物园 · 加油 · 快餐 · 冰啤酒 · 看活的响尾蛇！”。

他知道如果自己愿意的话，可以多患一会儿失忆症，再过一会儿，潜意识说不定可以永久地埋葬某些危险记忆。但不记得也是种危险。非常危险。因为——

吹来一阵风。沙子在凹陷严重的驾驶座那边沙沙作响，听起来像是“牙齿！牙齿！牙齿！”。

失忆症脆弱的表面裂了，所有回忆一股脑地涌了进来。霍根感到浑身冰凉。他记起嘎喳嘴咬在小鬼命根子上时发出的“咔嚓”声，顿时尖叫起来，声音粗哑，手捂住自己的裤裆，眼睛惊恐地转动，寻找落跑的嘎喳嘴。

没看到它，不过肩膀和双手可以自由活动了。他低头看向自己的大腿，慢慢把手从裤裆处移开。安全带已经解开了，掉在地上，断成两截。带扣上的弹簧还卡在扣里，但再往上，只有一点锯齿状的红色纤维。安全带不是被剪断的，而是被咬断的。

他看向后视镜，看到了点别的东西：后备厢的门敞着，灰色地毯上只有一个模糊的红色人形轮廓。搭车青年本该在那里。布莱恩 · 亚当斯先生，来自美国无名处的先生，不见了。

嘎喳嘴也不见了。

霍根缓缓从车里下来，像得了严重关节炎的老头。他发现只要他把脑袋保持在一定的角度，就不是那么难受……但如果他忘了，稍稍动了一下，那么不管动的是哪个方向，他脖子、肩膀、上背就会爆炸般地痛起来。甚至光想想把脑袋向后仰这个动作就要了他的老命了。

他慢慢走到车后面，手轻拂凹陷、掉漆的车身，听到、感到玻璃在脚下碎裂。他在车尾左侧站了很久，不敢走过转角，害怕看到青年蹲坐在地，左手拿着刀，露出他招牌式的空洞笑容。但也不能就这么站在这里，像捧着一大瓶硝酸甘油那样捧着自己抻了脖子的脑袋。周围越来越暗了，终于，霍根走过了转角。

没有人。青年不见了。或者说一开始看上去是这样。

风又猛吹起来，霍根的头发被吹到他伤痕累累的脸上。而后，风慢慢地停了，他听到二十码外传来一阵粗糙的摩擦声。抬眼望去，他看到搭车青年的那双运动鞋正消失在干涸河床的坡顶。两只鞋鞋跟紧靠在一起，摆成一个 V 字。它们停了一会儿，好像拖着青年身体的那东西需要休息一下才能恢复体力，接着它们又开始一抽一抽地挪动。

霍根心里渐渐浮现了一幅恐怖难忍的清晰画面。他看到嘎喳嘴正穿着那双搞笑的橙色大鞋站在河床边，脚上还套着鞋罩，非一般地酷，简直能让最酷的加州葡萄干[1]看上去像北达科他州法戈市来的乡巴佬。在拉斯维加斯西边的这片空旷之地，在紫色的电光之中，嘎喳嘴就那么风姿绰约地站着，紧咬那青年的一大团金色长发。

嘎喳嘴后退了。

嘎喳嘴正把布莱恩·亚当斯拖到美国无名处去。

---

[1] 加州葡萄干广告中的动画人物。——译者注

霍根转身，慢慢朝公路走去，稳稳托着脖子上那痛苦不堪的脑袋。他花了五分钟过水沟，十五分钟搭上便车，不过最终，这两件事都成了。在那期间，他没有回头看一眼。

九个月后，在六月的一个干净又炎热的夏日，比尔·霍根碰巧又到了斯库特杂货店 & 路边动物园，不过这地方改名了，牌子上写着“迈拉家：加油·冰啤酒·影碟”，下面配着一张月下狼嚎图。而图中那只狼的本体，即神奇的明尼苏达小狼狗，正躺在门廊下的笼子里，后腿充分伸展开，鼻子搭在爪子上。霍根下车加油的时候狼兄没动弹，目力所及之处，也没有响尾蛇和狼蛛。

“你好，汪汪。”霍根一边上台阶一边说。笼子里的囚犯抬眼看了看霍根，然后翻过身仰躺着，长长的红舌头从嘴巴一侧伸出来，耷拉着，秀色可餐。

店里面看起来比之前更大、更干净了。霍根觉得外面的天气没那么差是部分原因，不过不是全部。窗洗了，效果很好。破板墙换成了松木墙，散发着新鲜的松木味。后面摆了一个小吃吧台，配了五张凳子。新奇玩意展示柜还在，不过卷烟纸、欢乐蜂鸣器和滑稽博士喷嚏粉都不见了。柜子里如今装满了录影带，一块牌子上写着“后屋有限制级影片·十八岁以下青年不准进入”。

收银台旁的女人侧对着霍根，正低头按计算器。有那么一会儿，霍根确信那是斯库特夫妇的女儿——斯库特提过的三兄弟的姐妹。然后她抬起头，霍根发现是斯库特太太本人。很难相信这就是那个胸部堪比猛犸象、丰满得快撑破“内华达州是上帝之地”T恤的女人，可那就是她。斯库特太太至少减了五十磅，头发染成油亮柔顺的胡桃棕色。不变的只有眼角周围因晒太阳而长出的皱纹和嘴巴。

“加油？”她问。

“没错，十五美元。”他递过去二十美元，她打开收银机。“这地方变化很大啊。”

“斯库特死了以后做了不少变动，是的。”她同意道，拿出五美元。递过去时，她第一次抬头看霍根，然后就顿住了。“那个……你不就是去年大风暴时差点死了的那个人吗？”

他点点头，伸出手。“比尔·霍根。”

这次她没有犹豫，直接伸手越过柜台，用力握了一下。她丈夫的死似乎改变了她的性格，或者说她生命中的动荡终于结束了。

“很遗憾你丈夫去世了，他看起来是个好人。”

“斯库特？对，他生病前是个好人。你怎么样？都恢复了吗？”

霍根点点头。“我戴了大概六周的颈托——其实不是第一次了，不过现在好了。”

她看着他右脸那道蜿蜒的伤疤。“他干的？那孩子？”

“对。”

“伤得不轻。”

“对。”

“我听说他在出车祸时被撞得够呛，然后自己爬进了沙漠，死了，”她精明地看着霍根，“是吗？”

霍根微微笑了笑。“差不多，我想。”

“J. T. ——这里的公路巡警——说动物们把他分解得很彻底，沙漠老鼠实在没什么礼貌。”

“这我倒是不知道。”

“J. T. 说估计亲妈都认不出那孩子了，”她把一只手放在自己缩了水的胸部，认真地看着他，“骗你不得好死。”

霍根大笑起来。风暴后的几周、几个月里，他发现自己常常大笑。从那天以后，他有时候感觉自己对生活的态度变了。

“还好他没杀死你，这可真是九死一生。一定是上帝帮忙。”

“没错。”霍根同意道，低头看向录影带，“我看到你移走了那些新奇玩意。”

“那些老东西？当然！这是我干的第一件事，在——”她的眼睛突然瞪大了，“啊！天哪！我这儿有你的东西！还好没忘，不然斯库特准得回来骚扰我！”

霍根皱了皱眉，感到很困惑。她走到展示柜后面，踮起脚，从香烟架上方高处的一块搁板上拿下了什么东西。好嘛，嘎喳嘴。霍根一点都不惊讶，斯库特太太把它放在收银台边。

霍根看着它那凝滞的、漫不经心的微笑，感到一种强烈的似曾相识。它就那么站着，世界上最大的嘎喳嘴，穿着滑稽的橙色大鞋站在牛肉棒旁，冷酷得像一阵山风，还冲他微笑，好像在说：你好啊！还记得我吗？我还记得你哟，朋友。一点没忘。

“第二天风暴过后，我在门廊上找到了它。”斯库特太太说，笑了，“感觉像是斯库特说了送你，结果在袋子底上戳了个洞。我本来想扔了，但斯库特说这是他给你的东西，让我放到搁板上。他说一个来过这里的旅行者应该还会再来，然后你就来了。”

“是的，我来了。”

他拿起嘎喳嘴，手指伸进微微张开的牙关里，摸了摸后面的臼齿，仿佛听到了来自美国无名处的布莱恩·亚当斯先生叫嚣着“咬我啊！咬啊！咬啊！”。

臼齿上会不会还沾着那人干涸的血渍？霍根觉得自己真能看到点什么，不过也可能只是阴影。

“我留下了它，因为斯库特说你有个儿子。”

霍根点点头。“是的。”同时他想：这个儿子还有爸爸。我不会说出原因。问题是，它蹬着小橙脚一路走回这里是因为这里是家，还是因为它和斯库特想的一样？一个旅行者迟早会回到他曾到过的地方，就像一个杀人犯会重新回到杀人现场？

“如果你还想要，它就是你的了。”她说。有那么一会儿，她看起来很严肃，然后她笑了。“见鬼，要不是忘了，我大概早就扔了这玩意。当然了，它们还是坏的。”

霍根转了转牙床外的钥匙，上了两圈发条，传来拧紧的声音，然后钥匙就那么自己转了一会儿，没什么用。坏了。当然是坏的。它会一直坏下去，直到自己想好起来。问题不是它怎么回来的，甚至也不是它为什么会回来。

问题是：它想要什么？

他再次把手指戳进白色的牙里，低声说：“咬我——你想吗？”

嘎喳嘴就那么站着，笑着，踩着超级酷的橙色大鞋。

“它好像不会说话。”斯库特太太说。

“是的。”霍根说，突然发现自己想起了那个青年。来自美国无名处的布莱恩·亚当斯先生，很多像他一样的青年，还有很多成年人，都在高速公路上像风滚草一样飘着，时刻准备拿走你的钱包，说一句“滚吧，甜心”后跑路。你可以不让人搭车（他已经这么做了），可以在家里装防盗警报器（他也已经这么做了），但世道艰难，飞机动不动就掉下来，疯子哪儿都可能出现，总是有保险业的空间。毕竟他有妻子。

和一个儿子。

在杰克桌上放个嘎喳嘴也许很不错。万一发生点什么呢？

以防万一。

“谢谢你保留了它，”他说，抓着嘎喳嘴的脚，小心翼翼地拿了起来，“虽然坏了，但我儿子肯定会很开心的。”

“谢谢斯库特吧，别谢我。你要袋子吗？”她笑着说，“我有个塑料袋，绝对没洞，我保证。”

霍根摇了摇头，把嘎喳嘴放进他的外套口袋里。“我就这么带着，”他说，回了她一个微笑，“随身带着。”

“随你。”他朝门口走去，她在他身后大声说：“再来啊！我做的鸡肉沙拉三明治非常好吃！”

“一定，我会回来的。”霍根说。他出了门，走下台阶，站在滚烫的沙漠艳阳下，笑了一会儿。他感到很好——最近常常觉得很好。他感觉这事是命中注定的。

在他左边，神奇的明尼苏达小狼狗汪汪站起来了，它把鼻子伸出笼子，吠着。霍根口袋里的嘎喳嘴发出一点响动，声音很轻，但霍根听到了，还感觉到了它的移动。他拍拍口袋。“大兄弟，放松。”他轻柔地说。

他轻快地走过院子，坐进自己新雪佛兰的驾驶座，朝洛杉矶开去。他向利塔和杰克保证了七点到家，最晚八点。他是个喜欢遵守诺言的人。

Dedication

致谢

纽约最老牌、最豪华的巴黎大酒店的大门处有门童、各种豪车、出租车和旋转门，附近的转角还有另一扇门，很小，没有标识，最重要的是毫不起眼。

一天早上，七点十五分时，玛莎·罗斯韦尔走近那扇小门，脸上带着微笑，手里拿着浅蓝色帆布包。包很平常，笑容很罕见。她并非对工作不满——有些人可能觉得巴黎大酒店十层到十二层的保洁部主管不是什么重要或者有价值的工作，但对一个在亚拉巴马州巴比伦长大、穿过用米袋和面粉袋制成的衣服的女人来说，这份工作相当重要，也相当有价值。不过无论从事什么职业，机械师也好，电影明星也好，人们总是在普通的早晨带着普通的表情去上班，那表情说道：大部分的我还躺在床上呢。但对玛莎来说，这不是普通的早晨。

事情要从她昨天下午下班回家说起。她收到了儿子从俄亥俄州寄来的一个包裹，期待已久的东西终于到了。她昨晚只断断续续地睡了一小会儿——不断起身查看儿子寄来的东西，确保真有其物，确保它还在那儿。最后她把东西放在了枕头底下，像个端着婚礼蛋糕的伴娘。

玛莎掏出钥匙，打开酒店大门旁的小门，走下三级台阶，到了一个长长的门廊。门廊涂成绿色，放着一溜洗衣推车，车上高高堆着洗完并熨好的床上用品。门廊里满是床单、被罩的干净味道，玛莎总是隐隐觉得这种味道跟新鲜出炉的面包很像。大厅里传来模糊的背景音乐，不过这几天听到的不多，跟货梯里的嘈杂声或厨房里的碗碟碰撞声的频率差不多。

门廊中间有扇门，写着保洁部主管。她进了门，挂起大衣，穿过这间大大的房间。房间里放着一张大桌子，一面和墙等宽的公告板，一个永远都是满的烟灰缸。这里供保洁部主管（一共十一名）茶歇、解决供求问题、处理书面工作。再往后有个更衣室，墙面砌了纯绿色空心砖。更衣室里有长凳、储物柜、两根挂着防盗衣架的长钢棍。

更衣室尽头有扇门，通向浴室。门开了，达西・萨加莫尔走了出来，松松裹着一块巴黎大酒店的浴巾，散发出一阵热气。她看到玛莎欢快的脸，笑着张开怀抱向她走了过去。“它到了，是吧？”她大喊，“你拿到了！都在你脸上写着呢！朋友，没错了！”

直到眼泪流下来，玛莎才意识到自己哭了。她抱紧达西，脸贴着她湿漉漉的黑发。

“没事的，亲爱的，”达西说，“你哭吧，把一切都释放出来。”

“我就是太为他骄傲了，达西——真的骄傲。”

“当然是了，所以你才哭嘛，没事的。等你哭完了，我要赶紧看看那东西，”说完她笑了，“不过还是你拿着吧。要是滴了水在那上头，估计你得把我眼珠子给戳出来。”

所以，带着对圣洁之物（对玛莎·罗斯韦尔而言，这确实圣洁）的敬畏，她从蓝色帆布包里拿出了儿子的第一本小说。书外面小心地包了纸巾，放在她棕色尼龙制服下面。她小心翼翼地把书拿了出来让达西看。

达西仔细看了看封面，三个海军陆战队士兵，其中一个头上绑着绷带，他们正开着枪冲上山。《荣耀之焰》，书名是火焰一般的橙红色。图片下面写着：彼得·罗斯韦尔著。

“好嘛，很好，很赞，再多给我看看！”达西说话的语调仿佛是想赶紧跳过有趣的东西，然后直奔主题。

玛莎点点头，干脆利落地翻到致谢页，达西读道：“本书献给我的母亲，玛莎·罗斯韦尔。妈妈，要不是您，我不可能完成这本书。”这行印刷字体下面还有一行手写字，字体细瘦、倾斜，有点过时：“这是真的。爱您，妈妈！彼得。”

“天哪，这难道不是最贴心的事吗？”达西说，用手掌根擦了擦自己的黑眼睛。

“这不只是贴心，还是真的。”玛莎说，又把书用纸巾包了起来。她笑了。在这笑容里，她的老朋友达西看到了母爱之外的东西——胜利。

三点打卡下班后，玛莎和达西常去酒店里的咖啡店，偶尔去酒店大厅外的小酒吧，来点更烈性的东西。今天就是当之无愧的“偶尔”。达西让玛莎舒舒服服地坐在一个卡座里，给她点了一碗金鱼饼干，自己去吧台和服务员雷聊了一会儿。玛莎看到他冲达西笑了笑，点点头，右手的大拇指和食指围成一个圈，比了个 OK 的手势。达西回来后，脸上带着满足的表情。玛莎用一种怀疑的目光看着她。

“你们干吗呢？”

“你很快就会知道的。”

五分钟后，雷端着一个装了银色冰桶的托盘过来了。桶里有一瓶巴黎之花香槟和两个玻璃杯。

“这里？现在？”玛莎说，既觉得担心，又忍不住大笑。她震惊地看着达西。

“嘘。”达西说。玛莎照办了。

雷打开香槟，把瓶塞放在达西旁，倒了一点酒在她杯子里。达西挥挥手，冲雷眨了眨眼。

“好好享用，女士们。”雷说，给了玛莎一个飞吻，“甜心，向你儿子转达我的祝贺。”他从玛莎前面走开，后者还处在震惊中，说不出话。

达西给两个杯子都满上酒，举起她的杯子。过了一会儿，玛莎也举起自己的杯子，两个杯子轻轻碰了碰。“为你儿子的第一本小说干杯。”达西说，两人各喝了一口。达西又碰了碰玛莎的杯子。“为你儿子他自己。”她们又喝了一口。玛莎还没来得及放下杯子，达西第三次碰了她的杯子，说：“为母爱。”

“阿门，亲爱的。”玛莎说，嘴上笑着，眼里却了无笑意。前两次她都只啜了一小口，这次却喝光了杯中的酒。

达西点了这瓶酒，为的是和最好的朋友一起庆祝彼得·罗斯韦尔在事业上的突破，用一种跟得上这突破的价值的方式，不过这不是唯一的原因。她很好奇玛莎说的那句“这不只是贴心，还是真的”，她也好奇她那胜利的表情。

等玛莎喝完第三杯香槟，她说：“玛莎，你刚刚说的关于致谢的话是什么意思？”

“什么？”

“你说这不只是贴心，还是真的。”

玛莎一言不发地看了她良久，久到达西以为她不打算回答了。然后她笑了，极为苦涩的笑容，苦得让人震惊——至少对达西来说。她完全不知道快乐的小玛莎可以变得如此苦涩，虽然她的生活一直很苦，不过她脸上的那丝胜利还在。一种令人不安的矛盾情绪。

“他的书会登上畅销榜，评论家们会像吃冰激凌一样吃完它。我这么想不是因为彼得这么说，当然，他也这么说了。我这么想是因为那个人就是这样。”玛莎说。

“谁？”

“彼得的爸爸。”玛莎说，双手交叠放在桌上，平静地看着达西。

“但是——”达西刚开口，又停住了。约翰尼·罗斯韦尔这一生中从没写过一本书，他的写作风格多是借据和砖墙上时不时的“去他妈的”涂鸦，感觉玛莎的意思是……

别管那些了，达西想，你完全明白她的意思，她很可能在嫁给约翰尼之前就怀了彼得，孩子的生父另有其人，那人显然聪明多了。

然而上述情况并不符合现实。达西没见过约翰尼，但在玛莎的相册里见过他的半打照片，而对彼得，她非常熟悉——事实上，熟悉到他高二、高三、大一、大二那几年，她一度认为彼得在某种程度上也是她的孩子。那个在她厨房里待了那么长时间的男孩和照片里的男人长得很像。

“好吧，约翰尼是彼得生物学上的爸爸，”玛莎说，仿佛读懂了她的内心，“只要看看他们的鼻子和眼睛就知道了，但他不是彼得的自然之父……香槟还有吗？喝起来很顺口。”玛莎已经微醺了，南方口音又冒了出来，像一个孩子溜出了自己的藏身处。

达西把剩下的大部分酒都倒进朋友的杯里。玛莎捏着杯脚，看着杯中液体，享受着柔和的午后阳光被酒染成金色的感觉。她啜了一小口，放下杯子，又露出了苦涩、微醺的笑容。

“你完全不知道我在说什么，是吗？”

“是啊，一点都不知道，亲爱的。”

“我来告诉你。这么多年，我憋不住了——尤其是现在，他出了书，实现了突破。这么多年来，我一直在等待着这一天的到来。实现了突破。天知道我不能告诉他——最不能告诉的就是他。不过，幸运的孩子从来都不知道自己的母亲有多么爱他们，或者为他们做出了多少牺牲，对吗？”

“我想是的。玛莎，亲爱的，或许你应该想想你是不是真想告诉我——”

“不，他们什么都不知道。”玛莎说。达西意识到她的朋友没听到她说的任何一个字，玛莎·罗斯韦尔已经进入了一个属于自己的世界。她的眼睛转回达西身上时，嘴角露出一个奇怪的微笑——达西不太喜欢这笑容。“一点都不知道，”她重复道，“如果你想知道致谢的真正含义，应该问问妈妈们。你觉得呢，达西？”

达西只能摇摇头，不知道该说什么。而玛莎却点点头，好像达西已经完全同意了她，然后讲起自己的故事。

她不需要说一遍基本事实。两人已经一起在巴黎大酒店工作了十一年，很早的时候就成了好朋友。

基本事实中最基本的是，达西觉得（至少在今天之前她觉得），玛蒂[1]嫁了一个不怎么样的男人，这男人对妻子没什么兴趣，反而对酒和各种禁药更感兴趣，更别说其他女人了——但凡不小心朝他那个方向扭一下屁股的，他都能像苍蝇一样贴过去。

玛莎到纽约没几个月就遇上了他，当时她懵懂无知，等同意嫁给他的时候已经怀了两个月的身孕。不管有没有怀孕，她不止一次地告诉达西，结婚这件事都是经过慎重考虑的。她很感激他愿意留下（当时她虽然小，但也知道女人嘴里吐出“我怀孕了”四个字后不到五分钟，大部分男人都会跑路，不见踪影），不过她也看到了他的缺点。她很清楚自己的

---

[1] 玛莎的昵称。

爸妈——特别是爸爸——看到开着黑色雷鸟车、穿着露趾帆布鞋（就因为看到孟菲斯·斯利姆[1]在阿波罗剧院演奏时穿了这样的鞋）的约翰尼·罗斯韦尔会做何感想。

怀孕的第三个月，玛莎流产了。差不多五个月后，她决定好好清算一下这段婚姻的得失——大部分是失。太多晚归，太多站不住脚的借口，太多鼻青脸肿。“约翰尼，”她说，“一喝醉就爱上自己的拳头。”

“他总是看上去很帅，”有一次她告诉达西，“但是很帅的狗屎还是一坨狗屎。”

结果还没来得及打包行李，玛莎就发现自己又怀孕了。约翰尼这次的反应很迅速、很恶劣：用扫帚柄狠狠打玛莎的肚子，想让她流产。两个晚上后，他和几个哥们——跟他一样热衷亮色衣服和露趾鞋的人——试图抢劫东部116号街上的一家酒行。店主在柜台下放了一把猎枪，当场就拿了出来。约翰尼正好有一把不知从哪里搞来的镀镍点三二口径的枪。他对准店主，扣动扳机，结果手枪爆炸了，枪管的一块碎片从他右眼刺进他的大脑，当场了结了他。

玛莎一直在巴黎大酒店工作到怀孕第七个月（当然了，当时还远没到达西去上班的时候），直到普罗克斯太太让她回家，免得她在十楼走廊或者电梯里生下孩子。“你是个不错的小女工，以后想回来就回来，不过现在你得走了，孩子。”罗伯塔·普罗克斯告诉她。

玛莎照办了。两个月后，她生下一个七磅重的男孩，取名彼得，而彼得适时写出了《荣耀之焰》，一本让所有人，包括每月读书会和环球电影公司都认为会给作者带来荣誉和财富的作品。

这些达西之前都听过了，剩下的部分——剩下的难以置信的部分——她在那个下午和晚上听到了，在那个酒吧里，她们眼前放着装有香槟的

[1] 美国蓝调钢琴家、歌手和作曲家。

杯子，玛莎脚边的帆布包里装着彼得新小说的样书。

“我们当时自然是住在郊区了，”玛莎说，低头看着酒杯，用手指轻轻转动着，“在斯坦顿街上，车站公园附近。搬走后我还回去过，比当时还差，差多了，虽然以前也没好到哪儿去。

“当时有个阴森森的老婆子住在斯坦顿街街尾的车站公园里——人们叫她德洛姆老妈，还有很多人坚持说她是女巫。我自己一点都不信这些风言风语。有一次，我问奥克塔维娅·金索尔文——她和我们住一个楼里——怎么还会有人信这些垃圾谣言，现在这个时代，人造卫星都围着地球转，而世界上几乎所有的疾病也都找到了治疗方法。奥克塔维娅受过良好的教育——在茱莉亚学院，但为了养妈妈和三个弟弟被困在这里。我以为她会同意我说的，结果她只是笑了笑，摇了摇头。

“‘你是在告诉我你相信女巫吗？’我问她。

“‘不是，但我信她，她不一样。说自己是女巫的人里，可能一千个，一万个，甚至一百万个里才有一个是真的。如果是这样，那么德洛姆老妈就是那一个。’

“我笑了。只有不需要女巫的人才敢嘲笑女巫，就像只有不需要祈祷的人才担得起嘲笑祈祷。我是说我当时刚结婚，你知道的，还以为能搞定约翰尼呢。你明白吗？”

达西点点头。

“然后我流产了。约翰尼是我流产的主要原因，我想，虽然当时我自己都不愿意承认这一点。大部分时候他都在打我，而且每时每刻都在喝酒。我给他的钱他拿了，我钱包里的钱他也拿了。每次我告诉他以后别从我包里偷钱，他都露出一副受伤的表情，说自己从没干过这样的事。当然，这是他清醒时候的反应。要是喝醉了，他就一直笑。

“我写信回家给妈妈——那封信写得我痛苦不堪，还很羞耻，我一边写一边哭，但我得知道她是怎么想的。她回信让我立刻脱身，趁着还没被打进医院，甚至被打死，摆脱这一切。我姐卡桑德拉（我们一般叫她凯茜）更直接，她寄来了车票，信封上用粉红色口红写着‘现在就走’。”

玛莎小啜一口香槟。

“我没走。我总爱骗自己，是我自尊心太强了，其实说白了，这就是愚蠢的骄傲。不管是什么，结果都一样。我留下了。然后，流产以后，我又怀孕了，不过一开始不知道，也没有晨吐什么的……但怀头胎的时候也没有。”

“你不是因为怀孕了才去找的德洛姆老妈吧？”达西问。她的第一反应是玛莎想去找女巫要点东西帮自己流产，或者她决定来个真正的堕胎。

“不，我去那儿是因为奥克塔维娅说德洛姆老妈能告诉我约翰尼外套口袋里的东西是什么，装在小小玻璃瓶里的白色粉末。”

“天哪。”达西说。

玛莎干巴巴地笑了。“你想知道事情能变多糟吗？你大概不想，不过我还是要告诉你。坏事就是你男人既喝酒，又没有稳定工作；很坏的就是你男人喝酒，没有工作，还打你；更坏的就是当你把手伸进他的外套口袋，想找个一美元去超市买卫生纸，结果却找到了一个小瓶子和小勺子。你知道最坏的是什么吗？是看着那个小瓶子，心里却期望里头装的不是你所想的东西。”

“你带着瓶子去找了德洛姆老妈？”

玛莎笑了，带着一种怜悯。

“整瓶？不是的，女士。我活着没什么乐趣，但也不想死。如果他从哪个鬼地方回来后发现那个两克的瓶子不见了，他会把我像犁豌豆田一样犁一遍。我只拿了一点，装在烟盒外面的那层玻璃纸里，然后去找了奥克塔维娅。她让我去找德洛姆老妈，我就去了。”

“她是什么样的？”

玛莎摇了摇头，没法确切说出德洛姆老妈的样子，或者在她三楼那个房间里的半小时有多么诡异，或者她差点跑下那斜得过分的楼梯，就怕老妈跟在身后。德洛姆的房间很暗，味道很重，全都是蜡烛、旧墙纸、肉桂，以及小香袋馊了的味道。一面墙上挂了耶稣像，另一面上挂了占星家诺查丹玛斯的图片。

“她真是诡异得很，”玛莎终于说道，“到了今天，我也不知道她到底几岁，七十，九十，一百一，都有可能。从她鼻侧到额头有一道粉白色的疤，一直延伸到头发里，像是烧伤。这疤把她的右眼微微下拉，看起来像在眨眼。她坐在摇椅里，腿上放着毛线。我进了屋，她说：‘小姑娘，我有三件事要告诉你。第一，你不信我。第二，你丈夫口袋里的瓶子装的是违禁药。第三，你已经有了三个月的身孕，怀的是个男孩，以后会以他自然之父的名字给他命名。’”

玛莎看了看周围，以确保附近没人，满意地发现还是只有她们两个人，然后向达西靠过去，后者正着迷地静静看着她。

“后来，当我脑子又能转的时候，我告诉自己，关于前两件事，一个好的舞台魔术师也能做到，或者那种包着白色头巾的算命先生。如果奥克塔维娅打电话告诉了她我要去，那可能也告诉了她我为什么要去。你看，其实事情可能很简单。对德洛姆老妈那样的人，这种小细节很重要。想被当成女巫，就得表现得像个女巫。”

“我觉得没错。”达西说。

“至于她说的我怀孕了，可能只是运气好，猜对了罢了。或者，嗯，有些女人就是知道。”

达西点点头。“我有个阿姨特别擅长判断别人有没有怀孕。有时候当事人还不知道呢，她就知道了，甚至当事人觉得自己跟怀孕什么关系都没有的时候，她也会知道，如果你明白我是什么意思。”

玛莎笑了，点点头。

“她说她们身上的味道会变，”达西继续说，“有的女人怀孕一天，你就能闻到那种新味道，如果鼻子够灵。”

“嗯，我听说过这个，不过德洛姆不一样。她就是知道。虽然我内心深处不断想让自己相信那些都是空话，但我知道她知道。其实去找她就等于相信巫术——她的巫术。这种感觉一直萦绕不去，像梦醒后留下的感觉，或者在催眠状态下相信了的事情在脱离咒术后又对其失去信任的感觉。”

“你做了什么？”

“门边有一张凹陷的旧藤椅，这算是个幸事，因为她一开始说我的事，我就觉得整个世界都灰了，膝盖也软了。我必须坐下来，要是椅子不在那儿，就只能坐地上了。

“她继续打毛衣，就那么等着我恢复，好像这场面都见过百来回了。我想确实如此。

“当心跳终于慢下来，我张开了嘴，结果说的是‘我要离开我丈夫’。

“‘不，’她立刻说，‘是他离开你。你会看着他离开，就这样。坚持住，女人。你会有点小钱。你以为他会让孩子流掉，但他做不到。’

“‘怎么做呢？’我说，但其他的我什么都说不出口，所以一直说‘怎么做呢？怎么做呢？怎么做呢？’，像音乐家约翰·李·胡克的一些老式蓝调唱片。就算是现在，二十六年过去了，我还是能闻到那些旧蜡烛燃烧的味道、厨房里的煤油味，以及干裂墙纸散发的馊味，像陈年奶酪。我还能看见她，瘦小纤弱，穿着老旧的蓝裙子，上面印着小圆点。这些点本来应该是白的，但我见到她那会儿，已经变成了旧报纸的那种黄色。她非常瘦小，身上却散发出一股能量，就像明亮的光——”

玛莎站起身，走向吧台，和雷说了几句，拿回一大杯水，然后一口气喝了大半杯。

“好点了吗？”达西问。

“是的，好了一点，”玛莎耸耸肩，然后笑了，“我想我继续说也没什么效果。如果当时你在场，你就能感受到了。你能感受到她。

“‘我怎么做，或者为什么你一开始会嫁给那坨狗屎，现在都不重要了，’德洛姆老妈跟我说，‘重要的是你要找到孩子的自然之父。’

“任何听到这话的人都会觉得她应该是在说我在嫁人这事上错得离谱，不过我从来没想过要对她生气。‘这话什么意思？’我问，‘约翰尼就是孩子的生父。’

“她嗤笑了一声，朝我挥了挥手，仿佛在说哼。‘那男人身上就没有什么自然的地方。’

“然后她靠近我，我感到有点害怕。她知道的东西太多了，感觉大部分都不是什么好事。

“‘女人怀上的每一个孩子，都是男人造出来的，孩子，你知道的，对吧？’

“我不觉得那是医书上讲的东西，但脑袋还是不由自主地上下点起来，好像她伸出隐形的手，穿过房间帮我点头。

“‘没错，’她说，自己也点点头，‘这是上帝计划的方式……像个跷跷板。男人从阴茎射出精子，所以精子是他的。可承接精子的是女人，卵细胞也属于女人，所以受精卵大部分都是她的。她会生下孩子，并抚养成人。这是世界的法则，但所有法则都有例外，可以证实这一法则的例外，自然之父就是其中之一。让你怀上孩子的男人不会成为孩子的自然之父——即使始终在孩子身边，也无法成为。他会厌恶肚子里的孩子，在孩子出生之前打得你流产，这很有可能，因为他知道那孩子不是他的。男人往往闻不出这个差别，也看不出，但如果孩子够异常，他就能分辨出……而这孩子和蠢货约翰尼·罗斯韦尔的差别会像白天和黑夜那么大。告诉我，孩子，谁是这孩子的自然之父？’她又向我靠近一点。

“我只能摇摇头，告诉她我不知道她在说什么。但我感到体内的某个部分——只有在梦里才有机会活跃的那部分——知道她在说什么。也可能我只是在编故事，因为我现在知道的事多了，不过我想应该不是。有那么一会儿，他的名字闪现在我脑海里。

“我说：‘我不知道你想让我说什么——我完全不知道什么自然之父、非自然之父。我甚至没法确定自己是不是怀孕了，不过如果真怀了，那只能是约翰尼的，他是唯一一个和我睡过的男人！’

“她靠回椅子上，过了大概一分钟，她笑了。笑容很阳光，让我放松了一点。‘我不想吓到你，亲爱的，那完全不是我的想法，只是我所看到的，有时候画面感很强。我来泡杯茶，茶能让你冷静下来。你会喜欢的，对我来说很特别。’

“我想告诉她我不想喝茶，但我好像做不到。好像张嘴太耗费力气了，两条腿也软绵绵的。

“她的厨房又小又油腻，黑魆魆的，跟个洞一样。我坐在门边的椅子上，看着她用勺舀了散装茶，放进一个老旧的、边缘有缺口的陶瓷罐里，再把水壶放到煤气灶上。我坐着，心想我不要任何对她而言很特别的东西，也不要任何从那个油腻腻小厨房里端出来的东西。我想着就喝一口意思一下，然后尽快离开，再也不见。

“她拿来了两个小茶杯，洁白如雪，还有一个托盘，里头放了糖、奶油、现烤面包卷。她倒了一杯茶，香气四溢，热气腾腾，味道浓烈。这香气唤醒了我，在我惊觉之前，就已经喝了两杯，还吃了一个面包卷。

“她喝了一杯，吃了一个卷。我们聊起一些更自然的话题——街上认识的人，我来自亚拉巴马州哪里，我喜欢去哪儿购物，等等。然后我看了看表，发现一个半小时过去了。我开始起身，结果一阵眩晕袭来，我又‘扑通’一声，直直跌回椅子里。”

达西看着她，瞪大了眼睛。

“‘你给我下药。’我说，很害怕，但这种害怕的感觉在内心深处。

“‘孩子，我想帮你，不过我很清楚你不会说出我需要知道的东西，也很清楚即使你说出来了，也不会按我说的去做。必须推你一把，所以我就这么办了。你会小睡一会儿，仅此而已，但在此之前，你会告诉我孩子的自然之父。’

“我坐在凹陷的藤椅上，听着她客厅窗户外面的熙熙攘攘声，眼前浮现出了他的面容，非常清晰，就像我现在看到你一样，达西。他的名字是彼得·杰弗里斯。我是黑人，他是白人；我很矮，他很高；我很无知，他很博学。我们简直把差异体现到了极致，除了一件事——我们都来自亚拉巴马，我的家乡是巴比伦，靠近佛罗里达州界线的贫民窟，他的家乡是伯明罕。他甚至都不知道我的存在——我就是个清理他房间的黑人妇女，他总是住在巴黎大酒店的十一楼。至于我，我只想离他远远的，因为我听过他说话，看过他做事，很清楚他是哪种人。他不会用一个黑人用过后没洗的杯子，当然远不止如此，这种事我见太多了，不会再动气。问题在于，那个男人的性格里有无比种族歧视更恶劣的部分。他就是个狗娘养的，这种人什么肤色的都有。

“你知道吗？他在很多方面都跟约翰尼一样，或者说可能一样，假设约翰尼聪明，受过良好的教育，上帝还给了他极高的天分，而不是一个只知道磕药的脑袋和一个用来找女人的鼻子。

“我对他什么想法都没有，一点都没有，只想离得远远的。但是当德洛姆老妈向我俯身，近到我快为她毛孔里散发的肉桂味而窒息时，我脑海里出现的就是他的名字，干脆利落。‘彼得·杰弗里斯，’我说，‘彼得·杰弗里斯，那个住1163房间的男人，他不在亚拉巴马州写书的时候

就待在那儿。他就是自然之父，但他是白人！’

“德洛姆靠得更近了，说：‘不是的，亲爱的，没有男人是白的，他们的内心都是黑的。你别不信，这是真的。他们的内心永远是深夜，每时每刻。但男人能从黑夜中造出光，所以他们能让女人生出白孩子。自然和肤色毫无关系。好了，闭上眼睛，亲爱的，因为你累了——你累极了。现在！说！现在！不要抗争！德洛姆老妈不会在你身体里放任何东西，孩子！只是要放个东西在你手上。现在——不，别看，只要把手握起来。’我照做了，感觉到一个方方的东西，像是玻璃或者塑料。

“‘时候到了你就会想起一切。现在，接着睡吧。嘘……睡吧……嘘……’”

“我照办了，”玛莎说，“接下来我能记得的就是狂奔下楼梯，像被魔鬼追赶那样。我不记得自己为什么跑，不过无所谓，我就是在跑。我后来只回去过一次，但没见到她。”

玛莎顿了顿，她们同时看向四周，像刚从同一个梦境里醒来的女人。酒吧里的客人渐渐多了起来——快五点了，各种领导都选择下班后来店里喝一杯。虽然两人都不想直说，但心里都想换个地方。即使没穿制服，她们也都觉得跟这群拎着公文包、大谈股票和债券的男人格格不入。

“我家里有一锅炖菜，一提六罐装啤酒，”玛莎说，突然有点羞怯，“可以热一热炖菜，把啤酒冰起来，如果你还想听剩下的故事。”

“亲爱的，我想我得听完。”达西说，有点紧张地笑了。

“我也得说完。”玛莎说，但没有笑。连微笑也没有。

“我先给我老公打个电话，告诉他我晚点回家。”

“你打吧。”玛莎说。达西打电话的时候，她又确认了一遍包里那本珍贵的书还在。

她们吃了炖菜，撑着了——分量是她们二人食量的两倍，一人喝了一罐啤酒。玛莎又问达西，是不是真的想听剩下的故事。达西说想。

“因为有些部分不太好，我得先给你打好预防针。有些部分比单身男人退房时留在房里的杂志还恶心。”

达西知道她说的那种杂志，但无法想象她这个整洁干净又娇小的朋友能和那种杂志上描述的任何东西扯上关系。她拿了两罐啤酒，玛莎又开始讲故事了。

“我到家的时候还没完全清醒，几乎不记得刚刚发生的任何事，所以我告诉自己最好——最安全——的办法是把这一切当作梦。但我从约翰尼瓶子里拿到的粉末不是梦，还在我裙子口袋里装着呢，包着烟盒外面的那层玻璃纸。当时我只想着摆脱这东西，然后再也不管什么女巫。说不定我没有去掏约翰尼的口袋，虽然他百分百掏了我的口袋，毕竟我口袋里装着他可能需要的一二美元。

“不过那不是我在口袋里发现的唯一东西——还有别的东西。我拿出来看了看，确定我去见了她，虽然我还是记不清我和她之间到底发生了什么。

“那是个方形小塑料盒，顶上有个透明盖子，能打开。盒子里什么都没有，只有一朵干瘪的蘑菇——之前听奥克塔维娅说过那个女人的一些事，我感觉应该是毒蘑菇，甚至可能是那种会在晚上引发严重肠绞痛，让你生不如死的毒蘑菇。

“我打算把这蘑菇和约翰尼放在鼻子下闻的粉末一起倒进马桶里冲走，但真要动手的时候却做不到。好像她就在屋里，和我一起，让我不要那么做。我甚至不敢看客厅里的镜子，怕看到她站在我身后。

“最后，我把粉末倒进了厨房水槽，塑料盒放到水槽上面的柜子里，我踮起脚，放得尽可能远——感觉是放到了最里面。后来我就把这事给忘了。”

她停了一会儿，手指紧张地叩着桌面，然后说：“我想应该多说点彼得·杰弗里斯的事。我儿子彼得的小说是关于越南的，还有他根据自己服役期的经历所了解到的陆军部队；彼得·杰弗里斯的书写的是两个大兵，他喝醉了和朋友一起狂欢的时候喜欢这么叫。他还在军队的时候就写了第一本书，书名是《天堂之焰》，一九四六年出版。”

达西无声地看了她很久，说：“是吗？”

“是的，你大概已经知道我要说什么了，对我说的自然之父可能也了解更多了。《天堂之焰》，《荣耀之焰》。”

“但如果你的彼得读了杰弗里斯的书，就有可能——”

“当然有可能了，”玛莎说，做了那个哼的动作，“但事实不是这样。我不打算说服你相信，等我说完了，你可能信，也可能不信。我只想告诉你一点那个男人的事。”

“说吧。”达西说。

“我从一九五七年来巴黎大酒店上班开始，就经常见到他，直到一九六八年左右，他的心脏和肝脏出了毛病。就他那喝酒、狂欢的架势，我只奇怪他怎么没早点得病。一九六九年，他就来住了五六次。我还记得他看上去身体有多差——他一直都不胖，但那会儿掉了很多肉，差不多就像是根粗点的棍子。可他还在继续喝酒，也不管自己脸黄不黄。我听到他在卫生间里咳嗽、呕吐，有时候痛得大哭。我就想啊：好嘛，就这样，就这么着了，他得看看他到底对自己做了什么，现在得戒酒了。但他没有。一九七〇年，他就来了两次。他雇了一个人，可以让他靠着，可以照顾他。他还在喝酒，虽然只要看半眼，就知道他不该喝。

“他最后一次来是一九七一年的二月，照顾他的人换了。我想第一个人肯定已经受够了。那时候杰弗里斯坐了轮椅。我进房间打扫的时候，在卫生间里看到他在浴帘杆子上挂了大小便控制裤。他以前很帅，现在一点也不了。我最后几次见到他的时候，他只剩下憔悴，看起来很疲倦。你知道我在说什么吗？”

达西点点头。有时候能看到那种人慢吞吞地走在街上，棕色袋子夹在胳膊下或者塞到破外套里。

“他总是住在1163号，转角套房，能看到克莱斯勒大厦。我总是打扫他的房间。过了一段时间，他甚至都能叫出我的名字，不过这没什么，我戴了个胸牌，他看得懂字，仅此而已。我并不觉得他真的注意到了我。一九六〇年之前，他每次退房都会在电视机顶上留两美元的小费。一九六〇年到一九六四年是三美元，最后涨到五美元。这些小费在当时算很高了，但他其实不是在给我小费，只是遵守规矩而已。规矩对他这种人很重要。他留小费跟他为女士开门一个道理，也和他小时候把掉了的乳牙放在枕头底下一个道理。唯一的不同在于我是保洁仙子，而不是牙仙子。

“他来纽约是和出版商、电影或电视剧制作人之类的开会的，也会打电话叫朋友来开派对，有些是出版界的，有些是代理商，或和他一样的作家。总是在开派对。很多时候我能从第二天打扫的垃圾里看出来——几十个空瓶子（大部分是杰克·丹尼威士忌），无数个烟屁股，水槽和浴缸里堆满了湿毛巾，食物残渣到处乱放。有一次，我看到整整一盘大虾都被倒在了马桶里。哪儿都是玻璃瓶上的圆形盖，沙发上、地板上躺着打呼噜的人。

“大部分时候是这样，不过有时候我十点半去打扫房间时，派对还没结束。他会让我进屋，然后我就当着他们的面打扫。派对上没有女人，只让男人进，他们就只是在一起喝酒、聊战争。他们怎么上的战场，他们在战争中认识了谁，打仗的时候他们去了哪儿，谁死在了战场上，以及那些他们在战争中看到的永远不能告诉妻子的事情（一个黑人女工听到一点却没问题）。有时候——少数时候——他们也打牌，赌注很大。他们下注、吆喝、加大赌注，但哪怕是这样的时候，他们聊的还是战争。五六个男人都满脸通红，就是那种白人真正兴奋起来时的红，他们围着玻璃面桌子而坐，敞开衬衫，扯开领带，桌上堆着我这样的女人一辈子也挣不到的钱。他们讨论战争的态度特别奇怪！就像是年轻女人讨论爱人和男朋友。”

达西说她很奇怪经理竟然没把杰弗里斯赶出去，不管他是不是著名作家——酒店现在对这些事管得很严，以前甚至更严，至少她是这么听说的。

“不，不，不，”玛莎说，露出了一点笑容，“你理解错了。你以为他们跟那些摇滚乐队一样乱搞，恨不得把房间拆了，把沙发从窗口扔出去。杰弗里斯不是普通人，就像我的彼得一样；他去过西点军校，进去的时候是陆军中尉，出来的时候是陆军少校。他出身名门，来自南方一个古老的家族，住在挂满古董画的大房子里，家人都骑马，看起来很高贵。他能用四种方法打领带，行吻手礼时姿势优雅。我跟你说，他真的出身名门。”

说最后一个词的时候，玛莎的笑容扭曲了一下，这笑容有点苦涩，又有点嘲弄。

“他和朋友们有时候有点吵，不过很少吵过头——这两个有点不同，但很难解释，而且他们从不失控。如果隔壁房——他住的转角套房，所以隔壁就一个房间——投诉了，那前台就得打电话给他，请他们轻一点，他们每次都照办了。你懂吗？”

“嗯。”

“这还不是全部。一家品质酒店会为杰弗里斯先生这样的人服务，会保护他们，让他们随意开派对、喝酒、打牌，说不定还磕药。”

“他磕药吗？”

“天哪，我不知道。最后那几年磕了不少，不过都是有处方签的那种。我就是想说品质会吸引品质，你知道，我指的是那种南方白人绅士的品质。他来巴黎大酒店很长时间了，你可能以为他是个著名作家对经理来说很重要，这么想是因为你在巴黎大酒店待得没我久。著名人士对酒店是挺重要的，但那只是锦上添花而已。更重要的是他住在酒店已经很久了，而在他之前，他的父亲，一个波特维尔的大地主，也曾是酒店常客。那会儿经营酒店的人很相信传统。我知道现在经营酒店的那些人也说自己相信传统，说不定还真信，只要传统符合他们的利益。但以前的人是真的相信传统。酒店只要知道杰弗里斯先生要从伯明罕来纽约了，1163 隔壁的房间就会被空出来，除非实在是满房了，而且从来不收他隔壁空房的费用，只是不想让他经历和朋友没法尽兴、需要控制音量的尴尬。”

达西慢慢摇头。“这太神奇了。”

“你不信吧，亲爱的？”

“不，我信，不过还是很神奇。”

玛莎脸上又露出了那种苦涩、嘲弄的微笑。“你不觉得这一点也不为过吗？罗伯特·爱德华·李[1]领导下的星条旗魅力……至少过去是这样。天哪，连我都能看出他的教养，他不是冲着窗外大喊大叫或者跟朋友说荤段子的男人。

“然而这不影响他厌恶黑人，不要以为他有什么不一样。还记得我之前说他是狗娘养的那类人吗？事实是，他虽然厌恶黑人，却还算是个公

[1] 美国军事家。

平的老板。当年约翰·肯尼迪[1]死时，杰弗里斯正好在纽约，他为此开了个派对。他所有朋友都来了，一直持续到第二天。我简直受不了待在那儿，受不了他们说的那些话——如果有人能杀了他弟弟就更完美了，那家伙就想搞得每个体面的白人孩子都一边听披头士一边性交，而有色人种（大部分时候，他们都这么叫黑人，'有色人种'，我过去很讨厌这种拿腔拿调的说法）在路上乱跑，胳膊下还夹着电视机。

"他们越说越狠，我感觉自己快要冲他大喊了。我不断告诉自己要淡定，做好自己的工作，尽快离开房间；我不断告诉自己就算什么都不记得，也得记得那男人是彼得的自然之父；我不断告诉自己彼得只有三岁，我需要这份工作，如果不闭嘴，工作就没了。

"然后他们中有个人说：'等我们抓到巴比[2]，就去抓他那个傻乎乎的小弟弟！'然后另一个人接着说：'那我们就搞到肯尼迪家的所有男丁了，能开个真正的派对！'

"'没错！'杰弗里斯说，'等我们把最后一个脑袋挂在最后那个城堡的墙上，这派对就厉害了，我得去包下整个麦迪逊广场花园！'

"那会儿我不得不走了。为了让嘴闭严实，我头痛，胃也抽筋。房间还没打扫完我就走了。这事我之前没干过，那之后也没干过，不过有时候做个黑人也有好处，那就是他压根就不知道我在那儿，肯定也不知道我走了。他们谁也不知道。"

玛莎脸上又露出苦涩、嘲弄的微笑。

"我不明白你怎么会认为那样一个男人有品质，哪怕是开玩笑，还当

[1] 美国第 35 届总统，于 1963 年遇刺身亡。下文的"他弟弟"指的是罗伯特·肯尼迪，曾任美国司法部长。——译者注

[2] 罗伯特·肯尼迪的俗称，下文的"小弟弟"指其弟爱德华·肯尼迪。——译者注

他是你没出生的孩子的自然之父。不管什么情况，我都没法理解。在我听来，他就是个畜生。”达西说。

“不是的！”玛莎厉声说，“他不是畜生，他是个男人。在某些方面——大多数方面——他是个坏男人，但他是个男人。而且他确实有可以毫不讽刺地称为‘品质’的地方，虽然只在他笔下。”

“啊！”达西皱眉，鄙视地看着玛莎，“你读了他的书，对吧？”

“亲爱的，我读了他所有的书。一九五九年底，我带着白粉去找德洛姆老妈的时候，他只写了三本书，但我读了其中两本。后来他所有的书我都读完了，因为他写得没我读得快，”她笑了，“真的非常慢！”

达西疑惑地看向玛莎的书架。架子上有艾丽斯·沃克、丽塔·梅·布朗的书，格洛丽亚·内勒的《林登山》，伊斯梅尔·里德的《黄色后盖收音机破了》。不过三个书架上大部分放的都是平装版爱情小说和阿加莎·克里斯蒂的推理小说。

“战争题材的故事看起来不像你的菜啊，玛莎，你知道我在说什么吧？”

“我当然知道，”玛莎说，起身给自己和达西各拿了一罐啤酒，“告诉你一件搞笑的事情，迪伊[1]：如果他是个好人，我可能不会读他写的任何一本书。还有一件更搞笑的事情：如果他是个好人，他的书不会这么出色。”

“你在说什么呀，女人？”

“说真的，我也不知道。就听着吧，好吗？”

“好吧。”

“一直到肯尼迪被刺杀的时候我才知道他是什么样的人，也就是一九五八年夏天。那时候我知道了他对人类存有何等不屑的态度——不包括他的朋友，而是其他所有人。为了朋友，他能去死。他经常说，所有人都想着挣钱，挣钱，挣钱，挣钱。好像他和他朋友都觉得钱是特别糟糕

[1] 达西的昵称。

的东西，除了他们自己赌钱的时候——桌上摊满了钱。在我看来，那会儿他们自己也在搞钱，大把大把地搞，包括他。

“在他南方绅士的外表下有许多丑陋的地方——他觉得那些试图为世界做点好事、改善世界的人都特搞笑，他讨厌犹太人和黑人，他认为美国应该趁俄罗斯人还没发射氢弹到美国之前，先发射个氢弹毁了它。干吗不呢？他会说。那些人就是他说的‘低级人种’，包括犹太人、黑人、意大利人、印第安人，还有所有那些去不起北卡罗来纳州外滩群岛避暑的人。

“我听到他滔滔不绝地嚷嚷着这些无知之言和废话，理所当然地开始怀疑他为什么是著名作家，他到底怎么成了著名作家。我想知道评论家在他作品里看到了什么，但更想知道像我这样的普通人，那些让他的书一出版就登上畅销榜的普通人，能在他作品里看到什么。最后我决定自己找答案，就去公共图书馆借了他的第一本书《天堂之焰》。

“我本来以为这书就跟皇帝的新装一样，结果却出人意料。书讲了五个男人在战争中的经历，还有他们的妻子和女朋友同一时期在家里的经历。封面上写着这本书是关于战争的，我看到后翻了翻白眼，以为就是他们之间说的那些无聊故事。”

“不是吗？”

“我读了前一二十页之后想：*这可不算好，但也不像我想的那么坏，什么都还没发生呢*。我又读了三十页，我有点……有点着迷了。等我再从书中抬起头的时候，已经快半夜了，我读到了二百页。我对自己说：*玛莎，你得去睡了。现在就去，起床时间很快就到了，快五点半了*。不过我还是又读了四十页，虽然眼皮子越来越重，最后去刷牙的时候已经零点四十五分了。”

玛莎停下了，抬头看向昏暗的窗户和窗外绵延数英里的夜，眼里弥漫着回忆的雾气，嘴唇紧抿，微微皱起，还轻轻摇了摇头。

“我不知道一个说起话来这么无聊的男人怎么可以写出这样让人读了

就停不下来，也不想读完的书。一个恶劣、冷血的男人居然可以创造出如此真实的角色，让人忍不住为角色的死亡哭泣。书的最后，诺厄被出租车撞死了，就在他离开战场一个月后。看到那里，我真的哭了。我不知道像杰弗里斯这样一个刻薄、愤世嫉俗的人怎么能创造出一个心怀大爱的角色——他脑子里幻想出来的大爱。书里还有别的东西——阳光。虽然充满了痛苦和厄运，但也有甜蜜……和爱……”

她突然大笑起来，达西吓了一跳。

“那会儿有个叫比利·贝克的人也在酒店上班，是个很不错的小伙子，不做门童的时候就在福德汉姆大学学英语。我们有时候聊——”

“他是黑人吗？”

“天哪，不是！”玛莎又笑了，“巴黎大酒店一直到一九六五年才有黑人门童。黑人行李员、服务员、停车员都有，就是没有黑人门童。经理认为用黑人门童不对。杰弗里斯那种有品位的人不会喜欢这个安排。

“不管怎么说，我问了比利怎么杰弗里斯本人这么垃圾，他写的书却那么出色。比利问我知不知道有个 DJ，胖胖的，嗓音很尖，我说我完全不知道你在说什么。他说他不知道我那个问题的答案，但告诉了我他的教授对托马斯·沃尔夫的评价。这个教授说，有些作家——沃尔夫是其中之一——就是要坐到桌子前拿起笔才能昂扬起来。他说对那种人来说，笔的意义就像电话亭之于克拉克·肯特[1]一样。他说托马斯·沃尔夫就像一个……”她犹豫了一下，笑了，“一个天赐的风铃。风铃本身一无是处，但当风吹过，就能发出可爱的声音。

“我想彼得·杰弗里斯就是那种人。他有品质，他就是这样被养大的，但那都跟他没什么关系。是上帝赐给了他，他只管挥霍就行。告诉你件事，估计你都不会信：读了他的几本书之后，我开始替他感到难过了。”

---

[1] 美国漫画人物超人的本名，会在电话亭中变身。

“难过？”

“没错。因为书写得这么美，而写书的人却这么丑陋又糟糕。他真的就跟约翰尼一样，但在某种程度上，约翰尼反而更幸运，因为他从没想过自己可以过得更好，而杰弗里斯想过。他的书就是他的梦想。在书里，他让自己相信了那个被清醒的他嘲讽的世界。”

她问达西要不要再来一罐啤酒，达西说算了。

“好吧，如果要就喊我。估计你会要的，从这儿开始，故事可要更离奇了。”

“还有一个关于他的事，他不是个性感的人，至少不是那种常规意义上的性感男人。”

“你是说他是个——”

“不是，他不是同性恋，不是同志，或者其他什么现在的叫法。他在男人眼里不性感，在女人眼里也不性感。我给他打扫房间这么多年，也就两三次在他卧室的烟灰缸里看到烟屁股上有口红印，闻到枕头上有香水味。其中有一次，我还在浴室里看到了一根眼线笔——掉在地上，滚到了门后的角落里。我猜应该是应召女郎（枕头闻起来不像是正经女人用的香水）。那么多年就两三次，不算多，对吧？”

“当然不多了。”达西说，想起了那些她从床底下扒拉出来的内裤，漂在马桶里的避孕套，在枕头上和枕头下看到的假睫毛。

玛莎坐着，沉默了一会儿，沉浸在自己的思绪里，然后抬起头。“我告诉你吧！那男人就对自己有兴趣！听起来很疯狂，但事实就是这样。他的欲望可不小——从换的床单上就能看出来。”

达西点点头。

“浴室里总放着一瓶冷霜，有时候在床头柜上。我以为是他脱衣服的时候用的，防止皮肤皲裂。”

两个女人对视了一会儿，突然开始歇斯底里地大笑。

“你确定不是另一种用法吗，亲爱的？”达西最后问。

“我说了冷霜，不是凡士林。”玛莎说。这一下可踩到笑点了，她们笑了整整五分钟，眼泪都笑了出来。

不过这其实不好笑，达西心里明白。玛莎接着往下说的时候，她就静静听着，感到很难相信。

“大概是去了德洛姆老妈那儿后的一周，也可能是两周，我记不清，过去太久了。那会儿我很确定自己怀孕了——没有呕吐什么的孕期反应，但就是感觉到了。这种感觉不是来自你以为的那些地方，而是来自牙床、指甲、鼻梁，它们先知道了肚子里有个新生命。有时候想在下午三点来一盘炒杂烩，你会反问自己：‘现在？什么鬼？’但你知道怎么回事。我一个字也没对约翰尼说，我知道最后肯定得说，可我不敢说。”

“嗯，我懂。”达西说。

“一天早上，挺晚了，我在杰弗里斯的浴室里。当时快打扫完了，我心里想着约翰尼，还有怎么跟他说怀孕这事。杰弗里斯出去了——估计是去跟出版商见面。屋里是双人床，两边都睡过，不过这也没什么，他可能就是睡觉不老实。有时候防潮垫被整个从床垫里拉出来。

“我扯下床罩和下面的两块毯子——他怕冷，总是盖一堆东西，然后开始收最上面的床单，结果看到了精液，他的精液，差不多已经干了。

“我站在那儿，看了……不知道多久，像被催眠了。我看到他独自躺在床上，朋友们都走了，只能闻到满屋子的烟味和他自己的汗味。他仰面躺着，开始和拇指妈妈及其四个女儿做爱。我看到那画面，就像我现在看到你一样清楚；唯一看不见的是他在想什么，脑子里出现的画面是什么。考虑到他不写书的时候说话和做事的方式，我很高兴自己看不见他的思想。”

达西看着她，整个人僵住了，什么也没说。

“接下来，那种……那种感觉来了，”她顿了顿，思考着，然后慢慢地、审慎地摇了摇头，“那种冲动来了。像是下午三点想吃炒杂烩或冰激凌，要么就是凌晨两点想吃酸黄瓜，或者……你想吃什么，达西？”

“培根皮，”达西说，双唇麻木，几乎感觉不到它们的存在，“我丈夫出去买，但找不到，最后带回来一袋猪皮，我全吃了。”

玛莎点点头，重新开始讲了起来。三十秒后，达西冲到了卫生间，跟喉咙斗争了一下，最终没忍住，吐出了肚子里的所有啤酒。

多想想好的方面，她想，无力地摸索冲水按钮。*至少不用担心宿醉了*。紧接着：*我要怎么和她对视？我怎么才能做到？*

结果毫无压力。她转过身，玛莎正站在卫生间门口，关切地看着她。

“你还好吗？”

“嗯。”达西挤出一个笑容。这笑容挺真实，让她大为宽慰。“我……我就是……”

“我知道，”玛莎说，“相信我，我真知道。要把故事说完吗？还是你已经听够了？”

“说完，”达西坚决地说，挽住了玛莎的胳膊，“不过去客厅吧。我一眼也不想看到冰箱，更别说开冰箱门了。”

“同意。”

一分钟后，她们在客厅破旧但舒适的沙发两头坐了下来。

“你确定吗，亲爱的？”

达西点点头。

“好吧。”但玛莎静坐了好一会儿，低头看她腿上拧在一起的细长双手，回忆着往事，就像潜艇指挥官透过潜望镜观察险恶水域。最后她抬起头，转向达西，接着说起了自己的故事。

“那天剩下的时间我都感觉蒙蒙的，就像被催眠了一样。别人跟我说话，我也能回答，但感觉我们之间隔着一堵玻璃墙。我被催眠了，没错，我记得自己这么想。她催眠了我，那个老女人。把我催眠后给我下了指令，像那种舞台催眠师说的‘听到有人说西克莱，你就四肢着地趴在地上学狗叫’，被催眠的人在接下来这十年会一直有这种反射，哪怕没人对他说西克莱。她在茶里放了什么东西，催眠了我，然后给我下了指令。那个恶女人。

“我知道她为什么这么做——一个非常迷信的老女人，相信树桩水的治愈力，相信一个男人睡着的时候放一滴月经血在他脚后跟就能让他爱上你，相信枕木行者，天知道还有其他什么事情……一个这样的女人，对自然之父抱有奇思怪想，还会催眠术，那她把我催眠，让我去做刚才那样的事，是完全有可能的，因为她信。而且我还把名字告诉了她，不是吗？确实如此。

“之前我几乎完全不记得自己去找了德洛姆老妈，直到那天我在杰弗里斯的房里干了那事。然后当天晚上，我就全记起来了。

“白天浑浑噩噩地过去了。我是说没哭没喊，没什么不正常的事。我姐姐凯茜黄昏时分在古井边打水，结果飞出一只蝙蝠，还飞进了她头发里。她简直疯了，比我当时夸张多了。我只是觉得自己在一堵玻璃墙后面。如果这就是全部反应，那也没什么。

“后来我到家时，突然就觉得很渴。一辈子都没这么渴过——简直像喉咙里刮起了沙尘暴。我开始喝水，怎么都喝不够。还开始吐口水，不停吐，不停吐。胃里也恶心。我跑到卫生间，看着镜子里的自己，吐出舌头，想看看是不是沾了什么东西，有没有任何我做过那事的痕迹，当然没有了。我想：看吧，现在好点了吗？

“没好，甚至更不好了。我跪在马桶前，做了你刚做的事情，达西，只不过我做的比你厉害得多。我一直吐，吐到觉得自己快休克了。我开始大哭，求上帝原谅自己，让我别吐了，我不想失去孩子，如果真的怀上了。接着我记起自己站在他房里，嘴里含着手指，甚至都不知道自己在干什么——告诉你吧，我能看到我做这事，就像看着电影里的自己。然后我又吐了。

“帕克太太听到动静，来房间门口问我怎么了。这让我恢复了一点，等约翰尼晚上回来的时候，我已经熬过了最难熬的时分。他喝得醉醺醺，想和我吵架。我不想跟他吵，结果他给我眼睛一拳之后便走了。我几乎有点高兴他打了我，这样我就能想点别的事。

“第二天我进杰弗里斯先生房间的时候，他正坐在客厅里，还穿着睡衣，在一本黄色拍纸簿上写写画画。他总是随身带着一堆拍纸簿，用一根很粗的红色橡皮筋绑在一起。他最后一次来巴黎大酒店的时候没带它们，我知道他已经下定决心去死了。我心里一点都不难过。”

玛莎看向客厅的窗户，脸上毫无同情或谅解，只有冰冷，完全疏离的冰冷。

“看到他没出门，我松了口气，因为这意味着打扫可以推迟。你知道，他工作的时候不喜欢周围有女佣，所以我想他当时大概也不想看到保洁员，直到下午三点伊冯娜来的时候。

“我说：‘我晚点再来，杰弗里斯先生。’

“‘现在做吧，’他说，‘轻点就行。我头痛得要死，又有一堆想法。这真是要了命了。’

“我发誓，任何其他时候他都肯定会让我走。我好像能听到那个黑人老妈在大笑。

“我进了卫生间开始清理，收起用过的毛巾，放上新毛巾，换上新肥皂、新火柴。我全程都在想，*老女人，你不能催眠一个不想被催眠的人。不管那天你在茶里放了什么，不管你说了让我做什么，也不管你说了几次，我看透你了——看透你，还屏蔽了你。*

“我进了卧室，看着那张床。我以为自己会害怕，像怕鬼的小孩害怕衣柜那样，但我看到的就是一张床。我知道自己什么都不会做，这让我松了口气。我扯下床单，上面又有几坨黏糊糊的东西，还没干透，好像他一小时前醒了，欲火焚烧，又来了一次。

“看着那东西，我等着看自己会不会有冲动。没有。就是一封男人留下的信，没有信箱可以投的信。你我都见过无数次了。那个老女人不是什么女巫。我可能怀孕了，也可能没有，如果真怀了，那也是约翰尼的孩子。他是我唯一睡过的男人，那个白人男人床单上发现的东西——或者任何其他地方发现的东西——不会改变这个事实。

“那天是多云，但就在我这么想着的时候出太阳了，就像上帝突然显灵。那时候我感到特别特别放松。站在那儿，我感谢上帝一切安好。我一边说着感恩的祷告，一边把床单上的东西刮下来——所有能刮的都刮了，塞进嘴里吞下去。

“好像灵魂出窍了，我在一旁看着自己。身体中有个声音说：女人，你疯了，干这样的事，他就在隔壁呢，你还这样干，简直是更疯了；他随时可能过来用卫生间，看到你。房里的地毯这么厚，你听不到他的脚步声。你会丢了巴黎大酒店的工作——甚至很可能是所有纽约大酒店的工作机会。一个被抓到干这事的女人永远别想再在纽约干保洁员，至少在任何一家稍微体面点的酒店没戏。

“不过没用。我继续刮，直到刮完了，或者说直到我身体里的某个部分满足了。然后我站了一分钟，低头看床单。隔壁房间悄无声息，我突然感到他在我身后，站在门口。完全能想象出他脸上的表情。很久以前，我还是个孩子的时候，有个旅行剧团每年八月都会来巴比伦。剧团里有个男人——我感觉是个男人——在帐篷表演后会做一些低俗搞怪的演出。他钻进洞里，然后某个人就出来扯一堆什么他是猩猩和人类之间的过渡生物，再往洞里扔一只活鸡，那怪人咬掉了鸡脑袋。有一次我大哥布拉德福德，死在比洛克西车祸中的那个，说他想去看看那个怪人。我爸说这话让他很不高兴，不过他也没明令禁止大哥去，因为布拉德十九岁，差不多是个男人了。他去了，回来后我和凯茜都想问他看到了什么，但看到他脸上的表情，就都闭上了嘴。如果我当时转身，看到杰弗里斯站在门口，我就能在他脸上看到那个表情。你知道我在说什么吗？”

达西点点头。

“我知道他在那儿——我就是知道。最后我鼓起勇气转过身，想求他不要告诉保洁部主管——如果有必要，就跪下来求他，但他不在门口。看来都是愧疚作祟。我走到门口向外看，他还在客厅，在黄色拍纸簿上奋笔疾书。所以我又回屋里换床单，整理房间，一如往常，不过那种玻璃墙的感觉又回来了，前所未有地强烈。

“我收起用过的毛巾和床上用品——我们的本职工作，走过房门来到客厅，虽然我来酒店工作学到的第一件事就是永远不要拿着脏衣物穿过客厅。我走回他在的地方，打算告诉他我晚点再来打扫客厅，等他工作完了。结果一看到他的状态，我完全惊呆了，就那么傻站在门口看着他。

“他在房间里快速地来回走，黄色真丝睡衣不断拍打在腿上。他两手插在头发里使劲揉，看上去像是《星期六晚邮报》连环漫画里的聪明数学家。眼神很疯狂，好像被吓得不轻。我的第一反应是他还是看到了我干的事，让他，你知道，恶心得疯了。

“结果和我一点关系都没有……至少他不这么认为。那是他唯一一次和我说话，只不过是问我还有没有文具，能不能再给个枕头，调一下空调之类的。他和我说话是因为他不得不说。他发生了大事——很大很大，不得不跟别人说说，不然就要疯了，我想。

“‘我的头要裂了。’他说。

“‘听您这么说，我感到很抱歉，杰弗里斯先生，’我说，‘我可以给您拿点阿司匹林——’

“‘不，不是这样，是这个想法。就像是我去钓鳟鱼，结果钓到了一

条枪鱼。我靠写书为生，小说。'

"'是的，先生，'我说，'我读过两本，都很好。'

"'是嘛，'他看着我，好像我疯了，'好吧，谢谢你这么说。今天早上睡醒以后，我有个想法。'

"是的，先生，我心里想，你有了个想法，好嘛，这想法那么新鲜火热，全流床单上了。不过这会儿已经没了，你不用担心。我差点笑出声。不过达西，即使笑出了声，我觉得他也根本不会注意到。

"'我点了早餐，'他说，指了指门边的客房服务推车，'一边吃一边想着我的想法。我觉得这想法能写成个短篇小说。有本杂志，你知道，《纽约客》……算了，无所谓了。'他不会跟我这样的黑人小妞解释什么是《纽约客》，你知道的。"

达西笑了笑。

"'但等我吃完早饭，'他接着说，'这想法更像是个中篇小说了。再然后……等我开始细化一些想法……'他发出尖利的笑声，'我感觉这是我十年以来最好的想法，也可能是这辈子最好的想法。你能想象让双胞胎兄弟——异卵的，不是同卵——在二战期间为不同阵营战斗吗？'

"'太平洋可能不行。'我说。其他任何时候我都不觉得自己有这个胆子跟他说话，达西——我大概会就那么呆呆地站着，盯着他看。不过当时的我仍感觉隔着一堵玻璃墙，或者在牙医那儿打了一剂麻醉，药效还没过。

"他哈哈大笑，好像这是他听过最好笑的话，说：'哈哈！不，不在那儿，没法发生在那儿，但可能会在欧洲战区。他们可以在突出部战役中交手。'

"'嗯，或许吧——'我开口。他又开始快速在屋里走来走去，胡乱揉头发，看起来越来越疯狂。

"'我知道这听上去像欧菲恩马戏团的闹剧，全是愚蠢的废话，哗众取宠，跟《两面旗之下》《阿玛代尔》一样，但是双胞胎这个概念……可以合理地解释……我刚刚想出了怎么弄……’他突然转向我，‘会有戏剧效果吗？’

“‘是的，先生，’我说，‘大家都喜欢互相不知道是兄弟的兄弟戏码。’

“‘他们当然喜欢，我再告诉你点别的——’然后他顿住了，脸上露出我见过的最奇怪的表情。虽然奇怪，我却能完全看明白。像是突然在做蠢事的时候清醒了，比如一个男人突然意识到自己在涂满剃须膏的脸上用电动剃须刀。现在，他意识到自己正和一个黑人女佣聊可能是他这辈子最好的一个想法——一个粗俗的黑人女佣，她心目中的好故事可能就是《夜的边缘》[1]。他忘了我刚说过我读过他的两本书——”

“也可能觉得你是为了小费才恭维他。”达西低声说。

“没错，这确实完全符合他对人性的理解。总之，他脸上那表情说明他刚刚意识到自己在和什么人说话，就这样。

“‘我想要续住几天，麻烦你告诉前台，好吗？’他转过身，又开始走来走去，腿重重地撞在客房服务推车上，‘把这鬼东西弄走，好吗？’

“‘需要我晚点再来——’我开口道。

“‘对，对，对，’他说，‘晚点再来，做什么都行，但现在求你了，行行好，赶紧把东西都弄走，包括你自己。’

“我照办了，关上身后的客厅门，感到前所未有地放松。我把推车靠到走廊边上，他点了果汁、炒鸡蛋、培根。我正要走开，突然在盘子里看到了一个蘑菇，和剩下的鸡蛋、培根一起堆在边上。我看着蘑菇，脑子里灵光一闪，想起了她——德洛姆老妈——给我的蘑菇装在小小的塑料盒里。这是那天以后我第一次想起蘑菇。我想起那天我在裙子口袋里发现了一个塑料盒，也想起我把它放在了哪里。盘子里的这个就跟那个一

[1] 由宝洁公司制作的悬疑电视剧，于1956年首次播出。

样——皱皱巴巴，干瘪了，看起来更像毒菌，而不是蘑菇，那种能让你病得死去活来的毒菌。”

她定定地看着达西。

“他吃了一部分，超过一半，我敢说。”

“巴克利先生在前台值班，我告诉他杰弗里斯先生想续住。巴克利先生说没问题，虽然杰弗里斯先生原计划当天下午退房。

“我去了厨房，找贝德莉娅·阿伦森聊了聊——你肯定还记得贝德莉娅，问她早上有没有看到什么奇怪的人。贝德莉娅问我说的是谁，我说我也不知道。她说：‘玛蒂，你为什么这么问呢？’我说我不太想说。她说没什么奇怪的人，甚至餐饮部那些老想泡临时工的男人也没来。

“我刚走开，她又说：‘除非你说的是那个又老又黑的女人。’

“我回过身，问她又老又黑的女人是什么意思。

“‘好吧，我猜她是街上来的，想借厕所。这种事每天都有一两次。黑人有时候不敢问路，怕被酒店里的人赶出去，哪怕穿得很好，你知道，酒店也常赶他们。总之，这个可怜的老人晃到这儿来了……’她停住，看了我一眼，‘你还好吗，玛莎？你好像要晕倒了！’

“‘我没晕，她做了什么？’

“‘就四处走走，看了看早餐推车，好像不知道自己在哪里。可怜的老家伙！看上去都八十岁了，一阵大风就能把她像风筝似的吹上天。玛莎，你过来这里坐。你看上去真的跟那部电影里道林·格雷的照片一样。’

“‘她长什么样？快告诉我！’

“‘我告诉你了——一个老女人。我觉得她们长得都一样。唯一不同的是这个女人脸上有疤，一直延伸到头发里。它——’

“后面她说了什么，我一点都没听到，因为那会儿，我真的晕了。

“酒店让我提前回家。刚一到家，我就觉得自己又想吐口水了，我喝了很多水，在洗手间里吐个不停，可能跟上次一样，五脏六腑都快吐出来了。我坐到窗前，看着街道，跟自己对话。

“她不只催眠了我，那会儿我知道了。比催眠更厉害。我还不确定自己是不是信了这种事情就是巫术，但她对我做了什么，没错，可不管是什么，我只能忍着。我不能辞职，丈夫不称职，孩子可能也快生了，这样的情况不能辞职。我甚至不能请求换到别的楼层。一两年前还能，但当时有传言说我很快就要做十到十二层的保洁部副主管了，这意味着工资会涨，还意味着我生完孩子后，极有可能回去工作。

“我妈说过：治不了就忍着。我想着要不要再回去找那个黑人老妈，求她消除巫术，但我知道她不会的——她已经决定这样做对我最好，达西，我混迹社会学到的一件事情就是，如果别人觉得自己是在帮你，那么你永远也改变不了他们的心意。

“我坐着想这些事，看着窗外人来人往，熙熙攘攘，后来就眯睡过去了。不超过十五分钟，但醒来的时候，我明白了一点别的事情。那老女人想让我接着做之前已经做过两次的事情，但只要彼得·杰弗里斯回了伯明罕，我就做不了。所以她进了厨房，在他盘子上放了那个蘑菇。他吃了一部分，有了那个想法，最后成了一个很好的故事——书名是《雾中男孩》。就是关于他那天跟我说的东西，双胞胎兄弟，一个美军战士，一个德军战士，他们俩在突出部战役中相遇。这书成了他卖得最好的一本。”

她顿了顿，补充说：“讣告里看到的。”

“他又待了一周。每天我进去的时候，他都在客厅里伏案疾书，穿着睡衣在黄色拍纸簿上写写画画。每天我都问他要不要晚点再来，他每次都说可以打扫房间，整理卧室，但动作轻点。他说话的时候从来没抬过头。每天进房间时我都告诉自己今天不做了，可那坨东西每天都在床单上，新鲜出炉，然后我刚做的承诺和祈祷都飞到了九霄云外。我又做了。那种感觉不是跟冲动做斗争，陷入一场拉锯战，流汗战栗；那种感觉是‘嗖’的一下，事情已经做完了。哦，每天我进去的时候，他都捧着头，好像要痛死了。这可真是一对啊！他替我晨吐，我替他夜间盗汗！”

“什么意思？”达西问。

“每次到了晚上，我就开始细想自己做的事，然后开始吐口水、喝水，有时候吐个一两次。帕克太太非常担心，最后我告诉她我觉得自己怀孕了，但不想在确定之前告诉丈夫。

“约翰尼·罗斯韦尔就是个狗娘养的自私鬼，不过还是有可能注意到我的不对劲，还好他手头事情多，其中最大的一件就是和朋友一起策划抢劫酒行。当然，我是不知道的，就是很高兴他没来烦我。这至少让生活轻松了一点。

“有一天早上我进 1163 的时候，杰弗里斯先生已经走了。他打包了行李，回亚拉巴马继续写书、思考战争。哦，达西，我简直说不出我有多高兴！大概拉撒路[1]发现自己还有第二次生命的时候也就这么高兴了。那天早上，我觉得一切都要恢复正常了，就像故事里那样——我会告诉约翰尼怀孕的事，他会振作起来，扔了毒品，找份正经工作。他会成为合格的丈夫和儿子的好父亲——我已经确定了是个儿子。

“我进了杰弗里斯先生的卧室，看到床上还是乱七八糟，毯子踢到床尾，床单团成一个球。我走过去，感觉自己又进了梦里。我扯下床单，想，好吧，如果我不得不……这是最后一次。

“结果最后一次已经发生过了，床单上没有任何东西。不管那个老女巫在我们身上下了什么咒，效力过去了。很好，我想，我会生下这个孩子，他会写出那本书，我们就终结了她的魔法。我才不管什么自然之父，

[1]《圣经·约翰福音》中的人物，死后四天耶稣使他复活。

只要约翰尼能给这个孩子当个好爸爸。”

“那天晚上我告诉了约翰尼。”玛莎说。然后冷淡地补充道：“他一点都不喜欢这个消息，我想你懂。”

达西点点头。

“他用扫帚柄抽了我五次，我躺在角落里哭。他站在我面前大喊：‘你疯了吗？我们不生孩子！你他妈真疯得可以！’然后他转身走了。

“我躺了一会儿，想起了第一次流产，怕那种疼痛随时要来，怕经历第二次流产，怕得要死。我想起妈妈说我应该在被打得进医院前离开他，想起凯茜给我寄的那张车票，信封上写着‘现在就走’。当确定自己不会流产时，我立刻起来打包行李，打算直接离开——马上，在他回家前。但还没来得及打开衣柜门，我就想起了德洛姆老妈，想起自己曾告诉她要离开约翰尼，她说：‘不，是他离开你。你会看着他离开，就这样。坚持住，女人。你会有点小钱。你以为他会让孩子流掉，但他做不到。’

“她好像就在我眼前，告诉我该找什么，该做什么。我打开衣柜，但不是找我自己的衣服。我开始翻他的衣服，在那件藏了药品的该死的外套里找到了一些东西。那件外套是他的最爱，可以说这件衣服完美诠释了约翰尼·罗斯韦尔。亮色仿缎面，外观廉价。我讨厌这件衣服。这次找到的不是药品，是剃刀和廉价小手枪，分别装在两个口袋里。我掏出手枪看了看，那种进杰弗里斯卧室时的冲动又来了——就像我刚从深度睡眠中醒来，迷迷糊糊地在做些什么。

“我走进厨房，手里拿着枪，然后把枪放在灶台旁的一个小柜台上，打开上面的橱柜，在香料和茶叶里摸索。一开始我没找到她给我的那个盒子时感到一阵让人窒息的恐慌，就跟你在梦里感到了恐慌一样。最后我终于摸到了那个塑料盒，把它拿了下来。

“我打开盒子，取出蘑菇。真是个让人恶心的东西，不大，但是很重，还热乎乎的，像一坨刚割下来的肉。比起我在杰弗里斯房里做的事？告诉你，我宁愿多做两百次，也不想再拿起那蘑菇。

“我右手拿着蘑菇，左手拿着那把廉价的点三二口径手枪，然后用尽全力，使劲攥紧右手。蘑菇在我手心里碎了，发出……我知道这很难让人相信……但听起来就像是发出了尖叫声。你能信吗？”

慢慢地，达西摇了摇头。事实上，她其实不知道自己信不信，但可以确定一件事：她不想信。

“好吧，我也不信，不过听起来就是那样。还有一件你不会信但我信的事，因为我看到了：它流血了。那朵蘑菇流血了。我看到我的手心里流出一小注血，溅到手枪上。血一碰到枪管就消失了。

“过了一会儿，血不流了。我张开手，以为会看到满手血，但只看到了蘑菇，整个皱起来，表皮上印着指痕。哪儿都没有血，手上、蘑菇上、枪上，都没有。就在我以为自己什么都没干，就是站着做了个梦的时候，那鬼东西在我手上抽搐了起来。我低头看着它，有一两秒，它完全不像蘑菇——像个小小的活的阴茎。我想起挤蘑菇时手心里流出的血，想起她说“女人怀上的每一个孩子，都是男人从阴茎里射出来的，孩子”。它又抽了一下——真的抽了，我尖叫着把它扔进了垃圾桶。然后我听到约翰尼回来了，走在楼梯上。我抓起枪，跑回卧室，把枪放回他外套口袋。做完这一切后，我爬上床，衣服没脱，鞋也没脱，毯子一直拉到下巴。他进了屋，手里拿着个掸子，看着就要挑事。我不知道他从哪儿弄来的掸子，但知道他要用掸子干吗。

“‘绝对不能有孩子，你给我过来。’他说。

“‘不，不会有孩子的。你不需要那掸子，收起来吧。孩子已经被你解决了！你这个一文不值的狗屎。’

“我知道这么说他有危险，但想着说不定这样能让他相信我，结果确实如此。他没打我，脸上露出了傻乎乎的极度兴奋的笑容。告诉你，我当时真是厌恶他到了极点。

“‘没了？’他问。

“‘没了。’我说。

“‘流下来的东西呢？’他问。

“‘你说去哪儿了？’我说，‘这会儿大概都快到东河了吧。’

“他走过来，想吻我，天哪。吻我！我别开脸，他亲了亲我的头，轻轻地。

“‘你会知道我说的都没错，以后有的是时间生孩子。’

“然后他又走了。两个晚上后，他和他那群朋友打算执行抢劫酒行的任务，结果他的枪爆炸了。他死了。”

“你觉得你给那枪下了巫术，对吧？”达西说。

“不是，”玛莎淡定地说，“是她下的……借我之手，你可以这么说。她看到我没法自救，所以她帮我自救。”

“但你确实认为枪中了巫术。”

“我不只是认为而已。”玛莎平静地说。

达西走进厨房，喝了一杯水，突然嘴就很干。

“这就是故事的结尾了，”等她回来，玛莎说，“约翰尼死了，而我有了彼得，后来肚子太大，我没法工作，那时候我才知道自己有多少朋友。如果早点知道，我想我可能会早点离开约翰尼……也不一定。没人真的知道世界怎么运转，不管我们怎么想，怎么说。”

“这不是整个故事，对吧？”达西问。

“嗯，还有两件事，小事。”玛莎说。但她的表情不像在说小事，达西想。

“彼得出生四个月后我又去找了一趟德洛姆老妈，不想去，但还是去了。我在信封里装了二十美元。这对我来说是笔巨款，但不知怎的，就是觉得这钱得给她。天很暗。楼梯好像比上次去的时候更窄了，越往上爬，我就越能闻到她的味道、她房间的味道：烧过的蜡烛、干裂的墙纸、肉桂味的茶。

“那种在梦里做什么事——隔着一堵玻璃墙——的感觉又来了，那是最后一次。我到了她门口，敲了敲门。没有回应。我又敲了敲门，还是没有回应，于是我跪着把信封塞进门缝里。她的声音从门的右边传了出来，仿佛她也正在那头跪着。听到那干巴巴、纸片一样的声音从门缝里传出来——像是听着声音从坟墓里传出来，我害怕到了极点，从来没有那么怕过。

“‘他会是个好孩子，’她说，‘就像他的父亲一样。自然之父。’

“‘我给你带了点东西。’我说，几乎听不见自己的声音。

“‘塞进来吧，亲爱的。’她低声说。我塞进去一半，她就抽走了。我听到她撕开了信封。我静静等着，就那么等着。

“‘够了，你走吧，亲爱的，再也别回来了，听见了吗？’

“我站起身，用尽全力跑了出去。”

玛莎朝书架走去，几分钟后手里拿着一本精装书走了回来。达西立刻注意到这本书的封面和彼得·罗斯韦尔那本书的封面的相似性，大为震惊。玛莎手上的书是《天堂之焰》，作者彼得·杰弗里斯，封面是两个美国大兵正在冲向敌军碉堡。其中一个拿着手榴弹，另一个正在用 M-1 冲锋枪射击。

玛莎在她那个蓝色帆布包里翻找，拿出了儿子的书，扯开包着书的纸巾，小心翼翼地放到杰弗里斯的书旁。《天堂之焰》，《荣耀之焰》。放在一起，两本书的相似之处让人无法忽视。

“这是另一件事。”玛莎说。

“是，”达西怀疑地说，“看起来确实很像。故事呢？它们……”

她顿住了，陷入混乱中，然后抬眼看了看玛莎。看到玛莎的笑容，她松了口气。

“你想问我儿子是不是抄袭了那个恶心的人的书？”玛莎直接问，毫无敌意。

“不是！”达西说，声音有点过于急切。

“除了都关于战争，没有一点雷同，而且极其不同……嗯，就像黑和白一样。”她顿了顿，补充道：“不过这两本书时不时地会给人一种相同的感觉，若有若无的。是我之前告诉你的那种阳光——世界比看上去的要美好得多，尤其比那种聪明有余、和善不足的人眼里的世界要美好得多。”

“那有没有可能你儿子的灵感来自彼得·杰弗里斯，大学的时候读过他的书什么的……”

“嗯，我想彼得确实读过杰弗里斯的书——很可能是这样，不过也可能只是物以类聚的喜爱而已。还有件别的事——更难解释的事。”

她拿起杰弗里斯的小说，沉思地看了一会儿，然后看向达西。

“儿子出生一年后，我去买了这本书。当时还在版，虽然书店得专门去找出版社订购。杰弗里斯有一次来住店时，我鼓起勇气问他能不能给我在书上签个名。我以为他会不高兴，但事实上，我感觉他有点被取悦到了。看这儿。”

她翻到《天堂之焰》的致谢页。

达西读着致谢词，感到一种诡异的重复：“本书献给我的母亲，奥尔西娅·迪克斯蒙特·杰弗里斯，我所知的最好的女人。”那行字下面，杰弗里斯用黑色钢笔写道：“献给玛莎·罗斯韦尔，给我整理乱糟糟的房间，从不抱怨。”字迹已经褪色了。再下面，他签了自己的名字，潦草写了“一九六一年八月”。

手写的那行致谢一开始让她觉得有点轻蔑的意思，反应过来后又觉得诡异。不过还没来得及细想，玛莎打开了自己儿子的书——《荣耀之焰》，翻到致谢页，放在杰弗里斯书的旁边。达西又读了印刷的那行字：“本书献给我的母亲，玛莎·罗斯韦尔。妈妈，要不是您，我不可能完成这本书。”下面用细钢笔写着：“这是真的。爱您，妈妈！彼得。”

不过她没有真的读出来，她就那么看着这些字，眼睛在两张致谢页间不断移动，一张写在一九六一年八月，一张写在一九八五年四月。

“看到了吧？”玛莎轻声问。

达西点点头。她看到了。

那细瘦、倾斜、有点过时的反手字体在两本书里一模一样。另外，排除不同程度的爱意和熟悉度的影响，他们的签名也一模一样。唯一不同的是那行手写字的语气，达西想，这差异简直和黑白一样分明。

The Moving Finger
会动的手指

抓挠声开始的时候，霍华德·米特拉正独自坐在他皇后区的公寓里。他和妻子一起住这个公寓。霍华德是纽约的一名注册会计师，不太出名。维奥莱特·米特拉是纽约的一名牙医助理，同样不太出名。她一直等到新闻结束，才下楼去拐角处的商店买冰激凌。新闻后播出的是叫《危险边缘》的智力竞赛节目，她不喜欢这节目，说是因为主持人亚历克斯·特里贝克像个狡诈的传教士，但霍华德知道真相:《危险边缘》让她觉得自己很蠢。

抓挠声从浴室传来，就在通向卧室的那个窄厅外。一听到声音，霍华德就紧张起来。肯定不是吸毒者或小偷，两年前他自费在窗外装了很厚的金属网，他们不可能进来。似乎更像是盥洗盆或者浴缸里的老鼠作祟，甚至可能是很大的那种。

起初他按兵不动，盼着抓挠声自己消失，但事与愿违。电视里开始播广告的时候，他不情不愿地从椅子上起来，走向浴室门口。门微开着，声音听得更清楚了。

差不多可以肯定是小老鼠或者大老鼠了。小爪子敲打着瓷砖。

“真见鬼。”霍华德说，走进了厨房。

灶台和冰箱间的小缝隙里塞着一些清洁工具——拖把、装满旧抹布的桶、顶上倒挂着簸箕及扫帚。霍华德一手拿起扫帚（靠下紧握着），一手拿起簸箕。如此这般武装后，他拖拖拉拉地走过小客厅，去了浴室。他先把脑袋伸进去，听动静。

刺啦，刺啦，刺啦。

很小很小的声音。可能不是老鼠，不过他的大脑坚持认为是。不仅仅是老鼠，还是纽约鼠，丑陋，毛多，眼睛又黑又小，长长的触须像电线一样，上唇V形，槽牙凸起。嗯，一只有态度的老鼠。

声音很小，几不可闻，但是——

在他身后，亚历克斯·特里贝克说：“这个俄罗斯疯子被枪击、刀刺、吊死……都发生在同一个晚上。”

“谁是列宁？”一个参赛者说。

“谁是拉斯普京[1]？猪脑子！”霍华德·米特拉自言自语。他把簸箕换到拿扫帚的手上，空出的手潜进浴室，打开了灯。他进了浴室，快速走向角落里窗下面的浴缸，窗户脏兮兮的，装着铁丝网。他讨厌老鼠，讨厌所有毛茸茸、会跑、会叫（有时候还咬人）的小东西，不过在地狱般的厨房的成长经历告诉他，要处死这些东西，最好速战速决。坐在椅子上不去管那声音一点好处也没有；小维刚才看新闻的时候喝了好几罐啤酒，

[1] 俄国宫廷宠佞，本姓诺维赫，拉普斯京为其绰号，意为“恣肆放荡”。

等会儿她从商店回来，第一站肯定是厕所。如果浴缸里有只老鼠，她能把房顶掀了……到头来，还是要他做男人该做的事——处死那只老鼠。赶紧吧。

浴缸里空空的，只有花洒、软管耷拉在陶瓷缸里，像一条死了的蛇。

那抓挠声在霍华德开灯的时候，也可能是进浴室的时候停了，但现在又开始了。在他身后。他转身朝盥洗盆走了三步，边走边举起扫帚柄。

握着扫帚柄的手举到下巴附近时猛地僵住了。他停止走动，感觉下巴掉了。如果这会儿他抬头看看沾了牙膏的镜子，会看到一丝丝亮晶晶的口水，蛛网一般，在他大张的嘴里发光。

一根手指从盥洗盆的排水孔里戳了出来。

一根人类的手指。

它停了一会儿，好像知道自己被发现了。然后又开始移动，像虫子一样在粉色陶瓷上蠕动。摸索着爬到了白色橡皮塞上，又爬下来回到了陶瓷上。所以发出抓挠声的并不是老鼠的小爪子，而是手指蠕动时指甲敲击陶瓷的声音。

霍华德发出一声疯狂又无措的尖叫，扔了扫帚，跑向浴室门，肩膀却撞到墙上的瓷砖，反弹了回来。他又试了一次，这次出去了。他立刻反手把门关上，紧紧用背抵住，气喘吁吁，心也跳得很快，喉咙里发出尖利的莫尔斯电码一样单调的声音。

他站了一会儿，时间不长——回神的时候亚历克斯·特里贝克还带着那三个参赛者在过刚才那个“单赌危险”的竞赛环节，不过他完全不知道时间过去了多久，也不知道自己在哪里，甚至不知道自己是谁。

把他拉回现实的是电子设备发出的一声“嗖嗖”声，这意味着比赛进入“双赌危险”环节。“航空航天领域，”亚历克斯说，“你目前有七百美元，米尔德丽德——你想赌多少？”并没有做节目主持人打算的米尔德丽德，咕哝了几句作为回答，声音几不可闻。

霍华德从门边走开，回到客厅，两条腿像灌了铅一样，手里还拿着簸箕。他看了一会儿簸箕，让它落到了地毯上，发出“砰”的一声，扬起一阵灰。

“我什么都没看到。”霍华德·米特拉颤抖着声音小声说，瘫倒在椅子里。

“好吧，米尔德丽德——五百美元：这个空军试验基地最初被称为米洛克试验场。”

霍华德瞟了一眼电视机。米尔德丽德，一个胆怯娇小的女人，一只耳朵里戴了一个收音机闹钟那么大的助听器，正陷入沉思。

“我什么都没看见。”他自言自语，声音里多了点自信。

“什么是……范登堡空军基地？”米尔德丽德问。

“什么是爱德华兹空军基地，猪脑？”霍德华说。亚历克斯·特里贝克说出了霍华德·米特拉早已知道的答案时，他对自己重复：“我什么都没看见。”

但维奥莱特很快就会回来。他把扫帚落在了浴室。

亚历克斯·特里贝克告诉参赛者——还有观众朋友——本节目还将继续，休息片刻后将进入下一环节“双赌危险”，分分钟可以改变分数。电视里上场了一名政治家，解释为什么人们应该继续选他。霍华德不情不愿地站了起来。现在，腿又有点像腿了，不那么像灌了铅似的，但他还是不想回浴室去。

你看，他告诉自己，其实特别简单。这些事都这么简单。你就是产生了一会儿幻觉，谁都经历过的幻觉。人们不常说起的唯一一个原因是大家都不爱讲这些……产生幻觉挺尴尬的。一会儿小维回来，发现扫帚还在浴室地板上的话就会问你怎么回事，到时候你的尴尬就跟别人说自己产生了幻觉不相上下了。

“大家看呀，”电视里的政治家正用饱满、亲密的语气说，“当你直奔正题时，情况就会变得很简单：你是想让一个诚实、有能力的人管理拿骚县档案局，还是想让一个乡巴佬、一颗棋子、一个甚至从来没有——”

“我猜肯定是管道里的空气作祟。”霍华德说，虽然最初让他进浴室的声音根本一点也不像管道里的空气声。不过光是听着自己这样的声音——回到理智、可控状态的声音——就增加了他前进时的一点点笃定。

还有，小维快回来了。真的随时可能到家。

他站在浴室门外，听着。

刺啦。刺啦。刺啦。听起来就像世界上最袖珍的盲人在里头不断用盲杖敲陶瓷，摸索着找路，查看四周。

“不过就是管道里的空气！”霍华德用一种充满力量、慷慨激昂的声音对自己说，接着勇敢地推开了浴室门。浴室很小，挂着凹凸不平的旧油毡，通风井外就是脏兮兮的铁丝网。他弯腰捡起扫帚，夺门而出，进了浴室不到两步，自然也完全没看盥洗盆。

他站在门外，听着。

刺啦。刺啦。刺啦。

把扫帚和簸箕放回原位后，他回到客厅，站了一会儿，看着浴室门。门还微微开着，漏出一线黄色灯光。

你最好去把灯关了。你知道小维看到这种事马上就能嚷起来，掀了房顶。不用进去，只要站在门口，把手伸进去关了就行。

但是如果在他伸手找开关的时候，有东西碰他的手怎么办？

如果另一根手指碰了他的手指怎么办？

这事听起来怎么样，朋友们？

他还能听见那声音。手指好像特别顽强，疯了一样。

刺啦。刺啦。刺啦。

电视里，亚历克斯·特里贝克正在读“双赌危险”环节的出题范围。

霍华德走过去，调高了一点声音，又坐回椅子里，告诉自己，他完全没听到浴室里的声音，一点都没有。

除了管道里有点空气。

小维·米特拉属于那种走路的时候优雅、精致到几乎有点虚弱的女人……不过霍华德跟她结婚二十一年，知道她其实一点也不虚弱。不论是吃饭、喝水、工作，还是跳舞、做爱，她都以同样的方式进行：热情饱满。她像一阵小型飓风般进了屋，右臂弯里抱着一个棕色纸袋子，紧紧靠在她右胸那儿。她停都没停，直接去了厨房。霍华德听到袋子发出的窸窣声，听到冰箱门开了又关了。她走回客厅，把她的外套扔给霍华德。"替我挂起来，好吗？我得去尿尿。急死了！哟！"

"哟"是小维最喜欢的感叹词之一。这叫法和小孩子闻到恶臭时发出的喊叫是谐音。

"好的，小维。"霍华德说，慢吞吞地站起来，手里拿着小维的深蓝色外套，目不转睛地看着她出了客厅，走进浴室。

"爱迪生联合电气公司喜欢你不关灯，霍伊。"她转头说。

"我故意的，我知道你一回来就要去厕所。"

她笑了。他听到她的衣服沙沙作响的声音。"你太了解我了——别人会说我们正热恋呢。"

你得告诉她——警告她，霍德华想，心里却知道自己肯定不会那样做。他该说什么？小心呀，小维，盥洗盆的排水孔里有根手指，你等会儿弯腰接水的时候别被那东西戳瞎了眼？

再说了，就是个幻觉而已，管道里的空气声和他的恐鼠症引发的幻觉。事发到现在已经过了好几分钟了，这逻辑似乎很说得通。

于是他就那么站着，手里拿着小维的外套，等着看她会不会尖叫。过了十秒或十五秒（简直漫长得无休无止），她叫了。

“天哪，霍华德！”

霍华德吓得跳了起来，紧紧抱住怀里的衣服。已经慢下来的心跳又开始像莫尔斯电码般运动了。他想努力开口说点什么，但感觉喉咙被锁死了。

“什么？”他终于说道，“什么呀，小维？什么东西？”

“毛巾！一半都在地上！天哪！怎么回事？”

“不知道。”他喊回去。心脏跳得更厉害了，很难说他胃里那股恶心要吐的感觉是来自宽慰，还是恐惧。他觉得肯定是自己第一次跑出浴室的时候撞倒了架子上的毛巾，就在他撞到墙的时候。

“肯定有鬼。还有，我不是想抱怨，但你又忘了把马桶圈放下来。”

“哦——对不起。”他说。

“很好，这都是你的口头禅了，”她的声音飘过来，“有时候我感觉你想让我摔进去淹死。我真这么想！”她自己“咚”的一声放下马桶圈。霍华德等着，心跳慢了下来，怀里还抱着小维的外套。

“他保持着单场比赛中三振出局次数最多的纪录。”亚历克斯·特里贝克读道。

“谁是汤姆·西弗？”米尔德丽德立刻干脆利落地回答。

“罗杰·克莱门斯，你这傻子。”霍华德说。

哗啦！冲水声。他一直等待的（霍华德刚意识到这一点）那个瞬间就要来了。无限漫长的停顿。然后他听到了浴室里水龙头上标着 H 那端的垫圈（他一直想着要换垫圈，却一直没换）发出的“吱吱”声，水流进盥洗盆，小维轻快地洗起了手。

没有尖叫。

当然没有了，因为没有手指。

“管道里的空气。”霍华德更加笃定地说，就去挂妻子的外套了。

她一边从浴室往外走，一边整理衬衫。“我买了冰激凌，樱桃香草味，你要的。不过我们吃之前，你要不要先和我喝个啤酒，霍伊？这是种新品，叫美国谷物。从没听过这个牌子，但在打折，我就买了一提。不冒险就没收获，对不对？”

“嗯。”他说，皱了皱鼻子。刚认识小维的时候，她对俏皮话的狂热让他觉得还挺可爱，可这么多年过去了，也就不新鲜了。不过现在恐惧结束，来个啤酒正合适。小维进了厨房，给他拿了一杯新品啤酒，他突然意识到恐惧根本没完。他以为产生幻觉比看到一根活生生、又会动的手指从盥洗盆的排水孔里伸出来要好多了，但大晚上的产生幻觉也不是什么好事。

霍华德又坐回椅子里。亚历克斯·特里贝克正在宣读“终极危险”环节的答题范围——六十年代。他发现自己开始想起看过的各种电视剧，里面产生幻觉的角色不是得了羊角风就是得了脑瘤。他还能记起不少角色呢。

“你知道，”小维说，拿着两杯啤酒走了过来，“我不喜欢那个开店的越南人。我觉得自己永远不会喜欢他们。太狡诈了。”

“你看到过他们使诈吗？”霍华德问。他个人觉得拉赫家都是很出色的人……不过今晚顾不上了。

“没有，一次也没有。但这更让我怀疑，好吗？还有，他们一直都笑嘻嘻的。我爸过去常说：‘不要相信笑嘻嘻的人。’他还说……霍华德，你还好吗？”

“他真那样说吗？”霍华德问，试图表现得不屑一点。

“很有意思，亲爱的。你脸色好苍白呀，像牛奶一样。你受什么刺激了？失魂落魄的。”

不，他想开口说，我不是受了刺激——这说法太温和了。我觉得我可能得了羊角风或者脑瘤，小维，这跟受了刺激比怎么样？

“应该就是工作的事吧。我跟你说过那个新的纳税账目——圣安妮医院。”他说。

“怎么了？”

“简直是个鼠窝，”他说，这又立刻让他想起了浴室——盥洗盆和排水孔，“就不该让修女记账。这经验得写进《圣经》里，落到实处。”

“你让莱思罗普先生欺负得太厉害了。你不站起来反抗他的话，他还会一直欺压你。难道你想得心脏病吗？”小维坚定地说。

“不想。”我也不想得羊角风和脑瘤。求你了，老天爷，让这幻觉只来一次吧，好吗？就是心里打了个诡异的嗝，就一次，以后再也没有了，好吗？拜托？真的拜托了？给您加点糖？

“自然是不想了，”她严厉地说，“阿琳·卡茨前几天还说呢，五十岁以下的男人犯了心脏病，几乎就别想出医院了。你才四十一岁。你得起来反抗，霍华德。别再当软柿子了。”

“我也这么想。”他阴郁地说。

亚历克斯·特里贝克回到舞台上，给出了“终极危险”环节的答案：“这群嬉皮士和作家肯·克西一起坐着巴士穿越了美国。”音乐开始响起，两名男性参赛者正忙着写字。米尔德丽德，那个耳朵里塞了微波炉的女人，看上去很迷茫。最后，她终于开始潦草地写起来，不过明显没有热情。

小维喝了一大口啤酒。“嘿，不差嘛！一提还只要二点六七美元！”

霍华德也喝了一口。没什么特色，但至少是湿的、冰的。很舒服。

所有男参赛者的回答都差远了。米尔德丽德也错了，不过至少有点沾边。“谁是快活的人？”她写着。

“快活的恶作剧者[1]，蠢货。”霍华德说。

---

[1] 1964年，以美国作家肯·克西为核心形成的嬉皮士组织。

小维钦佩地看着他。“你知道所有答案，霍华德，是不是？”

“是的话就好了。”霍华德说，叹了口气。

霍华德不太喜欢啤酒，但那天晚上，他连喝了三罐小维买的新品。小维说，要是早知道他这么爱喝这种酒，她就顺便去趟药店给他买瓶静脉点滴了。又是一个经典的小维黑色幽默。他挤出一个笑容。其实他盼的是多喝点啤酒，好让睡意早点来，他担心不来点助眠的东西，可能会半天都睡不着，满脑子都是浴室里出现的那个幻觉。不过正如小维经常告诉他的那样，啤酒饱含维生素 P（利尿）。到了八点半左右，小维去卧室换睡衣的时候，他不情不愿地踏进浴室方便。

进了浴室，他先走到盥洗盆旁，逼自己低头看盆里。

什么都没有。

他松了一口气（说到底，幻觉还是比真的有根手指好，他发现自己这么想，虽然幻觉可能意味着脑瘤），不过还是不想低头看排水孔。孔里本来装着铜丝漏网，用来挡住头发或者掉落的发夹什么的，但几年前就不见了，现在就剩了个黑乎乎的洞，周围一个生锈的钢圈，仿佛一只不转动的眼睛。

霍华德拿起橡皮塞，把它塞了进去。

好多了。

他从盥洗盆旁走开，抬起马桶圈（每次他忘了放下马桶圈，小维都疯狂吐槽，但轮到她的时候，她好像从来没有尿完后抬起马桶圈的迫切需求），开始排空膀胱。他属于那种憋急了才去尿的人（而且完全没法在拥挤的公共尿池里撒尿——光想到后面排着一队人，他的尿道就直接关闭了）。此时，他正在心里默默背质数，这是他在瞄准马桶和开始行动之间那几秒常干的事情。

背到十三，差不多要开始尿了，他身后突然传来尖厉的声音——噗。

大脑还没来得及反应，他的膀胱已经意识到那是排水孔里的橡皮塞被蛮力顶开的声音，于是立刻夹紧缩了起来（很痛）。

一会儿之后，那根热衷探索的手指又开始蠕动，指甲敲击陶瓷的声音再次开始。霍华德感觉全身都凉了，皮肤似乎都皱缩了起来，差点盖不住皮下的肉。一滴尿流了出来，叮咚着滴进马桶，接着阴茎在手中收缩，像一只缩进保护壳的乌龟。

霍华德慢慢地、不太稳地走向盥洗盆，低头往里看。

手指回来了。除了很长，其他方面都正常。霍华德能看到指甲，没被咬过，也不是特别长，还有前两个指关节。他看着它继续敲陶瓷面，在盥洗盆里摸索。

霍华德弯下腰看盥洗盆下方。从地板升上来的管道的直径不过三英寸长，容不下胳膊。再说了，管道和盥洗盆相接的地方有个巨大的拐弯。所以，那根手指到底连在什么东西上？能连在什么东西上？

霍华德直起身。有那么一会儿，情况危急，他觉得脑袋要从脖子上掉下来，滚走了。他视野里出现了一片乱飞的小黑点。

我要晕倒了！他想。他抓住右耳耳垂，一阵猛扯，用力之猛堪比一个惊恐的乘客看到轨道上有障碍物时猛扯车厢里的紧急停止绳。眩晕感过去了……但手指还在那儿。

不是幻觉。怎么可能是幻觉？他能看到指甲上有一滴水珠，水珠下有一条细小的白线——肥皂，几乎能确定是肥皂。小维上完厕所后洗手了。

不过有可能是幻觉，还是有可能的。就因为你看到了水珠和肥皂，不等于你不能幻想出这场景。听着，霍华德——如果这不是你想象出来的，那么那鬼东西在这里干吗？首先怎么进去就是个问题，还有，怎么小维没看见？

那就把她叫过来——叫她进来！他的内心下达了指令，紧接着以迅雷不及掩耳之势否决了这个指令。不！不行！因为如果你能看见，而她看不见——

霍华德紧紧闭上眼睛，一时之间，他的世界里只有红色闪光灯和自己疯狂的心跳。

他再次睁开眼，手指还在。

“你是什么东西呀？”他从紧抿的嘴里挤出这几个字，几不可闻，“你是什么东西？在这里干吗？”

话音刚落，那根手指就停下了自己盲目的探索。它转了一下，然后直直指着霍华德，后者踉跄着退了一步，手捂住嘴，压下一声尖叫。他想把眼睛从这惨烈、可怕的东西上移开，想立刻逃出浴室（才不管小维会怎么想、怎么说、怎么看）……但现在他完全石化了，没法从那个粉白色的东西上移开视线，那手指看上去像极了一个潜望镜。

手指弯起第二个关节，指尖碰了碰陶瓷面，沾上了水，接着又开始了它敲击式的环盥洗盆探索。

“霍伊？你掉进马桶了？”小维大声说。

“很快出来！”他大声回答，声音欢乐得不正常。

他冲了马桶，冲走那滴漏网的尿，然后朝门口走去，远远绕开盥洗盆。不过他在镜子里看到了自己：双目圆睁，皮肤惨白。走出浴室前，他干脆利落地在两边脸颊上各拧了一下。就在短短一个小时内，浴室已经成了他这辈子进过的最可怕、最费解的地方。

小维进厨房看霍华德在磨叽什么，结果看到他正在盯着冰箱。

“你要什么？”她问。

“一罐百事。我想我得下楼去拉赫家买一罐。”

“你喝了三罐啤酒，吃了一个樱桃香草冰激凌，现在还要喝可乐？你会炸的，霍华德！”

“不会。”他说。不过他如果再不释放膀胱，一会儿可能真得炸。

“你确定没事？”小维审视地看着他，但语气柔和了不少——带着真诚的关心，“你看起来很糟糕，真的。”

“好吧，”他勉强说道，“办公室里传开流感了，我感觉——”

“我去给你买该死的可乐，如果你真的需要。”

“你别去，”霍华德匆忙打断她，“你穿上睡衣了，就这样吧——我穿上外套就行。”

“你上次做全身体检是什么时候？太久远了，我都记不清了。”

“我明天查一下体检单，”他含糊地说，走到挂着外套的小门厅，“肯定放在保险单据那个文件夹里。”

“最好是了！你要是一定要发疯，出门去，戴上我的围巾！”

“好，好主意。”他穿上外套，背过身扣扣子，不让她看见自己的手抖得有多厉害。再转身回来的时候，小维已经进浴室了。他在原地站了一会儿，非常安静，等着听她这次会不会尖叫。结果浴室里响起了水流进盥洗盆的声音，接着传来小维惯常的刷牙声：热情饱满。

他又站了一会儿，脑子给出了三个字的终审判决，直截了当：我疯了。

可能是……不过这不能改变如果自己再不去撒尿，就会出现大型尴尬事故这一事实。至少这是个他能解决的问题，在这一点上，霍华德感到了一点安慰。他打开门，正打算出去，又回身从挂钩上拿下小维的围巾。

你打算什么时候告诉她霍华德·米特拉生命中的这个迷人的过程？他的脑子突然发问。

霍华德把这一想法赶出脑海，集中注意力把围巾塞进外套的翻领里。

米特拉家在霍金街上一个九层小楼的四楼。往右半个街区，在霍金街和皇后大道的交叉口，是“拉赫24小时便利店兼熟食店”。霍华德出门左转，一直走到了小楼尽头，这儿有条窄巷子，面朝小楼后面的通风井，两侧堆满垃圾桶，中间也是乱糟糟的，是流浪汉们——也是某些酒鬼（但绝非全部）——常睡觉的地方，他们铺个跟舒服不搭边的报纸当床。今晚好像没人住。霍华德很宽慰。

他走到前两个垃圾桶间，拉下拉链，方便起来。尿量很充沛。一开始的释放感极其强烈，他差点飘飘然了，暂时忘了刚经历的那场审判。过了一会儿，尿量变小了，他又开始想自己的处境，焦虑慢慢爬了回来。

他的处境，一言以蔽之，就是不堪一击。

现在的处境是，他对着自己公寓楼的墙撒尿——即使温暖安全的家就在楼里——还全程都扭头看着是不是有人在看自己。毫无自保能力，这会儿要是来个瘾君子或者抢劫犯就精彩了。更精彩的可能是熟人来了——比如住2C的芬斯特家，或者住在3F的达特尔鲍姆家。他能说什么？那个长舌妇阿莉西亚·芬斯特又会对小维说什么？

他尿完了，拉上拉链，走回巷子口，小心翼翼地看了看两侧，朝拉赫的商店走去，在一脸笑容、橄榄色皮肤的拉赫太太那儿买了一罐百事可乐。

“米特拉先生，今晚你的脸色看起来有点苍白，”拉赫笑容不断，“你还好吗[1]？”

哦，好呀，他想。我怕得刚刚好，谢了，拉赫太太。这话真是说得再准确没有了。

“我好像在盥洗盆里抓到了只虫子。”他说。她还笑着，但皱起了眉

---

[1] 原文是“feering all right？”，其中，feer为口音，在原句中应为feel，feel和fear发音接近，意思分别为感受和害怕，与下文的“怕”相对应。——译者注

头。他意识到自己说漏嘴了。“我说的是办公室里。”

“最好穿得暖和一点，”她说，精致额头上的皱纹消失了，“广播上说冷空气要来了。”

“谢谢。”他说，走出店门。回公寓的路上，他打开可乐，倒在人行道上。考虑到浴室已经沦为敌方阵地，他今晚最不需要的东西便是饮料。

到家的时候，小维已经在卧室里轻轻地打鼾了。三罐啤酒极快、极有效地让她去见了周公。他把空了的可乐罐放在厨房柜台上，然后在浴室门口站住。一两秒后，他把头靠在木门上。

刺啦。刺啦。刺啦。

“该死的。”他低声说。

除开长达两周的松高夏令营（妈妈忘了给十二岁的他带牙刷），生平第一次，他没刷牙就上了床。

他躺在小维身边，万分清醒。

他能听到那根手指在浴室的盥洗盆里一刻不停地环盆探索，指甲敲击陶瓷，跳着踢踏舞。不是真的听见，因为浴室门和房间门都关着，他心里知道这一点，就是幻听而已，但情况一样坏。

不，不一样，他告诉自己。至少你知道这是你幻想出来的，跟手指待一块的时候你可不能确定。

这带来一点点安慰。他还是睡不着，更是一点都不知道怎么解决自己的问题。但有一件他知道的事，他不可能余生都找借口外出，然后到小楼旁的巷子里撒尿。他可能连四十八小时都坚持不了。再说了，如果下次想上大号怎么办？会不会遇到朋友和邻居？这个问题从来没在“终极危险”环节里问过，答案是什么他也毫无头绪。肯定不是巷子里——至少这点他很确定。

说不定，他脑子里的声音谨慎地建议，你可能会习惯那个要命的声音。

不，这想法太疯狂了。他和小维结婚二十一年了，还是没法和她一起待在浴室里。会使线路超载，发生短路。他刮胡子的时候，她可以开开心心地坐在马桶上尿尿、和他谈上班的事情，但他做不到。天生就不行。

如果那根手指自己不消失，那你最好准备改一改自己的天生设定了，脑海里的声音告诉他，感觉你得改变一些基础设定。

他转头瞥了一眼床头柜上的钟。现在是凌晨一点四十五……他忧伤地意识到自己又想尿尿了。

他小心翼翼地起身，从卧室溜出去，经过关着的浴室门，门后还在一刻不停地传出抓挠声、敲击声。他进了厨房，搬过水槽前的踏脚凳，站了上去，小心对准排水孔，全程支起耳朵，听有没有小维起床的动静。

终于，他尿出来了……不过一直数到了质数三百四十七才成功。这可真是新纪录了。他放好踏脚凳，慢慢挪回床上，心想：不能再这样了，不是长久之策。真不行。

经过浴室门的时候，他冲里面龇了龇牙。

第二天早上六点半，闹铃响了，他跌跌撞撞地下了床，拖着脚走进了浴室。

排水孔空了。

“谢天谢地，”他低声说，声音颤抖，感到一阵惊人的宽慰，强烈到近似于得到神圣的启示，“哦，谢天——”

手指冷不丁地冒出来，就像玩偶突然从玩偶盒里蹦出来，仿佛是他的声音召唤出了它。它极快地转了三周，然后像条爱尔兰猎狗那样僵硬地朝目标弯了弯。直指着他。

霍华德倒退几步，上唇抬起又落下，嘴唇微微颤抖着，发出一声无意识的哀鸣。

手指指尖来回弯曲，仿佛在和他打招呼。早上好，霍华德，很高兴来这里。

“妈的。”他咕哝道。他转身对着马桶，下定决心撒出尿来……什么都没有。他突然感到一阵排山倒海的怒气，一种转身朝盥洗盆入侵者猛冲过去的冲动，把这鬼东西从藏身所里薅出来，扔在地上，赤着脚狠狠踩。

“霍华德？”小维睡眼惺忪地问。她敲了敲门。“快好了没？”

“好了。”他说，努力让声音正常。他冲了厕所。

很显然，小维不会知道，也不会关心他的声音是否正常，甚至对他脸色怎么样也没多大兴趣。她猝不及防地宿醉了。

“不是最厉害的一次，不过还是挺厉害的。”她经过霍华德的时候嘴里嘟哝着，然后一把撩起睡衣，扑通一声坐在马桶上，抬起一只手撑着前额。“那东西不能喝了，真是谢谢。美国谷物，我的玫红色屁股哟。应该有人告诉那些老兄，在种谷物之前给啤酒施点肥。三罐啤酒，头痛！天哪！好嘛——买便宜货真是活该，尤其还是诡异的拉赫家卖的。行行好，给我拿点阿司匹林，好吗，霍华德？”

“好。”他说，小心翼翼地靠近盥洗盆。手指又不见了。小维似乎又一次把它吓跑了。他从药柜里拿出阿司匹林，倒出两粒，结果放回药瓶的时候看到手指指尖立刻从排水孔里探了出来，只伸出不到四分之一英尺。好像又跟他打了个小小的招呼，然后缩了回去。

我要摆脱你，朋友，他突然想。随之而来的情绪是愤怒——纯粹的、单一的愤怒，这让他很高兴。愤怒开进了他饱受折磨的疯狂的心里，就像苏联那种巨大的破冰船，轻轻松松就能碾碎、切割浮冰。我要抓到你。

还不知道怎么抓，但我会的。

他把阿司匹林递给小维，说："等会儿，我给你倒杯水。"

"别费心了，"小维闷闷地说，用牙嚼碎了两粒阿司匹林，"这样更快。"

"这对你内脏不好。"霍华德说。他发现只要小维在，他就不怕待在浴室里。

"无所谓，"她说，声音更沉闷了，冲了厕所，"你今天感觉怎么样？"

"不太好。"他实话实说。

"你也中了？"

"宿醉？不是，我觉得是那个我跟你说过的流感。喉咙痛，应该已经蔓延到手指了。"

"什么？"

"发烧，我的意思是发烧。"

"好吧，你最好待在家里。"她走到盥洗盆旁，从架子上拿下自己的牙刷，开始用力刷牙。

"你最好也待在家里。"他说。不过他其实不想让小维在家，他想让她在斯通医生身边待着，在斯通医生填牙洞、做根管治疗的时候给他打下手，可如果不这么说，好像显得太冷血了。

她从镜子里看了他一眼。她脸颊上已经恢复了一点血色，眼睛里也有了神采。小维恢复起来也是热情饱满。"因为宿醉打电话请假的那天就是我戒酒的日子，"她说，"再说了，医生也需要我，今天我们要拔一整排上牙。这工作真脏，不过还是得有人干呀。"

她直接朝排水孔吐了漱口水，霍华德兴高采烈地想：下次它出来的时候就沾着牙膏了。天哪！

"你在家休息吧，注意保暖，多喝点水。"小维说。这会儿她用上了护士长的调调，这语气仿佛在暗示：不遵医嘱，后果自负。"读读想读的书。对了，顺便让那个了不起的莱思罗普先生看看，你不在的时候他损失了多少。让他反思反思。”

“这主意不错。”霍华德说。

她亲了他一口，还眨了眨眼。“你智商不在线的维奥莱特也知道点答案。”她说。半小时后，她出门去赶公交车时，精力充沛地哼着歌，早忘了宿醉这码事。

小维离开后，霍华德做的第一件事就是把踏脚凳搬到厨房水槽边，再次往排水孔里撒尿。小维不在，容易多了；还没数到二十三，第九个质数就已经尿出来了。

这个问题解决了——至少接下来几小时都没问题。他走回客厅，脑袋探进浴室，一眼就看到了手指，这不对劲。这是不可能的，因为他在门边，盥洗盆应该挡住他的视线。但他看见了，这意味着——

“你在做什么，浑蛋？”霍华德嗓音嘶哑地喊道，那根手指正扭来扭去，仿佛在测试风向，听到声音后朝他转过来。它沾着牙膏，正如他预测的那样。它冲着他的方向弯曲起来，弯了三个地方，这也是不可能的，相当不可能，因为任何一根手指弯曲三个关节的话，都已经到极限了。

变长了，他脑海里的一个声音语无伦次地说。不知道怎么回事，但它——如果从这里我就能透过盥洗盆看到它，那它一定有三英寸长了，说不定更长！

他轻轻关上浴室门，踉跄着走回客厅，两腿又像灌了铅。刚刚的精神破冰船消失了，在恐慌和困惑的白色重量的压迫下变平了。这不是冰山，这简直是一整片冰川呀。

霍华德·米特拉坐到椅子上，闭上了眼睛。他感到前所未有的孤独、迷茫、无力。他坐了好一会儿，最后他的手开始松开扶手。前一天晚上的大部分时间他都醒着，现在直接就迷迷糊糊地睡了过去。浴室排水孔里变长了的手指还在敲着，转着，转着，敲着。

他梦到自己成了《危险边缘》里的一名参赛者——不是那个新版的、有巨额奖金的节目，而是最早的日间节目。那会儿还没有电脑屏幕，参赛者需要某个答案的时候，就会有躲在游戏板后面的工作人员拿出一张卡片。亚历克斯·特里贝克换成了阿特·弗莱明，梳着大背头，脸上露出派对上那种拘谨男孩常用的笑容。中间的女人仍是米尔德丽德，耳朵里还连着卫星般大小的助听器，不过发型变成了杰奎琳·肯尼迪那种蓬松髻，金属边眼镜也换成了猫眼镜框。

所有人都是黑白的，包括他自己。

“好，霍华德。”阿特说，指着他。他的食指非常诡异，足有一英尺那么长；从他松松握着的拳头里伸出来，像老学究的教鞭，指甲上沾着干了的牙膏。“该你选了。”

霍华德看着游戏板，说：“阿特，我选害虫和毒蛇，一百美元。”

写着一百美元的那块板被移开了，露出下面的内容，阿特读道：“摆脱浴室排水孔里烦人手指的最好办法。”

“什么是……”霍华德说，然后脑子短路了。一个黑白的现场观众静静地看着他。一个黑白的摄影师靠近他，给他汗水淋漓的黑白脸来了个特写。“什么是……嗯……”

“快点，霍华德，快没时间了。”阿特·弗莱明诱导着，朝霍华德晃晃他长得诡异的食指，但霍华德完全蒙了。他要错过这个问题了，要被扣掉一百美元了，要掉一级了，要成为彻头彻尾的失败者了，甚至连那套差劲的百科全书也拿不到了……

楼下街上，一辆运货卡车回火，声音很大。霍华德猛地坐起来，差点掉下椅子。

“什么是排水孔清理剂？什么是排水孔清理剂？”他尖叫道。

这，当然了，是答案。正确答案。

他大笑起来。五分钟之后还笑着，边笑边穿上外套走出家门。

霍华德去了皇后大道上的开心杂工五金店，一个叼着牙签的收银员给他拿了一瓶塑料瓶装的清理剂，放在柜台上。瓶身上有个穿着围裙的卡通女人，一手放在屁股上，一手把清理剂倒进黑乎乎的洞里，估计不是工业水槽，就是奥森·威尔斯坐式浴盆。“排水孔之眼”，标签上写着。“效力是大多数领军品牌的两倍！分分钟疏通浴室盥洗盆、淋浴设备、排水孔！溶解头发及其他有机物！”

“有机物，什么意思？”霍华德问。

收银员——一个脑门上全是痦子的秃顶男人耸了耸肩，嘴里叼着的牙签换到了另一边。“食物，我猜。不过我受不了这瓶子放在液体皂旁边，如果你知道我说的是什么。”

“会在手上腐蚀出洞吗？”霍华德问，希望自己的声音听上去惧怕得刚刚好。

收银员又耸了耸肩。“我猜这玩意没有过去卖的那些来得强力，那些含碱液的东西，不过那些现在都违法了。至少我觉得没那些有效。你看到这标志了，对吧？”他用一根又短又粗的手指点了点瓶身上印有骷髅头的有毒物质标志。霍华德好好地看了看那根手指。他发现自己这一路走来一直在关注各种手指。

“嗯，看见了。”霍华德说。

“嗯，要知道，这标志可不是放着好看的。如果家里有孩子，得小心地放在他们拿不到的地方。不要用来漱口。”他大笑起来，牙签在嘴里上蹿下跳。

“不会的。”霍华德说。他转过瓶子，读上面印的小小的字：“含有氢氧化钠和氢氧化钾。直接接触可引起严重烧伤。”好嘛，很好。他不知道这是不是够好了，但可以一试，不是吗？

他脑海里的声音犹犹豫豫地说：*要是把它逼疯了怎么办，霍华德？到时候怎么办？*

嗯……那又怎样？在排水孔里呢，不是吗？

是的……但它好像在长大。

还有什么选择吗？在这一点上，那个声音沉默了。

“我不想在你买这么重要的东西时催你，但今天早上就我一个人，还得对一些发货清单，所以——”

“就这个了。”霍华德说。他伸手拿钱包时，眼睛瞟到了别的东西——一堆商品，上面挂了个“秋季清仓大甩卖”的牌子。“那些是什么？那边？”

“那些？”收银员说，“电动园丁剪刀。去年六月，我们进了二十四把，结果卖不出去。”

“我买一把。”霍华德·米特拉说。他笑了起来，收银员后来告诉警察，他不喜欢那个笑，一点也不。

回家后，霍华德把刚买的东西放到厨房柜台上，把装了电动园丁剪刀的箱子推到一边，希望用不上。当然用不上了。接着他开始仔细阅读“排水孔之眼”的说明。

> *慢慢往排水孔里倒四分之一瓶清理剂……静候十五分钟。如有需要，重复操作。*

当然不会到那一步了……会吗？

为了确保不会发生上述情况，霍华德决定往排水孔里倒半瓶清理剂。

说不定再多点。

拧安全瓶盖花了点工夫，最终还是弄开了。他穿过客厅，清理剂拿在身前，一脸严峻——一个知道自己随时会被派上前线的战士般的严峻。要知道，平时他都是满脸的温和。

等会儿！正要伸手去握门把手，他脑海里的声音突然大叫，他的手瞬间犹豫了。这太疯狂了！你知道这很疯狂！你不需要排水孔清理剂，你需要的是精神病医生！你需要躺到某处的沙发上，告诉某人你幻想出了——没错，就是这个词，幻想——浴室水槽里有根手指，一根在长大的手指！

“哦，不，绝不，”霍华德说，坚定地摇了摇头，“没门。”

他不能——绝对不能——想象自己跟一个精神病医生说出这事。事实上，任何人都不行。试想莱思罗普先生听到了风声？这有可能，通过小维的爸爸。比尔·德霍恩过去在莱思罗普、迪安和格林的公司做了三十年注册会计师。他让霍华德获得了莱思罗普公司的初面机会，还给他写了一封闪闪发光的推荐信，就差直接给他工作了。德霍恩已经退休了，但还是经常见莱思罗普。如果小维发现她的霍伊要去看精神病医生（这根本瞒不住），她会告诉她的妈妈——小维什么事都告诉她妈妈。德霍恩太太会告诉丈夫，毫无疑问。然后德霍恩先生——

霍华德发现自己正想象着两个人，他岳父和他老板，坐在某个神秘俱乐部的皮质靠背椅里——那种装饰了金色铆钉的靠背椅。他看到他们小口啜着雪利酒，雕花玻璃酒瓶放在莱思罗普右手边的小桌子上。（霍华德从来没见过两人喝雪利酒，但在这个病态幻想里需要他们喝。）看到德霍恩先生——现在快八十了，垂垂老矣，但还像家蝇一般机敏——神神秘秘地靠过去，说：“你绝不会相信我女婿怎么了，约翰。他要去看精神病医生！他觉得自家浴室的盥洗盆里有根手指。你觉得他会不会在吸毒？”

或许霍华德并不真的觉得这些都会发生。他觉得这是一种可能性——

不是这样发生，就是以别的方式发生。但如果没发生呢？他还是不能想象自己去看精神病医生。他身上有种东西——类似于让他在排着一队人的公共厕所里尿不出来的东西——排斥这个想法。他不会坐上那种沙发，给出答案——浴室的盥洗盆里伸出了一根手指，让什么留着山羊胡子的精神病医生对着他狂轰滥炸，接二连三地问他一些问题。那简直跟地狱版的《危险边缘》一样。

他再度伸手去握门把手。

*那就叫个管道工吧！*他脑海里的声音绝望地呐喊。*至少做到那个份上吧！你不用告诉他你看到了什么！就告诉他管道堵住了！或者告诉他你妻子的结婚戒指掉进去了！什么都行！*

但那个想法在某种方面甚至比去看精神病医生更没用。这里是纽约，不是什么得梅因。就算你把希望之钻[1]掉进浴室的盥洗盆里了，也得等上一周才能叫来管道工。他可不打算接下来七天在皇后区鬼鬼祟祟，四处找加油站，盼着哪个店员能被五美元收买，让他享有进脏兮兮的男厕上大号的特权，头顶还悬着巴达尔公司今年的日历。

*那就动作快点，*那声音说，放弃了抵抗。*至少快点做。*

在这一点上，霍华德分裂的两个心灵统一了战线。他，说真的，担心如果自己动作不够快，拖拖拉拉，可能最后就完全不行动了。

尽可能打它个措手不及。把鞋脱了。

霍华德认为这个主意非常有用。他立刻付诸行动，先脱下一只乐福鞋，然后脱下另一只。他发现自己仍希望刚刚戴上了橡胶手套，以防清理剂溅出来，伤到自己，不知道小维是不是还在厨房的水槽下面放着一双。不管了，他已经退无可退。如果现在回头去拿橡胶手套，他很可能会失去所有勇气……可能暂时失去，也可能永远失去。

[1] 目前世界上最大的蓝钻。

他慢慢打开浴室门，溜了进去。

米特拉家的浴室对谁来说都不是个让人开心的地方，不过在这个时间，临近中午，浴室里至少还有充足的光线。能见度不成问题……没看见手指。目前还没有。霍华德踮起脚尖走过去，右手紧紧攥着那瓶排水孔清理剂。他朝盥洗盆靠过去，往褪了色的粉色陶瓷中间的那个黑乎乎的圆洞里看。

然而洞里不黑。有什么东西正迅速从黑暗中冲上来，冲出那窄小、潮湿的管道来见他，向它的好朋友霍华德·米特拉打招呼。

“吃我一记！”霍华德尖叫道，把清理剂倒进盥洗盆。蓝绿色的泥状物流出瓶子，在手指刚刚出现的时候堵住了排水孔。

效果很快、很恐怖。油泥裹住了指甲和指尖。手指发狂了，像托钵僧一样在有限的排水孔里打转，试图甩掉蓝绿色的清理剂。有几滴溅到了霍华德淡蓝色的棉质衬衫上，立刻烧出了几个洞，洞的边缘嘶嘶作响，被烧成了棕色。不过这件衬衫很大，霍华德的胸部和腹部完全没沾到。还有几滴溅到了他右手腕和右手掌上，但当时没什么感觉。他的肾上腺素不只是在奔流，简直到了洪水泛滥的程度。

手指从排水孔里脱了身——以不可思议的姿态。它冒着烟，闻起来像架在烧烤架上滋滋作响的橡胶鞋。

“吃这个！午饭上桌了，你个浑蛋！”霍华德大喊。手指伸出来大概有一英尺了，像从耍蛇人篮子里探出身子的眼镜蛇。霍华德继续往盥洗盆里倒清理剂。手指差点就够得到塑料瓶口了，但就在此时，它晃了晃，仿佛在颤抖，然后突然放弃了自己的领地，缩回排水孔中。霍华德靠过去看着它落荒而逃，只来得及看见黑暗里有一道白光“刺溜”一声下去了，几缕烟袅袅升了上来。

他深吸一口气。这是个错误，他吸进了好几口清理剂的烟。忽然间，身体就极其难受。他对着盥洗盆猛地吐起来，接着蹒跚走开，仍在不断干呕，呼吸也不畅。

“我做到了！”他欣喜若狂地大喊。腐蚀性化学物质和烧焦皮肉的混合恶臭让他的脑子昏昏沉沉，但还是兴奋不已。他和敌人交锋了，而敌人，圣灵圣子呀，成了手下败将。他的手下败将！

“哈哈！哈哈哈！我成功了！我——”

胃里的呕吐物又上来了。他半跪在马桶前，只剩一半意识清醒着，右手还紧紧攥着那瓶清理剂。等意识到小维今天早上用完马桶后把圈和盖都放下时，已经太晚了。他吐在了粉色绒毛的马桶座圈上，然后脸朝下栽进了自己的呕吐物里，完全晕了过去。

他昏迷的时间应该不太久，因为浴室里光线充足的时间不超过半小时，即使是在盛夏时节——半小时后，其他建筑就会截断阳光，让浴室再度陷入昏暗。

霍华德慢慢抬起头，意识到自己从发际线到下巴，整个糊满了黏糊糊、散发恶臭的东西。然而，他脑子里更清楚地意识到了别的什么东西——一种急促敲击的声音，正从他身后传来，越来越近。

他慢慢向左转过沙袋一般重的头，眼睛缓缓瞪大了。他倒吸一口气，想要尖叫，但喉咙堵住了。

手指来找他了。

现在它足有七英尺那么长，还一直在长。它利用十二个关节的弯曲，以僵硬的角度爬出盥洗盆，落到地板上，然后又弯曲起来（“多关节！”他混乱的脑子里有个遥远的评论员津津乐道地说）。它敲击着，摸索着穿过陶瓷地板，向他走来。指尖部分有九或十英寸褪色了，冒着烟，指甲变成了黑绿色。霍华德觉得自己能看到第一节关节下露出的森森白骨。手指烧伤很严重，但没到被烧化的程度，做梦都别想。

“滚开。”霍华德喃喃自语。那个诡异的多关节装置停顿了一会儿，看上去像是疯子会喜欢的那种新年纪念品。接着它又直直地朝他滑过来，收缩最后六个关节，指尖缠上了霍华德·米特拉的脚踝。

“不！”他大喊，冒烟氢氧化物双胞胎——氢氧化钠和氢氧化钾——吃了他的尼龙袜，在他皮肤上滋滋作响。他用尽全力抖了抖脚。手指坚持了一会儿——十分顽强，但还是被他给挣脱了。他向门口爬去，眼前垂着很大一坨沾了呕吐物的头发。他一边爬一边努力回头看，但打结的头发挡住了他的视线。好在胸腔已经清空了，他发出一连串恐怖的、似吼似叫的喊声。

他看不见手指，至少暂时看不见，但能听到，它来得很快，就在身后，嗒嗒嗒嗒。他还在努力回头看，结果一下撞上了浴室门左边的墙，毛巾从架子上掉落。趁着他四肢着地摔在地上，手指立刻缠住了他的另一只脚踝，用烧焦的指尖紧紧扣住。

它开始把霍华德往盥洗盆那儿拉。真的是在往回拉。

霍华德发出一声深沉又原始的嚎叫，一声他那得体的注册会计师的声带从来没发出过的声音，在门边挣扎着。他用右手抓住手指，惊慌失措地狠狠一扯，衬衫下摆整个被撕了下来，“嘶”的一声，右腋下也被扯开了，但他终于成功逃脱，只损失了半只旧袜子。

他跌跌撞撞地站起来，转过身，看到手指又摸索着朝他过来。顶端的指甲现在裂开了，还流着血。

你需要个修甲师了，朋友。霍华德想，气极而笑。然后他跑去了厨房。

有人在敲门，重重地。

“米特拉！嘿，米特拉！发生什么事了？”

菲尼，住楼下，是个大块头、大嗓门的爱尔兰酒鬼。更正：一个大块头、大嗓门、好管闲事的爱尔兰酒鬼。

“没有我处理不了的事，我的爱尔兰朋友！”霍华德一边大声说，一边进了厨房。他又笑起来，把头发从额头甩开，但一秒钟后，那坨头发又原样垂了下来。“没有我处理不了的事，你最好信我！你可以马上把这话带去银行，存进你的活期存款账户里！”

“你叫我什么？”菲尼问。他的声音本来就很挑衅，现在更是来势汹汹。

“闭嘴！”霍华德大喊，“我很忙！”

“我要你别大喊大叫了，不然我叫警察了！”

“滚！”霍华德冲他大叫。又一个第一次。他把头发从额头甩开，结果“啪”的一声，又掉了回来。

“我没必要听你满嘴放屁，四眼怪！”

霍华德用手捋过沾满呕吐物的头发，用一种奇怪的高卢人姿势——好像在说“好了”——把捋出来的东西甩到身前。热乎乎的汁水和软趴趴的食物散落在小维白色的厨房柜子上，霍华德甚至都没注意到。那可怕的手指在他两个脚踝上各抓了一次，现在疼得就像戴了两个火圈。霍华德也不在乎。他抓起装着电动园丁剪刀的箱子，箱子正面有个微笑的爸爸，嘴里叼着烟斗，正修剪自家豪宅门口的灌木。

“你是在屋里开吸毒派对吗？”菲尼在走廊里问。

“你最好赶紧走，菲尼，不然我就把你介绍给我朋友了！”霍华德吼了回去。这话让他觉得自己特别机智。他仰起头，对着厨房的天花板唱起歌来，一坨坨头发诡异地翘起，沾满了胃液，闪闪发光，他看起来像和一管百利发乳来了一场激烈的床戏。

“好吧，这么着吧，这么着吧。我要打电话报警了。”菲尼说。

霍华德几乎没听见他说什么。丹尼斯·菲尼得等着，霍华德手头有更大的鱼要煎。他从箱子里拿出电动园丁剪刀，极度兴奋地检查，找到了电池盒，把它撬开。

“电池，”他嘟囔道，大笑着，“很好！很好！没问题！”

他猛地拉开水槽左边的一个抽屉，太用力了，以至于整个抽屉都被拉了出来，飞过厨房，撞到灶台上，“扑通”一声砸在铺了油毡的地板上，翻了个个。在一堆日常用品——钳子、削皮刀、刨丝器、垃圾袋绳——中藏着一块电池宝藏，大部分是 C 号和方形 9V 电池。他还在笑——似乎停不下来了。他跪下来，在那堆东西里乱翻，还没拿到两块 C 号电池呢，就成功割伤了右手掌，很严重。他没什么感觉，就跟之前被清理剂溅到时一样。现在菲尼终于闭上了他那爱尔兰驴嘴，霍华德又能听到敲击声了。不是来自盥洗盆——啊哈，绝不可能。那坏了的指甲正在敲浴室门，或者客厅地板。他忘了关浴室门了，现在才记起来。

“谁他妈管你？”霍华德问。然后他大喊：“我说，谁他妈管你呀！我准备好了，朋友！我要嚼着口香糖踹你屁股了！口香糖全被我吃了！你会希望自己待在排水孔里，从没出来过！”

他“砰——”地给园丁剪刀的把手装上电池，打开电源按钮。没动静。

“什么鬼！”霍华德咕哝道。他抠出一节电池，倒过来，又放回去。这一次打开电源后，刀片嗡嗡地响着活动起来，以极快的速度前后划动，只能看见模糊的刀影。

他朝厨房走去，然后把这小玩意关了走回柜台。他不想浪费时间把电池盖盖回去——现在可是要去打一场硬仗，但残存的一丝理智告诉他没有别的选择。如果对付那手指的时候手一滑，电池可能会从开着的电池盒里掉出来，那他会怎样呢？唉，用一把没上膛的枪对付詹姆斯帮，真是厉害了。

所以他把电池盖装回去，一开始没扣上，又换了个方向装，嘴里骂骂咧咧。

“你给我等着！”霍华德回头大喊，“我来了！我们之间还没完呢！”

最后电池盖终于装好了。霍华德快速穿过客厅，手里拿着园丁剪刀，呈持枪姿势，头发还是乱七八糟地支棱着，衬衫——一只袖子被撕掉了，还烧了好几个洞——不时拍打着他圆圆的大肚子。他赤脚踩在油毡布上，剩下的半只破烂尼龙袜在脚踝上耷拉着。

菲尼隔着门大吼：“我已经报警了，蠢货！你听到了吗？我报警了，最好来的都是爱尔兰人，就跟我一样！”

“你就放屁吧。”霍华德说，但其实并没有注意他说了什么。丹尼斯·菲尼在另一个宇宙里，只是他的废话通过以太传了进来而已。

霍华德站到浴室门边，像电视剧里的警察……只不过有人给错了道具，他拿的是园丁剪刀，而不是点三八口径的手枪。他拇指紧贴园丁剪刀把手上方的电源按钮，深吸了一口气……理智之声现在已经微弱到了仅存一息的地步，但它在永远消失前提出了最后一个想法。

你确定要把命交到一把大甩卖买来的电动园丁剪刀上？

“我没的选。”霍华德低声说，绷紧脸笑着，然后猛冲进浴室。

手指还在，还是以诡异的角度从盥洗盆里探出身，让霍华德想起了新年派对上的纪念品，那种一吹就会发出放屁声、伸长了吓唬不设防的路人的玩具。它偷了霍华德的一只乐福鞋，暴躁地不断在瓷砖上拍打。从毛巾散落的情况来看，霍华德判断手指在找到鞋子前已经试着杀死了几块毛巾。

霍华德突然感到一阵莫名的快乐——好像是痛得要死、晕得迷糊的脑子里突然被绿光照亮了。

“我来了，你这蠢货！”他大喊，“来呀，来抓我呀！”

手指跳出鞋子，在波浪般的关节的配合下直起身（霍华德真的能听见一些关节在“咔咔”作响），快速朝他飘了过来。霍华德启动园丁剪刀，剪刀“嗡嗡”响着，活动了起来，很是饥渴。目前为止，一切顺利。

烧伤、起泡的指尖在他眼前摇晃，裂开的指甲神奇地前后移动。霍华德猛地扑过去，手指佯装攻到左边，在他左耳周围滑来滑去。痛感惊人。霍华德同时听到和感到一阵恐怖的撕裂，手指正试图把他耳朵扯下来。他一个箭步向前，左手攥住手指，一把剪断。刀片碰到了骨头，剪刀的速度慢了下来，电动机高亢的嗡嗡声变成了低沉的咆哮声，不过这把剪刀设计的时候就考虑了又小又硬的枝丫，所以骨头不是问题。完全不是问题。这是第二轮对决，是“双赌危险”——分数真的可以被改变的环节，而霍华德·米特拉正在收获大量分数。血喷了出来，形成一小片血雾，断裂的手指撤了回去。霍华德跌跌撞撞地跟在它后面，耳朵上挂着最后那十英寸的残指，像一个衣架，过了一会儿才掉落。

手指朝他扑过来，霍华德闪开，它越过了他的脑袋。它显然看不见。这是他的优势。抓住他的耳朵只是运气好而已。他拿着剪刀扑了过去，很像击剑中的那一刺，又剪掉了两英尺。它“砰——”地跌落在瓷砖上，抽搐着。

现在，剩下的部分正试图撤退。

“不，你别想，你别想。想都别想！”霍华德喘着粗气说。

他向盥洗盆跑去，差点滑倒在一摊血上，将将站稳。手指正消失在排水孔中，一个关节又一个关节，像进隧道的货运列车。霍华德一把抓住它，想攥在手里，但失败了——它从他手里滑走，像一根油腻腻又炙热的晾衣绳。他再度向前一剪，成功剪下露在排水孔外的最后三英尺，正从他手心溜走的三英尺。

他俯视盥洗盆（这次屏住了呼吸），看着黑乎乎的排水孔，又只是看到了迅速消失的一抹白色。

“随时回来呀！随便你什么时候回来！我就在这儿，等着你！”霍华德·米特拉咆哮道。

他转过身，大口喘息着恢复呼吸。浴室里还能闻到清理剂的味道。不能有那个味道，还有活要干呢。出热水的水龙头后面放着一块没拆封的大雅肥皂。霍华德拿起肥皂，扔向浴室窗户。玻璃破了，肥皂从窗外的铁丝网上弹了回来。他想起自己装铁丝网的时候——当时是多么自豪呀。他，霍华德·米特拉，举止温柔的会计师，修理了老房子。现在他可算是完全理解修理老房子的奥义了。以前他害怕进浴室难道不是因为觉得浴缸里可能有老鼠，而他得负责用扫帚柄把老鼠打死吗？他相信是这样的，不过那时候——以及那个版本的霍华德·米特拉——似乎是很久以前的事了。

他慢慢环顾着浴室，一片狼藉。地板上有好几摊血、两节断指，还有一节斜斜地靠在盥洗盆上。墙上、镜子上也溅了血，呈小扇形，盥洗盆上的血则是一条一条的。

“好了，”霍华德叹了口气，“清理时间到了，同学们。”他打开电动园丁剪刀，把那几节断指锯成小碎片，丢到马桶里冲走了。

来的警察很年轻，而且是个爱尔兰人，叫奥巴尼恩。他到米特拉家紧闭的大门的时候，那儿已经聚集了好几个房客。除了一脸怒气的丹尼斯·菲尼，其他人都面露担忧。

奥巴尼恩叩了叩门，然后敲了敲，最后开始捶门。

“最好破门进去，我在七楼都能听见他叫喊。”哈维尔太太说。

“他疯了，搞不好杀了自己老婆。”菲尼说。

“不会，我早上看到她出门了，跟往常一样。”达特尔鲍姆太太说。

“这并不意味着她不能中途回来，不是吗？”菲尼先生挑衅地问，达特尔鲍姆太太不敢再作声。

“米特先生？”奥巴尼恩喊道。

“是米特拉，有个拉。”达特尔鲍姆太太说。

“哦，狗屁。”奥巴尼恩说，开始用肩膀撞门。门开了，他走了进去，身后紧跟着菲尼先生。“你待在这儿，先生。”奥巴尼恩下了命令。

“我才不呢。”菲尼说。他正在查看厨房，地上放着一堆乱七八糟的物件，柜子上还沾着呕吐物。他明亮的小眼睛里露出勃勃兴致。“这家伙是我邻居。再说了，是我打电话报的警。”

“不管你用私人热线给谁打了电话，我都不管。赶紧出去，不然你就等着和米特先生一起进局子吧。”

“米特拉。”菲尼说，不情不愿地朝门口走去，眼睛还不时地回头瞟一瞟厨房。

奥巴尼恩让菲尼回去的主要原因是他不想让他看出自己有多紧张。一片狼藉的厨房是一方面，屋子里弥漫着一股味道是另一方面，化学实验室般的恶臭，混杂着一点其他味道。他担心混杂的味道是血。

他回头看了看，确保菲尼一直都在往门外走——没有逗留在挂衣服的门厅，然后他慢慢走过客厅。当走出门外看客的视线时，他“啪”的一声解开了手枪套，拿出手枪。他进了厨房，一路看进去。空的。乱七八糟，但是空的。柜子上溅的是什么？他不确定，但从味道来判断——

他身后传来声音，轻轻地拖着脚走路的声音，打断了他的思绪。他迅速转身，举起枪。

“米特拉先生？”

没有回答，但拖着脚的声音又传来了，从小厅传来。那么不是浴室，就是卧室。奥巴尼恩警官朝那个方向走去，举起枪，枪口对着天花板。他现在拿枪的方式很有霍华德拿剪刀的架势。

浴室门微微开着。奥巴尼恩很确定声音就是从这里传出来的，他还知道味道最重的地方就是这里。他半蹲下来，用枪口推开门。

“天哪。”他轻声说。

浴室看起来就像是忙碌了一天后的屠宰场。血飞溅到墙上、天花板上，像猩红色花束一般。地板上积着几摊血，还有更多血顺着盥洗盆流了下来，厚厚的，好像是最惨烈的地方。他还能看到一扇破了的窗户，一瓶被丢弃的、貌似是排水孔清理剂的东西（这就能解释屋里这糟糕的味道了），一双男士乐福鞋，东一只西一只，离得很远，其中一只破损严重。

门开得更大了点，他看到了那个男人。

霍华德·米特拉在完成清理行动后，把自己尽可能地塞进了浴缸和墙之间的空隙里，腿上放着电动园丁剪刀，不过电池已经没电了；骨头毕竟还是比枝丫硬一点。他头发还是那么诡异地支棱着，脸颊和眉毛上溅着一条条的血迹，亮亮的，眼睛瞪得很大，但空洞无神——这种眼神让奥巴尼恩警官想起了瘾君子。

天哪，他想，那人说对了——他确实杀了自己的妻子，至少是杀了什么人。所以尸体在哪里？

他看向浴缸，但看不见里面。那里是最可能藏尸的地方，不过又似乎是整个浴室里唯一一个没有被血弄脏的地方。

“米特拉先生？”他问。他没有用枪直接指着米特拉，不过毫无疑问，枪口对着他附近。

“对，我的名字，”霍华德用空洞、礼貌的声音回答，“霍华德·米特拉，注册会计师，为您服务。你是来用马桶的吗？请用。现在没东西打扰你了。我想那个问题已经解决了。至少目前解决了。”

“嗯，可以请你放下武器吗，先生？”

“武器？”霍华德茫然地看了他一会儿，然后懂了，“这些？”他举起园丁剪，立刻，奥巴尼恩警官的枪口就对准了霍华德本人。

“对，先生。”

“好呀。”霍华德说。他漠然地把剪刀扔进浴缸，电池盖弹了出来，发出撞击声。“没关系，电池本来就没电了。不过……我刚才怎么会说到用马桶的事？认真考虑一下，我想还是不用的好。”

“是吗？”现在他放下武器了，奥巴尼恩反倒不知道接下来该干吗。

如果能看到受害人，事情就简单多了。他想最好还是把这男人铐起来，然后请求支援。他最确定的事情就是他想赶紧离开这间恶臭、恐怖的浴室。

“对，想想这个，警官：一只手有五根手指……一只手就有哟……你想过一间普通浴室的地板下面有多少个洞吗？就数水龙头里的洞。我说有七个，”霍华德顿了顿，补充道，“七是个质数，也就是说只能被一和其自身整除。”

“你可以伸出手吗，先生？”奥巴尼恩警官说，从腰带上解下手铐。

“小维说我知道所有答案，但她错了。”他慢慢伸出手。

奥巴尼恩在他身前屈膝蹲下，迅速铐上他的右手。“谁是小维？”

“我妻子，”霍华德说，他茫然、闪亮的眼睛直直看进奥巴尼恩的眼里，“她从来不在乎浴室里有没有人，上厕所毫无压力。就算你在，估计她也能尿出来。”

奥巴尼恩警官产生了一个可怕但诡异的合理想法：这个奇怪的小个子男人用园丁剪杀了自己的妻子，然后用排水孔清理剂溶解了她的尸体——就他妈因为她在他上厕所的时候不肯离开浴室。

他扣上了另一只手铐。

“你杀了你妻子吗，米特拉先生？”

有那么一会儿，霍华德看上去几乎是惊讶的，然后他又回到了那种诡异、不真实的漠然状态。“没有，小维在斯通医生那儿呢。他们要拔一整排上牙。小维说这是个脏活，不过还是得有人做。我干吗要杀小维？”

既然他已经给这男人铐上了，奥巴尼恩就感觉好多了，更好地掌控了局面。“看起来像是你杀了人。”

“就是根手指。”霍华德说。他还把手伸到自己面前。手铐链子上闪着光，像液态银。“但一只手上不止一根手指。手的主人呢？”霍华德环顾浴室，屋里现在已经完全暗了下来，满是阴影，“我告诉它随时回来，”霍华德小声说，“但我歇斯底里了。我认为自己……自己无能为力。你看，它长个了。它碰到空气就长个。”

突然，什么东西在盖着的马桶里“扑通”一下。霍华德的眼睛移到那个方向，奥巴尼恩警官也看过去。“扑通”声又来了，听起来像一条鳟鱼跳了进去。

“不，我绝不会再用马桶了。我要是你就憋着，警官。我会一直憋着，憋不住了就去楼后面的小巷子。”霍华德说。

奥巴尼恩战栗了。

挺住呀，兄弟，他严厉告诫自己。你必须挺住，不然你就跟这人一样疯了。

他起身检查马桶。

“坏主意，绝对的坏主意。”

“米特拉先生，到底发生了什么事？”奥巴尼恩问，“你在马桶里藏了什么？”

“发生了什么？像是……像是……”霍华德说着说着就没了声音，开始笑起来。是如释重负的笑容……但他的眼睛不停瞟回盖着的马桶。“就像《危险边缘》。事实上，是‘终极危险’环节，出题范围是‘不可解之物’。答案是：因为它们可以。你知道问题是什么吗，警官？”

简直像着了迷一样，奥巴尼恩警官无法从霍华德身上移开视线，他摇了摇头。

“‘终极危险’的问题，”霍华德用尖叫后沙哑、刺耳的嗓子说，“是：‘为什么好人身上有时候会发生可怕的事情？’这是‘终极危险’的问题。很引人深思，不过我时间且够。只要不靠近……那些洞。”

“扑通”声又来了，这次更大。沾了呕吐物的马桶座圈上下颠起来，幅度很大。奥巴尼恩警官站起来，走过去，弯下腰。霍华德饶有趣味地看着他。

“‘终极危险’环节，警官先生，你想赌多少钱？”霍华德·米特拉说。

奥巴尼恩想了一会儿，然后抓紧马桶座圈，赌上了全部。

Sneakers
球鞋

约翰·特尔第一次注意到那双球鞋时，正好在塔博里录音室工作了一个月。塔博里录音室所在的这栋楼以前被叫作“音乐城”。在摇滚乐盛行和排行榜前四十名都是节奏蓝调的早期，这里也曾灯火辉煌。当时，大厅以上楼层的任何地方，绝对看不到一双球鞋（除非是外卖小哥的脚上）。但那些日子已经远去，一同消失的还有穿着阻特装[1]、尖头蛇皮鞋的腰缠万贯的制作人。现在，球鞋不过是音乐城的制式鞋子。特尔第一眼瞥见那双鞋时，并没有对它的主人产生什么负面的判断。好吧，也许有那么一个：那家伙真的可以换双新鞋了。这双鞋还是新鞋的时候显然是

[1] 四十年代流行于爵士音乐迷等人中的上衣及膝、裤子狭窄的一种服装。

白色的，但从外表上看，“新”已经是很久以前的事了。

这些就是他第一眼看见那双球鞋时注意到的全部。是在厕所的一个小隔间里，一个常常只能通过鞋子来对隔壁做出判断的地方，因为那双鞋就是你能看见的关于他的全部。特尔是在三楼男厕所第一个隔间的门下面瞄见的这双鞋。他与这双鞋擦肩而过，径直走向第三个，也是最后一个隔间。几分钟后，他走了出来，洗手，烘干，整理发型，返回录音棚。他在那儿帮一个叫“死亡节拍”的重金属乐队混音。说特尔已经忘了那双球鞋有些夸大其词，因为这鞋就从没让他上心。

保罗·詹宁斯正在录制“死亡节拍”乐队的专辑。他不像过去音乐城里的那些波普爵士乐天王一般名满天下——特尔认为摇滚乐已经不再强大到可以培育出这种神话般地位的人了，但他还是相当知名的，特尔本人也认为他是当前活跃在这一领域里的制作人中最好的摇滚乐唱片制作人，只有吉米·约维内可以与之一较高下。

特尔第一次见到他是在一部音乐片首映会之后的聚会上；事实上，大老远就认出了他。他头发灰白，曾经棱角分明的英俊面庞也近乎憔悴，但还是那个十五年前录制过鲍勃·迪伦、埃里克·克莱普顿、约翰·列侬和艾尔·库珀赫赫有名的《东京专辑》的人。除了菲尔·斯佩克特，詹宁斯是特尔唯一能一眼认出或是只根据录制唱片的独特声音就能辨认出的制作人——绝对的精品，打击乐声震耳欲聋，连锁骨都振动起来。《东京专辑》一开始听到的是唐·麦克莱恩式的清澈嗓音，但撇开高音部分，你能感受到灌木丛下跳动着的是纯粹如桑迪·纳尔逊的声音。

对詹宁斯的敬仰让特尔克服了缄默的天性，他挤过人群，趁詹宁斯独处的时候走过去。特尔做了自我介绍，以为最多不过收获一次简短的握手和敷衍的寒暄。结果恰恰相反，他们聊了很久，相谈甚欢。他们在同一领域工作，共同认识一些人，但特尔当时就明白，这次见面中展现出的魔力并非只是出于这些原因。保罗·詹宁斯恰好就是为数不多特尔能与之交谈的人，而对特尔来说，交谈本身就等同于魔力。

谈到最后，詹宁斯问他是不是在找工作。

“你认识的咱们这一行里的人，有谁不找工作吗？”特尔问。

詹宁斯哈哈大笑，跟他要他的电话号码。特尔把号码给他时并没有当真——对方很可能只是出于礼貌罢了，特尔想。但三天后，詹宁斯打电话问他是否愿意录制“死亡节拍”乐队首张专辑的混音部分。算上他，混音组一共有三个人。“我不知道朽木能不能真的雕出细花，”詹宁斯说，“但既然是大西洋唱片买单，为什么不尽情试试呢？”约翰·特尔完全想不到拒绝的理由，二话不说就签了约。

与那双球鞋初次邂逅一周左右后，特尔又见到了它。他能认出那是同一个家伙，只是因为那双球鞋出现在了同样的地方——三楼男厕所第一个隔间的门下面。毫无疑问，就是上次那双；白色(至少曾经是)高帮，深深的褶痕里满是泥垢。他注意到有个鞋带孔空着，心想：系鞋带的时候用点心吧，朋友。接着他继续走向第三个隔间（从某种意义上说，他把这个隔间当作了“自己的”）。这次他离开洗手间时瞥了一眼那双鞋，他看见一只鞋上有个奇怪的东西：一只死苍蝇。它躺在左鞋脚趾处的圆圆的鞋面上，几条腿伸得笔直。那个空鞋带孔就在这只鞋上。

他回到录音棚的时候，詹宁斯正坐在地上，双手抱头。

“你还好吗，保罗？”

“不好。”

“有什么不对劲的吗？”

“是我不对劲。我错了，我错了。我的职业生涯结束了。我被后浪拍死在沙滩上了。被抛弃了。玩完了。”

“你说什么呢？”特尔四下张望，寻找乔吉·罗科勒，但没找到。他其实毫不惊讶。詹宁斯患有周期性的神游症，每次一发作，乔吉总是直接走人。乔吉声称，他的性格不允许自己处理这样强烈的情绪。“超市开业时我都会哭。”他说。

“猪耳朵做不成丝绸钱包，”詹宁斯说，拳头指向混音室和录音棚中间隔着的那面玻璃，仿佛纳粹在行老式的军礼，“至少那些猪的耳朵是肯定做不成的。”

“情绪高涨点。”特尔说，尽管他知道詹宁斯说得一点也没错。这个“死亡节拍”乐队，组成人员是四个男浑蛋和一个女泼妇，人格令人作呕，业务水平十分拙劣。

“那就让这个高涨起来。”詹宁斯说着，向他竖了竖中指。

“天哪，我讨厌喜怒无常。”特尔说。

詹宁斯抬头看他，咯咯笑了。下一秒，他们都笑了。五分钟后，他们又开始了工作。

混音工作——就当它是混音工作吧——一周后结束了，特尔向詹宁斯要一份录音带。

“可以，但别在专辑上市前把录音带放给别人听，你懂吧？”詹宁斯说。

“我懂。”

“当然，我也想不出任何你会给除我之外的任何人放这盘带子的理由。和这些家伙一比，傻帽冲浪手[1]乐队的唱功简直就像披头士乐队一样完美。”

“别这样，保罗，没有那么糟。就算有，这事也结束了。”

他笑了。“嗯，你说得对。如果我还干这行的话，我会打你电话的。”

“那再好不过了。”

他们握了握手。特尔离开了那座曾经被称作音乐城的建筑，而三楼男厕所第一个隔间门下面的那双球鞋，再也没有浮现在他的脑海里。

---

[1] 美国的一支后朋克乐队，经常不囿于传统。

詹宁斯，这位入行二十五年的老前辈，曾这样告诉他：给波普爵士乐（他从来不将之称作摇滚，只称波普）混音的人，要么是坨狗屎，要么是个超人。给“死亡节拍”乐队混音结束后的两个月里，约翰·特尔是坨狗屎。他没有工作。他开始担心房租。他曾有两次想给詹宁斯打电话，但内心有个声音认为这么做是个错误。

不久后，电影《空手道大师大屠杀》的混音师因为冠状动脉血栓死了，特尔便得到了在布里尔大厦（在百老汇和大乐队[1]的鼎盛时期被称作锡盘巷）工作六周的机会，完成混音。那里面的大部分音乐早已在公共领域过时——还有些叮叮当当的西塔琴声，但能付房租。这份工作的最后一天，特尔下班后刚回到公寓，电话就响了起来。是保罗·詹宁斯，问他最近有没有关注《公告牌》的流行歌曲排行榜。特尔说他没有。

“它排在第七十九位了，”詹宁斯的声音里同时饱含了恶心、好笑和惊讶，“有首歌火了。”

“哪首？”话刚出口，他就明白是哪首了。

“《跳入污泥》。”

这是“死亡节拍”乐队即将发行的新专辑《不死不休》里一首歌的名字，也只有这首歌，才让特尔和詹宁斯感觉一点也不像是个人做出来的东西。

“狗屎！”

“确实是狗屎，但我有种疯狂的预感，它将冲进榜单前十。你看了视频吗？”

“没有。”

“真的疯。内容主要是金杰，乐队里那个妞，和一个穿着工装裤、长得像特朗普的家伙，一起在河口玩弄蜜浆。我有几个聪明的朋友说这是

---

[1] 尤指流行于20世纪30年代至50年代的大型爵士乐队、伴舞乐队或摇滚乐队。

传递了一条‘混合文化信息’呀。”詹宁斯哈哈大笑，以至于特尔不得不把话筒拿远点。

詹宁斯终于控制住了自己的情绪，说：“总之，这很有可能意味着专辑本身也将冲进榜单前十。镀了白金的狗屎依然是一坨狗屎，但一张白金销量的唱片永远都是响亮的名片——你懂我的意思吧，先生？”

“嗯，我懂。”特尔说着，打开了抽屉，确认那张混音工作结束时詹宁斯给了他，之后就再也没放过的“死亡节拍”乐队的录音带还在那儿。

“所以你最近在忙什么？”詹宁斯问他。

“找工作。”

“想跟我干吗？我最近在做罗杰·多特里[1]的新专辑。两周内开始。”

“天哪，我想！”

报酬不错，但这不仅仅是报酬的事；在“死亡节拍”乐队以及六周的《空手道大师大屠杀》之后，和“谁人”乐队的前主唱一起工作就像在寒冷的夜晚走进了温暖的港湾一样。不管他人品怎么样，歌是真唱得好，而且再次和詹宁斯一起干活也不错。“哪里？”

“老地方，音乐城的塔博里录音室。”

“就这么说定了。”

罗杰·多特里不仅歌唱得好，而且在这桩好买卖里性格也很不错。特尔想，接下去的三四周会是好日子。他有了工作，还参与制作了一张冲进《公告牌》流行歌曲排行榜第四十一位的专辑（那支单曲已经跃升至第十七位，并且依然保持上升势头），这也是他四年前从宾州搬到纽约后第一次不担心交不上房租。

正值六月，树叶茂盛起来，女孩们再次穿起了短裙，世界似乎一片

[1] 英国摇滚乐队“谁人”（The Who）的成员。

美好。这样的感觉一直持续到再次为保罗·詹宁斯工作的第一天下午约一点四十五分。当时他走进三楼男厕，看见了第一个隔间的门下面那同一双曾经是白色的球鞋。那一刻，他所有的好心情都崩塌了。

不是同一双。不可能是同一双。

但它就是同一双。那个孤零零的、没有被穿过的鞋带孔就是最清晰的证明，更不用说其他一切也都一样了。完完全全一样，包括鞋的朝向。特尔只能看到一处真正的不同：鞋上面有更多的死苍蝇了。

他缓缓走向第三个隔间，“他的”隔间，拉下裤子，入座。他毫不惊讶地发现，那股把他带来这里的冲动已经完全消失了。然而，他一动不动地坐了一会儿，仔细聆听。听听有没有报纸的翻折声，有没有清嗓子的声音。真是见鬼，放屁声也行呀。

四下阒寂无声。

那是因为这里只有我一个人，特尔想。除了……那第一个隔间里的死人。

厕所大门突然“砰”的一声被撞开了，特尔差点尖叫出来。有人一路哼着小曲走到小便池，尿尿声开始传来的时候，特尔想到了一个合理的解释，他释然了。这个解释太简单了，虽荒谬，但无疑是正确的。他瞥了一眼手表，一点四十七分。

拉撒有规律的人是幸福的，他的爸爸曾说。他爸爸是个沉默寡言的家伙，这句话（以及“洗盘子前先洗手”）是他为数不多的格言之一。如果有规律真的意味着快乐，那特尔觉得自己是个快乐的人。他每日到访洗手间的需求大约都在同一时间，而那个球鞋朋友恐怕也是如此。球鞋朋友喜欢一号隔间，正如他自己喜欢三号一般。

如果一个人要经过隔间才能去小便池，那他肯定经常看见一号隔间是空的，或者隔间里是不同的鞋子。毕竟，一具尸体在男厕所的隔间里不被发现……

他想了想自己上一次来这个厕所是什么时候。

四个月，这是多么小概率的事呀，大约就是这么久？

这完全不可能。他可以接受保洁员不怎么在意清扫隔间这件事——那些死苍蝇到处都是，但他们每隔一两天总要换厕纸，对吧？就算这些都不考虑，人死后不久就会发臭，对吧？上帝明白这里并不是世界上最芬芳的地方——楼下雅努斯音乐室的那个死胖子来了之后，这里几乎已经不适合生物生存了。但可以确定的是，死尸身上散发出来的恶臭肯定会更加招摇，更加俗气。

俗气？俗气？天哪，这个词真是妙不可言。不过你又是怎么知道的？你这辈子也没闻到过一具腐烂的尸体。

这话没错，但他很确信如果他真的闻到了，他会知道自己闻到的是什么。逻辑就是逻辑，规律性就是规律性，到此为止。那个家伙很可能是雅努斯音乐室的工作人员，或是这一楼层另一侧时尚贺卡工作坊的一名写手。约翰·特尔猜想的是，他现在正在那儿构思贺卡祝词：

> *玫瑰是红的，紫罗兰是蓝的，*
> *你觉得我死了，但那不是真的；*
> *我只是每天和你同时，投递我的包裹！*

真恶心，特尔想，发出一声不羁的大笑。那个撞开洗手间门、差点吓得他尖叫的家伙，已经开始洗手了。而现在，他洗手的泡沫声戛然而止。特尔可以想象这个新来的家伙正在仔细聆听，纳闷是谁在某个紧闭的隔间里大笑，在想这是不是个恶作剧，或者这个人是不是个疯子。毕竟，纽约有很多疯子。你随时都能见到这些人，他们自言自语，无缘无故地发笑……就像特尔刚刚那样。

特尔试着想象球鞋男也在听，但是他做不到。

突然间，他不想再笑了。

突然间，他只想离开那里。

不过他不想让在洗手池洗手的那个人看见他。那个人会看着他。尽管只有一会儿，但已经足够那人知道他在想什么了。在紧闭的厕所隔间里窃笑的人是不会被信任的。

鞋子在六角形的白色旧地砖上连续踩踏的“咔嗒”声，门被撞开时的“呼呼”声，门慢慢回到原位时的“嘎吱”声。你能“砰”地把门撞开，但门的气压铰链能防止它“砰”地关上。这大概会让抽着骆驼牌香烟、读着最新一期摇滚音乐杂志的三楼接待员心烦意乱。

神哪，这里这么安静！那个家伙为什么不发出点动静？哪怕一点？

只有寂静，黏稠、顺滑且完全的寂静，那种死人在棺材里听见的寂静，如果他们还能听见的话。特尔再度相信球鞋男已经死了，该死的逻辑，他死了，他已经死了，鬼知道死了多久，他就坐在那儿，如果你打开门，就会看见一团瘫坐着的长着绿毛的东西，双手悬垂在大腿间，你会看见——

他差点就喊出来了：“嘿，球鞋兄！你还好吧？”

但如果他回应了怎么办？不是以一种质问或是烦躁的语气，而是用青蛙似的刺耳又沙哑的声音回应？是不是有个什么东西是关于唤醒死尸的？关于——

突然，特尔飞速站起身，冲了厕所，扣上裤子纽扣，出了隔间，一边拉拉链，一边走向门口。他知道几秒钟后他会觉得自己有点傻，但并不在意。经过第一个隔间时，他还是忍不住瞥了一眼下面。脏兮兮的、穿错孔的白色球鞋，还有死苍蝇，数量还不少。

我的隔间里就没有任何死苍蝇。这么长时间过去了，他依然没有注意到自己穿错鞋孔了，究竟是怎么回事？还是说他一直以这种方式穿这双球鞋，当作某种艺术宣言？

特尔重重地撞开门，扬长而去。三楼的接待员以专为凡夫俗子（与之相反的是像罗杰·多特里这样的人形神仙）保留的冷静又好奇的目光打量了他一眼。

特尔匆匆下楼，回到了塔博里录音室。

“保罗？”

“干吗？”詹宁斯头也不抬地应道。乔吉·罗科勒就站在一旁，一边密切关注着詹宁斯，一边咬着手指——指甲边缘的死皮是他唯一剩下可以咬的东西了，他的指甲在和血肉与神经末梢分离的地方就已经不存在了。他站的位置离门很近。如果詹宁斯开始咆哮，他就会从门缝里溜走。

“我觉得那个也许有问题——”

詹宁斯呻吟道：“还有别的吗？”

“什么意思？”

“我是说这个鼓声音轨，极其拙劣，我不知道我们还能做些什么。”他“啪”地按下了切换键，鼓声就撞进了音乐室，“听见了吧？”

“响弦吗，你说的是？”

“我说的当然是响弦！它和音轨里的其他打击乐器声保持了一英里的距离，但它们本应该完美融合的！”

“你说得对，但是——”

“你说得对，但真是见鬼，我讨厌这样的狗屎！我这里有四十个音轨，四十个该死的音轨来录一首简单的波普小曲，而某个蠢货技术员——”

特尔用余光看见乔吉像一阵凉爽的微风般消失了。

“但是，保罗，如果你把均衡器调低一点——”

“和均衡器一点关系也没有——”

“闭嘴，听一分钟。”特尔安慰道——这样的安慰语气他无法对除詹宁斯之外的任何一个人使用，然后滑动了按键。詹宁斯停止了咆哮，开始听起来。他问了个问题，特尔回答了他。接着他又问了一个特尔无法解答的问题，但詹宁斯自问自答了。突然，他们发现了一首叫作《回答你，回答我》的歌有全新的巨大潜能。

过了一会儿，察觉到风暴已过，乔吉·罗科勒又蹑手蹑脚地回到了房间。

而特尔已然完全忘记了那双球鞋。

第二天晚上，这双球鞋又重新回到了他的脑海。他当时在家，正坐在自己洗手间的马桶上，一边读《智血》[1]，一边听卧室音响传出的安东尼奥·维瓦尔第[2]的轻柔的曲子（尽管特尔现在靠给摇滚混音为生，但他一共只有四张摇滚唱片，两张是布鲁斯·斯普林斯汀[3]的，另两张是约翰·福格蒂的）。

他从书中抬起头，微微一惊，突然想到一个极度荒诞的问题：约翰，你是从什么时候开始在晚上拉屎的？

他不知道，但他觉得也许在未来，自己会更频繁地在这个点拉。看样子，他至少有一个习惯会发生改变。

在客厅坐了十五分钟后，书已经被他忘在腿上，别的事情占据了他的脑海：从那天起，他再也没用过三楼的那间厕所。那天早上十点，他们去马路对面喝咖啡，他在甜甜圈兄弟咖啡店的男厕所里尿了尿，而保罗和乔吉坐在柜台上喝咖啡，聊起把录音加到原带上的事情。接着，在午餐时间，他匆匆地在饮料汉堡店上了个厕所……那天下午晚些时候，

[1] 美国作家弗兰纳里·奥康纳的长篇小说。

[2] 巴洛克时期意大利著名的作曲家、小提琴家。

[3] 美国摇滚歌手和作曲家，下文的约翰·福格蒂是美国摇滚乐歌手。

他又在一楼上了个厕所，当时是为了下楼寄一堆信件，而事实上，他完全可以通过电梯把这些信件塞进邮柜里。

躲避三楼的男厕所？难道这是他一整天都在做，却压根没有意识到的事吗？拿他的锐步鞋打赌，肯定是这样。像个担惊受怕、在放学回家的路上绕道避开当地鬼屋的孩子一样逃避那个厕所，像躲避瘟疫一样躲避它。

“好吧，那又怎样？”他大声说。

他不能准确地说出这个“怎样”究竟指的是什么，但他知道确实有这么一个东西；有件太过攸关生死的事情了，即使在纽约也是如此，那便是被公共厕所里的一双脏球鞋吓破了胆。

特尔响亮、清晰地说：“必须停止了。”

不过那会儿是周四晚上，到了周五晚上，又发生了一些事情，改变了一切。那是发生在他和保罗·詹宁斯之间，在门关上的时候。

特尔是个内向的人，不容易和人交朋友。他在宾州一个乡镇上的高中，命运的巧妙安排让他上了舞台，手里拿着吉他——绝对想不到的一个位置。一个叫“绸缎土星”的乐队本来有一场报酬丰厚的表演，结果贝斯手在前一天吃坏了肚子没法上台。乐队的主音吉他手同时也在校园乐队里，所以知道特尔可以弹贝斯和节奏器。这个朋友体格庞大，而且有暴力倾向。相反，特尔则是又小又弱。主音吉他手给了他两个选择：代替生病的贝斯手上台，或者被他暴揍一顿。这个选择让他明白了自己在一大群观众面前表演的真实感受。

不过到了第三首歌结尾时，他不再害怕。第一组歌结束时，他已经如鱼得水。这场表演很多年后，特尔听说了一个关于滚石乐队贝斯手比尔·怀曼的故事。据说，怀曼真的在一场演出上睡着了——不是什么小酒吧哟，听着，是大型舞台，然后从舞台上摔下来，摔断了锁骨。特尔知道很多人都以为这故事是杜撰的，但他自己感觉这是真的……毕竟，他处境特殊，可以理解这样的事情是如何发生的。贝斯手是摇滚世界里的隐形人。有几个例外，比如保罗·麦卡特尼，可这些例外也就起到了证明规律的作用。

说不定就是因为贝斯手极其缺乏光环，所以贝斯手市场才长期短缺。“绸缎土星”乐队一个月后解散了（主音吉他手和鼓手为了一个女孩大打出手），特尔加入了节奏吉他手组建的新乐队，从此决定了一生的道路，就这么简简单单、安安静静的。

特尔喜欢在乐队里玩音乐。站在台上，看着台下众生，不单单是身处派对，而是成为能让派对之所以为派对的存在；既几近隐形，又属于必然要素。时不时地开口来几句伴唱，但没有人期待着你发表长篇大论。

他就这样过了十年——学生时代兼职，毕业后就是全职的乐队表演者。他技术过关，但没有野心——没什么抱负。最后，他漂到了纽约，开始制作专辑，在工作室里混日子，发现自己甚至更喜欢玻璃后面的生活。这些年来他交到了一个好朋友：保罗·詹宁斯。友情来得很快，特尔觉得这份工作带来的特殊压力是一部分原因，但不是全部。总的来说，他认为是两个因素的结合：他自身的孤独和保罗无比强烈、势不可当的个性。乔吉差不多也是这个情况，周五晚上发生那件事后，特尔意识到了这一点。

他和保罗在麦克马纳斯酒吧小酌，坐在靠后的位子上，谈论混音、生意、纽约大都会棒球队什么的。结果突然间，詹宁斯的右手放到桌下，轻轻捏了捏特尔的裤裆。

特尔迅速躲开，动作幅度很大，弄倒了桌上的蜡烛和詹宁斯的酒杯。服务员过来扶起蜡烛，防止桌布着火，然后就走了。特尔看着詹宁斯，眼睛大睁，写满了震惊。

“对不起。”詹宁斯说，确实面露抱歉神色，但是很平静。

“天哪，保罗！”他脑海里只剩下这句话，一句显然非常不充分的话。

“我以为你已经准备好了，就这样。看来得更敏锐一点的。”詹宁斯说。

“准备好了？”特尔重复道，“你什么意思？准备好干吗？”

“出柜呀，让自己出柜。”

“我不是同性恋。”特尔说，但心跳得很快。部分出于愤怒，部分出于他对在詹宁斯眼里看到的笃定感到恐慌，大部分出于惊讶。詹宁斯刚才的动作让他彻底蒙了。

“这事就这么过去吧，好吗？咱们下决心忘了它，当它从没发生过。”直到你想出柜为止，那双意难平的眼睛如是说。

哦，事情确实发生了。特尔想说，但没说出口。理智和现实的声音不允许他这样说……不允许他冒险点燃保罗·詹宁斯臭名昭著的暴脾气。毕竟，那是份好工作……而且，好的还不只工作本身。他可以把罗杰·多特里的录音带写进简历里，这好处可比两周薪水多多了。所以这会儿一定要表现得足够圆滑，克制住年轻人的愤怒冲动，下次再发泄出来。再说了，他真的有什么好气的吗？毕竟人家也不是强奸了他呀。

而事实上，这只不过是冰山一角而已。剩下的故事是：他闭嘴了，因为他一直就是闭着的。不只是闭上了，还死死闭着，紧得跟捕熊器一样，从头到脚。

“行吧，从来没发生过。”他就只说了这句。

当晚，特尔睡得很不安稳，一直做噩梦：先是梦到詹宁斯在麦克马纳斯酒吧摸了他，然后梦到隔间门后的球鞋——他打开门，结果里面坐的是詹宁斯。他死了，浑身赤裸，还处于一种性兴奋的状态，虽然死了这么久。保罗的嘴“啪”的一下张开了。“没错，我知道你准备好了。”尸体幽幽地说，吐出一阵绿色的臭气。特尔裹着被单掉下床，摔在地板上，醒了。凌晨四点。清晨的第一缕阳光正钻过高楼大厦间的缝隙，穿过窗户照了进来。他穿上衣服，坐起来抽烟，一根接一根，直到该去上班。

周六十一点左右——为了赶多特里的带子，他们一周工作六天——特尔走进三楼男厕尿尿。他就站在门里面，揉着太阳穴，转头看向隔间。

看不见。角度不行。

那就别管了！去他的！赶紧尿完走人！

他慢慢走到一个便池前，解开拉链。过了很久才尿出来。

走的时候他又停了一下，歪了歪头，转过身，慢慢走向转角，一到能看见第一个隔间门下面的位置就停下。那双白色脏球鞋还在。过去被叫作音乐城的楼今天几乎就是空的——周六上午式空荡，但是球鞋还在。

特尔盯着隔间门外的一只苍蝇。这苍蝇爬到门底下，接着爬上了脏球鞋——特尔全程都热切地看着。结果刚碰到鞋，它就停下了，死了，加入球鞋周围的昆虫尸体大军。特尔毫不意外（至少他感觉自己没有）地看到大军里除了苍蝇，还有两只小蜘蛛和一只大蟑螂。蟑螂四脚朝天地躺着，像一只翻过来的乌龟。

特尔轻轻松松地踩着大步离开了男厕，但回工作室的过程极其诡异：似乎不是他在动，而是楼在动，经过他，包围他，像河水流经石头的场景。

*一会儿我要跟保罗说我身体不舒服，想请假休息，*他想，但他不会这么做。保罗整个早上心情都不好，很乖僻。特尔知道自己是他心情不好的原因之一（也可能是全部）。保罗会因此炒他鱿鱼吗？一周前他会对这个想法嗤之以鼻，不过一周前他还对自己一直以来的想法深信不疑呢：朋友是真的，鬼怪是假的。现在他开始怀疑自己是不是把这两个假设倒过来了。

“浪子回来了，”特尔打开工作室第二道门（被称为绝对隔音门）的时候，詹宁斯头也不回地说，“我以为你死那儿了呢，约翰尼。”

“不，不是我。”

是那个鬼魂。特尔在多特里的混音以及他和保罗的合作结束的前一天发现了鬼魂的身份，不过在此之前，还发生了很多其他事情。都是差不多的事，一桩桩小事，就像宾州高速公路上小小的的英里标志牌，宣布着约翰·特尔稳定持续的崩溃进程。他知道自己快崩溃了，但无力阻止。好像他不是自愿开在这条路上，而是被迫的。

一开始，他的行为简洁明了：避开那个男厕，完全不去想球鞋的事情。就直接把这玩意撇到一边，关到黑屋里。

但是他做不到。球鞋时不时地就蹦出来，像那些陈年伤痛一样发动突袭。有时候是坐在家里，看着 CNN（美国有线电视新闻网）或者其他什么愚蠢的谈话节目，然后猛地发现自己想起了苍蝇，想起了换厕纸的保洁员显然什么都没看见。再抬头看钟的时候，才意识到一个小时过去了。有时候更久。

他曾一度确信这是个恶作剧。保罗干的，当然了，有可能和雅努斯音乐室的那个死胖子一起——他不止一次地看到他们凑在一起嘀咕，而且还看着他笑。接待员也极有可能，他抽着骆驼牌香烟，瞪着那双死气沉沉、疑东疑西的眼睛。不是乔吉，乔吉没法保密这么长时间，就算保罗逼他这么干，但其他任何人都有可能。有一两天，特尔甚至怀疑罗杰·多特里本人也轮流穿着那双鞋带系错的球鞋去厕所的隔间里转了一圈。

虽然他知道这些想法都是偏执的幻想，但知道并不意味着能不去想。他试图让这些想法滚开，坚持詹宁斯没有搞这么一出恶作剧，脑海里的声音也总是回应：嗯，行吧，说得过去。然后五小时后——甚至可能二十分钟后，他开始幻想他们一堆人坐在两个街区外的德斯蒙德牛排屋里：

保罗、那个烟不离手的接待员（估计喜爱重金属乐队），说不定还有时尚贺卡工作坊的那个瘦子，一起吃着鸡尾酒虾，喝着酒。当然了，还一起哈哈大笑，笑他，桌下皱巴巴的棕色纸袋里放着那双他们轮流穿的白色脏球鞋。

特尔能看到那个棕色袋子。情况已经差到这种地步了。

那短暂的想象还不是最坏的，最坏的是这样：三楼男厕有引力。就像男厕里有一块强力磁铁，而他口袋里装满了铁制品。如果之前有人跟他这么说，他肯定就笑了（如果很严肃地说了，那他可能只是默默地笑一笑）。但真的就是这样，每次去工作室或电梯经过三楼男厕时，他都会产生强烈的冲动。这种冲动很可怕，像是被拉向高楼一扇开着的窗户，或者你把枪举到嘴边塞进去的时候，另一个你在无助地看着自己。

他还想再看看那双鞋。他知道继续看下去会让他没命，但他控制不住。就是想再看看。

每次经过，就有冲动。

在梦里，他一次又一次地打开那扇隔间门，就为了看一眼。

好好看一眼。

他没法告诉任何人。他知道如果说出来会好一些，知道告诉别人会改变这件事，甚至可能成为解决问题的契机。有两次他走进酒吧，设法和旁边的男人搭话，因为他觉得酒吧是最容易聊天的地方。随便聊。

第一次，他还没来得及开口，被他选中的那个男人就开始大聊洋基队和乔治·斯坦布伦纳。斯坦布伦纳简直是融入了他的血脉，根本不可能岔开话题聊点别的。特尔很快就放弃了。

第二次，他成功地和一个看起来是建筑工人的男人搭上了话，内容非常轻松愉快。他们聊了聊天气、棒球（真是万幸，这个男人不是个棒球狂热者），接着说到了在纽约找工作真不容易。特尔大汗淋漓，仿佛自己正在做什么重体力活，比如把装满水泥的独轮手推车往斜坡上推。不过，这次似乎进展不错。

那个看起来像建筑工人的人喝着黑俄罗斯鸡尾酒，特尔一直都喝啤酒。好像他一边喝进去，一边都通过汗流掉了。然后在互相为对方买了几轮酒后，特尔鼓起勇气，开始讲那事。

“你想听一件特别奇怪的事吗？”他说。

“你是同性恋？”特尔还没来得及再说点什么，那男人就直接这么问了。他转过身，带着友善的好奇审视特尔。“我是说，你是不是我都无所谓，不过我理解，我只是想告诉你我不是。提前说清楚，对吧？”

“我不是同性恋。”特尔说。

“哦，那什么很奇怪？”

“嗯？”

“你说有一件特别奇怪的事。”

“哦，其实也没那么奇怪。”特尔说，然后低头看了看表，说时间不早了。

在多特里混音结束的三天前，特尔离开工作室去尿尿。如今他习惯了用六楼的厕所。之前用过四楼、五楼的，但这两个都是在三楼男厕的正上方，他觉得球鞋的主人仿佛能穿透地板，对他施加影响，把他吸走。而六楼的男厕在楼另一侧，完美解决了这一问题。

他轻快地走过前台，去往电梯，一路眨着眼，但是突然间，他发现自己没在电梯里，而是出现在三楼男厕里，门在身后轻轻关上了。他从来没有这么害怕过。部分是因为球鞋，不过主要是因为他知道自己刚刚有三到六秒的时间失去了知觉。人生第一次，他的大脑直接短路了。

如果不是门突然打开，重重砸到他背上，他甚至都不知道自己在那里站了多久。是保罗·詹宁斯。“不好意思，约翰尼，我不知道你来这里沉思了。”

他没等他说什么，就直接走了过去（不过，他也得不到什么回应，特尔后来想，他的舌头冻在上腭了），去了隔间。特尔终于能动了，他走到第一个便池旁，拉开拉链，这么做完全是因为他担心如果自己转身跑了，保罗可能会非常得意。不久前他还把保罗当朋友——唯一的朋友，至少在纽约是的。显然，一切都变了。

特尔站在便池前十来秒，然后冲水。他朝门走去，又突然停下，转过身，踮着脚轻轻走了两步，弯腰看第一个隔间的门下面。球鞋还在，周围一堆堆的死苍蝇。

保罗·詹宁斯的乐福鞋也在。

特尔看到的画面类似双重曝光，或者《逍遥鬼侣》里做作的鬼魂效果。一开始他感觉自己透过球鞋看到了詹宁斯的乐福鞋，接着球鞋好像实体化了，他透过乐福鞋看到了球鞋，似乎保罗成了鬼魂。只不过就算乐福鞋虚化的时候也一直动来动去，而球鞋则全程死寂，一如既往。

特尔走了。两周以来，他第一次感到内心平静。

第二天，他做了一件本来早就该做的事情：他邀请乔吉·罗科勒吃午饭，问他有没有听说过这个以前被叫作音乐城的大楼的什么奇怪谣言。他不明白自己为什么没早点这么做。他只知道昨天发生的事情似乎让他清醒过来了，类似一个响亮的巴掌或者兜头一盆冷水的效果。乔吉可能什么都不知道，但也可能知道点什么；他至少和保罗一起工作七年了，大部分时候都在音乐城。

“哦，鬼魂，你说的是？”乔吉问，笑了。当时他们在第六大道的卡庭餐厅，正值午饭时间，生意很好。乔吉咬了一口咸牛肉三明治，嚼了嚼，咽下去，吸了一口冰激凌苏打（插了两根吸管）。“谁告诉你的，约翰尼？”

“哦，一个保洁员。”特尔说，声音非常平稳。

“你确定自己没看见？”乔吉问，眨了眨眼。这是保罗的长期助手所能做到的最大限度的调戏了。

“没。”他确实没看见。只有球鞋，还有些死虫子。

“嗯，现在差不多都没人说了，不过有一段时间，所有人都在说——那个鬼魂怎么阴魂不散。就在三楼，厕所的隔间里头。”乔吉抬起手，在长满绒毛的脸颊旁摇晃着，嘴里哼着电视剧《迷离时空》里的曲子，试图装神弄鬼。不过这动作对他来说，属于高难度。

“对，我也这么听说。但那个保洁员不肯多说，也可能他根本就不知道别的。他就笑了笑，然后走了。”

“这事发生在我和保罗共事之前，后来是保罗告诉我的。”

“他自己从没见过鬼魂？”特尔问，心里知道答案。昨天保罗就坐在鬼魂上。更确切地说是他透过鬼魂拉屎。

“没有，他过去老是笑话这事，”乔吉放下三明治，“你知道他有时候……嗯，有点……有点贱。”如果被迫说点别人的坏话，乔吉就会微微结巴。

“我知道，不过别管他了。那鬼魂是谁呀？他怎么了？”

“哦，就是个毒贩子。我猜是一九七二或七三年的事了。当时保罗刚开始工作，只是个混音师助理，那是经济大萧条之前的事了。”

特尔点点头。一九七五年到一九八〇年左右，摇滚行业陷入了低谷。孩子们都把钱花在游戏上，不再买唱片。一九五五年以来，专家们大概已经第五十次宣告了摇滚乐的死亡。跟之前四十九次一样，摇滚乐即使死了也是一具生机勃勃的尸体。游戏过时了，音乐电视进入市场，从英国吹来一股新鲜的明星风，布鲁斯·斯普林斯汀发行了《生于美国》的专辑，说唱和嘻哈开始流行起来。

“大萧条之前，唱片公司的经理常常拿着公文包在大型演出前到后台发违禁药品。那会儿我还是演唱会现场的混音师，亲眼看到了这个场景。有个人——一九七八年死了，但说出名字你应该知道——每次表演前都要一罐橄榄。罐子包装得很好，还扎了蝴蝶结、系了丝带之类的。只不过橄榄不是泡在水里，而是违禁药品里。他把这些橄榄放到酒里喝，还管这些叫'马天尼炸药'。"

"我赌那些就是。"特尔说。

"好吧，当时很多人觉得那种药剂差不多就是种维生素。他们说不会让人上瘾，也不像烈酒那样让人断片。而这栋楼，朋友，这栋楼就是巢穴呀。药片、各种药剂、麻醉品什么的都是家常便饭，不过那人发的是热门产品。那个人——"

"他叫什么？"

乔吉耸耸肩。"不知道，保罗从来没说，我也从来没听别人说过——至少我不记得听人说过。他就像个外卖小哥，就你每天都能看到的在电梯里拿着咖啡、甜甜圈、百吉饼上上下下的那些人。唯一的差别是他送的不是咖啡什么的，而是违禁药品。一周能见到两三次，先到顶层送，然后一层层送下去。他一条胳膊上搭着外套，手里拎着一只鳄鱼皮箱子。再热的日子他胳膊上都搭着外套，这样人们就看不见手铐了。不过我估计有时候还是能看见。"

"什么东西？"

"手……手……手铐，"乔吉说，喷出一点面包和牛肉，然后立刻就脸红了，"天哪，约翰尼，对不起。"

"没事，要不要再来一杯冰激凌苏打？"

"好的，谢谢。"乔吉感激地说。

特尔挥手示意服务员。

"所以他是个外卖小哥。"他说，主要是为了让乔吉放松下来——乔吉还在用餐巾纸拍嘴。

“没错，”第二杯冰激凌苏打到了，乔吉喝了几口，“他从八楼的电梯里出来的时候，铐在他手腕上的那个包里满是违禁药品。他从一楼的电梯里出来的时候，里头装的满是钱。”

“机智呀，点石成金。”特尔说。

“嗯，但到了最后，魔法消失了。有一天，他只下到了三层。有人在男厕里干掉了他。”

“用刀？”

“我听说是有人打开了他那个隔间的门，在他眼里插了一支铅笔。”

特尔眼前浮现出生动的画面，正如他看到幻想出来的阴谋家们在餐厅聚会时桌下的那个皱巴巴的袋子一样：一支贝罗尔黑武士铅笔，笔尖削得很尖，刺穿空气，一下扎进瞳孔中心。眼球爆裂。他瑟缩了一下。

乔吉点点头。“恶……恶心吧？但估计是假的，我是说那部分是假的。大概就是有人刺了他。”

“嗯。”

“不过不管是谁干的，凶手肯定是用了什么利器。”乔吉说。

“是吗？”

“嗯，因为包不见了。”

特尔看着乔吉。这个画面他也能看见，甚至乔吉还没说呢，他就能看见。

“警察来了，把那人从隔间里弄了出来，结果在马桶里看到了他的左手。”

“哎哟。”特尔说。

乔吉低头看了看盘子，还剩了一半三明治。“我大概饱了。”他说，不安地笑了笑。

回工作室的路上，特尔问："所以就是那个外卖小哥阴魂不散……待在那个厕所里？"他突然笑了，因为虽然整个故事让人毛骨悚然，有个鬼魂盘踞在拉屎的地方这事还是有点搞笑。

乔吉笑了。"你知道人的。刚开始他们是这么说，后来我和保罗一起工作的时候，人们告诉我他们看到他在厕所里。不是全身，就一双球鞋，在隔间门底下。"

"就一双球鞋，对吧？真有意思。"

"对，所以说他们都是编的嘛，或者幻想出来的，因为你只能听那些生前认识他的人这么说，那些知道他穿球鞋的人。"

特尔点点头。案子发生的时候，他还是个生活在宾州乡下、一无所知的孩子。他们到了音乐城，两人走过大厅去电梯的时候，乔吉说："你也知道咱们这个行业风向变得有多快。今天在这儿，明天就不知道去哪儿了。我怀疑当时在这里上班的人，现在应该没剩几个了，除了保罗和几个保……保洁员。这几个人都不会从那个外卖小哥手里买药品。"

"嗯，没错。"

"所以你基本上听不到这个故事了，也没人再看到他了。"

他们进了电梯。

"乔吉，你为什么一直跟着保罗干？"

虽然乔吉低下了头，耳朵尖通红，但似乎没有对话题的突然转向感到惊奇。"干吗不呢？他很照顾我。"

和他睡了吗，乔吉？这个问题很自然就出来了，接着上一个问题，但他没问出口。不敢问，因为他知道乔吉会诚实地回答他。

特尔，一贯难以和陌生人交谈，也很难交到朋友的特尔，突然抱住了乔吉。乔吉回抱了他，没有抬头。然后他们分开，电梯也到了，大家继续混音。第二天晚上六点十五分，詹宁斯拿起自己的文件（刻意没看特尔的方向）的时候，特尔进了三楼男厕，去看白球鞋的主人。

和乔吉聊天的时候，他突然想明白了一件事，或者你可以把这么强烈的感觉称为顿悟。是这样的：有时候，如果你能鼓起足够的勇气去面对生命中阴魂不散的鬼魂，你就可以摆脱它们。

这次没有任何失去意识的时刻，也没有恐惧……只有胸腔里稳定、沉重的心跳。所有感官极度敏感。他闻到了氯气、便池里的粉色消毒球，还有陈年旧屁的气味。他能看到墙上和管道上细小的裂缝，能听到自己走向第一个隔间时发出的空荡的脚步声。

球鞋几乎被埋在了死蜘蛛和死苍蝇堆里。

一开始只有一两只。因为球鞋出现了，它们才得死，而直到我看见了，它们才出现。

“为什么是我？”他在一片寂静中清楚地问。

球鞋没动，也没有回答的声音。

“我不认识你，从来没见过你，不用你卖的东西，以后也绝不会用。为什么是我？”

一只鞋动了动，周围的那堆死苍蝇发出了窸窣声，然后那只动了的鞋——系错鞋带的那只——往后缩了缩。

特尔推开隔间门，一个铰链发出嘎吱嘎吱的声音，很有哥特式的风范。好了。神秘的客人，请上线吧，特尔心想。

神秘客人正坐在马桶上，一只手垂在大腿上。他差不多就是特尔梦中见到的样子，除了一点：只有一只手。另一只手只剩了一截残肢，末端暗红，很脏，沾了好几只死苍蝇。到了这会儿，特尔才意识到自己从没留意过球鞋兄的裤子（如果你经常低头看隔间门底下的鞋子，难道不该留意到掉在鞋子上的褪下的裤子吗？莫名的喜感，或者毫无防备，还是互为因果？）。他之前没留意过裤子，因为裤子好好穿着呢，扣着皮带，拉着拉链。是条喇叭裤。特尔试图回忆起喇叭裤是什么时候开始不流行的，但没记起来。

球鞋兄上身穿了一件蓝色条纹工装衬衫，两侧口袋上各有一个嵌花的和平标志。头发向右分，那里也有一堆死苍蝇。门后的挂钩上挂着乔吉说过的那件外套，歪斜的肩上也落着一些死苍蝇。

传来一阵刺耳的声音，有点像之前铰链发出的哥特式声音。是死人脖子上的肌腱，特尔意识到。球鞋兄正在抬头。他看着特尔，后者一点也不惊讶，除了看到他右眼窝里伸出的两英寸铅笔，对面就是特尔每天刮胡子的时候在镜子里看到的脸。球鞋兄就是他，他就是球鞋兄。

“我知道你准备好了。”他告诉自己，声音粗哑平平，像一个很久没说过话的人的声音。

“我没有，滚。”特尔说。

“准备好了解真相了，我是说。”特尔告诉特尔。站在隔间门口的特尔看到了坐在马桶上的特尔鼻翼周围的白色粉末。好像那个特尔不但卖违禁药品，自己也磕。他进厕所正准备这么做，结果被人打开了隔间门，在眼睛里插了一支铅笔。那么是谁用铅笔杀了他呢？大概只能是在那种情况下的犯罪……

“哦，就是冲动，”球鞋兄用粗哑平平的声音说，“举世闻名的冲动犯罪。”

特尔——站门口的那个——明白那确实就是实际情况，不管乔吉是怎么想的。凶手没有看看隔间门下面，而球鞋兄又忘了锁上门。两个巧合碰面了，在其他情况下，这只会引起一句“不好意思”和匆忙退开。但这一次，发生了点不同的事情。这次，两个偶然的相遇引发了一场冲动谋杀。

“我没忘锁门，是锁坏了。”球鞋兄用他那粗哑平平的声音说。

是的，没错，锁坏了。没什么不同。铅笔呢？特尔很确定凶手推开隔间门的时候手上就拿着铅笔，但不是作为凶器。他拿了那支笔只是因为有的时候你就想拿点什么——一根烟、一把钥匙、一支钢笔或铅笔，用来把玩。特尔觉得那支铅笔大概在两人都没想到的时候就进了特尔的眼睛里。紧接着，可能因为凶手正好又是药品买家，知道那个包里装的是什么，所以他就又关上门，让被害人坐在马桶上，离开大楼，去……嗯，去买点东西……

“他去了五个街区外的五金店，买了一把钢锯。”球鞋兄说。特尔突然意识到眼前的不再是他自己的脸了，而是一张三十岁左右，长得有点像印第安人的脸。特尔的头发是姜黄色的，一开始球鞋兄的头发也是，但现在成了粗糙、黯淡的黑色。

他还意识到了点别的东西——就像你做梦时突然产生的意识：人们看到鬼魂的时候，总是先看到自己的脸。为什么？原因类似于深海潜水员在浮出水面前要暂停一会儿，如果出水太快，他们的血液里会产生氮气泡，让人非常痛苦，甚至可能导致死亡。同理，看到鬼魂的一瞬间，现实会扭曲。

“一旦超过了自然范围，整个感知都会改变，对吧？”特尔哑着嗓子问，“这就是为什么我的生活最近会这么奇怪。我体内有什么东西正冒出来应对……好吧，应对你。”

对面的尸体耸耸肩，死苍蝇从他肩上簌簌落下。“你告诉我剩下的事情吧，兄弟——毕竟你长了脑子。”

“好吧，我来告诉你。他买了一把钢锯，售货员装到袋子里给了他，然后他回到了这里。他一点都不担心。毕竟，如果有人发现了你，他肯定就知道了。门口会围一大群人。他就是靠这个来判断的，说不定还有警察。如果一切正常，他就进隔间拿包。”特尔说。

“他一开始试了链子，结果没成功，然后就用钢锯锯断了我的手。”

他们互相看着对方。特尔突然意识到自己能看到马桶座圈和尸体后面肮脏的白色瓷砖了……尸体最终变成了真正的鬼魂。

“你现在知道了吧？为什么是你？”鬼魂问特尔。

“嗯，你必须找个人说出这事。”

“不是——历史就是狗屎，”鬼魂说，露出一个恶毒的微笑，让特尔不寒而栗的微笑，“不过知道有时候是好事……当然了，前提是如果你还活着，”它顿了顿，“你忘了问乔吉一件重要的事，特尔。一件他可能不会诚实回答的事。”

“什么？”他问，但已经不确定自己真的想知道了。

“那时候，谁是我最大的三楼客户。谁欠我近八千美元。谁被断货了。谁在我死后去了罗得岛的一个戒毒所，两个月后成功戒毒。谁如今任何白色粉末都不敢靠近。乔吉那时候还不在这儿，不过我觉得他还是知道所有答案的，因为他听到人们在说。你注意到有乔吉在周围时，人们的聊天方式了吗？好像他不在似的。”

特尔点点头。

“他的脑子可一点都不结巴。我想他知道这些事，他永远都不会说，特尔，但我想他知道。”

鬼魂的脸又变了，这次浮现出的脸轮廓分明、闷闷不乐。保罗·詹宁斯的脸。

“不。”特尔低声说。

“他拿到了超过三万美元，”长了保罗脸的尸体说，“用这笔钱去了戒毒所……还剩了一大笔做没戒掉的恶事。”

突然间，马桶上的鬼魂越来越淡，不一会儿就完全消失了。特尔低下头，看到地板上的死苍蝇也都不见了。

他不需要尿尿了。回到控制室后，特尔告诉保罗他就是个一文不值的浑蛋，等享受够了保罗脸上十足的震惊后就走了。还会有其他工作的；他能力够强，混口饭吃没问题。但知道那件事，确实是得到启示一般的感受。不是当日第一个启示，但绝对是当日最佳。

到家后，他直接走过客厅，进了厕所。撒尿的需求又回来了——事实上很是迫切，不过没关系，这不过是活着的另一部分而已。“拉撒有规律的人是幸福的。”他对着墙上的白瓷砖说。他微微侧身，从马桶的水箱上拿起最新一期的《滚石》，翻到《随心笔记》栏目，读了起来。

You Know They've Got a Hell of a Band

欢迎来到摇滚天堂

玛丽睡醒的时候，他们已经迷路了。她知道，克拉克也知道，虽然一开始他不愿承认；他脸上是一副“我很烦，别来招惹我”的表情，嘴越抿越紧，简直让人担心它要在脸上消失了。“迷路了”不是克拉克的说法，他会说他们“在某个地方转错弯了”。就算说到这份上，这事也让他要死要活的。

一天前，他们从波特兰出发。克拉克在一家电脑公司——行业巨头之一——上班，他们计划去看看波特兰令人愉悦却单调乏味的中上阶层地区之外的俄勒冈，这是克拉克的主意。波特兰被居民们称为“软件城”。“他们说郊外景色很好，”他对她说，“想不想去看看？我有一周的时间，而且已经开始传调岗的事了。如果不去看看真正的俄勒冈，过去这十六个月在我记忆里就只剩下黑洞了。”

她很开心地同意了（学校之前放了十天假，而且也没有暑期班要教），享受一场心旷神怡、说走就走、随心所欲的旅行，却忘了冲动出发往往结局如此：和一群旅人一起迷失在繁茂野林中的无名小路上。这是一场冒险，她想，至少可以这么想，如果你愿意的话，但今年一月份，她三十二岁了，对冒险来说，三十二岁似乎有点太大了。如今她对美好假期的定义是一家配备了干净泳池、床上放着浴袍、浴室里有一个能正常使用的吹风机的汽车旅馆。

不过昨天还行，乡村风光如此美丽，连克拉克都有好几次被震撼到沉默，很难得。他们晚上住在一家很不错的乡村客栈，就在尤金西边，还做了不止一次，而是两次爱（她显然还没老得享受不动），今早朝南进发，打算在克拉马斯福尔斯过夜。他们一开始行驶在俄勒冈州58号公路上，一切正常，但到了中午，在橡树岭吃午饭时，克拉克建议离开公路，因为房车、伐木车太多了。

“好吧，我说不好……”玛丽犹犹豫豫地说，这种犹豫属于一个从丈夫那里听到很多次此类建议，还忍受了其中一些恶果的女人，“我讨厌在这里迷路，克拉克。看上去很是空旷，”她修剪整齐的一个指甲点在了地图上博尔德克里克无人区的绿色小点上，“那个地区是无人区呀，没有加油站，没有厕所，没有旅店。”

“哦，别这样嘛。”他说，推开剩下的炸鸡排。自动点唱机里，史蒂夫·厄尔和公爵乐队正唱着《路上的六天》，透过沾满灰尘的窗，能看到一群无聊的小孩正在玩滑板。他们看上去仿佛就是在挨日子，等着长大后把这镇子给炸了。玛丽完全了解他们的想法。“没什么大不了的，宝贝。我们在58号公路上再往东开几英里，然后向南转到42号公路上……看到了吗？”

“嗯。”她还看到58号高速公路是一条宽宽的红线，而42号公路只是一条弯曲的黑细线。不过她肚子里塞满了烘肉卷和土豆泥，感觉自己像一条刚吞下一只山羊的蟒蛇，一点也不想和克拉克的拓荒者本能起争执。事实上，她想要的是躺倒在自家可爱的老奔驰车的副驾上眯一会儿。

“那么，”他继续说道，“这儿还有条路，没有标号，大概就是条乡道，不过直接通向塔基瀑布，到了那儿，上 97 号公路就易如反掌了——你觉得呢？”

“我觉得你很可能会迷路，”当时她说——一句后悔莫及的玩笑话，“但我猜只要你能找到一个足够宽敞的地方，我们能掉头，那就没事。”

“就这么决定啦！”他笑着说，把炸鸡排拿回眼前。他又开始吃，连着冻起来的肉汁一起。

“恶心，”她说，抬起一只手挡在眼前，嫌弃地皱起眉，“你怎么这样？”

“味道很好，”克拉克嘴里塞满食物，用只有妻子才能理解的模糊不清的声音回答，“还有，旅游的时候就得吃当地的食物。”

“看起来就像有人冲着一个陈年汉堡打了个大喷嚏，”她说，“我再重复一遍：恶心。”

他们心情很好地离开了橡树岭。一开始一切顺利，直到离开 42 号公路拐上无名小路麻烦才来，那条克拉克特别确定能直接把他们带到塔基瀑布的路。刚开始似乎也不是什么麻烦，不管是不是乡道，新路都比 42 号公路好得多，后者坑坑洼洼，还有不少冻胀的土地，哪怕是在夏天。他们一路情绪高涨，轮流往播放器里放磁带。克拉克对威尔逊·皮克特[1]、艾尔·格林之流着迷，玛丽正好完全相反。

玛丽放进她近期最爱的卢·里德的《纽约》。“你看上这些白人男孩什么了？”克拉克问。

“我结婚了呀，不是吗？”她问。这话把他给逗笑了。

---

[1] 美国 R&B、灵魂乐和摇滚乐歌手及作曲家，下文的艾尔·格林也是美国灵魂乐歌手。

十五分钟后，他们到了一个岔路口，第一个麻烦来了。两条岔路看起来都很正确。

“该死。”克拉克说。他停下车，摁开置物箱，拿出地图，看了很长时间。“这路不在地图上。”

“天哪，果然如此。”玛丽说。克拉克在这个猝不及防的岔路口停车时她快要睡着了，这会儿她有点不爽了。“想听听我的意见吗？”

“不想，”他说，听上去也有点不爽，“不过我感觉还是会听你的。我讨厌你冲着我翻白眼的样子，怕你不知道，告诉你一声。”

“什么样子，克拉克？”

“好像我是条老狗，刚刚在餐桌下面放了个屁。说吧，说说你的想法。来吧，开始你的表演。”

“趁着还有时间，掉头回去。这就是我的建议。”

“啊哈，你就差一个写着‘忏悔’二字的告示牌了。”

“这是个笑话？”

“不知道呀，梅尔[1]。”他说，声音闷闷不乐，就那么坐着，一会儿看看糊满虫子的风挡玻璃，一会儿仔细看看地图。他们结婚差不多有十五年了，玛丽很了解他，明白他现在几乎是下决心要继续往前开了……并不是因为不担心猝不及防的岔路口，而是因为那个。

克拉克·威林厄姆的命根子在遭到威胁时，绝不退缩，她想，然后抬手捂住嘴，遮挡已经露出来的笑容。

她动作还不够迅速。克拉克看着她，一侧的眉毛挑起。她突然产生了一种不安的想法：如果这么多年过去，她可以像读童书一样读懂他，那说不定他也有同样的能力。“有事？”他问，声音有点轻。就是在那时——她现在意识到了，甚至是在睡着之前——他的嘴在不断变小。“甜

[1] 玛丽的昵称。

心，想分享一下吗？”

她摇了摇头。“就是清清嗓子。”

他点点头，把眼镜推到越来越秃的额头上，拿起地图，鼻尖几乎都要碰上了。“嗯，肯定是左边的岔路口，因为那是朝南走的，往塔基瀑布方向。另一条路朝东，大概是通往某个牧场的路。”

“一条中间有黄线的路？”

克拉克的嘴变得更小了。“有些牧场主的有钱程度能让你震惊。”他说。

她想着要不要向他指出童子军和拓荒者的时代已经过去很久了，他的命根子也没真的遭到威胁，然后觉得其实自己更想在午后阳光里眯一会儿，而不是和自己的丈夫吵嘴，特别是昨晚还美美地做了两次。再说了，他们最后一定会到达某个地方，不是吗？

心里这么宽慰地想着，耳朵里听着卢·里德唱着美国最后一只大鲸，玛丽·威林厄姆睡着了。到了克拉克选的那条路的路况恶化的时候，她正浅睡着，梦到他们回到了中午吃饭的那家橡树岭咖啡店。她想在自动点唱机里投二十五美分，但投币口被肉之类的东西堵住了。在停车场里玩的一个孩子经过她，胳膊下夹着滑板，反戴着开拓者队的棒球帽。

“这玩意什么情况？”玛丽问他。

那孩子走过来，迅速看了一眼，耸耸肩。“哦，没什么事，”他说，“就是某个人的尸体，剁碎了，为了给你和其他游客吃。我们这儿可不是二流小店，体现大众文化，比如松饼。”

然后他伸手在她右乳尖捏了一把——不是很友好的那种，走了。等她再回头看点唱机时，发现里面全是血，还漂着什么东西，疑似人体器官。

或许最好停一下卢·里德的磁带，她想着，此时在点唱机玻璃后的血池里，一盘磁带飘了下来，落在唱盘上——好像是受到了她思想的召唤，卢开始唱《一巴士的信仰》。

当玛丽做着这个以平稳速度变得越来越糟心的梦时，路况变得更糟糕了，坑洼越来越多，到最后，路面上就只剩了补丁块。卢·里德的磁带——很长——到底了，开始循环。克拉克没注意到，他今天开始时的那种愉快表情早已不见了，嘴巴紧紧抿着，就剩玫瑰花苞那么大。如果玛丽醒着，肯定早就说服他掉头回去了，这会儿也往回开了好几英里。他知道这一点，就像他也知道如果她现在醒了，看到这条窄小破碎的样品路——得在最宽容的条件下才能被称为路，两侧挤满松树，树与树之间近得足够让这条路全程处在阴影中——之后会怎样看他一样。自从出了42号公路后，对向车道就再也没看到一辆车。

他知道自己应该掉头——玛丽极讨厌他陷入这样的境地，却总是不记得他有很多次通过陌生的小路准确无误地到达他们计划的目的地（克拉克·威林厄姆是数百万个以为脑子里自带指南针的美国男人之一）。但他不回头，起初是固执地相信自己肯定能到塔基瀑布，渐渐地就只是希望能到。此外，说真的，没有掉头的地方。如果真掉头了，估计会把车轱辘陷进路边泥泞的沟里……天知道拖车过来得花多久，或者他为了打电话叫拖车得走多远。

最后，他还真到了一个能掉头的地方——又一个岔路口，不过他选择了不掉头。理由很简单：虽然右边的路是条有车辙的沙砾路，中间还长着草，左边那条却是康庄大道，路很宽，路面很好，中间还用明黄色的线分开。根据克拉克脑子里的指南针，左边这条是向南的，他都能感受到塔基瀑布了。十英里，要么十五，最多不超过二十。

不过掉头的念头至少还是出现过。后来他这么告诉玛丽的时候，看到了她眼里的怀疑，但这是真的。他决定继续往前开，因为玛丽开始有醒来的迹象。他很确定如果又开回刚才那条坑坑洼洼、崎岖不平的路，绝对会让她醒过来……然后她就会用她那双美丽的蓝色大眼睛看着他。就那么看着。这就够人受的了。

再说了，塔基瀑布转眼就到了，干吗还花一个半小时掉头开回去？看看那条路，他想，难道那样一条路会慢慢消失吗？

他挂上挡，朝左边的岔路开过去。毫不意外，路再次渐渐消失了。过了第一个山坡，黄线也消失了。过了第二个山坡，路面成了凹凸不平、满是车辙的土层，两旁阴沉的树木逼得更近，太阳——克拉克第一次意识到——正从错误的方向下山。

道路消失得太突然，克拉克甚至来不及踩刹车，车子就已经上了新路面，发出硬邦邦的刺耳声音。玛丽醒了。她猛地坐起来，瞪大眼睛看四周。"哪里——"她开口道，接着，仿佛是为了让这个下午变得格外完美和完整，卢·里德的烟嗓也加快了速度，直到急匆匆地以"艾尔文与花栗鼠乐队"的速度唱出"晚上好，瓦尔德海姆先生"。

"哦！"她说，按下了弹出键。

磁带退了出来，连着一个恶心的棕色"胎盘"——一圈圈亮闪闪的带线。

车子撞上了一个几乎深不见底的坑，猛地偏向左边，接着又像一艘高速帆船穿越暴风雨一样上下颠簸起来。

"克拉克？"

"什么都别说，"他咬紧牙关说，"我们没有迷路。这条路一两分钟内就会变回沥青路——说不定就是在下个山头。我们没有迷路。"

还在被刚刚的梦境折磨着（虽然她不太记得具体内容了），玛丽把毁了的磁带放在腿上，为它哀悼。她想着再买一盘，不过这里可没有。她看着两边黑压压笼罩着的树木，仿佛要吞了这条路，像宴会上饥肠辘辘的宾客一样。显然，这儿离最近的淘儿唱片店还很远。

她看了看克拉克，注意到他脸颊红了，嘴巴几不可见，他觉得闭嘴才是明智的做法，至少目前是。如果她安安静静的，也不指责他，他就更有可能在这条不像路的路上消失，并且从变成沙石坑和流沙沼泽的梦境中清醒过来。

“再说了，没法掉头。”他说，好像她已经给出了那个建议一样。

“我明白。”她不偏不倚地说。

他看着她，说不定想干一架，也说不定只是尴尬，希望她不要太生他的气——至少目前还没有，然后又转头看前方。现在，路中间也长出了花花草草，路还非常窄，如果这会儿真碰上另一辆车，其中一辆肯定得倒车。这还不是最有意思的呢！前面的路越看越不靠谱，两侧的矮小树木仿佛在互相博弈，抢占湿地上的位置。

路边没有电线杆。她差点向克拉克指出这一点，后来决定还是闭上嘴比较明智。他沉默地往前开，直到碰上一个下坡弯道。他还抱着一线希望，希望能在坡道后出现转机，但两边生长过盛的树木还是一如既往地拥堵在一起。如果真要说有什么变化，那就是更暗、更窄了，甚至开始让克拉克想起他在自己喜爱的科幻小说里读到的那些路——特里·布鲁克斯、斯蒂芬·唐纳森、托尔金（当然有他了，这可是精神导师般的存在）写的故事。在这些故事里，角色们（一般长着毛茸茸的脚和尖尖的耳朵）常常跟自己不好的预感对着干，选择无人问津的小路，然后和巨魔、怪物或者手持权杖的骷髅打成一团。

“克拉克——”

“我知道，”他说，左手突然砸在方向盘上——短暂的一下，满是沮丧，效果只是喇叭响了，“我知道。”他停下车，现在，车已经占据了整条路（路？见鬼，说它是车道都名过其实了）。他挂了停车挡，下了车。玛丽从副驾驶位下车，慢慢地。

树木散发的脂香很好闻。她觉得这种不受任何发动机声（甚至高空飞机的嗡嗡声）、人声打扰的寂静有其美好的一面，但也有其阴森的一面。甚至她耳中听到的声音——冷杉幽暗处的鸟鸣、风的飒飒声、车子的轰鸣——也让困住他们的寂静之墙更加凸显了。

她从灰色的车顶望过去，看着对面的克拉克，眼神里没有责备，也没有愤怒，只有乞求：让我们脱离这个困境吧，好吗？求你了？

“对不起，亲爱的，”他说，而他脸上浮现的担忧完全没有安抚到她，“真的。”

她试图说话，但喉咙干涩，一开始并没有发出声音。她清了清嗓子，再次开口。“你认为退回去怎么样，克拉克？”

他考虑了几分钟——鸟儿又在叫了，丛林深处还传来了呼应，然后摇了摇头。“退回是没办法的办法，回到最后一个岔路口至少还有两英里——”

“你是说还有个岔路口？”

他畏缩了一下，垂下眼睛，点点头。“退回去……好吧，你也看到了路有多窄，沟有多脏。要是我们掉沟里了……”他摇摇头，叹了口气。

“所以我们继续往前开？”

“我是这么想的。就算这条路通到地狱去，我也得试试。”

“但是到时候，我们就进入无人区的更深处了，不是吗？”她一直都在努力不让自己的声音沾上指责的语气，目前为止，她觉得自己做得还不错，但情况越来越不被允许了。她生他的气了，非常生气，也生自己的气——气一开始没有阻止他，现在还要哄着他的自己。

“对，但是我更看好前路宽敞的机会，讨厌在这种狗屎路上退回几英里。如果最后还是得退回，我会一步步来——先退五分钟，休息十分钟，再退五分钟，”他露出没什么说服力的笑容，“这将是一场冒险。”

“哦，是的，是冒险，好吧，”玛丽说，心想她对这种事的定义可不是冒险，而是麻烦事，“你确定你要继续不是因为你打心眼里觉得过个山头就能到塔基瀑布吗？”

有那么一会儿，他的嘴似乎完全消失了，她做好了迎接他男性盛怒的准备。接着他的肩塌了，只是摇了摇头。那个瞬间，她看到了三十年后的他，这比困在鸟不拉屎的无名路上更恐怖。

“不是的，我已经放弃塔基瀑布了。在美国旅游的一条重要法则就是两边没有电线杆的路哪儿都到不了。”他说。

所以他也注意到了。

“好了好了，”他回到车上，“我会尽全力把我们弄出去。下次一定听你的。”

是的，是的，玛丽心想，既觉得好笑，又愤愤不平，疲惫不已。我之前听过一次了。就在他把挡位换成行驶挡前，她覆住他的手。“我知道你会的，”她说，把他说的话变成了承诺，“把我们弄出这个鬼地方吧。”

“相信我吧。”克拉克说。

“小心点。”

“这你也可以相信。”他冲她微微笑了笑，这让她好过了一点，然后他挂上行驶挡。庞大的灰色奔驰，和这片幽深树林格格不入的奔驰，又开始慢慢地在阴影重重的路上爬行起来。

里程表显示，他们又开了一英里，什么都没变，除了路的宽度：还在继续变窄。玛丽现在觉得路两旁脏兮兮的冷杉树不像宴会上饥肠辘辘的宾客了，更像围观严重事故的旁观者，带着病态的好奇心。如果路再变窄的话，就能听到树枝擦在车身上的声音了。树下的路面也从尘土飞扬变成泥泞不堪，玛丽能看到不少常年蓄着水的坑，坑里漂着掉落的花粉和松针，脏兮兮的。她感到自己心跳很快，还咬了两次指甲。她还以为这个习惯在嫁给克拉克的一年前就已经彻底改掉了。她开始意识到，如果他们困在了这里，那么毫无疑问，今晚就得在车里过夜了。而且林子里有野兽——她听到了它们穿行的声音。有些动静听上去像是熊那么大的动物。一想到他们一边无助地看着自家陷进坑里的车，一边担心碰上一只熊，她就感觉自己吞了一大团线球。

“克拉克，我想是时候放弃了，掉头回去。已经过了三点——”

“看，那是不是个标牌？”他说，指着前面。

她眯起眼。前面的路正沿着山坡升起，一直到林荫浓密的山坡顶，坡顶旁立着一块亮蓝色的长方形牌子。“是的，是个标牌，没问题。”她说。

“太好了！能看清吗？”

“嗯——它说‘如果你开了这么远，那可真是个蠢货’。”

他看了她一眼，既觉得好笑，又有点恼怒。“很搞笑，梅尔。”

“谢谢，克拉克。我试试。”

“我们去坡顶，看看标牌，再看看山坡那边是什么。如果没什么希望，就倒回去。行吗？”

“行。”

他拍了拍她的腿，然后小心翼翼地往前开。车子走得非常慢，他们都能听到路面上的杂草摩擦底盘的声音。玛丽现在真能看清牌子上的字了，不过一开始她拒绝相信，觉得肯定是自己看错了——这字太疯狂了。但他们越靠越近，字还是没变。

“写的是我想的东西吗？”克拉克问。

玛丽发出一声短促、不知所措的笑声。“当然……但这肯定是谁开的玩笑，你不觉得吗？”

“我已经放弃思考了——思考老让我陷入麻烦，但我看到了不是玩笑的东西。看，玛丽！”

标牌外二三十英尺——就在坡顶前，路突然神奇地变宽了，而且铺了沥青、画了交通线。玛丽感到心上的大石落地了。

克拉克咧嘴笑着。“这不是很美妙吗？”

她开心地点点头，自己也咧嘴笑了起来。

他们到了标牌那儿，克拉克停下车。他们又读了一遍：

欢迎来到

摇滚天堂，俄勒冈。

我们用汽油做饭！你也可以的！

国际青年商会·美国商会·国际狮子会·麋鹿俱乐部

“这肯定是个玩笑。”她重复道。

“说不定不是。”

“一个叫摇滚天堂的小镇？扯淡，克拉克。”

“怎么不行？新墨西哥州有个叫真理或结果的镇，内华达州有个干鲨鱼镇，宾州还有个性交镇。俄勒冈州有个摇滚天堂镇怎么了？”

她晕乎乎地笑了，放松感强烈得难以置信。“你编出来的吧？”

“什么？”

“性交镇，宾夕法尼亚。”

“没呀。拉尔夫·金兹伯格有一次从那儿寄了一本叫《爱神》的杂志，就为了当地的邮戳，但联邦政府不让他寄。我发誓。谁知道呢？可能这镇子是六十年代时一群回归自然的嬉皮士建的。建设者是国际狮子会、麋鹿俱乐部、国际青年商会的成员，但他们保留了原名。”他对这个想法很着迷，觉得既搞笑，又特别甜蜜，“再说了，我没觉得有什么关系。重要的是我们又找到了好路，亲爱的。能开的路。”

她点点头。“所以开吧，小心点。”

“那必须了，”车子上了路面，不是沥青，而是完全没有坑、没有冻胀土地的光滑表面，“小心是我的名——”

他们上了坡顶，克拉克的最后一个字没说出来。他用力踩下刹车，两人被安全带紧紧勒住，接着他猛地把车挂回了停车挡。

“天哪！”克拉克说。

他们坐在车里，发动机空转着，目瞪口呆地看着山下的镇子。

山下的镇子如同一块完美的宝石，坐落在一个小小的、浅浅的山谷里，像一个酒窝。对玛丽来说，这个镇子像极了诺曼·洛克威尔[1]笔下的画以及柯里尔和艾夫斯的小镇插画。她努力告诉自己这就是地理上的相似而已；路蜿蜒着通向镇子，镇子周围都是茂密的墨绿色树林——成片成片年代久远、厚重严实的冷杉长在一起，密密麻麻的。不过事实上，不只是地理环境，她认为克拉克也知道，比如，教堂尖顶的分布太过平衡——一个在镇子最北边，一个在镇子最南边。东边红色的谷仓建筑应该是学校；西边的白色建筑，顶上有一座钟塔，一侧装了卫星信号接收器的那栋建筑，肯定是市政厅。所有房子看起来都极其整洁舒适，让人难以置信，就像那种在“二战”之前的杂志，如《星期六晚邮报》和《美国水星》中出现的漂亮的房产广告。

应该有袅袅炊烟，玛丽心想。看了一圈后，她发现确实有。她突然想起了雷·布拉德伯里《火星纪事》里的一个故事。“火星是天堂。”书里说。火星人巧妙地伪装了屠宰场，把它包装成了所有人梦寐以求的家乡。

“掉头，”她突然说，“这里够宽敞了，只要小心点。”

他慢慢地转头看她，她不太喜欢他脸上的表情。他正以一种你疯了的表情看着她。“亲爱的，你——”

“我讨厌这里，就这样，”她能感到自己的脸热起来，但还是继续说道，“这让我想起我小时候读过的一个恐怖故事，”她顿了一下，“还让我想起《汉塞尔与格蕾特尔》[2]里的糖果屋。”

他继续以克拉克专有的“我才不信呢”的表情看着她。玛丽意识到他想下山到镇上去——又是一波让人讨厌的睾丸素爆发的结果，第一波已经让他们从康庄大道来到了这里。他想冒险，天哪。当然了，他还想要个纪念品。当地杂货店里卖的T恤就不错，上面写着可爱的文字：我

[1] 20世纪早期美国著名插画家，下文的柯里尔和艾尔斯是19世纪美国的著名画家。

[2]《格林童话》中的一则故事。

来了摇滚天堂小镇，这儿的乐队好得要命，你懂的。

“亲爱的——”他传来温柔亲切的声音，这是他用来奉承她做什么事或者他非常想做某件事的专用声音。

“哦，别。如果你真的为我好，那就掉头，开回 58 号公路。要是你这么做了，晚上就让你吃甜食，再来双份都行，只要你吃得下。”

他重重地叹了一声，手握方向盘，眼睛直直看着前方。最后，他不看着她说：“玛丽，看山谷对面，看到远处上山的路了吗？”

“嗯，看到了。”

“看到有多宽了吗？多平坦？路面多好？”

“克拉克，那很——”

“看！我觉得我甚至看到了一辆货真价实的巴士，”他指着路上一只正朝着小镇移动的黄色虫子，金属车身在午后阳光下发出耀眼的光芒，“那边的车可是比这边还多一辆呢。”

“我还是——”

他拿起放在控制台的地图，朝她转过来。玛丽忧伤地意识到他欢快、诱哄的声音暂时掩盖了他非常生气的事实。“听着，梅尔，注意了，因为待会儿可能会有问题。或许我可以在这里掉头，或许我不行——这里确实宽敞点，但我不觉得够宽，而且路面坑坑洼洼，嘎吱声也不小。”

“克拉克，别冲我嚷嚷，求你了。我头疼。”

他努力了一下，让声音变柔和了一点。“如果真的掉头回去，那就得开十二英里才能上 58 号公路，走的还是和之前一样糟糕的路——”

“十二英里不算多。”她试图坚定一点，哪怕只是为了她自己，不过她能感到自己的退缩。她讨厌这样的自己，但于事无补。她产生了一种可怕的怀疑，这就是男人总能按着自己想法来的原因：不是他们的想法对，而是他们总能锲而不舍。他们争论起来的时候跟踢球一样，如果继续争论下去，最后结束的时候，你总会满身伤痕。

“对，十二英里不算多，”他用一种“我正在努力不掐死你，玛丽”的最甜美、最通达的声音说道，“但是上了 58 号公路以后，要绕过这片林子还得开差不多五十英里，那段路呢？”

“你说得好像我们要去赶火车一样，克拉克！”

“我就是觉得很不爽，仅此而已。你看了一眼脚下那座有着可爱名字的美丽小镇，然后就说它让你想起了《十三号星期五》什么的，说要回去。而那边那条路，”他指向山谷对面，“通向正南。上了那条路，说不定离塔基瀑布也就半小时的路程了。”

“你在橡树岭也这么说——在我们开启这段魔幻神秘之旅前。”

他盯着她看了一会儿，嘴巴紧紧抿着，像个钳子一样，然后抓住了变速杆。“该死，”他大喊，“我们掉头。不过，如果我们在路上碰到了另一辆车，玛丽，一辆就行，我们最后还是得倒车回到摇滚天堂，所以——”

在他换挡前，玛丽把手覆在了他手上，一天里的第二次。

“往前开吧。你可能是对的，可能是我犯傻了。”*我反复无常一定是天生如此*，她想，*要么就是我累得不想吵了*。

她移开手，但他没动，看着她。“你确定吗？”

这实在是最荒唐可笑的事了，不是吗？胜利对克拉克这样的男人来说还不够，必须得全体一致通过。她这么多年常常言不由衷，但这次感觉自己真的做不到。

“我不确定。如果你是在听我说话，而不只是对我忍耐，你就能知道了。你可能是对的，可能是我犯傻了——你的想法比我的更有意义，至少我已经承认到这个份上了，我也很乐意保持这态度，但这并不会改变我的想法。所以不好意思，这次我拒绝穿上啦啦队小制服，拿起‘克拉克加油’的牌子为你呐喊助威。”

“天哪！”他说，脸上露出迷茫的表情，让他看上去反常地孩子气——甚至有点讨人厌，“你闹情绪呢，是吗，宝贝？”

“我猜是。”她说，盼着他没看出来刚才那个爱称有多让她不爽。不管怎么说，她都三十二岁了，而他差不多四十一岁。她觉得自己已经老到不能做别人的宝贝了，而克拉克也老到不需要有宝贝了。

接着，克拉克脸上的迷茫神情消失了，她喜欢的克拉克——那个她相信可以与之共度后半生的克拉克——回来了。“不过你穿啦啦队服肯定很可爱，”他说，似乎在评估她的腿长，“没错，很可爱。”

“你是个傻子，克拉克。”她说，发现自己不由自主地对着他笑了。

“没错，太太。”他说，挂上了行驶挡。

镇子没有郊区，除非算上周围的一点田地。他们一会儿沿着一条昏暗、布满树荫的路行驶，一会儿两侧又都是宽阔的田地，一会儿还能经过一些整洁的小房子。

镇子很安静，但远不是荒无人烟。镇子中心有四五条互相交叉的街，能看到几辆车子慢悠悠地来来往往，还有不少人在人行道上散步。有个袒胸露乳、大腹便便的男人一边给自家草坪浇水，一边喝着一罐奥林匹亚啤酒。克拉克朝他挥了挥手，那人（脏兮兮的头发散乱地垂在肩上）看着他们经过，但没有回应。

主街还是诺曼·洛克威尔风，而且感觉如此强烈，有种似曾相识之感。道路两旁种满茂盛、成熟的橡树，仿佛本该如此。你不用去看就知道镇子上的唯一一家酒吧叫露珠酒馆，墙上挂着一个有百威标志的、亮着灯的时钟；知道停车场有点坡度，附近有个红白蓝三色的理发店旋转招牌；知道有一家叫优美旋律药剂师的药店，门上挂着研钵和研杵，一家叫白兔子的宠物店（窗上挂着一块牌子，写着“如果你想要，我们还有暹罗猫”）。一切都如此正确，让你无话可说。最为正确的当属镇中心广场。露天舞台上挂着一块牌子，玛丽轻易就能看清楚，即使还在百码之外。上面写着：今晚有音乐会。

她突然意识到自己知道这个镇子——在午夜节目里见过很多回。别管雷·布拉德伯里的地狱版火星，也别管《汉塞尔与格蕾特尔》里的糖果屋；这地方更像是《迷离时空》里不断有人闯入的诡异小镇。

她靠近丈夫，用低沉、不祥的语气说："我们不是在光和声的维度里行驶，克拉克，而是在思维里。看！"她没有特意指着什么，但一个站在西部车行外面的女人看到了她的动作，眯着眼，怀疑地瞥了她一眼。

"看什么？"他问。他似乎又烦躁了，她猜这回是因为他完全清楚她在说什么。

"前面有个路标！我们正在进入——"

"哦，省省吧，梅尔。"他说，突然开进了主街上一个空荡荡的停车场。

"克拉克！"她差点尖叫起来，"你在干吗？"

他指着风挡玻璃外的一座建筑，名字不太可爱，叫疯狂摇滚餐厅。

"我渴了，要去那儿买一大瓶百事可乐。你不用一起，坐这儿就行。关上所有门，如果你想。"说着他打开了车门。还没来得及伸出腿，玛丽就抓住了他的肩。

"克拉克，别去，求你了。"

他回头看她，她立刻意识到自己应该忘了《迷离时空》——不是因为错了，而是因为太对了。又是那种大男子主义的东西。他停车不是因为渴了，这不是真实原因；他停车是因为这个诡异的小镇也吓到他了。可能有一点点，可能被吓坏了，她不清楚，不过她知道他在说服自己不害怕之前是不会上路的，绝不会。

"我很快就回来。你要来个姜汁汽水吗？或者别的什么？"

她解开自己的安全带。"我想要的是不要一个人待在这里。"

他带着宠溺以及"我就知道你会一起去"的眼神看了她一眼，让她产生了扯下他几缕头发的冲动。

"我还想踹死你，是你害得我们陷入这样的境地。"她说，愉快地看到他脸上的宠溺表情变成了受伤的震惊。她打开车门。“走吧。找个最近的消防栓撒泡尿，克拉克，然后赶紧走。”

“撒尿……？玛丽，你到底在说什么呢？”

“苏打水！”她几乎尖叫起来，一直在想和一个好男人的一段美好旅途是多么容易变得一塌糊涂呀。她朝街对面看去，看到两个长头发的年轻男人站在那里。他们正喝着啤酒，观察镇上的陌生人。其中一个戴了一顶破破烂烂的高顶礼帽，帽子上插的塑料雏菊在迎风摇摆。他同伴的胳膊上有褪色的蓝色文身。玛丽觉得他们属于那种高中留级三次，最后还是辍学，只为了有更多时间思考传动装置和约会乐趣的人。

非常奇怪的是，她觉得他们有点面熟。

他们注意到了她的注视。高顶礼帽兄满脸严肃地抬起胳膊，冲她捻了捻手指。玛丽立刻移开视线，看向克拉克。“我们去买冷饮，然后就赶紧走吧。”

“没问题，你不用冲我嚷嚷，玛丽。我的意思是我就在你旁边呢——”

“克拉克，你看见对面那两个人了吗？”

“什么人？”

她回头，正好看到高顶礼帽兄和文身兄溜进理发店里。文身兄扭头看向她，虽然不确定，但玛丽觉得他对她眨了眨眼。

“他们正要进理发店，看见了吗？”

克拉克看了看，但只看到一扇关了的门，玻璃上反射出刺眼的阳光。“他们怎么了？”

“看起来很熟悉。”

“是吗？”

“是，不过很难相信有任何我认识的人搬到这儿来了，来做站街流氓，真是份有价值、高收入的好工作。”

克拉克笑了，挽住她的胳膊。“走吧。”他说，带着她进了疯狂摇滚餐厅。

疯狂摇滚餐厅帮助她缓解了恐惧。她原本以为等待她的是油腻腻的勺子，是和吃午饭的那家昏暗（还很脏）的咖啡店不分伯仲的地方。相反，他们进了一家阳光明媚、令人愉快、洋溢着五十年代爵士乐氛围的小餐馆：贴着蓝瓷砖的墙、镀铬雕花馅饼盒、整洁的黄色橡木地板、在天花板上懒懒转动的木质风扇。墙上挂钟的表面围着一圈红色和蓝色相间的霓虹灯管。两个穿着浅绿色人造丝制服（玛丽觉得像《美国风情画》里留下来的道具服）的服务员正站在大堂与厨房间的不锈钢递菜窗口边。其中一个很年轻——不到二十岁，可能不到，很漂亮，但有种筋疲力尽的感觉。另一个很矮，一头茂密的红色鬈发，脸色蜡黄，让玛丽觉得既严厉，又绝望……她身上还有点其他东西：玛丽再次强烈地感觉到她认识这个镇上的某个人。

他们进门的时候，门上的一个铃铛响了，服务员看了过来。“嘿，你们好，”年轻的那个说，“很快就来。”

“不，可能得等一会儿，”红头发那个反驳道，“我们忙死了。看到了吗？”她朝大堂摆摆手——空空荡荡，就只有小镇饭馆在中饭和晚饭之间才能有那种空荡。红发妹被自己的机智逗笑了。跟声音一样，她的笑声有种沙哑、破碎的质感，让玛丽想起威士忌和香烟。*但我知道这声音*，她想，*我发誓*。

她转向克拉克，看到他正盯着两个服务员，后者又开始了彼此间的短暂谈话，像被催眠了似的。她不得不用力扯他的袖子，拉回他的注意力。他朝左边的位置走去，玛丽又扯了扯他的袖子。她想坐到柜台旁，打包他们那该死的饮料，然后离开。

“怎么了？”她低声说。

“没什么，我想。”

“你看上去像吞了自己的舌头。”

“有那么一两秒，真觉得我自己吞了。”他说。玛丽还没来得及细问，他就转头去看自动点唱机了。

玛丽坐到柜台旁。

“很快就来，女士。”年轻点的服务员又说了一遍，接着，凑近自己的烟酒嗓同伴听她说话。从表情上判断，玛丽觉得她应该对同伴说的内容没什么兴趣。

“玛丽，这点唱机不错啊！”克拉克说，兴高采烈地，“五十年代的东西！月光演唱组、五段锦乐队、拉维恩·贝克！天哪！唱《得答得答》的拉维恩·贝克！我长大后再也没听过了！”

“呃，省省钱吧。我们就是来买饮料的，记得不？”

“嗯，嗯。”

他最后看了点唱机一眼，烦躁地吐出一口气，然后坐到她身旁。玛丽拿起盐和胡椒粉旁的菜单，主要是为了避开他皱起的眉头和噘起的嘴。看，他的沉默正在说（她发现这是长时间的婚姻带来的负面影响之一），是我找到了出无人区的路，而你在睡觉，是我一路披荆斩棘，把你安然无恙地带到这片小小又美丽的绿洲上，我得到了什么？你甚至不让我点《得答得答》！

别管了，她想。我们一会儿就走了，所以别管了。

好主意。她把注意力转移到菜单上。这菜单的风格和人造丝制服、霓虹灯挂钟、点唱机，以及总体装修（很柔和，这让人欣慰，但还是可以称之为五十年代早期的爵士乐风）保持一致。热狗不是热狗，是猎狗。芝士汉堡是恰比·切克[1]，双份芝士堡是比波普音乐家。该店的特色食物是至尊比萨，菜单保证“除了山姆·库克，这里什么都有！”。

---

[1] 美国摇滚乐歌手，下文的山姆·库克也是美国歌手。

“很可爱，”她说，“《爸爸—噢姆—哞哞》[1]什么的。”

“什么？”克拉克问，她摇了摇头。

年轻的服务员走过来，从围裙口袋里拿出点单板。她笑了笑，在玛丽看来，这是个很敷衍的笑容；她看起来很累，不太健康，上唇长了个疱疹，略带血丝的眼睛不安地转来转去。她好像在看餐馆里的所有东西，除了自己的客人。

“点单吗？”

克拉克从玛丽手中拿菜单，她避开了，说：“大杯百事可乐，大杯姜汁汽水。带走，谢谢。”

“你们得试试樱桃派！”红发妹粗着嗓子喊。年轻的这个服务员被她的声音吓得一缩。“里克刚做的！吃完你会觉得自己死了，上了天堂！”她冲他们露出一个微笑，双手叉腰，“好吧，你们就是在天堂，你们懂我的意思。”

“谢谢，”玛丽说，“不过我们真的很赶时间——”

“没问题，为什么不呢？”克拉克用深沉又冷淡的声音说，“两个樱桃派。”

玛丽踢了他的脚踝——很使劲，但克拉克好像没注意到。他又盯着红发妹，简直垂涎欲滴。红发妹明显也注意到了他的目光，但毫不在意。她抬起一只手，慵懒地弄了弄自己茂密得不像话的头发。

“两杯苏打水带走，两个樱桃派堂食。”年轻点的服务员说。她又紧张地朝他们笑了笑，眼睛不安地在玛丽的婚戒、糖罐和头顶的一台吊扇间晃来晃去。“你们要那两个派吗？”她俯身在柜台上放了两张餐巾纸和两个叉子。

“对——”克拉克刚开口，玛丽很快就打断了他，坚定地说：“不。”

镀铬馅饼盒在柜台另一头的后面。服务员一走开，玛丽就靠过去低声说：“你为什么这么做，克拉克？你知道我想尽快离开这里！”

---

[1]《爸爸—噢姆—哞哞》（*Papa-Oom-Mow-Mow*）是瑞文顿（Rivingtons）乐队在1962年创作的一首风格活泼可爱的歌曲。

“那个服务员，红头发那个，她——”

“不许盯着她了！”玛丽压低嗓门狠狠地说，“你看着像个想在自习室里撩起女孩子衬裙的毛头小子！”

他移开眼，艰难地。“她像不像低配版的詹尼斯·乔普林？还是我疯了？”

玛丽惊了一下，看了红发妹一眼。她这会儿正微微转过身和递菜窗口里的厨师说话，但还能看到三分之二的脸，这已经够了。当玛丽把红发妹的脸和那些专辑（她现在还收藏着呢）上的脸重合时，她觉得自己的脑子里发出了一声“咔嗒”。黑胶唱片一年之内就疯狂地流行起来，当时还没有索尼随身听，而CD还像是科幻小说里的概念，唱片从社区超市的货架上被撤下，打包塞进充满灰尘的阁楼壁橱里，《大哥和控股公司》《廉价的刺激性》《珍珠》之类的。因此，詹尼斯·乔普林的脸——甜美、邻家，很快就老了，皱了，累了。克拉克说得没错，这个女人的脸就是那些老旧唱片封面上照片的低配版。

不只是脸，玛丽感到她胸口涌上了恐惧，心脏猛地突突跳起来，她感受到了危险和不安。

是声音。

在她记忆里，她听到了詹尼斯在《缝补我的心》开头那冰冷、回旋的嘶吼。她把詹尼斯的蓝调烟嗓重合在红发妹的威士忌－万宝路烟酒嗓上，像之前重合她的脸那样，然后意识到如果红发妹开口唱那首歌，她的嗓音会和死了的那个得州女孩一模一样。

因为她就是那个死了的得州女孩。祝贺你啊，玛丽，你得等到三十二岁，不过终于还是做到了——见到了第一个鬼魂。

她试图反驳这个想法，试图暗示自己，一系列因素的综合影响，最重要的是迷路带来的压力，都会让她对两个人的相似程度做出错误判断。但是所有这些理智的想法也无力对抗她直觉里不可撼动的确定感：她正看着一个鬼魂。

她的身体经历了奇怪而突然的巨变。心跳疯狂加速，像是一个铆足了劲的跑步选手在奥运会的跑道上突然加速，冲破面前的阻碍。肾上腺素狂涌，胃痉挛了起来，膈肌发热，仿佛猛灌了一口白兰地。她能感到腋窝里和太阳穴上的汗水。最令人震惊的是世界突然被刷上了颜色——挂钟上的霓虹灯、不锈钢递菜窗口、点唱机上变换的颜色，似乎都不真实，又过于真实。头顶的风扇扇动着空气，发出一种手摸在丝绸上的低沉、有节奏的声音，还能闻到隔壁飘出的煎老了的肉的香味，从看不见的烧烤架上传来。就在这时，她突然感到自己快从凳子上摔下来晕倒了。

*保持清醒，女人！*她疯狂地告诉自己，*你恐惧症发作了，仅此而已——没有鬼魂，没有妖精，没有魔鬼，就是一次常见的全身恐惧症发作了，以前也有过，大学里每次大考的时候，还有在学校第一天教书的时候，在家长会上讲话的时候。你知道这是怎么回事，你能应付的。没有人要在这里晕倒，所以保持清醒，你听见了吗？*

她在低帮球鞋里把脚趾交叉，用力挤压，注意力集中在脚趾的感受上，让自己回到现实，离开那个过于明亮的世界，她知道那是晕倒的前兆。

“亲爱的？”克拉克的声音从很远的地方传来，“你还好吗？”

“嗯，没事。”她自己的声音也在很远的地方……不过她知道比之前要近一点，虽然也就过了十五秒钟而已。脚趾还在用力地互相挤压着，她拿起服务员留下的餐巾纸，想感受一下质感——这是另一种和世界的联系，另一种打破紧紧攫住她的恐惧、让她失去理智（这就是失去理智了，不是吗？就是的）的方法。她想用餐巾擦擦眉毛，结果看到下面诡异地用铅笔写了什么字，脆弱的纸张被笔划得鼓鼓的。玛丽读道：趁着还能走，赶紧走。字迹歪歪扭扭。

“梅尔？什么东西？”

长了疱疹、眼神恐惧不安的那个服务员回来了，拿着他们的派。玛丽让纸巾掉到了腿上。“没什么。”她平静地说。服务员把盘子放在他们面前，玛丽逼自己和她对视，说：“谢谢。”

“没事。”她咕哝道，只和玛丽对视了一会儿，然后视线又开始在大堂里漫无目的地游移。

“你改主意了，我明白了。”她丈夫用他最惹人烦的宠溺以及“克拉克无所不知”的语气说。这语气暗示：女人啊！天哪，她们是不是很蠢？有时候，仅仅把她们带到水坑边是不够的，还得帮她们按下头，让她们开始喝水。这都是男人的工作。做个男人真不容易，不过我做得真是要命地好。

“呃，看上去好得不得了。”她说，震惊于自己平稳的声音。她冲他灿烂地笑了，意识到那个红发妹正在观察他们。

“我想不明白她怎么会这么像——”克拉克说，这次玛丽用尽全力踹他的脚踝，让他别干蠢事。他痛得倒吸一口凉气，眼珠子都要瞪出来了，但就在他开口前，玛丽把写了字的餐巾纸塞进他手里。

他低下头，看着餐巾纸。玛丽发现自己在祈祷——真的，真的在祈祷，大概二十年来的第一次。求你了，上帝，让他明白这不是个玩笑，让他明白那个女人不仅仅是看上去像詹尼斯·乔普林，那个女人就是她。这个镇子让我感到很恐怖，非常恐怖。

他抬起头。她的心沉到了谷底。他一脸迷惑、恼怒，但没有别的。他张开嘴，准备说话，接着就一直张着，没合上，仿佛有人拿走了他下巴接合处的关节。

玛丽转头顺着他的视线看去。那个厨师，穿着洁白无瑕的厨师服，斜戴着一顶小小的纸帽子，走出了厨房，正靠在瓷砖墙上，双手交叉在胸前。他在和红发妹聊天，年轻一点的那个服务员站在一边，看着他们，眼神混杂着恐惧和疲惫。

如果她不赶紧离开这里，估计就只剩下疲惫了，或者说漠然。玛丽想。

厨师帅得难以置信——太帅了，玛丽无法准确判断他的年纪。大概是三十五到四十五之间，不过也只能猜到这份上了。和红发妹一样，他看起来也很眼熟。他抬头看他们，睁着一双大大的蓝眼睛，睫毛又厚又长，冲他们笑了一下，接着注意力又回到红发妹身上。他说了点什么，红发妹哑着嗓子，乌鸦一样笑了起来。

“天哪，那是里克·纳尔逊，”克拉克低声说，“不可能，这不可能，他六七年前就死于空难了，但就是他。”

玛丽张开嘴，打算告诉他肯定弄错了，准备把他这想法定义为荒唐可笑，即使她自己现在也觉得红发妹是死了好几年的蓝调歌手是不可能的事。还没来得及说什么，那“咔嗒”声——把近似变成确定的声音——又来了。克拉克可以先把脸对上名字是因为他年长了九岁，里克·纳尔逊还是里基·纳尔逊的时候，《比波普宝贝》《孤独镇》之类的歌正当红，那些歌还不仅仅是在流行歌曲电台（迎合了垂垂老矣的婴儿潮时代的人）里流传的时候，克拉克就已经在听收音机，看《美国舞台》了。克拉克先看了出来，被他指出以后，她也难以忽视。

那个红发妹说什么来着？你们得试试樱桃派！里克刚做的！

就在那儿，不到二十英尺外，那个空难死者正在给一个滥用药物致死者讲笑话——从他们的表情上看，搞不好是个荤段子。

红发妹仰起头，冲着天花板发出了她经典的粗哑笑声。厨师微笑起来，饱满双唇唇角的酒窝加深，非常漂亮。年轻服务员，长了疱疹、眼神游移的那个，看着克拉克和玛丽，仿佛在问：你们在看他们？你们能看到他们？

克拉克还在盯着厨师和红发妹，神色警惕，被自己的认知搅得心神不宁。他脸拉得很长，紧绷着，简直像被游乐场的哈哈镜照着变了形的样子。

他们会看到的，即使现在还没有，玛丽心想，那样的话，我们就失去了逃离这鬼地方的任何机会。我想你最好尽快掌控这局面，孩子。问题是，你打算做什么？

她去握他的手，打算捏一下，却觉得那还远不够转变他目瞪口呆的表情。她把手伸了过去，捏住了他的命根子……用她敢捏的最大的力。克拉克猛地一震，仿佛有人用激光电了他一下。她迅速转过身，差点从椅子上掉下去。

“我钱包落车里了，”她说，感觉自己的声音非常刺耳，非常响亮，“能帮我拿一下吗，克拉克？”

她看着自己的丈夫，嘴上笑着，牢牢盯着他的眼睛，全神贯注。她貌似在一本女性杂志上读过（做头发的时候），如果和同一个男人一起生活了十年、二十年，你们两人间就会形成一种低程度的心电感应。这种感应，杂志里接着说，有时候特别有用，比如你们家那位没提前打电话就带老板回家吃晚饭，或者你希望他从酒行带一瓶安摩拉多酒、从超市带一盒淡奶油回家的时候。现在她努力——竭尽全力——向他发送一条非常重要的信息。

走吧，克拉克。走吧，求你了。给你十秒钟，然后我也跑。如果到时候你还没在驾驶座上坐好，插好钥匙，我感觉我俩都得在这儿被虐死了。

与此同时，玛丽的内心深处有个声音弱弱地说：这都是梦，不是吗？我是说……是梦，不是吗？

克拉克认真地看着她，被刚才那一捏搞得眼泪汪汪，但至少他没有抱怨。他看了红发妹和厨师一会儿，看到他们还深深沉浸在自己的对话里（现在她好像是讲笑话的那个），又看向玛丽。

“大概是掉在座位下面了，红色的。”玛丽在他开口前抢先说，声音还是非常刺耳，非常响亮。

又沉默了一会儿——简直永无止境，克拉克微微点头。“好吧，”他说，她简直想为他完美正常的语气鼓掌，“不过别趁我不在就偷吃我的樱桃派啊，那可就不够意思了。”

“在我吃完自己的那个前回来不就行了。”她说，往嘴里送了满满一叉樱桃派。一点味道都没有，但她还是挤出了一个微笑。天哪，笑了。笑得像她以前见过的纽约小姐苹果皇后。

克拉克起身离开座位。外面有什么地方传来扩了音的吉他声——不是和弦，就是随意的弹奏。克拉克猛地一动，玛丽伸出一只手抓紧他的胳膊。她十分恐惧，之前缓和下来的心脏又开始狂跳。

红发妹和厨师——甚至那个年轻点的服务员，万幸，她看起来不像什么名人——随意地看向窗外。

“别心烦，亲爱的，”红发妹说，“他们就是在为晚上的音乐会调音而已。”

“没错，”厨师说，用自己迷死人的蓝眼睛看着玛丽，“我们这儿基本上每个晚上都有音乐会。”

是啊，玛丽心想。当然了，当然有了。

一个扁平的、上帝般的声音从镇广场传来，大得能震碎玻璃。玛丽之前去过一些摇滚现场，立刻产生了相应的画面——无聊的长发乐队管理员在灯灭了之前绕着舞台转，在电吉他和麦克风的丛林间从容不迫地走动，时不时跪下来把两根电源线捆在一起。

“测试！”那个声音喊道，“测试一，测试一，测试一！”

又一阵吉他声，还不是和弦，不过很接近了。然后一阵鼓声、一段小号的即兴重复，来自《现世报》的副歌部分，伴着轻微的手鼓声。“今晚有音乐会”，诺曼·洛克威尔镇广场上的诺曼·洛克威尔风的标牌说了。玛丽在纽约州的埃尔迈拉长大，小时候去过不少自由风的草坪音乐会。那些还真是诺曼·洛克威尔式的音乐会，乐队（全是穿着志愿消防员服充当队服的人，因为买不起队服）轻柔地弹奏着微微走音的曲子，当地的"理发店四人组"和谐地唱着《谢南多厄》和《我有个卡拉马祖女孩》。

她觉得摇滚天堂的音乐会可能跟她小时候去过的那些很不一样。那会儿，她和朋友们在夜幕降临之初挥舞着烟花到处乱跑。

她觉得这里的草坪音乐会可能更接近戈雅[1]风，而不是洛克威尔风。

"我去拿你的钱包，你吃派吧。"他说。

"谢谢，克拉克。"她又往嘴里送了一叉派，看着他朝门口走去。他以一种慢动作般的闲庭信步姿态走着，在她热切的眼里很可笑，还有点恐怖：*我一点都不知道我正跟两个著名的尸体在一个屋里。*克拉克从容悠闲的步子仿佛在说。*什么？我怎么可能担心？*

*快点！*她想尖叫。*别管你那套步调了，动起来！*

正当克拉克朝门把手伸手时，门铃响了，门开了，又进来两个死了的得州人。戴着墨镜的是罗伊·奥比森，另一个戴着方框眼镜的是巴迪·霍利。

*我所有前任都是得州人，*玛丽胡思乱想，等着那两人抓住她丈夫，把他拖走。

"不好意思，先生。"墨镜男礼貌地说，非但没有抓住克拉克，还让开了一步。克拉克沉默地点点头——玛丽突然很确定，他其实是讲不出话了；然后他走进了外面的阳光里。

留下她一个人和尸体待在一起，这想法很自然地引发了另一个更恐怖的想法：克拉克要独自开车走了。她突然很确定。不是因为他想这么干，更不是因为他是个懦夫——现在的情况已经不只是勇气和懦弱的

---

[1] 弗朗西斯科·戈雅，西班牙画家，浪漫主义画派。

问题，而是因为他确实做不了其他任何事。她觉得目前他们还没有倒在地上语无伦次地抽搐的唯一原因是情况发展得太快了。那个寄生在他脑子里的爬行动物，主管自我保护的那个，会从泥洞里爬出来，掌管大局。

你必须离开这里，玛丽。她脑子里的那个声音——她自己的爬行动物的声音——说，那声音的调子吓到她了。极其理智，不合理地理智。她感觉这种理智随时可能败给疯子般的尖叫。

玛丽把一只脚从柜台杠上移下来，踩在地板上，试图在心理上做好逃跑的准备，但还没来得及振作精神，大干一场，一只瘦长的手落在了她肩上。她抬头，看见了巴迪·霍利明朗的笑脸。

他死于一九五九年，她当时看了一个关于他的电影，加里·布塞饰演的他，记住了这个细节。一九五九年到现在已经过了三十多年，而“加里”还是那个看起来只有十七岁的二十三岁年轻人，手脚笨拙，镜片后的眼神游移，喉结上下滑动，活像一只在杆子上爬的猴子。他穿着一件难看的格子外套，打了一个蝶形领结，领结扣子上有个很大的镀铬块。你大概会说，乡巴佬的脸和品位，但他的嘴流露出了过于智慧、过于阴暗的信号。他的手紧紧抓着她的肩膀，她几乎能感受到他指尖上厚厚的茧——弹吉他磨出的茧子。

“哈喽，小可爱。”他说，呼吸里散发着丁香口香糖的味道。他眼镜左边的镜片上有一道银色裂缝，细如发丝，蜿蜒曲折。“之前没在附近见过你啊。”

令人震惊的是，她又往嘴里放了一叉派，手一点都没犹豫，哪怕有个樱桃掉回了盘子里。更令人震惊的是，她把叉子从嘴里拿出来时，露出了一个小小的、礼貌的笑容。

“没有。”她说。不知怎的，她很确定自己不能让这个人看出来她认出了他；一旦捅破了，克拉克和她尚存的一点希望就没了。“我丈夫和我就是……你懂的，路过。”

克拉克这会儿是不是正经过店门呢？绝望地把车速控制在限速范围内，脸上汗如雨下，眼睛不停地在后视镜和风挡玻璃间来回？是吗？

穿着格子外套的男人笑了，露出过大、过尖的牙齿。“好了，我知道怎么回事了——你们想去胡特，结果到了胡勒。是这么回事吗？”

“我以为这里就是胡特呢。”玛丽一本正经地说，这让两个刚到的男人惊讶地挑起眉看着对方，接着大笑起来。年轻服务员看看这个，又看看那个，充血的眼里满是恐惧。

“这可一点也不坏呢，”巴迪·霍利说，“你和你男人应该考虑在这儿玩会儿。留下来听今晚的音乐会，至少。说真的，今晚的演出很盛大呢。”玛丽突然意识到在有裂缝的镜片后面，那只眼睛里全是血。霍利笑得更欢了，眼睛眯成一条缝，一滴红色液体从下眼睑滚了出来，像泪滴一般滑落脸颊。“对吧，罗伊？”

“是的，女士，正是如此，盛大到你见着了才能相信。”站在阴影里的男人说。

“我相信这是真的。”玛丽无力地说。是的，克拉克走了。她现在很确定这一点。睾丸素孩子跑得跟只兔子一样。她觉得很快，那个惊恐的年轻女孩，长了疱疹那个，就会把她带进后屋，到时候等着她的就是属于她的人造丝制服和点菜板。

“这可是能向家人炫耀的好事，”霍利骄傲地说，“我打算告诉家里。”他脸上的那滴血掉下来，砸到了克拉克之前坐的地方，变成了粉红色，“留下来吧，你们会很开心的。”他转头看向自己的朋友，寻求认可。

戴墨镜的男人加入了厨师和服务员的交谈，他把手放在红发妹的屁股上，后者把自己的手覆上去，冲他微笑。玛丽注意到她粗短手指上的指甲都快被咬没了。罗伊·奥比森衬衫的 V 形敞口上挂了一个马耳他十字。他点点头，脸上闪出一个笑容。“欢迎你们加入啊，女士，当然了，不限于今晚——停下来别走了，我们常说在这儿安家。”

“我问问我老公。”她听到自己说，然后在心里补充：前提是我还能见到他。

“你问吧，甜心！”霍利说，“你去问吧！”接着，难以置信地，他又用力捏了捏她的肩，走开了，给她留出通往大门的道路。更神奇的是，她还能看见自家奔驰车显眼的护栅和发动机盖上的和平标志。

巴迪加入了罗伊他们，还朝他眨眨眼（又滴下一滴血泪），然后摸到詹尼斯身后，捏了一下她的屁股。她愤怒地叫起来，嘴里喷出一堆蛆虫。大部分掉在地上，她自己的两脚间，有些挂在她的下唇上，恶心地蠕动着。

年轻服务员背过身，做了个鬼脸，露出既伤心又恶心的表情，用一只手挡住脸。而玛丽·威林厄姆，突然明白了他们其实全程都在逗她玩。这时候，逃跑不再是计划的事情，而是本能反应了。她像离弦的箭一般离开座位，冲向门口。

“嘿！”红发妹大叫，“你还没付钱哪！派！苏打也没有！我们这儿可不是吃霸王餐的地方，你这蠢货！里克！巴迪！抓住她！”

玛丽握住了门把手，却感觉它从指尖滑脱了。她身后传来不断靠近的脚步声。她再次握住把手，这次成功打开了，但推得太过用力，门上的铃铛掉了。一只细长的、指尖长了厚茧的手抓住了她的手肘。这次不是捏，是拧。她感到有根神经突然被激活了，先是一路从手肘传输痛感到下巴，接着整条胳膊都麻了。

她反手就是一拳，有点像挥一根短柄门球棍，感觉像是挥到了男人腹股沟胯骨上的一块薄薄的骨头。身后传来一声痛苦的闷哼——他们能感受痛苦，很显然，不管是死是活，抓住她胳膊的手松了。玛丽使劲挣脱，冲出大门，吓得毛发倒竖。

她狂乱的眼睛锁定在还停在街上的车子，祈祷克拉克没走。他好像接收到了她的脑电波，正坐在驾驶座上，没有在副驾驶座下面找钱包，而且在她夺门而出的瞬间就发动了车子。

戴着插花高顶礼帽的男人和他的同伙又站在了理发店门口，面无表情地看着玛丽扯开车门。她感觉自己认出了高顶礼帽——她有三张林纳德·斯金纳德[1]的专辑，很确定他就是罗尼·范·赞特，同时还意识到他那有文身的同伙是杜安·奥尔曼，二十年前死于一场摩托车事故，当时他骑的摩托车冲进了一辆拖拉机挂车底下。他从牛仔外套的口袋里拿出了什么东西，咬了一口。玛丽毫不奇怪地看到是个桃子。

里克·纳尔逊从店里冲出来，巴迪·霍利紧跟其后，后者整个左脸都血淋淋的。

“上车！”克拉克大喊，“赶紧上车，玛丽！”

她一头扎进副驾，还没来得及关好门，车子就已经开动了。后轮发出吼叫，排出一些蓝色烟雾。克拉克突然踩了刹车，玛丽被抛向前面，差点没把脖子拧断，脑袋撞上了仪表盘。她摸索着关上身后的门，克拉克骂骂咧咧地把挡位挂到行驶挡。

里克·纳尔逊扑到灰色的发动机盖上，眼里燃着怒火，嘴巴咧开，露出雪白的牙齿以及一个可怕的笑容，让人无法忍受。他的厨师帽掉了，深棕色的头发打着结，油腻腻的，垂落在太阳穴附近。

“你们要来看演出！”他大喊。

“滚吧！”克拉克喊回去，将油门一脚踩到底。奔驰车那一向平静的柴油机发出一声低吼，往前飞射。那个幽灵还扑在发动机盖上，叫着，笑着。

“系好安全带！”玛丽刚坐起来就听到克拉克朝着自己吼。

她拉过安全带，扣好，又恐怖又惊奇地看着发动机盖上的那个东西伸出了它的左手，抓住她眼前的雨刮器。它开始往前拉自己。雨刮器断

---

[1] 美国南方摇滚乐队。

了，发动机盖上的东西看了它一眼，一把扔到脑后，又伸手去抓克拉克那边的雨刮器。

还没抓到呢，克拉克又踩了一下刹车——这次双脚都用上了。玛丽感到安全带拉紧了，紧压着左胸，很痛。有几秒钟，她感到自己体内也受到了强烈的压迫，内脏好像被一只冷酷的手挤到了喉咙口。发动机盖上的东西被甩出去了，落在街上。玛丽听到一声清脆的“嘎吱”声，只见血溅当场，那东西的脑袋直接裂开了，血迹形成了星状图案。

她回头看，看到其他幽灵也在追着车跑。詹尼斯一马当先，面容因憎恨和兴奋扭曲了，女巫一般。

他们前方，厨师像没有骨头的牵线木偶一样坐了起来，脸上还挂着大大的微笑。

“克拉克，他们来了！”玛丽尖叫。

他迅速看了一眼后视镜，再次踩下油门。车子往前一跃，玛丽看到坐在街上的那个人抬起一只手护着脸，她内心希望时间只够自己看到这一幕。不过就在这一瞬间，除了看到那个动作，她还看到了别的东西，更坏的东西：在他抬起的胳膊下，玛丽看到他还在笑。

紧接着，德国制造的两吨重机器撞到他身上，整个压住，发出碎裂的声音，让她想起一群在秋天落叶上玩轮滑的孩子。她两手捂住耳朵——太晚了，太晚了，尖叫起来。

“别管了，”克拉克说，他正阴沉沉地看着后视镜，“我们伤不了他——他又站起来了。”

“什么？”

“除了衣服上的轮胎印，他——”他突然爆发，看着她，“谁打了你，玛丽？”

“什么？”

“你的嘴在流血，谁打了你？”

她伸出一根手指放到嘴边，低头看手指上的红色印记，尝了尝。“不是血——派，”她说，发出了绝望、嘶哑的笑声，“赶紧走吧，克拉克，求你了。”

“嗯。”他说，注意力转回主路上，路很宽，而且——至少目前——还很空。玛丽注意到，不管中心广场有没有吉他和扩音设备，反正主路上连电线都没有。她完全不知道摇滚天堂镇的电从哪里来（好吧……其实也隐隐约约知道一点），肯定不是俄勒冈电力照明中心就对了。

车一直在加速，好像所有柴油都涌进了发动机——不快，但有种躁动的力量，车尾留下一溜黑烟。玛丽模模糊糊地看到了百货店、书店和一家叫摇滚摇篮曲的母婴用品店。她看到一个长发及肩（棕色大波浪）的年轻男人站在台球商城外，双手交叉放在胸口，脚蹬蛇皮靴，站在刚刚粉刷过的白色砖块上。他很帅，严肃阴沉的那种，玛丽立刻认出了他。

克拉克也是。“蜥蜴王[1]本人。”他干巴巴地说，声音里没有任何情绪。

“我知道，看见了。”

是的——她看见了，那些影像就像干燥的纸张在强烈又集中的光线下突然燃烧一般撞进她心里，仿佛她的恐惧如此强烈，把她变成了一个人肉放大镜。她知道一旦离开这里，她会彻底忘了这段经历，所有记忆都会如烟尘般随风而逝。这就是人脑的自我保护功能。人不可能在记住这些地狱般的画面和经历的同时还保持理智，所以大脑就自动化身为火炉，把每个画面、每次经历都一一销毁。

大部分人还沉浸于不信鬼神存在的乐趣中肯定是出于这个原因，她想。因为每当大脑看到恐怖、不可理喻的情况，比如被迫看到蛇发女妖美杜莎的脸，它总是选择遗忘。必须遗忘。天哪！除了赶紧离开这人间地狱，遗忘是我唯一的请求了。

---

[1] 吉姆·莫里森，美国诗人、摇滚歌手。

她看到在小镇另一头的一个十字路口，一群人正站在社区服务站那儿的沥青路上。他们穿着陈旧的普通衣服，面容惊恐，但长相普通。一个穿着油迹斑斑机械师工作服的男人，一个穿了护士服的女人——大概衣服以前是白的，现在脏兮兮、灰乎乎的，还有一对年纪比较大的夫妻，女的穿着矫正鞋，男的戴着一个助听器，他们紧紧靠着彼此，像是害怕在幽暗树林里迷路的小孩。玛丽立刻明白这些人，还有餐馆里的那个年轻服务员，才是摇滚天堂镇真正的居民。他们被困住了，就像猪笼草抓住了虫子。

“赶紧走吧，求你了，克拉克，”她说，“求你了。”喉咙里涌上什么东西，她捂住嘴，知道自己快吐了。结果她打了个很大声的嗝，喉咙像被火烧过一样，嘴里全是之前吃的那个樱桃派的味道。

“一切都会好的。放轻松，玛丽。”

马路——如今玛丽不觉得这是主路了，因为前头就能看到小镇的尽头——左边有个消防队，右边有所学校（虽然她已经吓得六神无主，好像还能依稀看到学校的名字是摇滚中学）。三个孩子站在学校操场上，冷漠地看着奔驰车呼啸而过。前方不远处，一块吉他形的告示牌立在石头上：你即将离开摇滚天堂镇。晚安，甜心，晚安。路在这里转弯。

克拉克驾着车冲向弯道，丝毫没有减速，结果就在前方，一辆校车堵住了路。

这不是普通的黄色校车，那种他们刚进镇子时远远看到的那辆；这车上画满了各种各样的图案，用了上百种颜色，上千种光怪陆离的涂鸦，还有一个超大的爱之夏音乐会[1]上的纪念物。窗上贴满了蝴蝶贴纸和和平标记。克拉克大喊着一脚踩住刹车时，玛丽在混乱中看清了车上的字，带着宿命般的坦然，毫不惊讶：魔法巴士。这些字就浮在那满满

---

[1] 1967年嬉皮士在旧金山和伦敦举行的摇滚音乐会。

的涂鸦上。

克拉克用尽了全力踩刹车，但车没完全停下来，以每小时十或十五英里的速度撞上大巴，然后轮子锁死，轮胎冒出浓浓白烟。两车相撞的时候发出了一声空洞的“砰——”。玛丽再次被往前甩，结果又被安全带死死拉住了。大巴稍微晃了晃，再没别的动静。

“倒车，绕过去！”她尖叫，不过同时有种窒息般的强烈直觉——故事已经结束了。奔驰的发动机气息不稳，玛丽能看到凹陷的发动机盖里不断冒出蒸汽，像一只受了伤的龙的呼吸。克拉克挂到倒车挡，车子回了两次火，像条湿透的老狗一样颤了颤，然后就熄火了。

身后，他们能听到不断靠近的警笛声。她好奇这个镇子的警察会是谁。不是约翰·列侬，他的人生信条可是质疑权威；也不是蜥蜴王，他看着就是镇上的害群之马。那么会是谁？不过又有什么关系呢？说不定，她想，是吉米·亨德里克斯。这听起来很疯狂，但她懂一点摇滚，搞不好比克拉克懂得多，她记得自己在什么地方读过吉米曾经去101空中突击师参军。不是都说退伍军人是最优秀的执法人员吗？

你疯了。她告诉自己，然后点点头。自然是疯了。从某个角度看，这是种宽慰。“现在怎么办？”她木然地问克拉克。

克拉克打开略微变形的车门——不得不用肩膀撞开。“跑。”他说。

“什么意思？”

“你看到他们了，你想跟他们一样吗？”

这句话又重新点燃了她的恐惧感。她解开安全带，打开车门。克拉克绕过车子拉住她的手。当他们转身面向魔法巴士时，他的手突然抓紧了她的——他看到了从车上下来的人。一个高个子男人，穿着开领白衬衫、黑色粗布工装裤，戴着面罩式墨镜，蓝黑色头发梳成大背头，精致完美。那不可能出现的、几近幻觉的精致面容绝不会错，连墨镜也无法遮挡。饱满的双唇分开，露出一个狡猾的微笑。

一辆蓝白色的警车随后赶到，车门上写着摇滚小镇警察局，紧贴奔驰车尾停住，发出“嘎吱”声。驾驶座上的男人是个黑人，不过不是吉米。玛丽不太确定，但感觉是奥蒂斯·雷丁。

戴着墨镜、穿着黑色牛仔裤的男人正大喇喇地站在他们面前，拇指勾在皮带环上，剩下四根苍白的手指像死蜘蛛一样垂着。“你们怎么样？”那慢吞吞、带点讥讽的孟菲斯调子绝对错不了，“欢迎你们来到镇上，希望你们能再待会儿。镇子没什么好看的，不过我们都很友善，都很独立。”他伸出一只手，三个大得不像话的戒指闪闪发光，“我是镇长，猫王埃尔维斯·普雷斯利。”

夏日夜晚的薄暮降临了。

他们向镇广场走去。玛丽又想起了自己小时候在埃尔迈拉参加过的那些音乐会，感到包裹住自己的恐惧、震惊被一阵乡愁和悲伤穿透了。如此熟悉，但又如此不同。周围没有挥舞着烟火的孩子，唯一能看到的孩子都躲得离舞台远远的，十多个人，挤在一起，脸色苍白，神情警惕。之前他俩想逃出小镇时在中学操场上看到的那三个孩子也在。

十五分钟或半个小时后要演出的可不是什么不靠谱的铜管乐队——舞台（玛丽觉得差不多有好莱坞露天剧场那么大）设备是全世界最齐全的，从扩音器来看也是最大声的。摇滚乐队加上灾难性的比波普爵士，如果把声音调到最大，估计可以把五英里外的玻璃震碎。她数着台上的吉他，数到第十二个就放弃了。有四套完整的架子鼓、小手鼓、康佳鼓，一个节奏区，伴唱歌手站立的小台子上摆着一片麦克风。

广场上摆满了折叠椅——玛丽估计得有七百到一千个，不过到场的看客只有不到五十个，甚至更少。她看到了机械师，他换了干净的牛仔裤和衬衫；一个脸色苍白、曾经很漂亮的女人坐在他身边，应该是他妻子。护士独自一人坐在一排空空荡荡的椅子中间，正抬头看刚刚探出头的几颗星星。玛丽移开眼，感到如果自己再看着这张悲伤又渴望的脸，她的心就要碎了。

镇上那些声名煊赫的居民目前还没有踪影。当然没有了，他们白天的工作结束了，现在都在后台准备呢。为今晚的盛大演出做准备。

在广场长满草的过道上走了约四分之一时，克拉克停了下来。一阵夜风轻拂他的发丝，玛丽觉得他的头发像稻草一样干燥。他的额头和嘴角刻上了她从未见过的纹路，看上去比中午在橡树岭的时候瘦了三十磅。睾丸素不见踪影，玛丽觉得可能永远消失了。她发现自己无所谓，一点都不在意。

顺便问一下，甜心宝贝，你觉得自己看起来怎么样？

“你想坐哪儿？”克拉克问，声音又细又冷淡——还觉得自己是在做梦呢。

玛丽看到了那个嘴上长疱疹的女服务员。她在他们后面四排的地方，穿着浅灰色衬衫和棉裙，肩上披着一件毛衣。“那儿，”玛丽说，“她旁边。”克拉克带她往那个方向走去，没有质疑，也没有反对。

服务员转头看他们，玛丽看到她的眼睛终于不乱晃了，这让她松了一口气。一秒钟后她明白了：那女孩嗑了药。玛丽低下头，不想再看到那迷蒙的凝视，结果看到她的左手绑着绷带。玛丽惊恐地意识到，这女孩手上至少有一根手指，也可能两根，不见了。

“嘿，”女孩说，“我是茜茜·托马斯。”

“你好，茜茜，我是玛丽·威林厄姆。这是我丈夫，克拉克。”

“见到你们很高兴。”服务员说。

“你的手……”玛丽说了一半，不知道接下去该怎么说。

“弗朗基干的，”她完全漠然地说，估计正在自己梦里骑着一匹粉色的马呢，“弗朗基·莱蒙。所有人都说他活着的时候是他们见过的最友好的人，但来了这儿以后，他变了。他是头几个……先锋者，我猜你们会说。我不知道。我是说我不知道他活着的时候怎么样，我只知道他现在简直比猫屎还贱。无所谓了。我只希望你们能逃出去，再来一次我也会这么干。哦，克莉斯托会照顾我。”

茜茜朝护士点点头，后者已经不看星星了，正看着他们。

“克莉斯托照顾人很有一手。她能让你舒服，如果你想的话——在这个镇上，你不需要丢了手指才能被麻醉。”

“我们不磕药。”克拉克说，听起来有点自大。

茜茜沉默地看了他一会儿，然后说：“你会的。”

“表演什么时候开始？”玛丽感到裹住自己的那层震惊保护膜开始裂开，她不太喜欢这种感觉。

“很快。”

“持续多久？”

茜茜几乎有一分钟没说话，玛丽差点打算再问一遍，想着她是不是没听见或没听懂，结果她说：“很长时间。我是说表演通常持续到后半夜，一般都这样，这是镇规。总之就是很长时间，因为这里的时间是不同的。可能……我不知道……要是真的玩嗨了，他们能唱上一年，甚至更久。”

一阵冰冷的灰色雾气落在玛丽的胳膊和背上。她试图想象自己坐在一个长达一年的摇滚演出现场，但失败了。这是个梦，你会醒过来的，她告诉自己，但这种想法，白天站在魔法巴士旁听猫王说话的时候很有说服力，这会儿却脆弱不堪，失去了信服力。

“沿着这条路开出去对你们一点好处都没有，”猫王告诉他们，“除了沼泽，哪儿也去不了。那里没有路，只有一堆杂草，还有流沙。”他停了一会儿，镜片在傍晚的阳光下闪闪发光，像昏暗的火炉，“还有点别的。”

“熊。”那个可能是奥蒂斯的警察在他们身后主动接话。

“熊，对了，”猫王认同道，然后他翘起嘴唇，露出玛丽极其熟悉的笑容——在电视和电影里看到太多次了，“还有点别的。”

玛丽开口：“如果我们留下来看表演……”

猫王用力地点点头。“表演！对啊，你们要留下来看表演！我们真的很摇滚，值得你们看一看。”

“铁一般的事实。”警察补充道。

“如果我们留下来看表演……结束的时候能不能走？”

猫王和警察交换了一个眼神，看上去很严肃，但感觉又有点笑意。“好吧，你知道的，女士，”曾经的摇滚之王最后说，“我们这儿在丛林深处，找个听众真是不容易……虽然只要听过一次，他们都想留下来继续听……我们也希望你们能留下来一段时间。多看几场演出，享受享受我们的热情好客。”说着，他把墨镜推到额头上，露出了皱巴巴、空荡荡的眼窝，接着又出现了他深蓝色的眼睛，兴致勃勃地看着他们。

“我觉得你们可能会决定住下来。”他说。

天空中的星星更多了，天几乎黑透了。舞台上，橙色光斑出现了，像夜晚盛开的花朵般温柔，照亮了一个个麦克风的位置。

“他们给我们工作，”克拉克木然地说，“他给了我们工作。镇长，看起来像猫王的那个。”

“他就是猫王。”茜茜说，但克拉克就那么看着舞台。他甚至还没做好思考这件事的准备，更别说听别人说了。

“玛丽明天要去比波普美容院上班。她有英语学位和教师资格证，但要去当洗头妹，天知道要洗多久。然后他看着我，说：‘你呢，先生？你有什么特长？’”克拉克恶毒地模仿镇长先生慢吞吞的孟菲斯调子，终于，服务员迷迷瞪瞪的眼里开始出现一丝真实的表情。玛丽觉得那是恐惧。

“你不该取笑他们。在这里开玩笑会有麻烦……麻烦不是什么好事。”她慢慢举起自己绑着绷带的手。克拉克看着它，嘴唇颤抖，直到她把手放回腿上。他再次开口的时候，声音小了很多。

“我告诉他我是电脑软件专家，他说这里没电脑，虽然他们日后会准许一两个电脑代理商进来。然后另一个人笑了，说小超市里有个商品管理员的空缺——”

舞台上突然亮起明亮的白色聚光灯。一个穿着运动外套的矮个子男人大步走上台，他的外套十分狂野，相比之下，巴迪·霍利的就温顺多了。他举起手，仿佛在压下一大片掌声。

“那是谁？”玛丽问茜茜。

“一个以前的DJ，经常主持这种演出，叫艾伦·特威德还是艾伦·布里德什么的。除了舞台上，我们平时几乎见不到他。我感觉他酗酒。他成天睡觉——这一点我很确信。”

那个名字一说出来，裹住玛丽的那层保护膜就完全被撕掉了，她的怀疑终于消失了。她和克拉克确实闯进了摇滚天堂，事实上是摇滚地狱。这不是因为他们是恶人才发生的，不是因为众神在惩罚他们，而是因为他们在森林里迷路了，就这样，而迷路这件事情可能发生在任何人身上。

“今晚演出盛大！”主持人正兴奋地对着麦克风喊，“有比波普音乐家弗雷迪·墨丘利——刚从伦敦过来，吉姆·克罗斯，我的主打歌手约翰尼·埃斯……”

玛丽靠近女孩。“你来这儿多久了，茜茜？”

“不知道，很容易就忘了时间。至少六年了，也可能八年，九年。”

“谁人乐队的基思·穆恩……滚石乐队的布莱恩·琼斯……至高无上合唱团可爱的弗洛伦斯·巴拉德……玛丽·韦尔斯……”

玛丽问出了自己最深的恐惧：“你来这儿的时候几岁？”

“卡斯·埃利奥特……詹尼斯·乔普林……”

“二十三。”

“金·柯蒂斯……约翰尼·伯内特……”

“现在呢？”

“斯利姆·哈波……鲍勃·海特……史蒂维·雷·沃恩……”

“二十三。”茜茜告诉她。舞台上的艾伦还在对着空空荡荡的中心广场大喊着名字，明星们一个个出来了，一开始一百个，然后一千个，最后多得数不过来，蓝色天幕中探头探脑的星星们如今在黑色天幕里四处闪耀。他列出了吸毒过量致死的，饮酒过量致死的，空难遇害的，枪击案遇害的，死在巷子里的，死在游泳池里的，死在阴沟里、胸口插着驾驶杆、脑袋掉了一大半的。他喊出了年轻人的名字，年老一些人的名字，但大部分都很年轻。当他说出罗尼·范·赞特和史蒂夫·盖恩斯的名字时，玛丽的脑海中响起了他们的歌，那首唱着“哦，那个味道，你闻不到那个味道吗”的歌。对，她当然能闻到了；就算是在这儿，在俄勒冈这干净的空气里，她也能闻到。她牵起克拉克的手，感觉像在牵起一具尸体的手。

“好——啦——”艾伦大喊。他身后的黑暗中，大片人影正结队上台，乐队管理员拿着手电筒为他们照路。“准备好嗨起来了吗？”

广场上零散的观众没什么反应，但艾伦挥舞着双手，大笑着，仿佛有大片观众正在应和他。天色很暗，玛丽勉强看见戴助听器的那个老人关了助听器。

“准备好唱起来了吗？”

这次他收到了回应——他身后阴影里的萨克斯管发出了恶魔般尖厉的声音。

“来吧！摇滚永远不死！”

舞台灯光亮起，乐队奏起了这漫长音乐会的第一首歌——《该死的》，马文·盖伊演唱。玛丽心想：*那就是我担心的事情。那正是我担心的事情。*

Home Delivery
生在家里

考虑到这可能是世界末日了，麦迪·佩斯觉得自己做得不错，相当不错。她想，事实上，她可能比地球上的任何人都更好地应对了世界末日。她也很确定她会比其他孕妇都应对得好。

应对。

麦迪·佩斯，比其他任何人。

麦迪·佩斯——从约翰逊牧师那儿回来后在餐桌底下发现一粒小灰尘就会睡不着的麦迪·佩斯（过去叫麦迪·沙利文），有菜单选择困难症，有时候光主菜就能纠结半小时，这一点总是让她的未婚夫杰克抓狂。

“麦迪，扔个硬币吧？”有一次，当她把选择范围缩小到炖小牛肉和煎羊排这两个选项但没法进一步缩小时，他这么问，“我都他妈的喝了五瓶德国啤酒了，如果你还不快点决定，桌子下就会多个屁也没吃上的醉汉渔民！”

所以她紧张地笑了笑，点了炖小牛肉，然后在回家的路上，她大部分时间都在纠结是不是羊排更美味，因此虽然贵一点，性价比却更高。

不过，对杰克的求婚，她一点都不纠结；她接受了求婚以及杰克本人。这个过程很快，而且让她大大松了一口气。自从爸爸死后，麦迪和妈妈就一直在缅因州海岸线外的小高岛上过着没有目的、愁云密布的生活。“如果没有我告诉她们蹲在哪儿、靠在哪个轮具上，”乔治·沙利文和朋友们一起在福吉酒馆喝酒或者在普劳特理发店后屋的时候常喜欢说，“不知道她们到底能干吗。”

乔治死于冠心病的时候，麦迪十九岁，工作日晚上在镇图书馆打工，一周挣四十一点五美元。妈妈打理家务，当然了，需要乔治提醒她（有时候是在她耳边大喊一声）有个房子要打理。

死讯传来时，两个女人沉默、惊恐地看着对方，两双眼睛问着同样的问题：我们现在做什么？

谁也不知道，但两人都感到——强烈感到——他对她们的评价是对的：她们需要他。她们只是女人而已，不但需要他告诉她们做什么，还要告诉她们怎么做。她们不说出来是因为这很尴尬，但事实摆在眼前——她们完全不知道接下来做什么，也完全没意识到她们其实是乔治·沙利文狭隘想法和期望的囚犯。她们都不笨，两人都不，但她们是岛上的女人。

钱不是问题；乔治热衷买保险，他在马柴厄斯保龄球联盟的决胜局上倒下来死了后，他妻子获得了超过十万美元的赔偿。岛上的生活消费很低——只要你有自己的房子，照顾好自己的园子，知道什么时候种植、收割蔬菜。问题是缺乏值得关注的东西。问题是乔治穿着他所在队伍比赛用的应援T恤脸朝下倒在十九道边界线上（该死的，就算他没有打出二击全倒，他的队伍也需要赢）后，她们的生活失去了重心。乔治走了，她们的生活模糊到诡异的地步。

就像迷失在大雾里，麦迪有时候想。只不过我不是在找路、房子、村庄或什么路标，比如那棵被雷击过的松树，我找的是轮具。如果有一天能找到，说不定我可以让自己蹲下、靠上。

最终她找到了自己的轮具：杰克·佩斯。女人会嫁给像爸爸的人，而男人会娶像妈妈的人，有些人这么说，虽然这么泛的一个说法很难一直正确，但在麦迪这里算是对上了。她的爸爸受到他朋友们的敬仰，却也因他而害怕——“亲爱的，别跟乔治·沙利文耍花招，”他们说，“只要你没用正确的表情看他，他就能打断你的鼻子。”

在家也是如此。他一直占据主导地位，有时候还动手，但他也清楚地知道自己要什么，比如福特皮卡、电锯、他家南边的两英亩土地。波普·库克的地。乔治·沙利文管波普叫腋窝发臭的老浑蛋，这是众所周知的事情，但老人的狐臭并没有改变他那两英亩地里有很多上好木材的事实。波普不知道这一点，因为他一九八七年就搬走了，搬得远远的，当时他患上了严重的关节炎。乔治昭告整个小岛，关于那两英亩地，老浑蛋波普·库克不知道的事对他一点坏处都没有，而且只要有人泄密，他就卸下他们的胳膊和腿，不论男女。没人泄密，最后沙利文家搞到了地以及地里的木材。当然了，上好的木材三年内就全被砍完了，不过乔治说这一点问题都没有，土地最后总能回报你。乔治这么说，她们信了他的话，也信了他，在地里劳作，三人一起。他说：“你得把肩顶在这里，用力推，得使劲才行，轮具不好操作。”所以她们就这么干了。

那时候，麦迪的妈妈在东海角摆了个摊子卖自家产品，总是有很多游客买她种的蔬菜（当然了，是乔治告诉她要种哪种蔬菜）。虽然她家从来没成为她妈妈说的“有钱人家”，但日子还过得去。就算有时候捕虾的行情不好，全家得进一步节衣缩食才付得起当时买下波普两英亩地的银行贷款，日子也还过得去。

杰克·佩斯的脾气好多了，是乔治·沙利文想都没想过的那种好，不过他的好脾气也有限。麦迪觉得他可能会适时地做出家事教育行为——晚饭凉了的时候扭断胳膊，不时扇扇巴掌，挥舞挥舞船桨，当他情绪不对头的时候。她心里甚至还有一点期待这样的行为。妇女杂志里说男性当家做主的婚姻属于过去，而打女人的男人应该被抓起来，即使涉事男人是涉事女人的合法丈夫。麦迪有时候在美发沙龙里读这类文章，但很怀疑作者是不是压根就不知道还有小高岛这种地方。事实上，小高岛诞生过一位作家——塞莱娜·圣乔治，但她主要写政治类作品，而且很多年没回来了，除了几年前的一次感恩节晚餐。

“我不会一辈子做捕虾人的，麦迪。”杰克在婚礼前一周告诉她，她信了。一年前，他第一次约她出去的时候（他还几乎什么话都没说，她就说好，然后被自己赤裸裸的热切搞得脸一直红到脖子根），说：“我补（不）会一辈子做捕虾人的。”很小的变化……不过是质的变化。他一直在上夜校，一周三次，坐“公主号”轮渡来来回回。他拉了一天捕虾笼，累得跟死狗一样，但还是坚持去上课，只歇下来洗个澡，冲掉身上很大的龙虾味和海水味，再就着热咖啡吃两片抗疲劳的咖啡因药片。过了一段时间，麦迪看到他真的想要坚持，就开始为他准备在路上喝的热汤。不然他什么都吃不上，只能吃一个“公主号”轮渡上小吃店里卖的恶心的热狗。

她记得自己在店里挑选罐装汤底时的痛苦——选择太多了！他想吃西红柿吗？有些人不喜欢西红柿汤。事实上，有些人讨厌西红柿汤，就算是用牛奶煮的也讨厌。蔬菜汤？火鸡？鸡汤？她无助的眼睛在货架上流连了快十分钟，直到查伦·内多问她要点什么——以一种讽刺的口吻，麦迪猜她明天就会告诉她所有的高中朋友，然后她们一伙人一起在女厕所笑话她，完全知道她怎么回事——胆小可怜的小麦迪·沙利文在罐装汤底这样的小事上也做不了决定。她到底如何决定接受杰克的求婚是个千古之谜，也是所有人心中的奇迹……不过，当然了，他们不知道你必须找到的轮具，也不知道一旦找到了，你得被下指令，什么时候弯腰，该往哪里推那该死的轮具。

麦迪走了，什么汤也没买，还头疼。

当她鼓足勇气问杰克他最喜欢什么汤时，他说："鸡肉面条，那种罐装的。"

还有什么其他特别喜欢的吗？

回答是没有，就鸡肉面条——那种罐装的。这是杰克·佩斯一辈子所需要的唯一一种汤，也是麦迪一辈子所需要的唯一答案（至少在这个问题上）。第二天，麦迪脚步轻松、心情愉悦地走上了商店门前翘曲的木质台阶，买了架上的四罐鸡肉面条汤。她问鲍勃·内多还有没有了，他说仓库里还有整整一箱呢。

她买了一整箱，这让他目瞪口呆，以至于帮她把箱子拿到了车上，却忘了问她为什么要买这么多——一个小小失误，晚上被自己好事的妻子和女儿好一通盘问。

"你只要相信，永远别忘，"杰克在他们喜结连理前不久说（她信了，而且从来没忘），"不只是一个捕虾人。我爸说我想法太多。他说要是他的爹、他爹的爹，甚至再倒回到伊甸园的时候，都觉得捕虾挺好，那我也该这么觉得。但不——不是，我是说……我要做得更好。"他看着她，眼神严肃，充满决心，但同时又充满爱意、希望和信心，"我打算成为捕虾人之外的人，我打算让你成为捕虾人妻子之外的人。你会在大陆上有一处自己的房子。"

"好的，杰克。"

“而且我不要该死的雪佛兰，”他深吸一口气，拉住她的手，“我要开奥兹莫比尔。”

他死死地盯住她的眼睛，好像想让她勇于嘲笑这天马行空的野心。当然了，她没有；她说“好的，杰克”，那天晚上的第三次或第四次这么说。他们谈恋爱那年，她说了上千次“好的，杰克”，估计在死亡把这段婚姻终结之前，她能说个上百万次。好的，杰克——世界上还有什么其他词语，组合在一起的时候能发出这么美妙的声音吗？

“不只是一个捕虾人，不管我爸怎么想、怎么笑话我，”他说最后那个“笑话”的时候垂头丧气的，“我要这么做，你知道谁会帮我吗？”

“是的，我。”麦迪平静地回答。

他笑了，拥她入怀。“你可真机灵，我的甜心。”他说。

他们就这样结婚了，童话故事般的进程。对麦迪来说，刚开始那几个月——无论去哪里，他们几乎都会听到欢呼声“新婚夫妇来咯！”——确实如童话故事一般。她有了杰克可以依靠，帮她做决定，这是最好的地方。第一年的时候，家里最难做的选择是客厅用什么窗帘才最好看——商品目录上有太多可以选的了，她妈妈显然是帮不了什么忙。麦迪妈妈连在不同牌子的卫生纸之间做选择都有困难。

除了这一点，那一年的大部分时候都充满了快乐和安全感——冬风如刀刃划过案板般肆虐过整个小岛时与杰克窝在床上做爱的快乐，有杰克告诉她他们需要什么以及怎么得到的安全感。性事很美好，好到有时候她在白天想起他时还能膝盖发软、腹中感到悸动，不过比这更美好的是杰克对事情的判断力和她不断增加的对杰克判断力的信任感。所以有一段时间，确实是童话故事，没错。

然后杰克死了，事情开始变得很奇怪。不只是对麦迪。

是对所有人。

就在世界进入不可理喻的噩梦状态之前，麦迪发现自己“怀了”——用她妈妈的话说，一个短词，声音像擤一大坨鼻涕（至少对麦迪来说是这样的声音）。当时，她和杰克已经搬到了詹那索岛上普尔西弗家附近，当地人和小高岛附近的人都管这座岛叫珍妮。

连续两个月没来例假的时候，她内心又经历了一次痛苦的斗争。四晚无眠后，她约了大陆上的麦克尔韦恩医生看病。回头想想，她觉得很开心。如果她等着看第三个例假是不是没来，那杰克就会少开心一个月，而她也会错过他表现出的关心和善意。

再想想——既然现在在应对了，她的犹豫似乎很可笑，可她内心深处知道自己是鼓起了巨大的勇气才去做的检查。她本想等着自己早孕反应更明显的时候再说，这样就能更确定；她等着孕吐把自己从睡梦中弄醒。她趁杰克外出工作的时候预约了医生，但没法偷偷坐船去大陆；两座岛上都有很多人能看到你。有人会不经意地跟杰克说起，她或他有一天看到麦迪坐了公主号，然后杰克就会想知道她到底干吗去了，如果她搞错了，杰克会像看傻瓜一样看她。

不过没搞错，她怀孕了（别管这个词的发音听起来有点像重感冒病人清嗓子了）。杰克·佩斯被汹涌的海浪冲下“我的情人号”船（从他叔叔迈克那儿继承的捕虾船）前，他还有整整二十七天来期待自己第一个宝宝的降临。杰克会游泳，像个软木塞似的就露出了海面，戴夫·埃蒙斯伤心地告诉她，但他刚露出头，另一个大浪就到了，直接把船打到他身上。后面的戴夫就没再说了，但麦迪是作为小岛女孩出生、长大的，她知道；事实上，她能听到，那艘有着背叛性名字的船撞上丈夫脑袋时发出的空洞的“砰——”声，鲜血、头发、骨头四溅，甚至还可能有那些让他在黑暗中进入她身体时一遍遍喊她名字的脑组织。

穿着厚厚的连帽大衣、羽绒裤子、重重的靴子，杰克·佩斯像块石头一样沉入了深海。他们在珍妮岛北端的小墓地里葬了一口空棺材，约翰逊牧师（在珍妮岛和小高岛上，你可以自由选择宗教信仰：可以成为卫理公会派教徒，要是不合适，你也可以脱离这一教派）一如既往地主持了葬礼。仪式结束了，二十二岁的麦迪意识到自己成了寡妇，肚子里还怀着宝宝，再也没人会告诉她轮具在哪儿，更别说什么时候用肩顶住，推到多远了。

她一开始觉得自己会回到小高岛，回到妈妈身边，等着把孩子生下来，但和杰克一起生活的这一年让她具备了一定的洞察力，她知道她妈妈也很迷茫——甚至可能比她更迷茫，这让她怀疑回去是不是正确的选择。

“麦迪，你这辈子唯一能做的决定就是不做决定。”杰克反复告诉她（他不再存在于世界上了，但似乎还活在她脑海里；在她脑海里，他极尽鲜活……或者她当时是这么认为的）。

她妈妈也没好到哪里去。她们通了电话，麦迪等着、期盼着妈妈让她回家，但沙利文女士没法让十岁以上的人做任何事。“或许你应该回到这里。”妈妈有一次试探性地说。麦迪不知道这意思是请回家吧，还是别当真，我就是说说而已。她度过了很多个不眠夜，思考到底是哪个意思，结果只让自己越来越迷惑。

然后奇怪的事情发生了，最大的幸运是珍妮岛上只有一个小小的墓地（很多坟墓里葬的都是空棺材——她以前觉得这很可惜，但现在似乎也是一种幸运）。小高岛上有两个墓地，而且都很大。似乎留在珍妮岛上等要安全得多。

她会等着看世界是死是活。

如果活了，她会接着等孩子出生。

如你所见，在过了那么多年消极服从、从不主动选择的生活后（总是像做梦一样就过去了，也就起床后一两小时的工夫），麦迪终于开始主动应对。她知道这不过就是被一件接一件的大事不断打击的结果，始于丈夫去世，止于普尔西弗家高科技卫星电视的新闻播报：一个临危受命成了CNN记者的被吓坏了的年轻男孩子说，似乎可以肯定，美国总统、第一夫人、国务卿、俄勒冈资深参议员，以及科威特的国家元首已经在白宫东厅被僵尸生吞活剥了。

“我想重复一遍。”那个意外成为记者的孩子说，额头和下巴上的青春痘像烙印一样突出。他的嘴和脸颊开始扭曲，双手痉挛般颤抖。“我再次重复，一批僵尸刚刚吃了总统和总统夫人，还有一大堆重要的政客，当时他们正在白宫吃水煮三文鱼和樱桃冰激凌。”然后这孩子就疯了一样大笑，用尽全力大喊“加油，耶鲁！加油，加油”。最后他冲出了镜头，留下一张空荡荡的CNN新闻桌，在麦迪的记忆里这还是第一次。然后，新闻桌也消失了，电视里出现了鲍斯卡尔·威利专辑的广告——任何一家店里都买不到，只能通过拨打屏幕下方的800号码购买这张让人叹为观止的专辑。麦迪和普尔西弗一家沉默而压抑地坐着。麦迪坐的椅子旁的茶几上有小切恩·普尔西弗的一支蜡笔，在未知的疯狂驱动下，她拿起蜡笔，在一张废纸上写下了号码。之后，普尔西弗先生起身关了电视，什么也没说。

麦迪跟他们道了晚安，感谢他们让她看电视，给她吃爆米花。

“你确定没事吗，亲爱的麦迪？”坎迪那天晚上第五次问她，麦迪第五次回答没事，说自己正在应对。坎迪说知道她在应对，不过还是随时欢迎她住到楼上布赖恩之前住的那个卧室。麦迪抱了抱坎迪，亲了亲她的脸颊，用自己能想到的最得体的感谢拒绝了她的提议，然后终于可以走了。路上有风，麦迪走了半英里才到家。到了自家厨房，她忽然发现自己手里还攥着写了那串800号码的纸片。她拨通了电话，但什么都没有。没有录音告诉她拨打的电话正在通话中或者拨打的电话不在服务区，没有意味着线路中断的嘀嘀声，没有嘟嘟、咔嗒或其他声音。只有平稳的沉默。那时，麦迪就确定世界末日不是已经到了，就是快到了。当你打不通800开头的号码，没法打电话订购商店里都没有的鲍斯卡尔专辑，当电话里没有接线员说请稍等（她记忆里的第一次），世界末日就是必然的结局。

她站在厨房墙上的电话机旁，摸着自己滚圆的肚子，第一次大声说——甚至没意识到自己说了："得生在家里了，不过没关系，只要准备好就行，时刻准备着，孩子。你得记住没有别的办法了，只能生在家里。"

她等着恐惧降临，结果什么都没有。

"我可以很好地应对。"她说，这次听到了自己的声音，声音中的笃定安慰到了她。

一个孩子。

孩子出生的时候，世界末日也会终结。

"伊甸园。"她说，笑了。笑容甜美，圣母马利亚的笑容。她才不管有多少腐烂的死人（说不定鲍斯卡尔就是其中之一）正在地球上乱逛。

她就要生孩子了，她将在家完成分娩，伊甸园有还在的可能性。

第一批报道来自澳大利亚内陆边缘地区的一个叫无稽之谈的小村子，让人难忘的名字。僵尸踏足的第一个美国小镇的名字可能更加让人难忘：重击者镇，佛罗里达州。第一个故事出现在美国最受欢迎的超市小报《内部看法》上。

《佛罗里达小镇的死人复活！》标题如是说。故事的开头回顾了一部叫《活死人之夜》的电影——麦迪从没看过，接着提到了另一部电影，《马库姆巴之爱》——麦迪也从没看过。文章配了三张照片。一张来自《活死人之夜》，上面是一群疯人院里的逃亡者大晚上站在一座被丢弃的农场外。一张来自《马库姆巴之爱》，上头是一个穿着比基尼的金发美女，其胸之大简直可比获奖的巨型葫芦。金发美女正对着一个貌似戴了面具的黑人恐惧地尖叫，双手高举。第三张照片据称是在重击者小镇实拍的。似乎是一个人站在电子游戏室前，性别难辨，很模糊。文章描述这个人“裹着坟墓里的寿衣”，但也有可能是一个裹了脏床单的人。

不是什么大事。上周有个大脚怪强奸了唱诗班男孩，这周死人复活，下周再来个侏儒大屠杀。

不是什么大事，至少直到僵尸开始出现在其他地方。直到第一波新闻（“你可能想让自己的孩子离开房间。”汤姆·布罗考严肃地插进画面）出现在电视上：腐烂的怪物，干巴巴的皮肤下露着森森白骨，有些是车祸死者，殡葬师给化的妆都花了，露出撕裂的脸和碎裂的头骨；有些是女人，头发打结成土块状，像蜂巢一样，蠕虫和甲虫在里头蠕动、爬行，她们的脸上不是空无一物，就是带着一种精明又愚蠢的智慧。直到《人物》杂志里印了恐怖图片，还贴了一张橙色贴纸，上面写着：未成年人不得购买！

这时候就是大事了。

当你看到一个腐烂的男人，身上挂着泥迹斑斑的布克兄弟的西装残骸（他当时下葬时穿的就是这套），正在撕开一个身穿T恤上写着“休斯敦加油站”的尖叫的女人的喉咙，你突然就意识到真的出大事了。

这时候，各种指责和武力斗争就开始了。整整三周时间，整个世界都被逃出坟墓的生物玩弄于股掌之间，它们就像在两个轨迹不可逆的核弹的冲击下逃出茧包的诡异蛾子一样。

美国没有僵尸，某国电视评论员宣布，这是一场自导自演的闹剧，用来掩盖针对他们的不可饶恕的化学战争，比印度博帕尔的毒气泄漏事件更可怕（也更刻意）。如果从坟墓里爬出来的死人不能在十天内有尊严地躺回去，他们将采取报复行动。所有美国的外交人员已被驱逐出境。

总统（很快就要变成僵尸的特供餐盘了）的反应是水壶（他还真是个水壶，毕竟他在第二任期的时候胖了至少五十磅）笑茶壶黑。美国政府，他告诉自己的人民，手头有铁证可以证明，只有该国的僵尸是被故意放出来的。他们的政府宣称有超过八千具僵尸正迈着大步走在街上。而事实上，我们有切实的证据可以证明实际数量不足四十。是那个国家的人发起了邪恶的化学战争，让死去的忠诚的美国人复活，什么都不吃，就想吃其他忠诚的美国人。如果这些美国人——有些生前是很好的民主党员——没有在五天内有尊严地躺回去，那么某国就等着变大渣坑吧。

一个叫汉弗莱·达格博尔特的英国天文学家发现卫星危机时，北美防空联合司令部正在玩《核战危机 2》。他还发现了宇宙飞船和不明生物，还有鬼知道是什么东西的东西。汉弗莱甚至都不是专业的天文学家，就是一名来自英格兰西部的业余观星爱好者——没什么特别的，你可能会说——然而，他还是把这个世界从核武器的交换（直白点就是核战争）中拯救了出来。不管怎么说，对一个鼻中隔偏曲、患有严重银屑病的男人来说，这为期一周的事业很不差了。

一开始，那些针尖对麦芒的国家似乎不愿相信达格博尔特发现的东西，即使位于伦敦的皇家天文台宣布他的照片和数据属实。但最后，导弹发射井关了，全世界的天文望远镜都（不情不愿地）对准了外星虫林。

美国、中国启动了联合太空项目，调查不请自来的天外飞客。《卫报》发布第一张照片后不到三周，联合项目的飞船就从兰州发射中心起航。受众人喜爱的业余天文学家也在飞船上，带着他的鼻中隔偏曲的鼻子。事实上，很难不让达格博尔特参与到项目中来——他已经成了世界英雄，继丘吉尔之后最有声誉的英国人。起航前一天，记者问他害不害怕，他发出了自己那格外招人喜爱的罗伯特·莫利式大笑，摸了摸自己真的很大的鼻子，大声说："吓呆了，亲爱的！完全吓呆了！"

结果是，他确实有无数个理由吓呆。

他们都如此。

联合飞船传回的最后六十一秒的画面太过恐怖，三个相关政府一致认为不宜公开，也没有发布任何官方声明。不过无所谓了，差不多有两万名业余无线电爱好者在监听飞船，似乎至少有一万九千名在飞船被入侵（还有别的说法吗？）的时候录了音。

中国人的声音：虫子！似乎是大团——

美国人的声音：天哪！小心！那玩意来抓我们了！

达格博尔特：我们受到了挤压。机舱左边的窗户——

中国人的声音：攻破！攻破！朋友，到你衣服上了（难以辨认的急促声）！

美国人的声音：似乎正一路吃过来——

中国女性的声音：啊，停下来，让眼睛停下来——

（爆炸声）

达格博尔特：发生了爆炸性减压。我看到三个人——呃，四个人——死了。虫子……到处都是虫子——

美国人的声音：面板！面板！面板！

（尖叫）

中国人的声音：我妈妈呢？天哪，我妈妈呢？

（尖叫，听起来像牙齿掉光了的老头子吮吸土豆泥的声音。）

达格博尔特：机舱里全是虫子——好像是虫子，至少看上去是，这就是说它们真的是虫子，有人意识到……很明显是从卫星上拱出来的……我们觉得……这也就是说……机舱里全是漂浮着的尸体残块。这些太空虫子显然分泌出了某种酸液——

（这时候助推火箭点火了，时长7.2秒。这可能是一次逃跑的尝试，或者撞击中心目标的尝试。无论哪种情况，操作失败了。发动机燃烧室里好像已经挤满了虫子，舰长林杨——或者随便哪个当时管事的官员——认为，由于堵塞问题，燃料箱的爆炸一触即发，所以关了点火装置。）

美国人的声音：哦，天哪，它们到我头上了，它们他妈的在吃我的脑——

（静止）

达格博尔特：我相信这种谨慎是一种战略性的撤退，撤退到舰尾储藏舱；机组其他成员都死了。毫无疑问。可怜。很勇敢。那个不停抠鼻子的美国胖子也很勇敢。不过换个角度，我不觉得——

（静止）

达格博尔特：毕竟都死了，因为那个中国女孩——或者说，她掉下的脑袋，我的意思是——刚从我身边飘过，眼睛睁着，还眨了眨。她似乎认出了我，为了——

（静止）

达格博尔特：让你们——

（爆炸。静止）

达格博尔特：在我身边。我重复，都在我身边。蠕动的东西。它们——我说，有人知道——

（达格博尔特，尖叫着，咒骂着，然后只剩了尖叫。又传来没牙的老头子吸食的声音。）

（传输中断）

三秒后，联合飞船爆炸了。在那场短暂又可怜的冲突中，近似球体的外星虫林里虫子的拱出行为被地球上超过三百台天文望远镜观察到了。画面的最后六十一秒开始的时候，机舱被一种看起来像虫子的东西完全占领。画面最后，机舱本身完全看不见了——只有大量附着在机舱上的蠕动的东西。最终爆炸发生几分钟后，一颗气象卫星拍到了一张漂浮物的照片，其中一部分差不多可以确定是虫块。飘在它们中间的一条穿着宇航服的断腿能被轻易地辨认出来。

在某种程度上，这些都没什么关系。两国的科学家和政治领袖都清楚地知道外星虫林的位置：就在地球不断扩大的臭氧层空洞的上方。它正从那儿往地球发送什么东西，反正不是鲜花。

接下来两国发射了导弹。然而外星虫林很容易就实现了自救，通过那个空洞回了老巢。

在普尔西弗家的卫星电视上，更多死人站了起来，四处乱走，不过情况发生了重要的变化。刚开始，僵尸只咬那些靠得太近的活人，但几周之内，在他家高质量的索尼牌电视机只能播出白色竖条纹前，那些死人开始主动接近活人。

它们似乎已经决定了，它们喜欢自己咬的东西。

美国做出了摧毁这些虫子的最后努力。总统同意尝试用大量轨道式导弹摧毁外星虫林，只字不提自己此前的言论，即美国从未在太空轨道上布置核战略防御计划，也永远不会布置。其他人也都忽略了这一点。可能他们都忙着祈祷胜利。

这是个好计划，但不幸的是，不可行。轨道上没有任何一颗导弹成功发射。彻头彻尾的失败。

现代技术也就戛然止步了。

接着，地球上、天空中发生了如此多的大事后，珍妮岛上的那个小小墓地也出了点花样。但就算如此，对麦迪而言，这也没什么关系，因为不管怎么说，她没去过那里。人类文明很明显走到尽头了，小岛已经与世隔绝——谢天谢地，岛民们都这么想，老方法以沉默但毋庸置疑的力量重新崛起。那时候他们都已经知道即将发生的事情，问题是什么时候发生，还有发生的时候得做好准备。

女人除外。

当然了，是鲍勃·达格特起草了侦察员名单。这是对的，因为鲍勃已经在珍妮岛上做了很久的头儿。总统死后（没有人提起他和第一夫人愚蠢地走在华盛顿街头，嚼着人腿、人胳膊，就像野餐时吃鸡腿一样；这有点超出承受范围了，即使那浑蛋和他的金发妻子是民主党党员），鲍勃召集了珍妮岛自内战以来的第一次男性集会。麦迪不在场，不过她听说了会议内容。戴夫告诉了她所有她需要知道的信息。

“你们都知道情况。”鲍勃说，面色黄得跟得了黄疸一样。人们记得他的女儿，还生活在岛上的那个，是四个孩子里的一个，其他三个生活在其他地方……也就是说，在大陆上。

不过管他的，真到了这地步，谁都在大陆上有亲戚。

“珍妮岛上有一个墓地，”鲍勃继续说，“到目前为止没发生什么事，但这并不意味着以后不会发生什么。很多地方还没发生什么……但一旦开始了，从无到有速度飞快。”

聚集在中学体育馆里的男人们发出认同的嗡嗡声。体育馆是唯一一个大到能容纳他们所有人的集合地。一共有七十个人左右，年龄参差不齐，从刚满十八岁的约翰尼·克兰，到八十岁的弗兰克——鲍勃的叔祖父，他装了一只玻璃做的假眼，嚼着烟草。当然了，体育馆里没有痰盂，所以弗兰克随身带了一个空的蛋黄酱罐子，用来吐残渣。这会儿正吐着呢。

“赶紧说正事，鲍比，”他说，“你又不是没人使唤，别浪费时间了。”

人群又发出一阵附和的嗡嗡声，鲍勃涨红了脸。不知道为什么，他的叔祖父总能让他看起来像个没用的傻子。如果说世界上还有比看起来像个无用的傻子更让他讨厌的事情，那就是被叫作鲍比。老天，他也是有身家的人！他还赡养这老鬼——给叔祖父买那该死的烟草！

但这些话他不能说，老弗兰克的眼睛亮得像火。

“好吧，”鲍勃生硬地说，“这么着，十二个人侦察，几分钟后我出个值班表。四小时一班。”

“我能上岗远不止四小时！”马特·阿瑟诺大声说。戴夫告诉麦迪，鲍勃会后说如果不是那个老头子管他叫鲍比，一个像马特那样靠救济度日的懒人绝不敢在会上这么大声嚷嚷。鲍比让他变成了一个小孩子，在岛上所有男人面前，而不是一个差三个月就过五十大寿的男人。

“或许吧，”鲍勃说，“但我们人很多，要保证没有人在站岗的时候睡着。”

“我不会——”

“我没说你，”鲍勃说，不过他看马特的眼神暗示他说的可能就是马特，“这可不是小孩的游戏。坐下，闭嘴。”

马特开口还想说点什么，然后环顾四周，看了看其他人，包括老弗兰克，机智地闭上了嘴。

“如果有步枪，上岗的时候带上。”鲍勃继续说。马特或多或少地让步了，这让他感觉好了一点。“得是点二二口径的。如果没有那么大的，就来这里领一把。”

“我都不知道学校里还备着这些玩意。”卡尔·帕特里奇说，周围发出了一串笑声。

“现在没有，不过马上就有了，因为每个有超过一把比点二二口径大的武器的人都要把多的拿过来。”鲍勃看了看学校校长约翰·沃利，“可以放你办公室吗，约翰？”

沃利点点头，他身边的约翰逊牧师正心烦意乱地搓着手。

“狗屁，”奥林·坎贝尔说，“我家里有老婆和两个孩子。难道要我把他们手无寸铁地留在家里，等着一群僵尸来提前过感恩节？”

“如果我们在墓地好好守着，没有僵尸能跑出来，”鲍勃冷冰冰地回答，“你们有些人有手枪，我们不需要那些。搞明白哪些女人会开枪，哪些不会，把枪给会的，然后把她们集合起来。”

“她们可以开个招待会。”老弗兰克咯咯地笑了，鲍勃也笑了。确实更像是那么回事。

“晚上，让卡车把墓地围起来，这样就够亮了。”他看着桑尼·多森——家里开加油站，珍妮岛上唯一一家。桑尼的主要业务不是给汽车、卡车加油——妈的，岛上没地方开车，而且在大陆加油还便宜十美分，而是给捕虾船和自己夏天在码头上经营的摩托艇加油。“你来提供油，可以吧，桑尼？”

“给现金吗？”

“能保你狗命，”鲍勃说，“事情恢复正常以后——如果真有这么一天，估计你能得到补偿。”

桑尼环顾四周，只看到硬邦邦的眼神，只得耸耸肩。他看起来有点不高兴，不过事实上，他是蒙了。第二天，戴夫告诉麦迪。

“我也就不到四百加仑了，大部分是柴油。”

“岛上有五台发电机，”伯克·多尔夫曼说（伯克说话的时候所有人都听着；作为岛上唯一一个犹太人，人们认为他既不切实际，又有点吓人），“都用柴油。如果有必要，我可以装上灯。”

低语声。如果伯克说可以，那就是可以。他是个犹太裔电工，岛外有传言——没明说，但传得很凶，犹太裔电工是最好的。

“我们要让那个墓地亮得像个舞台。”鲍勃说。

安迪·金斯伯里站了起来。“我在新闻上听说，有时候给那东西脑袋上来一下，它就会倒下，有时候不会。”

“我们准备了电锯。那些不肯死的……好嘛，我们确保它们动不了多久。”鲍勃冷冷地说。

除了要排值班表，都准备得差不多了。

六个日夜过去了，珍妮岛墓地周围的哨兵开始觉得自己有点傻（“我都不知道自己是在站岗，还是在玩。”奥林·坎贝尔一天下午说，他周围站了十二个男人，就在墓园门口，大家一起玩扑克）。结果，事情发生了，还发生得很快。

戴夫告诉麦迪他听到一个声音，像刮大风的夜晚烟囱里吹过的风声，紧接着标志着迈克尔安息之地的墓碑倒了。他是福尼尔家的儿子，十七岁时死于白血病（很惨，他是他们家唯一的孩子，福尼尔夫妇人很好）。片刻之后，一只戴着苔藓环绕的北雅茅斯学院毕业戒指的烂手从地里伸出来，拨开密密麻麻的草。第三根手指在拨弄过程中断了。

地面颤动起来（戴夫差点说像一个孕妇快生产时的肚子，匆忙中重新考虑了一下就没说），像是一个大浪卷进了封闭的小海湾。接着那个孩子就坐了起来，只是没人认出来，差不多在土里埋了两年。左脸上插着小枝丫，戴夫说，又脏又湿的头发里散落着一片片蓝色的发光布料。“棺材衬布，”戴夫告诉她，低头看着自己不安、缠绕的双手，“我很肯定，就像我知道自己的名字一样肯定。”他停顿了一下，补充道：“谢天谢地，迈克尔的爸爸当时不在。”

麦迪点点头。

站岗的男人们吓得魂都没了，但还是反抗起来，朝着复活过来的前高中象棋冠军和全明星棒球二垒手开火，把他轰成了碎片。惊恐中另一些子弹打瞎了，把他的大理石墓碑打碎了。狂欢活动开始的时候，这些人正好松松散散地聚集在一起，这非常幸运；如果分成了两拨，像鲍勃一开始计划的那样，他们很有可能就互相屠杀了。最后，没有一个岛民受伤，虽然第二天，巴德·米查姆在自己被撕下来的衬衫袖子上发现了一个可疑的洞口。

“说不定就是个黑莓刺，都一样，”他说，“你知道，这种东西岛上多了去了。”没有人会反驳这一点，但洞口周围的黑色斑点让他受惊的妻子觉得这衬衫是被一个相当大的刺给刺了。

福尼尔家的那孩子退了回去，他的大部分肢体都静止不动，还有部分在抽搐……但当时，整个墓地似乎都在颤动，仿佛那里发生了地震——不过只在墓地，其他地方都没有动静。

这事就发生在天黑前一小时左右。

伯克·多尔夫曼在拖拉机的蓄电池上装了一个警笛，鲍勃启动开关。二十分钟内，岛上几乎所有的男人都集合到了墓地。

及时得不能再及时了，戴夫说，因为有些死人差点就要逃脱。虽然老弗兰克离心脏病发、加入死人阵营也就剩了两小时，但他组织了新到的人，防止了他们互相射击。最后十分钟，珍妮岛墓地惨烈得就像布尔溪战役。战斗接近尾声的时候烟雾浓重，有些人吐了。呕吐物酸酸的味道甚至盖过了枪弹味……也更浓烈、更持久。

但还是有些尸体顶着断了的背像蛇一样蠕动，大部分是新爬出来的。

“伯克，你带着电锯吗？”弗兰克说。

“带着呢。”伯克说，然后他吐了，嘴里发出了长长的嗡嗡声，像蝉钻树皮的声音。他无法从蠕动的尸体、掀翻的墓碑、地面的坑洞（尸体爬出来的地方）上移开视线。“在车里。”

“加满油了？”弗兰克苍老无发的头皮上青筋暴起。

“对，”伯克的手捂着嘴，“对不起。”

“爱怎么吐怎么吐，”弗兰克轻快地说，“吐完了就去拿电锯。你……你……你……你……”

最后一个“你”说的是他的侄孙鲍勃。

“我不行，弗兰克叔叔。”鲍勃病恹恹地说。他看了看周围，看到五六个朋友和邻居倒在草丛里不省人事。他们没死，就是晕过去了。大部分人都看到了自家亲人从坟墓里爬出来。躺在白杨树边上的巴克·哈尼斯加入了对抗自己亡妻的交火，后者被击毙；他看到妻子腐烂、爬满虫子的脑袋炸出灰色汁液后晕倒了。“我不能，不——”

弗兰克得了关节炎的手很扭曲，但还是硬得像石头，他一巴掌打了过去。

“你能，而且你会，孩子。”他说。

鲍勃和其他人一起上了。

弗兰克阴沉沉地看着他们，摸了摸自己的胸口，现在那里一阵阵地疼，连带着左胳膊到手肘都疼。他老了，但不蠢，他很清楚这些疼痛是什么，意味着什么。

“他说他心脏病要发了，一边说一边拍着胸口。”戴夫接着说，手放在自己左胸口起伏的肌肉上演示。

麦迪点点头，表示自己听懂了。

“他说：‘如果这事结束前我发病了，戴夫，你、伯克、奥林来接手。鲍比是个好孩子，但我感觉他这会儿没什么胆气了……你知道，有时候失掉的胆气回不来。’”

麦迪又点点头，想着她多么感激——多么多么感激——自己不是个男的。

“所以我们就这么办了。结束了战斗。”戴夫说。

麦迪第三次点头，这次大概发出了什么声音，因为戴夫说如果她受不了，他就不说了，愉快地不说了。

“我受得了。你或许会被我的承受力吓到，戴夫。”她安静地说。他在她说的时候快速看了她一眼，带着好奇，但麦迪在他看出自己眼里的秘密前移开了视线。

戴夫不知道她的秘密，因为珍妮岛上没人知道。这是麦迪希望的状态，也是她打算保持的状态。曾经有一段时间，或许是在让她震惊的忧郁黑暗里，她假装自己在应对。接着发生了一些事情，让她不得不真的开始应对。在岛上的墓地吐出尸体四天前，麦迪·佩斯面临了一个简单的选择：应对，还是死亡。

她坐在客厅里，喝着去年八月——如今想来，何其遥远——和杰克一起酿的蓝莓酒，做着琐碎到可笑的事情。她在织一些小玩意。事实上，是毛线鞋。不过又能做什么呢？人们应该有很长一段时间不会去埃尔斯沃思商场里的商店买东西了。

有什么东西在敲窗。

蝙蝠，她想，抬起头看。她停止了编织。好像有什么更大的东西在起风的黑暗中快速移动。油灯很亮，在窗上印下太多影子，无法分辨。她伸手把灯调暗，敲击声又来了。窗玻璃在震动，她听到了一小块油灰掉到窗框上的声音。她记得杰克本来打算今年秋天把所有窗子都加固一遍，然后心想：说不定这是他回来的原因。这很疯狂，他已被深埋在海底，但……

她侧头坐着，停下手头的活计。一只粉色小鞋，她已经做了一只蓝的。突然间，她好像能听到很多声音。风声。浪打礁石的声音。房子发出的呻吟声，像一个躺在床上扭来扭去，找舒服位置的老妇人。过道上挂钟的嘀嗒声。

“杰克?”她对着寂静的夜问，虽然现在不再寂静，“是你吗，亲爱的?”接着，客厅的窗碎了，进来的不算是真杰克，而是一个挂了几丝腐烂血肉的骨架子。

他脖子上还挂着罗盘，罗盘周围长了一圈青苔。

他爬进来时，风吹起窗帘，在他头顶形成一片云，然后他手脚并用地站了起来，用黑魆魆的眼窝子看着她，藤壶已经从里面长出来了。

他发出咕哝声，张开没有血肉的嘴巴，牙齿咬在一起。他饿了……但这次，鸡肉面条汤不行了。罐装的也不行。

灰色的东西飘在长了藤壶的眼窝子上方，麦迪意识到她正看着杰克剩下的脑子。他向她走来，触手可及，走过的地方留下黑色痕迹，浑身散发着海水的咸味和腥臭味。而她就那么坐着，一动不动。他伸出手，牙齿机械地一开一合。麦迪看到他还穿着她去年圣诞节给他买的黑红色格子花纹衬衫，已经破烂不堪。贵得要命，不过他一再说很暖和，而且质量特别好，在水下泡了那么久还没烂完呢。

冰冷的手骨摸上了她的喉咙，然后她肚子里的孩子动了——第一次，她的震惊、恐惧都消失了，平静无比，她迅速拿起编织针插进那骷髅的眼窝里。

他发出下水道水泵抽吸一般的恐怖声音，跌跌撞撞地往后退，抓住编织针，织了一半的粉色小鞋子在原本是鼻子的骷髅上摇晃着。她看到一只海蛞蝓从鼻腔爬出来，爬上小鞋子，留下一串黏液。

杰克倒在茶几上。那茶几是她结婚后没多久在跳蚤市场买的——当时她没法下决心，为此痛苦万分，直到杰克说要么她买了放客厅去，要么他就以两倍的价格向那老婆子买下来，然后劈成柴火，用——

用——

他摔到地板上，脆弱的骨架碎成两半，发出清脆的碎裂声。他右手抓着眼窝里的编织针——这时候已经沾上了腐烂的脑组织——往外拔。他的上半身朝她爬过来，牙齿稳稳地咬在一起。

她觉得他是打算笑，然后肚子里的孩子又动了。她想起那天在跳蚤市场他是多么生气和疲倦，简直是一反常态。买了，麦迪，看在上帝的分上！我累了！想回家吃饭！如果你再不快点决定，我就给这老婆子两倍的价钱买下它，然后劈成柴火，用我的——

冰冷潮湿的手抓住了她的脚踝，黑乎乎的牙已经快要下口了，要杀了她和孩子。她挣脱出来，只留下了拖鞋。他咬了咬，又吐出来。

当她再次进屋时，他正没头没脑地往厨房爬——至少上半身如此，胸前的罗盘在地上拖着。听到动静后，他抬起头，在她风驰电掣般挥起斧子前，那对黑色眼窝里似乎露出了白痴般的困惑。她一斧头下去，劈开了他的头骨，就像他之前威胁说要劈开茶几一样。

他的脑袋碎成了两半，脑组织流到地板上，像溅出来的燕麦片。爬满了海蛞蝓和其他凝胶状海虫的脑组织，闻起来仿佛在盛夏草地上因胀气而爆炸腐烂的土拨鼠。

但他的手还在厨房地板上抓挠，发出甲虫一样的声音。

她劈啊……劈啊……劈啊。

最后他不动了。

她的上腹部传来一阵剧烈的疼痛，她被一种可怕的恐慌攫住了：是流产吗？我要流产了吗？但疼痛过去了，孩子又动了，比刚才还剧烈。

她回到客厅，拿起闻起来像牛肚的斧子。

他的腿不知怎么的想站起来。

“杰克，我很爱你，但这不是你。”她挥起斧子，一下劈在他的盆骨上，地毯都被劈烂了，斧子嵌进坚硬的橡木地板里。

腿骨散开，剧烈颤抖了大约五分钟，然后安静下来，最后连脚指头都不抽搐了。

她把他的碎块一块一块地拿到地窖。她戴着烤箱手套，用杰克放在小棚里的绝缘毯（她从来没扔）一块一块包起来。这些毯子是杰克和其他船员在寒冷时节盖在龙虾罐上的，防冻。

有一次，一只断手抓住了她的手腕。她站着不动，等着，心跳如雷，最后断手自己松开了。那只手完了。他也完了。

房子底下有个没用的池子——污水池，杰克本打算填了。麦迪把沉重的水泥盖移开，水泥盖在月光下的影子像日食。她把杰克的碎块扔进去，听着水声。所有碎块都扔完后，她又把沉重的盖子盖回去。

“安息吧。”她低声说，内心一个声音回应说她的丈夫在碎块中安息了。她哭起来，哭声又变成了歇斯底里的尖叫。她撕扯头发，捶胸顿足，直到鲜血淋漓，心想：我疯了，这就是疯了的样子——

还没想完，她就晕了过去，陷入深眠。第二天，她什么事都没有。

不过，她永远都不会说。

永远。

“我受得了。”她再次告诉戴夫，甩开脑海里从被黏液糊住的眼窝里伸出的编织针以及针上挂着的粉色小鞋子。那眼窝曾经属于她的丈夫，她肚子里孩子的父亲。“真的。”

所以他说了，或许因为他必须说出来，否则就疯了，不过他跳过了最可怕的部分。他说他们锯了那些死活不肯回地下的尸体，但没说有些部分还在蠕动——脱离了胳膊的手附在他们身上，没头没脑地乱抓，脱离了腿的脚在满是弹坑的地里乱挖，仿佛是想逃走。这部分都被倒上了柴油，一把火点了。麦迪不需要他说这部分。她在房子里看到了大火。

后来，一辆消防车对着减小的火势打开了水管，虽然火势蔓延的概率不大，因为凛冽的东风把火星吹往珍妮岛靠海的方向。最后，什么都没了，只剩下散发恶臭的油脂块（还不时鼓起来，像疲惫肌肉的抽动），马特发动起自己的卡特彼勒挖掘机——他操纵着锋利的钢刀片，戴着陈旧的工程师帽，脸色苍白如纸，把所有残骸通通埋了。

月亮升起来了，弗兰克把鲍勃、戴夫、卡尔叫到一边。他跟戴夫说："我知道要来了，果然来了。"

"你在说什么，叔叔？"鲍勃问。

"心脏病，这鬼东西发起威来了。"

"现在，弗兰克叔叔——"

"别管什么叔叔不叔叔了，"弗兰克说，"我没时间听你张嘴说鬼话。我有一半朋友都是这么死的。今天不是时候，不过情况可能更坏；至少比得了癌症好。

"但现在有件别的事情要担心，我要说的是，我死了以后不想爬起来。卡尔，把你的步枪对准我的左耳。戴夫，我左手抬起来的时候，你把枪对准我的腋窝。鲍比，你对准我的心脏。我要开始祈祷了，说到阿门的时候，你们仨一起扣动扳机。"

"叔叔——"鲍勃开口，脚后跟都在抖。

"我说了别说鬼话。你别给我晕倒，胆小鬼。好了，动起来。"

鲍勃照做了。

弗兰克转头看这三个人，他们的脸白得跟刚才开挖掘机埋残骸的马特一样（毕竟他碾过了穿开裆裤时就认识的男人和女人们）。

"你们别给我搞砸了。"弗兰克说。他对着所有人说，但眼睛可能盯住了他侄孙。"如果有谁打算临阵退缩，就想想我会为你们任何一个做同样的事情。"

"不说了。我爱你，弗兰克叔叔。"鲍勃哑着嗓子说。

"你不是你爸爸那样的人，鲍比·达格特，不过我也爱你。"弗兰克平静地说。紧接着，伴随一声痛苦的喊叫，他左手扶住头，像纽约街头急着拦出租车的人。他开始了最后的祈祷。“我们在天上的父——妈呀，好疼！愿人都尊你的名为圣——哦，王八蛋，愿你的国降临。愿你的旨意行在地上……地上……”

弗兰克举起的左手狂舞。戴夫把枪口对准他的腋窝，全神贯注地看着枪，正如一个樵夫看着似乎要倒错方向的大树。岛上所有男人都在看着。老人苍白的脸上汗如雨下，他嘴唇后咧，露出整齐、白中泛黄的假牙。戴夫闻到了他呼出的假牙清洁片的味道。

“如同行在天上！”老人断断续续地说，“不叫我们遇见试探，救我们脱离凶恶，直到永远，阿门！”

三人同时开枪，卡尔和鲍勃都晕了过去，但弗兰克再也没站起来，也没动。

弗兰克打算死得干干净净。他确实做到了。

戴夫一旦开始讲故事，就必须讲完，所以他骂自己干吗要开始讲。他一开始的时候说对了，这不是给孕妇听的故事。

但麦迪吻了他一下，说他做得很好，弗兰克也做得很好。戴夫觉得自己有点晕乎，像被一个从没见过的陌生女人吻了一下。

千真万确。

她看着他走下小径，走上土路——那是珍妮岛上仅有的两条路之一，左转。月光下他微微颤抖，踉踉跄跄，大概是累的，麦迪想，也可能是震惊的。她想到了他……他们所有人。她本想告诉戴夫她爱他，然后直接亲在他嘴上，而不是蜻蜓点水般亲在他的脸颊上，但他可能会会错意，即便此时他累得够呛，而她身怀六甲。

不过她确实爱他，爱他们所有人，因为他们经历了人间炼狱，只为保住这离大西洋四十英里的一方小岛，为她。

为她的孩子。

“我会生在家里。”等戴夫消失在普尔西弗家昏暗的卫星电视接收器后，她轻柔地说。她抬头看了看明月。“我会生在家里，一切都会好的。”

Rainy Season

雨季

下午五点半，约翰·格雷厄姆和埃莉斯·格雷厄姆终于找到了进入那座小村庄的路，小村庄位于缅因州威洛镇中心，就像某颗品质不明的珍珠中心的一颗沙砾。村子离亨普斯特德庄园不到五英里，但他们在路上转错了两个弯。当他们终于到了大街上时，两人都浑身燥热，心情不爽。这辆福特汽车的空调在从圣路易斯开来的路上坏了，外面的温度感觉有一百一十华氏度[1]。约翰·格雷厄姆想，当然不是那样的。就像老一辈人说的，这不是热度的问题，而是湿度的问题。他觉得今天几乎可以伸手从空气中挤出几滴温暖的水来。头顶上的天空清澈湛蓝，但湿气很

[1] 约合 43.3 摄氏度。

重，让人觉得随时都可能下雨。他妈的——感觉就像是已经下雨了。

“这就是米利·卡曾斯告诉我们的那个市场。”埃莉斯指着说。

约翰嘟囔道：“看起来一点都不像未来的超市。”

“完全不像。”埃莉斯小心翼翼地表示同意。他们都变得小心翼翼。他们已经结婚近两年了，仍旧深爱对方，可从圣路易斯横跨全国是一场长途跋涉的旅程，尤其是开着一辆收音机和空调都坏了的车。约翰非常希望他们能在威洛镇这里享受夏天（他们应该这样做，因为密苏里大学将承担这笔费用），但是他认为在这里安顿下来可能就需要长达一周的时间。当天气变得像现在这样热的时候，一场争吵就会突然降临。他们俩都不希望他们的夏天以此开场。

约翰开着车，慢慢沿着大街向威洛百货商店兼五金店驶去。门廊的一角挂着一块锈迹斑斑的招牌，上面画着一只蓝鹰，他知道这里也是邮政支局。在午后的日光下，百货商店看起来无精打采的，只有一辆车，一辆破旧不堪的沃尔沃，停放在“意大利三明治·比萨·食品店·钓鱼执照”的广告牌下。但是和威洛镇的其他地方相比，这里似乎又缺少生机。橱窗里有一个滋滋作响的啤酒霓虹灯招牌，尽管还有将近三个小时天才会黑下来。约翰心想：*相当前卫。当然，希望店主在把那块牌子放进去之前得到了选举委员会的同意。*

埃莉斯低语：“我本来以为缅因州是夏天的度假胜地。”

约翰回道：“根据我们目前所看到的情况，我觉得威洛镇应该偏离了旅游路线。”

他们俩下了车，登上门廊的台阶。一个老人头戴草帽，坐在藤摇椅上看着他们，一双蓝色的小眼睛十分犀利。他正在摆弄一根自制的香烟，一小片一小片的烟草落在狗身上，狗扑通一声倒在他脚边。这是一条大黄狗，没有什么特别的地方，它的爪子直接放在摇臂弯曲的滑块下面。老人没有注意狗，看起来甚至都没有意识到这只狗在这里，不过老人每次朝前摇动椅子的时候，滑块都会在离这只狗的爪子还有四分之一英寸的地方停下来。埃莉斯觉得这很不可思议，十分有趣。

“先生，女士，你们好。”这位老绅士招呼道。

“您也好。”埃莉斯回道，还试探性地朝他微微一笑。

约翰说：“您好，我叫——”

“格雷厄姆先生，”老人温和地接上，“格雷厄姆先生和格雷厄姆太太，你们夏天去了亨普斯特德。听说你们在写什么书。”

“关于十七世纪的法国移民，”约翰同意道，“消息一定会传开的，不是吗？”

“消息确实传开了，”老人说，“小镇嘛，你也了解的。”他把香烟塞进嘴里，很快香烟就散了，烟丝都撒在他的腿上和狗软软的皮毛上。狗没有动。“哦，都是瞎扯！”老人说着，从下唇上扯下那张展开的纸，“反正我老婆不希望我再抽烟了。她说，她看到书上说，抽烟会让她得癌症，也会让我自己得癌症。”

“我们进镇子里买点生活用品，”埃莉斯说，“这是一座很棒的老房子，但橱柜都是空的。”

“嗯，”老人说，“很高兴见到你们，我叫亨利·伊登。”老人向他们伸出一只皱皱巴巴的手。约翰和他握了握手，埃莉斯也跟着握手。他们俩握手的时候都小心翼翼，老人点点头，好像在说他挺欣赏这种行为的。“我等了你们半小时，想着你们一定是拐错了一两个弯。你们知道的，在这样一个小镇上，有很多路可以走。”他笑了。那是一种空洞的、从支气管里发出的声音，后来变成了抽烟者带痰的咳嗽声。“从威洛镇的道路上得到力量，哦，哈哈！”然后又笑了起来。

约翰微微蹙眉。“您为什么会等我们？”

伊登说：“露西·杜塞特来过电话，说她看见新来的人经过。”他掏出烟袋并打开，把手伸进去，掏出一包卷烟纸。“你不认识露西，但她说你认识她的侄孙女，太太。”

埃莉斯问：“我们说的是米利·卡曾斯的姑婆吧？”

“对。”伊登表示赞同。他开始撒烟丝，有些落在卷烟纸上，但大多数落在下面的狗身上。就在约翰·格雷厄姆开始怀疑这只狗是不是死了的时候，它翘起尾巴，放了个屁。他想，那个想法是错的。“在威洛镇，几乎每个人都和别人有亲戚关系。露西住在山下。我本来是要自己给你们打电话的，但是因为露西说过，你们无论如何都会来……”

约翰问道：“您怎么知道我们会来这里？”

亨利·伊登耸肩，好像在说，你们还能去哪里？

埃莉斯又问：“您是想和我们聊聊吗？”

“哦，是有点想。”伊登说。他把香烟卷好，塞进嘴里。约翰在想这支烟会不会和上一支烟一样，也会散掉。这一切让他感到有点茫然，仿佛他在不知不觉中走进了某个田园式的中央情报局。

这支烟不知怎么的并没有散。摇椅的一只扶手上钉着一块烧焦的砂纸，伊登在上面划了一根火柴，把香烟点燃了。刚点上，烟就烧掉了一半。

伊登最后说：“我想你和太太可能要在镇外过一夜。”

约翰朝他眨了眨眼睛。“去镇外？我们为什么要去镇外？我们刚到这儿。”

“但这是个好主意，先生。”伊登身后有个声音说。

格雷厄姆夫妇环顾四周，看到一个个子高挑、肩膀耷拉的女人站在百货商店生锈的纱门里面。她越过一块旧锡牌，向外望着他们，锡牌上写着切斯特菲尔德香烟的广告语——二十一份顶级烟草做成二十支顶级香烟。她打开门走到门廊上，脸色蜡黄，疲惫不堪，但看起来并不蠢。她一只手拿着一条面包，另一只手拿着六瓶道森啤酒。

“我叫劳拉·斯坦顿，”她说，“很高兴见到你们。我们不想让威洛镇显得不通人情，但今晚是威洛镇的雨季。”

约翰和埃莉斯交换了一个迷惘的眼神。埃莉斯望了一眼天空，除了几朵昭示着好天气的云，天空是透亮无瑕的湛蓝。

这名斯坦顿女士说：“我知道天空是什么样子，但那并不能代表什么，对吧，亨利？”

“是这样。”伊登说。他吸了一大口他那烧了一大半的香烟，然后把烟蒂扔到了门廊的栏杆外。

“你们可以感受到空气中的湿度，”斯坦顿女士说，“这就是证据，是吧，亨利？”

伊登接着说：“呃，的确如此。但是已经七年了，等这一天。”

“就是这一天。”劳拉·斯坦顿也表示同意。

他们都满怀期待地看着格雷厄姆夫妇。

埃莉斯最后说：“抱歉，我不太明白你们说的是什么。这是什么本地的玩笑话吗？”

这一次，亨利·伊登和劳拉·斯坦顿交换了一下眼色，然后同时叹了口气，仿佛是商量好的。

“我讨厌这样！”劳拉·斯坦顿说，尽管约翰·格雷厄姆不知道她是对老人说，还是对她自己说。

“必须这么做。”伊登回答道。

劳拉点点头，然后叹了口气。这是一个女人的叹息，她放下了沉重的负担，并且知道自己现在必须将它重新扛起。

她说：“这种情况不常发生，因为威洛镇每七年才会有一次雨季。”

“六月十七日，”伊登插话，“每隔七年，雨季就会在六月十七日出现，从来没有变过，哪怕是闰年也没有变过。明明只是一个晚上，但人们总是叫它雨季。该死的，我不知道为什么。你知道为什么吗，劳拉？”

“我也不知道，”她说，“我希望你不要再插嘴了，亨利。我觉得你老了。”

“哦，那真是抱歉，我还活蹦乱跳，刚从灵车上摔下来呢。”老人说，很明显是生气了。

埃莉斯有点害怕地瞥了约翰一眼。她想：这些人在耍我们吗？还是他们都疯了？

约翰不知道，但他衷心地希望他们一开始是到奥古斯塔去买生活用品，他们本可以在 17 号公路沿线的一个蛤蜊摊子上快速地吃顿晚餐。

“现在听我说，”斯坦顿女士和蔼地说，“如果你们愿意，我们已经为你们在伍尔维奇路的奇境汽车旅馆预订了一个房间。那个地方本来已经住满了，但经理是我的堂兄，他能给我腾出一个房间。你们可以明天再过来，和我们一起度过接下来的夏天。我们很高兴你们能来。”

约翰说：“如果这是个笑话，那我可能没找到笑点。”

“不，这不是个笑话。”她说。她瞥了一眼伊登，伊登快速冲着她微微点头，好像在说：快点！别拖拉了！斯坦顿女士又望向约翰和埃莉斯，似乎是想让自己狠下心来。她说道：“朋友们，你们看，威洛镇每七年就会下一回蟾蜍雨。好啦，现在你们都知道了。”

“蟾蜍？”埃莉斯的声音缥缈、悠远，好像是说“告诉我，我正在做梦”。

“对！就是蟾蜍！”亨利·伊登激动地肯定。

约翰正在小心地打量四周，想寻求帮助，如果真的需要帮助。但是大街上空无一人。不仅如此，他还看见屋子里都拉上了百叶窗，路上没有一辆车在行驶，两条人行道上也看不见一个行人。

约翰心想：我们可能会在这里遇到麻烦。如果这些人真的和他们听上去的那么古怪，那我们会相当麻烦。约翰突然发现，他竟然想起了雪莉·杰克逊的短篇小说《摸彩》，这是他初中读过后第一次想起这个故事。

“别以为我杵在这里像个傻子一样说话是因为‘我乐意’，”劳拉·斯坦顿说道，“事实却是，我在履行我自己的职责，亨利也一样。你们知道吗？不只是稀稀拉拉几只蟾蜍，而是倾盆而下的蟾蜍！”

“走吧。”约翰拉着埃莉斯的胳膊对她说。他朝亨利和劳拉微笑了一下，看起来就像一张六美元的钞票一样真诚。“朋友们，很高兴见到你们。”他领着埃莉斯走下门廊的台阶，回头看了老人和面色苍白的塌肩女人一眼，仿佛完全背对着他们并不妥当。

那个女人朝他们走了一步，约翰差点在最后一个台阶摔倒。

她说：“这有点难以置信，你可能觉得我和疯子一样古怪。”

“一点也不。”约翰回答。他脸上那个大大的假笑看起来好像已经弯到他的耳垂了。老天爷啊，他干吗要离开圣路易斯？他开着那辆收音机和空调都坏掉的车跑了近一千五百英里去见法默·杰基尔和海德太太。

“但的确是这样。”劳拉·斯坦顿说，她面庞上那诡异的平静以及她的声音不禁让约翰停在了那块“意大利三明治”的广告牌下，距离福特车还有六英尺。“哪怕是那些听过类似青蛙雨、蟾蜍雨和鸟雨这种说法的人，都对威洛镇每七年发生一次的事情没有一个清晰的概念。但是给你们一个小小的建议：如果你们打算留下来，你们最好留在这座房子里，在这座房子里，你们最可能安然无恙。”

“不过可能要关上百叶窗。”伊登补充说。狗翘起尾巴，又放了一串悠扬的狗屁，好像在强调这一点。

“我们……我们会照做的。”埃莉斯有气无力地说。然后约翰把福特车的副驾驶座打开，几乎是把埃莉斯塞了进去。

“当然。”约翰说道，露齿而笑，笑意森然。

“明天回来看看我们，”伊登在约翰急匆匆地绕过福特车去往驾驶座时喊道，“我觉得明天你们在我们这里会觉得安全一点。”他顿了一下，又补充道：“当然，如果明天你们还在这里。”

约翰挥了挥手，驱车疾驰而去。

一时间，门廊里寂静无语，老人和那个面色苍白又不健康的女人看着福特车掉头朝大街驶去。车速比来的时候明显快了很多。

“好的，我们成功了。”老人心满意足地说。

“是的，”女人也同意，“我觉得自己像个傻子一样。当我看到他们俩看我们的样子，或者说看我的样子，我就觉得自己像个傻子。”

伊登说：“好啦，七年才有一次，而且也必须那么做，因为——”

“因为这是仪式的一部分。”她闷闷不乐地说。

“对，这是仪式。”

似乎是认同这一点，这只狗摇着尾巴，又放了一个屁。

女人踢了那只狗一脚，然后转向老人，双手叉腰。“亨利·伊登，这是四个镇子里最恶心的杂种狗！”

这只狗呜咽着站起来，摇摇晃晃地走到门廊的台阶下，站了好一会儿，责备似的瞪着劳拉·斯坦顿。

伊登说：“它也没办法啊！”

劳拉叹气，看着福特车离开的那条路，说道：“太糟糕了，他们看起来真是好人。”

“我们也没办法。”亨利·伊登说着，又去卷烟了。

格雷厄姆夫妇最后还是在一个蛤蜊摊子上吃了晚饭。他们在隔壁的伍尔维奇镇（“美丽的奇境汽车旅馆之家，”约翰指给埃莉斯说，他想挤出一个微笑，却失败了）找到了一个摊子，坐在一棵树龄悠久、树冠铺开的蓝色云杉树下面的野餐桌上。这个蛤蜊摊子和威洛镇大街上的建筑物对比鲜明，近乎刺目。停车场几乎满员了（大部分汽车都和他们一样，不是缅因州的牌照），脸上还残留着冰激凌的孩子尖叫着你追我赶，而他们的父母四处散步，拍打黑蝇，等着扩音器叫号。这个小摊菜品还挺丰富的。事实上，约翰想，你什么都能买到，只要这个东西不太大，能够放进深口油锅里。

埃莉斯说："我都不知道我能不能在那个小镇待上两天，更不要说两个月了。约翰，对这个母亲的女儿来说，这已经一点都不新奇了。"

"只是个玩笑，就这样，当地人喜欢戏弄游客。他们做得太过分了，现在可能正在自责。"

埃莉斯说："他们看起来很严肃。以后我要怎么回去面对那个老人呢？"

"我不担心这个——从他的香烟判断，他已经到了见谁都是第一次见面的年龄了，就算是他的老朋友也一样。"

埃莉斯想要控制她抽搐的嘴角，然后放弃了挣扎，哈哈大笑。"你真是太恶毒了！"

"或许只是诚实，不是恶毒。我没有说他得了老年痴呆症，但他看起来确实像是需要一张路线图才能找到浴室。"

"你觉得其他人在哪里？威洛镇看起来完全荒废了。"

"可能在格兰奇吃豆宴，或者在东方之星参加纸牌晚会，"约翰说着伸了个懒腰，往埃莉斯的蛤蜊篮子里觑了一眼，"亲爱的，你吃得好少。"

"你亲爱的不是很饿。"

约翰握着她的手说："我跟你说了，这就是个玩笑，振作点。"

"你真的……真的确定这就是个玩笑吗？"

"我真的，真的确定。我是说，你看——缅因州威洛镇每隔七年就下一次蟾蜍？听起来就像是史蒂夫·赖特的独白节选。"

她笑了，面色苍白。"不是下蟾蜍雨，"她说，"是倒。"

"我猜，他们是信奉老渔民的信条——如果你要开个玩笑，那就开一个厉害点的。小时候我在野外露营，常常用狙击枪狩猎。这没什么不同，只要你停下来想想，就真的没那么惊人了。”

“如果不是笑话呢？”

“那些大部分年收入来自夏天避暑的人应该培养了一种夏令营心态。”

“那个女人的言谈举止看起来不像是开玩笑。约翰，我实话跟你说吧，她真的有点吓到我了。”

约翰·格雷厄姆平时那和蔼可亲的面孔变得严肃而凌厉。他脸上的表情不像她熟悉的那样，但也不像是假的或不真诚的。

“我知道，”他说着，收拾起他们的包装袋、餐巾纸和塑料篮子，“他们应该为此道歉，我觉得为愚蠢而愚蠢已经够令人愉快了，但是如果有人吓到我老婆——他妈的，他们也有点吓到我了，那我就要与他们划清界限了。准备好回去了吗？”

“你能再找到吗？”

他露齿而笑，看上去立刻就像他平时的样子了。“我用面包屑留了标记。”

“你好聪明啊，亲爱的！”埃莉斯说着站起身来。她又笑了，约翰看到她的微笑也很高兴。埃莉斯深吸一口气——她穿着蓝色的条纹工作服，这个动作让她的前襟突出，然后吐气。“湿度似乎降下来了。”

“是啊，”约翰一个左勾手投篮，把他们的垃圾投进了垃圾箱里，然后对埃莉斯眨眨眼，“雨季到此为止。”

但是当他们转到亨普斯特德路时，湿度又来了，而且来得更猛烈。约翰觉得自己的T恤变成了一张湿冷的蜘蛛网，紧贴他的前胸和后背。天空现在变成了月见草一样柔和晦暗的颜色，可依然晴朗。不过约翰感觉到，如果他有一根吸管，他能直接从空气里吸出水来。

路上只有一幢房子，坐落在那座绵延小山的山脚下，山顶是亨普斯特德庄园。他们开车驶过这幢房子时，约翰看到一个女人的剪影，她正一动不动地站在窗前望着他们。

“看，那就是你朋友米利的姑婆，”约翰说，“她肯定就是那个打电话给百货商店、告诉这里的神经病我们要来了的家伙。我在想，如果我们再磨蹭一会儿，他们会不会把放屁坐垫、欢乐蜂鸣器和嘎喳嘴拿出来。”

“那只狗自带欢乐蜂鸣器。”

约翰大笑着点头。

五分钟之后，他们驶入了自己的私人车道。车道两边杂草蔓生，矮树丛丛，约翰打算趁着暑气还不重，把这个小问题处理好。亨普斯特德庄园本身是一座形状不规则的乡村农舍，当房子破损时，早就想扩建农舍的后人趁机修建了几间屋子。屋后是一座谷仓，经由三间凌乱曲折的棚屋与房子相连。在这植物茂盛的初夏时节，三间棚屋里有两间几乎都隐藏在芬芳的金银花丛中。

从这里可以看到整个城镇的美丽景色，尤其是在这样一个晴朗的夜晚。约翰想了一会儿，不明白天气这么潮湿，天空怎么会这么晴朗。埃莉斯和他一起站在车前，他们在那里站了一会儿，手臂环着对方的腰，望着奥古斯塔那边缓缓起伏的群山，在暮色中迷醉。

“好美。”埃莉斯喃喃道。

“仔细聆听。”约翰说。

谷仓后面五十码左右有一片沼泽地，长满了芦苇和高高的杂草。沼泽地里，群蛙齐鸣，上帝不知出于什么缘由让它们喉咙里的声带铿锵有力，无限延展。

“好吧，不管怎么样，青蛙们都在，而且全部记录在案。”埃莉斯说。

“但是没有蟾蜍，”约翰抬头看着晴朗的天空，维纳斯已经睁开了她那冷漠却炽热的眼眸，“埃莉斯，它们在那里！在天上！蟾蜍云！”

埃莉斯咯咯直笑。

“‘今夜在威洛小镇，”约翰吟诵道，“‘一群冰冷的蟾蜍和一群火热的蝾螈相遇，结果就是——’”

埃莉斯用手肘推了推他。“你！”她说，“我们进屋吧。”

他们进去了，没有玩“大富翁”[1]，也没有获得两百美元。

他们直接上床了。

大约一个小时之后，砸在屋顶上的声响把埃莉斯从令人满足的昏睡中惊醒，她用手肘支撑着起来。“约翰，那是什么声音？”

“呼——”约翰哼着，翻了个身。

蟾蜍！她想，又咯咯地笑，不过这次是紧张的笑。她下了床，走到窗边，发现自己并没有先低头找是什么东西掉到了地上，而是先抬头望向天空。

天空依然万里无云，现在还遍布万千繁星，闪闪发光。她看着满天星斗，有那么一会儿，沉醉于这朴素无声的美丽中。

咚——

她猛地从窗边往后一跳，看向天花板。不管是什么，刚刚就砸在正上方的屋顶上。

“约翰！约翰！快醒醒！”

“啊？怎么了？”约翰坐起来，头发乱蓬蓬的，像是时钟的弹簧。

“开始了，”埃莉斯说，尖声咯咯地笑，“青蛙雨。”

“是蟾蜍雨，”约翰纠正道，“埃莉斯，你在说什——”

咚——咚——

他环顾四周，坐在床边晃着双脚。

“太荒唐了。”他轻声说，怒气冲冲。

---

[1]“大富翁”是一款棋盘游戏。在这款游戏中，玩家通过标有“Go”的区域时通常会获得两百美元。

“你是指什——”

又是一连串的“咚”！楼下传来玻璃叮叮当当的声音。

“哦！天杀的！”他说着爬起来，猛地扯过他那条蓝色的牛仔裤，“够了！真他妈的够了！”

又是几声沉闷的咚咚声打在房子侧面和屋顶上。埃莉斯畏畏缩缩地靠在他身上，她现在吓坏了。“你这话是什么意思？”

“我是说那个疯女人，可能还有那个老头和他们的一些朋友在外面往房顶上扔东西，”他说，“我要去阻止他们。可能他们已经习惯了这么闹一闹刚到这个小镇子上的新人，但是——”

咚！砰！从厨房传出来的。

“天杀的！”约翰咆哮，冲到大厅里。

“别留下我一个人！”埃莉斯尖叫，跟着他跑了出去。

他猛地打开走廊上的电灯开关，然后冲下楼去。屋顶上的咚咚声越来越密集，埃莉斯在这间隙里想了想：*屋外有多少从小镇上来的人呢？做这些需要多少人呢？他们丢的是什么呢？用枕套包裹着的石头吗？*

约翰到了楼梯下面，走进客厅里。那里有一扇大窗户，还是可以从窗户那儿看到他们先前欣赏过的美景。窗户破了，碎玻璃碴散落在地毯上。他开始朝窗户走去，想冲他们吼两句，再这样他就要去拿枪了。然后他又看了看碎玻璃碴，想起自己是光着脚的，便停了下来，一时之间也不知道该怎么办。接着他看见碎玻璃碴里躺着一个黑影——他猜想，肯定是哪个弱智杂种用这块石头来打破窗户的，还看见了一抹红色。管他光没光着脚，他都应该冲向窗户，但就在这时，石头抽动了一下。

那不是石头，他想，*那是——*

“约翰？”埃莉斯叫他。房顶上又响起了沉闷的咚咚声，就像是他们遭到了一场巨大的腐烂绵软的冰雹袭击。“约翰，这是什么？”

“一只蟾蜍。”他说，语气呆滞。他仍然望着那个在碎玻璃堆里抽搐的东西，与其说是在对妻子说话，不如说是在自言自语。

他抬眼向窗外望去，外面的景象让他难以置信，吓得他哑口无言。他看不见小山和地平线了——见鬼，他甚至连谷仓都看不见，而谷仓离他不到四十英尺远。

空气中到处都是正在下落的物体。

又有三只从破窗户里掉了进来，一只掉在地板上，在那只正在抽搐的蟾蜍不远处。它落在一块锋利的窗玻璃碎片上，黑色的液体从它身上喷射而出，像是一条粗粗的绳索。

埃莉斯尖叫起来。

另外两只被窗帘缠住了，窗帘开始摆动，好像被一阵一阵的微风吹拂。其中一只摆脱了窗帘，落在地板上，朝约翰跳过来。

他用一只手摸索着墙，那只手好像根本就不属于他。他的手指不经意间碰到电灯开关，把开关摁开了。

那个企图越过地板上的玻璃碴跳向他的东西是一只蟾蜍，但它也不像蟾蜍。它的身体呈黑绿色，个头太大了，太笨重了。它黑金色的眼睛凸起，就像是畸形蛋。一排尖如针的大牙撕开它的下颌，从嘴里戳了出来。

它发出一声低沉的呱呱声，向约翰扑去，就像跳到弹簧上一样。在它后面，更多的蟾蜍从窗户掉了进来。那些撞到地板上的蟾蜍不是当场死亡就是成了残废，但还有许多蟾蜍——太多的蟾蜍——把窗帘当作安全网，安然无恙地掉到地上。

“离开这里！”约翰冲他妻子喊，踢了正在攻击他的蟾蜍一脚——蟾蜍雨这个想法很疯狂，但是真的存在。蟾蜍却没有被他踢开，而是张开大嘴，将歪歪斜斜的针一样的牙齿刺进了约翰的脚趾。巨大的疼痛立刻袭来，伤口处火辣辣的。来不及思考，约翰就转过身，拼尽全力踢向墙壁。他感觉他的脚趾断了，不过蟾蜍也四分五裂，黑色的血液溅到护墙板上，呈半圆形，像一个扇面。他的脚趾则变成了一个疯狂的路标，同时指向四面八方。

埃莉斯一动不动地站在客厅门口。她现在可以听到满屋都是窗户破碎的声音。他们做爱之后，她穿上了约翰的T恤，这会儿她正双手抓着T恤的领口。空气中充满了刺耳的呱呱声。

“快出去，埃莉斯！”约翰吼道。他转过身，晃着他那血糊糊的脚。咬他的蟾蜍已经死了，但是它那大得超乎想象的牙齿仍然扎在他的肉里面，就像一堆鱼钩。这一次他像踢空中球一样踢向空气，蟾蜍终于自由地飞翔了。

客厅已经褪色的地毯上现在满是身体肿胀且跳跃着的蟾蜍，这些东西正向他们跳过去。

约翰朝门口跑去。他踩到了一只蟾蜍，蟾蜍爆开了。约翰踩着从蟾蜍的身体里流出来的冰冷胶状物，差点就滑倒了。埃莉斯松开了她死死抓着的T恤领口，一把抓住了约翰。这两个人跌跌撞撞地跑到大厅里，约翰砰的一声摔上门，夹住了一只正朝他们跳过来的蟾蜍，把它夹成了两半。蟾蜍的上半边身子在地板上抽搐、颤抖，它那张长有利齿、嘴唇乌黑的嘴巴开开合合，一双黑金交织、眼珠凸出的眼睛瞪着他们。

埃莉斯双手拍着两颊，歇斯底里地号啕大哭起来。约翰向她伸出手，埃莉斯却摇了摇头，蜷缩着不让他靠近。她的头发披散下来，盖在脸上。

蟾蜍打在屋顶上的声音令人难受，呱呱聒噪的声音更令人抓狂，因为那些呱呱声是从室内传来的，并且这种声音满屋都是。约翰想起那个坐在百货商店门廊摇椅上的老人对他们说的话：不过可能要关上百叶窗。

天哪！为什么我不相信他？

而且，更关键的是：我要怎么相信他？我这辈子遇到过的事就没有一件让我准备好相信他！

然后，在蟾蜍咚咚撞到外面的地面上和蟾蜍在屋顶上呱呱叫着、挤作一团的声音之外，他听到了更不祥的声音：噼里啪啦的咀嚼声——客厅里的蟾蜍开始咬门了。实际上，他可以看到，随着越来越多的蟾蜍把重量挤压在门上，门在铰链上更加牢固地固定了下来。

他转过身，看到蟾蜍成群结队地从主楼梯上跳下来。

“埃莉斯！”约翰抓住埃莉斯，埃莉斯尖叫着从他手里挣脱了，她 T 恤的一只袖子被扯了下来。他傻傻地看着他手中的那片碎布，然后松开手，看着它飘落到地板上。

“埃莉斯，该死！”

她尖叫一声，又缩了回去。

现在第一批蟾蜍已经到了大厅，正热切地向他们跳过来。门上的楣窗碎了，发出清脆的叮当声。一只蟾蜍“嗖”的一声蹿了过去，撞在地毯上，仰面躺着，露出斑驳的粉红色腹部，蹼足在空中抽搐着。

约翰抓住他的妻子并摇晃她。“我们必须去地下室！我们在地下室就会安然无恙！”

“不要！”埃莉斯冲着他尖叫。她的眼神空洞，没有神采。约翰明白了，埃莉斯不是拒绝他撤退到地下室的主意，而是拒绝一切。

现在不是举止温柔、轻言抚慰的时候。他把埃莉斯身上那件 T 恤的前襟揪成一团，像警察拖着一个不服从命令的囚犯上警车一样，把她拽到大厅里。一只蟾蜍率领着蟾蜍群急匆匆地冲下楼，它猛地跳了起来，嘴里的牙齿好似钢针，堪堪咬在埃莉斯一秒钟前光着脚丫走过的那一大块地方。

走到半道上，埃莉斯清醒过来，开始主动跟着约翰走。到了门口，约翰转动门把手猛地一拉，但门就是不动。

“该死！”约翰咆哮，又拉了一次。没用，门依然纹丝不动。

“约翰，快点！”

埃莉斯回头看到蟾蜍如潮水般涌过大厅，朝他们袭来，疯狂地在彼此背后扑腾，又落在彼此身上，在褪色的蔷薇墙纸上蹦跶，又仰面摔倒在地上，被它们的同伴踩得体无完肤。它们都是满嘴利齿，眼睛金黑，粗糙强韧的身上满是隆起的疙瘩。

“约翰！快点！快——”

这时一只蟾蜍跳了起来，咬在她左边大腿膝盖上面一点的位置上。埃莉斯尖叫着抓住了它，手指戳穿了它的皮肤，刺进了它黑色的液体里。她把它扯下来，举起双臂，有那么一会儿，那可怕的东西就在她眼前，磨牙霍霍，就像某种小型的杀人机器。她使出浑身解数把它扔了出去。蟾蜍在空中翻了个跟头，然后拍在厨房门对面的墙上。它没有掉下来，它的内脏牢牢地粘在上面。

“约翰！哦！天哪！约翰！”

约翰·格雷厄姆突然意识到自己哪里做错了。他改变了用力方向，推门，而不是拉门。门突然开了，他向前扑去，差点滚下楼梯。他当时想，他母亲还有没有其他活着的儿子。他挥舞着双臂冲了过去，抓住栏杆，然后埃莉斯又差点把他撞倒，飞快地从他身边跑过去，跑下楼梯，大声尖叫着，就像夜间啸叫的火警铃声。

哦！她要摔倒了，她什么都不能做，她就要摔倒了，脖子都会摔断——

但是不知怎的，她没有摔倒。她瘫在地下室的地板上抽泣着，紧紧抓着自己被撕裂的大腿。

蟾蜍从大开着门的地下室门口跳了进来。

约翰恢复了平衡，转过身，砰地关上门。有几只蟾蜍被夹在门边，从楼梯平台上跳了下来，撞到楼梯上，从立板之间的空隙里掉了下去。

还有一只蟾蜍几乎是垂直向上跳，约翰突然被自己的狂笑吓到了，他脑海中闪现出一幅生动的画面：蟾宫的蟾蜍先生不是坐在汽车里，而是坐在一个弹簧单高跷上。他还在狂笑着，右手攥成拳头，当蟾蜍跳到最高点，在重力和自身消耗的能量之间保持完美平衡的时候，一拳打在蟾蜍那跳动着的柔弱胸膛的致命点上。蟾蜍迅速消失在阴影里，当它撞到炉子上的时候，约翰听到了一声沉闷的撞击声。

他在黑暗中摸索着墙壁，手指找到了那个凸起的圆柱，那是老式的拨动开关。他按了一下，就在这时，埃莉斯又开始尖叫起来。一只蟾蜍缠住了她的头发。它呱呱叫着，扭动着，转动着，咬着她的脖子，把自己卷成一个巨大的畸形卷发器。

埃莉斯跌跌撞撞地站起来，绕着一个大圆圈跑，奇迹般地躲过了被堆放在这里的箱子砸到的厄运。她撞到了地下室的一根支柱，被反弹回来，然后转过身，用后脑勺快速地撞了两下。接着，有一股浓稠的黑色液体喷涌而出，蟾蜍从她的头发上掉了下来，顺着她的T恤从身后滚了下来，留下几滴带着鱼腥味的脓水。

她尖叫起来，那声音里的疯狂使约翰毛骨悚然。他踉跄着跑下地下室的楼梯，把她搂在怀里。埃莉斯一开始还在挣扎，后来就放弃了。她的尖叫声逐渐变成了持续不断的哭泣声。

接着，在蟾蜍撞击房屋和地面的沉闷轰响中，他们听到了掉到这里的蟾蜍的呱呱声。她从他怀里退了出来，眼睛在白得闪光的眼窝里疯狂地左右转动着。

“它们在哪里？”埃莉斯喘息着。她的声音沙哑，几乎是在吠叫，因为她刚才一直在尖叫。“它们在哪里，约翰？”

但是他们无须寻找，蟾蜍便已经找到了他们，正热切地朝他们跳过来。

格雷厄姆夫妇开始撤退，约翰看到一把生锈的铁锹靠在墙上。他一把抓住铁锹，把跳过来的蟾蜍给打死了。只有一只越过了他。那只蟾蜍从地板上跳到一个盒子里，又从盒子里跳出来扑向埃莉斯，用牙齿咬住她的T恤，在她的乳房间晃来晃去，两腿还踢来踢去。

“站着别动！”约翰冲她喊！他扔下铁锹，向前迈了两步，抓住蟾蜍，把它从埃莉斯的T恤上拽下来。它还扯下来一块布。当它在约翰的手里扭着、跳着、蠕动着的时候，棉布就挂在它的一颗尖牙上。它皮肤上满是疣子，干燥但异常温暖，而且图案繁杂。他猛地握紧拳头，把蟾蜍捏得咔咔直响，血和黏液从他手指间喷了出来。

实际上，只有不到十二只小怪兽从地下室的门里钻了进来，很快它们就全都死了。约翰和埃莉斯紧紧靠着彼此，听着外面不停坠落的蟾蜍雨的声音。

约翰看了看地下室低矮的窗户，它们都挤在一起，一片漆黑。他突然看到了必须从外面才能看到的景象，房子埋在了一堆蠕动着、扑腾着、跳跃着的蟾蜍中。

“我们必须把窗户封住，”约翰嗓子沙哑，“它们的重量会把窗户压碎，如果窗户碎了，蟾蜍就会涌进来。”

“用什么封？”埃莉斯用她那沙哑的吠叫声问，“我们能用什么封？”

他环顾四周，看到几张胶合板，年代久远，颜色较深，靠在一面墙上。也许不会有太大的用处，但聊胜于无。

“用那个，”他说，“帮我把它们拆成小块。”

他们疯狂又快速地行动起来。地下室只有四扇窗户，而且非常狭窄，因此可以比楼上的大窗户撑得更久一点。他们刚封完最后一扇窗户，就听到胶合板后面的玻璃碎了……但是胶合板撑住了。

他们又摇摇晃晃地走到地下室中央，约翰一瘸一拐地走着。

楼梯顶上传来了蟾蜍咬地下室大门的声音。

“要是蟾蜍把门咬开了，我们怎么办？”埃莉斯轻声说。

“我不知道。”约翰回答。就在这时，在落下或者跳上去的所有蟾蜍的重量之下，经久未用但依然完好的溜煤槽的门突然开了，成千上万的蟾蜍像高压喷射枪似的涌了进来。

这次埃莉斯尖叫不出来了，她的声带因她之前的尖叫而严重受损。

对格雷厄姆夫妇来说，煤槽门开了之后，蟾蜍的涌入并没有持续多久，但是直到一切结束，约翰·格雷厄姆才发出了足足有两人尖叫声那么大的一声尖叫。

到了午夜，威洛镇的倾盆蟾蜍大雨已经转化成了呱呱乱叫的涓涓小雨。

凌晨一点三十分，最后一只蟾蜍从繁星遍布的黑色苍穹中坠落，落在湖边的松树上，又跳到地面上，消失在黑夜里。蟾蜍雨结束了，再下又得过七年。

大概五点过一刻，第一缕曙光划破天空，照耀大地。威洛镇被埋在一张蠕动、跳跃、呱呱不休的蟾蜍大毯之下。大街上的建筑棱角皆失，所有东西都是圆乎乎的，隆起着，抽搐着。大道上写着“缅因威洛，友善之邦，欢迎到来”的标语看起来像是有人朝它开了三十发子弹。这些洞显然是跃入空中的蟾蜍造成的。百货商店前面写着“意大利三明治·比萨·食品店·钓鱼执照”的广告牌被打翻了，蟾蜍在广告牌上面跳跃嬉戏，它们还在多尼太阳石油公司的每一个气泵顶上开了一个小型聚会。两只蟾蜍坐在威洛火炉店屋顶那缓慢摆动着的风向标的铁臂上，就像是两个坐在旋转木马上的畸形儿。

湖面上，在这么早就放出来的几片浮板上方（然而，不管有没有蟾蜍，只有最顽强的游泳者才敢在七月四日之前下到威洛湖游泳），蟾蜍堆积如山，这么多食物触手可及，鱼都疯狂了。时不时地传来“扑通——扑通——”的声音，听起来像是有那么一两只在浮板上争位置的蟾蜍掉了下去，一些饥饿的鳟鱼或者鲑鱼迎来了它们的早餐。小镇上进进出出的道路——正如亨利·伊登所说的那样，这种小镇有很多这种道路——都铺满了蟾蜍。镇上暂时停电了，自由落体的蟾蜍砸坏了很多地方的电路。大部分花园都遭到了毁坏，但不管怎么说，威洛镇不是一个农业小镇。一些人饲养着相当规模的乳牛群，不过这些乳牛都被安全地藏了起来，度过了这一夜。威洛镇的奶农知道雨季的一切，他们不想自己的乳牛被成群结队跳跃着的食肉蟾蜍摧毁。不然你到底要怎么跟保险公司解释？

当光线照亮亨普斯特德庄园时，屋顶上堆着几堆死蟾蜍，雨水槽也被俯冲下来的蟾蜍砸碎松动了，门前庭院还有活着的蟾蜍。它们在谷仓里跳进跳出，它们塞满了烟囱，它们漠不关心地围着约翰·格雷厄姆福特车的轮胎跳来跳去，还呱呱叫着围坐在前座，就像一群等着仪式开始的教堂会众。一堆一堆的蟾蜍，大部分已经死了，堆积在建筑物前面，有些蟾蜍堆得有六英尺高。

六点零五分，太阳从地平线上升起，阳光照在蟾蜍身上时，蟾蜍开始融化。

它们的皮肤开始脱色、变白，然后变得透明。不久，一股蒸汽从尸体上飘了上来，散发出模糊的沼泽味，气泡状的水汽开始顺着尸体往下流。它们的眼睛有的凹进去，有的凸出来，这取决于太阳照射到它们时它们所处的位置。它们的皮肤爆裂开来，声音清晰可闻，大概有十分钟，好像威洛镇到处都在拔香槟酒的瓶塞。

之后它们迅速分解，融化成一摊一摊乳白色的水坑，看起来像是人类的精液。这种液体沿着亨普斯特德庄园屋顶的斜坡如一道道小溪般流了下来，像脓水一样从屋檐上滴落。

活着的蟾蜍都死了，死了的蟾蜍腐烂成了白色的液体。液体冒了一会儿泡，然后缓缓渗入土地。大地喷出一道道细小的蒸汽，一时间，威洛镇的每一片土地都像一座垂死的火山。

到了六点四十五分，一切都结束了，除了修复工作。对此当地居民早已习惯了。

在这片几乎被遗忘的缅因州的落后地区，这似乎是为保持七年平静又繁荣的生活付出的一个小小代价。

到了八点零五分，劳拉·斯坦顿那辆破旧不堪的沃尔沃驶入了百货商店的门前庭院。劳拉从车里出来的时候，看起来比之前更加苍白瘦削。实际上，她生病了。她一只手里还是拿着半打道森啤酒，但是现在，六个酒瓶都空空如也。她有严重的宿醉。

亨利·伊登走到门廊上，他的狗跟在他身后。

“把那条杂种狗弄进去，不然我就右转回家了。”劳拉站在台阶底下说。

“劳拉，它也不想一直放屁。”

“那并不意味着它放屁的时候我必须在场，”劳拉说，“我说真的，快点，亨利。我头疼得要炸了，今天早上我最不想做的就是听这只狗的屁眼奏乐。”

“托比，进去。”亨利说着把门打开了。

托比抬头看着亨利，眼睛湿漉漉的，仿佛在说：我一定要进去吗？事情变得越来越有趣了呢。

“进去，马上。”亨利说。

托比又走回屋内，然后亨利把门关上了。劳拉等着，直到她听到门闩咔嗒一声关上了才走上台阶。

“你的广告牌倒了。”劳拉说着，把空纸箱子递给他。

“我长眼睛了，女人。”亨利说。今天早晨他的脾气也不好，威洛镇很多人都这样。在蟾蜍雨中睡觉真他妈的是一件苦差事。谢天谢地，蟾蜍雨每七年才来那么一次，不然人们都他妈的会精神错乱。

“你本应该把它弄进去的。”劳拉说。

亨利低声说着什么，劳拉没有听清楚。

“你说了什么？”

“我说我们应该更努力，”亨利挑衅似的说，“他们是一对很好的年轻夫妇。我们应该更努力的。”

尽管她的头突突直响，她还是对这个老人产生了一丝同情。她把一只手放在亨利胳膊上，说：“这是仪式。”

“其实，有时候我真想说去他妈的仪式。”

“亨利！”她把手缩回来，不由自主地感到震惊。但是他不再年轻了，她提醒自己。毫无疑问，楼上的轮子有点生锈了。

“我不在乎，”他固执地说，“他们看起来是一对非常好的年轻夫妇。你也这么说过，别想说你没有。”

“我确实认为他们很好，”她说，“但是我们没有办法，亨利。唉，你昨天晚上也这么说过。”

“我知道。”他叹了口气。

“我们不让他们留下来，”她说，“恰恰相反，我们提醒他们出城，他们自己决定留下来。他们总是决定留下来。他们自己做决定。这也是仪式的一部分。”

“我知道，”他重复道，深深地吸了一口气，做了个鬼脸，“我讨厌这之后的味道。整个该死的小镇闻起来都像酸了的牛奶。”

“到了中午，味道就散了，你知道的。”

“嗯，但我只是希望，下一次蟾蜍雨到来的时候我已经躺到地下了，劳拉。如果我没有，我希望别人来做这份雨季之前接待来这里的客人的工作。当他们和其他任何人一样到来时，我喜欢能为自己买单。不过我跟你说，男人已经疲于蟾蜍雨了，尽管只是每七年一次，男人也已经疲于蟾蜍雨了。”

“女人也是。”劳拉轻声说。

“好了，”他叹了口气，环顾四周，“我想我们可以试着把这该死的烂摊子收拾一下，对不对？”

“当然，”她说，“而且，你知道，亨利，我们不搞仪式，我们只遵循仪式。”

“我知道，但是——”

“事情可能会改变。不知道什么时候或者为什么，但它们会改变的。这可能是我们最后一次的雨季了，或者下次不会有外地人来了。”

“别这么说，”他害怕地说，“如果没有人来，太阳照到蟾蜍的时候，它们可能不会消失。”

“就是这样，你看到了吧？”劳拉说，“你还是转而站在我这边了。”

“是啊，”他说，“太久了，不是吗？七年太久了。”

“是啊。”

“他们真是一对善良的年轻夫妇，对吧？”

“是啊。”劳拉又说了一遍。

“还有很难的路要走呀。”亨利·伊登说，声音微微哽咽，这次她什么也没说。过了一会儿，亨利问她是否愿意帮他重新弄一下牌子。尽管头痛得厉害，劳拉还是答应了——她不喜欢看到亨利的情绪如此低落，尤其是当他对自己无法控制的事情感到沮丧时，就像他无法控制潮汐或月相一样。

他们弄好牌子之后，亨利似乎感觉好一些了。

“唉，七年真他妈的长啊。”亨利说。

是的，劳拉想着，但是总会过去，雨季也总会到来，外地人也会再来，总是两个人，总是一男一女，我们总是告诉他们到底会发生什么，他们总是不相信，于是要发生的事情……就这样发生了。

“来吧，你这个老家伙，”劳拉说，“给我一杯咖啡吧，我的头要裂成两半了。”

他递给她一杯咖啡，他们还没喝完，小镇上就响起了锤子和锯子的声音。透过窗户，他们可以俯瞰大街，看到人们收起了百叶窗，有说有笑。

空气温暖而干燥，头顶的天空是一片苍白而朦胧的蓝色。在威洛镇，雨季已经结束了。

图书在版编目（CIP）数据

夜梦故事集 /（美）斯蒂芬·金著；王泽林，罗彧译 . -- 上海：上海文化出版社，2023.4
ISBN 978-7-5535-2710-9

Ⅰ. ①夜… Ⅱ. ①斯… ②王… ③罗… Ⅲ. ①短篇小说—小说集—美国—现代 Ⅳ. ① I712.45

中国国家版本馆 CIP 数据核字（2023）第 078291 号

著作权合同登记号：图字 09-2023-0009

出 版 人：姜逸青
责任编辑：郑　梅
监　　制：吴文娟
特约策划：姚珊珊　许韩茹　李甜甜
文案编辑：吕晓如　刘艳君
营销支持：傅　丽
版权支持：辛　艳　张雪珂
封面设计：一亩幻想
版式设计：李　洁
内文排版：行健开元

书　　名：夜梦故事集
作　　者：［美］斯蒂芬·金
译　　者：王泽林　罗　彧
出　　版：上海世纪出版集团　上海文化出版社
地　　址：上海市闵行区号景路 159 弄 A 座 3 楼　201101
发　　行：中南博集天卷文化传媒有限公司
印　　刷：北京天宇万达印刷有限公司
开　　本：875 mm × 1270 mm　1/32
印　　张：25
字　　数：638 千字
版　　次：2023 年 4 月第 1 版　2023 年 4 月第 1 次印刷
书　　号：ISBN 978-7-5535-2710-9/I · 1043
定　　价：88.00 元（全 2 册）

如发现印装质量问题，影响阅读，请联系 010-59096394 调换

Nightmares & Dreamscapes

Stephen King

夜梦
故事集

下

［美］

斯蒂芬·金

著

王泽林

罗彧

译

上海文化出版社　博集天卷 CS-BOOKY

目 录
Contents

My Pretty Pony

我漂亮的小马驹

这位老人坐在谷仓的门口，闻着苹果的味道，心想不要再想着抽烟了，不仅因为医生叮嘱过，还因为他一直心颤。老人看着那个愚蠢的狗娘养的奥斯古德把头靠在树上快速地数着数，看着他转身把克莱夫找出来，还哈哈大笑。他的嘴咧得够大，让这位老人可以在脑海中想象他的牙齿正如何腐烂，还可以想象这孩子的口气会是怎样的味道：就像潮湿的地窖深处。尽管这个小崽子可能没超过十一岁。

老人看着奥斯古德喘息着发出驴叫似的笑声。这个男孩笑得太厉害了，最后不得不弯下腰，把手撑到膝盖上。别的孩子都从藏身处出来一看究竟，当他们看到男孩的时候，也哈哈大笑起来。他们在晨光中围成一圈站着，笑着他的孙子，老人都忘了他有多想抽烟了。现在他想知道的是，克莱维[1]会不会哭出声。他发现他对这个问题比过去几个月来引起过他注意的任何问题都更感兴趣，包括他自己行将就木这个问题。

“把他抓出来！”其他人一遍遍地喊道，哈哈大笑着，“抓住他！抓住他！把他抓出来！”

克莱维只是像农民地里的一块石头一样兀自站在那里，等着戏弄结束，这样游戏就可以继续下去了，尴尬的场面也就过去了。过了一会儿，游戏确实继续下去了。然后到了中午，其他孩子都回家了。老人想看看克莱维会吃多少午餐。事实证明他没吃多少。克莱维只是戳着几块土豆，把他的玉米和豌豆换了个位置，然后给桌子底下的狗喂了一点肉末。老人看着这一切，觉得很有意思。别人跟老人说话的时候，老人也会回复，不过他没太听别人或者自己说了什么。他的心思都在这个男孩身上。

馅饼吃完后，他想去干点他本不该干的，于是借口说去小睡一会儿。然后他在楼梯上停了下来，因为现在他的心脏就像一台卡了一张扑克牌的电扇，他垂着头站在那里，等着看这是不是最后一次（之前还有过两次）。他发现不是，便上楼去，脱得只剩内裤，然后躺在洁白整齐的床罩上。一方矩形的阳光照在他瘦骨嶙峋的胸膛上，被窗棂投下的影子划分成三个部分。他把手放在脑后，昏昏欲睡地倾听着。过了一会儿，他觉得他听到了男孩在楼下自己的房间里哭泣，然后他想：我应该去管管。

他睡了一小时，当他起床的时候，女人穿着睡衣在他身边睡着了，所以他把衣服带到走廊上穿好，然后才下楼。

克莱维就在外面，坐在台阶上，给狗子扔了一根棍子，狗子接住棍子的兴致比男孩扔的兴致还高。狗子（它没有名字，它只是一条狗子）似乎有点茫然。

---

[1] 克莱夫的昵称。

老人招呼男孩，叫男孩陪他去果园走走，男孩答应了。

老人名叫乔治·班宁，是克莱夫·班宁的爷爷。男孩就是从他那里学到了生活中拥有一匹漂亮小马驹的重要性。即使你对马过敏，你也必须拥有一匹。因为如果没有一匹漂亮的小马驹，即便你在每个房间里放上六面时钟，每个手腕都戴上很多手表，重得连胳膊都抬不起来，你仍然永远都不知道现在是什么时间。

这个指示（乔治·班宁不是给出建议，只是给出指示）是在克莱夫玩捉迷藏时被那个白痴奥尔登·奥斯古德抓住的那天发出的。那时候，克莱维的爷爷大概七十二岁，似乎比上帝还老。班宁一家住在纽约特洛伊的镇上，这个地方从一九六一年才开始发展，才免于沦为乡村。

指示是在西域果园发出的。

他的爷爷没有穿外套站在风雪中，那不是暮雪，而是暖风中早早绽放的苹果花。爷爷围着围兜，穿着有领衬衣，这件衬衫看上去曾是绿色的，但在洗过几十次、上百次之后，已经褪成了毫无特色的橄榄色。有领衬衣下面，爷爷穿着一件棉质圆领汗衫（当然是有吊带的那种；在那个年代，已经有其他款式了，但是像爷爷这样的男人，最后都会穿吊带汗衫）。汗衫很干净，不过已经变成了旧象牙白色，不再是最初的白色，因为奶奶的座右铭就是：使用使用！养成习惯！物尽其用！好好保管，否则不用！她经常挂在嘴边，也缝到了客厅的绣样上（这大概是这位女士极少数不在的时候，给需要的人传授的生活智慧）。苹果花落在爷爷的长发上，那时候只是半染霜雪，男孩觉得老人在树下很漂亮。

那天早些时候，他发现爷爷在看他们玩游戏。爷爷一直坐在谷仓门口的摇椅上看着他。爷爷每摇一下，一块板子就会响一下。他就坐在那里，一本书内页朝下放在他腿上，他的手交叠在书本上。他坐在那里，在干草、苹果和苹果酒的幽香中摇来摇去。正是这个游戏让爷爷给克莱夫上了一堂关于时间的课：时间是多么狡猾，一个人应该怎样努力抗争以把每时每刻都掌握在手中；小马驹很漂亮，却有一颗顽皮的心。如果你不看紧漂亮的小马驹，它就会跳过栅栏，消失在你的视野中，你得拿着马勒去追，即使路程很短，也会累得你骨头散架。

爷爷开始给他上课的时候就说奥尔登·奥斯古德作弊了。他应该把眼睛贴在砧板旁边枯死的榆树后面一整分钟，从一数到六十。这样克莱维（爷爷总是这么叫他，他并不介意，尽管他在想，一旦过了十二岁，他要和每一个这么叫过他的男孩或者男人打架）和其他人就都有机会藏起来。当奥尔登·奥斯古德数到六十时，克莱维还在找地方躲藏；当奥斯古德转过身说“抓到他了”时，他还在棚屋旁边胡乱堆放的苹果板条箱后面扭动着身子——做最后的挣扎。把苹果压成苹果酒的机器堆在昏暗的棚屋中，就像一台刑具。

“这不公平。”爷爷说，“但是你没有抱怨，这是对的，因为一个正常的男人从不抱怨——他们称之为‘抱怨’[1]，因为它不是男人该做的事，甚至也不是一个足够聪明、明白事理或者足够勇敢、做事麻利的男孩该做的事。不过还是得说，这不公平。我现在之所以能说这句话，是因为你当时没有抱怨。”

苹果花在老人的头发上飞舞，有一片花瓣被他的喉结下面的凹陷处卡住了。它就像一颗漂亮的宝石一样卡在那里，只是因为我们对一些东西的消逝无能为力。但它们美丽非凡，因为它们不能长留：几秒钟之后，它就会被不耐烦地扫开，落在地上，完美地泯然于众多同类中。

他告诉爷爷，奥尔登已经按照游戏规则数到六十了，他不知道自己

---

[1]“抱怨”原文为“bitch about”，在英文中“bitch”有“母狗，婊子”之意，多用于骂女人，所以后文中有“不是男人该做的事”之说。

为什么要为奥尔登辩解，毕竟奥尔登连找都不用找就“抓住他了”，让他蒙羞。奥尔登——他有时候发疯，会像个女孩一样扇耳光——只需要转过身就能看见他，然后漫不经心地把手放在那棵枯树上，吟诵着神秘而不容置疑的淘汰口号：“我——看——见——克——莱——夫——了，我数一——二——三！”

也许他为奥尔登辩解，只是因为这样他和爷爷就不用这么早回去，这样他就可以看着爷爷灰白的头发在花瓣雪中向后翻，这样他就可以欣赏挂在老人喉咙底部凹陷处的那颗稍纵即逝的宝石。

“当然了，他当然数到了六十。”爷爷说道，“现在看看这个，克莱维！铭记于心！”

爷爷的工装裤上有真正的口袋——算上围兜上的袋鼠袋，一共有五个。但除了臀部的口袋是真的，其他的只是看起来像。它们实际上是缝口，可以顺着往里摸到穿在里面的裤子（在那个年代，里面不穿裤子的想法不会显得可耻，只会显得可笑——这是有点怪的人会做的事）。不可避免地，爷爷工装裤下面穿了一条蓝色牛仔裤。他一本正经地把它称作“犹太裤”，克莱夫认识的所有农民都会用这个词。李维斯牛仔裤要么被称为“犹太裤”，要么被简单地称作“犹裤”。

他把手伸进工装裤右边的缝里，在里面那条牛仔裤右边的口袋里摸索了好一会儿。最后，他拿出一块已经失去光泽的银怀表，出人意料地把它放在男孩的手里。手表的重量来得那么突然，金属表壳下的嘀嗒声是那么活泼，他差点把它摔了下来。

他看着爷爷，棕色的眼睛睁得大大的。

“你不会把它丢掉的。”爷爷说，“即使你这么做了，你可能也不会让它停下来——以前它被弄丢过，甚至有一次在尤蒂卡某个该死的啤酒店里被人踩了一脚，它也没有停下来。如果它停摆了，那就是你的损失，不是我的，因为现在它是你的了。”

“什么？”男孩想说他不明白，不过他没说完，因为他觉得自己明白了。

“我把它交给你了。”爷爷说，“我一直想交给你，但是如果我把这个写进遗嘱，那我就得不偿失了。因为该死的律师费比这东西本身都贵。”

“爷爷……我……天哪！”

爷爷哈哈大笑，然后又咳嗽起来。他弯下腰，一边咳嗽，一边大笑，他的脸变得像李子一样发紫。克莱夫的一阵喜悦和惊奇消失在忧虑之中。他记得在他们来这儿的路上，母亲一遍遍地对他说，别让爷爷受累，因为爷爷病了。两天前，克莱夫小心翼翼地问他得了什么病，乔治·班宁只回答了一个神秘的词。他们在果园谈话的那个晚上，他紧紧地把怀表握在手里迷迷糊糊地睡去，这时候克莱夫才意识到爷爷说的那个词，“嘀嗒”，这不是指什么危险有毒的臭虫，而是指爷爷的心脏。医生已经让他戒烟了，还说如果他试图做任何体力活，比如铲雪或者给花园除草，那么他就有可能会死掉。男孩非常清楚那意味着什么。

“你不会把它丢掉的。即使你这么做了，你可能也不会让它停下来。”爷爷已经说过了，不过这个男孩已经够大了，他知道有朝一日它会停下来，有朝一日人和表都会停摆。

他站着，想看看爷爷会不会逐渐停摆，但是最后，爷爷的咳嗽和笑声都消失了，他又笔挺地站着，用左手擦去鼻子上的鼻涕，然后漫不经心地把鼻涕弹开。

“你真是太他妈的有意思了，克莱维。”他说，“我有十六个孙子孙女，我想只有那么两个人会变成浑蛋，你不在列——尽管你也在第二队列，但你是唯一一个会让我笑得肚子疼的孙子。”

“我没想让你肚子疼。”克莱夫说，这句话又让爷爷笑了起来，不过这一次他在开始咳嗽之前抑制住了笑声。

“把链子在指关节上缠一两圈，如果这会让你觉得轻松一点的话。”爷爷说，“如果你的大脑感觉更轻松，也许你就能更好地集中注意力。”

克莱夫照爷爷的建议做了，真的觉得好一点了。他看着他手掌中的怀表，被它那灵活的机械装置、水晶表盘上的太阳星、那兀自转着小圈的秒针所吸引。但这仍是爷爷的怀表：这一点他很确定。然后，当他这么想着的时候，一片苹果花瓣掠过水晶表盘，又飞走了。这一切都发生在一秒之内，但是它改变了一切。在花瓣掠过之后，一切都改变了。那块表现在是他的了，永远……或者至少等到其中一根针停止转动，无法修理，不得不扔掉的时候。

“好了。”爷爷说，“你看见秒针转圈了吗？”

“看见啦。”

“好，你看着秒针，当它转到顶端的时候，你就对我喊‘开始’，明白了吗？”

克莱夫点头。

“好，等它转到这里，你就让她开始，加拉格尔。”

克莱夫皱着眉头看着手表，表情严肃得像一位数学家在证明一道关键方程式。他已经明白爷爷想让他看什么了，他很聪明，明白证明只是一种形式……但这是一种必须这么展示的形式。这是一种仪式感，就像即使木板上所列的歌都唱完了，布道已全部结束了，人们还是不会离开教堂，直到牧师说完“上帝的恩赐”。

当秒针在它自己的小表盘上直直地指着十二点时（我的，他感到很惊奇，那是我的怀表里的我的秒针），他用尽全力大喊：“开始！”然后爷爷开始用一种油滑的语速数数，就像一个卖可疑物品的拍卖商那样，试图在他那些昏昏然的观众清醒过来、意识到自己受到欺骗并且勃然大怒之前，将这些物品高价脱手。

“一，二，三，四，五，六，七，八，九，十，十一……”爷爷念着，激动中，他脸颊上粗糙的斑点和鼻子上紫色的大血管又凸显出来。他以胜利的嘶哑呼喊结束了“唱数”：“五十九，六十！”就在他说最后这个数的时候，怀表的秒针刚好越过了第七道黑线，三十五秒。

“多久？”爷爷喘着气用手揉着胸口问道。

克莱夫带着毫不掩饰的钦佩望着爷爷说：“数得真快，爷爷！”

爷爷拍起手来，刚才他还在用手按摩胸口做着一个“出去”的手势，不过他笑了。“还没有奥斯古德那个臭小子一半快。我听到那个小畜生数到了二十七，下一个数就是四十一。”爷爷盯着他，他的眼睛是深秋的蓝色，和克莱夫的地中海棕色完全不一样。他把一只粗糙的手放在克莱夫的肩上。因为关节炎，那只手变形了，但男孩仍能感觉到里面沉睡的那股活力，就像被关掉的机器里的电线一样。“你记住一件事，克莱维：时间与你能数得多快无关。”

克莱夫慢慢点头。他不完全理解这句话，但是他想他有了一点很模糊的概念，就像云朵缓缓掠过草地留下的阴影一样。

爷爷把手伸进工装裤围兜上的口袋里，拿出一包未经过滤的酷尔香烟。很明显爷爷根本没有戒烟，不管他有没有心脏疾病。不过，在男孩看来，爷爷似乎已经大幅减少抽烟次数了，因为这个酷尔的烟盒看起来饱经沧桑；它逃过了大多数烟盒的命运：在早餐后被撕开，三点时被捏成一团、扔进排水沟。爷爷翻了一遍，拿出一支几乎和烟盒一样弯的香烟。他把它塞进嘴角，把烟盒放回围兜口袋里，拿出一根火柴，熟练地用那厚厚的黄色指甲划开，火柴“啪”地一声燃了起来。克莱夫看着，神情就像一个孩子着迷地看着魔术师空手拉出一条纸牌。用指甲划燃火柴总是很有趣，但最令他惊讶的是火柴没有熄灭。尽管山顶刮着大风，爷爷还是能把手捧成杯状护着火苗从容地点烟。他点燃了烟，然后摇晃着火柴，就好像他用简单的意志力抵消掉了风的作用力。克莱夫仔细地看了看香烟，没有看到白色的烟头上有烧焦的黑色痕迹。那么，他的眼睛并没有欺骗他；爷爷从一束笔直的火焰中取光，就像一个人从一间关着的房间里的蜡烛上取光一样。这简直就是一种魔法。

爷爷把香烟从嘴里拿了出来，把拇指和食指伸进嘴里，有一刻很像准备打着呼哨唤狗或拦出租车。但他转而又把弄湿了的手指抽出来，贴在火柴头上。男孩不需要解释；在乡下，对爷爷和他的朋友们来说，比突如其来的霜冻更可怕的是火灾。爷爷把火柴丢在地上，用脚踩了踩。当他抬头看到男孩盯着他时，他误会了令男孩着迷的东西。

"我知道我不该这么做。"他说，"我不是叫你撒谎，甚至也不会要求你这么做。如果你奶奶让你老实回答——'那个老东西在那里抽烟了没有？'——你就说实话，告诉她我抽了。我不需要一个孩子为我撒谎。"他没有笑，但是他那精明斜睨的眼神让克莱夫觉得自己参与了一个似乎友善、无罪的合谋。"不过，之后如果你奶奶让我老实说当我把怀表给你时，你是否白白接受了好意，我会看着她的眼睛说：'没有，女士，他真诚地道谢了，这就是他所做的一切。'"

现在轮到克莱夫放声大笑了，老人咧嘴一笑，露出了他仅存的几颗牙齿。

"当然，如果她什么都不问，我想我们也不必主动说什么……对不对啊，克莱维？这样可以吗？"

"可以。"克莱夫说。他不是一个容貌出众的男孩，而且也变不成女人眼里的英俊男人，但是当他理解了老人说话的艺术的时候，他变得很俊美，至少在那个时候很俊美。爷爷把他的头发揉乱了。

"你是个好孩子，克莱维。"

"谢谢你，先生。"

他的爷爷站在那里沉思，他的酷尔香烟正以一种不正常的速度在燃烧（烟草很干燥，尽管他自己没有抽几口，但是山顶的风在贪婪地抽着），克莱夫想，老人已经把该说的话都说完了。他很遗憾，他喜欢听爷爷说话。爷爷说的话总是让他吃惊，因为它们几乎总是鞭辟入里。他的母亲、父亲、奶奶、唐叔叔都说过一些他应该牢记在心的话，但那些话很少在理。比如，"英俊就是英俊"——这是什么意思？

他有一个姐姐叫帕蒂，比他大六岁。他懂帕蒂说的话，但是没有放在心上，因为她说出来的话大部分都很愚蠢。其余的时候，她是通过恶狠狠地掐他进行交流，其中最过分的一招，帕蒂称之为“彼得掐”。她告诉克莱夫，如果他敢跟别人说起“彼得掐”，她就弄死他。帕蒂总是跟别人说，她要弄死谁；她有一个杀人名单，可以和谋杀公司相媲美。这会让你想笑，但如果你仔细看她那张瘦削、阴沉的脸，你就明白她是认真的。当你看到真实的东西时，你就失去了笑的欲望。不管怎样，克莱夫是这样的。你必须当心她——她说起话来很傻，但事实绝非如此。

“我不要约会。”不久前她在吃晚饭时宣布——事实上，大约在那个时候，男孩通常会邀请女孩参加乡村俱乐部的春季舞会或高中的舞会。“我永远不会约会，我也不在乎。”她从盛着热气腾腾的肉和蔬菜的盘子上方睁大眼睛轻蔑地看着他们。

克莱夫透过热气看着姐姐平静又有点可怖的脸颊，想起两个月前发生的事，当时地面还有积雪。他光着脚走过楼上的走廊，因此她没有听见他过来了。他往浴室里看了看，因为门是开着的——他完全不知道讨厌鬼帕蒂在里面。眼前的一切把他吓呆了。如果她的头稍微往左偏一点，她就会看见他。

不过她没有转头。她全神贯注地看着自己的身体。她一丝不挂地站在那里，就和常常被人翻阅的福克斯·布兰尼根的《模特之趣》里面的苗条女郎一样，她的浴巾堆在脚边。然而，她不是个苗条的女孩——克莱夫知道这一点，帕蒂也知道——从她的表情就可得知。泪水从她长满粉刺的脸颊上滚落，大颗大颗的，但是帕蒂没有出声。最后克莱夫的自我保护本能终于回来了，蹑手蹑脚地走开了。他从来没有跟任何人说过这件事，更不用说帕蒂本人了。他不知道她如果知道她的小弟弟看到了她光屁股的样子会不会气疯，但他很清楚，当他看到她号啕大哭时，她会有何反应（尽管她当时是一声不吭地号啕大哭）；她一定会杀了他的。

“我认为男孩子都是笨嘴拙舌的，而且大部分男孩闻起来都像变质的白软奶酪。”那个春夜，帕蒂这么说，她把一叉子烤牛肉塞到嘴里，“如果有哪个男孩约我，我会哈哈大笑。”

“你的想法会变的，帕蒂。”爸爸说，他嚼着烤牛肉，头也不抬，继续看着他盘子旁边的书。妈妈已经不再试图劝阻他一边吃饭一边看书了。

“不，我不会变的。”帕蒂说，克莱夫知道她不会的。帕蒂说过的话，大部分都是认真的。这件事克莱夫发现了，但是他的父母没有发现。他不确定她是不是认真的——真的不知道，关于他如果泄露“彼得掐”的事情，她就要杀了他这件事，不过他可不会冒险。尽管她没有真的杀了他，她也会找到一些令人惊叹又不着痕迹的方法来伤害他，这是肯定的。除此之外，有时候“彼得掐”并不是真的掐，更像是帕蒂在抚弄着她的混血小狮子狗布朗迪。他知道她这么做是因为他有错在先，但是他有一个秘密绝对不会告诉她：有些“彼得掐”，用手抚弄的那些，其实感觉还不错。

爷爷张嘴的时候，克莱夫觉得他会说“该回去了，克莱维”，但他告诉男孩：“我要告诉你一些事情，如果你想听的话。不会花很长的时间，你想听吗，克莱维？”

“当然，先生！”

“你真的想听，对吗？”爷爷若有所思。

“当然，先生！”

“有时候我会想，我应该把你从你父母那里偷过来，永远把你留在身边。有时候我会想，如果大部分时候你都在我身边，那么我将永远活着，不管这该死的心脏是否生病。”

他把酷尔香烟从嘴边拿开，扔到地上，用穿着工作靴的脚把烟头踩灭，他在地上扭动着脚跟，然后用鞋跟把松动的土盖到上面，确认烟头是否真的熄灭了。当他抬头再次看着克莱夫时，眼睛炯炯有神。

“我很久都不给别人提意见了。”他说，“我想有三十多年了。我之所以不再这么做了，是因为我发现只有蠢人才提意见，只有蠢人才采纳意见。而指示……指示则是另一码事。一个聪明的男人偶尔会给出指示，聪明的男人——或者男孩——也会偶尔听取指示。”

克莱夫什么都没有说，只是紧盯着爷爷。

“有三种时间。”爷爷说，“尽管它们都是真的，但只有一种，是真正真实的。你要确保你了解这三个种类，并且总是能把它们区分开来。你明白吗？”

“明白，先生。”

爷爷点头。“如果你说‘不明白，先生’，我就打你屁股，然后把你带回农场。”

克莱夫低头看了看被爷爷弄脏的烟头，满脸通红，满心自豪。

“当一个人只是一个小人物的时候，就像你一样，时间是很漫长的。举个例子，五月到来的时候，你觉得学校永远不会放假，六月中旬永远不会到来。是不是这样？”

克莱夫想起那种昏昏欲睡、粉笔味浓厚的上学时间，他点点头。

“当六月中旬终于到来，老师给你成绩单，放你自由的时候，你又觉得永远不会开学。是不是这样？”

克莱夫想起那几天的高速公路，使劲地点了点头，脖子都快断了。“朋友，是这样的！我是说，爷爷。”那些日子，所有那些日子，绵延到六月和七月的平原，越过难以想象的八月的地平线。多少个日子，多少个黎明。多少个午间，午餐都是腊肠三明治配芥末、生洋葱片和一大杯牛奶；母亲则静静地坐在客厅里，端着一杯仿佛喝不完的葡萄酒，看着电视里的肥皂剧。多少个平淡的午后，汗珠从他短树篱似的发间渗出，顺着脸颊滑落时；当他注意到自己那团影子已经长成一个男孩时，总会惊讶不已。多少个无尽的黄昏，当他玩着捉迷藏、雷德洛夫游戏或者夺旗游戏时，汗水蒸发无踪，只在脸颊和前额留下类似须后水的味道。在七月的一个凉爽的傍晚，暮色四合，自行车链条完美地卡进齿轮时发出咔嗒声，路上闻得到金银花、冷却的沥青、绿叶和刚割过的草地的清香。在某个孩子家的步行道上，孩子们在拍打着棒球卡，大家庄严而做作地交换卡片之后，继续讨论着，直到那一声叫喊“克莱——夫，吃晚饭”终结了这一切。那一声叫喊总是如期而至，却也总是令人惊讶，如同那团影子一到下午三点左右就会变成一个黑色的男孩身影，跟着他在街道上奔跑；到了大约五点，那个固定在脚边的男孩身影又变成了一个男人的身形，尽管异常瘦削。天鹅绒般的夜晚总是伴着电视，父亲一本接一本地读书，不时会发出书页翻动的“沙沙”声（他从不倦于读书；字，字，字，他从来不倦于词句。有一次克莱夫本想问他是怎么做到的，却失去了勇气）；母亲偶尔起身走进厨房，身后跟着姐姐焦虑、愤怒的目光和他自己好奇的目光；母亲往玻璃杯倒东西时，杯子会发出轻微的撞击声。上午十一点之后，玻璃杯就没有空的时候（父亲一直都在低头看书，不过，克莱夫觉得父亲什么都听到了，什么都知道；有一次，他告诉帕蒂这个想法，帕蒂说他是个愚蠢的骗子，而且给了他一记“彼得掐”，让他疼了一整天）。太阳落山之后，蚊子撞在纱窗上发出的嗡嗡声似乎尤其吵闹。就寝时间的规定太不公平了，却又不可更改，所有的争论还未开始就已经结束了。父亲的吻很粗鲁，带着烟草味；母亲的吻则更加轻柔，带着酸酸甜甜的酒香。姐姐对母亲说，她应该等父亲到街角的小酒馆去喝两杯啤酒，在吧台上方的电视上看摔跤比赛之后才上床睡觉；母亲则告诉帕蒂要听话——这种对话的内容令人沮丧，但它从不出乎预料，这倒令人宽慰。萤火虫在黑暗中闪烁，他迷迷糊糊地进入黑暗的睡梦中时，远处传来汽车的喇叭声。然后第二天又是一样，但又不是完全一样。夏天，那就是夏天。夏天不只是看起来很漫长，它的确很漫长。

爷爷紧紧地盯着他，似乎想从男孩棕色的眼睛中读懂一切，了解这个男孩永远不知该如何倾吐的一切，那些男孩说不出口的事情，因为他的嘴永远无法说出他内心的想法。然后爷爷点了点头，好像想证实这个想法。突然，克莱夫害怕爷爷会说些柔和、安慰和无意义的话，破坏一切。当然，爷爷会说：这些我都理解，克莱维——你知道，我自己也曾是个男孩。

但爷爷没有这样做，克莱夫明白，一时间他觉得害怕这种可能性的想法很愚蠢。更糟糕的是他的不信任。因为这是爷爷，爷爷从不像其他大人那样经常说些废话。爷爷不会温柔地说安慰话，而是带着客观的确定性说话，就像一名法官宣判死刑。

“一切都变了。”爷爷说。

克莱夫抬起头来看着他，对这个想法有点担心，但他非常喜欢这个老人的头发披散在头上的狂野样子。他想，如果爷爷真的知道上帝的真相，而不只是猜测，那么他看上去就会像牧师一样。“时间也是？你确定？”

“是的。当你到了一定的年龄——大约十四岁，我想，大多数情况下，当人类的两个组成部分继续前进，犯了发现彼此这个错误——时间就开始成为真正的时间，真真正正的时间。它不会像过去那样漫长，也不会像将来那样短暂。是这样的，你知道。但在你生命的大部分时间中，那才是主要的真真正正的时间。你知道那是什么吗，克莱维？”

“知道，先生。”

“那么听我的：真真正正的时间是你漂亮的小马驹。跟我说：‘我漂亮的小马驹。’”

克莱夫感觉自己很傻，想知道爷爷让他这么做是不是事出有因（就像唐叔叔说过的“逗你玩”），克莱夫跟着爷爷说了一遍。他等着老人哈哈大笑：“孩子，我真的在逗你玩，克莱维！”但是爷爷只是淡淡地点点头，显得一点都不蠢。

“我漂亮的小马驹。如果你如我所认为的那样聪明，这几个字你永远都不会忘记。我漂亮的小马驹，这就是时间的真相。”

爷爷从口袋里掏出那个破旧的香烟盒，看了一会儿，又放回去。

“从你十四岁到……哦，我想说到你六十岁左右，大部分时间都是‘我——漂亮的——小马驹’时间。有时，一段时间和你孩提时一样漫长，但那再也不是好时辰了。你会愿意用你的灵魂换一些‘我——漂亮的——小马驹’时间，更别说用一段短暂的时间了。如果你告诉你奶奶我现在要对你说的话，克莱维，她会骂我亵渎神灵，一周都不会给我送热水瓶，也许两周。”

不过，爷爷的嘴唇嘟了起来，一副不快却又不愿悔改状。

“如果我告诉那个查班德牧师，妻子编造了这么一个故事，他就会拿出我们如何“对着镜子观看，模糊不清”[1]的故事，或者上帝如何神秘地创造奇迹这个老掉牙的故事。但我要告诉你我是怎么想的，克莱维。我想上帝一定是一个卑鄙的老狗娘养的，他让一个成年人在其受伤最重的日子，比如肋骨骨折或内脏碎裂时，拥有漫长的时光。这样的上帝让一个用大头针戳苍蝇的孩子看起来像个善良的圣人，以至于鸟儿会飞过来栖息在他身上。我在想我离干草堆覆盖在我身上还有多长时间，我想知道上帝一开始为什么会想创造有生命、有思想的生物。如果他需要对着什么东西撒尿，他为何不干脆创造几棵漆树，然后对着它解决呢？或者我想知道可怜的老约翰尼·布林克迈耶的死期还有多远，他去年得了骨癌，之后就不太行了。”

克莱夫几乎没听到最后那句话，不过在他们回城的路上，他想起来了：那个开着他的父母称之为“杂货店”的而爷爷奶奶都称之为“百货商店”的约翰尼·布林克迈耶，是爷爷晚上唯一会去看望的人……也是晚上唯一会来看望爷爷的人。在回城的漫长途中，克莱夫想起了约翰尼·布林克迈耶，依稀记得他额头上长着一个很大的疣子，走路时总是

[1] 出自《圣经·哥林多前书》13：12，“我们如今仿佛对着镜子观看，模糊不清，到那时就要面对面了。我如今所知道的有限，到那时就全知道，如同主知道我一样”。

扶着胯部，他一定是爷爷唯一的真朋友。提到布林克迈耶的名字时，奶奶总是会嗤之以鼻——经常抱怨他身上的气味，奶奶的做法只会让他更加确信这个猜测。

无论如何，这种想法已经不会再出现了，因为克莱夫正屏息等待着上帝将爷爷劈死。上帝无疑会这么做，因为爷爷亵渎了神灵。没有人可以称全能的上帝为“卑鄙的老狗娘养的”，或者暗示创造宇宙的那个人比一个把大头针插进苍蝇里的恶毒三年级学生强不了多少，却不受惩罚。

克莱夫紧张地从那个穿着围兜工装裤的人身边走开了一步，那个人已经不再是他的爷爷，而是成了一根避雷针。现在，随时都会有一道闪电从蓝天上劈下来，“嗞嗞”作响，劈死爷爷，把苹果树变成火把，向所有人发出这位老人要受诅咒的信号。空中飘过的苹果花会变成类似于父亲周日傍晚在后院烧掉一周的报纸时从焚烧炉里飘出来的炭屑。

什么都没有发生。

克莱夫等着，他那可怕的信念正在动摇，这时一只知更鸟在附近某个地方快活地叽叽喳喳起来（好像爷爷只是骂了句脏话），他知道不会有闪电了。就在他意识到这一点的那一刻，克莱夫·班宁的生活发生了一个微小但根本性的变化。爷爷亵渎神灵却没有受到惩罚，这不会使他成为罪犯或坏孩子，甚至不会使他成为一个“问题儿童”（这个词语最近才流行起来）。然而，克莱夫心中信念的指南针发生了一点点变化，他听爷爷说话的方式立刻改变了。以前，他是“听”那位老人的话，现在他是“聆听”老人的话。

“你受伤的时光会永远存在，就像是——”爷爷说，“相信我，克莱维，小时候，如果你受伤一周，你最美好的暑假就会恍如一个周末。该死，甚至恍如一个周六的上午！每当我想起约翰尼躺在那里的七个月……那种东西就在他身体里，在他体内，吃他的内脏……天哪，我不该这么对孩子说话。你奶奶是对的。我感觉自己像个懦夫。”

爷爷低头盯着他的鞋子沉思了一会儿。最后，他抬起头来，摇了摇头，不是阴沉着脸，而是很轻快，几乎带着幽默的不屑意味。

“这一点都不重要。我说过我会给你指示，但我却站在这里像条可怜的狗一样吠叫。你知道什么是可怜的狗吗，克莱维？”

男孩摇头。

“没关系，以后再跟你说。”当然没有以后了，因为下一次他再看到爷爷，爷爷会躺在一个盒子里，克莱夫猜想，那就是那天爷爷给他的指示的重要部分。老人并不知道他正在给对方指示，这一事实并没有削弱其重要性。“老人就像在调车场的旧火车，克莱维——太多该死的轨道。所以火车在进去之前绕着那该死的扇形车库转了五圈。”

“没关系，爷爷。”

“我的意思是，每次我想表达一个意思，都会离题。”

“我知道，但是离题也很有趣。”

爷爷笑了。“如果你懂得如何胡扯，克莱维，那你就是一个该死的好艺术家。”

克莱夫回以微笑，关于约翰尼·布林克迈耶记忆的阴影似乎从他爷爷身上散开了。当爷爷再次开口时，他的声音变得更有条理了。

“无论如何！别管那个事了。长时间的痛苦只是上帝额外给你的。你知道一个男人会攒下兰令自行车的优惠券，然后用它们换一些东西，比如挂在他房间里的铜气压表或者一套新的牛排刀吗，克莱维？”

克莱夫点头。

“嗯，这就是痛苦的时刻……不过，我想你会说，这更像中了个傻瓜奖，而不是个真正的奖。主要是，当你老了，真正的时间——‘我——漂亮的——小马驹’时间——就变得短暂了。就像你小时候，只是倒了过来。”

“倒过来。”

“对。”

人老了的时候，时间过得很快，这超出了这个男孩的理解范围，但他足够聪明，能认同这个概念。他知道，如果跷跷板的一端上升，另一端就必然下降。他推断，爷爷所说的一定是同一个意思：平衡和均势。克莱夫的父亲可能会说：好吧，这是一种视角。

爷爷又从袋鼠袋里拿出那盒香烟，这次他小心翼翼地抽出一支香烟——那是盒里的最后一支，还是小男孩看到他抽的最后一支。老人把盒子揉成一团，放回原处。他像点燃另一支烟一样毫不费力地点燃了最后一支。他没有忽视山顶的风；他似乎以某种方式使风失效了。

“什么时候发生的，爷爷？”

“这点我不是很确定，反正不是现在。”爷爷说，他把火柴弄湿了，就像之前的那根那样，“这种感觉是慢慢浮现的，就像一只猫慢慢走近一只松鼠。最终你会注意到。当你真的注意到，就已经很不妙了，跟那个叫奥斯古德的男孩数数一样。”

“那么，会发生什么？你是怎么注意到的？”

爷爷没有把香烟从嘴里拿出来，轻轻敲了敲烟灰。他用拇指敲着香烟，就像一个人敲桌子时发出轻轻的敲击声。男孩永远不会忘记那个微小的声音。

“我认为，人们首先会注意到什么都是因人而异的。”老人说，“但对我来说，它始于我四十多岁的时候。我不记得当时的确切年龄，但我记得我在哪里，你可以打赌……在戴维斯药店。你知道吗？”

克莱夫点头。他们去看望爷爷和奶奶的时候，父亲几乎总会带他和姐姐去那里喝冰激凌苏打水。他父亲叫他们香巧莓三人组，因为他们点的口味从来没有变过：父亲总是点香草味，帕蒂点巧克力味，克莱夫点草莓味。然后父亲会坐在他们俩中间，一边慢慢品尝清凉香甜的美味，一边阅读。帕蒂是正确的：她说当父亲在阅读时，你做任何事情都不会被追究，而他大部分时间都在阅读；但是当父亲把书放在一边，环顾四周时，你就要端坐，规规矩矩的，否则你可能会被狠揍一顿。

“啊，我当时在戴维斯药店里面。”爷爷继续说，眼睛望向远处的一朵云，那云像一个士兵吹着军号，在春天的天空中迅速飘过，“给你奶奶买点治关节炎的药。已经下了一周的雨了，她疼得要命。我突然看到一家新店开张了。你想不看见都难，它占据了大部分过道，真的。店里贴着面具、黑猫和骑在扫帚上的女巫的剪切画之类的东西作为装饰。他们以前卖的是那种硬纸板南瓜，包装袋里还有橡皮筋。一般是这样的：孩子可以把小南瓜形状从纸板中掰出来，给它涂色或者玩背面的游戏，这样他妈妈就有一下午的消停时间。等完成后，把它挂在门上作为装饰。如果孩子家里太穷，买不起店里的面具；或者家人太笨，用家里的东西无法给他做道具，好吧，你可以把橡皮筋固定，孩子就会戴。过去很多孩子手里拿着纸袋子满镇子乱跑。万圣节之夜，他们就戴着戴维斯药店的南瓜面具，克莱维。当然，他会把糖果都分发出去，都是苏打水柜台旁边的一便士糖果柜台上拿的，你知道我说的那个——”

克莱夫笑了。他当然知道。

“——但这是不一样的。这是杂牌的廉价糖果，比如蜡瓶糖、玉米糖、啤酒桶糖和甘草糖。

“我还以为那个叫戴维斯的老人——那个时候确实有个叫戴维斯的家伙在经营这家店。正是他的父亲开的戴维斯药店，大概在一九一〇年——稍有出入。天哪，我在想，弗兰克·戴维斯在这个该死的夏天结束之前，就把‘不给糖就捣蛋’的玩意拿出来卖了。我突然想到去处方柜台找戴维斯并且跟他说那些。然后，有一部分的我在说：等一下，乔治——是你自己搞错了。我并没有错得离谱，克莱维，虽然已经不是夏天了，我很清楚，就像我清楚我们此刻站在这里一样。看，这就是我想让你明白的——我没有弄错。

“我不是已经在城里到处找摘苹果的人了吗，我不是已经订购了五百张传单，以便张贴在加拿大边境吗？我不是已经注意到一个叫蒂姆·沃伯顿的家伙了吗？他从斯克内克塔迪来找工作。他有两下子，看上去很诚实，我认为他在采摘季肯定会成为一个很好的工头。我不是打算第二天就去问他吗？难道他不知道我要去问吗？因为他透露过他要在某某地方某某时间剪头发！我就想，别怨别人，乔治，你看你还年轻呢，怎么就老糊涂了呢？是啊，老弗兰克现在就卖万圣节糖果，确实有点早了。但是夏天呢？已经过去了，我没问题，小家伙。

“我知道没问题，但是有那么一秒钟，克莱维——或者可能是一连几秒——我觉得当时好像就是在夏天，或者必须是夏天，因为那就是在夏天。明白我的意思吗？没过多久，我的脑海里又浮现出了九月，但是我确定我觉得……你懂的，我觉得……”他皱起眉头，然后不情愿地说出一个词，他和另一个农民谈话时一般不会使用，免得被指摘为故作清高（要是其他人也懂这个词就好了），“我觉得很沮丧。我只会这么表达。沮丧。这也是我第一次有这种感觉。”

他看了看男孩，男孩也只是看着他，甚至没有点头，只是全神贯注地听着。爷爷为他们俩点了点头，然后又用大拇指的一侧敲掉了一圈烟灰。这个男孩相信爷爷已陷入沉思，以至于风几乎在替他抽这支烟。

“这就像走近浴室的镜子，除了刮胡子，什么都不做，只看到你的第一根白发。你明白吗，克莱维？”

“明白。”

“好吧。从那以后，所有的假期都是如此。你会觉得他们卖东西卖得太早了，有时你甚至会对别人这么说，尽管你总是很谨慎，免得别人认为你觉得店主很贪婪。是他们有问题，不是你。你明白吗？”

“明白。”

“因为——”爷爷说，“男人是能够理解一个贪婪的店主的——一些男人甚至会羡慕，尽管我从来不是那样的人。‘这么做他们就可以偷奸耍滑。’他们会这么说。就像拉德威克那个屠夫小子，只要能不被发现，他就会把拇指放在天平上；仿佛偷奸耍滑会很有甜头似的。我从来不这么觉得，但我能理解。不过，说一些让别人以为你脑子有毛病的话……就是另外一回事了。所以你可能会说诸如‘天哪，我们还没准备好，他们就拿出圣诞树饰品来卖了’这样的话。而且，无论你对谁说这话，他都会说那就像《圣经·福音书》一样是至高真理，但这不是什么真理。我仔细研究过了，克莱维，他们几乎每年都在差不多同样的时候把东西拿出来卖。

“后来又发生了别的事。可能是在五年后，也可能是在七年后。我想那时候我应该是五十岁左右，不是将满五十岁，就是五十岁出头。不管怎样，我被叫去当陪审员了。真他妈的烦人，但我还是去了。法警让我起誓，问我愿不愿意履行我的职责，我说我愿意，仿佛我一辈子尽职尽责还不够一样。然后他拿出钢笔，问我的地址，我很干脆地告诉了他。然后他问我多大了，我张嘴准备说三十七岁。”

爷爷仰起头来，笑着看那朵像士兵的云。那朵云的号角部分现在像长号一样长了，已经在两道地平线之间的半途了。

“爷爷，你为什么会想这么说？”克莱夫以为他已经完全理解爷爷说的话了，但他还不明白这一点。

“因为我想说出来，因为这是我首先想到的！他妈的！无论如何，我知道这个数字是错的，所以我停顿了一会儿。我想法警或法庭里的其他人都没有注意到——好像他们大部分人不是睡着了，就是在打盹，而且即使他们像刚刚被某个寡妇用扫帚打了屁股一样清醒，我也不确定他们能看出来我说错了。有时候一个人想投出一个狡猾的球，他在挥杆前会使出双倍的力气，当时的感觉跟这个差不多。但是，真扯！问一个男人他妈的多少岁了可不像打口水球。我感觉自己傻了。那一瞬间，我不知道自己多大了——如果我不是三十七岁的话。有那么一会儿，我以为自己是七岁、十七岁，或者七十七岁。然后我想起来了，我说了四十八、五十一或者一个其他什么狗屁数字。但是我没想到我会突然忘了自己的年龄，尽管只是一瞬间……嘘！”

爷爷把香烟扔到地上，用脚后跟踩了踩，然后开始了先灭烟后埋葬的仪式。

“但那只是开始，克莱维，我的儿子。”他接着说。尽管“儿子”只是爷爷常常故意说的爱尔兰方言，但这个男孩想，我真希望自己是你的儿子。是你的儿子，而不是那个人的儿子。“之后，时间先是怠速空转，再加速，然后在不知不觉间它已经进入高速运转状态，而你是那个驾驶者，跟现在人们在高速公路上开车一样。时间之车开得太快了，秋天时把树叶都刮下来了。”

“这是什么意思呢？”

“季节的变化是最糟糕的。”老人感伤地说，仿佛他没有听到男孩说的话，“四季变换不再只是简单的四季变换。乍一看，仿佛只是妈妈在泥泞的雨季来临之前，从阁楼上取下靴子、连指手套和围巾这么简单。你会认为一个男人会很高兴看到泥泞的季节过去——放屁，我过去一直都喜欢，但是如果你还没有把那台时间的拖拉机从泥泞里拖出来，雨季就过去了，那你就不会高兴了。接着，杨树开始披挂上宽松的睡衣了，参加今年的第一场乐队演唱时，你就不用再戴上夏天的草帽了。”

爷爷看了看他，讽刺地挑了挑眉毛，好像在期待孩子要求自己给出解释，但克莱夫却笑了，被爷爷说的话逗笑了——其实他知道宽松的睡衣是什么，因为有时候母亲会一直穿着那身睡衣，直到下午五点左右，至少当父亲外出去卖电器、厨具和保险时是这样。当父亲出门在外时，母亲就开始痛饮一番，有时她喝得大醉，以至于到了太阳快落山时都还没有换上其他衣服。有时母亲会出门，让帕蒂照顾他，她自己则去看望一个生病的朋友。有一次他对帕蒂说：“爸爸外出时，妈妈的朋友们更容易生病，你注意到了吗？”然后帕蒂笑了，笑得眼泪顺着她的脸庞流下来，她说，哦！当然，她注意到了，她当然注意到了。

爷爷的话使他想起，当开学的日子终于开始慢慢临近时，杨树不知怎的也变了。风一吹，杨树底部就变成和母亲最漂亮的睡衣一样的颜色，那是一种银白色，既可爱又有点出乎意料地让人伤感：它象征着你之前以为会永恒的东西的终结。

爷爷接着说：“然后，你就开始把事情记混了。不会记混太多——还没有像路边的海登老人那样糊涂，谢天谢地，但这仍然是一件很糟糕的事情，你会迷失方向。这不像忘事，忘事只针对一件事。不是这样的，你记得所有事，但是你把发生的地点全都弄错了。就像我以前很肯定，五十八岁那年，在我的儿子比利在交通事故中丧生后，我摔断了胳膊。这也是一件很糟糕的事。我可以问查班德牧师。比利跟在一辆运砾石的卡车后面，车速不超过每小时二十英里。当时一块比我给你的怀表表盘还小的石头从卡车后面掉下来，砸在路上后弹了起来，砸坏了我们福特车的挡风玻璃。玻璃溅进了比利的眼睛。医生说他即使能活下来，也会瞎掉一只眼睛，也许两只都会瞎。但是他没有活下来——车子冲出了大路，撞上一根电线杆。电线杆倒下来，砸在汽车顶上，他被烧死了，跟纽约州新新监狱坐过电椅的任何一个杀人狂魔一样。然而，他这辈子做过的最糟糕的事，也只是为了逃过锄地的活而装病，那时我们家还有花园。

“不过我刚刚说我很确定我的手臂摔断了——我发誓，我记得去参加他的葬礼时，我的手臂上还绑着绷带！萨拉必须先当着家里《圣经》的面，给我看她为我的手臂上的保险文件，我才相信她把事情办妥了；整整两个月之后，等到我们埋葬比利的时候，绷带早就拆了。她说我是个老糊涂蛋，我真想一拳打在她的脑袋上，我生气了，但我生气是因为我感到尴尬，至少我还有理智，没有和她计较。而她生气只是因为她不愿意想起比利。他是我们的宝贝，真的。”

“嘿！”克莱夫说。

“这个记混事情的毛病不会变轻。情况更像这样：你去纽约市区，街角有家伙会摆出坚果壳，其中一个坚果壳下面放了一只蜜蜂。他们很肯定你不能指出蜜蜂在哪个坚果壳下面，而你确定你能。但他们偷换得太他妈的快了，每次都把你骗过去了。你只是糊涂了，似乎也没办法。”

他叹了口气，环顾四周，仿佛要记住那些往事究竟发生在什么地方。他的脸上一瞬间流露出极度无助的表情，这既使男孩感到厌恶，也使他感到害怕。他不想有这种感觉，但是他也没办法。仿佛爷爷解开了绷带，给孩子看了一个可怕的疮，就像麻风病一样。

“好像上周入春了，”爷爷说，“但花朵明天就都要凋落，如果大风继续这么肆虐的话，而且看起来大风他妈的不会停。事情进展那样快时，一个男人无法保持思路清晰。一个男人不能说，再等一两分钟，大老板，等我搞清楚方向！没有人会这么说。坐上时间之车就像进了一辆没有车夫的马车，如果你明白我的意思的话。所以你怎么看，克莱维？”

男孩说：“呃，爷爷，有一件事你说对了——整个听起来就像个傻瓜编出来的。”

他不是在逗趣，但爷爷又哈哈大笑起来，一直笑得脸上又出现了吓人的紫色阴影，这一次，爷爷不仅要弯下身子，把手放在穿着工装裤的膝盖上，还要用一只胳膊搂住男孩的脖子，以防摔倒。如果爷爷的咳嗽和哮喘没有缓下来，他俩准会摔倒，就在那个瞬间，男孩有一种很确定的感觉，血液一定会从爷爷因为大笑而涨得发紫的脸上喷出来。

“你真逗！”爷爷说着，终于站直了身体，“你真行！”

“爷爷？你还好吗？也许我们应该——”

“放屁，不，我不好。在过去的两年里，我心脏病发作了两次，如果我还能再活两年，没有人会比我更惊讶。但这对人类来说不是什么新闻，孩子。我想说的是，无论是年老还是年轻，快节奏还是慢节奏，只要你记得那匹小马驹，你就能走一条正道。因为当你数数，在每一个数字中间都说‘我漂亮的小马驹’的时候，时间就只是时间。你来做，我跟你说，你记牢了。你不能一直数数——那不是上帝的计划。无论如何，我将跟随那个身材矮小、脸上出油、拘泥于细节的查班德沿着这条正道走那么远。但你要记住，不是你拥有时间，而是时间拥有你。每一天的每一秒，它都以同样的速度在你的身体之外运行。它丝毫不在乎你，但如果你有一匹漂亮的小马驹，那就没关系。克莱维，如果你有一匹漂亮的小马驹，你就能把嘀嘀嗒嗒运行的时间杂种制伏，你就永远不用管这世上的其他奥尔登·奥斯古德了。”

他弯腰倾向克莱夫·班宁。

“你明白了吗？”

“不明白，爷爷。”

“我知道你不明白。你会记住它吗？”

“会的，爷爷。”

爷爷盯着他看了很长时间，这孩子有些不自在了，坐立不安。最后爷爷点了点头：“是的，我想你会的。如果我没有这么想，那就该死了。”

男孩什么也没说。事实上，他无话可说。

“你接受了指示。”爷爷说。

“如果我不理解，我不会接受任何指示！”克莱夫沮丧而愤怒地喊道，那种感觉是那么真切、彻底，把他自己都吓了一跳，“我不会的！”

“去他的理解。”老人冷静地说。他又用胳膊搂住男孩的脖子，把男孩拉近——在奶奶一个月后发现爷爷像一块石头死在床上之前，这是他最后一次把男孩拉到身边。她刚醒来，发现爷爷和爷爷的小马驹已经踢翻了爷爷的篱笆，翻过了这个世界所有的山。

顽皮的心，顽皮的心。漂亮，但是有一颗顽皮的心。

“理解和指示是一对不会接吻的表兄妹。”那天爷爷在苹果树下这么说。

“那什么是指示？”

“铭记。”老人静静地说，“你能记住那匹小马驹吗？”

“能。”

“它叫什么名字？”

男孩停顿了一下。

“时间……我猜。”

“好。它是什么颜色？”

这次男孩思考的时间更长。他思绪大开，就像黑暗中的霓虹。“我不知道。”他最后说。

“我也不知道。”老人说着，放开了他，“我认为它没有颜色，而且我认为这不重要。什么重要呢？你知道吗？”

“知道，先生。”男孩马上说。

一只闪闪发亮的热切眼睛像钉子一样牢牢地钉在男孩的脑海和心中。

“它是怎样的？”

“它会很漂亮。”克莱夫·班宁无比确定地说。

爷爷微笑。“好了！”他说，“克莱夫已经接受一点指示了，那会让他更聪明，也会让我更幸运……或者反过来。孩子，你想吃一块水蜜桃馅饼吗？”

“想，先生！”

“那我们还在这里干什么？我们去吃吧！”

他们走开了。

克莱夫·班宁从来没有忘记过它的名字，它叫时间；它的颜色，它没有颜色；它的样子，既不丑也不美……只是漂亮。他也从来没有忘记它的本性，它很顽皮；他也没有忘记爷爷在下山的路上说的话，几乎是被抛散、迷失在风中的话：不管它的心情如何，有一匹小马驹总比没有好。

Sorry, Right Number

抱歉，正确号码

作者按：在作者看来，剧本缩略语简单而实用，主要是为了让写剧本的人有洛奇兄弟[1]的感觉。无论如何，您应该知道“CU”的意思是“特写”；“ECU”的意思是“大特写镜头”；“INT”的意思是“室内”；“EXT”的意思是“室外”；“BG”的意思是“背景”；“POV”的意思是“视角”。可能大多数人一开始就知道这些，对吗？

第一幕

渐入：

[1] 对喜欢20世纪50年代复古风格的过时美国男性的贬义称呼。

凯蒂·韦德曼唇部大特写镜头

她正在打电话。唇部很美；几秒钟之后，我们会看到她的其余部位一样美。

凯蒂：比尔吗？哦！他说他感觉很不好，但他还是一直那样看书……睡不着觉，觉得每一次头疼都是脑瘤的初始症状……一旦他开始做一些新的事情，他就会好起来的。

声音背景：电视。

镜头拉回。凯蒂坐在厨房的电话角里，一边和姐姐闲聊着，一边浏览着一些商品目录。我们应该注意到她用的电话有一个不太寻常的地方：它有两条线。电话上有发光的按钮提示哪一个正在使用中。现在只有一个——凯蒂的那个——正在使用。当凯蒂继续她的谈话时，镜头从她身边移开，穿过厨房，穿过通往家庭娱乐室的拱形门。

凯蒂：（声音，淡出）哦，我今天看到詹妮·查尔顿了……对！体形庞大得像间房子！……

凯蒂淡出。电视声变大。有三个孩子：杰夫，八岁；康妮，十岁；丹尼斯，十三岁。《命运之轮》[1]开始了，但是他们没有看。相反，他们在玩一种有意思的游戏：猜猜之后会发生什么。

---

[1] 一档美国电视游戏节目。

杰夫：拜托！这是他的第一本书！

康妮：他第一本完整的书。

丹尼斯：杰夫，我们看《干杯酒吧》和《翼》吧，我们每周都会看。

丹尼斯说起话来斩钉截铁，只有老大才能做到。“什么都别多说了，要不然你就等着我痛揍你那副瘦巴巴的小身板一顿吧，杰夫。”他的表情仿佛在这么说。

杰夫：至少我们能录下来吗？

康妮：我们正在为妈妈录 CNN 的节目。她说她可能会和洛伊丝姨妈通很久的电话。

杰夫：看在上帝的分上！你们怎么能录 CNN！它永远都播不完！

丹尼斯：她就是喜欢这一点。

康妮：而且别说“看在上帝的分上”，杰杰[1]——你还小，还不能在教堂之外的地方谈论上帝。

杰夫：那你也别叫我“杰杰”。

康妮：杰杰，杰杰，杰杰。

杰夫站起来，走到窗边，看着外面的黑夜。他很沮丧。丹尼斯和康妮，就和所有哥哥、姐姐一样，看到他这样都觉得很好玩。

丹尼斯：杰杰好惨。

康妮：我觉得他要自杀了。

[1] 杰夫的昵称。

杰夫：（转向他们）这是他的第一本书！你们两个家伙都不在意吗？

康妮：如果你真的这么想看，那明天就去录像店把它租下来。

杰夫：他们不会把限制级的影片租给小孩子，你知道的！

康妮：（仿佛在梦境中一样）闭嘴，瓦娜出来了！我爱瓦娜！

杰夫：丹尼斯——

丹尼斯：去请爸爸用他办公室的录像机录下来，别再这么烦人了。

杰夫穿过房间，一边走一边对瓦娜·怀特吐舌头。镜头跟着他走进厨房。

凯蒂：……所以当他问我波莉的链球菌检测是否为阳性时，我得提醒他，她去预科学校了……老天，洛伊丝，我想她……

杰夫只是路过，他正往楼梯走去。

凯蒂：你们这些小鬼可以安静点吗？

杰夫：（闷闷不乐地）他们会安静的。现在就会。

他上了楼，有点垂头丧气。凯蒂盯着他的背影看了一会儿，满怀爱意又担心不已。

凯蒂：他们又吵架了。波莉过去常常管教他们，不过现在她去学校了……我不知道……可能送她去博尔顿不是个好主意。有时候，她给家里打电话时听起来很不开心……

室内：贝拉·卢戈希[1]饰演德古拉[2]，特写。

德古拉站在特兰西瓦尼城堡的门前。有人已经贴了一个将他的话写出来的漫画对话气泡，上面写着："听！我的黑夜之子们！他们在演奏什么音乐！"海报在一扇门上，但只有当杰夫打开门走进父亲的书房时，我们才看到这个。

室内：凯蒂的照片，特写。

机位固定，然后慢慢地向右平移。我们看向另一张照片。这是那个在外上学的女儿——波莉的照片。她是个可爱的女孩，大约十六岁。波莉的照片旁边是丹尼斯的照片……接着是康妮的照片……最后是杰夫的照片。

镜头继续平移，视角变宽，这样我们就能看到比尔·韦德曼，一个大概四十四岁的男人。他看起来很疲惫。他盯着桌子上的文字处理器，但脑子里的水晶球一定在休息，因为屏幕是空白的。在墙上我们看到镶了框的书封，都很恐怖，其中一个书名是《鬼吻》。

杰夫轻手轻脚地走到他父亲身后。地毯让他的脚步声儿不可闻。比尔叹了口气，关掉了文字处理器。过了一会儿，杰夫拍了拍父亲的肩膀。

杰夫：呃——呃！

比尔：嘿，杰杰。

他转过椅子看向儿子，杰夫很失望。

---

[1] 匈牙利裔美国演员。

[2] 根据爱尔兰作家布莱姆·斯托克的吸血鬼小说改编的电影中的男主人公。

杰夫：你怎么没有被吓到？

比尔：吓人是我擅长的事。我心志坚定。怎么啦？

杰夫：爸爸，我能先看《鬼吻》的头一个小时，然后你再把剩下的部分录下来吗？丹尼斯和康妮什么都霸占了。

比尔转过身来，困惑地看着书封。

比尔：你确定你想看吗，小鬼头？它很——

杰夫：确定！

室内：凯蒂，在电话角。

在这个镜头中，我们清楚地看到她身后通往丈夫书房的楼梯。

凯蒂：我真的觉得杰夫需要矫正牙齿，但是你知道，比尔——

另一台电话响了，提示灯闪烁起来。

凯蒂：是另一台电话，比尔会——

但是现在我们看到比尔和杰夫下楼了，就在她后面。

比尔：亲爱的，空白录像带在哪里呢？我在书房里找不到，而且——

凯蒂：（对比尔说）等一下！（对洛伊丝说）洛伊丝，别挂电话。

洛伊丝没有挂断。两条线路都在闪烁。她按了按上面的按钮，新的电话刚刚打进来。

凯蒂：你好，这里是韦德曼家。

声音：绝望的哭泣。

哭泣声：（隔着电话）带……请带……带……

凯蒂：波莉，是你吗？怎么了？

声音：哭泣声。可怕、心碎的哭泣。

哭泣声：（隔着电话）请——快点——

声音：哭泣声……然后，咔嗒！挂断了。

凯蒂：波莉，冷静点！不管发生了什么，都不——

开放线路的嗡嗡声。

杰夫已经走向了电视机房，希望能找到一盘空磁带。

比尔：是谁？

凯蒂没有看丈夫一眼，也没有回答他的问题，只是又用力按了下面的按钮。

凯蒂：洛伊丝？听着，我一会儿回你电话。是波莉，她听起来非常沮丧。不……她挂了。好的，我会的。谢谢你。

她挂断电话。

比尔：（关心状）是波莉？

凯蒂：她哭得很伤心。她似乎想说“请带我回家”……我就知道那所该死的学校会让她不开心……为什么我会让你说服我……

她在小电话桌上拼命翻找。电话簿滑到凳子附近的地板上。

凯蒂：康妮，你把我的电话簿拿走了吗？

康妮：（声音）没有，妈妈。

比尔从后兜里掏出一本破旧的电话簿，一页页地翻着。

比尔：我找到了。只是——

凯蒂：我知道，宿舍的电话总是占线。给我。

比尔：亲爱的，冷静。

凯蒂：我和她通话了才能冷静。她才十六岁，比尔。十六岁的女孩子很容易出现间歇性抑郁。有时候她们甚至会自杀……把那个该死的电话号码告诉我！

比尔：617-555-8641。

她拨电话的时候，摄像机进入特写。

凯蒂：拜托，拜托……别占线……就这一次……

声音：咔嗒。停顿。然后……电话开始响了。

凯蒂：（闭着眼睛）谢天谢地。

声音：（隔着电话）这里是鹿角大厅，我是弗里达。如果您想找性感女王克里斯蒂娜，她还在洗澡，阿尼。

凯蒂：能麻烦您叫波莉接电话吗？波莉·韦德曼？我是凯蒂·韦德曼，她的母亲。

声音：（隔着电话）哦，老天！抱歉。我想——请别挂电话，韦德曼太太。

声音：电话安静下来。

声音：（隔着电话，非常模糊）波莉？波……电话！是你妈妈！

室内：给电话角和比尔更大的镜头。

比尔：嗯？

凯蒂：有人去叫她了。但愿。

杰夫回来了，拿着一盘磁带。

杰夫：爸爸，我找到一盘。丹尼斯把它们藏起来了。他总是这样。

比尔：等一会儿，杰夫。去看看电视。

杰夫：但是——

比尔：我不会忘记的。快去看电视吧。

杰夫去了。

凯蒂：拜托，拜托，拜托……

比尔：冷静点，凯蒂。

凯蒂：（突然）如果你刚刚听到了她的声音，你就不会叫我冷静了！她听起来——

波莉：（插入，轻快的声音）嘿，妈妈！

凯蒂：波儿？亲爱的？你还好吗？

波莉：（轻快得冒泡般的声音）我还好吗？我生物考试得了A，法语会话论文得了B，龙尼·汉森邀请我去“收获舞会”。我太好啦，如果今天我身上再发生一件好事，我就要像兴登堡号[1]一样乐得要爆炸了。

凯蒂：你刚刚没有痛哭着给我打电话吗？

我们从凯蒂的脸色就知道，她已经知道这个问题的答案了。

波莉：（隔着电话）当然没有！

凯蒂：我为你的考试成绩和约会而高兴。我想是别人打来的电话。我再回你，好吗？

波莉：（隔着电话）好。帮我问候一下爸爸。

凯蒂：我会的。

室内：电话角，大角度。

---

[1] 美国的一艘飞艇，于1937年5月发生空难。

比尔：她还好吗？

凯蒂：好。我确定是波莉，但是……她高兴极了。

比尔：所以那就是个恶作剧。或者是谁哭得太厉害了，拨错了号码……就像我们老话常说的，“透过模糊泪眼”。

凯蒂：那不是恶作剧，也不是拨错了号码！一定是我们家族的某一个人。

比尔：亲爱的，你不知道那是谁。

凯蒂：不知道？如果杰杰打电话，只是哭，你会知道对方是他吗？

比尔：（被噎住了）呃，好吧。我想我会知道的。

她没有听，在快速拨号。

比尔：你在给谁打电话？

她没有回答他。声音：电话响了两次。然后：

年长女人的声音：（隔着电话）你好？

凯蒂：妈妈？你还……（她停了一下）几分钟之前你给我打电话了吗？

声音：（隔着电话）没有，亲爱的……为什么这么问？

凯蒂：哦……你知道那些电话。我正和洛伊丝通着话，没接到另外一个。

声音：（隔着电话）嗯，不是我。凯蒂，我今天在服装店看了最好看的衣服，而且……

凯蒂：妈妈，我们之后再聊，好吗？

声音：（隔着电话）凯特[1]，你还好吗？

凯蒂：我……妈妈，我觉得我可能要拉肚子了。我要挂了。拜拜。

她挂断电话。比尔等她挂完电话，突然狂笑起来。

比尔：哦，天……拉肚子……我记住了，下次我经理给我打电话……哦，凯蒂，太机智了……

凯蒂：（几乎是尖叫）这不好笑！比尔别笑了！

室内：电视机房。

杰夫和丹尼斯扭打在一起。他们停下来。三个孩子都看向厨房。

室内：电话角，比尔和凯蒂。

凯蒂：我告诉你，是我家族的某个人打的，她听起来……哦，你不知道。我知道那个声音。

比尔：但是如果波莉没事，你妈妈也没事……

凯蒂：（肯定地）是道恩。

比尔：拜托，亲爱的，一分钟之前你还很笃定，说是波莉。

凯蒂：只能是道恩了。我当时正在和洛伊丝打电话，而且妈妈很好，所以只可能是道恩了。她是最小的……我可能把她和波莉弄混了……她独自和小宝宝在那间农舍里！

比尔：（受惊状）你说什么，独自？

[1] 凯蒂的昵称。

凯蒂：杰里在伯灵顿！就是道恩！道恩出事了！

康妮担忧地走进厨房。

康妮：妈妈？道恩姨妈还好吗？

比尔：到目前为止，就我们所知，她还不错。别担心，宝贝。事情还没有发生就担心，这不太好。

凯蒂拨了号码，然后听着。声音是“嗒——嗒——嗒”的忙音。凯蒂挂了电话。比尔扬起眉毛看着她，面带询问的神色。

凯蒂：占线。

比尔：凯蒂，你确定——

凯蒂：只剩她了——只能是她。比尔，我很害怕。你能开车带我去那里吗？

比尔把电话从她手中拿走。

比尔：她的号码是多少？

凯蒂：555-6169。

比尔拨了号码。占线。他挂断电话，按了0键。

接线员：（隔着电话）接线员。

比尔：接线员，我想打给我小姨子。一直占线。我想是不是出故障了，你能帮我切入这个电话吗？

室内：通往电视机房的门口。

三个孩子都站在那里，沉默而担心。

室内：电话角。比尔和凯蒂。

接线员：（隔着电话）先生尊姓大名？

比尔：威廉·韦德曼[1]。我的号码是——

接线员：（隔着电话）写了《蜘蛛厄运》的威廉·韦德曼？！

比尔：是的，那是我的作品。如果——

接线员：（隔着电话）我的天！我超喜欢那本书！您所有的作品我都喜欢！我——

比尔：我很高兴你喜欢。但是现在我太太很担心她妹妹。如果你能——

接线员：（隔着电话）没问题，我可以做。请告诉我您的号码，韦德曼先生，做一下备案（她咯咯直笑）。我保证我不会把它给别人的。

比尔：555-4408。

接线员：（隔着电话）要拨的号码是？

比尔：（看向凯蒂）呃……

凯蒂：555-6169。

比尔：555-6169。

接线员：（隔着电话）请等一会儿，韦德曼先生……顺便说一下，《野兽之夜》也很棒。别挂。

---

[1] 比尔（Bill）为威廉（William）的昵称。

声音：拨电话的“咔嗒——咔嗒——”声。

凯蒂：她是不是——

比尔：是的。只是……

最后一个“咔嗒”声。

接线员：（隔着电话）很抱歉，韦德曼先生，但是没有占线。电话没有放好。我想知道如果我把我的《蜘蛛厄运》寄给您——

比尔挂了电话。

凯蒂：你为什么挂了？

比尔：她打不进去。电话没有占线，而是没放好。

他们忧郁地盯着彼此。

室外：一辆低矮的跑车经过镜头。

车内：坐着凯蒂和比尔。

凯蒂很害怕。比尔坐在车里，看起来很不平静。

凯蒂：嘿，比尔——跟我说她没事。

比尔：她没事。

凯蒂：现在告诉我你在想什么。

比尔：杰夫今晚偷偷溜到我后面，猛地拍了我一下。他很失望，因为我没有吓得跳起来。我告诉他我心志坚定。（停顿）我撒谎了。

凯蒂：杰里已经有一半的时间都不在家了，为什么还要搬到外面去？只有她和那个小宝宝，为什么？

比尔：嘘，凯特。我们快到了。

凯蒂：再快点。

室外：跑车。

他加速了。车跑得要冒烟了。

室内：韦德曼家的电视机房。

电视还开着，孩子们还在那里，但是喧闹已经停止了。

康妮：丹尼斯，你觉得道恩姨妈会没事吗？

丹尼斯：（觉得她已经死了，被疯子砍了头）当然。她当然会没事。

室内：电话，从电视机房看过去的视角。

灯光停在电话角的墙壁上，暗了下来，看起来像一条准备攻击的蛇。

淡出。

第二幕

室外：一座孤立的农舍。

一条长长的车道通向农舍。客厅亮着一盏灯。车灯扫过车道。韦德曼的车开到车库附近，然后停了下来。

室内：车，比尔和凯蒂。

凯蒂：我很害怕。

比尔弯下腰，把手伸到座椅底下，然后掏出一支手枪。

比尔：（严肃状）好了——好了。

凯蒂：（彻底惊住了）你有这支手枪多久了？

比尔：从去年开始就有了。我不想吓到你和孩子。我有持枪执照，别担心。

室外：比尔和凯蒂。

他们下车。凯蒂站在车前，等比尔走向车库时，凯蒂也和他走在一起。

比尔：她的车在这里。

摄像机跟着他们追踪到前门。现在我们可以听到大声播放的电视声。比尔按门铃。我们听到它在里面响了。他们等着。凯蒂又按了一次。仍然没有人回应。她又按了一次，手指没有拿开。比尔低头看了看：

室外：门锁，比尔的视角。

上面有很长的划痕。

室外：比尔和凯蒂。

比尔：（低声）这把锁被人弄坏了。

凯蒂看了看，呜咽着。比尔试了试门，门打开了。电视声更大了。

比尔：跟在我身后。如果发生了什么事，随时准备跑。天，我真希望我让你留在家里，凯蒂。

他往里走。凯蒂跟在他身后，充满恐惧，几乎要哭了。

室内：道恩和杰里的客厅。

从这个角度，我们只能看到这个房间的一部分。电视的声音太大了。比尔进入房间，手枪上膛了。他看向右侧……突然所有的紧张感都从他身上消失了。他放低手枪。

凯蒂：（停在他旁边）比尔……怎么……

他指了指。

室内：客厅，很宽敞，比尔和凯蒂的视角。

这个地方像是被飓风肆虐过一样……但不是抢劫或者谋杀造成的那种混乱；只有一个很健康的十八个月大的婴儿。在妈妈辛苦打扫了一天的客厅后，宝宝累了，妈妈也累了，他们一起在沙发上睡着了。宝宝睡在道恩的怀里。道恩头上戴着一副随身听耳机。客厅里还有很多玩具——大部分是《芝麻街》[1]里坚硬的塑料玩偶和孩之宝玩具——扔得到处都是。宝宝还把大部分的书从书架上扒出来了。从书的外表看，宝宝应该大啃了一顿。比尔过去把它捡起来，是《鬼吻》。

比尔：有人说他们把我的书都吃光了，但这太荒谬了。

他觉得很好笑，但是凯蒂不觉得。她走向她妹妹，本来准备大发雷霆……但是她看到了道恩真真切切疲倦的面容，便缓和了下来。

室内：道恩和这个婴儿，凯蒂的视角。

睡得很熟，呼吸也很顺畅，就像拉斐尔画的圣母与圣婴。镜头向下平移到随身听上。我们可以听到休伊·刘易斯和新闻乐队[2]的微弱的旋律。镜头移到椅子旁边桌子上的公主电话玩具旁，电话偏离了底座。没有偏离太多，但是足够切断联系，把人吓死。

---

[1] 一档美国儿童教育电视节目。

[2] 一支来自旧金山的摇滚乐队。

室内：凯蒂。

她叹气，弯下腰，把电话放好。然后她按下了随身听的“停止”键。

室内：道恩、比尔和凯蒂。

音乐停止的时候，道恩醒来了。她看着比尔和凯蒂，很困惑。

道恩：（声音迷糊地）呃……嘿！

她意识到自己戴着随身听的耳机，于是把它们拿下来。

比尔：嘿，道恩。

道恩：（仍然睡眼惺忪）应该说，伙计们。地板很脏。

她微笑。她笑起来的时候容光焕发。

凯蒂：可把我们折腾了一顿。接线员告诉比尔电话脱线了。我觉得有点不对劲。你怎么能在睡觉的时候开着这么大声的音乐呢？

道恩：这能让我静心。（看到比尔拿着那本被啃坏的书）哦！我的天，比尔，不好意思！贾斯汀在磨牙，而且——

比尔：评论家会说，贾斯汀选择了正确的东西来磨牙齿。我没想吓唬你，美女，但是有人用螺丝刀或者其他什么东西撬过你的前门。不管是谁干的。

道恩：天哪，不是的！那是杰里上周弄的。我们不小心被锁在外面了，他没带钥匙，备用钥匙没在门上，本来应该在的。他快要疯了，因为他真的很想小便，所以他就拿着螺丝刀撬门了。但是用螺丝刀也没撬开——这把锁很牢固。（停顿）等我在灌木丛中找到我丢失的钥匙，他已经离开去灌木丛了。

比尔：如果不是有人故意弄的，那我是怎么打开门走进来的？

道恩：（内疚状）嗯……有时候我会忘记锁门。

凯蒂：你今晚没给我打电话吗，道恩？

道恩：天哪，没有！我没给任何人打电话！我一直围着贾斯汀转。他不停地要吃织物柔顺剂！然后他睡着了，我坐在这里，心想我等着比尔的电影开场的时候可以听一会儿音乐，然后我就睡着了——

听到她说起电影，比尔明显地惊了一下，他看了一眼那本书，然后看了看表。

比尔：我答应了杰夫要帮他录那部电影。嘿，凯蒂，我们该回去了。

凯蒂：再等一会儿。

她拿着电话拨号。

道恩：天哪，比尔，你觉得杰杰这么大适合看那个吗？

比尔：都是电脑特效。用的都是血袋。

道恩：（困惑但亲切）哦，那还挺不错的。

室内：凯蒂，特写。

丹尼斯：（隔着电话）您好？

凯蒂：你们可能想知道，道恩姨妈没事。

丹尼斯：（隔着电话）哦！太好了！谢谢你，妈妈。

室内：电话角，丹尼斯和其他两个孩子。

他看起来如释重负。

丹尼斯：道恩姨妈没事。

室内：车，比尔和凯蒂。

他们安静地开了一会儿车。

凯蒂：你在想我是一个歇斯底里的傻子，对吗?

比尔：（很惊讶）没有！我也很害怕。

凯蒂：你确定你没有生气?

比尔：我也觉得放下心来了。（大笑）她是个健忘的人，老道恩，但是我喜欢她这一点。

凯蒂：（靠过来亲吻他）我爱你。你是个体贴的男人。

比尔：我是鬼怪！

凯蒂：我可不傻，亲爱的。

室外：车驶过摄像头。我们调转方向——

室内：杰夫，躺在床上。

他的房间黑漆漆的。被子一直拉到下巴处。

杰夫：你保证你会录剩下的？

镜头变宽，我们可以看到比尔坐在床上。

比尔：我保证。

杰夫：我超级喜欢那个死去的家伙把朋克摇滚歌手的头扯下来的部分。

比尔：呃……他们曾经把所有的血袋都扯了出来。

杰夫：什么，爸爸？

比尔：没什么。我爱你，杰夫。

杰夫：我也爱你，兰博也是。

杰夫举起一只毫无攻击性的玩偶龙。比尔亲了亲这只龙，然后又亲了亲杰夫。

比尔：晚安。

杰夫：晚安。（比尔走到门口的时候）我很高兴道恩姨姨没事。

比尔：我也是。

他走出房间。

室内：电视，特写。

一个看起来像在电影拍摄前两周死于车祸的家伙（从那以后他经历了很多炎热的天气）正摇摇晃晃地走出地下室。镜头变宽，拍摄到比尔，放开了录像机的暂停按钮。

凯蒂：（声音）好了——好了。

比尔友好地环顾四周。镜头扩大了，凯蒂穿着性感的睡衣。

比尔：你也晚安。我错过了暂停之后大概四十秒的镜头。我必须亲吻兰博。

凯蒂：你确定你没有生我的气，比尔？

他向她走去，亲吻她。

比尔：一点都没有。

凯蒂：我当时几乎可以肯定是我的家人。你明白我的意思吗？我的家人？

比尔：明白。

凯蒂：我可以听到呜咽声，如此失落……如此心碎。

比尔：凯蒂，你有没有遇到过这种情况，你在街上认出一个人，叫了她，但当她最终转过身来时，却是一个陌生人？

凯蒂：是的，遇到过。是在西雅图。我在一个商场，我觉得我看到了以前的室友。我……哦。我明白你的意思了。

比尔：当然。有外貌很像的人，也有声音很像的人。

凯蒂：但是……我们了解自己的家人。至少在今晚之前我是这么想的。

她把脸颊放在他肩上，看起来很困扰。

凯蒂：我当时真的确定她是波莉……

比尔：因为你一直很担心她在新学校遇到麻烦……但是从她今晚给你讲的事情判断，我得说她在那个地方过得还不错。你觉得呢？

凯蒂：是的……我想我也这么觉得。

比尔：别想了，亲爱的。

凯蒂：（仔细地看着他）我真讨厌看到你这么累。快点，你想个点子。

比尔：嗯，我正努力呢。

凯蒂：去睡觉吗？

比尔：等我给杰夫录完电影。

凯蒂：（被逗笑了）比尔，那个是日本技术人员造的机器，日本人做事，考虑很周全。它会自己运行的。

比尔：是的，但是我很久没看过了，而且……

凯蒂：好的。好好看。我觉得我过会儿才会睡着。（停顿）我自己想到了几个点子。

比尔：（微笑）是吗？

凯蒂：是的。

她往外走，露出了很长一截腿，然后在门口转身，突然她想到了另外一个点子。

凯蒂：如果他们展示了那个朋克摇滚歌手脑袋的部分——

比尔：（歉疚状）我要剪辑了。

凯蒂：晚安。再次谢谢你，为一切。

她离开了。比尔坐在椅子上。

室内：电视，特写。

一对情侣在车里亲热。突然，乘客这边的门被那个死人撞开了，情景叠化为：

室内：凯蒂，躺在床上。

房间很黑。她睡着了。她醒来了……但还不是很清醒。

凯蒂：（困倦状）嘿，大家伙——

她伸手去摸他，但他那一侧的床是空的，被单还拉着。她坐起身来。看着：

室内：床头柜上的钟，凯蒂的视角。

上面显示凌晨2:03，然后闪了一下变成2:04。

室内：凯蒂。

她现在完全清醒了，而且很担心。她起身，穿上睡袍，走出卧室。

室内：电视机屏幕，特写。

闪着雪花。

凯蒂：（声音，渐近）比尔？亲爱的？你还好吗？比尔？比——

室内：凯蒂，比尔的书房。

她僵住了，惊恐地睁大眼睛。

室内：比尔，在他的椅子上。

他倒向一边，眼睛紧闭，手放在衬衣里。之前道恩是睡着了，但比尔不是。

室外：棺材，正被放入坟墓。

牧师：（声音）如此，我们将威廉·韦德曼的遗体安葬在地下，告慰他的精神和灵魂。节哀，同胞们……

室外：坟墓边。

韦德曼家所有的人都围在这里。凯蒂和波莉穿着同样的黑色裙子，戴着黑色面纱。康妮穿着一条黑色裙子和一件白色衬衫。丹尼斯穿着黑色西装。杰夫正在哭泣。他抱着那只叫兰博的玩偶龙，这让他感觉好受一点。

镜头移向凯蒂。

眼泪顺着她的脸颊慢慢流下来。她弯下腰，抓起一把土，把它扔进坟墓。

凯蒂：我爱你，大家伙。

室外：杰夫。

哭泣。

室外：镜头向下对着坟墓。

散落在棺材上的泥土。

情景叠化为——

室外：坟墓。

一名墓地管理员把最后一块草皮拍到坟墓上。

墓地管理员：我妻子说她真希望您在心脏病发作前多写几部作品，先生。（停顿）我自己也喜欢西部片。

墓地管理员吹着口哨走开了。

情景叠化为——

室外：一个礼拜日。

字幕卡：五年后。

正在演奏《婚礼进行曲》。波莉长大了，看起来容光焕发，而且很开心，她出现在一阵如雨点般掷向她的大米中。她穿着结婚礼服，她的新婚丈夫就在身边。

参加庆典的人把米扔到路的两边。其他人跟随新娘和新郎进来。其中有凯蒂、丹尼斯、康妮、杰夫……所有人都年长了五岁。凯蒂旁边是另外一个男人。他叫汉克。在这五年间，凯蒂也再婚了。

波莉转向她母亲。

波莉：谢谢您，妈妈。

凯蒂：（哭泣）哦，宝贝，我甘之如饴。

她们拥抱在一起。过了一会儿，波莉松开了，看向汉克。有一点紧张，然后波莉也拥抱了汉克。

波莉：也感谢您，汉克。我很抱歉，这几年我一直是个讨厌鬼……

汉克：（轻松地）你从来都不是，波儿。一个女孩只有一位父亲。

康妮：扔捧花！扔捧花！

过了一会儿，波莉把她的捧花扔了出去。

室外：宴会，特写，镜头缓慢移动。

捧花在空中翻转。

情景叠化为——

室内：书房，凯蒂。

放文字处理器的地方现在放了一盏大灯，下面是一堆蓝图。书封已被建筑物的照片所取代。可能是汉克脑海中首先闪现的灵感。

凯蒂看着书桌，沉思着，觉得有点感伤。

汉克：（声音）准备睡了吗，凯特？

她转身，镜头变宽，汉克出现在镜头中。他在睡衣外面还穿着睡袍。她走过去，给了他一个拥抱，微笑着。也许我们注意到她头发上有几缕白发；自比尔去世后，她那匹漂亮的小马驹就一直在奔跑。

凯蒂：再等一会儿。你知道的，一个女人见证她的第一个孩子结婚，这可不是每天都有的事。

汉克：我知道。

当他们从书房的工作区域走到休闲区域时，镜头一直跟着他们。这里和过去差不多，有一张咖啡桌、音响、电视、沙发和比尔旧时的安乐椅。她看着椅子。

汉克：你仍然很想念他，对吧？

凯蒂：有些日子分外想念。你不知道，波莉也不记得。

汉克：（温柔地）记得什么，宝贝？

凯蒂：波莉是在比尔去世五周年忌日那天结婚的。

汉克：（抱住她）去睡觉，好吗？

凯蒂：再等一会儿。

汉克：好的。我暂时还不会睡着。

凯蒂：你有灵感了，对吗？

汉克：大概。

凯蒂：那很好。

汉克亲吻了凯蒂，然后离开了，关上门。凯蒂坐在比尔旧时的椅子上。旁边的咖啡桌上放着一台电视遥控器和一部电话分机。凯蒂看着空白的电视，镜头移到她的脸上。一滴泪珠挂在眼眶中，泫然欲滴，像蓝宝石一样闪闪发光。

凯蒂：我真的还在思念你，大家伙。很想很想。每一天都想。你知道吗？我很伤心。

眼泪落下。她拿起电视遥控器，按下开机按钮。

室内：电视，凯特的视角。

一个金厨刀具的广告结束了，取而代之的是一个星星的标志。

广播员：（声音）欢迎回到63频道，每周四晚间星光电影……《鬼吻》。

星星标志叠化为一个看起来像是在电影拍摄前两周死于车祸、之后又一连数日被放在炎热天气中的家伙。他摇摇晃晃地从相同的废旧地窖里走出来。

室内：凯蒂。

凯蒂受惊了——几乎是被吓到了。她按下了遥控器上的关机键。电视闪了一下，关掉了。

凯蒂的面色慢慢恢复正常。她正在与即将来临的情感风暴做斗争，但碰巧看到这部电影只是她一生中最痛苦的日子之一。感情的大坝决堤了，她开始抽噎……特别伤心。她伸手去够椅子旁边的小桌子，想把遥控器放在上面，却不小心把电话撞到了地板上。

声音：电话开放线路的“嗡嗡”声。

她看着电话，泪痕斑斑的脸突然一动不动。有某种东西开始填满它……一个想法？一种直觉吗？很难说。也许这并不重要。

室内：电话，凯蒂的视角。

镜头开始进入大特写……一直移动到脱钩的话筒上面的小点变得像裂缝。

开放线路的“嗡嗡”声变大。

镜头进入黑暗……然后听见……

比尔：（声音）你在给谁打电话？你要给谁打电话？如果不是太晚的话，你会给谁打电话？

室内：凯蒂。

现在她脸上有一种心醉神迷的奇怪表情。她伸手抓起电话，拨了一串数字，似乎是随意按的。

声音：电话铃响了。

凯蒂仍然是一副心醉神迷的样子，一直到有人接电话……她听到了电话的另一端是她自己的声音。

凯蒂：（声音，隔着电话）你好，这里是韦德曼家。

凯蒂——现在已经鬓染霜雪的凯蒂——又开始抽泣，然而她的脸上流露出孤注一掷的希望的表情。在某种程度上，她明白她的悲痛之深让她可以通过电话穿越时空。她想说话，想把话说出来。

凯蒂：（抽泣）带……请带……带……

凯蒂，在电话角，重复。

这是五年前。比尔站在她旁边，看起来很担心。杰夫想去其他房间找一盘空白录像带。

凯蒂：波莉？怎么了？

室内：凯蒂，在书房。

凯蒂：（抽泣）请——快点——

声音："咔嗒"一声电话挂断了。

凯蒂：（尖叫）带他去医院！如果你还想让他活着，带他去医院！他的心脏病就要发作了！他——

声音：电话开放线路的"嗡嗡"声。

慢慢地，极缓地，凯蒂挂了电话。然后过了一会儿，她又拿起电话。她大声说话，没有任何自我意识，可能都不知道自己在做什么。

凯蒂：我拨了旧号码。我拨了——

画面突然切到——

室内：比尔，在电话角，凯蒂站在他旁边。

他刚把电话从凯蒂手里拿过来，正和接线员说话。

接线员：（插入，咯咯直笑）我保证我不会把它给别人的。

比尔：号码是555——

画面突然切到——

室内：凯蒂，坐在比尔旧时的椅子上，特写。

凯蒂：（接上说完）——4408。

室内：电话，特写。

凯蒂颤抖的手指小心翼翼地拨出了号码，我们听到了对应的音调：555–4408。

室内：凯蒂，坐在比尔旧时的椅子上，特写。

电话铃响时，她合上眼睛，脸上的表情混合着痛苦的希望和恐惧。如果她还有机会通知这个重要的信息……只需要再给一次机会。

凯蒂：（低声）求你……求你……

已经录好的声音：（隔着电话）您拨的号码是空号。请挂机，重新再拨。如果您需要帮助——

凯蒂又挂了电话，眼泪顺着她的脸颊滑下。摄像机下移，对着电话。

室内：电话角，凯特和比尔，重复。

比尔：所以那就是个恶作剧。或者是谁哭得太厉害了，拨错了号码……就像我们老话常说的，“透过模糊泪眼”。

凯蒂：那不是恶作剧，也不是拨错了号码！一定是我们家族的某一个人。

室内：凯蒂（现在的），在比尔的书房中。

凯蒂：是的。我家族的一员。很亲近的人。（停顿）就是我自己。

她突然把电话扔到房间的另一头，然后又开始呜咽起来，用手捂着脸。镜头在她身上停留了一会儿，然后移动式摄影车穿过去。

室内：电话。

它躺在地毯上，看上去既平淡无奇又有些不祥。镜头转为特大镜头——听筒上的洞又一次像个巨大的黑色裂缝。然后我们拿起来。

淡出为黑色。

The Ten O'Clock People

十点民族

I

皮尔逊想尖叫，但是他震惊得叫不出声来，他只能发出一声低沉、滞涩的呜咽，像一个男人在睡梦中的呻吟声。他深吸一口气，想再试一次，但他还没开始，一只手就像钳子一样，用力抓住了他的左臂，刚好捏在肘部上方。

“这是个错误。”这个声音的主人说，音量只比耳语高一点，而且是直接对着皮尔逊的左耳说的，“一个糟糕的错误。相信我，它会是个错误。”

皮尔逊环顾四周。这个让他渴望——不，是需要——尖叫的东西，现在消失在银行里面了，令人惊讶的是，皮尔逊没有受到任何阻碍，他发现自己可以环顾四周了。一个相貌英俊、穿着米色西服的年轻黑人一把抓住了他。皮尔逊不认识他，但是对方认出了他；他一眼就能认出大部分奇怪的亚族人，他把他们称为“十点民族”……就像，他猜想，他们也能认出他一样。

这个相貌英俊的年轻黑人正警惕地看着他。

“你看到了吗？”皮尔逊问道。这话说出来像是一种令人心烦的尖厉哀鸣，完全不同于他平时那种自信的语气。

当他确定皮尔逊不会发出一阵狂乱的尖叫声，震撼波士顿第一商业银行门前的广场时，这个相貌英俊的年轻黑人才放开了他的胳膊。皮尔逊立刻伸出手抓住了对方的手腕，仿佛他离开这个男人的爱抚就不能生活。这位英俊的年轻黑人男子没有试图抽离，只是低头看了皮尔逊的手一会儿，然后又抬头看了看他的脸。

“我是说，你之前看到了吗？太可怕了！即使那是化的妆……或者是什么人戴着某种面具开玩笑……”

但那不是化的妆，也不是面具。那个穿深灰色安德烈·西尔西服和价值五百美元鞋子的家伙离皮尔逊很近，近到几乎触手可及（但愿不会，他感到一阵厌憎无助的恐惧），而且他知道那不是化的妆，也不是面具。因为这个巨大突起物（皮尔逊猜想那是他的头）上的肉在抽动，不同的部位朝着不同的方向抽动，就像环绕着某个巨大行星的奇异气体带。

这个相貌英俊、穿着米色西服的年轻黑人说：“朋友，你需要——”

“那是什么？”皮尔逊打断他，“我这辈子都没见过这种东西！他就像是你在杂耍中看到的东西。我也不知道该怎么说！或者……或者……”

他的声音仿佛不再是从他脑子中通常的部位发出来的，而似乎是从他上方的某个地方飘下来的——就好像他掉进了陷阱或者地缝里一样，那个令人心烦的尖厉声音属于另一个人，一个居高临下地对他说话的人。

“听着，我的朋友——”

还有别的事。就在几分钟前，皮尔逊从旋转门里走出来，指间夹着一支没有点燃的万宝路香烟，当时天色阴暗——事实上，仿佛就要下雨了。现在不仅天色晴朗，而且简直晴朗得过了分。在离那幢大楼五十多英尺的地方站着一位漂亮的金发女郎（她正在一边抽烟，一边读一本平装书），她的红裙子十分引人注目，就像狂响着的火警警铃；路过的快递员的黄色衬衣十分刺目，就像黄蜂的倒刺。人们的脸十分突出，就像他女儿珍妮最喜欢的立体书中的人物。

而且他的嘴唇……他感受不到自己的嘴唇。它们已经麻木了，感觉就像注射了大量奴佛卡因一样。

皮尔逊看向那个相貌英俊、穿着米色西服的年轻人，说："这很荒谬，但是我觉得我要晕倒了。"

"不，你不会的。"年轻人说，而且他的声音是如此笃定，皮尔逊都相信他了，至少暂时信了。年轻人又一次抓住皮尔逊的胳膊肘上方，但这次轻得多。"过来这里——你需要坐坐。"

银行前面宽阔的广场上，散布着一些大概三英尺高的圆形大理石安全岛，每一个安全岛上都栽种着不同的夏末秋初季节的花卉。大部分高级花盆边缘都坐着十点民族的人，其中有些在阅读，有些在聊天，有些看着商业街人行道上如织的人潮，但正是这些事情把他们塑造成十点民族，皮尔逊自己下楼到外面来也是做这些。靠皮尔逊和他刚认识的人最近的大理石安全岛上种着紫菀，现在皮尔逊高度敏感，这些紫色显得异常光彩夺目。圆形的安全岛边缘空着，可能是因为已经过了十点，人们开始往室内去了。

"坐会儿。"这个穿着米色西服的年轻黑人邀请道。尽管皮尔逊尽了最大的努力，但他最后坐下的样子更像是摔倒，而不是坐下。他站在种着红褐色花卉的大理石安全岛旁边，然后有人弄了他的膝盖一下，他一屁股坐在地上。很重。

“弯腰。”年轻男子说，也在旁边坐下了。在整个邂逅的过程中，他脸上都带着高兴的神色，但是他的眼神却毫无喜色。他的目光在广场上穿梭。

“为什么？”

“让血液回到你的大脑。”这个年轻的黑人说，“但别像那样做！弯腰，就像你在闻花香一样。”

“看起来像在冲着什么人弯腰？”

“照做就好，好吗？”年轻人的声音中闪过一丝不耐烦。

皮尔逊探着头，深呼吸。他发现，这些花朵并不如它们看起来的那样好闻——它们和杂草的气味混合着，略带狗尿的味道。尽管如此，他还是认为他的头脑可能清醒了一点点。

“开始念州名。”黑人命令道。他跷起二郎腿，还抖了抖裤子，以免弄皱，然后从内袋里面拿出一包云斯顿香烟。皮尔逊发现自己的香烟不见了，可能是在他一开始被震惊的时候弄丢了，那时候他看到那个怪物穿着昂贵的西装，穿过广场的西侧。

“州名。”他的声音有点茫然。

这个年轻的黑人点了点头，拿出一个打火机。这个打火机可能比它乍看起来要贵一点，他点燃香烟，建议道：“从我们所在的州开始，然后往西边数。”

“马萨诸塞州……纽约，我猜的……或者是佛蒙特州，如果你从北边开始……新泽西州……”他坐直了一点，然后自信满满地开始数了，“宾夕法尼亚州，西弗吉尼亚州，俄亥俄州，伊利诺伊州——”

黑人挑眉道：“什么？西弗吉尼亚州？你确定？”

皮尔逊微微一笑：“相当确定。不过我可能把俄亥俄州和伊利诺伊州搞反了。”

黑人耸了耸肩，表示这不重要，然后微笑道：“不过你现在不会感觉要晕倒了——我看得出来，这才是重要的。抽烟吗？”

“谢谢你。”皮尔逊感激地说。他不光想抽烟，他还感觉自己需要抽烟。“我本来有烟，不过弄丢了。你叫什么名字？”

黑人往皮尔逊嘴唇间塞了一支云斯顿，然后点燃。“达德利·莱因曼。你可以叫我杜克。”

皮尔逊深深地吸了一口烟，朝旋转门望去，第一商业银行所有阴郁沉闷的阴影都打在那扇旋转门上。他问道：“那不只是幻觉，对吧？我看到的东西……你也看到了，对吗？”

莱因曼点点头。

“你不想让他知道我看见他了。”皮尔逊说。他的语速很慢，努力让自己表达清楚。他的声音已经恢复成平时的样子，单单这一点就让他松了一口气。

莱因曼又点点头。

“可是我怎么可能看不见他呢？他怎么会不知道呢？”

“你见过还有谁像你一样？你那样喊，都要中风了。”莱因曼问道，“你还见过有谁像你一样，说来听听？”

皮尔逊慢慢摇头。他现在不光感觉很害怕，还觉得失魂落魄。

“我尽可能挡在你和他之间了，而且我觉得他没有看到你，但要是再等片刻，他就看见了。你看起来就像个刚刚看到一只老鼠从肉饼里爬出来的人。你是抵押贷款部的，对吗？”

“哦，对——布兰登·皮尔逊。抱歉。”

“我是计算机服务部的。没事的，看到你人生中第一个蝙蝠人，吓成这样很正常。”

杜克·莱因曼伸出手，皮尔逊握了握，但是他基本上心不在焉。这个年轻人说，看到你人生中第一个蝙蝠人，吓成这样很正常。皮尔逊抛弃了脑海中最初的在哥谭市的塔尖之间穿梭的蝙蝠侠形象之后，就发现

“蝙蝠人”不再是个不好的词了。他还有其他的发现：能给你害怕的东西起个名字，真是太好了。这并不能消除恐惧，但它特别有助于把恐惧变得可控。

现在他在刻意回想自己看到的东西，想着蝙蝠人，他是我看到的第一个蝙蝠人，就像那个人一样。

他走过旋转门的时候，心里只想着一件事情。他每次十点下楼的时候，总是想着这件事情——尼古丁第一次冲击他的大脑时，那感觉真是太好了；这就是他独有的护身符或者文身图案。

他首先注意到的是，自他八点四十五分进来以后，天色变得更暗了。他还在想：今天下午我们要在瓢泼大雨中抽烟了，我们这群该死的家伙。当然，一点小雨不能阻止他们，十点民族如果不执着，就什么都不是。

他总是记得扫一眼广场，快速看看都有哪些人——他扫得太快了，几乎是无意识的。他见过那个穿红裙子的女郎（像往常一样，他又在想，长得那么漂亮的人，穿麻袋也会好看吧）；那个爵士乐风格的年轻看门人是三楼的，他在厕所和小吃店拖地时会反戴着帽子；头发雪白、脸颊上长着紫癍的老人；戴着厚镜片眼镜的年轻女人的脸庞很窄，留着直直的黑色长发。他还见过许多能隐约认出来的人。当然，其中有一个就是那个相貌英俊、穿着米色西服的年轻黑人。

如果蒂米·弗兰德斯在旁边，皮尔逊可能会和他一起；但是他不在，所以皮尔逊移步到了广场的角落，想坐到大理石安全岛上（事实上，就是他现在坐着的那个）。到了那儿，他就有一个很好的视角，可以揣摩红裙女郎的腿的长度和曲线了——这当然是一种廉价的刺激，却是举目便可得的。他是个已婚男人，深爱着妻子和女儿，从来没有想过要出轨。但随着他年逾不惑，他发现自己血液里有某种按捺不住的冲动，就像海怪一样。他不知道还有哪个男人能忍住不盯着这样一位红裙女郎看，心里不去想这个女人是不是穿着配套的内衣。

当那个新到的人拐过这幢建筑，登上广场台阶时，他几乎都没怎么动过。皮尔逊的眼角瞥见有东西在动，在一般情况下，他是不会在意的——他刚才一直在看那条红裙子，又短又紧，鲜亮得像消防车的车厢。但是他看了，因为哪怕他只是眼角扫过，哪怕他脑海里还想着其他事情，他都已经注意到这个正在靠近的身影的脸和头不太对劲。于是他转过身来，看了看，只有天知道，他之后将会有多少个夜晚无法入睡了。

鞋子是好鞋；黑灰色的安德烈·西尔西服甚至比鞋子还要好，看上去就像地下室银行保险库的门一样结实可靠；红色的领带很醒目，但又不突兀。这一切都很好，典型的顶级银行家周一早上的着装（而且除了顶级银行家之外，还有谁会在十点钟最先到这个地方来？）。直到你意识到你要么疯了，要么在看连《世界图书百科全书》都没有收录词条的东西。

皮尔逊在想，但是他们为什么不跑呢？这时候一滴雨落在他的手背上，然后又有一滴落在他吸了一半的干净的白色烟卷上。他们应该尖叫着逃跑，就像在五十年代那些怪物电影中的人躲避巨型虫子那样。然后他想，不过那时候……我也没逃跑。

的确如此，但现在情况不一样。他没有跑，因为他已经僵住了。不过他尝试过尖叫，只是在他的声带恢复正常之前，他的新朋友阻止了他。

蝙蝠人。你看到的第一个蝙蝠人。

他穿着本年度最合意的商务西服，系着红色苏卡尔领带，肩膀上赫然长着一个巨大的灰棕色的头颅——不圆，但就像一整个夏天都在遭受打击的棒球一样畸形。黑色的线条——可能是血管，呈现着毫无地图意义的曲线状，在头骨的皮肤下面跳动；而且应该长着脸的部位却没有脸（无论如何，和人类不一样），而是覆盖着突起物，肿胀着，像有了一点自我意识的肿瘤一样颤动着。他的五官特征还十分原始，像是被拼凑在一起——扁平的黑色眼睛从脸中间贪婪地瞪着，特别圆，就像鲨鱼或某种肿胀的昆虫的眼睛；畸形的耳朵没有耳垂和耳廓。他也没有长鼻子，至少皮尔逊看不出来，尽管有两根獠牙状的突出物从眼睛下面的多刺乱毛中伸出来。这个东西脸上面积最大的就是嘴——像是一弯巨大的黑色新月，周围长着三角形的牙齿。皮尔逊后来想，对一个长着那样一张嘴巴的动物来说，狼吞虎咽都将是一件神圣的事。

皮尔逊盯着这个可怕的怪物，脑中冒出的第一个念头是：这个怪物就是《象人》中的那个角色——那个幽灵提着一个细长的巴利公文包，指甲修剪得很漂亮。但他现在意识到，这个怪物根本不像那部老电影中的畸形人，畸形人本质上仍是人类。杜克·莱因曼的描述更准确：他觉得这种怪物的黑色眼睛和翘起的嘴巴，会让人联想起那种毛茸茸、吱吱叫的生物——它们晚上吃苍蝇，白天垂着头挂在黑暗的地方。

但这些都不是皮尔逊发出第一声尖叫的原因，当那个穿安德烈·西尔西服的生物从他身边走过，那虫子似的明亮眼睛盯着旋转门时，他就想尖叫了。那一刻是皮尔逊离那个生物最近的时候。就是在那时候，皮尔逊看到了那肿瘤似的脸，脸上长满了斑驳粗糙的毛发，不知怎的，那张脸好像还在毛发下面移动。他不知道怎么会发生这样的事，但是的确发生了——他是看着它发生的，看着这个男人的皮肉在凹凸不平的头骨弧线上蠕动，在他的下颌骨粗藤状的曲线上起伏着。他还瞥见了一些可怕的、生肉一样的粉红色物质，他甚至不愿意去想……但是现在他想起来了，他似乎没办法不去想。

雨点越来越密集，落在他的手上和脸上。莱因曼坐在他旁边大理石弯曲的边缘上，他最后吸了一口烟，扔掉烟头，然后站起来说："走吧，开始下雨了。"

皮尔逊瞪大眼睛看着他，又看向银行。穿着红裙子的金发女郎也进去了，她把书夹在胳膊下面。她后面紧紧地跟着之前的那群人（那群人也密切地观察着她），他们都有着大亨般精致的白色头发。

皮尔逊眨着眼睛看向莱因曼说："去那里面吗？你没开玩笑吧？那个东西也进去了！"

"我知道。"

"你想听一点疯狂的事情吗？"皮尔逊问道，把烟头丢开。他不知道现在该去哪里了，回家吧，他想着；但他知道有一个地方是坚决不能去的，那就是波士顿第一商业银行。

"当然。"莱因曼表示赞同，"为什么不呢？"

"那东西看起来特别像我们那位备受尊敬的首席执行官，道格拉斯·基弗……除了头部不像。他们对西装和公文包还有相同的品位。"

"多令人惊讶啊！"杜克·莱因曼说。

皮尔逊心神不安地打量着他："你是什么意思？"

"我觉得你已经知道了，但是鉴于你这个上午过得太不容易了，我还是明说了吧。那就是基弗。"

皮尔逊惊疑地微笑着。莱因曼没有笑。他起身，抓住皮尔逊的手臂，然后把这个老男人拉近，直到他们的脸只相隔几英寸。

"我刚刚救了你的命。你相信吗，皮尔逊先生？"

皮尔逊想了一下，发现确实是。那张有着黑色眼睛以及挤成一团的牙齿的怪异的蝙蝠脸，像照明弹一样在他的脑海中挥之不去。"是的，我想我相信。"

"那好，我告诉你三件事情，向我保证你会认真听——你会吗？"

"我——好，我保证。"

"第一件事：那就是道格拉斯·基弗，波士顿第一商业银行的首席执行官，市长的密友，而且顺便一提，还是现在的波士顿儿童医院筹资机构的荣誉主席。第二件事：至少还有三个蝙蝠人在银行里工作，其中一个就在你的那一楼层。第三件事：你必须回到里面。如果你还想活下去，就必须回去。”

皮尔逊目瞪口呆地看着莱因曼，一时说不出话来——即使他努力，也只能发出更多模糊的呜呜声。

莱因曼抓着皮尔逊的手肘，拉着他向旋转门走去。“来吧，朋友。”莱因曼说，声音异常轻柔，“真的开始下雨了。如果我们还待在这里，就会引起别人的注意了，我们这个职位的人可承受不起。”

一开始皮尔逊和莱因曼一起走，然后又想到那东西头上一坨坨黑色管状物是如何跳动和弯曲的。这一景象使他在旋转门外突然停了下来。广场光滑的地面已经潮湿得足以映出布兰登·皮尔逊的影子了，一个闪光的倒影悬在他的脚后跟上，像一只颜色不同的蝙蝠。“我……我觉得我办不到。”他结结巴巴地说，低声下气。

“你可以的。”莱因曼说。他朝皮尔逊的左手瞥了一眼，“结婚了，我猜——有孩子了？”

“有一个，是个女儿。”皮尔逊看向银行的大厅。旋转门上的偏光镶嵌玻璃板让他们后面的大房间看起来很暗。*像个洞穴，他想，一个蝙蝠洞，里面全是半盲的疾病携带者。*

“你想让你的妻子和孩子明天在报纸上看到，警察把被割断喉咙的爸爸拖出波士顿港的新闻？”

皮尔逊瞪大眼睛看着莱因曼。雨点打在他的脸颊上，也打在他的前额上。

莱因曼说：“他们会把事情办得像瘾君子所为，而且这一招很管用，总是很管用。因为他们很聪明，也因为他们有一些高层的朋友。见鬼，他们自己的地位就很高。”

“我不明白你在说什么。”皮尔逊说，“你说的我都听不懂。”

“我知道你不懂。”莱因曼回答道，“你现在的处境很危险，所以照我说的做。我要跟你说的是，趁没人找你，赶紧回到你的办公桌前，然后带着微笑度过剩下的一天。微笑，我的朋友——不管多谄媚，都别让微笑消失。”他犹豫了一下，然后又补充了一句，“如果你搞砸了，可能今天就是你的死期了。”

雨水在年轻人光滑黝黑的脸上留下了一条条明亮的痕迹，皮尔逊突然注意到一直都存在的事情，之前只是因为太震惊而没有注意到：这个人吓坏了，为了不让皮尔逊掉进可怕的陷阱，他冒了很大的风险。

“我真的不能再待在这里了。”莱因曼说，“太危险了。”

“好的。”皮尔逊说，有点惊讶地发现自己的声音恢复正常了，“那我们回去工作吧。”

莱因曼看起来松了一口气。“好样的。今天接下来的时间里，你不管看到了什么，都不要表现出惊讶。你明白吗？”

“明白。”皮尔逊说。其实他什么都不懂。

“你能早点完成工作，在大约三点的时候离开吗？”

皮尔逊想了想，然后点头道：“可以，我想我做得到。”

“好，我们在牛奶街的角落见。”

“没问题。”

“你做得到的，老兄。”莱因曼说，“你会好好的，我们三点见。”他进了旋转门，推了一下门。皮尔逊进了他身后的一个隔间，觉得自己不知怎么的把心思落在了广场上……全副的心思，除了想再抽一支烟之外。

时间慢慢流逝，但是一切都很正常，直到他和蒂姆·弗兰德斯吃完午饭（还抽了两支烟）回来。他们走出三楼的电梯，皮尔逊首先看到的是另一个蝙蝠人……不过这是个女蝙蝠人，她穿着黑色漆皮高跟鞋，黑色尼龙长筒袜，一套气场强大的丝绸粗花呢套装——皮尔逊猜测她是萨缪尔·布鲁。完美有力的装扮……直到你看到她像变异的向日葵一样点着头。

“你们好呀，先生们。”一个甜美的女低音从兔唇后面的某个地方传来，那就是她的嘴巴。

是苏珊娜·霍尔丁，皮尔逊想，不可能是她，但确实就是她。

“你好，苏珊[1]小可爱。”他听到自己这么说，他想：如果她靠近我……想碰一碰我……我会尖叫的。我没办法控制住，不管那个人跟我说了什么。

“你还好吗，布兰？你看起来脸色发白。”

“可能有点着凉了，我猜。”他说，很惊讶自己的声音如此自然从容，“不过我觉得我很快就会好。”

“太好了。”苏珊娜·霍尔丁的声音从那张蝙蝠脸和那团诡异地活动着的肉后面传出来，“不过在康复之前不要做法式深吻——实际上，不要对着我呼吸。那个日本人周三就要来了，我可不能生病。”

没问题，甜心——没问题的，你相信我。

“我会努力控制住的。”

“谢谢你。蒂姆，请你到我办公室来一趟，看几份电子表格摘要，好吗？”

蒂米·弗兰德斯伸出一只手臂，搂住了“萨缪尔·布鲁”那套性感整齐的套装的腰线部位，就在皮尔逊错愕的视线之下，蒂米弯下腰，在那个东西长满了坏死的肿瘤和毛发的脸颊的一侧轻轻吻了一下。皮尔逊想，蒂米就是在那里看到了她的脸，他感觉自己的神志突然就没了，就像油腻的缆绳在绞盘上打滑一样。光滑细腻、芳香扑鼻的脸颊——那才是蒂米看到的东西。好吧，他以为他在亲什么呢！我的天，我的天！

“好啊！”蒂米大呼，对那个生物微微行了一个骑士礼，“亲爱的女士，

[1] 本页的“苏珊”“布兰”和“蒂姆”分别是“苏珊娜”“布兰登”和“蒂米”的昵称。

给我一个吻，我就是你的奴仆。”

他朝皮尔逊眨了眨眼睛，开始带着怪物朝她办公室的方向走去。当他们经过饮水机时，他放下了搂在她腰间的胳膊。这个短暂而又毫无意义的雄孔雀向雌孔雀献殷勤的动作——在过去十年间莫名其妙发展起来的一种礼仪，适用于女老板和男助理——现在已经表演完了，而且他们作为性关系上的平等伙伴离皮尔逊而去，除了枯燥的数字之外什么都不谈。

皮尔逊转过身去，心不在焉地想着：*不可思议的分析，布兰，你应该成为一名社会学家*。而他差点就成了社会学家——毕竟他大学辅修过这门课。

当布兰登进入自己的办公室的时候，他发现自己浑身都是黏腻腻的汗。皮尔逊忘掉了社会学的事，开始等待三点的到来了。

两点四十五分，他鼓起勇气，进入苏珊娜·霍尔丁的办公室。她的头像颗怪异的小行星，歪向她电脑的蓝灰色屏幕。不过在示意敲门时，她四下看了看，那张怪异的脸上的肉不停地往下滑，漆黑的眼睛盯着他，冷冰冰的，贪婪得就像鲨鱼盯着游泳者的腿。

“我已经把公司四地保险代理的工作交给巴斯·卡斯泰尔斯了，”皮尔逊说，“如果可以的话，我想把 I–9 表格带回家去做。这是我的备份光盘。”

“亲爱的，这就是你准备擅离职守的委婉说辞吗？”苏珊娜问道。在她那光秃秃的脑壳上，黑乎乎的静脉肿胀起来，难以形容；她五官周围的肿块在颤抖，皮尔逊发现其中一个渗出了一种厚厚的粉红色物质，看起来像沾了血渍的剃须膏。

他挤出一个微笑。“被你发现了。”

“好吧。”苏珊娜说，“我想今天的四点钟狂欢就没有你了。”

“谢谢你，苏珊。”他转过身。

“布兰？”

他又转回来，他的恐惧和厌恶马上就要变成惊慌，让他头脑空白，呆立在那里，突然，他确信那双热切的黑眼睛已经看穿了他，而且那个假扮成苏珊娜·霍尔丁的东西正要说：我们别玩了，好吗？进来，关上门，让我看看你尝起来是不是和你看起来一样美味。

莱因曼会等一会儿，然后独自去他要去的任何地方。皮尔逊想：也许他会知道发生了什么事，也许他以前见过。

"嗯？"他问着，努力微笑。

她以一种审视的眼光盯着他看了很长时间，没有说话，怪诞的头隐现在性感女士的身体上。然后她说："你看起来比下午好一点了。"她的嘴仍然张着，黑眼睛仍然瞪着，脸上的表情就像一个被遗弃在孩子床底下的破烂娃娃。但皮尔逊知道，如果是其他人，只会看到苏珊娜·霍尔丁正对着她的一位初级主管可爱地微笑着，表现出恰到好处的担忧，不完全像大胆妈妈[1]那样，但仍然充满关心，饶有兴趣。

"真好！"他说，又觉得表达得太无力了，"太棒了！"

"如果现在我想让你戒烟呢？"

"呃，我正在努力戒烟。"他说，然后很虚弱地哈哈一笑。精神绞盘周围油腻的缆绳又打滑了。让我走吧，他想着，让我走，你这个可怕的女人，在我做出不容忽视的蠢事之前，让我离开这里。

"你知道，你有自动升级保险的资格。"怪物说。此时，另一个肿瘤的表面裂开来，发出"噗"的声音，更多粉红色的物质开始流出来。

"嗯，我知道。"他说，"我会认真考虑的，苏珊娜。真的。"

"你考虑一下。"她说，然后又回去对着闪着微光的电脑屏幕。他没

[1] 典出布莱希特的戏剧《大胆妈妈和她的孩子们》，该剧的时代背景是17世纪的德国三十年战争，女主人公安娜·菲尔琳，号称"大胆妈妈"，带着两个儿子和一个哑女，拉着货车随军叫卖。

能抓住好运气，愣了一会儿。会面结束了。

到皮尔逊离开这栋大楼的时候，外面下起了倾盆大雨，但是十点民族——当然现在是三点民族了，但并没有本质的区别——仍然出来了，像绵羊一样挤作一堆，做着他们的事情。红裙女郎和那个喜欢戴帽子的看门人正躲在《波士顿环球报》同样潮湿的版面下。他们看上去很不自在，而且身上湿答答的，但皮尔逊还是很羡慕那个看门人。红裙女郎喷了阿玛尼香水，他乘电梯的时候闻到过几次。当然，当她走动时，丝绸裙会发出沙沙声。

你在想些什么鬼？他冷冷地问自己，然后在脑海中回答自己：保持理智，拜托。你可以吗？

杜克·莱因曼站在街角那家花店的遮阳篷下，耸着肩膀，嘴角叼着一支香烟。皮尔逊走过去，瞥了一眼手表，发现对方还可以再等久一点。他还是把头向前探了探，想吸一口莱因曼香烟的味道。他做这件事时是无意识的。

“我上司是他们的成员。”他告诉杜克，“当然，除非道格拉斯·基弗是个喜欢变装的怪物。”

莱因曼恶狠狠地笑了笑，什么都没说。

“你说还有三个，另外两个是谁？”

“唐纳德·法恩。你可能不认识他——他在秘书处。还有卡尔·格罗斯贝克。”

“卡尔……董事长？天哪！！”

莱因曼说：“我告诉过你，这些家伙本身地位就很高——嘿，出租车！”

他从遮阳篷下冲出来，招呼那辆栗色和白色相间的出租车，发现那辆车在一个下着雨的下午出人意料地空着。出租车突然转向他们，地面的积水呈扇形溅开。莱因曼敏捷地躲开了，但皮尔逊的鞋子和裤腿都湿透了。就他目前的状态而言，这似乎不是十分要紧。他为莱因曼开了门，莱因曼溜了进来，飞快地穿过后座。皮尔逊紧随其后，“砰”的一声关上了门。

“去加拉格尔酒吧。”莱因曼说，“直接穿过——”

“我知道加拉格尔在哪里。”司机说，“但是你们要先处理烟，我的朋友，不然我们哪里都去不了。”他轻轻敲了敲夹在计程器上的标志，上面写着：车内不允许吸烟。

这两个人交换了一个眼神。莱因曼半尴尬半粗鲁地耸了耸肩，这大概已经成了自一九九〇年以来，十点民族最主要的部落问候方式了。然后，他把他那才抽了四分之一的云斯顿香烟扔到外面的大雨中，没有反驳半句。

皮尔逊开始跟莱因曼说，电梯门开时，他乍一看到苏珊娜·霍尔丁的本来面目时有多震惊，但是莱因曼皱了皱眉，轻轻摇了摇头，然后拇指朝司机转了转，说：“我们等会儿再说。”

皮尔逊陷入沉默，看着雨痕斑斑的波士顿市中心的高楼大厦从他身边掠过以打发时间。他发现自己几乎完全习惯了出租车污渍斑驳的车窗外的街头景象。他们经过的每一栋商业大楼前都会看到三五成群的十点民族的人，他对这些人尤为感兴趣。有遮蔽物，他们抽烟；没有遮蔽物，他们也抽烟——只是竖起衣领，用手罩住香烟让烟不被淋湿，不管怎样都在抽着。皮尔逊突然意识到，在他们经过的那些市中心豪华高层建筑中，现在有九成都成了禁烟区，与他和莱因曼供职的那个地方一样。他还想到（这让他恍然大悟），十点民族并不是一个新部落，他们是个旧部落的遗老遗少，在政府推行新举措，试图让美国人民完全戒除一种糟糕的旧习之前，他们叛逃了。他们的共同特点是不愿或不能停止自杀，他们是处在一个边缘地带的瘾君子，而这个地带在不断缩小。他认为这是一个外来的社会群体，不会存续很长时间。他猜想，到二〇二〇年，最晚到二〇五〇年，十点民族就会像渡渡鸟一样不复存在了。

哦，该死，等一等，他想，我们只是世上最后一批顽固的乐观主义者，就是这样——如果他们把那该死的挡板取走，我们大多数人也不会系上安全带，愿意坐在球场的本垒后面。

“什么事这么好笑，皮尔逊先生？”莱因曼问道，皮尔逊这才意识到自己正咧嘴大笑。

“没什么，”皮尔逊说，“至少不是什么重要的事。”

“好吧，别把我吓坏就行。”

“如果我让你叫我布兰登，你会不会被吓坏？”

“我想不会。”莱因曼说着，似乎在考虑，“只要你叫我杜克，而且彼此不用宝贝、浑蛋或者其他类似的尴尬称呼就行。”

“我想在这一点上是没有问题的。你想知道一些事情吗？”

“当然。”

“这是我人生中最离奇的一天。”

杜克·莱因曼点头，但是没有回以微笑。“但这还不是最后一天。”他说。

Ⅱ

皮尔逊认为，杜克是凭直觉选了加拉格尔酒吧的——这里和一般的波士顿酒吧不一样，交谈的人比喝酒的人多。这是两位银行职员讨论问题的最佳场所，这些问题可能会让他们最亲近的人对他们的理智产生严重的质疑。这是皮尔逊在电影之外见过的最长的吧台，周围是一大片闪亮的舞池，舞池中三对夫妻正神情恍惚地相互抚慰，就跟马蒂·斯图尔特与特拉维斯·特里特合作专辑《这个人会伤害你》时一样琴瑟和鸣。

酒吧更狭小的正经喝酒区域本来应该挤满了人，但在这条令人惊叹的桃花心木铺就的过道上，顾客之间的距离没有太近，严严实实地保护隐私实际上是可以实现的，他们没有必要在房间昏暗的角落里找一个座位。皮尔逊很高兴。这样很轻松，不用去想象其中一个蝙蝠人，甚至可能是一对蝙蝠人夫妇，坐在（或栖息在）隔壁的隔间里，专注地听着他们的谈话。

这不是他们所谓的拼死一搏吗，老伙计？他想，你肯定没花很长时间就到了，对吗？

对，他想并没有，但是那一刻他不在乎。当他们交谈时或者当杜克说话时，他可以环顾四周，对此他感到很庆幸。

“酒吧还可以吗？”杜克问道，皮尔逊点头。

看起来不像一个酒吧，皮尔逊跟着杜克走到标志下面时想。标志上写着“仅允许在此处抽烟”，不过有两个……就好像回到了五十年代，在梅森－狄克逊线[1]以南的地区，每个餐厅实际上都有两个午餐柜台：一个给白人，一个给黑人。现在和那时比较，你可以看出其中的差别。一个几乎和电影院屏幕一样大的索尼电子产品，俯瞰着禁烟区的中心；在吸烟区，只有一块上了年头的真力时时钟拴在墙上（旁边的标签上写着：大胆地要求赊账吧，我们也会毫不客气地跟你说滚蛋！）。吧台表面比这里更脏——皮尔逊一开始以为这可能只是他的想象，但他再仔细看一下这些脏兮兮的木头，以及上面隐现的重叠的圆环，就能确认这些吧台都是用过去的纵帆船的桅杆打造的。当然，还有一种灰黄的烟草气。他发誓，当他坐下来的时候，它就会从酒吧的凳子上冒出来，就像爆米花从老电影院里的座位上冒出来一样。那台烟渍斑斑的破旧电视机上的新闻广播员似乎因为锌中毒而奄奄一息；那个给吧台更远处的健康人演奏的家伙，看起来随时准备跑上四百米，然后做仰卧推举。

皮尔逊想，欢迎来到公共汽车的后面[2]，他带着一种恼怒且被逗乐的

[1] 美国宾夕法尼亚州与马里兰州、特拉华州之间的分界线，于1763年至1767年由英国测量家查尔斯·梅森和英国测量家、天文学家杰里迈亚·狄克逊共同勘测后确定。美国内战期间成为自由州与蓄奴州的界线。

[2] 原指种族隔离时期，非裔美国人常常只被允许坐在公共汽车的后面。此处借指十点民族所在的区域。

神情看着他的十点民族同胞。哦，好吧，不要抱怨；再过十年，吸烟者甚至将不被允许登机。

“来一支？”杜克问道，也许运用了某种基本的读心术。

皮尔逊看了一眼手表，然后把烟接了过去，同时还从杜克的仿冒高级打火机上借了一下火。他深深地吸了一口，享受着溜进烟斗的烟，甚至享受着他脑袋里轻微的眩晕。当然，这种习惯是危险的，可能是致命的；有什么能让你如此过瘾呢？世界就是这样，仅此而已。

当杜克把烟放回口袋里时，皮尔逊问道：“你呢？”

“我可以再等一会儿。”杜克微笑着说，“上车前我吸了几口。”

“你给自己定量，嗯？”

“嗯。我通常只允许自己在午饭时抽烟，但今天我抽了两支。你吓死我了，你知道吧。”

“我也快把自己吓死了。”

酒保走过来，皮尔逊发现自己被这个男人避开香烟冒出来的细细烟圈的方式迷住了。我怀疑他是否意识到他在做这件事……可是，要是我朝他脸上吹气，我敢打赌他一定会发火，然后修理我。

“先生们，请问需要来点什么吗？”

杜克没有询问皮尔逊就点了塞缪尔·亚当斯啤酒。酒保出去拿酒的时候，杜克转过身来说：“打起精神。现在不是喝酒的好时机，神经绷得太紧也不行。”

皮尔逊点点头，当酒保拿着啤酒回来时，他把一张五美元的钞票扔到柜台上。他深深地吸了一口烟，然后慢慢地吐着。有些人认为饭后抽烟的味道更好，但皮尔逊不同意这种看法；他相信，让夏娃陷入困境的不是苹果，而是啤酒和香烟。

“那你用什么呢？”杜克问他，“戒烟贴？催眠？古老的美国意志力？看看你，我猜是戒烟贴。”

如果杜克是在故作幽默，那它就没有奏效。皮尔逊今天下午一直想抽很多烟。“对，是戒烟贴。”他说，“我用了两年，从我女儿出生之后开始。我透过育儿室的窗户看了她一眼，就下定决心戒掉烟瘾。我才对一个新生儿做了一个为期十八年的承诺，就在一天之内抽了四五十支烟，简直疯狂。”我第一眼就爱上了她。他本来想加上这一句，但是他觉得杜克知道。

“更不用说对你爱人的终生承诺。”

“更不用说对我爱人了。”皮尔逊同意。

“还有诸如兄弟、姻亲、债务人、纳税人和球友之类的人。”

皮尔逊爆出一串大笑，然后点头。“对，你说得对。”

“但不像听起来那么容易，对吧？当你凌晨四点无法入睡时，所有的高贵感都会迅速消退。”

皮尔逊苦笑。“或者当你必须上楼为格罗斯贝克、基弗、法恩和董事会会议室里的其他人做牛做马的时候。我第一次不得不做这些的时候没有抽烟……老兄，太难了。”

“但至少有一段时间你完全戒掉了。”

皮尔逊看了看杜克，对他的这种先见之明有点吃惊，点点头。“大概六个月了。但我心里从未戒掉，你知道我在说什么吗？”

“我当然知道。”

“最后，我又开始抽烟了。是在一九九二年，差不多在那个时候，有新闻报道说一些人用着戒烟贴的时候还抽烟，结果心脏病发作了。你还记得吗？”

“嗯哼。”杜克说着拍了拍前额，“我这里有一份完整的抽烟报道档案，老兄，是按字母顺序排列的。抽烟和阿尔茨海默病，抽烟和高血压，抽烟和白内障……你懂的。”

“所以我做出了自己的选择。”皮尔逊说。他微微一笑，一副迷惑不解的样子——明知自己的行为很蠢，却仍然在做，又不知道为什么这么做。“我要么戒烟，要么不用戒烟贴。所以我——”

“不用戒烟贴了！”他们同时说，然后又是一阵狂笑，引得禁烟区一位额头平滑的顾客皱着眉头看了他们一会儿，之后又把注意力转回电视上的新闻节目。

“生活就是个糟糕的命题，难道不是吗？”杜克说，他还在大笑，又把手伸向他米色夹克的内袋里。当他看到皮尔逊拿出一盒万宝路香烟，从里面抽出一支来时，他没有再笑了。他们又交换了一个眼神，杜克是讶然，而皮尔逊是心照不宣，然后两人又同时发出一阵笑声。那个额头平滑的家伙又看了他们一眼，这次眉头皱得更紧了。两人都没有注意到。杜克接过递来的香烟，点燃了。整个过程用了不到十秒钟，但这足以让两人成为朋友。

“从我十五岁开始，一直到一九九一年结婚，我抽起烟来跟个烟囱似的。”杜克说，“我母亲不喜欢我那样，但是她很欣慰我不吸毒也不贩毒，我家所在的那条街上有一半的年轻人是这样——我说的是罗克斯伯里，你知道的——所以她也没太反对。”

“我和温迪度蜜月的时候，去夏威夷待了一周，我们回来的那天，她给了我一件礼物。”杜克深吸一口烟，接着，从他鼻子里冒出两股羽毛似的蓝灰色的烟，“我觉得她是从‘尖端印象’[1]的商品条目里找到的，也有可能是另外一个牌子。它有一个很花哨的名字，但我没记住。我只是把这该死的东西叫作‘巴甫洛夫的拇指螺丝’。不过，我热烈地爱着她——你最好相信这一点，我现在仍然爱她——于是我让步了，尽了最大的努力，也没有我想象中那么糟。你知道我说的那个小玩意是什么吗？”

[1] 一个美国高科技生活用品品牌。

“当然。”皮尔逊说，“蜂鸣器。它能让你抽烟的间隔更长。丽萨贝斯——我爱人——怀珍妮的时候一直跟我说这个。她劝我戒烟的方式可真是‘微妙’，但其实就跟一独轮车的水泥从脚手架上掉下来一样明显，你明白吧。”

杜克微笑着点点头，酒保经过时，杜克指了指他们的玻璃杯，示意他满上。然后杜克又转向皮尔逊说：“除了我使用的是‘巴甫洛夫的拇指螺丝’，而不是戒烟贴，我故事的其余部分都和你一样了。我一路走到那个地方，唱片机在播放一曲唱得很蹩脚的《自由合唱》或者别的什么歌，但烟瘾又回来了。它比一条长着两颗心脏的蛇更难杀死。”酒保倒上了新鲜的啤酒。这次是杜克付钱，他啜了一口，然后说：“我要去打个电话，大概五分钟。”

“好的。”皮尔逊说。他环顾四周，发现酒保又一次退到了相对安全的禁烟区（他想，到二〇〇五年，工会将会有两个酒保，一个给吸烟者提供服务，一个给不吸烟者提供服务），然后又向杜克走回去。这次他说话时，声音放低了。“我想我们要谈谈蝙蝠人了。”

杜克用他那深棕色的眼睛打量了皮尔逊一会儿，然后说：“我们一直在谈，朋友，我们一直在谈。”

皮尔逊还没来得及说什么，杜克就消失在加拉格尔酒吧昏暗（但几乎完全没有烟雾）的深处，朝隐藏着付费电话的方向走去。

他离开了五分多钟，接近十分钟，而正当皮尔逊考虑是否应该去看看时，他的目光被电视吸引了。新闻主播正在谈论美国副总统引发的一场愤怒。副总统在向全国教育协会发表的演讲中建议，应该对政府资助的日托中心重新进行评估，并尽可能关闭。

画面切换到今天早些时候在华盛顿哥伦比亚特区某个会议中心的录像，当新闻画面从广角的定格镜头和开场旁白切换到副总统站在讲台上的特写镜头时，皮尔逊双手紧紧抓住吧台的边缘；他捏得太紧了，手指都掐进衬垫中。杜克今天早晨在广场说过一句话：他们有一些高层的朋友。见鬼，他们自己的地位就很高。

这个畸形的蝙蝠脸怪物站在讲台前，讲台上放着蓝色的副总统印章。他说："我们对美国的上班族母亲没有敌意，我们对该受奖赏的穷人没有敌意。然而，我们确实感到——"

一只手落在皮尔逊的肩膀上，他不得不咬紧嘴唇，才没有发出尖叫声。他环顾四周，然后看到了杜克。这个年轻人发生了变化——眼睛闪闪发亮，额头上沁出了汗珠。皮尔逊觉得杜克看上去就像刚刚抽中出版商清算所的奖。

"可别再这样了。"皮尔逊说，杜克坐回凳子上的时候僵住了，"我觉得自己刚才心都要跳出来了。"

杜克看起来很吃惊，然后瞥了电视一眼。他脸上浮现出了然的神色。"哦！天！"他说，"我很抱歉，布兰登，真的。我总是忘记你是在电影放到中间的时候进来的。"

"总统呢？"皮尔逊问道。他竭力使自己的声音保持平稳，差一点就成功了，"我想我可以忍受这个浑蛋，但是总统呢？他是——"

"不能说。"杜克说。他犹豫了一下，又补充道："至少现在还不能说。"

皮尔逊向他靠过去，意识到那种奇怪的麻木感又偷偷回到了他的嘴里。"你是什么意思？现在还不能说？发生了什么，杜克？他们是什么？他们从哪里来的？他们在做什么，他们想要什么？"

"我会把我所知道的告诉你。"杜克说，"但首先我想问你今晚能否和我一起去参加一个小型会议。大约六点，你能来吗？"

"讨论这件事吗？"

"当然。"

皮尔逊思考了一下。"好的。不过我要给丽萨贝斯打个电话。"

杜克看起来很警觉。"不要说——"

“当然不会。我会跟她说，那个‘无情的妖女’在把宝贝电子表格给日本人看之前，要再仔细检查一遍。她会相信的；她知道霍尔丁正被我们太平洋彼岸的朋友即将到来这件事弄得心神不宁。你觉得行吗？”

“可以。”

“我也觉得可以，但觉得有点庸俗。”

“一点都不庸俗，你只是想尽可能让你的爱人和那些蝙蝠人保持距离。我是说，我又不是要带你去做按摩，老兄。”

“我觉得你也不是。那你说吧。”

“好。我想我最好从你的烟瘾开始讲起。”

自动唱片机刚刚停了几分钟，现在开始播放一首经久不衰的金曲，比利·雷·赛勒斯的《一颗伤痛破碎的心》。皮尔逊困惑地盯着杜克·莱因曼，想张嘴问他的烟瘾与圣迭戈的咖啡价格有什么关系，结果什么也没说。什么都没说。

“你戒了……然后又开始抽烟……但是你很聪明，知道如果你不小心，又会回到一两个月前的起点。”杜克说，“对吗？”

“对，但是我不明白——”

“你会明白的。”杜克拿出手帕擦了擦额头。皮尔逊的第一印象是，杜克接完电话回来时，激动得几乎要飞上天了。皮尔逊没有管这些，但现在他意识到另一件事：杜克也害怕得要死。“请耐心听我说。”

“好的。”

“不管怎样，你已经就你的烟瘾做出了妥协，也就是你们所谓的‘权宜之计’。你无法戒烟，但你发现那并不是世界末日——这和一个无法离开毒品的可卡因瘾君子或者一个不停大灌午夜列车酒的酒鬼不一样。吸烟是一种坏习惯，不过每天两三包和完全戒除烟瘾之间确实有一个中间地带。”

皮尔逊睁大眼睛看着他，杜克笑了。

“我没有去猜你的想法，如果这是你所想的话。我是说，我们了解彼此，难道不是吗？”

“我想我们确实是。”皮尔逊若有所思地说，“我只是一时忘记了我们都是十点民族的人。”

“我们是什么？”

于是皮尔逊又对十点民族稍做解释，包括他们的部落手势（当他们看到“禁止吸烟”的手势时，会阴沉地看你一眼；当官方认可的权威人士要求他们把烟熄掉时，他们会阴沉地耸耸肩表示同意），他们的部落圣餐（口香糖、硬糖、牙签，当然，还有小小的比纳卡牌喷雾罐），还有他们的标志性的唠叨（最常见的就是“我明年就不抽了”）。

杜克听得入迷了，在皮尔逊讲完后，他说：“天哪，布兰登！你发现了失踪的以色列部落！妈的，这些东西都跟着骆驼老乔[1]一起走散了！”

皮尔逊突然大笑起来，禁烟区那边那个额头平滑的家伙又朝他们露出一个恼怒而困惑的表情。

“不管怎么说，这一切都对上号了。”杜克对他说，“我问你一件事——你会在孩子身边抽烟吗？”

“老天，当然不会！”皮尔逊喊道。

“在你爱人身边呢？”

“不会，已经不会了。”

“你最后一次在餐厅抽烟是什么时候？”

皮尔逊想了想，然后发现一件很诡异的事：他记不起来了。如今他在餐厅会要求坐禁烟区的座位，即使只有他一个人；他会等喝完酒、付完钱离开之后才抽。当然，他在两道菜上来的间隙抽烟已经是很久以前的事了。

---

[1] 美国骆驼牌香烟的广告吉祥物。

“十点民族。”杜克的声音充满惊异，“朋友，太棒了——有一个名字，太棒了。这就感觉我们是部落的一部分。感觉——”

他突然停住了，看向一扇窗户的外面。一个波士顿警察经过窗户，正跟一个漂亮的年轻女人说着话。她抬头看着警察，神情中充满崇拜，还带着一种性感的甜蜜，完全没有注意到她头顶那双打量着他们的黑色眼睛和闪亮的三角形牙齿。

“我的天，你来看看那个。”皮尔逊低声说。

“嗯。”杜克说，“它也变得越来越平常了，日益平常。”他安静了一会儿，看了一眼半空的啤酒杯。然后他似乎彻底摆脱了幻想。他跟皮尔逊说：“不管我们还有其他什么身份，我们都是这个糟糕的世界上唯一能看到他们的人。”

“什么？只有抽烟的人能看到？”皮尔逊怀疑地问道。当然，他本应该明白杜克是指这个，但他仍然……

“不是。”杜克耐心解释，“抽烟的人看不到他们，不抽烟的人也看不到他们。”他打量了一下皮尔逊，“只有我们能看到他们，布兰登，我们这种非驴非马的人。”

“只有和我们一样的十点民族的人。”

当他们离开加拉格尔酒吧十五分钟之后（皮尔逊先给妻子打了个电话，编造了一个悲惨故事，并答应十点以前回家），雨势已弱下来，变成毛毛细雨，杜克建议他们去散会儿步。他们不用一直走到剑桥——一直走下去的话会到那里，只要走到足够杜克补齐所有的背景信息的地方就行。街道上几无人影，他们可以一直谈话，不用提防什么。

他们在一片薄雾中向查尔斯河的方向走去，杜克边走边说：“这很奇怪，有点像你的第一次性高潮，它一旦启动，就会成为你生活的一部分，一直伴随你左右。就和这种感觉一样。有一天，你大脑中的化学物质正好平衡，你就能看到蝙蝠人。我一直在想，你知道的，有多少人在那一刻被吓死了。我打赌，有很多人。”

皮尔逊望着博伊尔斯顿街闪亮的黑色人行道上的一片红色的交通灯倒影，想起他第一次遭遇时的震惊。“他们太可怕了。奇丑无比。他们的肉似乎还在头上移动……真的难以描述，不是吗？”

杜克点头。“他们的确都是奇丑无比的混账东西。当我第一次看到蝙蝠人的时候，我正坐在回米尔顿家中的波士顿地铁红线上。他就站在公园街站往城里去的站台上。幸好我坐的车走了，因为我吓得尖叫起来了。”

“然后发生了什么？”

杜克的微笑变成一种尴尬的表情，至少有一瞬间是这样的。“人们都看向我，然后又快速移开目光。你知道这座城市的情况，每个街角都有一个难缠的推销人员在说耶稣多爱特百惠。”

皮尔逊点头。他知道这座城市是这样的。或者他之前一直是这么认为的，直到今天。

“有个高大的红发怪人，脸上密密麻麻都是雀斑，他坐在我旁边，抓住我的手肘，就像我今天早晨抓住你的一样。他叫罗比·德尔雷，是个房屋油漆工。今晚你会在凯特家见到他。”

“‘凯特家’是什么。”

“剑桥的特色书店，很神秘。我们每周会在那里聚一两次。那是个好地方，大部分人也都很好，你以后会知道的。不管怎样，罗比抓住了我的胳膊，然后说：‘你没有疯，我也看到了。这是真的——这是个蝙蝠人。’就是这样，当时在我看来，罗比是磕多了药才说出那些话……只是我看到了，松了一口气……”

“是的。”皮尔逊说，又回忆起今天早晨。他们在史多罗路停了下来，等着一辆油罐车开过去，然后他们快速穿过泥泞的街道。在面对着河的公园长椅后面，有一幅褪色的喷漆涂鸦，皮尔逊一时看呆了。上面写着：

外星人已经登陆了，我们在合法海鲜馆[1]吃了两个。

“幸好你今天早晨在那里，我很幸运。”皮尔逊说。

杜克点头：“是的，朋友，你很幸运。这些蝙蝠人如果要整一个人，他们是真的整——在他们的小聚会之后，警察经常能在篮子里捡到人体碎片。你听说过吗？”

皮尔逊点点头。

“而且没有人知道这些受害者都有一个共同点——他们的吸烟量减少到了每天五到十支。我觉得这种相似性就算是对联邦调查局来说也太模糊了。”

“但他们为什么要杀我们？”皮尔逊问道，“我是说，有个人到处跑，说他老板是个火星人，他们不出动国民警卫队抓火星人，反而把那个报信的人关进疯人院！”

“拜托，朋友，现实点。”杜克说，“你见识过这些小可爱。”

“他们……喜欢那样？”

“对，他们喜欢那样。但那是小事。他们就和狼一样，布兰登，隐形的狼在一群绵羊中间来回走动。你告诉我，狼会对绵羊做什么，除了杀羊取乐之外？”

“他们……你在说什么？”皮尔逊的声音小得像耳语，“你是说，他们会吃了我们？”

“他们会吃掉我们中的一些人。”杜克说，“这就是罗比·德尔雷在我见到他的那天所坚信的，也是我们大多数人至今仍坚信的。”

“‘我们’是谁，杜克？”

“我现在要带你去见的那些人。不是所有人都在那里，但这次你能见到大部分。出事了，还是大事。”

---

[1] 一家美国连锁餐厅。

“什么？”

杜克只是摇头，然后问道：“准备叫出租车了吗？还是觉得很昏沉？”

皮尔逊确实觉得昏沉，但是还没有想叫出租车。走路让他清醒了一点……但不只是走路。他没有想过他会告诉杜克这些——至少还不是现在——但确实有好处……很浪漫的好处。他仿佛陷入了某个古怪但令人兴奋的男孩冒险故事；他几乎能想象到纽厄尔·康弗斯·韦斯[1]的插图。他看着白色的光晕绕着像士兵一样排列在史多罗街上的街灯缓慢地打旋，微微笑了一下。出大事了，他想，X-9特工[2]已经带着地下基地的好消息潜伏进来了……我们已经找到了一直在寻找的蝙蝠毒！

“兴奋感会慢慢消失的，相信我。”杜克冷冷地说。

皮尔逊转过头，很吃惊。

“当他们把你的第二个朋友拖出波士顿港的时候，他的半个脑袋都不见了，你意识到汤姆·斯威夫特再也不会来了，也不会来帮你粉刷那该死的围栏了。”

“是汤姆·索亚[3]。”皮尔逊喃喃道，他擦去眼睛上的雨水，可以感觉到自己脸红了。

“他们会吃掉我们的大脑产生的某种东西，这是罗比的看法。他说，可能是一种酶，也可能是某种特别的电波。他说，这可能也是为了让我们——无论如何，一部分人——能看到他们，对他们来说，我们就像农民菜园里种的西红柿，他们觉得我们成熟了的时候可以随时采摘。”

“我在一个浸礼会教徒家庭长大，我喜欢开门见山地说话——不会说

[1] 美国艺术家和插画师，为很多书籍画过插画，如《金银岛》。

[2] 作家达希尔·哈米特和艺术家亚历克斯·雷蒙德1934年至1996年间创作的漫画主人公。

[3] 汤姆·斯威夫特和汤姆·索亚均为美国儿童文学作品的主人公，此处杜克把两个人物混淆了，皮尔逊对此进行纠正。

什么农民之类的屁话，我觉得他们吸食灵魂。”

“真的吗？你是在骗我吗，还是说你真的这么认为？”

杜克哈哈大笑，耸耸肩，同时露出一副挑衅的表情。“妈的，我不知道，朋友。这些事情进入我生活的时候，我还觉得天堂只在童话中有，他人即地狱。但是现在我十分困惑，不过这个真的不重要。重要的是，你唯一需要搞明白并且一直记住的是，他们有足够的理由杀死我们。首先，他们害怕我们正在做的事情，害怕我们团结、组织起来并且想办法攻击他们……”

他停下来，思考了一下，然后摇摇头。现在他的样子和声音都像是在自言自语，他试着回答某些问题，这些问题让他多少个夜晚都难以入眠。

“害怕？我不知道这个词是否准确。但是他们不会冒险，这一点毋庸置疑。还有其他事情也是毋庸置疑的，他们很讨厌我们当中某些人可以看到他们这个事实。他们太他妈的讨厌了。我们抓到过一个，那就像是把飓风关到瓶子里去。我们——”

“抓到过一个！”

“是的，这是真的。”杜克说，然后冲他僵硬阴郁地微笑了一下，“在纽伯里波特附近I–95公路的一个休息区，我们把他装进袋子里。我们一共六个人——我的朋友罗比领队。我们把他带到了一间农舍，当我们给他注射的大量麻醉剂失效时——药效消失得太快了，我们想办法拷问他，以得到一些问题的更好的答案，这些问题你已经问过我了。我们给他戴了手铐和脚镣，用好多尼龙绳捆住它，捆得像个木乃伊。你知道我记得最清楚的是什么吗？”

皮尔逊摇头。他那种活在一个男孩冒险故事里的感觉已经完全消失了。

“他醒来，”杜克说，“没有一点缓冲。上一秒钟他还不省人事，下一秒就完全清醒了，瞪着那双可怕的眼睛望着我们。蝙蝠眼。他们真的有眼睛，你知道的——人们总是意识不到这一点。关于他们失明的那些说法一定是一个优秀的新闻代理人干的。”

“他没有和我们说话，一个字都没有说。我觉得他知道，他永远都不可能离开那个仓库了，但是他不害怕，只有憎恨。天哪，他眼里满是憎恨！”

“发生了什么？”

“他‘啪’的一下就折断了手铐的链子，就好像那是纸糊的一样。脚镣要牢固一点——我们弄了一双特制的长靴，可以把他钉到地上——但是尼龙绳……他开始咬交叉绑在他肩膀上的绳子，用那些牙齿——你见过的——就像一只老鼠在咬绳子一样。我们站在那里，就跟木头桩子似的，连罗比也一样。我们无法相信眼前的情景……或者可能他给我们施了催眠术。我事后想过很多次，你知道的，如果催眠有可能的话。替莱斯特·奥尔森感谢上帝。我们使用了罗比和莫伊拉偷来的福特E系列厢式货车，莱斯特偏执地觉得从高速公路上可以看到他。他出去查看，当他回来的时候，那东西除了脚之外，几乎都挣脱了，莱斯特朝他的头开了三枪。连续的‘砰——砰——砰’。”

杜克惊讶地摇头。

“杀了他。”皮尔逊说，“砰——砰——砰。”

他的声音似乎又从脑子里冒了出来，就像那天早晨在银行前面的广场上一样。他突然想到一个可怕而有说服力的想法：没有蝙蝠人。他们只是一种群体性幻觉，仅此而已，与乌羽玉使用者在服用药物后偶尔出现的幻觉并无太大不同。这种十点民族独有的幻觉是误吸了过多的烟导致的。杜克要带他去见的那些人，在这个疯狂的念头的影响下，至少已经杀了一个无辜的人，假以时日，也许还会杀更多。如果他不尽快摆脱这个疯狂的年轻银行家，他可能最终会成为其中的一部分。他已经见过两个蝙蝠人了……不，三个，加上警察，加上副总统的话就是四个。而且这差点就让他崩溃了，美国的副总统竟然是——

从杜克脸上的表情来看，皮尔逊相信杜克又看穿了他的心思，这是第三次了，时间短得可以打破纪录。杜克说：“你开始怀疑我们是不是都疯了，包括你自己在内，对吗？”

“当然。”皮尔逊说，语气比他原本打算的要更尖锐。

“他们消失了。”杜克简单地说，“我看见谷仓里的那个消失了。”

“什么？”

“变得透明，化成烟，消失了。我知道这听起来有多疯狂，但是不论我说什么，都不能让你明白，身临其境看着这一切发生有多疯狂。”

“一开始你觉得这不是真的，尽管它就在你面前发生了；你一定是在做梦，你走进了一部电影，一部充满杀手特效的电影，就像那些很老的《星球大战》系列电影一样。然后你就可以闻到一种仿佛混合了泥土、尿液，还有辣椒的味道。它会刺激你的眼睛，让你想吐。莱斯特真的吐了，珍妮特连着一个小时都在打喷嚏。她说，通常只有豚草或猫皮屑会让她产生这种症状。无论如何，我走到他坐过的椅子前。绳子还在，手铐和衣服还在。那家伙的衬衫还扣着。那家伙的领带还打着结。我伸手拉开他的裤子拉链——我小心翼翼地，就像他的那玩意儿要飞出来把我的鼻子扯下来一样——但我看到的只是他裤子里的内裤。只有这个，但也足够了，因为里面也是空的。告诉你一件事，兄弟——在你看到一个人像那样层层叠叠穿着衣服，里面却什么都没有之前，你看到的其他东西都不算奇怪。

“化成烟消失了，我的天。”皮尔逊说。

“对。最后，他看起来就像那样。”他指着其中一盏街灯，周围是明亮的、旋转着的湿润光晕。

“那之后发生了什么……”皮尔逊听了一下，有那么一瞬间他不确定该如何表达自己想问的内容，“报失踪了吗？他们……”然后他明白了自己到底想问什么，“杜克，真正的道格拉斯·基弗在哪里？还有真正的苏珊娜·霍尔丁？”

杜克摇头。“我不知道。除此之外，在某种程度上，你今天早晨看到的才是真正的基弗，布兰登，还有真正的苏珊娜·霍尔丁。我们认为，可能我们看见的脑袋并不是真的在那里，我们的大脑正在把蝙蝠人真正的样子——他们的心和灵魂——转换成视觉图像。”

“心灵感应？”

杜克露齿一笑：“你很会用词嘛，兄弟——就是这样。你需要和莱斯特谈一下。说到蝙蝠人，他简直就变成了一个诗人。”

他对这个名字有印象，皮尔逊想了一会儿，觉得自己知道为什么。

“他是不是一个满头白发的老人？看起来像是肥皂剧里上了年纪的大亨？”

杜克爆发出一阵大笑：“对！那就是莱斯特。”

他们沉默地走了一会儿。河流在他们右边神秘地泛着涟漪，现在他们可以看到河对岸的剑桥灯火。皮尔逊觉得自己从未见过波士顿如此美丽的景色。

“蝙蝠人进入你的大脑，可能只是你吸入的一个细菌……”皮尔逊又开始试探着说话了。

“嗯，有些人提出了细菌理论，但是我不认同这种观点。因为，我们细究一下：你从没见过蝙蝠人看门人或者蝙蝠人女服务员。他们喜欢权力，他们正在进入权力群体。你听说过哪一种细菌只感染富人吗，布兰登？”

“没有。”

“我也没有。”

“我们要去见的人……他们……”皮尔逊觉得有点好笑，因为他发现自己必须很努力才能把下一句话说出来。确切地说，这不是回归到少年读物中描绘的世界，但是也差不多了。“他们是抗争斗士吗？”

杜克考虑了一下，然后又是耸肩又是摇头——一种很奇妙的姿势，似乎同时表达了“是”和“不是”。他说：“还不是。但可能今晚之后，我们就是了。”

皮尔逊还没来得及问他这是什么意思，杜克就发现另一辆出租车空着，这辆车在史多罗路的另一边，他已经走到排水沟里去拦了。出租车在禁止掉头的地方掉头了，然后停在路边接客。

他们在出租车里谈论着体育联赛——疯狂的红袜队，令人沮丧的爱国者队，低迷的凯尔特人队——没有提半句蝙蝠人，但当他们在河对岸剑桥的一所孤零零的木屋前下车时（招牌上画着一只拱着背发出嗞嗞声的黑猫，写着“凯特家推理书店”几个字），皮尔逊抓住了杜克·莱因曼的手臂说：“我还有几个问题。”

杜克看了一眼手表。“没有时间了，布兰登——我想我们散步的时间有点长了。”

“只有两个问题了。”

“天哪！你就像电视上的那个家伙，穿着脏兮兮的旧雨衣的那个。不管怎样，我都觉得我不能回答你——我所知道的和你认为我知道的相比，太他妈少了。”

“什么时候开始的？”

“瞧，我就是这个意思。我不知道，我们抓到的东西肯定不会告诉我们——那个小甜心甚至没有把他的名字、头衔、编号告诉我们。罗比·德尔雷，我跟你说过的那个人，他说他第一次看见蝙蝠人是在五年前，当时他正在波士顿公园遛一只拉萨犬。他说，自那以后每年都会出现更多的蝙蝠人。和我们相比，他们的数目还不够多，但正在增加……呈指数级增长？是这个词吗？”

“我希望不是。”皮尔逊说，“这个词太可怕了。”

“另一个问题是什么，布兰登？快点。”

“其他城市呢？其他城市有更多的蝙蝠人吗？其他人可以看到他们吗？你听说过什么消息吗？”

“我们不知道。他们可能遍布世界，但我们相当确定，美国是世界上唯一有不少人能看见过他们的国家。”

“为什么？”

“因为这是唯一一个对香烟着迷的国家……可能是因为，只有美国人相信——而且内心深处他们真的相信——如果他们只吃恰当的食物，摄入恰当的维生素组合，拥有正确的思想，用合适的卫生纸擦屁股，他们就会永世长存，保持性欲旺盛。就抽烟的事情，人们划出了战线，结果就出现了这种奇怪的混合体。换句话说：就是我们。”

“十点民族。”皮尔逊微笑着说。

“是的——十点民族。”他从皮尔逊的肩膀望过去，“莫伊拉！嘿！”

皮尔逊闻到阿玛尼香水的味道时并没有觉得惊讶。他环顾四周，看见了红裙女郎。

“莫伊拉·理查森，布兰登·皮尔逊。”

“你好。”皮尔逊说，和她伸过来的手握了握，“信贷助理部门，对吗？”

“这就像是把收垃圾的称作卫生技术员。”她笑着说。皮尔逊想，这是一个会让男人一不小心就爱上的笑容。

“信用检查是我的工作。如果你想买一辆新的保时捷，我就要检查一下你的信用记录，确定你真的适合保时捷……当然是从财政意义上来说。”

“当然。”皮尔逊说，然后回她一个大大的笑容。

“过来。”她招呼道，“过来这里。”

是那个拖厕所时喜欢把帽子向后转的看门人。他穿着便装，智商似乎提高了五十分，和阿曼德·阿桑特[1]长得惊人地相似。当他伸出一条手臂搂住莫伊拉·理查森可爱的小腰身，在她可爱的小嘴角上不经意地吻

[1] 美国演员。

了一下时，皮尔逊感到一阵轻微的刺痛，但他并没有真正感到惊讶。然后看门人向布兰登伸出手来。

“卡梅伦·史蒂文斯。”

“布兰登·皮尔逊。”

“很高兴能在这里看到你。”史蒂文斯说，“我还以为你今天早上肯定会无视他的存在呢。”

“当时你们有多少人正看着我？”皮尔逊问道。他试着回想十点钟在广场上发生的事，却发现他做不到——大部分的记忆都因为震惊而迷失在一片白茫茫中。

“我们银行的大多数人都看到了。”莫伊拉平静地说，“不过没关系，皮尔逊先生——”

“叫我布兰登就好。”

她点头。“布兰登，我们只是在为你加油。来吧，过来。”

他们匆匆走上台阶，来到小木屋的门廊，溜了进去。在门关上之前，皮尔逊只瞥见微弱的灯光，然后他转向杜克。

“这都是真的，是不是？”他问。

杜克同情地看着他：“不幸的是，是的。”他停了一下，补充道：“但是有一个好事。”

“哦？什么好事？”

杜克的白牙在下着蒙蒙细雨的黑暗中闪闪发亮。他说：“你即将参加大约五年来第一次允许吸烟的会议。来吧——我们进去吧。”

III

门厅和后面的书店里一片漆黑；灯光，连同一阵低语声，正在他们左边陡峭的楼梯上慢慢地消失。

杜克说："好了，就是这里。借用感恩至死乐队一首歌的名字来说，'多么漫长而奇怪的旅程'，对吗？"

"你最好相信。"皮尔逊赞同道，"凯特也是十点民族的人吗？"

"老板？不是。我只见过她两次，但是我觉得她完全不抽烟。选这个地方是罗比的主意。在凯特看来，我们是波士顿硬汉协会。"

皮尔逊挑眉道："你说什么？"

"一群死忠粉大约每周聚一次，讨论雷蒙德·钱德勒、达希尔·哈米特、罗斯·麦克唐纳德[1]这些人。如果你没有读过这些人的书，那你可能要读一下。安全无害，并不难懂，有些作品相当不错。"

他们跟着杜克往下走——楼梯太窄，他们不能并排走——穿过一扇开着的门，进入一间光线充足、天花板很低的地下室。地下室大概和上面经过改造的木屋一样长。大约三十张折叠椅已经被摆好了，他们面前放着一个画架，上面盖着一块蓝色的布。画架的另一边堆放着来自不同出版商的纸箱。皮尔逊看到左边墙上挂着一幅镶框的画，画框下面有个标志，上面写着"达希尔·哈米特：向我们无畏的领袖致敬"，他忍俊不禁。

"杜克？"皮尔逊左边的一个女人说，"谢天谢地——我以为你遇到什么事了。"

她是皮尔逊认出来的另外一个人：那个表情严肃、戴着镜片很厚的眼镜、留着黑长直发的年轻女人。今晚她穿着一条褪色的紧身牛仔裤，一件乔治敦大学T恤，里面很明显没穿内衣，看起来没那么严肃。皮尔逊有一种感觉，如果杜克的老婆看到这个年轻女人看她老公的方式，她可能会揪着杜克的耳朵把他拎出凯特家书店的地下室，才不会管世上的什么蝙蝠人。

"我没事，亲爱的。"他说，"我带着另一个人皈依打倒蝙蝠人协会了，

[1] 三位均为美国冷硬派推理小说作家。

就这样而已。这是珍妮特·布赖特伍德，布兰登·皮尔逊。”

布兰登和她握手，想着：你就是那个一直打喷嚏的人。

“很高兴认识你，布兰登。”她说，又冲杜克微笑，杜克在她热切的注视下有一点尴尬，“等会儿去喝咖啡吗？”她问道。

“呃……亲爱的，等会儿再说，好吗？”

“好呀。”她说，她的微笑表明，为了能和杜克喝咖啡，她愿意等三年，只要杜克愿意。

我在这里做什么？皮尔逊突然问自己，太疯狂了……就像疯人院里的匿名戒酒会。

打倒蝙蝠人协会的成员各自从一个装书的箱子上拿出一个烟灰缸，然后点烟，面露明显的喜悦之色，回到各自的座位上。皮尔逊估摸着，全部成员都就座之后，就基本上没有空折叠椅了。

“几乎所有人都到了。”杜克说着，领着他坐到最后一排椅子上，离正在摆弄咖啡机的珍妮特·布赖特伍德远远的。皮尔逊不知道这是不是巧合。“这很好……小心撑窗杆，布兰登。”

那根杆子靠在一堵刷成白色的砖墙上，杆子的一端有一个钩子，用来打开高高的地下室窗户。皮尔逊坐下的时候不小心踢了它一下。杜克在杆子掉下来砸伤人之前抓住了它，把它放到了稍微安全一点的地方，然后从旁边的过道走出来，拿了一个烟灰缸。

“你会读心术。”皮尔逊感激地说，然后点燃了烟。作为一个如此庞大的团队中的一员来做这件事，感觉非常奇怪（但相当美妙）。

杜克自己也点燃了烟，然后指着站在画架旁的那个瘦骨嶙峋、满脸雀斑的男人。雀斑男正和在纽伯里波特的一个仓库中朝蝙蝠人“砰砰砰”开了三枪的莱斯特·奥尔森聊得兴起。

“红头发的是罗比·德尔雷。”杜克介绍，态度几乎是恭敬的，“如果你正在给迷你剧选角，你不太会选他当民族救世主，对吧？但他可能就是那个救世主。”

德尔雷对奥尔森点头，拍了拍他的背，然后说了几句什么，让那个满头白发的男人哈哈大笑。奥尔森回到了自己的座位上——前排的角落。德尔雷走向蒙着布的画架。

这时已经座无虚席，甚至还有几个人站在房间后面靠近咖啡机的地方。充满活力而又紧张不安的谈话在皮尔逊的脑海里飞速盘旋，就像台球被猛地打散一样。天花板下面已经聚集了一团蓝灰色的烟雾。

天哪，他们要爆发了，他想着，真的要爆发了。一九四〇年闪电战期间，伦敦的防空洞里就是这种氛围。

他转向杜克。“你对谁说的？谁跟你说今晚会有大事发生的？”

“珍妮特。”杜克说，没有看他。他机灵的棕色眼眸盯着罗比·德尔雷，他曾在波士顿地铁红线列车上让杜克保持理智。皮尔逊觉得，他从杜克的双眼中看到了仰慕和钦佩。

“杜克？这是一场很盛大的集会，不是吗？”

“对我们来说，是的。这是我见过的最大的一次。”

“这会让你紧张吗？在一个地方同时出现那么多同类？”

“不会。”杜克简单地说，“罗比能闻到蝙蝠人的味道。他……嘘，会议开始了。”

罗比·德尔雷微笑着举起双手，全场几乎立即安静了下来。皮尔逊发现许多人脸上也出现了和杜克一样崇拜的神色，至少也带着尊敬。

“感谢参与会议。”德尔雷轻轻说，“我觉得我们终于达到了我们的一些同胞等待了四五年的目标。”

全场掌声雷动。德尔雷停了一会儿，让掌声持续了一段时间，他环顾这个房间，笑容满面。最后他举起手，示意安静。当掌声渐渐停下来的时候，皮尔逊发现了一件令人不安的事情（他并没有鼓掌）：他不喜欢杜克的朋友兼精神导师。他觉得自己可能有点嫉妒——德尔雷此刻在房间前面演讲，而杜克·莱因曼已完全忘记了皮尔逊的存在——但他认为不全是因为嫉妒。德尔雷举手示意大家安静的样子有点骄傲自大和志得意满，表达了一个圆滑的政客对他的听众近乎无意识的蔑视。

哦，别想这个。皮尔逊对自己说，你不可能知道这样的事情。

不错，相当不错，皮尔逊试图将自己的直觉扫出脑海，给德尔雷一个机会，哪怕只是为了杜克。

德尔雷接着说："在我们开始之前，我想为你们介绍组织的一个新人，布兰登·皮尔逊，来自最黑暗的梅德福。布兰登，请起立，让大家看看你长什么样子。"

皮尔逊惊愕地看向杜克。杜克笑了笑，耸了耸肩，然后用手腕推了推他的肩膀："站起来吧，他们又不会咬你。"

皮尔逊不是很确定。虽然如此，他还是站了起来，感觉脸上在发烧，他非常清楚周围的人都在窥探他。他特别注意到莱斯特·奥尔森脸上的笑容——就像他的头发一样，不知怎么的太刺眼了，让人不得不生疑。

那些十点民族的同胞又开始鼓掌了，只有这次，他们是在为他鼓掌：布兰登·皮尔逊，中层银行职员，资深烟民。他又在想，自己是不是进了专门为精神病患者举办（更不用说由他们运行）的匿名戒酒会。当他坐回到座位上时，他的脸涨得通红。

"如果没有这个环节，我会表现得很好，谢谢。"他小声对杜克说。

"放松点。"杜克说，他还在笑，"每个人都一样。而且你会喜欢的，朋友，不是吗？我是说，妈的，太像九十年代的风格了。"

"的确太像九十年代的风格了，但是我不会喜欢的。"皮尔逊说。他的心脏怦怦直跳，脸上的潮红还没有消失。实际上，红色似乎还在加深。这是什么？他想着，潮红？男人更年期？什么玩意？

罗比·德尔雷弯下腰，和坐在奥尔森旁边戴眼镜的黑发女人简短地说了几句话，瞥了他的手表一眼，然后走回蒙着布的画架前，再次面对着这群人。他那张坦率的雀斑脸使他看起来像个周日唱诗班的男孩，喜欢搞各种无害的恶作剧——往女孩子衬衣后面放青蛙，给小弟弟的床上铺上不够长的床单，诸如此类。

“感谢，朋友们，欢迎来到我们的地盘，布兰登。”他说。

皮尔逊咕哝着说他很高兴来到这里，但这不是真心的——要是他发现这些十点民族的人是一群极端的新时代运动[1]的浑蛋怎么办？假设他最后觉得他们跟他在《奥普拉脱口秀》上看到的大多数嘉宾一样，或者跟那些在《PTL 俱乐部》[2]上唱赞美诗时本该降调却突然升调的、穿着考究的宗教狂热者一样，那怎么办呢？

哦，别想了，他跟自己说，你喜欢杜克，不是吗？

对，他喜欢杜克，而且他觉得自己可能也会喜欢上莫伊拉·理查森……他一旦透过性感的外表，能够欣赏那个人的内在，就会喜欢上对方。毫无疑问，他最终也会喜欢上其他人；他不是那种难以取悦的人。他忘记了，至少暂时忘记了，他们在这个地下室的根本原因：蝙蝠人。考虑到这个威胁，他可以忍受几个书呆子和新时代运动的倡导者，不是吗？

他想他可以的。

好！棒极了！现在坐回去，放松，然后观察接下来要发生的事。

他坐回去，但是发现他无法放松，至少不能完全放松。部分原因是他初来乍到，部分原因是他很讨厌这种强制性的社交互动——一般情况下，他觉得刚打照面未经允许就叫他名字的人就跟绑架者一样。部分原因是……

哦，停下来！你还不明白吗？在这个问题上你没有选择！

---

[1] 西方神秘学传统最新的分支之一，20 世纪 70 年代出现于一群对另类生活方式和灵性感兴趣的群体。

[2] 一档美国电视节目，播出于 1974 年至 1989 年。PTL 意为“赞美主”或“爱的人”。

这是一个令人不快的想法，但很难反驳。那天早上，当他不经意地回过头来，看到道格拉斯·基弗的衣服里究竟藏着什么东西时，他已经越过界线了。他以为自己至少知道了这么多，但直到今晚，他才意识到自己已难再回头，他要再回到界线的另一边，安全的那一边，机会是多么渺茫。

不，他无法放松。至少现在还不行。

“在我们谈正事之前，我想感谢大家临时接到通知就赶过来。”罗比·德尔雷说，“我知道要想不引人注目地脱身并非总是那么容易，有时甚至是非常危险的。说我们一起经历了很多地狱般的经历……许多困难……我不觉得夸张。”

听众中有人礼貌地低声笑了一声。大多数人似乎都在聆听德尔雷的每一句话。

“……没有人比我更清楚，成为真正了解真相的少数几个人之一是多么困难。自从我五年前第一次看到蝙蝠人……”

皮尔逊已经坐立不安了，体验着一种他今晚意想不到的感觉：无聊。这一天的奇怪旅程就这样结束了，一群人坐在书店的地下室里，听着一个满脸雀斑的房屋油漆工发表了一篇听起来像很糟糕的国际扶轮社[1]演讲。

然而，其他人似乎完全被迷住了。皮尔逊又看了看四周，想证实这一点。杜克的眼睛里闪烁着那种完全被迷住了的神色——这和皮尔逊小时候那只叫巴迪的狗从水槽下的碗柜里拿到食物盘时的样子很像。卡梅伦·史蒂文斯和莫伊拉·理查森坐在一起，搂着对方，聚精会神地盯着

[1] 一个由分布在168个国家和地区中，共超过30,000个扶轮社组成的服务性国际组织，宗旨为借由各领域的领导人才，提供人道主义服务，促进世界各地的善意与和平。

罗比·德尔雷。珍妮特·布赖特伍德也一样，邦恩牌咖啡机周围的其他人也一样。

每个人都一样，他想，除了布兰·皮尔逊。拜托，亲爱的，试着跟上节奏。

但他做不到，奇怪的是，罗比·德尔雷也做不到。皮尔逊回头看了看听众，正好看见德尔雷又匆匆瞥了一眼手表。这个动作，皮尔逊自成为十点民族得一员起就很熟悉。他猜那个人正在倒数他抽下一支烟的时间。

随着德尔雷滔滔不绝地讲下去，其他的一些听众也开始有点不一样了——皮尔逊听到了低沉的咳嗽声和几声拖沓的脚步声。德尔雷仍然在讲着，似乎没有意识到，不管自己是不是备受敬爱的抵抗运动领袖，他现在都面临着演讲时间太久而惹人厌烦的危险。

“……所以我们已经尽了最大的努力。”他说，“我们也尽可能地承受损失，要隐藏我们的眼泪，我想那些在秘密战争中战斗的人也总是不得不如此，要一直坚持我们的信念，总有一天秘密会被揭露，而且我们将——”

妈的，他又快速瞥了一眼那块老旧的卡西欧手表。

“——能够把我们的知识分享给那些看了，但是什么也看不到的人。”

种族救世主？皮尔逊想，上帝在逗我们玩呢。这家伙听起来更像是滔滔不绝的杰西·赫尔姆斯[1]。

他瞥了一眼杜克，很兴奋地发现，尽管杜克还在听，但他在座位上挪动着身子，显出从恍惚状态中醒过来的迹象。

皮尔逊又摸了摸脸，发现还是热的。他把指尖放在颈动脉上感受脉搏——还在跳动。现在，站起来，像“美国小姐”决赛选手一样被人注

---

[1] 美国参议员，曾是民主党党员，1970 年后，转为共和党党员。

视，这并不尴尬；其他人已经忘记了他的存在，至少暂时忘记了。不，是别的事，也不是什么好事。

“……我们坚持不懈，即使音乐不合我们的口味，我们也坚持不懈……”德尔雷还在滔滔不绝。

你之前感觉到了这种恐惧，布兰登·皮尔逊对自己说，你无意中碰上了一群有着同样致命幻觉的人。

“不，不是。”他低声说。杜克向他转过身来，扬起眉毛，皮尔逊摇了摇头。杜克把注意力转回到房间的前面。

好吧，他很害怕，但并不是害怕自己落入了某个令人毛骨悚然的邪教组织。也许这个房间里的人——至少其中一些人——杀了人，也许纽伯里波特谷仓里的那段插曲已经发生了；但今晚在这里，这种孤注一掷的努力所需要的能量并不明显，在达希尔·哈米特的注视下，雅皮士们聚集在这里。他在这里感受到的只是半睡半醒的困倦，那种不完全集中注意力的状态，使人们能够在不打瞌睡或不离开的情况下听完这样枯燥的演讲。

“罗比，说正题！”房间后面有个志趣相投的人喊道，人们发出一阵不安的笑声。

罗比·德尔雷恼怒地朝声音发出的方向瞥了一眼，然后笑了笑，又看了看表。他说：“啊，好的。我承认我开始胡言乱语了。莱斯特，你能帮我一下吗？”

莱斯特站了起来。两个人走到一堆纸箱后面，提着一个大皮箱回来。他们把它放在画架的右边。

“谢谢，莱斯特。”德尔雷说。

莱斯特点点头，又坐回去了。

“箱子里是什么？”皮尔逊对着杜克的耳朵小声问。

杜克摇头。他看起来很困惑，还有一点突如其来的不自在……不过可能没有皮尔逊感觉的那么不自在。

“好的，马克说得有道理。”德尔雷说，“我想我有点忘乎所以了，但对我来说，这是一个历史性的时刻。下面就是重点了。”

他停顿了一下，想让大家注意，然后把画架上的蓝布掀开。他的听众们坐在折叠椅上，做好了大吃一惊的准备，然后又靠了回去，发出一阵失望的低呼声。这是一张黑白照片，上面似乎是个废弃仓库。照片被放大了，人们可以很清楚地看到卸货区被丢弃的纸、避孕套和空酒瓶，也可以读懂墙上喷画得一团乱的各种警句。其中字最大的是：叛逆女孩统治。

房间里响起一阵窃窃私语。

德尔雷煽情地说：“五年前，莱斯特、肯德拉和我跟踪两个蝙蝠人去了这个位于里维尔克拉克湾区的废弃仓库。”

坐在莱斯特·奥尔森旁边、戴着圆形无框眼镜的黑发女人骄傲地环顾四周……要是她没有往下瞥她的手表，皮尔逊就糟了。

“他们在这里聚会了。”德尔雷点了点其中一个满是垃圾的卸货区，“还有三个雄性蝙蝠人和两个雌性蝙蝠人。他们进了里面。自那以后，我们总会有六七个人轮流监控这个地方。我们已经确定——”

皮尔逊看了看杜克那张受伤的、难以置信的脸。他的前额可能也写着“为什么我没有被选中？”的神情。

“——这是波士顿市区蝙蝠人的据点——”

波士顿蝙蝠人，皮尔逊想着，倒是个很好的棒球队的名字。然后那种想法又出现了，他怀疑：这是我吗，坐在这里，听着这种疯狂的讲话？这是真的吗？

想到这里，他又听到德尔雷对聚集一堂的无畏的蝙蝠猎手们说，他们的新成员是布兰登·皮尔逊，来自最隐蔽、最黑暗的梅德福。

他转过身来，对着杜克轻声说：“你和珍妮特打电话时——还在加拉格尔酒吧的时候，你告诉过她你要带我来，对吗？”

杜克冲他露出一个很不耐烦的“我正在听他说话”的表情，脸上仍然透着一丝受伤的神色。他说：“当然。”

“你告诉他我来自梅德福了吗？”

“没有。”杜克说，“我怎么知道你来自哪里？让我听他说，布兰！”然后他又转回去了。

“我们已经记录了三十五辆到这个偏僻的废弃仓库来的车——大部分是高档汽车和豪华轿车。”德尔雷说。他停了一下，以让大家理解，又匆匆瞥了一眼手表，然后接着说：“其中有些人已经来这个地方十几次了。蝙蝠人无疑为自己选择了这样一个偏僻之所作为会议厅或社交俱乐部而感到庆幸，但我想他们会发现，自己反而被逼到了一个死角。因为……抱歉，朋友们，请等我一会儿……”

他又和莱斯特·奥尔森小声交谈了一会儿。那个叫作肯德拉的女人也加入了他们，她的头像在看乒乓球比赛一样来回摆动。坐着的听众带着极为困惑的表情看着这场低声进行的会议。

皮尔逊知道他们的感觉，什么大事要发生了，杜克早就说了，从他们来时的氛围来看，其他人也早就被告知了。“大事”原来是一张黑白照片，上面只有一个废弃仓库，周围都是垃圾堆、丢掉的内衣和用过的避孕套。见鬼，这张照片到底有什么问题？

这件大事肯定就藏在箱子里，皮尔逊想着，而且顺便问一下，雀斑男，你怎么知道我来自梅德福？相信我，这一点我会留到演讲的问答环节请教的。

那种感觉——通红的脸，怦怦直跳的心，所有这些都让我想再抽一支烟——比以往更强烈。就像他在大学时偶尔会焦虑发作一样。是什么？如果不是恐惧，那又是什么？

哦，好吧，就是恐惧——这并不是因为害怕成为疯人院里唯一清醒的人。你知道蝙蝠人是真的；你没有疯，杜克也没有，莫伊拉也没有，卡梅伦·史蒂文斯或者珍妮特·布赖特伍德也没有。但这张照片有问题也是真的……相当有问题。而且我觉得，就是他，罗比·德尔雷，房屋油漆工，人类救世主。他知道我是从哪里来的。布赖特伍德给他打了电话，告诉他杜克要带一个来自第一商业银行的人过来，他叫布兰登·皮尔逊，德尔雷就知道了。他为什么要这么做？他是怎么做到的？

他脑海中突然响起杜克·莱因曼说过的话：他们很聪明……他们有一些高层的朋友。见鬼，他们自己的地位就很高。

如果你有朋友在高层，你就能很快查出一个人，不是吗？是的。身居高位的人可以获得所有电脑的正确密码，获得所有正确的记录，获得所有人口统计数据……

皮尔逊在座位上猛地一跳，就像一个人从可怕的梦境中醒来一样。他不由自主地把脚踢了出去，踢在撑窗杆上，杆子滑向一边。与此同时，房间前面的低语声停了下来，四下的听众纷纷点头。

“莱斯特？”德尔雷问道，“你和肯德拉能再帮我个小忙吗？”

在撑窗杆倒下打在别人头上之前——顶端那个可恶的钩子甚至可能会划开别人的头皮，皮尔逊伸手去抓它。他抓住了它，把它靠在墙上，接着便看到了那张怪脸在地下室的窗户边偷窥。漆黑的眼睛——就和被丢弃在床下的破烂娃娃的眼睛一样，盯着皮尔逊瞪大的蓝色眼睛。一条条的肉就像被天文学家称为气态巨行星外面的气体环带一样旋转着。粗糙裸露的头骨上像一条条黑蛇一样的血管在搏动着。牙齿在他那大张的嘴中闪着寒光。

“帮我弄一下这个该死的东西。”德尔雷的声音像是从银河系的另一端传过来的。他露出一个友好的微笑。“我觉得有点黏。”

对布兰登·皮尔逊来说，时间仿佛加速回到了早晨：他又一次想尖叫，但震惊又一次让他无法发出声音，只能发出低沉的、哽咽的呜呜声——一个男人在睡梦中呻吟的声音。

冗长的演讲。

意义不明的照片。

不断偷瞄手表的动作。

这会让你紧张吗？在一个地方同时出现那么多同类？他问过，杜克也微笑着回答了：不。罗比能闻到蝙蝠人的味道。

这一次，没有人阻止他，这一次，皮尔逊的第二次努力完全成功了。

“这是个圈套！”他跳起来尖叫，“这是个圈套！我们要马上离开这里！”

大家都伸着脖子惊愕地看着他……但是有三个人没必要这么做。他们是德尔雷、奥尔森和那个叫肯德拉的黑发女人。他们刚刚弄开锁，打开了箱子。他们一脸错愕和愧疚……却没有惊讶。那种情绪没有出现。

“坐下，伙计！”杜克嘘声说，“你疯——”

楼上，门突然开了。靴子笨重地叩击地板的声音朝这个楼梯间传来。

“怎么了？”珍妮特·布赖特伍德问道。她直接对着杜克说。她的眼睛瞪得大大的，满是恐惧。“他在说什么？”

“快出去！”皮尔逊吼道，“快从这个该死的地方出去！他之前跟你们说过了！我们才是落入陷阱的人！”

通往地下室的狭窄楼梯顶端的门“砰”地一声开了，从上面的阴影中传来皮尔逊听到过的最可怕的声音，就像一群斗牛犬正对着扔到它们中间的一个活生生的婴儿吠叫。

“那是谁？”珍妮特尖叫道，“楼上是谁？”然而她的脸上却写着了然；她的脸色表明，她很清楚上面是谁，上面发生了什么。

“冷静！”罗比·德尔雷对着困惑的人群大喊，大部分人还坐在折叠椅上，“他们已经答应赦免了！你们听到了吗？你们明白我的意思吗？他们向我郑重表示——”

就在这时，皮尔逊见过的第一个蝙蝠人从地下室左边的窗户破窗而入，玻璃碎片沿着墙壁朝受惊的男男女女飞溅而去。一个穿着阿玛尼服装的人的手臂像一条蛇一样穿过窗户上参差不齐的口子，抓住了莫伊拉·理查森的头发。她尖叫着拍打那只抓住自己的手……那已经不是一只手了，而是一个长着壳质长指甲的爪子。

皮尔逊来不及思考，就抓住撑窗杆往前冲过去，用钩子钩住那张从破窗往里看的搏动着的蝙蝠脸。钩子刺进了他的一只眼睛。一股浓稠的、微微有点发涩的墨汁般的液体啪嗒啪嗒地落在皮尔逊伸出来的手上。蝙蝠人发出一声狂怒的嘶吼——对皮尔逊来说，这听起来不是痛苦的尖叫，但他总可以这么希望一下——然后他向后趔趄了一下，把撑窗杆从皮尔逊的手里夺过去，扔进迷蒙的雨夜中。在这个生物从视线中完全消失之前，皮尔逊看到了一层白雾开始从他那长满瘤子的皮肤上飘出来，还闻到一股什么东西（泥土、尿和辣椒）发出的难闻气味。

卡梅伦·史蒂文斯把莫伊拉拉回怀里，然后震惊而又难以置信地看向皮尔逊。他们周围的人都是一副相同的茫然表情，像是一群在驶来的卡车大灯的照射下僵住的鹿。

*在我看来，他们不太像抗争斗士，*皮尔逊想，*他们看起来就像被关在剪毛羊圈里的绵羊……领他们进去的那个浑蛋叛徒和他的同伙站在房间的前面。*

楼上那个野蛮的吼声越来越近了，但没有皮尔逊预料中的那么快。然后他想起楼梯有多窄——太窄了，两个人都无法并肩走——他一边向前挤，一边说了几句感谢的话。他一把抓住杜克的领带，把他拽了起来。他说：“拜托，我们要毁了这个地方。有后门吗？”

“我……不知道。”杜克慢慢地用力揉着太阳穴，像是头痛得厉害，“这是罗比干的？罗比？不可能，朋友……这可能吗？”他看着皮尔逊，眼神中满是遗憾和震惊。

“恐怕是他。杜克，振作点。”

他朝过道走了两步，仍然抓着杜克的领带，然后停了下来。德尔雷、奥尔森和肯德拉一直在那个箱子里翻找着，现在他们亮出了手枪大小的自动武器，武器上装有看起来很可笑的金属枪托。皮尔逊从来没有在电视或电影之外见过乌兹轻型冲锋枪，但他觉得那就是乌兹轻型冲锋枪。乌兹枪或者类似的型号，不过不管怎么说，这他妈的有什么关系呢？反正它们都是枪。

“等等。”德尔雷说。他好像是对杜克和皮尔逊说的。他挤出一丝笑容，看起来就像一个死刑犯突然被告知他还能活着。“待在原地别动。”

杜克还在走，他现在站在过道上了，皮尔逊就在他的右边。其他人也跟随他们站了起来，一面向前挤着，一面紧张地回头看通往楼梯的门廊。他们的眼神表明他们不喜欢枪，但更不喜欢从一楼传过来的咆哮声。

“为什么？”杜克问道，皮尔逊发现他泫然欲泣。他摊开手，掌心朝上。“你们为什么要出卖我们？”

“杜克，我警告你别动。”莱斯特·奥尔森用一种苏格兰人特有的圆润声音说。

“其他人都坐回去！”肯德拉厉声说。她的声音则一点也不圆润。她的眼睛在眼窝里来回转动，想立刻掌握整个房间的情况。

“我们从来没有出卖你们。”德尔雷对杜克说，声音听起来像是在恳求，“他们盯上我们了，随时都可以带我们走，但他们跟我做了个交易。你明白吗？我没有出卖你们，我从来都没有。是他们找上我的。”他激动地说着，仿佛这样的区分对他来说真的有什么意义，但他飞快眨动的眼睛却又传达出了不同的信号。就好像里面还有另一个罗比·德尔雷，一个更好的罗比·德尔雷，一个疯狂地想与这可耻的背叛行为撇清关系的人。

“你就是个骗子！”杜克·莱因曼大吼，声音破碎，带着被背叛的受伤感与了解情况后的愤怒。他扑向那个在地铁红线列车上让他保持理智，或许还救了他性命的男人……然后所有的东西都向下猛扑过来。

皮尔逊不可能把这一切都看清楚，但他似乎还是看清了。他看到罗比·德尔雷犹豫了一下，然后把武器转向一边，好像他打算用枪管打杜克，而不是向他开枪。皮尔逊看见莱斯特·奥尔森在纽伯里波特的一个谷仓朝蝙蝠人砰砰砰开了三枪，然后吓破了胆，决定试着达成一笔交易。皮尔逊把自己的枪托抵在皮带扣上，扣动了扳机。他看到枪管上的通风孔里倏忽闪过了蓝色火焰，然后听到了嘶哑的“噼！噼！噼！”，皮尔逊觉得那就是自动武器在现实世界里的声音。他听到一个隐形的东西在他面前一英寸的地方划破了空气，就像是听到了鬼魂的喘息。他看见杜克向后倒去，血从他的白衬衫里喷了出来，溅在他米色的西服上。他看见刚才站在杜克身后的那个人踉踉跄跄地跪下，双手捂住眼睛，指关节间渗出鲜血。

有人——也许是珍妮特·布赖特伍德——在会议开始前，关上了楼梯和楼下这间房间之间的门；现在门“砰”地一声开了，两名身穿波士顿警察制服的蝙蝠人挤了进来。他们挤作一团的脸从他们异常不安分的超大脑袋上野蛮地凸出来。

“手下留情！”罗比·德尔雷大喊。他脸上的雀斑现在像烙印一样突出，脸色却是一片煞白。“手下留情！他们已经向我承诺赦免了，只要你们举起双手，站在原地不动！”

几个人——都聚集在咖啡机周围——确实举起了手，尽管他们一边举手一边继续远离穿着制服的蝙蝠人。其中一个蝙蝠人哼了一声，伸手抓住一个男人的衬衣前襟，把他抓向自己。皮尔逊几乎还没意识到事情的发生，那东西就把那人的眼睛挖掉了。那东西看了看他那怪异、畸形的手掌上的那团胶状残余物，然后塞进嘴里。

当另外两个蝙蝠人从门里冲进来，用他们乌黑发亮的小眼睛环视四周时，另一个蝙蝠人警察拔出了左轮手枪，朝人群胡乱开了三枪。

“不！”皮尔逊听到德尔雷尖叫，“不要，你们保证了！”

珍妮特·布赖特伍德抓住邦恩牌咖啡机，把它举过头顶，砸向其中一个刚来的蝙蝠人。咖啡机发出喑哑的金属撞击声，热咖啡溅得到处都是。这一次，那声尖叫中包含的痛苦是不容置疑的。一个蝙蝠人警察向她扑过来。布赖特伍德弯下腰想跑，却被绊倒了……突然间她就不见了，消失在向房间前方奔逃的人群中。

现在所有的窗户都破了，皮尔逊听到了越来越近的警报声。他看见蝙蝠人分成两组，从房间的两边跑过来，显然是要把惊慌失措的十点民族赶进画架后面的储藏室，画架现在已经被撞翻。

奥尔森扔下武器，抓住肯德拉的手，朝那个方向跑去。一个蝙蝠人的手臂从地窖的一扇窗户里蜿蜒而入，一把抓住奥尔森夸张的白发，把他拖了上来，他发出快要窒息的咕噜声。另一只手从窗户里伸出来，足有三英寸长的指甲划开了他的喉咙，一股猩红的血喷涌而出。

我的朋友，你在海岸上的谷仓里干掉蝙蝠人的日子已经一去不复返了，皮尔逊病态地想。德尔雷站在打开的箱子和倒在地上的画架之间，一只手举着枪，眼神中充满震惊，近乎空洞。当皮尔逊扯下金属枪托的时候，德尔雷也没有反抗的意思。

“他们答应过我们会开恩的！”他抓住皮尔逊，“他们答应过！”

“你真的觉得你可以相信长成那副模样的东西吗？”皮尔逊问道，然后他用尽全力把金属枪托扎进德尔雷的脸中央。他听到有什么东西破碎了——可能是德尔雷的鼻子，那个从他那银行职员的灵魂深处苏醒过来的没有思想的野蛮人，粗鲁而野蛮地欢呼了一声。

他开始向纸箱堆中间那条曲折的过道走去，这是从中飞速穿过的人群开辟出来的通道。当大楼后面的枪声响起时，他停了下来。枪声……尖叫……胜利的咆哮。

皮尔逊转过身，看见卡梅伦·史蒂文斯和莫伊拉·理查森站在折叠椅之间过道的最前面。他们牵着手，脸上的表情同样震惊。皮尔逊还有时间想，当汉塞尔和格雷特尔终于走出糖果屋时，一定是这个样子。然后他弯下腰，拿起肯德拉和奥尔森的武器，给每人递了一把。

又有两个蝙蝠人从后门进来了。他们的步伐懒懒散散，好像一切都在按计划进行……皮尔逊猜想，这就是计划。现在行动已经转移到了房子的后面——那才是羊圈的真正所在地，不是这里，蝙蝠人所做的不只是给绵羊剪毛。

他对卡梅伦和莫伊拉说："振作点，我们去干死这群浑蛋。"

房间后面的蝙蝠人很晚才意识到，有几个逃亡的人已经决定转身战斗。其中一个转身——可能是要跑，撞到了一个新来的蝙蝠人，在溅出的咖啡里滑了一跤。他们都滑倒了。皮尔逊朝那个还站着的蝙蝠人开火了。这支机关枪不知何故发出了刺耳的"噼！噼！噼！"声，蝙蝠人被推向后面，他那张怪异的脸炸开了，冒出一团臭气熏天的血雾……皮尔逊想，这就仿佛他们真的只是出现在幻觉中一样。

卡梅伦和莫伊拉领会了意思，朝另外一个蝙蝠人开枪，极具毁灭性的火力网把蝙蝠人逼向墙边，又把他们打倒在地板上。皮尔逊已经闻到从他们的衣服里渗出的一股无形的雾气，那气味很像第一商业银行外面大理石安全岛上的紫菀。

"来吧。"皮尔逊说，"如果我们现在走，可能还有机会。"

"但是……"卡梅伦说道。他向四周看了看，渐渐清醒过来。太好了，皮尔逊想，如果他们想找到机会摆脱困境，就必须保持清醒。

“别担心，卡姆[1]。”莫伊拉说。她也环顾四周，确认他们是这里仅剩的活人，不管是人类还是蝙蝠人。所有人都去了房子后面。“我们走。我觉得我们进来时通过的那扇门可能是最好的选择。”

“对。”皮尔逊说，“但是不会太久。”

他最后看了杜克一眼，杜克躺在地板上，他的脸因为难以置信和痛苦僵住了。他本想去合上杜克的眼睛，但来不及了。

“我们走。”他说，然后他们走了。

当他们来到通往走廊的门口时——剑桥大街就在后面，从房子后面传来的枪声已开始减弱。*死了多少人？*皮尔逊想着，他的第一个想法是所有人——很可怕，但是合情合理，难以反驳。他想可能还有一两个人已经逃出来了，但事实上没有。蝙蝠人无声而利落地在他们身边布下了圈套，一个绝妙的圈套，就在德尔雷嚼着口香糖，看手表拖延时间的时候——可能是在等什么信号，但被皮尔逊抢先发现了。

*如果我早点发现端倪，杜克可能就不会死，*他痛苦地想。也许是真的，但是如果愿望是马匹，那乞丐都会骑。这不是自责的时候。

一个警察蝙蝠人被留在门廊上站岗，但他转向了街道的方向，可能是为了避免受到干扰。皮尔逊从开着的门里探过身来，对他说：“嘿，你这个相貌丑陋、一身横肉的浑蛋，有烟吗？”

蝙蝠人转过身。

皮尔逊把他的脸打烂了。

Ⅳ

第二天深夜刚过一点，三个人——两男一女，女人的尼龙长袜破破烂

[1] 卡梅伦的昵称。

烂的，红裙子弄脏了——在一辆驶出南站调车场的货运车旁边奔跑。那个年轻一点的男人轻松地从方形车门跳上了一节空车厢，转过身向女人伸出手。

她趔趄了一下，低跟鞋的一只后跟断了，她叫了一声。皮尔逊一只手环住她的腰（在她那更为清新的汗水和恐惧的气息之下，他闻到了一丝令人心碎的、微弱的阿玛尼香水味），带着她跑，然后喊着让她跳。她跳的时候，他托起她的臀部，把她举向卡梅伦·史蒂文斯伸手的方向。她抓住了卡梅伦的双手，皮尔逊狠狠地推了她最后一把，帮助斯蒂文斯把她拖上车。

皮尔逊为了帮她已经被落在后面了，现在他可以看到前面不远处的车站围栏了。车子快速穿过铁丝网上的一个洞口，但洞口不足以让皮尔逊和车同时穿过。如果他不赶快上车，他就会被落在调车场。

卡姆环视了一下敞开的车厢门，看到了正在靠近的围栏，然后又伸出手来。“来吧！”他喊道，“你能做到！”

皮尔逊本来做不到——不论如何，不能回到过去那种一天两包烟的生活了。然而，现在他的双腿和肺都可以保证他再拼一把。他沿着铁轨旁边那块堆满垃圾的危险煤渣基床疾跑，暂时超过了那辆慢吞吞开着的车子。他伸出手来，站了起来，围栏逼近的时候，他抓到了上方朝他伸出的双手。现在他可以看到编织在菱形链条空隙中可怕的带刺铁丝网。

那一刻，他内心无比清醒，他看到了妻子坐在客厅的椅子上。他看到她正在跟两个穿着制服的警察说，她的丈夫失踪了。他甚至看到了堆放在她旁边小桌子上的珍妮的立体书。这些真的在发生吗？是的，以这种或那种形式，他觉得这是真的。丽萨贝斯一生从未抽过烟，她注意不到坐在她对面长沙发上的警察们年轻的面孔下面黑色的眼睛和满是利齿的嘴；她看不见渗出液体的肿瘤，也看不见他们赤裸的头骨上纵横交错的搏动着的黑色血管。

不知道。看不到。

愿上帝保佑她永远看不见，皮尔逊想，就永远这样吧。

他跌跌撞撞地走向那黑暗的庞然大物，那是一辆开往西部的联合铁路公司的列车，走向从一个缓慢转动的钢轮下盘旋升起的橙色火花。

“快跑！”莫伊拉尖叫道，她从车厢门里探出身子，伸着双手哀求着，“求你了，布兰登——再过来一点！”

“快一点！脚粘住啦！”卡姆大吼，“当心那该死的围栏！”

不行了，皮尔逊想着，快不了了，不能当心围栏了，跑不动了。只想躺下，只想睡一觉。

然后他想起了杜克，终于努力加快了一点速度。杜克的年纪还不够大，他还不知道有时人们会怯懦，会出卖别人，甚至我们崇拜的人也会这样做；但他知道抓住布兰登·皮尔逊的胳膊，不让皮尔逊在一声尖叫中自杀。杜克不希望他被落在这个该死的调车场。

皮尔逊向他们伸出的手做了最后一次冲刺，眼角的余光似乎瞥见围栏向自己扑来，他抓住了卡姆的手指。他跳了起来，感觉到莫伊拉的手紧紧抓住他的腋下，然后他扭动着爬了上去，在围栏就要把他的右脚扯下来之前，把右脚拖进了车厢。

“男孩的冒险，全员就位。”他喘着气，“纽厄尔·康弗斯·韦斯画的插画。”

“什么？”莫伊拉问道，“你在说什么？”

他转过身来，透过一团乱蓬蓬的头发，仰头看着他们。“没关系。谁有烟？我真想来一支。”

他们默默地盯了他几秒钟，互相看了看，然后同时爆发出一阵狂笑。皮尔逊猜想这意味着他们相爱了。

当他们在车厢的地板上被颠得滚来滚去、互相抓着、号叫着的时候，皮尔逊坐了起来，慢慢地开始检查他那肮脏的、撕破的西装外套的口袋。

“啊！”他把手伸进第二个口袋，摸到了熟悉的形状。他拿出那破旧的烟盒来展示：“向胜利致敬！”

车子向西行驶，穿过马萨诸塞州，三个小小的红色火点在敞开的门口的黑暗中闪闪发光。一周之后，他们到了奥马哈市，每天上午的几个小时都在市中心的街道上闲逛，一面看着人们不顾倾盆大雨在外面喝咖啡、休息，一面寻找着十点民族的人，寻找着这个失落的部落的成员，那个跟着骆驼老乔走散的部落。

到了十一月，他们中有二十人在拉维斯塔一个废弃的五金店的后屋里开会。

第二年年初，他们在康瑟尔布拉夫斯河对岸发动了第一次突袭，杀死了三十名非常吃惊的中西部蝙蝠人银行家和蝙蝠人高管。这并不多，但布兰登·皮尔逊已经明白，杀死蝙蝠人与减少抽烟量至少有一个共同点：你总得有一个起点。

Crouch End

伏尾区

这个女人最后离开的时候，已将近凌晨两点半。伏尾区警局外，托特纳姆巷寂静得像一潭死水。伦敦尚在睡梦中……但伦敦从不沉睡，它的梦境是不安的。

维特尔警员合上记事簿，那个美国女人滔滔不绝地说出那个疯狂、离奇的故事时，他几乎记满了整本记事簿。维特尔凝视着打字机和它旁边架子上的一堆空白表格。他说："天亮时，这个看起来会很奇怪。"

法纳姆警员正在喝可乐，他很久没有说话。"她是美国人，对吧？"法纳姆最后说了一句，就好像这句话可以解释那个女人所讲述的大部分或者全部故事一样。

"要录到备份文件中去。"维特尔道，他环顾四周，想找支香烟，"不过我在想……”

法纳姆哈哈大笑。“你该不会认为这个故事是真的吧？拜托，先生！我才不信呢！”

“我没这么说，是吧？我什么都没说，不过你初来乍到的……”

法纳姆稍微坐正了一些。他二十七岁，从马斯韦尔山区被派到北方来，这不是他的过错，也不关维特尔的事。维特尔的年龄几乎是法纳姆的两倍，他已经在伦敦伏尾区这个平静落后的地方耗完了他整个平淡无奇的职业生涯。

“先生，我或许是初来乍到，”他说，“但是——无意冒犯——我想，我没吃过猪肉，我觉得我还是见过或者听说过猪跑的。”

“我们先抽支烟，小伙子。”维特尔说，看起来很开心，“看看！多好的小伙子！”他从像车厢一样的鲜红色盒子里摇出一根木火柴，点燃烟，摇灭了，把火柴梗扔进法纳姆的烟灰缸里。他透过飘散的烟雾凝视着这个年轻人。他自己那些风华正茂的日子早已一去不复返。维特尔的脸上满是深深的皱纹，鼻子上简直铺满了一张血管图。晚上他喜欢弹竖琴，这就是维特尔警员。“你觉得伏尾区太平静了，对吧？”

法纳姆耸耸肩。实际上，他觉得伏尾区就是一个无聊的大郊区——他弟弟会很愉快地说“真他妈无聊”。

“是的，”维特尔说，“我知道你是这么想的，而且的确如此。确实，人们大多数时候晚上十一点就上床睡觉了。但是我在伏尾区见过太多离奇古怪的事。如果你来这里的时间有我的一半，我想你也能见到。在伏尾区六到八个街区发生的古怪事，比伦敦的其他地方都多——我知道这么说有点夸张，不过我是这么认为的。这让我很恐惧。所以我会喝酒，然后就不那么害怕了。不妨看看戈登警佐吧，法纳姆，你好好想想，为什么戈登警佐年仅四十岁就满头白发。或者看看佩蒂，不过你也看不到了。佩蒂一九七六年夏天自杀了。正当炎夏。那个夏天……”维特尔似乎在斟酌用词，“那个夏天糟透了，一塌糊涂。我们当中很多人都害怕他们会有所突破。”

“谁会突破什么？”法纳姆问。他感觉到自己嘴角扬起一抹轻蔑的微笑，他知道这么做一点都不谨慎，但是他控制不住。在他看来，维特尔和那个女人一样，都在胡言乱语。维特尔一直有点古怪，可能是酗酒造成的。然后他看到维特尔正对他回以微笑。

“我猜，你在想我老糊涂了。”维特尔说。

“没有，没有。”法纳姆否认，心里却直嘟囔。

“你是个好孩子。”维特尔说，“等你到了我这个年纪，你就不会坐在这个警局的桌子旁了。除非你想留下来。你会留下吗？你考虑过吗？你渴望吗？”

“当然。”法纳姆说。这是真的，他当然渴望。他打算留下来，就算希拉想让他离开警察机关，到一个她可以依靠他的地方去。可能是福特厂的流水线，成为福特厂的一个工人，想想都叫他反胃。

“我也这样想。”维特尔把烟摁熄，“这已经融入你的血液了，对吧？你也能够走得更远，不会止步于乏味老旧的伏尾区。不过，你并不是什么都知道。伏尾区很古怪。你应该找个时间好好看看备份文件，法纳姆。啊，文件里有好多很平常的事……男孩、女孩离家出走，当了嬉皮士、朋克或者他们自己用的别的称呼……丈夫失踪了（当你看看他们的妻子，多半能理解为什么）……尚未侦破的纵火案……钱包被偷……所有这些。但是在这些事情中，有足够多的事情能让你热血沸腾。有些还会让你觉得恶心。”

“真的？”

维特尔点头。“有些故事和那个可怜的美国女人刚刚告诉我们的很相似。她再也见不到她丈夫了——记住我的话。”他耸了耸肩，看向法纳姆，“信不信我，都是一码事，不是吗？文件都在这里。我们称之为‘非机密文件’，因为这个称呼比‘备份文件’或者‘见鬼的文件’要更礼貌一些。好好研究一下，法纳姆。好好研究研究。”

法纳姆什么都没说，但是他的确打算“好好研究”一番。这里似乎发生了一系列那个美国女人讲述的那种故事……这让人心神不宁。

“有时候，”维特尔说着又“偷走”法纳姆的一支丝卡烟，“我在思考维度。”

“维度？”

“是啊，小子——维度。科幻小说的作者不是都写维度吗？你读过科幻小说吗，法纳姆？”

“没读过。”法纳姆说。他认定科幻小说就是一场精心编写的扯淡。

“洛夫克拉夫特[1]呢？读过他的书吗？”

“从来没听过。”法纳姆说。实际上，他读过的最后一本消遣小说是维多利亚时代的一本仿作，叫作《两位穿丝绸短裤的绅士》。

“洛夫克拉夫特这家伙总是写一些关于维度的内容。”维特尔说着，拿出他那盒像车厢一样的火柴盒，“离我们很近的维度。到处都是不死的怪物，看一眼就能把人逼疯，都是一些可怕的垃圾。只是每当有人陷入癫狂时，我就想这一切到底是不是垃圾。我会思考——夜深人静的时候，就像现在——我们整个世界，我们所认为的一切美好、正常和理智的东西，可能就像一个装满空气的大皮球。只是在一些地方，在一些屏障更为薄弱的地方，皮革几乎磨没了。你明白我的意思吗？”

“明白。”法纳姆说。他想，你真应该亲我一下，维特尔——每当我心烦意乱的时候，我都想要个亲吻。

“然后我就想，‘伏尾区就是一个薄弱区’。听起来很蠢，但是我的确

---

[1] 即霍华德·菲利普斯·洛夫克拉夫特，美国恐怖、科幻与奇幻小说作家，代表作有《克鲁苏神话》等。

有这些想法。我太有想象力了，反正我妈总是这么说。”

“她确实这么认为？”

“是啊。你知道我还思考了什么吗？”

“不知道，先生，我毫无头绪。”

“海格特地区大概是没问题的，这就是我所想的——海格特地区的那道屏障之厚，就像你所希望的你我之间的隔阂那么大，就像马斯韦尔山区与海格特地区之间的维度差别那么大。但是现在，你选择了阿奇威和芬斯伯里公园。它们也临近伏尾区。我在这两个地方都有朋友，他们知道我对某些事情很感兴趣，而这些事情似乎一点都不理性。我们会说，有些疯狂的故事是由那些编造疯狂的故事，却不从中获利的人讲的。”

“法纳姆，你想过吗，如果这些事情不是真的，为什么这个女人要告诉我们呢？”

“呃……”

维特尔划了一根火柴，看着法纳姆。“漂亮的少妇，二十六岁，两个孩子还在酒店里，丈夫是个年轻的律师，在密尔沃基或别的地方做得不错。她进警局把这种你可能只在汉默公司[1]的电影里看过的事情和盘托出，是为了得到什么？”

“我不知道。”法纳姆生硬地说，“但是可能只有一个——”

“所以我对自己说。”维特尔打断他，“如果有类似于‘薄弱点’的东西，那可能就是从阿奇威和芬斯伯里公园开始……但最薄弱的地方就是这里，伏尾区。而且我对自己说，如果我们之间的最后一块皮革和球内的东西……都磨没了，这不也是一件好事吗？即使那个女人告诉我们的事情只

---

[1] 一家位于伦敦的电影制作公司。该公司成立于 1934 年，20 世纪 50 年代中期到 70 年代以拍摄一系列哥特恐怖片而闻名。

有一半是真的，这也是一件好事，不是吗？”

法纳姆沉默了。他已经确认，维特尔警员可能还相信手相学、颅相学和玫瑰十字会[1]。

“好好读读备份文件。”维特尔说着站了起来。当他把手撑在后背伸懒腰的时候，骨头发出了一阵噼啪声。“我要去外面透透气。”

他踱步走了出去，法纳姆看着他，又好气又好笑。维特尔有点神神道道的。他也喜欢蹭别人的烟。在这个福利国家的美丽新世界里，烟并不便宜。他拿起维特尔的记事簿，又开始翻看那个女孩的故事。

而且，没错，他会浏览一下备份文件。

他会看着取乐。

这个女孩——或者少妇，如果你想保持政治正确的话（现在似乎所有美国人都是这么做的）——前一天晚上十点一刻冲进车站，她湿漉漉的头发一绺一绺地挂在脸上，眼睛瞪得鼓鼓的，手里抓着手提包的带子。

“朗尼。”她说，“求求你们，你们一定要帮我找到朗尼。”

“嗯，我们会尽全力的，好吗？”维特尔说，“但你要先告诉我们谁是朗尼。”

“他死了。”这个年轻的女人说，“我知道他死了。”她开始大哭。然后她又开始大笑——真的是咯咯地笑出声。她把手提包丢到面前，她歇斯底里了。

在工作日晚上的那个时间点，这个警局基本上空无一人。雷蒙德警佐正在听一个巴基斯坦女人诉说她的手提包是怎么在希尔菲尔德大街上被一个满身足球文身、顶着一头鸡冠似的蓝发的家伙偷走的，这个女人异常冷静。维特尔看到法纳姆从接待室进来了，他从那里取下了旧海报

[1]17 世纪至 18 世纪一个致力于神秘主义和炼金术研究的秘密会社。

（“你心里容得下一个不想要的孩子吗？”），换上了一张新的（“夜间骑行安全六则”）。

维特尔朝法纳姆挥了挥手，当雷蒙德警佐听到那个美国女人近乎歇斯底里的声音时，也立刻看了过来。雷蒙德喜欢掰断扒手的手指，就像掰断面包一样（如果有人要求他解释这一法外程序，他会说：“喂，拜托，兄弟！我们对五千万非白人外国佬都是这样，不会有问题的。”），他并不负责这个歇斯底里的女人的案子。

“朗尼！”她尖叫，“哦！求求你！他们抓到朗尼了！”

这个巴基斯坦女人看向这个年轻的美国女人，冷静地观察了她一会儿，然后又转向雷蒙德警佐，继续说她的手提包是怎么被抢走的。

“女士——”法纳姆警员说话了。

“发生了什么？”她小声说，呼吸急促。法纳姆注意到她左边脸颊有一道浅浅的抓痕。她是一个漂亮娇小的女人，有着可爱的胸部——娇小玲珑，赤褐色的头发厚密如云。她的衣服还算昂贵，但有一只鞋的后跟掉了。

“发生了什么？”她重复道，“怪物们……”

巴基斯坦女人又看过来……露出微笑，她的牙齿坏了。她的笑容像魔术师的戏法一样消失了，她接过雷蒙德递给她的失物及被盗财物表。

“给这位女士一杯咖啡，带她去三号房间休息。”维特尔说，“女士，您想喝咖啡吗？”

“朗尼，”她小声说，“我知道他已经死了。”

“你只需要跟老特德·维特尔一起走，我们就马上能解决这个问题。”他说着，扶这个女人站起来。当他一只手环住她的腰离开这里的时候，她仍然在呜咽。因为鞋子坏了，她走得并不稳。

法纳姆端着一杯咖啡到了三号房间。那是一个朴素的白色小隔间，里面有一张划痕累累的桌子，四把椅子，角落里还有一台饮水机。他把咖啡放在她面前。

“喝咖啡，女士。”他说，“喝了会好受点。我拿了一点糖，如果……”

“我不能喝咖啡。”她说，“我不能——”然后，她把那个瓷杯攥在手里，好像是为了取暖。那个瓷杯是被某个人遗忘已久的布莱克浦纪念品。她的手抖得很厉害，法纳姆想告诉她，把杯子放下，别洒了咖啡把自己烫伤了。

“我不能。”她又说了一遍。然后她喝了咖啡，两只手仍然捧着杯子，像个孩子端着汤碗一样。当她看向他们时，她看起来就像个孩子——单纯，疲惫，面带恳求……还有一点绝望。仿佛发生的事情不知怎么的让她惊得变年轻了；仿佛有一只看不见的手从天而降，把她过去二十年的生活一拍而光，只把一个穿着美国成人服装的孩子留在伏尾区这个白色的小审讯室里。

“朗尼。”她说，“那些怪物。”她还说，“你会帮我吗？求你帮帮我好不好？他可能还没死。可能……”

“我是一个美国公民！”她突然大喊，然后又开始啜泣，就好像自己说了什么深以为耻的话。

维特尔拍拍她的肩头。“嘿，亲爱的。我觉得我们会帮你找到你的朗尼的。他是你丈夫？”

她啜泣着点了点头。“丹尼和诺尔玛已经回酒店了……和保姆一起……他们已经睡着了……心里还期待着我们回去的时候，朗尼去亲亲他们……”

“你能不能放松一点，告诉我们发生了什么——”

“以及是在哪里发生的。”法纳姆补充道。维特尔快速瞟了他一眼，皱紧眉头。

“就是那样啊！”她喊道，“我不知道是在哪里发生的！我甚至不确定发生了什么，只不过，很恐……恐……恐怖。”

维特尔掏出他的记事簿。“亲爱的，你叫什么？”

“多丽丝·弗里曼。我丈夫叫伦纳德·弗里曼。我们住在洲际酒店。我们都是美国公民。”这一次，声明国籍实际上似乎使她稳定了一些。她抿了一口咖啡，把杯子放下。法纳姆看到她的手心很红。你之后就会感觉到痛了，亲爱的，他想。

维特尔把这一切都记在了记事簿上。他看了法纳姆警员一眼，只是偷偷瞄了一眼。

“你在度假吗？”他问道。

“对……两周在这里，一周去西班牙。我们预计在巴塞罗那待一周……但这对找到朗尼没有帮助！你为什么要问我这些愚蠢的问题？”

“只是想了解一下前情，弗里曼太太。”法纳姆说。他们两人都不假思索地把声音放低放柔，“你继续说，告诉我发生了什么。想怎么说就怎么说。”

“为什么在伦敦叫出租车这么难？”她突兀地问。

法纳姆不知道该说什么，但维特尔接上话了，就好像这个问题和讨论密切相关。

“不好说。部分是因为游客。为什么这么问？你叫不到车带你离开这里去伏尾区吗？”

“对。”她说，“我们三点离开了酒店，然后在哈查德书店下车。你知道吗？”

“嗯，认识。”维特尔说，“很大很精致的书店，亲爱的，是不是？”

“我们毫不费力地从洲际酒店叫了一辆出租车……车子在外面排着队。但是当我们到了哈查德书店，连出租车的影子都没有。最后，终于有出租车停下来，当朗尼告诉他我们要去伏尾区时，司机只是笑着摇了摇头。”

“啊，他们可能是这个城乡接合部附近的浑蛋。请你原谅，亲爱的。”法纳姆说。

“他甚至拒绝了一英镑的小费。”多丽丝·弗里曼说，然后她的声音带上了一种典型的美国式困惑，“我们差不多等了半个小时才终于等到了愿意载我们的司机。那时候已经是五点半了，也可能是六点一刻。就是那时候，朗尼发现他把地址弄丢了……”

她又握紧了杯子。

“你们要去拜访谁？”维特尔问道。

“我丈夫的一个同事，是一个律师，名叫约翰·斯奎尔思。我丈夫没有见到他，但是他们的两家公司——”她含混地做着手势。

“是隶属关系？”

“对，我猜是的。当斯奎尔思先生知道我们要去伦敦度假时，他邀请我们去他家吃晚饭。当然，朗尼经常在他办公室给他写信，但是他把斯奎尔思先生的地址记在一张小纸片上。当我们坐上出租车之后，他发现自己把它弄丢了。他只记得是在伏尾区。”她严肃地看着他们。

“伏尾区——我觉得这个名字很难听。”

维特尔问：“那么你们之后说了什么？”

她开始说了。她还没有说完，她的第一杯咖啡已经喝完了，另外一杯也喝了大半，维特尔警员已经用潦草的笔迹在记事簿上写了好几页。

朗尼·弗里曼是个魁梧的男人，在黑色出租车逼仄的后座上，他要弓着身子才能和司机交谈。他惊讶地看着她，就像她在大学四年级的一场篮球赛上第一次见到他时一样——他坐在长椅上，膝盖弓着，快伸到耳朵边了，粗大的手腕撑着手悬在两腿之间。他只在那时候才穿着篮球短裤，脖子上挂着一条毛巾，现在他已经穿西装，打领带了。她深情地回忆道，他不经常参加比赛，因为他打得并不好。他丢了写着地址的字条。

出租车司机津津有味地听着丢失字条的故事。他上了年纪，穿着一套灰色的夏装，装扮无可挑剔，与那些无精打采的纽约出租车司机截然不同。只有头上的方格绒线帽子有些不协调，但这点不协调看着让人很舒服，给他平添了几分放荡不羁的魅力。出租车外，汽车川流不息地驶过干草市场，附近演出《歌剧魅影》的剧院依然在无休止地宣传着剧目。

“呃，我跟你们说，朋友们。”出租车司机说，“我会带你们去伏尾区，然后我会在一个电话亭停一下，你们搞清楚地址，我们再去，我会把你们送到他家门口。”

“那太好了！”多丽丝说，她真的很开心。他们已经在伦敦待了六天，在她的印象中，从来没有遇到哪个地方的人民比这儿的更善良或更文明了。

“谢谢你。”朗尼说着坐了回去。他环抱住多丽丝，微笑着说：“看到了吗？没问题的。”

“又和你没有关系。”她嗔怪道，轻轻地朝他腹部打了一拳。

“好啦。”出租车司机说，“朝伏尾区出发喽。”

现在是八月末，持续不断的热风把马路上的垃圾吹得噼啪作响，也猛烈地吹着下班回家的男女们的外套和裙子。金乌西坠，当太阳照耀到建筑物之间时，多丽丝看到天空开始呈现出傍晚的红色。出租车司机哼着小曲。朗尼的胳膊环抱着她，多丽丝放松了下来——在过去的六天里，她见到他的时间似乎比她一整年见到的都多。她以前也从未离开过美国，她必须不断提醒自己，她现在在英国，还要去巴塞罗那，比成千上万的人都幸运。

接着太阳在一堵墙后面消失了，她几乎立刻失去了方向感。她发现驰骋在伦敦大街小巷的出租车会让人有这种感觉。这座城市是一个杂乱无章的大杂院，有道路，有马厩，有小山，也有死胡同（甚至是小旅馆），她搞不懂人们是怎么找到方向的。她前天向朗尼提起这件事时，他回答说，他们外出都非常小心……难道她没有注意到，所有的出租车司机都把伦敦街道导航仪好好地藏在仪表盘下面吗？

这是他们坐过最久的一次出租车。城里繁华的地段落在了他们身后（尽管有种不正常的绕着圈子的感觉）。他们经过一片巨大的住宅开发区，很有可能被完全废弃了，因为这里杳无人烟（不，她在白色的小房间里对着维特尔和法纳姆自我纠正了一下，因为她看见一个小男孩坐在路边划火柴），接着是一些看起来很破旧的小商店和水果摊，接着他们似乎又被载进了繁华的地段——难怪在伦敦开车会让外地人感到如此迷惑。

“那里甚至还有一家麦当劳。”她告诉维特尔和法纳姆，语调惊奇，通常只有看到狮身人面像和空中花园的人才会有这样的语调。

“在那里？”维特尔回应道，恰到好处地表达了惊奇和尊重——她已经完全恢复了记忆，他不想让任何事情破坏她的情绪，至少在她把她能说的话都告诉他们之前。

有麦当劳作为中心标志物的繁华地段远去了。他们暂时开进了开阔地段，这时太阳像一个橘黄色的实心球体，高悬在地平线上，诡异的光芒照耀着街道，所有的行人看上去都像要燃烧起来了。

“就在那时候，情况开始变了。”她说。她的声音低落了一点，双手又开始发抖。

维特尔倾身向前，一副专心致志的样子。“变了？怎么变了？发生了什么变化，弗里曼太太？”

她说，他们经过一家报刊亭的橱窗，外面的招牌写着：六十人消失于恐怖地铁。

“朗尼，看那个！”

“什么？”他抻长了脖子，但出租车已经驶过了报刊亭。

“它上面写着‘六十人消失于恐怖地铁’。那个是地铁吧？”

“对，是发生撞车了吗？”

“我不知道。”她往前倾，“司机，你知道是什么事情吗？发生地铁碰撞了吗？”

“碰撞，女士？据我所知没有。”

“请问你有收音机吗？”

“车里没有，女士。”

“朗尼？”

“嗯？”

但她看得出朗尼已经失去兴趣了。他又在翻口袋（因为他穿着三件套西装，所以有很多口袋需要搜一搜），又在找写着约翰·斯奎尔思地址的那张破字条。

黑板上的信息在她的脑海里一遍又一遍地播放着：“六十人消失于恐怖地铁”，应该是这个意思。但是……六十人消失于恐怖地铁，这让她感觉很不安。它没有说“遇难”，而是说“消失”，过去新闻报道总是这么提到在海上淹死的水手。

恐怖地铁。

她不喜欢这个词。这让她联想到了墓地、下水道，以及突然从地铁里拥出的苍白、吵闹的东西，它们用胳膊（也许是触角）缠绕着站台上那些倒霉的乘客，把他们拖向黑暗……

他们往右转了。拐角处，三个穿皮衣的男孩站在他们停放着的摩托车旁边。他们抬头看了看出租车，刹那间——夕阳从这个角度几乎直射到她的脸上——那些骑摩托车的人似乎根本没有人头。在那一刻，她非常确定，那些黑色皮夹克上方长着的是光滑的老鼠脑袋，老鼠的黑眼睛盯着驾驶室。然后光线稍稍移动了一下，她当然发现是自己弄错了。只有三个年轻人在英国的美式糖果店前抽烟。

“就是这里。”朗尼说，他放弃了寻找，指了指窗外。他们经过一个牌子，上面写着“伏尾山路”。像昏昏欲睡的老太婆一样的老旧砖房已经关上了门，似乎正从它们空荡荡的窗户俯瞰着出租车。几个孩子骑着自行车或三轮车来来回回。另外两个人试图玩滑板，但很明显玩得不太成功。父亲们下班回家后坐在一起，抽烟，聊天，看着孩子们。一切看上去都很正常，令人放心。

出租车停在一家看起来很沉闷的餐馆前，餐馆的窗户上有一个用小圆点装饰的标志，上面写着“完全许可”的字样，而餐馆中央有一个大得多的牌子，上面写着“这是一家可以外带咖喱的餐馆”。餐馆里面的窗台上睡着一只巨大的猫，毛是灰色的。餐馆旁边有一个电话亭。

“我们到了，朋友们。”出租车司机说，“你们找到你们朋友的地址，我再把你们送过去。”

“好的。”朗尼说着下车了。

多丽丝在出租车里坐了一会儿，然后也出来了，觉得自己想活动一下。炽热的风还在吹。风把她的裙子撩到膝盖上，一张旧冰激凌包装纸被风吹到她的小腿上。她厌恶地皱了一下脸，把它弄掉。当她一抬起头来，迎面透过平板玻璃窗直直地盯着那只灰色大猫。它也回望着她，它只有一只眼睛，神秘莫测。它的半边脸在很久以前的一场战斗中几乎被抓掉了。剩下的是一团扭曲的粉红色疤痕组织，一只乳白色的患白内障的眼睛和几簇毛发。

它隔着玻璃无声地向她喵喵叫。

她感到一阵恶心，走到电话亭边，透过一块脏玻璃往里看。朗尼用拇指和食指冲她比画了一个圆圈，眨了眨眼。然后他把十便士塞进投币口，和一个人聊了起来。他看着镜子无声地笑了，像那只猫一样。她看了看，但现在窗户是空的。在远处的昏暗中，她能看见椅子在桌子上，一个老人正拿着扫帚扫地。当她回头看时，发现朗尼正在记什么东西。他把笔收起来，手里拿着那张字条，她看到上面写着一个地址，还写着一两句话，然后挂了电话，走了出来。

他得意扬扬地对她摇着那张字条。“好吧，就这样——”他的目光越过她的肩膀，皱起眉头，“那辆该死的出租车哪儿去了？”

她转过身来，出租车不见了。原来停车的地方，现在只剩下路缘石，还有几张纸被风吹着懒洋洋地往排水沟飘去。街道对面，两个孩子紧紧地抓着对方咯咯地笑。多丽丝注意到其中一个孩子的一只手是畸形的——看起来更像一只爪子。她原以为英国的国民医疗服务体系会处理好这些事情。孩子们隔着马路看过来，看见她在观察他们，便互相拥抱，又咯咯地笑起来。

“我不知道。”多丽丝说。她觉得晕头转向，有点傻眼了。炎热，持续不断的风，不疾也不徐，光线就像是画出来的……

“那是什么时候？”法纳姆突然问道。

“我不知道。”多丽丝·弗里曼突然从自己的倾诉中回过神来，“六点，我想，也可能是六点过二十分钟。”

“我知道了，你接着说。”法纳姆说，他很清楚，即使按照最宽松的标准，八月的太阳也要过了七点才会开始落下去。

“好吧，那么他在搞什么？”朗尼问道，还在环顾四周。他几乎以为自己的愤怒会使出租车重新出现在视野中。“接了别的客，然后把车开走了？”

“可能是在你举手的时候。”多丽丝说，她举起自己的手，画出朗尼在电话亭里用拇指和食指比画的圆圈，“也许你那样做，他以为你在向他招手。”

“计价器上写着二点五，我得挥很长时间的手才能把他打发走吧。”朗尼嘟哝，然后走到路边。在伏尾山路的另一边，那两个小孩还在咯咯地笑。“嘿！”朗尼喊道，“孩子们！”

“你是美国人吗，先生？”那个长着爪子一样的手的男孩喊道。

“对。”朗尼微笑，“你们看到那里的那辆出租车了吗？你们看到它去哪里了吗？”

两个孩子似乎在思考这个问题。男孩的同伴是一个大约五岁的女孩，一头凌乱的棕色辫子朝相反的方向扎着。她走到对面的路缘上，把两只手捧成喇叭状，仍然微笑着——她微笑着，把手捧成喇叭状，尖叫。她对他们喊道：“滚吧，美国佬！”

朗尼张大了嘴巴。

“先生！先生！先生！”男孩尖声喊，用他那畸形的手疯狂地敬礼。然后他们两个人拔腿就跑，转过街角就不见了，只留下他们的笑声回荡着。

朗尼目瞪口呆地看着多丽丝。

“我想伏尾区的一些孩子对美国人不太友好。”他结结巴巴地说。

她不安地环顾四周。这条街现在显得空荡荡的。

他伸出一只手臂搂住她。“嗯，亲爱的，看来我们要远足了。”

“我不确定我想去。那两个孩子可能去找他们的哥哥了。”她笑着表示这是个玩笑，但声音有一点刺耳。这个傍晚呈现出一种她不太喜欢的超现实色彩。她真希望他们一直待在酒店里。

“我们也无能为力，”他说，“街上并不是到处都有出租车，对吧？”

“朗尼，出租车司机为什么要把我们扔在这儿？他看上去人很好。”

“我也想不通。不过约翰给了我很好的指导。他住在一条叫黄铜街的街上，这是一条很小的死胡同，他说这条街不在导航系统里。”他一边说，一边引导着她走过电话亭、销售外带咖喱的餐馆，以及现在空荡荡的路边。他们又走上伏尾山路。“我们右转到希尔菲尔德道上，走到中途左转，然后在第一个路口右转……还是左转？总之，到皮特里街。在第二个路口左转就是黄铜街。”

“你都记住了吗？”

“我可是明星证人。”他夸张地说，她只好笑了。朗尼总有办法让事情变好。

警局大厅的墙上有一张伏尾区的地图，比伦敦街道导航仪上的地图详细得多。法纳姆走近地图，双手插在裤兜里研究起来。警局现在似乎已经特别安静了。维特尔还在外面——有人希望把他脑子里的怪力乱神都清除掉，雷蒙德对那个丢手提包女人的问讯早就结束了。

法纳姆指着出租车最有可能让他们下车的地方（如果这个女人的故事确实可信的话，就是那里了）。去他们朋友家的路径看起来相当明确。伏尾山路到希尔菲尔德大道，然后左转到威克斯巷，再左转到皮特里街。黄铜街从皮特里街延伸出来，就像是有人事后想起了才规划的一样，它的长度不超过六幢或者八幢房子的长度，至多一英里，即使是美国人走那么远应该也不会迷路。

“雷蒙德！”他喊道，“你怎么还没走？”

雷蒙德警佐进来了。他已经换了便装，正在穿一件浅色的府绸风衣。“就要走了，乳臭未干的小伙子。”

“你够了。”法纳姆说，脸上仍然挂着微笑。雷蒙德吓了他一跳。只要看一看这个可怕的家伙，就知道他是那种游走于好人和坏人边缘的人。从他左嘴角到喉结有一条扭曲的白色线形伤疤，就像一根粗绳子。他声称有一次一个扒手差点用一块锯齿状的瓶子碎片割破他的喉咙，他还声称这就是他弄断他们手指的原因。法纳姆认为那都是瞎扯。他认为雷蒙德打断他们的手指是因为他喜欢听手指折断时发出的声音，尤其是当手指关节发出啪的声响时。

“有烟吗？”雷蒙德问道。

法纳姆叹气，然后给了他一支。当他点烟的时候，法纳姆问道：“伏尾山路有咖喱店吗？”

“据我所知没有，臭小子。”雷蒙德说。

“据我所知也是。”

“遇到麻烦啦，兄弟？”

“没有。”法纳姆说，他回答得有点粗鲁，心里惦记着多丽丝·弗里曼缠结的头发和瞪大的眼睛。

在伏尾山路的尽头，多丽丝和朗尼·弗里曼转进希尔菲尔德大道，街道两边都是高大宏伟的房子——除了房子，什么都没有，她想，可能房子里面也被精确地分割成了客房和卧室吧。

“到目前为止，还不错。”朗尼说。

“对，它——”她说，而就在这个时候，突然响起了低低的呻吟声。

他们都停下脚步。呻吟声直接从他们的右边传过来，那里是一个小小的庭院，外面围着高高的树篱。朗尼朝那个声音走过去，她抓住他的手臂。“朗尼，不要！”

“你说什么呢，不要？”他问道，“有人受伤了。”

她紧张地跟在他后面。树篱很高，但是并不厚。他把树篱拨到两边，面前是一小方草坪，周围栽满了花朵。草坪碧绿，中间有一块焦黑的区域在冒烟，或者至少这是她的第一印象。在她又看向朗尼的肩膀的时候——对她来说，朗尼的肩膀太高了，她看见那里有个洞，模模糊糊地呈现出人形。烟圈从里面冒出来。

六十人消失于恐怖地铁，她突然想到这个。

呻吟声从洞里传出来，朗尼开始穿过树篱朝洞口走去。

“朗尼。”她说，“求你，不要去。”

“有人受伤了。”他重复说，那个极度痛苦的声音驱使着他走完了剩下的路程。她看到他朝那个洞走去，树篱弹了回来，给她留下的只是他向前移动时的模糊人影。她试图跟在他后面挤过去，却被树篱短硬的树枝刮伤了。她穿着一件无袖上衣。

“朗尼！”她叫道，突然觉得很害怕，“朗尼，回来！”

“就一会儿，亲爱的！”

房子在树篱上方，冷漠地看着她。

呻吟的声音还在继续，但现在更加低沉了——从喉间发出，不知何故充满愉悦。朗尼听不出来吗？

“嘿，下面有人吗？”她听到朗尼问，“有人——哦！嘿！天哪！”突然朗尼尖叫起来。她以前从来没有听到过他尖叫，这个声音让她的双腿都开始发软了。她疯狂地寻找树篱的口子，想找到一条小路，但怎么都找不到。各种画面在她眼前盘旋——一会儿是看起来像老鼠的摩托车骑手，一会儿是那张脸被咬过、有粉红色伤疤的猫，一会儿又是那个手跟爪子一样的男孩。

朗尼！她想尖叫，却发不出任何声音。

这时传来了挣扎的声音，呻吟已经停止。但是从树篱的另一边传来潮湿的、晃动的声音。然后，突然，朗尼飞了出来，穿过僵硬的灰绿色树篱，仿佛受到了巨大的推力。他的西装外套的左边袖子被撕破了，上面糊满了黑色的东西，看起来像是在冒烟，和草坪上冒烟的坑一样。

“多丽丝，快跑！”

“朗尼，发生——”

“快跑！”他脸色惨白，有如奶酪一般。

多丽丝疯狂地寻找警察，或者任何人。但是从她看到的所有生命或者活动的迹象来看，希尔菲尔德大道可能是某个伟大的荒芜城市的一角。然后她回头看了一眼树篱，后面有别的东西在移动，比黑色更黑；它看起来是乌黑的，是与光明完全对立的颜色。

它在晃动。

过了一会儿，树篱上又短又硬的树枝开始沙沙作响。她凝视着，仿佛被催眠了。她可能会永远站在那里（她是这么告诉维特尔和法纳姆的），如果朗尼没有粗暴地抓住她的手臂并对她尖叫的话——是的，从来没有对孩子们高声说过话的朗尼，已经尖叫了，她可能仍然站在那里。站在那里，或者……

但是他们跑掉了。

“去哪里？”法纳姆问道，但是她不知道。朗尼已经在歇斯底里的恐慌与强烈的反感中彻底崩溃了——这就是她真正知道的一切。他的手指像手铐一样扣在她的手腕上，他们逃离了篱笆上方若隐若现的房子和草坪上冒烟的洞窟。她只确定这些事情，其余的只是一连串模糊的印象。

一开始很难跑，后来变得更容易了，因为他们开始下坡了。他们拐弯，再拐弯。灰色的房子，高高的门廊，拉下的绿色窗帘，就像盲眼的养老金领取者一样盯着他们。她记得朗尼脱下他的外套，那件外套上糊满了黏糊糊的黑色东西，然后他把它扔掉了。最后他们来到了一条更宽的街道上。

“停下来。”她气喘吁吁地说，“停下，我跟不上了！”她把没被抓住的那只手撑在腰上，那里似乎嵌入了一颗炽热的钉子。

他确实停了下来。他们从住宅区出来，站在伏尾巷和诺里斯路的拐角处。诺里斯路旁边的一个标志上写着，他们距离斯劳特敦只有一英里。

“镇？”维特尔纠正道。

“不是，”多丽丝·弗里曼说，“的确是斯劳特敦，多了个字母e[1]。”

雷蒙德摁灭他从法纳姆那里蹭来的香烟。“我走了。”他宣布，然

[1] 此处“斯劳特敦”英文为 Slaughter Towen，而斯特劳镇英文为 Slaughter Town。

后更仔细地看了看法纳姆，“我的宝贝应该好好照顾自己，他的眼睛下面有大黑眼圈。你的手掌上有没有跟它搭配的毛发，小可爱？”他哈哈大笑。

“你听到了伏尾巷之后还要走吗？”法纳姆问。

“你是说伏尾山路吗？”

“不，我说的就是伏尾巷。”

“听都没听过。”

“那诺里斯路呢？”

“有这么一条路，从贝辛斯托克的主街延伸出来——”

“不是，在这里。”

“不——不在这里，小可爱。”

由于某种原因，他无法理解——那个女人显然很兴奋——法纳姆坚持说。“那斯劳特敦呢？”

“你是说‘敦’，而不是‘镇’？”

“对，就是‘敦’。”

“从没听过。不过如果我听过，我会避而远之的。”

“为何要避开？”

“因为在古老的德鲁伊教行话中，叫‘图恩’或者‘敦’的，都是祭祀的地方。换句话说，在那里你的五脏六腑和灵魂会被夺走。”雷蒙德拉上风衣的拉链，走了出去。

法纳姆不安地望着他。他对自己说：这是他编造出来的。锡德·雷蒙德这样冷酷的警察能对德鲁伊教有多少了解？他所了解的雕刻在大头针上都嫌少，甚至还会有富余空间雕刻下主祷文。

的确。即使他知道了这样的一条信息，也改变不了事实：这个女人……

“一定是疯了。”朗尼说着，颤抖着笑了起来。

多丽丝早些时候看过她的手表，发现不知何故已经是八点一刻了。光线变了，从一种清澈的橙色变成了浓重昏暗的红色，在诺里斯路商店的橱窗上闪过，似乎要照在凝结着血块的路对面的教堂尖塔上。在地平线上，太阳变成了一个扁球体。

“树篱后面发生了什么？”多丽丝问道，“朗尼，是什么东西？”

“我的外套也丢了，该死的字条。”

“你没有弄丢，是你自己脱下来的。它上面满是——”

“别傻了！”他狠狠地骂了她一句。但是他的眼神却不暴躁，而是柔和的，充满震惊和犹疑。“我把它弄丢了，仅此而已。”

“朗尼，你走进树篱时发生了什么？”

“没什么。我们别说这个了。我们在哪里？”

“朗尼——”

“我不记得了。”他的语气更柔和了，“完全是一片空白。我们在那里……我们听到了一个声音……然后我就跑了。这就是我能记得的全部。”然后他用一种吓人的孩子气的声音补充道：“我为什么要扔掉我的外套？我喜欢那件衣服，它和裤子很配。”他把头往后一仰，发出一种可怕的傻笑。多丽丝突然意识到，他在树篱那侧看到的东西至少让他有点精神错乱了。她不确定同样的事情会不会发生在自己身上……如果她看到的话。这不重要。他们必须离开这里，回到孩子们所在的酒店。

“我们叫出租车吧，我想回家了。”

“但是约翰——”他说。

“别管约翰了！”她尖叫道，“不对劲！这里发生的一切都不对劲！我想叫出租车，我要回家！”

“行，好吧，好的。”朗尼把一只颤抖的手放在他的额头上，“我同意，唯一的问题是，根本没有出租车。”

事实上，诺里斯路很宽，铺着鹅卵石，但是根本没有车辆。它的正中央有一组老旧的有轨电车轨道。另一侧，一家花店前停着一辆古老的三轮挎斗车。从他们这一侧的道路往前，一辆雅马哈摩托车倾斜着立在支架上。仅此而已。他们可以听到猫叫声，但是声音遥远而分散。

“也许这条街要封闭起来进行修理了，”朗尼喃喃道，然后做了一件奇怪的事……至少对他来说很奇怪，因为他平时是那么从容和自信。他回头看了看，似乎害怕他们被跟踪。

“我们步行吧。”她说。

“去哪里？”

“随便哪里，只要能离开伏尾区。等我们离开这里，就可以叫到出租车了。”她突然很确信这一点，如果不出意外的话。

“好的。”现在他似乎完全愿意把所有的主导权托付给她。

他们开始沿着诺里斯路迎着夕阳走下去。远处车辆的轰鸣声持续不断，似乎没有减弱，也没有增强，就像风在持续不断地鼓荡。荒芜感开始让她神经紧张，她感觉他们被注视着。她试图消除这种感觉，发现做不到。路上回荡着他们的脚步声（六十人消失于恐怖地铁）。在树篱那里发生的事情让她越来越心烦意乱，最后她不得不再问一遍。

“朗尼，发生什么了？”

他简单地回答：“我不记得了，我也不想记得。”

他们经过一个已经关闭的市场——一堆椰子堆在窗前，从后面看像一堆萎缩的头颅。他们经过一个小洗衣店，白色机器从褪色的粉色石膏板墙上伸出来，就像正在萎缩的牙龈上的方牙一样。他们经过一个涂着肥皂条纹的橱窗，橱窗前立着一块破旧的“店铺出租”标示牌。有什么东西在肥皂条纹后面移动，多丽丝看到了，那个东西向外凝视着她，那是一张猫脸，打架留下的粉红色伤疤上还长着几簇毛。还是那只灰色的猫。

她仔细想了一下，发现她的恐惧在慢慢加深。她觉得好像她的肠子开始在肚子里一圈又一圈地缓慢蠕动，嘴里有一股刺激而不愉快的味道，几乎跟她用了强力漱口水一样。落日余晖中，诺里斯路的鹅卵石仿佛淌着鲜血。

他们正在往一个地下通道走去，那里很黑。我不可以，她的大脑一本正经地跟她说，我不能去那里，那里可能有东西，不要问我，因为我就是不能去。

她脑中的另一声音问她是否能忍受他们往回走，路上要经过一家空荡荡的店铺——里面有只流浪猫（它是怎么从餐馆到这里的？最好不要问，甚至不要做太深入的思考），古怪而乱七八糟的小洗衣房，以及市场上那些萎缩的头颅。她认为她做不到。

他们现在已经向地下通道靠近了。一辆颜色漆得很奇怪的有六节车厢的火车——它是骨白色的——突然冲了过去，就像一个疯狂的钢铁新娘冲向新郎，车轮刮出一束束明亮的火花。他们两个都不由自主地往后跳了一下，但这次大叫的是朗尼。她看着他，发现在过去的一个小时里，朗尼变成了她以前从未见过、甚至从未想象过的样子。他的头发不知何故显得越发灰白了，虽然她坚定地告诉自己——尽可能地坚定——这只是光线玩的把戏，但他头发的样子让她确定：朗尼绝对不能够回去。因此，他们得走地下通道。

“来吧。”她说，拉着他的手。她的动作很粗暴，这样他就不会感觉到她在颤抖。“我们快一点，用最快的速度通过。”她向前走，他乖乖地跟在后面。

他们快要出来了——那是一条很短的地下通道，她这么想着，带着一点荒谬的轻松，这时那只手抓住了她的上臂。

她没有尖叫。她的肺似乎像皱巴巴的小纸袋一样凹陷了。她的思绪想把她的身体抛在后面，直接……飞走。朗尼的手和她的手分开了。他似乎没有意识到。他从另一边走了出去——她只瞥见他的黑色身影，高高瘦瘦的，映衬在浓郁血红的落日余晖中，然后消失不见了。

抓着她上臂的那只手毛茸茸的，像猿人的手。它无情地把她抵在一堵被煤烟熏黑的水泥墙上，让她转向一个低伏的巨大身影。它悬挂在两根水泥支柱的双重阴影下，她只能辨认出它的形状……它的身形，以及两只发光的绿色眼睛。

“给我们点烟，亲爱的。”一个伦敦腔的沙哑声音说，她闻到了生肉和炸薯条的味道，还有一些甜腻难闻的东西，像垃圾桶底部的残渣。

那双绿色的眼睛是猫的眼睛。突然间，她完全确信，如果这个低伏的身影走出阴影，她会看到乳白色的患白内障的眼睛、隆起的粉红色疤痕组织，以及一簇簇灰白的毛。

她挣脱了，后退了一步，感觉到有什么东西在她附近的空气中滑行。一只手？一个爪子？一种吐舌头的嘶嘶声——

另一列火车在头顶飞驰而过。咆哮声震耳欲聋，让人脑袋发晕。煤烟像黑色雪花似的筛落下来。她在恐慌中盲目地逃走，是那天晚上的第二次，不知逃去了哪里，也不知逃了多长时间。

让她重新清醒过来的是，她意识到朗尼已经不见了。她半靠在一堵肮脏的砖墙上，喘息声像撕裂了一般。她还在诺里斯路（她告诉两名警员，至少她相信自己是在那里；宽阔的道路仍然是用鹅卵石铺的，电车轨道仍然直通市中心），但废弃腐烂的商店已经被废弃腐烂的仓库所取代。一块边缘被煤烟熏黑的招牌上写着“多－戈利什 & 森”。还有一块招牌的背景是褪色的砖墙图案，上面用复古的绿色写着“阿尔哈泽雷德”这个名字。名字下面是一系列阿拉伯文字中的钩和横线。

“朗尼！”她喊道。尽管周围一片寂静，但她的喊叫声没有传出去，没有回声（不，不是完全的寂静，她告诉他们；仍然有车流的声音，车流可能距离更近，但车流量不大）。那个代表她丈夫的名词似乎从她的嘴里掉下来，像一块石头一样落在她脚下。如血的夕阳已经被冷灰的暮色所取代。那个时候，她才意识到，伏尾区也会天黑——如果她确实在伏尾区——这个念头让她产生了新的恐惧。

她告诉维特尔和法纳姆，从他们到达电话亭到最后的恐怖时刻，在那段不知多长的时间内，她本人没有任何想法，逻辑也不清晰。她只是像一只受惊的动物一样，一切都是本能反应。现在她独自一人。她想找到朗尼，她很清楚地意识到这一点，几乎没有其他想法。当然，她并没有想过这个肯定在剑桥圆环站五英里范围内的地方为何完全荒废了。

多丽丝·弗里曼开始一边走一边呼唤她的丈夫。她的声音没有回响，但她的脚步似乎有回音。阴影开始填满诺里斯路。头顶的天空现在是紫色的。可能是暮色扩散的效果，或者是她自己的疲惫造成的错觉，仓库似乎倾斜了，正虎视眈眈地看着路面。窗户上结了几十年——也许有几百年——的泥块，似乎还在盯着她看。招牌上的名字变得越来越奇怪，甚至很错乱，或者至少难以拼读出来。元音放错了地方，辅音连在一起，没有哪个人能拼读出来。有一个是“卡图卢·克里昂”（CTHULHU KRYON），下面还有更多的阿拉伯文字的笔画；另一个是“约格索格特”（YOGSOGGOTH）；还有一个写着“日耶勒（R’YELEH）”；有一个她记得特别清楚：“纳提森·纳雅拉霍提普”（NRTESN NYARLAHOTEP）。

“你怎么能记住这种莫名其妙的文字？”法纳姆问她。

多丽丝·弗里曼缓慢而疲惫地摇了摇头。“我不知道。我真的没有刻意去记。这就像你醒来时想马上忘记的噩梦，但它不会像大多数梦一样消失；它偏偏留在记忆里，一直留着，挥之不去。”

诺里斯路似乎绵延无尽头，上面铺着鹅卵石，被电车轨道一分为二。尽管她继续走路——她不相信自己还跑得动，但是后来，她说，她确实跑起来了——她不再呼唤朗尼。她陷入一种可怕的、令人震颤的恐惧之中，这种恐惧如此强烈，她觉得任何人都会受不了，会因此陷入疯狂或直接死亡。除了一种方式之外，她不可能清楚地表达她的恐惧，她说，即使用这种方式也只能稍稍弥合她心灵和思想之间的鸿沟。她说，她好像不再是在地球上，而是在另一个星球上，这地方是如此陌生，以至于人类甚至无法理解它。她说，角度似乎不同，颜色似乎不同，还有……它令人绝望。

她只能在怪异可怕的建筑物之间紫色肉瘤一样的天空下行走，并希望可以走到尽头。

路总有尽头。

她开始意识到有两个人正站在她面前的人行道上——她和朗尼早先见过的孩子们。那个男孩用他爪子似的手抚摸着小女孩邋遢的辫子。

“是那个美国女人。”男孩说。

“她迷路了。”女孩说。

“丢失了她丈夫。”

“迷失了路。”

“找了一条更黑暗的路。”

“一条通往漏斗的路。”

“迷失了希望。”

“从星辰中寻找吹哨人——”

“——维度吞噬者——”

“——瞎眼吹笛人——”

他们的语速越来越快，连珠炮似的令人窒息，像台快速运转的织布机。她被弄得晕头转向，建筑倾斜，星星出来了，但它们不是她的星星——她少女时曾对着它们许愿，年轻时曾有人在星光下向她求爱。这些是疯狂的星座中疯狂的星星，她双手捂住耳朵，却不能隔绝她所听到的声音，最后她尖叫着对他们说：

“我丈夫在哪里？朗尼在哪里？你们对他做了什么？”

沉默。然后那个女孩说：“他到下面去了。”

男孩说：“和一千只小羊去找老羊了。”

女孩笑了笑，带着邪恶的纯真。“他不能不去，是吗？标记在他身上。你也会去。”

“朗尼！你们做了什么——”

男孩举起手，用一种她无法理解的长笛似的声音吟唱——这声音让多丽丝·弗里曼几乎因恐惧而疯狂。

“那条街开始移动。”她告诉维特尔和法纳姆，“鹅卵石开始像地毯一样起伏。它们起起落落，起伏不定。电车轨道松了并飞向空中——我记得，我记得星光照在它们身上——然后鹅卵石开始松动，开始是一个接一个，然后是一堆接一堆，飞入黑暗中。它们松动时发出一种撕裂的声音。磨擦、撕裂的声音……地震时发出的肯定是这种声音。而且——有东西开始穿过来——”

“什么？”维特尔问道。他向前弯腰，眼睛紧盯着她，“你看见什么了？是什么东西？”

“触角。”她一字一顿地说道，“我认为那是触角。但它们和老榕树一样粗壮，好像每一个都是由一千个小触角组成……还有像吸盘一样的粉红色的东西……只是有时看起来像脸……其中一个看起来像朗尼的脸……他们所有人都痛苦不堪。在他们的下方，在街道下面的黑暗中——在下面的黑暗中——还有别的东西，像眼睛一样的东西……”

那时她已经崩溃，有一段时间无法继续说话，而且事实证明，真的没有什么可说的了。她之后清楚地记得的一件事就是她在一家关闭的报刊亭门口蜷缩着。她告诉他们，她可能还没到，不过她看到前方驶过的汽车，以及令人安心的钠弧光路灯。两个人从她面前经过，多丽丝继续瑟缩到阴影中，她害怕那两个邪恶的孩子。但她看到的并不是那两个孩子；一对少男少女手拉着手走着。这个男孩正在谈论马丁·斯科塞斯的新电影。

她小心翼翼地走到人行道上，随时准备冲回报刊亭门口方便藏身的地方，但没有必要。前方五十码处是一个比较繁忙的十字路口，汽车和卡车停在红绿灯边上。对面是一家珠宝店，橱窗里有一个大灯。钢质手风琴式的栅栏挡住了视线，但她仍然能猜到时间。当时是十点五分。

那时她已经走到十字路口了，尽管路灯和隆隆的车流声让人感到安慰，她还是不断惊恐地往回看。她全身都疼，踩着断了跟的高跟鞋，走路也一瘸一拐的。她腹部和双腿的肌肉都拉伤了——右腿的状况尤其糟糕，好像她拉伤了里面的什么部位。

在十字路口，她发现自己不知怎么来到了通向希尔菲尔德大道和托特纳姆路的附近。在一盏路灯下，有一个大约六十岁的女人，她的头发用一块破布扎着，灰白色的发丝有些凌乱。她正在和一个年龄相仿的男人说话。他们都看着多丽丝，好像她是个可怕的幽灵。

多丽丝·弗里曼声音嘶哑地说道："警察……警察局在哪里？我是美国公民……我丈夫不见了……我要找警察。"

"发生了什么事情，亲爱的？"那个女人问道，语气并不友好，"你看起来很痛苦，真的。"

"车祸？"她的同伴问道。

"没有。不是……不是……求你们，附近有警察局吗？"

"沿托特纳姆路往北走就是。"男子说，他从口袋里拿出一包水手牌卷烟，"要抽烟吗？你看起来像是会抽烟的。"

"谢谢你。"她说，虽然近四年前她已经戒了，但还是接了过来。年老的男子不得不顺着那颤抖的烟头，拿着他点燃的火柴帮她点烟。

他瞥了一眼那个头发用破布扎着的女人。“我陪她走一段路，伊薇，确保她到那儿。”

“我也一起去，不是吗？”伊薇说着搂住了多丽丝的肩膀，“发生了什么，亲爱的？有人想抢劫你吗？”

“没有。”多丽丝说，“它……我……我……街道……有一只猫，只有一只眼睛的猫……街道……裂开了……我看到了……他们说了什么瞎眼吹笛人……我必须找到朗尼！”

她知道自己语无伦次，但似乎无能为力。无论如何，她告诉维特尔和法纳姆，她并没有那么语无伦次，因为男人和女人离开了她，就仿佛当伊薇问起发生了什么时，多丽丝跟她说了黑死病。

然后那个男人说了些什么——“又来了。”多丽丝记得是这句话。

女人指了指。“警察局就在那里，前面挂着地球仪，你到了就会看到。”他们两个开始快速往回走。那个女人回过头看了一眼，多丽丝·弗里曼看到她闪亮的、睁得大大的眼睛。不知道为什么，多丽丝跟着他们走了两步。“你不要过来！”伊薇大喊，恶狠狠地看着她。与此同时，她害怕地靠着那个搂着她的男人。“如果你去过伏尾区敦，你就不要靠近我们！”

说完这句话之后，他们就消失在黑夜中。

现在，法纳姆警员站在公共休息室和主档案室之间的门口——虽然维特尔所说的备份文件肯定没有留在这里。法纳姆给自己新泡了一杯茶，并且抽起烟盒里的最后一支烟——这个女人也抽了几支。

在维特尔打电话叫来的护士的陪同下，多丽丝回到了酒店——护士今晚会和她待在一起，并且第二天早上会判断这位女士是否需要去医院。法纳姆觉得，有那两个孩子在，她不方便去医院。而且这位女士是美国人，这个身份肯定会让这件事情乱得一塌糊涂。他想知道明天孩子们醒来时，这个女人会告诉他们什么——假设她有能力告诉他们的话。她会不会把他们叫到身边，说伏尾区镇（敦）像故事中的食人魔一样，把爸爸吃掉了？

法纳姆皱了一下脸并放下茶杯。这不是他要管的问题。无论如何，弗里曼太太都被夹在英国警察和美国大使馆之间，夹在两个政府烦冗复杂的程序之间。这不是他该操心的事；他只是个想忘记整件事的警员。他打算让维特尔写报告。维特尔可以在这份记了许多疯言疯语的报告上签名；他老了，已经油尽灯枯了。一方面，他仍然会是一名值夜班的警员，一直到他退休收到金表作为礼物，拿养老金，去住政府廉租房。另一方面，法纳姆也有晋升警长的野心，这意味着他必须当心任何小失误。

说起维特尔，他在哪儿？他出去透气有一会儿了。

法纳姆穿过公共休息室走了出去。他站在两个发光的地球仪之间，望着托特纳姆路。没有看到维特尔。此时已过凌晨三点，周遭静得就像裹尸布一样，压得人喘不过气来。华兹华斯的那句诗怎么说的来着？“所有伟大的心都是宁静的”，或类似的话。

他走下台阶，站在人行道上，感到一丝不安。当然，这很愚蠢，他对自己感到愤怒，因为这个女人的疯狂故事竟然能在他的头脑中得到立足之地。也许值得他害怕的是像锡德·雷蒙德这样的硬汉子。

法纳姆慢慢走到拐角处，以为他夜间漫步时会遇见维特尔。但是他不会再往前走了，如果警局无人值班，哪怕只是几分钟，一旦被发现，代价就会很惨重。他到了角落，环顾四周。这很有趣，但所有的路灯似乎都灭了。没有它们，整条街道看起来都不一样。这种情况需要报告吗？维特尔在哪里？

他决定再往前走走，看看情况如何。但没有走太远。警局长时间无人值班是不行的，只能离开一会儿。

在法纳姆离开后不到五分钟，维特尔就来了。法纳姆朝着相反的方向前进，如果维特尔早一分钟到，就会看到这位年轻的警察在角落里犹豫不决地站了一会儿，然后转身走开并永远消失。

“法纳姆？”

没人回答，只有墙上的时钟在嘀嗒作响。

“法纳姆？”他又叫了一遍，然后用一只手的手掌擦了擦嘴。

人们再也没有找到朗尼·弗里曼。最终，他的妻子（两鬓已经长出白发）和孩子们一起飞回美国。他们乘坐的是协和式客机。一个月后，她企图自杀。她在疗养所度过了九十天，离开时精神状况有了很大的改善。当她无法入睡时——这种情况最常发生在傍晚，当太阳像一颗橙红色的球落下时——她会爬进衣柜，钻到挂着的裙子下面，跪着爬到最里面，在那里用一支软铅笔一遍又一遍地写：当心带着一千只小羊的山羊。似乎这样做能在某种程度上让她放松下来。

罗伯特·法纳姆离开了他的妻子和两岁的双胞胎女儿。希拉·法纳姆向议员写了一系列充满愤怒情绪的信件，坚持说有些事情不对劲，被掩盖了，她的法纳姆被哄骗去执行一些危险的卧底任务。法纳姆太太多次告诉议员，为了晋升警长，他愿意做任何事情。最终，那位议员不再回复她的信件。大约在同一时间，多丽丝·弗里曼从疗养所出来，她的头发现在几乎全白了。法纳姆太太搬回她父母所在的埃塞克斯。最终，她嫁给了一个工作更安全的人——弗兰克·霍布斯，他是福特厂装配线上的保险杠检查员。她需要以遗弃为由与法纳姆离婚，这很容易办到。

在多丽丝·弗里曼跌跌撞撞地走进托特纳姆巷的警察局后，维特尔提前四个月退休了。他确实搬进了政府廉租房，在弗里姆利，一楼是店铺，上面还有两层。六个月后，他被发现死于心脏病，手里拿着一罐竖琴牌啤酒。

在伏尾区这个安静的伦敦郊区，仍然会时不时发生一些奇怪的事情，有些人失踪了，其中一些永远都找不回来了。

The House on Maple Street

枫树街的房子

虽然梅丽莎只有五岁，是布拉德伯里家最小的孩子，但她却拥有一双敏锐的眼睛。当布拉德伯里家族在英格兰避暑时，她第一个发现枫树街上的那幢房子发生了奇怪的事情，这并不是特别令人惊讶。

她跑过去找她哥哥布莱恩，告诉他楼上有点不对劲，就在三楼。她说要带他去看，只要他发誓不告诉别人她发现的事情。布莱恩发誓了，他知道丽莎[1]是害怕他们的继父。刘爸爸不喜欢布拉德伯里家的孩子“做蠢事”（他总是这么说），而且他认定梅丽莎是罪魁祸首。丽莎不傻也不瞎，她意识到刘对她有偏见，一直对他保持警惕。实际上，布拉德伯里

[1] 梅丽莎的昵称。

家的所有孩子都对母亲的第二任丈夫保持警惕。

可能最后会发现什么事都没有，但是布莱恩回家很开心，也很乐意迁就他的小妹妹（布莱恩比梅丽莎大了整整两岁），至少迁就一会儿。他跟着她去了三楼的走廊处，没有提出半点异议，他只是拉了拉她的辫子，他把拉辫子称为“紧急停止器”，只拉了一次。

他们不得不蹑手蹑脚地走过刘的书房——那是三楼唯一一间装修好的房间——因为刘在里面，一面打开笔记本和文件，一面怒气冲冲地嘟囔着。实际上当他们到达大厅的尽头时，布莱恩的思绪转向了今晚可能会在电视上播出的节目——看了三个月的英国广播公司和英国独立电视台的节目后，他期待着能看美国有线电视，一饱眼福。

布莱恩·布拉德伯里顺着妹妹的指尖看过去，眼前的东西让他把所有和电视有关的想法都忘了个干净。

“再发一次誓！”丽莎小声说，“绝对不会告诉别人，不管是刘爸爸还是其他任何人，否则就会遭报应！”

“否则就会遭报应。”布莱恩附和道，仍然盯着那里。而就在半小时之后，他就告诉了姐姐劳里，劳里正在她的房间里打开箱子整理东西。劳里对她的房间占有欲很强，只有十一岁的女孩才会有这种占有欲。她把布莱恩臭骂了一顿，因为他没有敲门就进去了，尽管当时劳里穿得整整齐齐。

“抱歉。”布莱恩说，“我要给你看一些事情，特别奇怪。”

“在哪里？”她继续把衣服放在抽屉里，一副满不在乎的样子，好像一个呆笨的七岁小孩说的话都不能引起她半点兴趣。但布莱恩的眼睛可不呆笨，他看得出劳里什么时候感兴趣。她现在就很感兴趣。

“楼上，三楼，经过刘爸爸的书房，走到走廊的尽头。”

每次布莱恩或者丽莎这么叫他的时候，她的鼻子都会皱起来。她和特伦特记得他们的亲生父亲，他们一点都不喜欢继父，他不过是个替代品。他们以叫他“傻蛋刘”为乐。刘易斯·埃文斯显然不喜欢这样，实际上，他觉得这样很没有礼貌。这只会让劳里和特伦特没有说出口但强有力的信念更坚定了：对这个近日与他们的母亲同床共枕的男人，就应该这么称呼！

“我不想去那里。”劳里说，“自从我们回来后，他就一直不高兴。特伦特说，他会一直保持这种状态，直到我们开学，这样他就可以重新回到他原来的生活中。”

“他的门关着，我们可以悄悄地。丽莎和偶[1]都上去过，他都不知道我们去了那里。”

“是‘丽莎和我’。”

“对，我们一起。不管怎么说，很安全。门关着，和平时一样，他沉浸在什么事当中的时候，就会自言自语。”

“我很厌恶他自言自语。”劳里阴郁地说，“我们的亲生父亲从来不会自言自语，他也不会把自己一个人锁在书房里。”

“呃，我不觉得他把自己锁在里面。”布莱恩说，“但是如果你真的担心他会出来撞见我们，那就拿个空箱子。如果他出来了，我们就装作要把它放回壁橱里。”

劳里把拳头放在臀部，追问道：“你说的奇怪的事情是什么？”

“我会给你看的。”布莱恩恳切地说，“但你必须以妈妈的名义发誓，如果你告诉别人，就会遭报应。”他停顿了一下，想了一会儿，然后又说：“尤其不能告诉丽莎，因为我对她发过誓。”

劳里的耳朵终于竖了起来。这可能没什么大不了的，但她厌倦了整理衣服。一个人在短短三个月内能积累如此多的垃圾，真是令人惊讶。“好，我发誓。”

---

[1] 此处原文为“Lisa n me”，布莱恩年纪还小，还不会区分“我”的主语和宾语。

他们随身带着两个空箱子，每人一个，但事实证明，他们没有必要采取预防措施。他们的继父从未走出书房。也许这样也好，从那个声音可以听出来，刘在大发脾气。两个孩子听见他跺着脚，咕哝着，打开抽屉，又砰的一声关上了。一股熟悉的气味从门缝里透出来——在劳里看来，这气味就像闷燃的运动袜。刘在抽烟斗。

她吐了吐舌头，眨巴着眼睛，当他们蹑手蹑脚地走过书房的时候，她还在用手指挖耳朵。

但过了一会儿，当她看着之前丽莎指给布莱恩看、现在布莱恩也指给她看的地方时，她完全忘记了刘，就像布莱恩完全忘记了那天晚上他能在电视上看的所有精彩节目一样。

“那是什么？”她小声对布莱恩说，“我的天，这是什么鬼东西？”

“我不知道。”布莱恩说，“但是请记住，你以妈妈的名义发誓了，劳里。”

“好，好，但是——”

“再发一次誓！”布莱恩不喜欢她的眼神。这个眼神会泄密，布莱恩觉得，她需要再保证一次。

“行，行，以妈妈的名义。”她敷衍地说，“但是布莱恩，你这古怪的乌鸦——”

“而且会遭报应，别忘了这句话。”

“哦，布莱恩，你真是个大烂人！”

“我不在乎，快说‘我会遭报应’！”

“我会遭报应，会遭报应，可以了吗？”劳里说，“你怎么能如此可恶，布莱[1]？”

“不知道，可能是运气吧。”他说，劳里相当讨厌他脸上的傻笑。

她想掐死他……但是保证就是保证，尤其是在以他们唯一的母亲的

[1] 布莱恩的昵称。

名义发誓了之后，所以劳里守口如瓶了一个多小时，等特伦特回来了才带他去看。她还叫他发誓，她相信特伦特会信守不泄露秘密的诺言，这是完全有道理的。他快十四岁了，而且作为最年长的孩子，他没有人可以告诉……除非是成年人。由于母亲患了偏头痛正卧床休息，所以就只剩下刘一个人了，这和没有人没什么区别。

这次布拉德伯里家年长的两个孩子不需要拉上空手提箱当掩护了，他们的继父下楼了，去看一些英国人关于诺曼人和撒克逊人的演讲录像（诺曼人和撒克逊人是刘在大学里面研究的专业课题），还要去吃点他最喜欢的下午茶——一杯牛奶和一块番茄酱三明治。

特伦特站在大厅的尽头，看着其他孩子之前已经看到的一切。他在那里站了很长时间。

“那是什么，特伦特？”劳里终于问道。她从来没有想过特伦特会不知道，特伦特什么都知道。所以她看到他慢慢摇头的时候，几乎不敢相信。

“我不知道。”他说着往裂缝里看了看，“我想是某种金属。真希望我带了手电筒。”他把手伸进裂缝里敲了敲。劳里隐隐感到不安，特伦特把手指缩回来时，他松了口气：“是的，就是金属。”

“它应该在里面吗？”劳里问，“我是说，之前就是这样吗？”

“不。”特伦特说。“我记得重新粉刷的时候，也就是在妈妈嫁给他之后，里面除了板条什么也没有。”

“那又是什么？”

“窄木板，”他说，“连在灰泥和房子的外墙之间。”特伦特把手伸进墙上的裂缝里，又摸到了那块金属。裂缝大约有四英寸长，最宽处有半英寸。他皱着眉头若有所思地说：“他们还安装了绝缘材料。”然后他把手塞进褪色牛仔裤的后兜里：“我记得。粉红色、波浪状的东西，看起来像棉花糖。”

“那在哪里呢？我没看到任何粉色的东西。”

“我也看不到。”特伦特说，“但是他们确实放进去了。我记得。”他的眼睛盯着那条四英寸长的裂缝。“墙上的金属是新的。我想知道有多少，绵延了多远。只在三楼这里，还是……”

“还是什么？”劳里的眼睛睁得溜圆，她开始有点害怕了。

“还是整幢房子都有。”特伦特沉思着说。

第二天下午放学后，特伦特召集布拉德伯里家的四个孩子开会。一开始有点波折，丽莎指责布莱恩打破了她所谓的“你庄严的誓言”，布莱恩非常尴尬，指责劳里告诉了特伦特，把他们母亲的灵魂置于可怕的危险之中。虽然他不太清楚灵魂到底是什么（布拉德伯里一家是一神论者），但他似乎很确定劳里让母亲的灵魂下了地狱。

“好吧。”劳里说，“布莱恩，你也得承担一些责任。我是说，是你把妈妈牵连进来的。你应该让我以刘的名义发誓，那样他就会下地狱。”

丽莎还是个小宝宝，她心地善良，不希望任何人下地狱。她被这句话弄得伤心欲绝，哭了起来。

“你们给我安静！”特伦特说着拥抱了丽莎一下，直到她完全平静下来，“事情做过了就是做过了，我倒觉得这是最好的结果。”

“你这么认为吗？”如果特伦特说这是件好事，布莱恩会抵死据理力争，这是毋庸置疑的，劳里以妈妈的名义发誓了。

“这种奇怪的事情是需要调查的，如果我们浪费大量时间争论谁对谁错，谁违背了承诺，那我们永远也查不到。”

特伦特抬头看了看挂在他房间墙上的钟，他们就在他房间里开会。现在是下午三点二十分。他真的不需要再说什么了。母亲今天早上起床去给刘拿早餐——两个煎了三分钟的鸡蛋和全麦吐司，果酱是他的诸多日常需求之一。但后来她又上床睡觉了，而且一直在睡觉。她患有很严重的偏头痛，有时疼痛在她毫无防备（而且心思困惑）的时候发作，仿佛爪子在抓挠脑子，要疼上两三天才会消停那么一个月左右。

她不太可能会看到他们在三楼，也不知道他们在干什么，但是刘爸爸则完全不同。他的书房就在走廊上距离那道奇怪的裂缝不远的地方，只有趁他不在时进行调查，才能指望避开他的注意和好奇心。这就是特伦特盯着时钟的意思。

这一家人回到美国的时间比刘原定重启教学的时间早了整整十天，但他一旦回到学校十英里内的地方，就再也离不开学校了，就像鱼离开水就不能活一样。他中午过后不久就离开了，带着一个公文包，里面塞满了他在英国各个历史名胜收集的材料。他说他要去把这些材料整理成文件。特伦特想，这意味着他要把它们塞进书桌抽屉里，然后锁上办公室，到历史系教员休息室去。在那里，他会喝咖啡，和他的朋友们闲聊……但特伦特发现，当你是一名大学教师时，如果你有朋友，人们会认为你很傻。你应该说他们是你的同事。他就那样离开了，这很好。但他可能会在现在到五点之间的任何时间回来，这就很糟糕了。不过，他们还有一些时间，特伦特决定不把时间花在争论谁拿什么发誓上。

“听我说，你们这些家伙。”他说，很高兴看到他们真的在听，他们的分歧和相互指责在调查的兴奋中被遗忘了。他们还因特伦特无法解释丽莎的发现而感到困扰。他们三个人，至少在某种程度上，都认同布莱恩对特伦特的简单信任——如果特伦特对什么东西感到困惑了，或者认为什么东西很奇怪，而且可能很神奇，他们也都会这么认为。

劳里代表所有人说：“告诉我们该做什么，特伦特，我们会照做。”

“好吧。”特伦特说，“我们需要一些东西。”他深吸了一口气，开始解释具体是什么。

当他们聚集在三楼走廊尽头的裂缝周围时，特伦特把丽莎抱了起来，这样她就可以用一个小手电筒照那个地方了——当他们感觉不舒服的时候，母亲就会用这个小手电筒来检查他们的耳朵、眼睛和鼻子，他们都可以看见金属，它不够闪亮，无法清晰地反射手电筒的光束，但它依然能发出柔和的光泽。特伦特觉得那是钢铁，或者某种合金。

“什么是合金，特伦特？”布莱恩问。

特伦特摇摇头，他也不太清楚。他转向劳里，请她把钻孔机递给他。

劳里把钻孔机递过来时，布莱恩和丽莎不安地交换了一下眼神。那是从地下室的作坊里拿的，地下室是房子里仅存的属于他们亲生父亲的地方。自从和凯瑟琳·布拉德伯里结婚以来，刘爸爸还没去过那儿几次呢。两个小一点的孩子和特伦特、劳里一样，都知道这一点。他们不担心刘爸爸会注意到有人在用钻孔机；他们担心的是书房外墙上的洞。两人都没有大声说出来，但特伦特从他们不安的脸上看出来了。

“瞧。”特伦特说着，把钻孔机拿过来让他们好好看看，“这就是他们所说的针尖钻头。看到它有多小了吗？既然我们只打算钻这些画后面的墙，我想我们不必担心。”

三楼的走廊上有十来幅镶了框的版画，其中一半在书房门的外面，在走到柜子尽头存放箱子的路上。这些画大多展现的是布拉德伯里一家的居住地泰特斯维尔，相当古老（而且大多无趣）。

“他连那些画都不会看一眼，更别说它们后面了。”劳里表示同意。

布莱恩用一根手指碰了碰钻头的顶端，然后点点头。丽莎看了看，模仿了他的动作，然后点头。如果劳里说没事，那很可能就没事；如果特伦特这么说，那几乎可以肯定没事；如果他们都这么说，那就没有问题了。

劳里取下挂在离石膏上的小裂缝最近的那幅画，递给布莱恩。特伦特开始钻。他们三个人围成一个小圈子站在那里看着他，就像在棒球比赛特别紧张的时刻，内野手在鼓励他们的投手。

钻头很容易就钻进了墙里，钻出的洞果然像预期中那么小。当劳里从墙上取下那幅画时，露出来的方形墙纸的颜色更暗了，这进一步说明没什么问题。它表明，在很长一段时间里，没有人费心把这幅泰特斯维尔公共图书馆的黑线版画从挂钩上取下来过。

钻柄转了十几圈后，特伦特停了下来，把钻头拉了出来。

“你为什么停下来了？”布莱恩问。

“钻到了点很硬的东西。”

“又是金属？”丽莎问道。

“我是这样认为的，肯定不是木头。我们来看看。”他把光照了进去，左右摇晃着脑袋，然后果断地摇了摇头，“我的头太大了，我们举着丽莎让她看看。”

劳里和特伦特把她抱了起来，布莱恩递给她那把小手电筒。丽莎眯起眼睛看了一会儿，然后说：“和我在裂缝里发现的一样。”

“好的。”特伦特说，“下一幅画。”

钻头在第二幅画后面也钻到了金属，第三幅也是。在第四幅画后面——这时他们离刘的书房已经很近了——在特伦特把钻头拉出来之前，它一直往里钻进去。这一次，当丽莎被举起来时，她告诉他们她看到了“粉红色的东西”。

“是的，是我跟你说过的绝缘材料，”特伦特对劳里说，“我们到大厅的另一边去试试。”

他们在走廊东侧钻了四幅画后面的墙才发现板条，之后又发现灰泥后面的绝缘材料……当他们重新挂起最后一幅画时，他们听到刘那辆老旧的保时捷转向车道时发出的刺耳的咆哮声。

负责挂这幅画的布莱恩——他刚踮着脚尖够上钩子——没有拿稳画。劳里伸出手，在画落下的时候抓住了画框。过了一会儿，她发现自己浑身抖得厉害，只好把画递给特伦特，否则她自己也拿不稳。

“你来挂吧。”她说着，一脸痛苦地转向她哥哥，“我只要一直想着我在挂画，就拿不稳，真的。”

特伦特把这幅画挂了起来，这幅画上画的是隆隆驶过城市公园的马车，他看到画挂得有点歪。他伸出手去调整，然后在手指碰到画框之前把手缩了回去。他的妹妹们和弟弟都觉得他就像神一样；特伦特也很聪明，知道自己只是个孩子。但即便一个孩子——假设他有成人一半的智力——也知道，当情形像这样开始变得糟糕时，就应该撒手别管。如果他再继续鼓捣，这幅画肯定会掉下来，玻璃碴碎一地。不知为何，特伦特就是知道。

“走！”他小声说，“下楼，去电视机房。”

刘进来时，后门砰的一声关上了。

“但画挂歪了！”丽莎提出异议，“特伦特，它没有——”

“别管了。”劳里说，“听特伦特的。”

特伦特和劳里睁大眼睛互相看了看。如果刘到厨房去吃点东西，勉强撑到吃晚饭的时候，一切都可能还好。如果他不这样，那他就会在楼梯上遇到丽莎和布莱恩。只要看一眼，他就知道发生了什么事。布拉德伯里家这两个小一点的孩子已经可以做到不漏于嘴了，但还做不到不形于色。

布莱恩和丽莎走得很快。

特伦特和劳里走在后面，走得稍微慢一点，仔细听着。有那么一瞬间，他们焦虑得几乎无法忍受，因为只能听到楼梯上两个小一点的孩子的脚步声，然后刘从厨房里对他们大喊：“小声点，行不行？你们的妈妈在睡觉！”

劳里想，如果刘这一声吼还不能把妈妈吵醒，那就没有什么吵得醒她了。

那天深夜，特伦特快要睡着了，劳里推开他的房门，走了进来，在他床边上坐了下来。

“你不喜欢他，但这还不是全部。”她说。

“谁？”特伦特问道，小心翼翼地翻了一下眼皮。

“刘。”她静静地说，“特伦特，你知道我说的是谁。”

“是啊。”他敷衍地说，“你说对啦，我不喜欢他。”

“你也怕他，对不对？”

过了很长很长的一段时间，特伦特说：“对，有点怕。”

“只有一点吗？”

“可能比一点再多一点。”特伦特说。他朝她眨眨眼，希望能看到她的笑容，但劳里只是看着他，特伦特放弃了。她不会让他岔开话题，至少今晚不会。

“为什么？你觉得他可能会伤害我们吗？”

刘经常对他们大吼，但从来没有打过他们。不，劳里突然记起来了，那不完全是真的。有一次，布莱恩没敲门就走进书房，刘打了他屁股一巴掌，重重的一巴掌。布莱恩本想忍住不哭，但最后还是哭了。妈妈也哭了，尽管她没有试图阻止他。但后来她一定对他说了什么，因为劳里听见刘对她大喊大叫。

不过，那只是打屁股，并不是虐待儿童，而布莱恩一想到这个，就会变成一个令人难以忍受的讨厌鬼。

那天晚上特伦特是不是一直在想这件事？劳里想着。还是刘打了她哥哥一顿，让他哭了起来，而那只是一个诚实的小孩所犯的错误？她不知道，突然领悟了什么不开心的道理，也许彼得·潘关于永远不想长大的想法是对的：她不确定自己是否想知道答案。她只知道一件事：这个家里谁才是真正的讨厌鬼。

她意识到特伦特没有回答她的问题，就打了他一下。“你哑巴了？”

“我只是在思考。”他说，“很难回答，明白吗？”

“好吧。”她冷静地说，“明白。”

这次她让他思考。

“不。”他终于说话了，双手在脑后扣在一起，“我可不这么想，小丫头。”她不喜欢别人这样叫她，但今晚她决定不跟他计较。她记得特伦特从未这么认真地跟自己说过话。“我想他不会伤害我们……但我认为他做得出这种事。”他撑起一只胳膊肘，更加严肃地看着她，“我觉得他在伤害妈妈，我觉得妈妈的情况一天比一天糟。”

“她很难受，是不是？”劳里问。突然，她想哭。为什么成年人有时对孩子们一眼就能看到的事情反应如此迟钝？这让你想踢他们。“她本来不想去英格兰……还有他有时对她大喊大叫的样子……”

“别忘了还有头疼。”特伦特冷冷地说，“他说是她说话太多造成的。是的，她很难受，好吧。”

“她会不会……你知道……”

“和他离婚？”

“会。”劳里说，她吁了一口气。她不确定自己是否能说出这个词，如果她意识到在这方面她和母亲有多像，她就可以回答自己的问题了。

“不会。”特伦特说，“妈妈不会。”

“那我们什么都做不了。”劳里叹气。

特伦特说了句什么，但他的声音太轻了，劳里几乎听不见：“哦，是吗？”

在接下来的一周半里，趁家里没有人看见的时候，他们又钻了更多的小洞：在他们各自房间里的海报后面，在储藏室的冰箱后面（布莱恩能够挤进去，刚好还有空间用钻孔机），还有楼下的壁橱里面。特伦特甚至在餐厅的墙上钻了个洞，是在一个一直笼罩着阴影的角落。他站在梯子顶上，劳里稳稳地扶着梯子。

哪里都没有金属。只有板条。

孩子们暂时把这件事忘记了。

大约一个月后的一天，刘重返全职教师岗位后，布莱恩来到特伦特跟前，说三楼的灰泥上又有一道裂缝，他能看到后面有更多的金属。特伦特和丽莎立刻来了。劳里还在上学，在乐队练习。

他们发现第一道裂缝的时候，母亲正因头痛而卧床。回到学校后，刘的脾气马上就变好了（特伦特和劳里之前就确信这一点），但前一天晚上，他和母亲吵了一架，因为他想为历史系的同事们举办一个聚会。如果说有什么是这位前布拉德伯里太太既恨又怕的，那就是在教职工聚会上做女主人了。然而，刘坚持要这么做，她最终让步了。现在她躺在阴暗的卧室里，眼睛上蒙着一条湿毛巾，床头柜上放着一瓶治头痛的药，刘大概正在教员休息室里分发请帖，并拍拍同事们的后背。

新发现的裂缝位于走廊的西侧，在书房的门和楼梯间之间。

“你确定你看到里面有金属吗？”特伦特问，“我们检查过这边，布莱。”

“你自己看。”布莱恩说，特伦特照办了。不需要手电筒，这条裂缝更宽，底部的确有金属。

特伦特看了很长一段时间之后，跟他们说，他要去五金店，马上就去。

“为什么？”丽莎问道。

“我要去买点石灰。我不想让他看到裂缝。”他犹豫了一下，然后又补充道，“而且我尤其不想让他看到里面的金属。”

丽莎皱眉道：“为什么不呢，特伦特？”

但特伦特并不清楚。至少现在还不清楚。

他们又开始钻了，这次他们在三楼所有的墙壁后面都发现了金属，包括刘的书房。有一天下午，特伦特带着钻孔机溜了进去，当时刘正在学校，母亲正在为即将到来的教职工聚会采购。前布拉德伯里太太近来脸色苍白，神情憔悴——连丽莎也注意到了，但每当有孩子问她是否还好时，她总是露出令人不安的、过于明亮的微笑，告诉他们，她的身体再好不过了。劳里唐突地对她说，她看上去太瘦了。“哦，不。”母亲回答说，“刘说我在英国都要胖成一个团子了——都是那些浓茶害的。”她只是想重新回到生龙活虎的健康状态，仅此而已。

劳里知道不是这样，但就连劳里也不敢当面说母亲骗人。如果他们四个人同时来找她——可以说是联合起来对付她，他们可能会听到一个不同的说法。但连特伦特都没想过要这么做。

刘的一个高等教育学位证挂在桌子上方的墙上。当其他孩子聚集在门外，吓得几乎要呕吐的时候，特伦特从钩子上取下镶了框的学位证，把它放在桌子上，在它原来占据的方形区域中央钻了一个针孔。钻到两英寸深时，钻头碰到了金属。

特伦特小心翼翼地重新挂好学位证，确保它没有歪，然后走了出来。

丽莎如释重负地哭了起来，布莱恩很快也加入了她的行列。他看上去很厌恶这样，但似乎无法控制自己。劳里不得不拼命忍住眼泪。

沿着通往二楼的楼梯，他们每隔一段就钻几个洞，在这些墙后面也发现了金属。金属一直往房子前面延伸，一直到大约在二楼走廊的中间部位。布莱恩房间里的每一面墙壁后都有金属，但劳里的房间里只有一面墙后有。

“这里还没长完呢。”劳里阴沉地说。特伦特吃惊地看着她。“嗯？”她还没来得及回答，布莱恩就灵机一动。

“试试地板，特伦特！”他说，“看看是不是那儿也有。”

特伦特想了想，耸了耸肩，钻进劳里房间的地板。钻头一路毫无阻力地钻着，但当他把自己床脚的地毯掀开试钻时，很快就碰到了结实的钢铁……或其他什么坚固的东西。

然后，在丽莎的坚持下，他站在凳子上，钻到天花板上，眼睛被溅到脸上的灰泥粉尘迷了一下。

“该死！”过了一会儿他说，“这里金属更多。今天就到此为止吧。”

劳里是唯一一个看出特伦特的神色十分不安的人。

那天晚上熄灯后，特伦特来到劳里的房间，劳里甚至都没有装睡。事实上，在过去的几周里，他们俩都没有睡好。

“你是什么意思呢？”特伦特坐在她床边小声问。

“什么什么意思？”劳里问道，撑起一只胳膊肘。

“你说它在你房间里面还没有长完，这是什么意思？”

“拜托，特伦特——你又不傻。”

“对，我不傻。”他毫无自得之意地赞同道，“大概我更想听你说，小丫头。”

“如果你这么叫我，那你就永远听不到。”

“好吧。劳里，劳里，劳里。满意啦？”

“满意了。那东西在整个房子上面生长。”她停顿了一下，“不，这种说法不准确，它在房子下面生长。”

“那也不准确。”

劳里想了想，然后叹气道：“好吧，它在房子里面生长。它在偷偷占领这幢房子。这样够准确了，聪明鬼？”

“偷偷占领这幢房子……”特伦特坐在她床边静静地说，他看着那张克丽茜·海德[1]的海报，仔细琢磨她说的这句话。最后他点头，露出了她最喜欢的那种微笑，说：“对，够准确了。”

“不管你叫它什么，它都像活物一样。”

---

[1] 美国歌手。

特伦特点了点头，他已经想到这一点了。他不知道金属怎么可能是活物，但是他不能给出任何其他的解释，至少现在是这样。

“但这还不是最糟糕的。”

“最糟糕的是什么？”

“它偷偷摸摸的。”她那双严肃地盯着他的眼睛睁得大大的，充满惧色，“这是我不喜欢的地方。我不知道它是怎么开始的，也不知道它想做什么，我也不在乎这一点。但是它在偷偷进行着这一切。”

她用手指梳理着厚厚的长发，然后把两鬓的头发拨到后面。这是一个焦躁不安的无意识动作，这让特伦特想起了爸爸，他很心痛，爸爸的头发就是这样的。

“我感觉要发生什么事了，特伦特，只是我不知道是什么事，就像是在噩梦中，你完全无法摆脱。你也会有这种感觉吗？”

“对，会有一点感觉。但是我知道要发生什么事了，我甚至可能知道是什么事。”

她猛地坐了起来，抓住他的手。“你知道？什么？什么事情？”

“我不确定。”特伦特说着起身了，“我认为我知道，但是我还没准备好把我的想法说出来，我还要继续寻找。”

“如果我们还要钻洞，这幢房子就要倒啦！”

“我没有说‘钻洞’，我说的是‘寻找’。”

“寻找什么？”

“寻找还没有出现的东西——还没有长出来的东西。但我认为，当它出现时，它将无法躲藏。”

“跟我说说，特伦特！”

“还不是时候。”他说着，在她的脸颊上轻快地亲吻了一下，“而且——好奇心害死小丫头。”

“我讨厌你！”她低声叫着，又扑倒在床上，把被单盖在头上。不过，她跟特伦特谈过之后，感觉好多了，而且比一周以来的任何时候睡得都好。

特伦特在大聚会前两天找到了他一直寻找的东西。作为最大的孩子，他也许应该注意到，母亲的身体已经不健康得有点吓人了，她颧骨处的皮肤亮晶晶的，面容异常苍白，都有些发黄变丑了。他应该注意到她经常揉太阳穴，尽管她否认——几乎是惊慌地否认——她有偏头痛，或者持续偏头痛一周多了。

然而，他没有注意到这些事情。他忙着寻找呢。

从他和劳里的睡前谈话到他找到自己要找的东西的那四五天里，他把那幢老旧的大房子里的每一个壁橱至少翻了三遍，爬进刘的书房上面的阁楼五六次，搜索了宽敞的旧地下室五六次。

他最后是在地下室里找到的。

这并不是说他在其他地方没有发现什么奇怪的东西，他肯定也发现了。二楼壁橱的天花板上伸出一个不锈钢把手。一个弯曲的金属电枢从三楼行李柜的侧面钻了出来。那是一种暗淡、光滑的灰色……直到他摸到它。当他碰到它之后，它泛着淡淡的玫瑰色，而且他听到墙壁深处有微弱但有力的嗡嗡声。他把手缩回来，好像电枢发热了（而且一开始电枢变颜色时，他联想到了炉子上的电枢，他可以肯定是这样）。在他把手缩回来之后，弯曲的金属又变灰了，嗡嗡声也立刻停止了。

前一天，在阁楼上，他注意到屋檐下一个低矮、阴暗的角落里，长着一张由细电缆交织而成的蛛网。特伦特一直用手和膝盖爬行，什么也没做，除了把自己弄得又热又脏，这时他突然发现了这个惊人的现象。他在原地无法动弹，望着这一团凭空出现的电缆似的头发（或者不管怎么说，它们看起来很像）。它们交织着，彼此紧紧地缠绕，似乎要融为一体了，然后继续蔓延，直到它们长到地板上，钻了进去，把自己固定在飘忽的细木屑中。它们似乎在创造某种灵活的支撑结构，而且看起来非常坚固，能够支撑房子在多次撞击和猛烈的敲打中不散架。

然而是什么撞击呢？

是什么猛烈的敲打呢？

特伦特再次以为他知道了。很难相信，但他认为自己知道。

地下室的北端有一个小壁橱，离工作坊和放置炉子的区域很远。他们的生父把这里叫作“酒窖”，虽然他只装了二十多瓶黄汤（这个词总是引得母亲咯咯地笑），但这些酒都被小心地放在他自己搭的纵横交错的架子上。

刘来这里的次数甚至比他进工作坊的次数还要少——他不喝酒。尽管母亲以前经常和亲生父亲一起喝一两杯酒，她现在也不再喝酒了。特伦特还记得，有一次布莱恩问她为什么再也不在炉火前喝酒时，她脸上的表情有多么悲伤。

她跟布莱恩说：“刘不准我喝酒，他说，酒不过是虚妄的支撑。”

酒窖的门上有一把挂锁，但那只是为了确保门不会自动打开让炉子里的热量钻进去。钥匙就挂在它旁边，但特伦特不需要它。他第一次察看后就把挂锁打开了，从那以后再也没有人来把它锁上。据他所知，再也没有人来到地下室所在的这头了。

当他走近门口时，迎接他的是一股洒出来的葡萄酒的酸味，他对此并不感到太惊讶；这只是进一步证明了他和劳里已经知道的事——这些变化在房子里悄然进行着。他打开门，虽然他所看到的吓了他一跳，但他并没有真正感到惊讶。

金属结构冲破了酒窖的两面墙，把带菱形格子的酒架撞散了，装着博林格酒、蒙达维酒和巴蒂利亚酒的酒瓶子都被撞到了地上，摔成了碎片。

跟阁楼上的缆绳一样，这里形成中——用劳里的话来说，生长中——

的东西还没有完成。它在光线的照射下旋转，刺痛了特伦特的眼睛，让他胃里有点不舒服。

然而这里没有电缆，也没有弯曲的杆子。在他的生父那个被遗忘的酒窖里生长的东西看起来像橱柜、控制台和仪表盘。当他看过去的时候，只有金属隆起的模糊形状，就像被惊动的蛇昂起的头。他再定睛一看时，它又变成仪表盘、控制杆和读数。那里还有几处闪烁的灯光，有些竟然还对他眨了眨。

伴随着这一生成行为的是一声低沉的叹息。

特伦特继续小心翼翼地向小房间里迈了一步。一道特别亮的红光，或者说是一连串的红光，引起了他的注意。他朝前走了一步，打了个喷嚏——机器和控制台穿过旧水泥，扬起一大片灰尘。

抢夺他注意力的灯光是一些数字。它们在一个金属结构上面的玻璃条下面，这个金属结构正从控制台旋转出来。这个新东西看起来像某种椅子，虽然坐在里面不会觉得很舒服。特伦特不禁打了个寒战，心想："至少没有哪个人形的生物坐着会舒服。"

玻璃条在这把扭曲的椅子的一个扶手上——如果它是一把椅子的话。这些数字会引起他的注意，也许是因为它们在变化。从

72:34:18

变成

72:34:17

然后又变成

72:34:16

特伦特看了看他的手表，手表上有一根中心秒针，手表证实了特伦特的眼睛已经看到的一切。椅子可能是椅子，也可能不是椅子，但玻璃条下面的数字是一个数字时钟。它在倒计时，准确无误。当读数最终从

00:00:01

变成

00:00:00

也就是从这个下午算起的三天之后?

他很肯定自己明白了。每个美国男孩都知道，当一个倒计时钟表盘上的读数最终为0时，会发生爆炸或发射，两者必居其一。

特伦特认为，这里有太多的设备和小玩意，不可能发生爆炸。

他觉得他们一家在英国时，什么东西进了这幢房子。也许是在太空飘浮了十亿年的某种孢子被地球的引力捕获，盘旋而下，穿过大气层，仿佛微风吹拂下的马利筋绒毛，最后落入印第安纳州泰特斯维尔的一幢房子的烟囱里面。

也就是位于印第安纳州泰特斯维尔的布拉德伯里家。

当然，也可能完全是另外一回事，但特伦特觉得关于孢子的想法是对的，尽管他是布拉德伯里家的孩子中年龄最大的，但他还很小，晚上九点吃了意大利辣香肠比萨后还能睡踏实，并且完全相信自己的认知和直觉。最后，这并不重要，对吧?重要的是已经发生的事情。

当然，还有接下来会发生的事情。这次特伦特离开酒窖时，他不仅“啪”地一声关上了挂锁，还拿走了钥匙。

刘的教职工聚会上发生了一件可怕的事。这件事发生在九点四十五分，就在第一批客人到达大约四十五分钟之后。特伦特和劳里随后听到刘在对母亲大喊大叫，说她对所表现出的唯一该死的体贴，就是早点起床早做蠢事——如果她等到十点左右起床，就会有五十个或更多人在客厅、餐厅、厨房和后厅里走来走去。

“你到底怎么了?”特伦特和劳里听见他对她大吼。特伦特觉得劳里的手像一只冰冷的小老鼠一样慢慢摸索进他手中，他紧紧地握着它。“你不知道大家会怎么说吗?你不知道系里的人会说什么吗?我的意思是，真的，凯瑟琳——这简直可笑！”

母亲唯一的回答是软弱无助的抽泣，特伦特对母亲产生了一阵可怕的厌恶，虽然这并非他所愿。她当初为什么要嫁给他呢？她傻到家了，造成今天的局面，难道不是她活该吗？

他为自己感到羞愧，甩掉这个念头，把它忘记，然后转向劳里。他看到眼泪顺着她的面庞流下来，特伦特感到十分震惊，她眼里无言的悲伤像一把刀刃一样刺进了他的心里。

“多美好的聚会，嗯？”她小声说，用双掌的掌根擦掉眼泪。

“是啊，小丫头。”特伦特说。特伦特拥抱着她，这样她就可以靠着他的肩膀哭，而不会被人听见。“毫无疑问，它进入了今年我心目中的前十名。”

凯瑟琳·埃文斯（她从来没有像现在这样痛苦地希望再次成为凯瑟琳·布拉德伯里）似乎一直在对所有人说谎。她患了一种会让她痛得尖叫、脸色发青的偏头痛，这不是一两天的事了，最近两周都是如此。在这段时间里，她几乎什么都没吃，瘦了十五磅。她正在给历史系的系主任斯蒂芬·克鲁契默和他的妻子上点心，这时她眼前一黑，整个世界突然从她身边消失了。她仿佛没有骨头一样，向前滚去，把一整盘中国猪肉卷倒在了克鲁契默太太那件昂贵的诺玛·卡玛丽礼服上，这件礼服是专门为这次活动而买的。

布莱恩和丽莎听到骚动，穿着睡衣下楼来看发生了什么，虽然他们两个人——其实是四个孩子——已经被刘爸爸严令聚会开始后不要下楼。“大学里的人不喜欢在教职工聚会上看到孩子。”刘那天下午粗鲁地解释道，“这种聚会上有各种不成文的规定。”

当他们看到母亲躺在地板上，周围跪了一圈担心的教职工时（克鲁契默太太不在；她跑到厨房去，想趁污渍还没有干，往裙子上弄点冷水），他们忘记了继父的严厉命令，跑了进来。丽莎哭着，布莱恩惊慌失措地叫着。丽莎踢到了亚洲研究带头人的左肾。比她大两岁、重三十磅的布莱恩则更厉害：他把秋季学期的客座讲师不偏不倚地撞进壁炉里。她胖乎乎的，身上穿着粉红色的裙子，脚上穿着鞋尖卷曲的晚间拖鞋。她坐在一大片灰黑色的灰烬中，目瞪口呆。

“妈！妈妈！”布莱恩喊着，摇晃着这位前布拉德伯里太太，“妈妈！醒醒！”

埃文斯太太动了动，呻吟着。

“你们两个，上楼！”刘冷冷地说。

当他们没有表现出服从的迹象时，刘把他的手放在丽莎的肩膀上，紧紧地握住，直到她疼得尖叫起来。刘对丽莎怒目而视，他脸色苍白，只有脸颊中间的红斑像抹了胭脂一样明亮。

他紧咬牙关，说的话像是从牙缝里迸出来的：“我会处理好这里，你和你哥哥上楼，马——”

“放开丽莎，你这个婊子养的。”特伦特正言道。

刘——还有所有已经早早来参加聚会、目睹了这场滑稽插曲的人——转向客厅和走廊之间的拱门。特伦特和劳里并肩站在那里。特伦特的脸色和他继父一样苍白，但他的脸平静而沉着。参加聚会的人中有人——并不多，但还是有几个人——认识凯瑟琳·埃文斯的第一任丈夫，后来他们一致认为，他们父子俩非常相像。事实上，比尔·布拉德伯里几乎像是死而复生，来对抗他脾气暴躁的继任者。

“你们给我上楼去。”刘说，“你们四个都上去。这里没有什么值得你们担心的。你们根本不必担心。”

克鲁契默太太已经回到了房间里，她那件诺玛·卡玛丽礼服的前襟湿了，但污渍也消失了。

“把你的手从丽莎身上拿开。”特伦特说。

“从妈妈身边走开。”劳里说。

这时埃文斯太太坐了起来，双手抱头，茫然地环顾四周。头痛像气球一样爆开，使她失去了方向，身体虚弱，但她终于摆脱了过去十四天所忍受的痛苦。她知道自己做了一件可怕的事，让刘难堪，甚至可能让他蒙羞，但此刻她太庆幸自己的痛苦已经停止，便不再在乎了。让他蒙羞的事以后再说，现在她只想上楼——慢慢地，然后躺下。

“该好好教育一下你们了。”刘看着他的四个继子女，客厅里面一片寂静，大家震惊得几乎说不出话来。刘的眼睛不是一下扫过四个孩子，而是挨个看过去，就好像是在给每个人的罪行定性量刑。当他的目光落在丽莎身上时，丽莎哭了起来。他大声对客厅里的人说：“我很抱歉他们这么没教养，恐怕是我妻子对他们管得太松了。他们需要一个严厉的英国保姆——”

“别犯傻了，刘。”克鲁契默太太说。她的声音非常洪亮，但不是太好听，有点像一头驴子在大声叫。布莱恩跳起来，抓住妹妹，也哭了起来。“你妻子晕倒了，他们很担心，仅此而已。”

“说得太对了。”那位客座讲师说，她拖着那庞大的身躯吃力地从壁炉里站起来。她的粉红色连衣裙现在变成了斑驳的灰色，脸上布满了煤烟。只有她那双有着可笑却引人注目的卷曲鞋尖的鞋子似乎逃过了一劫，但她看上去对这些毫不在意。“孩子们应该关心母亲，丈夫们也应该关心妻子。”

她最后说这句话时，眼睛直勾勾地盯着刘·埃文斯，但刘没有注意到她的目光。当特伦特和劳里扶母亲上楼时，刘一直盯着他们。丽莎和布莱恩像仪仗队一样跟在后面。

聚会继续进行。这一事件或多或少地被遮掩过去了，就像教职工聚会上经常发生的不愉快事件一样。埃文斯太太——自从她丈夫宣布要弄个聚会以来，她每晚最多睡三个小时——头一碰到枕头就睡着了。刘就在楼下，孩子们听到他在妻子缺席的情况下大声说着一些亲切的话。特伦特猜想，刘甚至松了一口气，不用再和他那个惊慌失措、东奔西跑的妻子争吵了。

他一刻都没有离场，没有上楼来看看她。

一次也没有，直到聚会结束。

在送走最后一位客人之后，他拖着沉重的脚步走上楼，叫她起床……她照做了，她对此逆来顺受，自从她和刘犯下错误，跟牧师说“她/他愿意”之后，她就对所有事都逆来顺受。

刘把头探进特伦特的房间，怒目打量着孩子们。

“我就知道你们都在这里打着什么小算盘。”他满意地微微点头，“你们会吃一顿教训的，你们都知道，这是毋庸置疑的。明天再算账吧。今晚我要你们马上到床上去睡，好好反省一下。马上回你们自己的房间，别到处乱窜。”

其实无论是丽莎还是布莱恩都没有“到处乱窜”，他们都太累了，情绪也很紧张，除了躺到床上，并且立即入睡之外，什么都做不了。但是劳里不顾刘爸爸的命令，又回到了特伦特的房间。他们听着继父责备母亲胆敢在他的聚会上晕倒，两人沉默而沮丧。

“哦，特伦特，我们要做些什么？”劳里伏在他肩上说。

特伦特的脸色异常苍白，平静如水。“做什么？”他说，“为什么要做，我们什么也不做，小丫头。”

“我们必须做！特伦特，我们必须做！我们必须帮帮她！”

“不，我们不必做。”特伦特说，嘴角掠过一丝可怕的微笑，“房子会帮我们做好的。他看了看表，算了算，“明天下午三点三十四分左右，房子会把一切都搞定。”

早晨刘没有教训他们。刘·埃文斯正在专心准备八点钟关于诺曼人征服英格兰所产生的影响的研讨会。特伦特和劳里对此都不感到惊讶，但两人都非常庆幸。刘告诉他们，他晚上会在书房里挨个见他们，然后“要好好打每个人几下”。他引用完这种含糊威胁之后，抬起头，右手紧握公文包，大步走了出去。母亲还在睡觉，而他的保时捷在街上呼啸而去。

两个年纪较小的孩子站在厨房旁边，双臂环抱着对方，在劳里看来，他们就像《格林童话》里的插图。丽莎吓哭了，布莱恩的上嘴唇僵硬，至少到目前为止是这样，但他脸色苍白，眼睛下面有紫色的眼袋。布莱恩对特伦特说：“他会打我们的，而且会打得特别重的。”

“不会的。”特伦特说。他们看着他，满怀希望却又带着疑虑。毕竟，刘已经说了要打屁股；甚至连特伦特也不能幸免于这种痛苦的侮辱。

“但是，特伦特——”丽莎说。

“听我说。”特伦特说着从桌子下抽出一把椅子，在两个小家伙面前坐了下来。“仔细听，一个字也不要漏掉。这很重要，我们谁也不能搞砸。”

他们瞪着蓝绿色的大眼睛，默默地看着他。

“学校一放学，你们两个就马上回家……但只到拐角处。枫树街和胡桃树街的拐角处。你们明白了吗？”

“明……明白。”丽莎迟疑地说，“但是，为什么，特伦特？”

“不用考虑这个。”特伦特说。他的眼睛——也是蓝绿色的——闪闪发亮，但劳里认为那不是一种令人愉快的神色。事实上，她认为这件事有些危险。“就在那里，站在邮筒旁边。你们必须在三点以前到那儿，最迟三点十五分。你们明白了吗？”

“明白。”布莱恩代表他们两人说，“我们明白了。”

“劳里和我到时候会在那儿，或者你一到那儿，我们马上就会到。”

“我们怎么才能做到呢，特伦特？”劳里问，“我们要到三点才放学，乐队还要排练，公共汽车要——”

“今天我们不去学校。”特伦特说。

“不去？”劳里很为难。

丽莎很害怕。“特伦特！你不能这么做！那是……那是……逃学！”

“也是时候了。”特伦特冷冷地说，“现在你们俩准备去上学。只要记住：在枫树街和胡桃树街的拐角处，时间是三点，最迟最迟三点十五分。不管你们做什么，都不要直接回家。”他恶狠狠地盯着布莱恩和丽莎。他们望着他，惊恐而错愕，两人拉着彼此寻求安慰。连劳里也害怕了。“等着我们，但你们不准回到这幢房子里来。”他说，“绝对不行”。

孩子们走后，劳里抓住他的衬衫，问发生了什么事。

“我知道，这和房子里正在生长的东西有关系，如果你想让我逃学帮你，你最好告诉我是什么，特伦特·布拉德伯里！”

特伦特说：“我会告诉你，别激动。”他小心翼翼地把衬衫从劳里紧紧抓住的手里拿开，说：“小点声。我不想让你吵醒妈妈。她会让我们去上学的，那就不妙了。”

“好吧，是什么？快告诉我！”

“下楼。”特伦特说，“我带你去看看。”

特伦特带着劳里下楼去了酒窖。

特伦特并不完全确定劳里是否会赞同他的想法——哪怕对他来说，这个决定似乎是……好吧，最终的——但她同意了。如果这只是忍受刘爸爸的一顿打，他认为她不会同意，但当劳里看到母亲毫无知觉地躺在客厅地板上，继父对此无动于衷时，劳里和特伦特一样，内心都大受震动。

“是的。”劳里阴郁地说，“我认为我们必须这么做。”她看着椅子扶手上闪烁的数字。现在的读数是：

07:49:21

酒窖已不再是酒窖了。那里的确有一股酒味，在他们父亲扭曲的酒架残骸中间，地板上散落着一堆堆破碎的绿色玻璃，但现在它看起来就像疯人版“进取号”星际飞船上的控制桥。表盘旋转，数字读取器忽闪忽闪地变化着。灯光闪烁。

“是的。”特伦特说，“我也这么认为。那个狗娘养的，对她那样大喊大叫！”

“特伦特，别说了！”

“他就是个人渣！是个杂种！是个蠢货！”

但他们这样满嘴说着脏话只是在竭力给自己鼓劲，他们俩都知道。看着这些奇怪的仪器和控制装置，特伦特感到怀疑和不安，几乎有点恶心。他想起小时候父亲给他读过的一本书，那是梅瑟·迈尔[1]写的一个故事，讲的是一个名叫“吃邮票巨怪”的特鲁斯科的怪物把一个小女孩塞进一个信封，寄给了相关的人。这不正是他之前提议要对刘·埃文斯做的事情吗？

“如果我们不做点什么，他会杀了她的。”劳里低声说。

“哈？”特伦特飞快地把头扭来扭去，弄疼了脖子，但劳里没有看他。她看着倒计时的红色数字。它们倒映在她上学时戴的眼镜镜片上。她似乎被催眠了，没有意识到特伦特正看着她，甚至可能没有意识到他就在那里。

“不是故意的。”她说，“他可能太伤心了，至少有一段时间是这样。因为我觉得他爱她，在某种程度上。她也爱他，你知道——在某种程度上。但他会让她越来越糟。她会一直生病，然后……有一天……”

[1] 美国儿童文学作家、插画师。

她没有再说了，然后看向特伦特。她脸上的某种神情把特伦特吓坏了，这比他们那幢奇怪多变、鬼鬼祟祟的房子里所发生的任何事情都更可怕。

"告诉我，特伦特。"她抓住特伦特的手臂，她的手冰凉，"告诉我，我们要怎么做。"

他们一起上楼，去了刘的书房。特伦特做好了要翻遍这个地方的准备，但他们在最上面的抽屉里找到了钥匙，钥匙整齐地塞在一个信封里，信封上用刘那种小巧、整洁、有点呆板的字体写着"书房"两个字。特伦特把它放在口袋里。他们一起离开家的时候，二楼传来淋浴的声音，这意味着妈妈已经起床了。

他们在公园里待了一天。这是他们俩经历过的最漫长的一天，尽管他们俩谁也没说出来。有两次，他们看见巡警，便躲进公共厕所里，直到他离开。现在可不是逃学被逮着，然后被抓去上学的时候。

两点半，特伦特给了劳里一枚二十五美分的硬币，陪她走到公园东边的电话亭。

"一定要这么做吗？"她问，"我不想吓唬她，尤其是在经历了昨晚的事之后。"

"你希望她待在家里吗，不管发生什么事？"特伦特问。劳里把那枚二十五美分的硬币扔进去，不再表示异议。

电话铃响了好多声，她确信母亲出去了。这可能是好事，但也可能是坏事。这当然令人担忧。如果她出去了，她完全有可能在那之前回来——

"特伦特，我认为她不——"

"喂？"埃文斯太太用一种困倦的声音说。

"哦，嘿，妈妈，"劳里说，"我刚刚以为你不在。"

“我回去睡觉了，”她尴尬地笑着说，“我突然觉得似乎睡不够。我想，我如果睡着了，就不会想起昨天晚上我有多糟糕了——”

“哦，妈妈，一点都不糟糕。一个人晕倒，并不是因为她想——”

“劳里，你为什么打电话？你还好吗？”

“当然，妈妈……嗯……”

特伦特重重地戳了戳她的肋骨。

劳里刚才一直缩着（还似乎越缩越小），她急忙直起身子。“我在体育馆受伤了。就是……你知道的，伤了一点点，并不严重。”

“你怎么了？天哪，你不会是在医院打电话吧？是吗？”

“天哪，不是！”劳里急忙说，“只是扭伤了膝盖。凯特老师问你能不能早点来接我回家，我不知道我能不能走回去。真的很疼。”

“我马上就来。亲爱的，尽量不要动，你可能拉伤了韧带。护士在吗？”

“现在不在。别担心，妈妈，我会小心的。”

“你是在医务室吗？”

“对。”劳里说。她的脸涨得通红，跟布莱恩的雷德福莱尔小红车似的。

“我马上就到了。”

“谢谢你，妈妈。拜拜。”

她挂了电话，看着特伦特。她深深地吸了一口气，然后发出一声长长的、颤抖的叹息。

“真有意思。”她说，声音像几乎要哭出来了。

他紧紧地拥抱着她。“你做得很好。”他说，“比我能做的好多了，小丫——劳里。我不确定她会不会相信我。”

“我不知道她是否还会再相信我。”劳里哀怨地说。

“会的。”特伦特说，“没关系的。”

他们走到公园的西侧，在那里他们可以看到胡桃树街。天已经变得又冷又暗，头顶积起了乌云，寒风刺骨。他们等了五分钟，这五分钟仿佛没有尽头，然后母亲的斯巴鲁汽车经过他们，飞快地朝特伦特和劳里就读的格林多恩中学驶去……我们如果不逃学就在那里，就在那里了，劳里想。

“她开得好快！”特伦特说，“我希望她别遇到意外，或者其他什么事。”

“现在担心那个太晚了。来吧。”劳里拉着特伦特的手，又把他拉回电话亭，“你可以给刘打电话了，你这个幸运的恶魔。”

他又放了一枚硬币进去，打了历史系办公室的电话号码，他从钱包里取出的一张卡片上写着这串号码。前一天晚上他几乎没有合过眼，但现在一切都开始了，他发现自己冷静而沉着……事实上，他太冷静了，几乎都僵硬了。他看了看表，差一刻三点。还有不到一个小时。西边隐约响起了隆隆的雷声。

“这里是历史系。”一个女人的声音说。

“嘿。我叫特伦特·布拉德伯里，我找我继父刘易斯·埃文斯。”

“埃文斯教授在上课。”秘书说，“但他会在——”

“我知道，他在上英国现代史课，三点半才下课。但您最好还是去找他。有紧急情况。这关系到他的妻子。”他故意停顿了一下，然后又说，“我妈妈。”

对面沉默了很长一段时间，特伦特微微感到一阵惊慌。她好像在考虑拒绝他或不理会他，不管有没有紧急情况，而这绝对不在计划之内。

“他在奥格尔索普那儿，就在隔壁。”她最后说，“我亲自去找他。我让他马上打电话——”

“不，我不挂电话。”特伦特说。

“但是——”

“拜托您，别再跟我耍滑头了，去把他找来好吗？”他问道，声音里带着一种刺耳的惊慌。要做到这一点并不困难。

“好吧。”秘书说。很难说她是更不高兴还是更担心了。“如果你能告诉我——”

“不能。”特伦特说。

对方不高兴地哼了哼，他能做的就是等着。

“怎么了？”劳里问。她两只脚轮换着挪动，就像急着要上厕所一样。

“我在等，他们去找刘了。”

“如果他不来怎么办？”

特伦特耸了耸肩。“那我们就惨了。但他会来的，你等着瞧吧。”他希望自己能像听上去那样自信，但他仍然相信这通电话能起到作用。它必须奏效。

“我们拖延到最后一刻。”

特伦特点了点头。他们要拖延到最后一刻，劳里知道为什么。书房的门是结实的橡木做的，很牢固，但他们两人都不知道锁的事。特伦特想确保刘只有尽可能短的时间来想办法打开它。

“如果他回家时看见布莱恩和丽莎在拐角处怎么办？”

特伦特说：“如果他和我料想的一样着急，他才不会注意到他们是否踩着高跷，戴着荧光笨蛋高帽呢！”

“他为什么不接那该死的电话？”劳里看着手表问。

“他会的。”特伦特说，接着他们的继父就接了。

“喂？”

“刘，我是特伦特。妈妈在你书房里。她一定又头痛了，因为她昏过去了。我叫不醒她。你最好马上回家。”

特伦特对继父首先关注的事情并不感到惊讶——事实上，这是他的计划的一个组成部分，但这仍然让他非常生气，他拿着电话的手指都变白了。

“我书房？我书房？她在我书房做什么？”

尽管特伦特很生气，但声音却很平静：“打扫，我想是的。”然后，他向那个对工作比对妻子关心得多的男人抛出了终极诱饵，“地板上到处都是报纸。”

“我马上就来。”刘敲了敲键盘，然后补充说，“如果里面有窗户开着，看在上帝的分上，把它们关上。暴风雨就要来了。”他没说再见就挂了电话。

“可以了吗？”特伦特挂电话时，劳里问他。

“他马上就来？”特伦特说，冷笑了一声，“这个浑蛋太激动了，他甚至没有问我不上学在家干什么。我们走吧。”

他们跑回枫树街和胡桃树街的拐角处。天空变得很黑了，雷声越来越密集。当他们到达街角的蓝色美国邮筒时，枫树街的街灯开始一个接一个地亮起来，灯光从他们身边一直向山上延伸。

丽莎和布莱恩还没有到。

“我想和你一起去，特伦特。”劳里说，但她的表情说明她在撒谎。她的脸色苍白，大眼睛里盈满眼泪。

“没门。”特伦特说，“在这里等布莱恩和丽莎。”

听到这两个名字，劳里转过身，朝胡桃树街望去。她看见两个孩子过来了，手里拿着饭盒蹦蹦跳跳地走着。虽然离得太远，看不清他们的脸，但她很肯定是他们，于是她告诉特伦特。

“好。你们三个到雷德兰太太的树篱后面等刘过去。然后你们可以沿街走，但也不要进屋，也不要让他们进去，在外面等我。”

“我很害怕，特伦特。”眼泪已经开始顺着她的脸颊往下流了。

“我也是，小丫头。”他说着，飞快地吻了吻她的前额，“但很快就会结束的。”

她还没来得及说什么，特伦特就顺着街道朝枫树街布拉德伯里家的房子跑去。他边跑边看了看表。现在是三点十二分。

房子里有一股使他害怕的静止的热气。就像火药被撒在每个角落，他看不见的人都站在一旁，点燃了看不见的引信。他想象着酒窖里的时钟无情地嘀嗒走着，现在的读数是：

00:19:06

如果刘迟到了怎么办？

现在没有时间担心那个了。

特伦特穿过静止、燥热的空气，跑上了三楼。他恍惚觉得自己能感觉到房子在躁动，随着倒计时接近尾声，房子活了过来。他试图告诉自己，这只是想象，但是他心里很明白不是这样。

他走进刘的书房，随意打开两三个文件柜和书桌抽屉，把他目之所及的文件扔得满地都是，这不需要多少时间。他刚刚弄完，就听到保时捷从街上开过来。今天发动机没有咆哮，刘让车尖锐地鸣叫一声后停了下来。

特伦特走出办公室，走进三楼走廊的阴影里。他们是在那里钻的第一个洞，那好像是一个世纪以前的事了。他把手伸进衣袋里去掏钥匙，衣袋里除了一张皱巴巴的旧午餐票外，什么也没有。

一定是我在街上跑的时候把它弄丢了。一定是从我口袋里弹出去了。

他站在那里，汗流浃背，浑身冰凉，保时捷呼啸着驶入车道。发动机熄火了。车门开了又关上。刘的脚步声快速移向后门。雷声像炮弹一样在天空中轰隆作响，一道明亮的闪电划破了黑暗，在房子深处的某个地方，一台马力强劲的发动机发动了，发出低沉的咆哮声，然后开始嗡嗡作响。

天哪，天哪，我该怎么办？我能做什么？他块头比我大！如果我想打他的头，他会——

他把左手伸进另一个口袋里，当那只手碰到钥匙上的老式金属齿痕时，他没有往下想了。他在公园里度过了一个漫长的下午，一定在不知不觉中把钥匙从一个口袋转移到了另一个口袋。

特伦特上气不接下气，心脏怦怦直跳，忐忑不安。他退到走廊尽头的行李柜，走了进去，把面前的手风琴式折叠门关上了。

刘三步并作两步奔上楼，扯着嗓子一遍又一遍地喊着妻子的名字。特伦特看见他来了，他的头发像钉子一样竖了起来（他开车时一定是用手梳过头发），领带歪斜着，大滴大滴的汗珠从他那宽阔而睿智的额头上冒出来，眼睛愤怒地眯着往下看，露出两条小缝。

“凯瑟琳！”他咆哮，然后跑到楼下的办公室。

刘还没来得及走进去，特伦特就从行李柜里出来，无声无息地跑回大厅。他只有一次机会。如果他没有插准钥匙孔……如果他第一次拧钥匙时制栓没有转动……

如果这两件事中的任何一件发生了，我会和他打一架，他思考道，如果我不能让他一个人去，我该死的一定要带他一起去。

他一把抓住门，砰的一声重重地关上了。门合上时，一层灰尘从铰链间喷了出来。他瞥了一眼刘受惊的脸。接着钥匙被插进锁里了。他拧了拧钥匙，刘还没来得及把门撞开，门闩已经插上了。

“喂！”刘咆哮道，“喂！你这个小杂种，你在干什么？凯瑟琳在哪里？把我放出去！”

刘徒劳地前后扭动着门把手。然后他停了下来，在门上连砸了几下。

“马上把我放出去！特伦特・布拉德伯里，否则我他妈非揍你不可！”

特伦特慢慢后退，穿过大厅。他的肩膀撞到对面的墙，他倒抽了一口气。他想都没想就把书房的钥匙从钥匙孔里拔了出来，钥匙从他的指间掉了下来，落在他两脚之间褪了色的走廊地毯上。一切准备就绪，反应开始了。世界开始摇晃起来，好像他被水淹没了，他不得不挣扎着不让自己晕倒。直到现在刘被锁了起来，母亲被支开去开始一场根本不存在的救助，而其他孩子则安全地躲在雷德兰太太那片杂草丛生的紫杉树篱后面，他才意识到自己从没料想到计划会成功。如果说刘爸爸对自己被锁在里面十分惊讶，那特伦特・布拉德伯里则是感到惊愕。

书房的门把手一直在急剧地来回转着。

“让我出去，该死的！”

“我四点一刻就会让你出来，刘。”特伦特的气息不均匀，声音颤抖，接着他还发出一阵咯咯的笑声，“如果你四点一刻还在这里，那就成了。”

然后，从楼下传来声音：“特伦特？特伦特，你还好吗？”

天哪，是劳里！

“你在吗，特伦特？”

还有丽莎！

“喂，特伦特！没事吧？”

还有布莱恩。

特伦特看了看表，吃惊地发现现在是三点三十一分……三十二分。假如他的表慢了呢？

“出去！”他冲他们尖叫着，冲过走廊，奔向楼梯，“滚出这幢房子！”

三楼的走廊似乎像太妃糖一样在他面前拉长；他跑得越快，走廊似乎伸展得越远。刘不停砸门的声音急如雨点，咒骂声还在回荡。雷声隆隆。而且，从房子深处传来了越来越急迫的机器启动的声音。

他终于走到楼梯间，急匆匆地往下走，上半身往前倾，差点摔倒。然后，他绕着螺旋楼梯的端柱，从二楼和一楼之间的楼梯上飞奔而下，朝弟弟和两个妹妹等着他的地方跑去，他们正抬头望着他。

“出去！”他尖叫着，抓住他们，把他们推向开着的门和外面暴风雨肆虐的黑暗中。“快！”

“特伦特，发生了什么？”布莱恩问道，“房子怎么了？它在摇晃！”

这是在摇晃——地板剧烈震动，震得特伦特的眼球在眼窝里直打战，灰泥开始落入他的头发中。

“没时间了！出去！快！劳里，帮我！”

特伦特把布莱恩搂在怀里，劳里抓住丽莎腋下的裙子，跌跌撞撞地和他一起跑出门去。

雷声轰鸣，闪电划破天空。刚才那一阵阵风声现在像龙的咆哮。特伦特听到房子下面剧烈的震动。当他和布莱恩一起跑出房门时，他看到一束电蓝色的光芒从狭窄的地下室窗户射了出来。蓝光太明亮了，在他的眼睛上留下了近一小时的残影（他后来回忆说，他没有失明，很幸运）。光线像固态物体一样切过草坪。他听到玻璃碎了，就在他跨出门的时候，他感受到房子在他脚下升了起来。

他跳下前门的台阶，抓住劳里的胳膊。他们踉踉跄跄地走下人行道，来到街上。随着暴风雨的来临，街上现在黑如永夜。

他们转过身来，看着这一切发生。

枫树街的那幢房子似乎在逐渐恢复原样。它看上去不再笔直坚实；它似乎在抖动，就像连环画上踩着高跷的人。巨大的裂缝从它身上延伸开来，不仅出现在水泥路上，还出现在它周围的泥土上。草坪被撕成巨大的馅饼状的草皮。绿树下黑乎乎的树根向上伸展着，整个前院似乎变成了一个气泡，仿佛在使劲支撑着那幢房子，而在这之前房子已扩大很久了。

特伦特把目光投向三楼，刘书房里的灯还亮着。特伦特以为玻璃打碎的声音已经从上面传来了——还在传过来，然后他又觉得这是自己想象出来的——他怎么能在这种嘈杂声中听到别的声音呢？就在一年后，劳里告诉他，她很确定她听到了继父在楼上尖叫。

房子的地基先是破碎，接着裂开，然后随着灰浆爆炸的一声巨响被震裂了。明亮寒冷的蓝色火焰突然冒了出来。孩子们遮住眼睛，踉踉跄跄地退了回去。发动机发出刺耳的尖鸣。地面在最后一次痛苦的支撑动作中不断向上拱……然后坍塌。突然，房子升到了离地面一英尺高的地方，停在一片明亮的蓝色火堆上。

这是一次完美的起飞。

在屋顶的中央，风向标疯狂地旋转着。

房子一开始上升得很慢，然后开始加速。在熊熊的蓝色火焰中，它轰隆轰隆地向上冲去，前门也跟着疯狂地前后拍打着。

“我的玩具！”布莱恩叫着，特伦特狂笑起来。房子有三十码高，似乎准备好向上跃出一大步，然后冲进乌黑的滚滚云朵里。

它不见了。

两片木瓦像黑色的大叶子一样飘了下来。

“当心，特伦特！”一两秒钟后，劳里叫了起来，用力把他推开，把他撞倒了。写着“欢迎”字样的橡胶垫砰的一声掉在他刚才站着的那条街上。

特伦特看着劳里。劳里回头。

“如果它打中你的头，会疼死你的。”她对他说，“所以你最好别再叫我小丫头了，特伦特。”

他严肃地看了她几秒钟，然后咯咯地笑了起来。劳里也笑了起来。两个小一点的孩子也是。布莱恩握住特伦特的一只手，丽莎握着另一只。他们把他扶了起来，然后四个人站在一起，看着破碎的草坪中央冒着烟的地窖。人们正从自己的房子里走出来，但布拉德伯里家的孩子们没有理会他们。或者更确切地说，布拉德伯里家的孩子们根本不知道他们在那里。

“哇！”布莱恩钦佩地说，“我们的房子起飞了，特伦特。”

“对。”特伦特说。

丽莎说：“也许不管它去哪里，那里的人都会想知道关于诺曼人和撒克逊人的知识。”

特伦特和劳里互相搂住对方，尖叫起来，夹杂着笑声和恐惧……就在那时，雨开始倾盆而下。

街对面的斯莱特里先生也加入了他们。他头发稀疏，但他仅有的头发都紧紧地贴在他那闪闪发亮的头颅上。

“出了什么事？”他尖声喊着以盖过雷声，到现在雷几乎打个没完，“这里发生了什么？”

特伦特放开妹妹，看着斯莱特里先生。“真正的太空探险。”他严肃地说，这又让他们大笑起来。

斯莱特里先生向空地窖投去怀疑而害怕的目光，认为还是谨慎为上，便退到他那一边的街上去了。尽管大雨倾盆，但他没有邀请布拉德伯里家的孩子们和他一起过去。他们也不在乎。他们坐在路边，特伦特和劳里坐在中间，布莱恩和丽莎坐在两边。

劳里靠向特伦特，小声在他耳边说：“我们自由了。”

“比这更美好的是——”特伦特说，“她自由了。”

然后，他伸出双臂拥抱他们——努力伸展，他勉强可以做到，他们在倾盆大雨中坐在路边，等着母亲回家。

The Fifth Quarter

第五部分

我把我那辆破旧的汽车停在离基南家不远的拐角处，在黑暗中坐了一会儿，然后拔出钥匙下了车。当我“砰”地一声把门关上时，我能听到铁锈从摇臂板上剥落下来的声音，落在街上。这样的日子不会太久了。

枪装在带弹药带的枪套里，像拳头一样抵着我的胸膛。那是巴尼的枪，点四五的口径，我对此很满意。这给整个疯狂的行业带来了一丝讽刺感，甚至可能是正义感。

基南的房子是一幢怪异的建筑，它占地四分之一英亩，外面围着铁围栏，里面所有的屋角都是倾斜的，屋顶是斜面的。正如我所希望的那样，他没有锁门。早些时候，我看到他在客厅里给人打电话，一种强烈的直觉告诉我，不是贾格尔就是中士打来的，可能是中士。等待结束了。

今晚看我的了。

我走到车道上，紧挨着灌木丛，倾听着一月里刺骨的寒风发出的呼啸声中是否有什么奇怪的声音。什么都没有。那是个周五晚上，基南的住家女仆在什么人的特百惠直销会上玩得很开心。家里只有那个浑蛋基南，在等着中士，也等着我——尽管他还不知道这回事。

车库门开着，我溜了进去。基南那辆英帕拉汽车乌木似的影子隐约出现。我试了试英帕拉的后座门，门也是开着的。我想，基南天生就不是当恶棍的料，他太容易相信别人了。我上了车，坐下来，等着。

现在我能听到微风中微弱的爵士乐声，非常安静，非常悦耳。也许是迈尔斯·戴维斯。基南听着迈尔斯·戴维斯的演奏，一只手拿着一杯杜松子酒，指甲修剪得很整齐。他感觉不错。

我等了很长时间。我手表上的指针从八点半转到九点再到十点。是时候好好想想了。我主要想的是巴尼，严格来说，这不是我能选择的。我想起当我发现他时，他在那艘小船上的样子：他抬头盯着我，发出毫无意义的呜呜声。他在海上漂流了两天，看上去像被煮了的龙虾。他的腹部被击中了，伤口上黑色的血结块了。

他掌握着方向盘，拼尽全力朝小屋驶去，但主要还是靠运气。幸运的是，他到了那里；幸运的是，他还能说一会儿话。如果他不能说话，我会准备好一把安眠药。我不想让他受苦。无论如何，除非有一个合理的理由。事实证明，确实有。他讲了一个故事，一个真正的弥天大谎，他几乎把一切都告诉了我。

他死后，我回到船上，拿到了他的点四五口径的枪。枪藏在船尾的一个小隔间里，用防水袋包着。然后我把他的船拖到深水处，沉了下去。如果我能给他写墓志铭，那一定是一句类似“为何每时每刻都有傻瓜出生”的话。其中大多数人都很不错，我打赌——就像巴尼一样。相反，我开始寻找了结他的人。我花了六个月的时间才找到基南，并确定中士至少就在附近的某个地方。我就像只坚持不懈的小狗，最后找到了这里。

十点二十分，车头灯在弯曲的车道上投射下点点光影，我躺在英帕拉的地板上。新来了一个人把车开进车库，紧紧地贴着基南的车。听起来像是一辆旧大众汽车。小发动机熄火了，我能听到中士从小车里挣扎出来时发出的轻轻的咕噜声。门廊里的灯亮了，我听到门咔嗒咔嗒地开了。

基南喊道："中士！你迟到了！进来喝一杯吧。"

中士说："苏格兰威士忌。"

我之前已经把窗户打开了。现在我用两只手捧着枪托，把巴尼的点四五口径的枪塞了过去。我说："站着别动。"

中士已经向上走了门廊台阶的一半。基南，这个完美的主人，已经出来迎客了，他正低头看着中士，等着他上来，这样他就可以请中士先进屋子了。他们的轮廓在从里面透过来的光线中显得很完美。我怀疑他们在黑暗中不太能看到我的样子，但他们能看到那把枪。那是把大枪。

"你到底是谁？"基南问。

"杰里·塔坎尼安。"我说，"你敢动一下，我就在你身上打个窟窿，大得你能透过它看电视。"

"你说话像个浑蛋。"中士说。不过他没有动。

"别动就是了，这是你唯一要担心的。"我打开英帕拉的后座门，小心翼翼地走了出来。中士回头盯着我，我能看到他的小眼睛闪闪发亮，他的一只手正悄悄往他那件一九四三年款式的双排扣西装的翻领上摸。

"哦，拜托。"我说，"把手举起来，浑蛋。"

中士举起双手，基南已经举起来了。

"站到台阶下面来。你们两个都下来。"

他们走了下来，在灯光的直射下，我能看见他们的脸。基南看起来很害怕，但中士看起来似乎在听一个关于《禅与摩托车维修艺术》的讲座。可能是他炒了巴尼鱿鱼。

“面对墙壁，靠在上面。你们两个都去。”

基南说：“如果你想要钱……”

我笑了。“好吧，我本来打算先给你提供特百惠的优惠，然后再慢慢升级，玩点大的，但你看穿了我。是的，我追求的是钱，实际上是四十八万美元。埋在巴尔港外的一个小岛上，岛的名字叫‘卡门的错误’。”

基南抽动了一下，就像中了枪一样，但中士那张仿佛固定在水泥里的脸纹丝不动。他转过身来，把手放在墙上，身体压在上面。基南不情愿地照做了。我先搜了基南的身，动作有点笨拙。搜到一把点三二口径的枪，枪管有三英寸。用一把那样的枪，你就算把枪口抵着一个人的头，扣动扳机时仍然会打不中。我越过肩膀把它扔了出去，听到它从一辆车上弹了下来。中士身上什么都没有，而且离他远一点能让我松一口气。

“我们要进屋去。基南先进去，中士随后，然后是我。别搞小动作，好吗？”

我们都列队走上台阶，进了厨房。厨房一尘不染，贴着彩色瓷砖，看起来像是中西部某个大规模生产工厂整个造出来的，或者是虔诚的卫斯理宗的浑蛋们造出来的，这帮浑蛋都长得跟汽车修理工似的，身上有樱桃混合烟草的气味。我怀疑这间厨房是否需要进行“清洁”这样庸俗的活动；基南很可能只是每周关一次门，然后打开隐蔽的洒水装置。

我领着他们走进客厅，里面是另一派让人大饱眼福的景象。显然，这是一位从未走出对欧内斯特·海明威的迷恋的同性恋装潢师设计的。那里有一个几乎和电梯厢一样大的石板壁炉，一张装饰着驼鹿头的柚木自助餐桌，一辆饮料车藏在一个装着高级火炮的枪架下面。音响自己关掉了。

我朝沙发两头挥了挥枪：“一边一个。”

他们坐下了，基南在右边，中士在左边。中士坐下来之后身形显得更庞大了。一道凹陷的丑陋伤疤在他头发略长的平头上蜿蜒而过。我估计他的体重有二百三十磅，我很好奇为什么一个像迈克·泰森[1]一样身材魁梧的人会拥有一辆大众汽车。

我抓起一把安乐椅，拖过基南脚边流沙色的地毯，一直拖到我面前，放在我和他们中间。我坐了下来，让点四五口径的枪靠在我的大腿上。基南盯着它，就像一只鸟盯着一条蛇。另一方面，中士在盯着我，好像他是条蛇，而我是只鸟。他问道："现在你要做什么？"

"咱们谈谈地图和钱吧。"我说。

"我不知道你在说什么。"中士说，"我只知道小男孩不应该玩枪。"

"卡比·麦克法兰最近怎么样？"我漫不经心地问道。

中士什么都没有说，但是基南的话匣子打开了。"他知道，他知道！"这话像子弹一样从他嘴里射了出来。

"闭嘴！"中士对他说，"给我闭嘴！"

基南呻吟了一声。他从来没有想象过这种场面。我笑了笑。"中士，他说对了。我知道，几乎全部都知道。"

"你是谁？"

"你不认识。巴尼的一个朋友。"

"巴尼是谁？"中士冷冷地问，"巴尼·古格，那个眼神含情脉脉的人？"

"他没有死，中士。没有死。"

中士慢慢地、凶狠地看了基南一眼。基南打了个寒战，张开了嘴。"别说话，"中士对他说，"他妈的一个字也别说。胆敢吐一个字，我就把你的脖子像小鸡一样拧断。"

基南闭上了嘴。

---

[1] 美国前重量级拳击手。

中士又看了我一眼。"'几乎全部'是什么意思？"

"除了细节，我什么都知道。我知道装甲车的事，那座岛，卡比·麦克法兰，你、基南还有一个叫贾格尔的浑蛋是怎么杀了巴尼的，还有地图，我都知道。"

"他不是这样告诉你的。"中士说，"他会把我们带过去。"

"他连马路都不知道怎么过，"我说，"他只是个会开车的笨蛋。"

他耸耸肩。看他耸肩就像在看一场小型地震。"好吧，他确实看上去和你一样傻。"

"我早在去年三月就知道巴尼在谋划什么事了。我只是不知道到底是什么事。然后有一天晚上，他有了一把枪。就是这把枪。你是怎么和他联系上的，中士？"

"通过一个共同的朋友——和他一起在监狱待过的人。我们需要一个熟悉缅因州东部和巴尔港地区的司机。基南和我去见了他，给了他这把枪。他很喜欢。"

"我在监狱和他待过一段时间。"我说，"我喜欢他，你会不由自主地喜欢他。他沉默寡言，但他是个好人。他更需要一个守护者，而不是一个搭档。"

"像乔治和莱尼[1]一样。"中士嘲笑道。

"亲爱的，我很高兴知道你用蹲监狱的时间改造了你的思想。"我说，"我们当时在考虑抢刘易斯顿的一家银行，他迫不及待地想拟出计划。于是他就已经在地下了。"

中士说："哎呀，这真是令人难过，感觉我内心软绵绵的。"

我拿起枪，枪口指着他，在那一瞬间，他是鸟，而枪就是蛇。"再要贫嘴，我就喂你吃枪子儿。你信吗？"

---

[1] 约翰·斯坦贝克小说《人鼠之间》中的两个主人公。

他的舌头以惊人的速度忽进忽出，舔了舔下唇，然后又不见了。他点了点头。基南一动也不敢动。他看上去想吐，但又不敢。

"他告诉我这是个大动作，会有大收获。"我接着说，"我能从他那里打听到的就这些。他四月三日离开。两天后，就在卡梅尔城外，四个人撞翻了一辆波特兰－班戈联邦卡车。三个警卫都死了。报纸上说，劫匪开着一辆破旧的一九七八年的普利茅斯汽车，加足了油门，一路闯了两个路障。巴尼让人打劫了一辆一九七八年的普利茅斯汽车，想把它变成一个堆料机。我敢打赌基南会先给他一笔钱，让他把它改造得好一点，而且要快很多。"

我看着他。基南的脸没有一丝血色。

"五月六日那天，我收到一张盖着巴尔港邮戳的明信片，但这没什么特别的意义——几十个小岛发出的邮件都会经过那里。会有一艘邮船巡逻，从这里把它取走。卡片上写着：妈妈和家人都很好，商店生意不错，七月见。署名是巴尼的中间名。我在海边租了一间小屋，因为巴尼知道这是笔好买卖。七月到了，又过去了，巴尼已经不在了。"

"孩子，那时候他一定是得了绝症，对吧？"中士说。我猜他是想让我明确说出我没有欺骗他。

我远远地看着他。"他十月初出现了，多亏你的朋友基南，中士。基南忘了船上的自动舱底泵。基南，你以为砍下去，船就会很快沉没，对不对？但你以为他也死了。我每天都会在法国角铺一条黄色的毯子，数英里外都看得到，很好定位。他还是很幸运。"

"太幸运了。"中士咬牙切齿地说。

"我很好奇的一件事是——他之前知不知道，钱是新的，所有编号都记录在案？你在巴哈马群岛把这个卖给一个有钱的贵族，不可能三四年都没有被发现吧？"

"他之前就知道。"中士嘟囔道，我很意外地发现，我竟然相信他，

"没有人计划把那笔钱扔掉，他也知道这一点，孩子。我想他是指望通过你提到的在刘易斯顿干的那一票拿到现钱，但不管他是否指望什么，他都知道代价是什么，说他能接受。天哪，为什么不呢？比方说，为了那笔钱，我们等了十年才回来瓜分。对巴尼这样的孩子来说，十年算什么？妈的，他才三十五岁了。我都要六十一岁了——"

"卡比·麦克法兰呢？巴尼也认识他吗？"

"认识。卡比随交易而来。一个好男人，一个赞成者。他去年得了癌症，不能动手术。他还欠我一个人情。"

"所以你们四个就去了卡比的岛屿。"我说，"这座岛屿名不见经传，叫作'卡门的错误'。卡比把钱埋起来，做了一张地图。"

"那是贾格尔的主意。"中士说，"我们不想分刚得到的赃款——太诱人了。但是，我们也不想把所有的东西都交给一个人保管。卡比·麦克法兰就是完美的解决方案。"

"告诉我地图是怎么回事。"

"我觉得我们会讲到的。"中士冷冷一笑。

"不要告诉他！"基南嘶哑地叫道。

中士转过身来，看了他一眼，那眼神简直要把钢条熔化了。"闭嘴。我不能说谎，我也不能拒绝，都是拜你所赐。你知道我有个什么愿望吗，基南？我希望你没有真的期待看到新世纪的到来。"

"你的名字写在一封信里。"基南狂乱地说，"如果我出了什么事，你的名字就在信里！"

"卡比画的地图很好。"中士说，好像基南根本不在场似的，"他在乔利埃特接受过一些绘图培训。他把地图裁成四等份，我们一人一份。五年后的七月四日，我们打算重聚，好好谈一谈，也许会决定再等五年，也许那时候就会把这几份拼起来。但麻烦来了。"

"是的。"我说，"我想这样说也可以。"

“如果这能让你感觉好点的话，那也全是基南的作用。我不知道巴尼是否知道，但事情就是这样。当我和贾格尔乘卡比的船离开时，巴尼还安然无恙。”

“你这个该死的骗子！”基南叫苦不迭。

“谁的保险箱里有两张地图？”中士问道，“是你吗，亲爱的？”

他又看了看我。

“一切都还好。一半的地图还不够。我坐在这里可以表示，我更喜欢分成四人份而不是三人份吗？我想就算我说的是真的，你也不会相信。那么，你猜怎么着？基南给我打了电话，说我们应该谈谈。我早料到了，看来你也是。”

我点了点头。基南比中士更容易找到——他的知名度一直比较高。我想，我本来可以一路追踪到中士的，但我一直很确定没有必要这么做。物以类聚，人以群分。他们这帮贼是一个鸟窝的，当其中一只鸟是像基南这样的秃鹫时，这些鸟也有可能都会飞。

“当然。”中士接着说，“他告诉我不要起什么杀心。他说他买了一份保险，以防万一，他给他的律师写了一封在他死后才可打开的信，我的名字就在那封信当中。他的想法是，如果我们把四份地图中的三份拼在一起，我们俩也许就能弄清楚卡比把钱埋在哪儿了。”

“然后就可以把赃物五五分了。”我说。

中士点点头。基南的脸就像飘浮在恐怖的高空中的一轮月亮。

“保险箱在哪里？”我问他。

基南什么也没说。

我用这把点四五口径的枪做过一些练习，这是把好枪，我喜欢它。我双手捧着枪，朝基南的前臂开了一枪，就在肘部下方。中士甚至动都没有动。基南从沙发上摔下来，蜷成一团，抱着他的胳膊号叫着。

“保险箱。”我说。

基南继续号叫。

“下一枪就是你的膝盖。”我说，“我个人没有体验过，但我听说那种疼痛足以让人疯狂。”

“那幅画。”他喘着气说，“凡·高的那幅。别再朝我开枪了，行吗？”他看着我，害怕地咧着嘴。

我用枪向中士示意。“面对墙站着。”

中士站起来，看着墙，胳膊无力地摇晃着。

“现在，你——”我对基南说，“去打开保险箱。”

“我流血过多，快要死了。”基南呻吟道。

我走过去，用点四五口径枪的枪托在他的脸颊上轻轻拍了拍，往后戳了戳他的脸皮。“你在流血了。”我对他说，“打开保险箱，否则你会流更多的血。”

基南站了起来，挽着胳膊哭了起来。他那只没有受伤的手从挂钩上取下那幅画，一个办公室风格的灰色壁式保险箱露了出来。他惊恐地看了我一眼，开始拨动拨号盘。他拨错了两次，只好重新开始。第三次，他把保险箱打开了。里面有一些文件和两沓钞票。他伸手进去，摸索着，摸出了两张正方形的纸，宽度大约是三英寸。

我发誓我不是故意要杀他的。我打算把他绑起来，然后离开。他构不成威胁；当女仆开着她的道奇小马汽车从内衣派对或者她去的任何地方回来时，她都会找到他，基南一周都不敢踏出家门半步。但就像中士说的那样，他确实有两份地图，其中一份上面还有血迹。

我又朝他开了一枪，这次不是打在手臂上。他像一个空洗衣袋一样倒了下去。

中士没有退缩。“我没有骗你。基南骗了你的朋友。他们都是业余的，业余的人都很愚蠢。”

我没有说话。我低头看着那两份正方形的地图，把它们塞进口袋。

上面都没有标记表示目的地的X。

“还要怎么办？”中士问。

“我们去你那儿。”

“你凭什么认为我的那份地图上有标记？”

“我不知道，也许是心灵感应。而且，如果不是，我们就去它所在的地方。我不着急。”

“你已经知道所有答案了，是吗？”

“我们走吧。”

我们回到车库。我坐在大众汽车的后座上，在离他远的那一侧。他的块头和汽车的大小搭配在一起出人意料地成了个笑话：他要花五分钟才能转过身来。两分钟后我们上路了。

开始下雪了，大片大片湿漉漉的雪花沾在挡风玻璃上，刚落到人行道上就立刻变成了泥浆。路上很滑，但车辆不多。

在十号公路上行驶了半个小时后，他拐上了一条岔道。十五分钟后，我们到了一条满是车辙的土路上，道路两边伫立的雪松仿佛在盯着我们。我们又行驶了两英里，拐进一条垃圾遍地的短车道。

在车灯有限的扫视范围内，我能辨认出一间摇摇欲坠的偏远森林小屋，屋顶破破烂烂的，上面的电视天线扭曲着。左边的沟里有一辆被雪覆盖的老福特汽车。后面是一个户外厕所和一堆旧轮胎。简直就是赫南多的秘所[1]。

“欢迎来到巴利之东。”中士说着关了发动机。

“如果这是个骗局，我就杀了你。”

他似乎占了这辆小车前座的四分之三。他说：“我知道。”

---

[1]作者此处借用了阿奇·布莱尔的一首歌的歌名“Hernando’s Hideaway”(《赫南多的秘所》)。

“出去。”

中士带路来到前门。“开门。”我说，“然后站着别动。”

他打开门，站着不动。我仍然站在那里。我们一动不动地站了大约三分钟，什么也没发生。唯一移动的东西是一只胖胖的灰色松鼠，它冒险来到院子中央，用哺乳动物语[1]咒骂我们。

“好吧。”我说，“咱们进去。”

令人惊讶的是，这是一个垃圾场。那只六十瓦的灯泡发出脏兮兮的光，照亮了整个房间，在角落里投下像饥饿的蝙蝠一样的影子。报纸杂乱地散落着。衣服晾在一根下垂的绳子上，一个角落里放着一台古老的天顶牌电视机。对面的角落里有一个摇摇欲坠的水槽和一个留着脚印的、锈迹斑斑的浴缸，鱼缸旁边放着一支猎枪。空气中混合着脚臭味、屁臭味和辣椒味。

中士说：“这比茹毛饮血还是好点的。”

我想驳斥他这种观点，但是忍住了。“你那份地图在哪里？”

“在卧室。”

“去拿过来。”

“等一等。”他慢慢地转过身来，他那仿佛固定在水泥里的脸绷得紧紧的，“我要你保证，你拿到地图后不会杀了我。”

“你怎么让我遵守承诺？”

“妈的，我不知道。我想我只是希望让你兴奋的不仅仅是钱。如果这也事关巴尼的话——想帮巴尼洗刷罪名，那么你已经做到了，他已经沉冤昭雪了。基南诬陷他，现在基南已经死了。如果你也想要这笔钱，好吧。可能三份地图就足够了，而且你是对的——我的这份上面有个大大的X。但是你拿不到它的，除非你保证我也能拥有一些东西：我的

[1]原文为拉丁语“lingua rodenta”。

性命。”

“我怎么知道你不会报复我？”

“我会的，小兄弟。”中士语气轻柔。

我笑了。“好吧。告诉我贾格尔的地址，然后你就能得到我的保证。我也会信守承诺。”

中士慢慢摇头：“你不会想和贾格尔耍诡计的，小伙子，他会把你吃干抹净。”

我之前已经把点四五口径的枪放下了一点，现在我又举了起来。

“好吧。他在马萨诸塞州的科尔曼，在一家滑雪旅馆。满意了吗？”

“可以了。去拿你的那份地图，中士。”

中士又仔细地看了我一眼。然后他点了点头。我们走进卧室。

卧室展现了更多的殖民的魅力。地板上污迹斑斑的床垫上散落着关于中风的书籍，墙上贴满了女人的照片，照片上的女人似乎什么都没穿，只涂了一层薄薄的维松油。只要看一眼这个地方，露丝博士[1]的脑袋就会爆炸。

中士没有犹豫。他拿起床头柜上的灯，撬开灯座。他那四分之一的地图整整齐齐地卷在里面；他沉默着递过来。

“丢过来。”我说。

中士闪过一丝微笑：“小心过头了，不是吗？”

“我觉得有用。别想打我的主意，中士。”

他把地图扔给我，说：“来得容易，去得也快。”

“我会信守承诺的。”我说，“祝你自己好运吧。出去，到另一个房间去。”

他眼底闪过一丝冷光。“你要做什么？”

“你要在另一个地方待一会儿。快去。”

---

[1] 即露丝·韦斯特海默，德裔美国性治疗师。

我们走进主卧，两个人像是一支漂亮的小型游行队伍。中士站在光秃秃的灯泡下，背对着我，他的肩膀弓着，想着枪管很快就会把他的脑袋打爆。我刚举起枪要打他，灯就灭了。

这间棚屋突然一片漆黑。

我扑向右边；中士已经像一阵凉风一样消失了。我能听到他平躺在地板上时报纸发出的窸窣声。然后是一片寂静，彻彻底底、完完全全的寂静。

我等着眼睛适应黑暗，但是当我适应黑暗了，却发现没有什么用处。这个地方就像一座陵墓，里面耸立着一千多块暗淡的墓碑，而中士认识每一个死去的人。

我了解中士：关于他的材料并不难找。他曾参加越南战争，现在甚至没有人在意他的真名；他就是那个中士形象，高大、凶狠、强悍。

他在黑暗中的某处向我逼近。他肯定对这个地方了如指掌，因为他没有发出一点声音，没有吱吱叫的木板声，也没有脚步的刮擦声，但我能感觉到他越来越近，从左边或右边的侧翼靠近，或者耍了个花招，直接从前面过来。

握枪的手汗津津的，我必须抑制住冲动，不能胡乱开枪。我非常清楚，我皮包里有三份地图了。我不去想灯为什么灭了，直到一束明亮的手电筒光从窗户照进来，胡乱而随意地扫过地板，刚好照见在我左边七英尺处僵硬地半蹲着的中士。他的眼睛在明亮的光锥中发出绿色的光芒，像猫的眼睛一样。

他右手拿着一片闪闪发光的剃须刀片，我突然想起我们还在基南的车库里的时候，他的手就一直在他的大衣翻领上摸索。

中士对着光束说了一句话："贾格尔？"

我不知道是谁先射中他。光束后面一把大口径的手枪开了一枪，我扣动巴尼的那把点四五口径的枪两次——纯粹是条件反射。中士被甩到墙上，力道之大足以撞飞他的一只靴子。

手电筒关上了。

我朝窗户开了一枪，但只打中了玻璃。我侧身躺在黑暗中，意识到我不是唯一一个在等待有人再次像基南一样冒出贪念的人。贾格尔也一直在等着。虽然我的车里还有十二发子弹，但我的枪里只剩一发了。

中士说过：你不会想和贾格尔耍诡计的，小伙子，他会把你吃干抹净。

现在我脑子里对这个房间有了相当清晰的印象。我蹲下身子跑了起来，跨过中士伸开的双腿，跑到墙角。我进了浴缸，眼睛躲在浴缸边缘之上。没有声音，一点也没有。浴缸底部是磨砂的，浴缸环脱落了。我等待着。

大约五分钟过去了。我却觉得好像有五个小时。

然后手电筒又亮了，这次照在卧室的窗户上。当它从门口照进来时，我低下了头。它短暂地探了一下，"啪嗒"一声关掉了。

四周又归于寂静，一段长长的、喧嚷的寂静。从中士脏兮兮的陶瓷浴缸的表面，我仿佛看到了一切：基南那绝望的笑容；巴尼的腹部，肚脐正右方有个洞，里面满是血块；中士僵立在手电筒的光束中，用拇指和食指拿着刀片，手法很专业；再就是我，第五部分。

突然有个声音传来，就在门外。这个声音柔和而矜持，几乎像个女人的声音，但并不绵软。这听起来非常致命，而且非常能干。

"嘿，美人。"

我没出声。他如果没有动静，我是不会暴露自己的。

当那个声音再次响起时，它已经靠近窗边了。"我要杀了你，美人。我是来杀他们的，但是杀你就行了。"

他停顿了一下，又换了个姿势。声音再次响起，是从我头顶上方的窗户传来的——浴缸上方的那扇。我的心都提到了嗓子眼。如果他现在打开手电筒……

贾格尔说："真是遗憾呢，我们不需要多余的部分[1]。"

我几乎听不到他移动到下一个位置的声音。原来他回到门口了。"我带着我的那一份，你想过来拿吗？"

我有种想咳嗽的冲动，但忍住了。

"来吧，美人。"他的声音里充满嘲讽，"拼出一张完整的地图，来吧，把它拿走。"

但我不需要，我想他知道。我拿着筹码。我现在能找到钱了，贾格尔只有一份地图，他没有机会赢。

这一次，是真的完全安静了。半个小时，一个小时，好像寂静要持续到永远，再持续到永远的平方。我的身体开始僵硬。外面的风越来越大，除了雪拍打墙壁的"沙沙"声，我什么也听不见。天气很冷，我的指尖麻木了。

然后，大约一点半，一个幽灵般的声音传来，像黑暗中爬行的老鼠。我屏住呼吸。贾格尔不知怎么进来了。他就在房间的正中央……

然后我明白过来了。在寒冷的催发下，中士的尸体快速尸僵，仅此而已。我放松了一点。

就在这时，门砰的一声打开了，贾格尔冲了进来，幽灵般出现在一阵白雪之中，高大、瘦削，又很散漫。我给了他一枪，子弹打穿了他的头。在短暂的枪响中，我看到我打穿的是一个没有脸的稻草人，穿着农民的旧裤子和衬衫。那个粗麻布脑袋倒在地板上时从扫帚柄做的脖子上掉了下来。然后贾格尔朝我开了枪。

他手里拿着一把半自动手枪，浴缸的内部就像一个不断发出沉闷敲击声的巨大的铙钹。瓷片飞了起来，弹到墙上，打在我的脸上。木片和

[1] 英文中"the fifth Quarter"（第五部分）指通常由四部分组成的物体中多出的部分。

一个烧热了的小金属块像雨点一样落在我身上。

然后他开始冲锋，半点都不松懈。他要在浴缸中开枪打死我，就像打死桶里的一条鱼一样。我连头都抬不起来。

是中士救了我。贾格尔被一只一动不动的大脚绊了一跤，他踉跄了一下，把子弹打到了地板上，而不是我的头上。然后我跪了起来。我假装自己是“火箭人”罗杰·克莱门斯。我把巴尼的点四五口径的枪对准了他的头。

枪打中了他，但没有阻止他。我跌跌撞撞地走到浴缸边，正要出来对付他，贾格尔在我左边胡乱地开了两枪。

那个模糊的身影退了回去，试图重新瞄准。他一枪打穿了我的手腕，第二枪在我的脖子上划了一道口子。然后，令人难以置信的是，他又被中士的脚绊了一下，向后倒了下去。他又拿着枪站了起来，一枪打穿了屋顶。这是他最后的机会。我把枪从他手里踢了出去，听到了骨头断裂时的湿木头一样的声音。我一脚踢在他的腹股沟上，他缩成一团。我又踢了他一脚，这次踢在他的后脑勺上，他的鞋底在地板上发出一阵急促混乱的嗒嗒声，好像在地板上文上了刺青。他当时就像死了一样，但我一脚又一脚地踢他，直到他被我踢成了肉酱，没有人能认出来这是什么东西，无法通过牙齿辨认，无法通过任何东西辨认。我一直踢，直到最后我的腿再也踢不动了，连脚趾也不能动了。

我突然意识到自己在尖叫，除了死人没有人能听到。

我擦了擦嘴，跪在贾格尔的尸体上。

原来，他一直在撒谎，他根本没有带上他那份地图。这并没有让我太惊讶。不，我收回那句话，我一点也不惊讶。

我那辆破旧的汽车还停在原处，离基南的房子只有一个街区远，但现在它变成了一个幽灵般的雪丘。我把中士的大众车停在一英里外。我希望暖气设备还能运转，我全身都麻木了。我打开门，坐了进去，身子微微一缩。我脖子上的枪伤已经结痂了，但手腕疼得要命。

启动器曲柄转动了很长一段时间，终于启动了马达。暖气还能运转，雨刷清除了驾驶座那一侧玻璃上的大部分积雪。贾格尔对于他那份地图一直在撒谎，而且地图也不在他开来的那辆毫不起眼的（可能是偷来的）本田思域车里。但是他钱包里有他的地址，如果我真的需要他那份地图，我想我很有可能会找到它。但我觉得我并不需要；三份地图应该足够了，特别是中士的那一份，上面标注了藏宝地。

我小心翼翼地开着车。在很长的一段时间内，我都要很小心。中士说对了一件事：巴尼是个瘾君子。他还是我朋友的事实已经不重要了。我和他两清了。

与此同时，我有很多事情要小心。

The Doctor's Case

华生的案子

我觉得只有那么一次，我真的在我那仿佛神人一般的朋友夏洛克·福尔摩斯先生面前破了案。我说“觉得”是因为我年过九十岁之后，记忆开始变得模糊。现在，当我快到一百岁的时候，一切都变得扑朔迷离。也许在其他场合还做到过，但即使有，我也不记得了。

不管我的思想和记忆变得多么模糊，我相信我永远也不会忘记这件事，我想在上帝让我永久“封笔”之前，我还是把它写下来吧。天晓得，这件事不会让福尔摩斯难堪，他已经过世四十年了。我想，四十年已经足够让这个故事被人淡忘了。关于赫尔勋爵案，就连雷斯垂德也一直噤口不言。雷斯垂德偶尔会倚仗福尔摩斯侦办案子，但他对福尔摩斯从来没有什么好感，考虑到当时的情况，他也几乎不太可能会说出来。即使情况有所不同，我也觉得他不会那样做。他和福尔摩斯互相作弄，我相信福尔摩斯也许真的对警察心怀怨恨（虽然他绝不会承认这样的消极情感），但是雷斯垂德对我的朋友却怀着一种奇怪的敬意。

那是一个潮湿而沉闷的午后，刚过一点半。福尔摩斯坐在窗边，拿着小提琴，但是并没有演奏，他沉默地看着雨幕。有些时候，特别是他吸完可卡因之后，如果天空一直灰暗，长达一周或者更长的时间，福尔摩斯就会变得有点忧郁，甚至暴躁易怒。而那天，他更是失望倍增，因为从昨天晚上起气压就一直在上升，他自信地预测最迟那天上午十点，天就会放晴。恰恰相反，我起床时一直悬在空中的雾已经变浓，下起了一场连绵不断的雨，如果说有什么能比阴雨绵绵更使福尔摩斯忧郁的话，那就是犯错。

突然，他直起身子，用指甲拨弄着小提琴的弦，冷笑了一下。“华生！你看看这里！这是你见过的最湿的警犬！”

那人当然是雷斯垂德，坐在一辆敞篷马车的后面，雨水流进他那双眼距很近、热烈探询着的眼睛。马车刚停下，他就走下来，扔给车夫一枚硬币，然后大步流星地朝贝克街 221B 号走去。他走得太快了，我想他可能像撞门槌一样撞到我们的门上。

我听到哈德森太太在责备他浑身潮湿，会打湿楼上楼下的地毯，然后福尔摩斯，这个让雷斯垂德冲动的时候变得像乌龟一样的人，就会大步走到门边，冲着楼下喊：“哈太太，让他上来——如果他待得太久，我会在他靴底垫张报纸，但是不知为何，我在想，对，我真的觉得——”

雷斯垂德冲上楼，留下哈德森太太一个人在下面唠叨不休。他面色红润，眼神炽热，咧嘴一笑，如狼一般，露出了他那绝对是被烟熏黄了的牙齿。

“雷斯垂德探长！”福尔摩斯愉悦地叫道，“是什么把您给弄成这副——”

他没有接着说下去。雷斯垂德爬得气喘吁吁，他说：“我听吉卜赛人说魔鬼满足人的愿望。现在我相信了。如果你想试一试，就马上来吧，福尔摩斯。尸体还热乎着，嫌疑人都排成排了。”

“你的热情把我吓坏了，雷斯垂德！”福尔摩斯叫道，但他轻蔑地微微扬了扬眉毛。

“别在我面前装腔作势，伙计——我赶到这里来是为了给你带这件礼物，据我所知，骄傲的你渴求了无数次了：完美的密室之谜！”

福尔摩斯已经朝角落里走去了，也许是去拿那根可怕的金头手杖，出于某种原因，那个季节他喜欢随身拿着。他睁大眼睛，转过身来看着我们这位浑身湿透的客人。“雷斯垂德！你是认真的吗？”

雷斯垂德反唇相讥：“如果我不是认真的，那我坐着敞篷马车把自己弄得浑身湿透，马不停蹄地跑到这里是图什么？”

然后福尔摩斯看向我，叫道：“快点，华生！游戏开始了！”这是我唯一一次听到他说这句话（尽管有无数次大家都觉得这句话是他说的）。

在路上，雷斯垂德酸溜溜地说福尔摩斯的运气真是好极了；尽管雷斯垂德吩咐车夫等着，可是我们刚走出寓所，那匹漂亮的宝马就准备嗒嗒地走了：这可是倾盆大雨中的一辆空马车！我们爬进去，一会儿就出发了。像往常一样，福尔摩斯坐在左边，眼睛不停地扫视着四周，一一记住街边所有的东西，尽管那天几乎没什么可看的……至少在我这样的人看来是这样的。毫无疑问，对福尔摩斯来说，每一个空荡荡的街角和被雨水冲刷过的商店橱窗都大有看头。

雷斯垂德指挥着车夫驾车到萨维尔街的一个地址，然后问福尔摩斯是否认识赫尔勋爵。

福尔摩斯说：“听说过，但是从来没能得幸见他一次。现在我想我永远也不会有这种运气了。开航运公司的，是不是？”

雷斯垂德赞同道：“开航运公司，但你很走运。据大家所说（包括他最亲近的人，以及——呃哼！——最亲爱的人），赫尔勋爵是一个极其令人讨厌的家伙，就像儿童小说里的拼图一样古怪。然而，他已经永远地结束了他那令人讨厌的古怪人生。就在今天上午大约十一点——”雷斯垂德掏出了他那块老式怀表看了看，“两小时四十分钟之前，有人在他背后刺了一刀，当时他坐在书房里，面前的记事簿上写着遗嘱。”

福尔摩斯点上烟斗，若有所思地说道：“那么，您认为这位令人讨厌的赫尔勋爵的书房是我梦寐以求的完美密室，对吗？”他的眼睛透过袅袅的蓝烟发出怀疑的光芒。

“对。”雷斯垂德平静地说，“那就是一间完美的密室。”

“华生和我以前也发现过接近完美的密室，但从来没有如愿过。”福尔摩斯说道。他瞥了我一眼，又继续看着我们走过的街道上的各种事物。“你还记得那个‘斑点带子案’吗，华生？”

我几乎不需要回答他。在那桩案子中，有一间锁上的房间，房间已经够密闭了，但还是有一个通风口，一条毒蛇，以及一个把毒蛇放到通风口的杀人恶魔。这是一个聪明绝顶的人的杰作，但是福尔摩斯几乎没花什么时间就弄清了真相。

“案情是怎样的，探长？”福尔摩斯问道。

雷斯垂德开始用警察训练有素的简短语调给我们陈述案情。艾伯特·赫尔勋爵是个商界暴君，他在家里也一样。他妻子因为害怕他而离开了他，她显然有理由这样做。她给他生了三个儿子，这似乎丝毫没有缓和他对待家庭事务的野蛮态度，尤其是对妻子。赫尔太太一直不愿意谈这些事情，但她的儿子们却不会这样克制。他们说，他们的爸爸没有放过任何机会来挖苦她，批评她，或者取笑她的花费……自他们结合起，他一直都是这样。当他们单独在一起时，他几乎不理她。雷斯垂德又说，只有当他想揍她的时候，他才会理她，而揍她这种事并不少见。

“长子威廉告诉我，每当她走到早餐桌旁，眼睛红肿，脸上有被揍的痕迹时，她总是会编造同样的理由：她忘记戴眼镜，撞到门了。威廉说：‘她一周会撞门一两次。我都不知道这栋房子里有这么多门。’”

“嗯。”福尔摩斯说，“是个俏皮的人！儿子们从来没有阻止过吗？”

“她不允许孩子们阻止。”雷斯垂德说。

“怕不是疯了。”我回应道。殴打妻子的男人是可憎的；而默许男人这么做的女人却让人哀其不幸，怒其不争。

“不过，她的疯狂中却很有章法。”雷斯垂德说，“有条理，还有所谓的‘心知肚明的耐心’。她毕竟比她的主人年轻二十岁。此外，赫尔是个酒鬼，而且还很能吃。五年前，他七十岁，他当时就得了痛风和心绞痛。”

“等暴风雨过去，就可以享受阳光了。”福尔摩斯说道。

“是啊。”雷斯垂德说，“不过我敢说，许多男人、女人就是因为这个想法才进了鬼门关的。赫尔会确保他的家人见识他的能耐和苛刻的规定。他们不比奴隶强多少。”

“以遗嘱作为契约文件。”福尔摩斯低声说道，“正是这样，老伙计。赫尔死的时候，他的财产达三十万英镑。他从来没有要求他们相信他的话；他每个季度都要请总会计师到公司来详细说明赫尔航运公司的资产负债表，不过他把钱袋牢牢地攥在自己手里，绝不放松。”

“魔鬼！”我叫道，想起人们有时在伊斯特普里大街或皮卡迪利大街上看到的那些残酷无情的孩子。这些孩子会向一只快要饿死的狗伸出一块糖，看它摇头摆尾……然后在那只饥饿的动物的注视下将之狼吞虎咽。不久，我就发现这种类比超乎想象地恰当。

“他死后，丽贝卡夫人得到十五万英镑。长子威廉得到五万英镑，次子乔里得到四万英镑，幼子史蒂芬得到三万英镑。”

“还有三万英镑呢？”我问道。

“华生，那是些小小的遗赠：他分给了威尔士的一位表亲，布列塔尼的一位姨母（但是没有给赫尔太太的亲属一分钱），还把价值五千英镑的各种遗产分给了仆人。哦，还有——你会喜欢这个，福尔摩斯——他还给了‘亨普希尔太太流浪猫之家’一万英镑。”

“你在开玩笑吗！”我叫道，尽管雷斯垂德期待着福尔摩斯会做出和我一样的反应，但他失望了。福尔摩斯只是重新点燃了烟斗，点了点头，仿佛他已经预料到了这一点……或者其他类似的事情。“伦敦东区还有婴儿死于饥饿，十二岁的孩子每周在磨坊里工作五十小时，这个家伙把一万英镑给一家……一家供猫住的旅馆？”

“千真万确。”雷斯垂德语调愉悦，“而且，他本应该给这家猫舍留下二十七万英镑的，要不是因为今天早晨发生的事——不管是谁干的。”

我只能目瞪口呆地听着这一切，并试着在脑子里盘算。当我快要得出结论，判定赫尔勋爵试图剥夺他妻子和孩子的继承权，只是为了资助一家猫舍时，福尔摩斯却愁眉苦脸地看着雷斯垂德，说着一些在我听来前言不搭后语的话：“我又要打喷嚏了，是不是？”

雷斯垂德微笑了一下，这个微笑异常甜蜜。“当然，我亲爱的福尔摩斯！恐怕会经常打，而且效果显著。”

福尔摩斯拿开烟斗，他刚刚抽得心满意足（我从他稍稍往椅背上靠着的坐姿就能看出来），他看了一会儿，然后把烟斗伸到雨中。我看着他把正在冒烟的潮湿烟草倒空，比以往任何时候都更加目瞪口呆。

“有多少？”福尔摩斯问。

“十只。”雷斯垂德的微笑看起来很邪恶。

“我觉得在这样一个潮湿的日子里，你从一辆敞篷马车的后车厢里出来，不只是因为这个著名的密室。”福尔摩斯愠怒地说。

“正如你所料。”雷斯垂德语气欢快，“我恐怕必须去犯罪现场——公务，你懂的——但是如果你愿意，你和这位好医生可以不用进去。”

“我从没见过你这种人。”福尔摩斯说，“这恶劣的天气好像还让你变聪明了。我想知道，这难道不是反映了你的性格吗？算了，也许改天再讨论吧。跟我说说，雷斯垂德。赫尔勋爵是什么时候确认他就要死的？”

“死？”我说，“我亲爱的福尔摩斯，你是怎么觉得这个男人认为——”

“显而易见，华生。”福尔摩斯说，“我告诉你至少一千次了——行为反映性格。用他的遗嘱约束他们，这让赫尔觉得很有意思……”他看了看雷斯垂德，“我想没有信托安排吧？也没有牵扯其他的要求吧？”

雷斯垂德摇摇头：“什么都没有。”

“神了！”我说。

“这不算什么，华生。记住了，行为反映性格。他想让他们坚定地相信，当他的死给他们提供方便时，一切都将属于他们，但他实际上从未想过要这样做。事实上，这种行为完全违背了他的性格。你同意吗，雷斯垂德？”

“实际上，我同意。”雷斯垂德回答道。

“那我们在这一点上已经了解得够清楚了，华生，不是吗？还不清楚吗？赫尔勋爵知道他就要死了。他等着……确保这次绝不会出错，不会有虚假警报……然后他把他亲爱的家人叫到一起。什么时间？今天早晨，对吗，雷斯垂德？”

雷斯垂德哼了一声表示肯定。

福尔摩斯用手指顶着下巴。“他把他们叫到一起，然后跟他们说，他立了一份新遗嘱，这份遗嘱剥夺了他们所有人的继承权……所有人，除了仆人、他的几个远亲，当然，还有那些猫。”

我张了张嘴想说点什么，却发现我气得说不出话来。伦敦东区那些残忍的孩子拿着一点猪肉或者肉饼屑逗饥饿的狗跳来跳去的画面又浮现在我的脑海中。我必须补充一点，我从来没有想过在律师面前对这样一份遗嘱提出异议。在今天，一个男人可能会在一段时间内为了资助猫舍而冷落他最亲密的亲人，但是在一八九九年，一个人的遗嘱就是一个人的意志，除非你能举出很多疯狂的例子——不是怪异，而是彻底的疯狂，否则这个人的遗嘱，就像上帝的意志一样，是确定不移的。

“这份新遗嘱得到充分见证了吗？”福尔摩斯问。

“当然。”雷斯垂德回应，“昨天赫尔勋爵的律师及其助手来过这幢房子，去了赫尔的书房。他们在那里停留了十五分钟。史蒂芬·赫尔说，这位律师曾经就某事表示抗议——他不知道具体是什么事，赫尔勋爵让他保持沉默。次子乔里在楼上画画，赫尔太太在给一位朋友打电话。但是史蒂芬·赫尔和威廉·赫尔都看到这些法律工作者进来了，很快又离开。威廉说，他们离开的时候垂头丧气的。而且尽管威廉说，当他问巴恩斯先生——那个律师——是否还好并且就这连绵不断的雨寒暄几句时，巴恩斯没有答话，他的助手看起来也畏畏缩缩的。威廉说，他们看起来很羞愧。”

好吧，那个可能的漏洞就说到这里吧，我想着。

“既然我们已经谈到正题，那给我讲讲这几个孩子吧。”福尔摩斯说。

“如你所愿。不用说，他们对父亲的仇恨远远比不上父亲对他们的无限轻蔑……尽管他对史蒂芬的轻视……好吧，别介意，我还是按恰当的顺序讲述吧。”

“可以，真感谢你能这么做。”福尔摩斯干巴巴地说。

“威廉三十六岁了。如果他父亲给过他任何形式的零用钱，我想他都能成为一个暴发户。由于他父亲几乎没有，他都是在各种健身房打发时间，参加一些所谓的‘体育文化活动’——他看起来是个肌肉发达的家伙。晚上，他就耗在各种廉价咖啡厅里，大多数时候是这样的。如果他口袋里有了一点钱，就会进棋牌室，然后很快就会输光。威廉不是个讨人喜欢的人，福尔摩斯。一个没有目标、没有技能、没有爱好、没有野心（除了比他父亲活得久）的人，是很难讨人喜欢的。当我和他交谈时，我有一种很奇怪的感觉：我不是在审问一个人，而是一个空花瓶，上面轻轻印着赫尔勋爵的头像。”

“一个等着装满标准英镑的花瓶。”福尔摩斯发表评论。

“乔里是另一个麻烦。”雷斯垂德接着说，“赫尔勋爵最瞧不上他，赫尔勋爵从小就叫他‘鱼脸’‘酒桶腿’以及‘白鼬肚’。不幸的是，不难理解为什么这么叫他。乔里·赫尔身高不超过一点五米，长着罗圈腿，面容奇丑无比。他看起来有点像那个诗人，留着蓬蓬头的那个。”

“奥斯卡·王尔德？”我问道。

福尔摩斯被逗乐了，他淡淡地扫了我一眼。他说：“我想雷斯垂德说的是阿尔杰农·斯温伯恩。我相信，他跟你一样都不是同性恋者，华生。”

“乔里·赫尔出生时是死胎。”雷斯垂德说，“整整一分钟，他都脸色发青，一动不动，医生宣布他已经死了，把一块尿布盖在他畸形的身体上。赫尔太太鼓起勇气坐起来，移开了尿布，把这个婴儿的双腿浸到端来接生用的热水里。这个孩子才开始扭动，放声啼哭。”

雷斯垂德露齿一笑，点燃一支小雪茄。

“赫尔声称，就是这么一泡导致这个孩子的双腿弯曲。每次他喝醉了，他就指责妻子。赫尔勋爵说她就应该一辈子一个人过。乔里有时候会说，他活成这样——一个长着螃蟹腿、鳕鱼脸的怪物，还不如死了的好。”

福尔摩斯对这个不同寻常的（以我作为医生的眼光看来，这个故事相当可疑）故事的唯一反应是说雷斯垂德在极短的时间内获得了大量的情报。

“我亲爱的福尔摩斯，这个故事指出了这个案子的一个方面，我想您会喜欢的。”雷斯垂德说，这时我们转个弯拐进罗滕道，溅起一地水花，“让他们说话不需要强迫；让他们闭嘴却需要。他们得保持沉默相当一阵子。然后，新遗嘱不见了的事实才浮现出来。我发现，轻松的氛围会使人的嘴巴跑火车。”

“不见了？”我大喊，但是福尔摩斯毫不在意，他还在想着乔里，那个畸形的次子。

“那么他很丑喽？”他问雷斯垂德。

“不怎么漂亮，但不像我见过的那么难看。”雷斯垂德安慰地说，“我相信他父亲一直在骂他是因为——”

“——因为他是唯一一个不需要父亲的钱财就能在世上谋生的人。”福尔摩斯替他说完。

雷斯垂德很惊讶，说：“你是魔鬼吗？你是怎么知道的？”

“因为赫尔勋爵只能对乔里的身体缺陷吹毛求疵。面对一个在其他方面装备如此精良的潜在目标，老魔鬼一定很恼火吧！拿外貌或姿态来激怒一个人，对小学生或醉醺醺的流氓来说，也许是可以的，但像赫尔勋爵这样的恶棍无疑已经玩惯了更高级的游戏。我敢说，他可能相当害怕他那弓形腿的次子。乔里通往这间密室的钥匙是什么？”

“我没跟你说吗，他的画。”雷斯垂德说。

“啊！”

乔里·赫尔，正如后来赫尔府邸的下层大厅里的油画所证明的那样，确实是一位非常出色的画家。但并不算伟大，我只是说他很出色。但他对母亲和兄弟们的描绘非常忠实，以至于多年以后，当我第一次看到彩色照片时，我的脑海中闪现出一八九九年十一月那个下雨的午后。而画他父亲的那幅也许是一幅伟大的作品。当然，那幅画让我很震惊（我几乎被吓到了），因为他的恶毒似乎像墓地里潮湿的空气一样从画布上飘了出来。乔里长得像阿尔杰农·斯温伯恩，但他父亲的模样，至少在老二的眼中，在他的笔下是这样的——让我想起了奥斯卡·王尔德笔下的一个角色：几乎永生的浪荡子——道林·格雷。

他的画布很长，他画得又慢，但速写速度非常快，周六下午从海德公园回家时，口袋里可能会揣着二十英镑。

“我敢打赌他父亲一定很喜欢，”福尔摩斯说道，他下意识地伸手去拿烟斗，然后又把它放了回去，“这个贵族之子像一个法国波希米亚人一样，擅长给富有的美国游客和他们的爱人画速写。”

雷斯垂德纵情大笑。“你可以想象，他对这件事大发雷霆。但是乔里——对他有好处——至少在他父亲同意每周给他三十五英镑的零花钱之前，是不会放弃海德公园的小摊的。他称之为‘低价勒索’。”

“我的心在滴血。”我说。

“我的也是，华生。”福尔摩斯说，“第三个儿子呢，雷斯垂德，快点说——我们差不多都要到了。”

根据雷斯垂德的提示，史蒂芬·赫尔显然有最充分的理由恨他的父亲。随着他的痛风越来越严重，头脑也越来越糊涂，赫尔勋爵把越来越多的公司事务交给了史蒂芬，他父亲去世时史蒂芬只有二十八岁。责任落在史蒂芬身上，如果他一个小小的决定被证明是错误的，责难也将落在他身上。然而，即使他能做出明智的决定，父亲的事业能兴旺发达，他也不会获得任何经济利益。

赫尔勋爵本应该把史蒂芬看作他的孩子中唯一一个对他所创办的公司感兴趣且有才能的人。史蒂芬是《圣经》所说的“好儿子”的完美例证。然而，赫尔勋爵非但没有对他表示爱和感激，反而用轻蔑、怀疑和嫉妒来回报这位年轻人总体上的成功。在他生命的最后两年里，这位老人曾多次提出一个很迷人的观点，说史蒂芬“会从一个死人的眼睛里偷钱”。

“这个浑蛋！”我叫道，几乎控制不住自己。

“先别管那份新遗嘱吧。”福尔摩斯说着，又竖起了手指，“还是说回那份旧遗嘱上来吧。即便是在这份对他稍微慷慨一些的文件的条件下，史蒂芬·赫尔也有理由感到不满。尽管他尽了最大的努力，不仅为家里节省了钱财，还使家产增加了，但他得到的报酬仍然只是小儿子应得的那份。顺便问一下，按照我们所谓的猫咪遗嘱的规定，对航运公司是怎样处置的呢？”

我仔细地看了看福尔摩斯，但像往常一样，很难说他是否想说一句妙语。即使在我和他一起度过了这么多年，一起经历了这么多冒险之后，夏洛克·福尔摩斯的幽默感仍然是一个在很大程度上未被发现的国度，即使对我来说也是如此。

“公司被董事会接手，没有关于史蒂芬的条款。”雷斯垂德说着把他的小雪茄丢到车窗外面，这时马车驶过一幢房子前的弧形车道，房子立在暴雨中棕色的草坪上，那时我觉得奇丑无比。“然而，随着父亲去世，新遗嘱无处可寻，史蒂芬·赫尔拥有了美国人所说的‘杠杆’。公司将任命他为总经理。无论如何，他们都应该这么做，但现在，这将取决于史蒂芬·赫尔开出的条款。”

“是的。”福尔摩斯说道，“‘杠杆’是一个好词。”他向雨中探出身子，“停一下，车夫！”他喊道，“我们还没谈完呢！”

“好的，先生。”车夫回答说，“可是外面湿得跟个鬼一样。”

“你口袋里会进更多账，足够使你的内里像你的外表一样湿得跟个鬼一样。”福尔摩斯说道。那个人似乎很满意，他在离那幢宅邸的前门三十码远的地方停了下来。我一边听着雨点敲打着车厢两侧的声音，一边沉思着，然后说道：“原来的遗嘱——他用它来戏弄他们的那份——没有丢失吧？”

“绝对没有。在他的书桌上，离他的尸体很近。”

“四个很好的嫌疑人！仆人不需要申请……至少现在看来是这样。快把话说完，雷斯垂德——最后的情况，还有锁着的房间。”

雷斯垂德照办了，不时查阅他的笔记。一个月前，赫尔勋爵发现他右腿膝盖正后方有个小黑点。他们叫来了家庭医生，医生的诊断是坏疽，这是痛风和血液循环不良的结果，这个结果很不寻常，但绝非罕见。医生告诉他必须截肢，而且截肢的部位要远高于感染的部位。

赫尔勋爵笑得眼泪都流下来了。医生万万没有料到这种反应，吓得说不出话来。赫尔说："锯骨先生，当他们把我放进棺材时，我的两条腿还会连在一起，非常感谢。"

医生告诉他，他很理解赫尔勋爵想保住腿的心情，但如果不截肢，他将在六个月后死去，在最后的两个月里，他将痛苦不堪。赫尔勋爵问医生，如果他接受手术，他活下来的可能性有多大。赫尔勋爵还在笑，好像这是他听过的最好笑的笑话。医生一番吞吞吐吐之后才说可能性是百分之五十。

"一派胡言。"我说。

"赫尔勋爵也这么说。"雷斯垂德答道，"只不过他用的这个词在小客栈里出现的频率比在画室里要高[1]。"

赫尔告诉医生，他自己估计活下来的可能性不超过百分之二十。"至于疼痛，我想不会那么严重。"他继续说，"只要有鸦片酊和一把用来敲它的勺子，让我能够蹒跚着挪动就行了。"

第二天，赫尔终于说出了他那令人惊讶的可恶想法——他正在考虑更改他的遗嘱。只是他怎么没有马上说呢？

"哦？"福尔摩斯说着，用那双冷静的灰色眼睛望着雷斯垂德，那双眼睛曾看到过那么多东西，"请问，谁感到惊讶？"

"我想没有一个。但你知道人性，福尔摩斯；人们总是抱着一线希望。"

"人们也会防患于未然。"福尔摩斯如在梦中般说道。

就在今天早晨，赫尔勋爵把他的家人叫到会客室里，在一切都安排妥当后，他做了一件很少有遗嘱人能做的事，通常这件事是在遗嘱人已经长眠之后再由他们的律师陈述出来的。简而言之，他把自己的

[1]"一派胡言"的原文为"bunk"，该词既有"一派胡言"之意，也有"床铺"的意思。

新遗嘱念给他们听，他会把财产的余额留给亨普希尔太太那些任性的猫咪。在随后的寂静中，他不无困难地站了起来，对他们所有人都报以死一般的微笑。他弯着腰，拄着手杖，说了一番话——雷斯垂德在马车中跟我们复述那番话时我就觉得很可恶，现在我仍然这么觉得。赫尔勋爵说："所以，一切都很好，不是吗？是的，非常好！女人，还有小子们，你们为我忠心耿耿地服务了四十来年。现在，本着我所能想象到的最纯洁、最宁静的良心，我打算给你们这样分配遗产。但振作起来！事情可能会更糟！试想，法老们在自己去世前就叫人把他们最喜欢的宠物——猫，主要是猫——杀死，这样那些宠物就可以在来世欢迎法老们，等着被主人踢或爱抚，听主人的摆布，永远……永远……永远。如果能那样该多好啊！"接着他嘲笑了他们。他俯身靠在手杖上，面如死灰，如土色，他笑了起来，新的遗嘱——就像他们所有人看到的那样——被紧紧地攥在一只手里。

威廉站起来说："先生，虽然您是我的父亲，也是我的存在的创造者，但自那条蛇在花园里诱惑了夏娃以来，您也是在地球上爬着的最卑劣的生物。"

"完全不是！"老怪物笑着回应，"我知道还有四个更卑劣的生物。请见谅，我有一些重要的文件要放到我的保险箱里……还有一些无用的东西要在炉子里烧掉。"

"他与他们摊牌的时候，还保留着以前的遗嘱吗？"福尔摩斯问道。他似乎很感兴趣，而不是吃惊。

"对。"

福尔摩斯若有所思地说道："新的那张一经签字、见证，他就可以把旧的烧掉了。前一天下午和晚上他都有时间这么做。但他没有，对吗？为什么不呢？对于这个问题你怎么看，雷斯垂德？"

"我想，即使在那时，他也没有足够的时间来戏弄他们。他在给他们一个机会——一个诱惑——他相信所有人都会拒绝。"

"也许他认为有一个人不会拒绝。"福尔摩斯说道，"你难道没有想到过吗？"他转过头来寻找并审视我的脸，眼神在一瞬间很亮，而且不知怎么的带着几分寒意，"你们两个都没有想过吗？如果这么一个黑心肝的人，知道他家有一个人会经受不住这种诱惑并且将他从痛苦中解救出来，他不是很有可能会故意诱惑他们吗——从你所说的来看，史蒂芬似乎最有可能——他可能会被抓住……因为杀父罪而被绞死？"

我注视着福尔摩斯，沉默而惊恐。

"不要紧。"福尔摩斯说道，"继续说吧，探长——我想是时候让那锁着的房间出场了。"

当老人慢吞吞地沿着走廊向书房走去时，他们四个人呆呆地坐着，一言不发。除了手杖的砰砰声、他吃力的呼吸声、厨房里猫哀怨的叫声和客厅里钟摆的平稳敲击声之外，什么声音也没有。然后，当赫尔打开书房的门，走进去时，他们听到了铰链发出的吱呀声。

"等等！"福尔摩斯向前坐着，厉声说道，"实际上没有人看见他进去，是不是？"

"恐怕不是这样，老伙计。"雷斯垂德回答，"赫尔勋爵的贴身仆人奥利弗·斯坦利先生听到了赫尔勋爵在大厅里的脚步声。他从赫尔的更衣室出来，走到走廊的栏杆前，向楼下问是否一切都好。赫尔抬起头来——斯坦利看到他就像我现在看到你一样清楚，老伙计，他说一切都绝对正常。然后他揉了揉后脑勺，走了进去，随手锁上了书房的门。"

"等他父亲走到门口时（走廊很长，他自己可能要花两分钟才能走上去），史蒂芬已经从恍惚中回过神来，朝客厅的门走去。他看到了父亲和仆人说了几句话。赫尔勋爵当然回到书房了，但史蒂芬听到了父亲的声音，描述了同样的标志性的手势：赫尔勋爵揉了揉后脑勺。"

"史蒂芬·赫尔和这个叫斯坦利的家伙在警察来之前能说上话吗？"

我问——我觉得我问得很精明。

“当然能。”雷斯垂德疲倦地说，“他们可能说过话，但没有共谋。”

“你有把握吗？”福尔摩斯问道，但他似乎并不感兴趣。

“有。我想史蒂芬·赫尔撒谎很拿手，但斯坦利撒谎则不太行。不管你是否愿意认可我的专业意见，都随你的便吧，福尔摩斯。”

“我认可。”

于是赫尔勋爵走进他的书房，那间著名的上锁的房间，当他转动钥匙的时候，所有人都听到了锁的咔嗒咔嗒声，那是进那个“至圣之所”唯一的一把钥匙。接着是更不寻常的声音：门闩被闩上了。

然后，一片寂静。

他们四个人——赫尔太太和她的儿子们，很快就会成为穷光蛋——也同样沉默地互相望着。猫又在厨房叫了起来，赫尔太太心烦意乱地说，如果管家不给那只猫一碗牛奶，她自己就必须去喂它。她说如果她再听下去，那声音就会把她逼疯。她离开了客厅。过了一会儿，三个儿子也没有说话就离开了。威廉回到楼上自己的房间，史蒂芬漫步走进音乐室，乔里坐在楼梯下的一张长凳上。他告诉雷斯垂德，他从小就这样，当他伤心时或者需要思考一些非常困难的事情时，都会坐在那里。

不到五分钟，一声尖叫从书房里传来。斯蒂芬跑出了音乐室，他刚才一直在钢琴上敲着不成调的音符。乔里在书房门口遇见了他。威廉已经下了一半的楼梯，看见他们破门而入，这时仆人斯坦利从赫尔勋爵的更衣室里出来，第二次走到走廊的栏杆边。斯坦利做证说，他看到史蒂芬·赫尔闯入书房，威廉走到楼梯脚下，差点跌倒在大理石上；赫尔太太从餐厅门口走出来，手里还拿着一罐牛奶。不一会儿，其余的仆人都聚集了起来。

“赫尔勋爵瘫倒在写字台上，三兄弟站在旁边。他的眼睛是睁开的，神色是……我相信是惊讶的。再说一遍，你可以认可或否定我的观点，但我告诉你，在我看来这真的是惊讶。紧握在他手中的是他的遗嘱……是旧的那份，新的那份不知所终。他的背上还有一把匕首。”

说着，雷斯垂德拍了拍马车夫，让他继续往前走。

我们走进房子，门口守着两个面无表情的警察，就像白金汉宫的哨兵。首先是一个很长的大厅，铺着黑白大理石瓷砖，像棋盘一样。大厅尽头是一扇开着的门，两名警察守在那里，那就是通往那间臭名昭著的书房的入口。左边是楼梯，右边是两扇门，分别是客厅和音乐室，我猜。

“全家人都聚在客厅里。”雷斯垂德说。

“很好，”福尔摩斯愉快地说道，“不过，也许华生和我可以先去看看犯罪现场吧？”

“需要我陪你们去吗？”

“我想不必了。”福尔摩斯说道，“尸体被移走了吗？”

“我去你的寓所找你的时候，它还在这儿，不过现在几乎可以肯定已经被移走了。”

“很好。”

福尔摩斯走向书房，我跟着他。雷斯垂德喊道：“福尔摩斯！”福尔摩斯转过身来，扬起了眉毛。

“没有隐秘的嵌板，也没有隐秘的门。我第三次说这句话，信不信由你。”

“我想我要等到……”福尔摩斯开口说道，接着他的呼吸变得急促起来。他摸索着衣袋，找到一张餐巾，可能是从我们昨晚吃晚餐的地方随手带出来的。我低头一看，只见一只伤痕累累的大猫，在福尔摩斯的腿边扭来扭去。它和这个大厅格格不入，就像我先前想到的那些顽童一样。它的头上伤痕累累，一只耳朵耷拉在头上，另一只耳朵不见了，我想是很久以前在小巷子里打斗的时候被咬掉了。

福尔摩斯不停地打着喷嚏，然后朝猫踢了一脚。这只猫一边跑一边带着责备的眼神向后看，不过这样一只久经战斗的大猫应该发出愤怒的嗞嗞声才对。福尔摩斯眼睛露在餐巾上方，泪汪汪地望着雷斯垂德，眼含责备。雷斯垂德一点也没觉得不高兴，他把头向前探了探，像猴子一样咧着嘴笑。“十只，福尔摩斯。”他说道，“足有十只，房子里到处都是猫。赫尔爱猫。”说完他就走了。

“老伙计，你这毛病有多久了？”我问。我有点惊慌。

“一直有。”他说着又打了个喷嚏。多年前，过敏这个词几乎不为人知，但这当然是他的问题。

“你想走吗？”我问。我见过一个因对绵羊过敏而差点窒息的病例，是对绵羊过敏，但除此之外，在其他方面都很相似。

“那就如他所愿了。”福尔摩斯说道。我不需要他告诉我“他”指的是谁。福尔摩斯又打了个喷嚏（他平时苍白的前额上出现了一个大红印），然后我们从书房门口的两个警官中间穿过。福尔摩斯随手关上了门。

房间长且相对狭窄。它位于一个类似厢房的地方的尽头，主屋从大厅那边大约四分之三的地方向两边展开。书房的两边都有窗户，尽管天阴沉沉的，下着雨，室内还是很明亮。墙壁上点缀着镶着精美的柚木框的彩色航海图，还有一套同样精美的气象仪器，装在一个镶着黄铜边、有玻璃门的柜子里。里面有一个风速表（我想，赫尔的一个屋顶上应该有一个旋转的小杯子）、两个温度计（一个记录室外的温度，另一个记录书房的温度），还有一个气压计——很像那个曾使福尔摩斯误以为天气要好转的气压计。我注意到刻度还在上升，然后往外看。不论刻度是否上升，反正雨下得比之前大了。有了各种仪器和其他设备，我们都觉得自己知道得很多，但那时我已经很成熟了，明白我们所知道的还不到我们所以为的一半，明白我们永远不会知道那么多。

福尔摩斯和我都转过身来望着门口。门闩被扯开了，但位置靠内，它本就应该在这个位置。钥匙还在书房的锁里，还在转动后的位置。

福尔摩斯的眼睛里充满了泪水，他一边观察着，一边记下来，分门别类，刻入脑海。

“你好些了。”我说。

“是的。”他说着放下餐巾，若无其事地把它塞回大衣口袋里，“他可能爱那些猫，但显然不允许它们进来。无论如何，至少不是经常这样。你对此有什么看法，华生？”

虽然我的眼睛看得不如他快，但我也在环顾四周。两扇窗户都用指旋器和铜质小单边螺栓锁着，所有窗户都完好无损，大多数镶框的航海图和气象仪器都在这些窗户之间。另外两面墙前都堆满了书。有一个小煤炉，但没有壁炉；凶手不能和圣诞老人一样从烟囱里下来，除非他够窄，能穿进烟囱，而且穿着一件石棉衣服，因为火炉还很烫。

这张桌子立在这间光线充足的狭长房间的一头。与之相对的是一个令人愉悦的区域，很有书香气，不完全是一个藏书区，那里有两把高背软垫椅子，中间有一张咖啡桌。这张桌子上的书随意堆着，地板上铺着土耳其地毯。如果凶手是从天窗进来的，我完全不知道他是怎样钻到地毯下面而不把地毯弄乱的……地毯没有被弄乱，一点也没有，咖啡桌腿的影子映在地毯上，笔直得没有半点纹路。

“你相信吗，华生？”福尔摩斯问道，让我从几近被催眠的状态中回过神来。那张咖啡桌……

“相信什么，福尔摩斯？”

“他们四个人在谋杀发生的四分钟之前，从四个不同的方向走出客厅？”

“我不知道。”我有气无力地说。

“我不相信，一点也不——”他打住了话头，“华生！你没事吧？”

“没事。”我说，几乎都听不见自己的声音。我瘫倒在藏书区的一把椅子上。我的心跳得太快了。我似乎喘不过气来。我的头在剧烈地震动，眼珠似乎突然变得太大了，要从眼窝里迸出来。我无法从地毯上的咖啡桌腿的影子上移开视线。“我是非常……绝对没有……还好。”

就在这时，雷斯垂德出现在书房门口。“如果你看完了，福——”他突然停住话茬，“华生到底怎么了？”

福尔摩斯的声音平静而克制：“我以为，华生已经破案了，是吗，华生？”

我点了点头。也许我还没有把整个案情都弄清楚，但大部分都明了了。我知道是谁。我知道是怎么做的。

“福尔摩斯，你也是这样看的吗？”我问道，“当你……看到了吗？”

“是的。”他说，“尽管我通常设法坚定立场。”

“华生破案了吗？”雷斯垂德不耐烦地说，“哈！华生在此之前为一百多起案件提供了一千种答案，福尔摩斯，你很清楚，所有那些都是错的。都是他的无稽之谈。我记得就在去年夏天——”

“我对华生的了解比你所知道的要多。”福尔摩斯说道，“这一次他是对的。我从那个表情看出来了。”他又打喷嚏了，那只缺了一只耳朵的猫从雷斯垂德没有关上的门里溜了进来。它径直朝福尔摩斯走去，那张丑陋的脸上似乎透着喜爱。

“如果你是这样看的话。”我说道，“我就再也不会嫉妒你了，福尔摩斯。我太激动了。”

“一个人甚至会对洞察力感到腻烦。”福尔摩斯说道，声音中丝毫没有自负的痕迹，“那么，说出来吧……或者像侦探小说的最后一章那样，把嫌疑人带进来？”

“不！”我惊恐地叫道。两种选择都不是我想要的，我没有这样做的冲动。“不过我想我必须说明我是怎么发现的。你和雷斯垂德探长只需要到大厅里走一会儿……”

猫走到福尔摩斯身边，跳到他的腿上，像世界上最心满意足的生物一样咕噜咕噜地叫着。

福尔摩斯完美地打出一连串喷嚏。他脸上已经开始褪色的红斑又冒了出来。他把猫踢开，站了起来。

“快点，华生，这样我们就可以离开这个该死的地方了。”他捂着嘴巴说道，然后耸着肩离开了房间，这个动作完全不像他，他低着头，没有回头看一眼。如果我说我的部分心思和他一起出去了，相信我，这是真的。

雷斯垂德倚着门站着，湿漉漉的外套微微冒着热气，嘴唇张开，露出可恶的笑容。“我应该带上福尔摩斯的新仰慕者吗，华生？”

“别这么说。”我说，“出去的时候把门关上。”

“我敢打赌，你是在浪费我们的时间，老伙计。”雷斯垂德说，但我从他的眼神中发现了异样：如果我提出让他提高赌注，他会想办法躲开的。

“关上门。”我重复道，“我不用太久。”

他关上了门。我一个人在赫尔的书房……当然，除了猫，它正坐在地毯的中央，尾巴齐整地卷在爪子上，绿色的眼睛看着我。

我摸了摸口袋，找到了昨晚晚餐时留下的纪念品——恐怕独自生活的男人都是相当不整洁的人，但我揣着面包屑不是因为一般意义上的邋遢，而是另有原因。我几乎总是会在某个口袋里放一点面包屑，因为我觉得给落在窗外的鸽子喂食很有趣，雷斯垂德坐车过来的时候，福尔摩斯正坐在窗边。

“猫咪。”我说，然后把面包屑放在咖啡桌下面。赫尔勋爵背对着咖啡桌坐下时，他手里拿着两份遗嘱——旧的遗嘱卑鄙，新的遗嘱无耻。“猫咪——猫咪——猫咪——”

猫站起身来，懒洋洋地走到桌子底下，嗅着面包屑。

我走到门口，打开了门。“福尔摩斯！雷斯垂德！快过来！”他们进来了。

“到这边来。”我说，然后走向咖啡桌。

雷斯垂德环顾四周，皱起眉头，什么都没有看；当然，福尔摩斯又开始打喷嚏了。“我们就不能把那个可怜的东西弄出去吗？”他捂着餐巾纸说，餐巾纸现在已经很湿了。

“当然。”我说，“但是那个可怜的东西在哪里，福尔摩斯？”

福尔摩斯湿润的眼睛里满是吃惊的神色。雷斯垂德转过身来，朝赫尔的书桌走去，朝书桌后面张望。福尔摩斯知道，如果猫在房间的另一头，他的反应就不会这么激烈。他弯下腰，看了看咖啡桌下面，除了地毯和对面两个书架的底层，什么也看不见，他又挺直了身子。如果他的眼睛没有直流泪，他应该已经看到了一切；毕竟，他就站在它上方。但是，我们不得不赞赏，这个假象做得真是完美。他父亲咖啡桌下空着的区域是乔里·赫尔的杰作。

“我没有——”福尔摩斯刚说了这几个字，那只猫就发现我的朋友比任何不新鲜的面包屑更合它的胃口，它从桌下走了出来，又开始欣喜若狂地缠绕着福尔摩斯的脚踝。雷斯垂德回来了，眼睛瞪得溜圆，我都觉得他的眼珠可能会掉出来。即使理解了其中的窍门，我自己也感到惊讶。这只伤痕累累的猫咪似乎是从虚无中冒出来的，先是它的头，然后是身体，最后是白色的尾尖。

它摩擦着福尔摩斯的腿，当福尔摩斯打喷嚏时，它发出了咕噜声。“够了。”我说，“你已经完成了你的工作，可以离开了。”

我把它抱起来，走到门口（它抓得我很疼），然后顺手把它扔进了大厅。我把门关上了。

福尔摩斯坐着。“我的天。”他说话有鼻音，闷闷的。雷斯垂德已经说不出话来了。他目不转睛地看着桌子和桌腿下褪色的土耳其地毯：一个不知何故产生了一只猫的空旷空间。

“我早就应该发现的。”福尔摩斯喃喃道，“没错……但是你……你怎么这么快就明白了？”我察觉到那声音中透着十分微弱的受伤和愠怒之感，不过我立刻原谅了。

“就是那几个。”我指着地毯说。

“当然！”福尔摩斯几乎呻吟起来。他拍了拍他那布满皱纹的额头。“白痴！我真是个白痴！”

“胡说八道。”我尖刻地说，“这里满屋子都是猫——而且有一只特别喜爱你——我怀疑你只看到了十分之一。”

“那地毯呢？”雷斯垂德不耐烦地问，“我承认，它很漂亮，可能很贵，但是——”

“不是地毯。”我说，“是影子。”

“展示给他看看，华生。”福尔摩斯疲倦地说，把餐巾放在大腿上。

于是我弯下腰，从地板上挑了一个。

雷斯垂德坐在另一把椅子上，动作很重，像个被出乎意料地打了一拳的人。

我说：“你们看，我一直在看它们。”我的语气不由得带着一丝歉意，感觉这一切都不太对劲。在调查的最后指出嫌疑人并解释他们的作案手法应该是福尔摩斯的工作。然而，虽然我看到他现在什么都明白了，但我知道他在这种情况下会拒绝发言。我想我也有那么一点想成为那个解释的人——我知道自己可能再也没有机会做这样的事情了。我必须说，猫的手感很好。一个魔术师用一只兔子和一顶高帽变戏法也不可能更精彩。

“我知道有什么不对劲，但过了一会儿才完全理解。这个房间非常明亮，但今天下着倾盆大雨。环顾四周，你会发现这个房间里没有一个物体投下了影子……除了这些桌子腿。”

雷斯垂德咒骂了一声。

“雨已经下了将近一周。”我说，“但福尔摩斯的气压计和已故的赫尔勋爵的气压计——”我指着它，“都表明今天可以看到太阳。事实上，这似乎是肯定的。所以他增加了阴影，作为最后一笔。”

“是谁干的？”

“乔里·赫尔，”福尔摩斯用同样疲惫的语气说，“还能有谁？”

我弯下腰，把手伸到咖啡桌右端的下方——我的手摸到的是虚空，就像猫出现时一样。雷斯垂德语带惊讶地咒骂了一声。我轻拍着紧紧铺在咖啡桌前面两条腿之间的画布背面，书本和地毯都鼓了起来，起了皱，这个近乎完美的假象立刻被戳破了。

乔里·赫尔在他父亲的咖啡桌下方画出了一片虚空，然后蹲在背后，当他父亲走进房间，锁上房门，拿着两份遗嘱坐在书桌前时，他从虚空后面冲了出来，手里拿着匕首。

“他是唯一一个能创作出如此非凡的现实主义作品的人。”我说，这次我的手顺着画布表面滑了下来。我们都能听到它发出的低沉刺耳的声音，就像一只老猫的咕噜声。只有乔里·赫尔一个人能做到，也只有他能躲在后面：他身高不过五英尺，曲着腿，佝偻着肩膀。

“正如福尔摩斯所说，新遗嘱的意外并不令人意外。即便这位老人对自己可能把亲人从遗嘱中移除之事守口如瓶——不过他并没有这样做，也只有傻瓜才会误解律师。更重要的，还有他的助手——为何而来。在衡平法院里，遗嘱需要两名证人才能成为有效文件。福尔摩斯所说的一些人会防患于未然的话是千真万确的。一幅如此完美的油画不是一朝一夕或者一个月能完成的。你可能会发现，他准备这幅画，可能用了长达一年的时间——”

“或者五年。”福尔摩斯插话道。

“我想是的。无论如何，当赫尔勋爵宣布他今天早上将在客厅见家人时，我想乔里知道时机已到。他的父亲昨晚睡觉后，他下楼来到这里，布置好画布。我想他可能在同一时间也布置好了人造影子，但如果我是乔里，我今天早上就会在客厅聚会之前，踮着脚尖到这里再看一眼气压计，确保刻度还在上升。如果门锁了，我想他会从父亲的口袋里偷走钥匙，然后再放回去。

"没有锁。"雷斯垂德简洁地说，"他习惯把门关上，把猫挡在外面，但很少锁门。"

"至于影子，就像你现在看到的，它们只是几条毛毡。他的眼神很好，影子大约在今天上午十一点的位置……如果刻度是对的。"

"如果他预料阳光会很灿烂，那他为什么要布置影子呢？"雷斯垂德发牢骚道，"太阳投下阴影是理所当然的，你不会从来没有注意到你自己的影子吧，华生。"

这时我不知所措。我看了看福尔摩斯，他似乎对还能参与到回答中来很感激。

"你还不明白吗？这是最大的讽刺！如果阳光如气压计所显示的那样灿烂，画布就会盖住影子。画上去的桌腿就不会投下影子。如果当天没有影子，他就会被发现，他担心如果那天他父亲的气压计表明，房间里应该几乎到处都会有影子，他会因为没有影子而被发现。"

雷斯垂德说："我仍然不明白乔里是如何进来而不被赫尔勋爵看到的。"

"这也让我困惑不解。"福尔摩斯说——亲爱的老福尔摩斯！我并不觉得这会让他有半点困惑，但他就是这么说的。"华生？"

"赫尔勋爵与妻子和儿子见面的客厅有一扇门，与音乐室相连，对不对？"

"是的。"雷斯垂德说，"音乐室有一扇门与赫尔太太的晨间起居室相连，当你走向房子的后面时，两间房是相邻的。但是从晨间起居室出来只能回到大厅，华生医生。如果有两扇门进入赫尔的书房，我就不会赶着来找福尔摩斯了。”

他最后用自我辩解的微弱语调说了这句话。

“哦，乔里回到大厅里了，对吧。”我说，“但是他的父亲没有看见他。”

“胡说！”

“我示范一下。”我说，走到写字台前，死者的手杖还在那里。我拿起它，转身朝向他们。“赫尔勋爵一离开客厅，乔里就起身跑动了。”

雷斯垂德吃惊地瞥了福尔摩斯一眼。福尔摩斯冲探长露出一个冷酷而讽刺的眼神。我当时不明白那眼神的意思，而且说实话，也不会多想。我还没有完全理解我正在描述的这个场景更广泛的含意。我想我太专注于还原案情了。

“他溜过第一扇连通的门，跑过音乐室，进入赫尔太太的晨间起居室。然后他走到大厅门口，偷看外面。如果赫尔勋爵的痛风严重到导致坏疽，那他可能刚刚走过大厅的四分之一，可能还不到四分之一。记住我的话，雷斯垂德探长，我将向你展示一个一生都胡吃海喝、酗酒成性的人为此付出的代价。如果你在我做完之后有任何疑问，我可以让十几个痛风患者站在你面前，每个人都会表现出我将要展示的行走症状。首先请注意我的注意力有多集中……以及我的集中点。”

说着，我开始慢慢地穿过房间朝他们走去，两只手紧紧地抓在手杖球上。我把一条腿抬得很高，然后放下去，停下来，然后又抬起另一条腿。我没有抬眼看。相反，我的视线在手杖和前脚之间交替。

“是的。”福尔摩斯平静地说，“这位优秀的医生完全正确，雷斯垂德探长。首先是痛风，然后是失去平衡，然后（如果患者活得足够长）是长期向下俯视会导致的典型驼背。”

我说：“乔里应该非常清楚，当他的父亲从一个地方走到另一个地方时，他的注意力是集中的。这样，今天早上发生的事情就非常简单。当乔里到达晨间起居室时，他从门外偷看，看到父亲一如既往地盯着脚和手杖的尖端走路，便知道自己是安全的。他走了出来，就在他浑然不觉的父亲面前，利落地钻进书房。雷斯垂德告诉我们，门没有锁，真的，风险会有多大？他们在大厅里一起待了不超过三秒钟，可能还更短一些。”我停顿了一下，“大厅的地板是大理石做的，对吗？他肯定没有穿鞋子。”

“他穿着拖鞋。”雷斯垂德用一种异常平静的语气说，他的眼睛再次和福尔摩斯的眼睛相遇了。

“啊。”我说，“我明白了。乔里比他父亲提前很久进入书房，并躲在自己狡猾布置的“舞台布景”后面。然后他抽出匕首，等待着。他的父亲到达大厅的尽头。乔里听到斯坦利问候父亲，听到父亲回答说他很好。然后赫尔勋爵最后一次进入书房……关上门……并把它锁上了。”

他们都专注地看着我，我稍微理解了福尔摩斯在这样的时刻——告诉别人只有他才知道的事情——一定会感受到的那种神圣的力量。然而，我必须重申，这是一种我本不该经常有的感觉。我相信，重复体验这种感觉的冲动会让大多数男人堕落——他们的灵魂没有我的朋友夏洛克·福尔摩斯坚毅。

“在锁门之前，酒桶腿乔里尽可能地蜷缩，也许他知道（或者只是怀疑）父亲在转动钥匙，插上门闩之前会环顾一番。赫尔勋爵可能有点痛风，头脑不那么好使，但这并不意味着他会失明。”

雷斯垂德说：“斯坦利说他的视力是一流的，这是我最先询问的一件事。”

“所以他环顾了四周。”我说，突然间我就能明白了，我想福尔摩斯也是如此；这样重新还原的案情，即使都是基于事实和推论，似乎也多半是想象出来的。“他没有看到什么让他惊慌的东西，书房一如既往空荡荡的，除了他自己。这是一个非常宽敞的房间——没有壁橱门，两边都有窗户，即使在这样的天气里，也没有黑暗的边边角角。

“只有他一个人，他很满意地关上门，转动钥匙，插上门闩。乔里会听到他走过桌子的声音。当他的父亲坐到椅子上时，他会听到沉重的撞击声和喘息声——一个痛风特别严重的人，与其说是坐在一个柔软的地方，不如说是先把自己放上去，然后再坐上去——接着乔里终于斗胆往外看了一眼。”

我瞥了福尔摩斯一眼。

“继续说，老伙计！”他热情地说，“你做得很好，绝对是第一流的。”我看得出来他是认真的。无数人会说他冷酷无情，准确地说，他们没错，但他也有一颗博大的心。福尔摩斯只是比大多数人把它保护得更好。

“谢谢。乔里会看到父亲把手杖放在一边，然后把文件——两包文件——放在记事簿上。他没有立即杀死父亲，虽然他本可以这么做；这就是此事为何如此可悲，这就是为何我不会为了一千英镑去他们的客厅。除非你和你的人拖着我，否则我是不会进去的。”

“你怎么知道他没有马上动手？”雷斯垂德问道。

“尖叫声是在钥匙转动和门被闩上的几分钟后才传出来的；你自己也是这么说的，我想你在这一点上已有足够的证据，不会怀疑它。然而，从门到办公桌虽只有十几步，但是像赫尔勋爵这样患了痛风的人，却要花半分钟到四十秒的时间才能走到椅子旁边坐下来。再加上要用十五秒把手杖放在你找到它的地方，并把遗嘱放在记事簿上。

“后来发生了什么？在最后的一两分钟里发生了什么？但这段短暂的时间却仿佛没有尽头——至少在乔里・赫尔看来是这样的。我觉得赫尔勋爵只是坐在那里，从一份遗嘱看到另一份。乔里能轻易分辨出两者的区别；不同颜色的羊皮纸就是他所需要的全部线索。

“他知道父亲打算把其中一份扔进炉子里；我相信他等着看哪一份会被烧掉。毕竟，这位老恶魔有可能只是在捉弄家人，玩了一个残酷的恶作剧。也许他会烧掉新的遗嘱，把旧的放回保险箱里。然后他就可以离开房间，告诉家人新的遗嘱已妥善放好。你知道它在哪里吗，雷斯垂德？保险箱里？”

雷斯垂德指着藏书区的一个书架简短地说：“那个箱子里有五本书被翻了出来。”

“到那时，家人和老人都会感到满意；家人会知道他们应得的遗产是安全的，老人则会带着这样的信念走进坟墓——相信自己完成了有史以来最残酷的恶作剧之一……不过，他会死于上帝的旨意或者自己的意愿，而不是被乔里·赫尔杀害。”

然而，福尔摩斯和雷斯垂德第三次交换了那种古怪的神情，半是开心，半是反感。

“从我个人的角度来说，我更倾向于认为老人只是在咂摸这一刻，就像一个人午后可能会憧憬着晚饭后喝一杯或者在长时间禁食后吃点甜食。无论如何，一分钟过去了，赫尔勋爵站了起来……但是手里拿着深色的羊皮纸，面朝炉子而不是保险箱。无论乔里抱着什么希望，当那一刻到来时，他都毫不犹豫地从躲藏的地方冲了出来，一下子越过了咖啡桌和桌子之间的距离，还没等父亲完全站起身，就把刀刺进了他的背部。

“我怀疑验尸结果会显示刺穿了右心房，刺入了肺部——这就可以解释为什么有大量的血流到桌面上了。这也解释了为什么赫尔勋爵在死前能够尖叫，这是有利于乔里·赫尔的。”

“怎么会这样？”雷斯垂德问道。

我看着福尔摩斯说：“房间锁着，情况会很棘手，除非你打算把谋杀伪装成自杀。”他微笑着，说到自己的这句格言时点点头。福尔摩斯说：“乔里最不希望发生的就是让事情变成现在这样……锁着的房间，锁着的窗户，身上插着一把刀的男人，刀却插在他自己永远也不可能插进去的位置。我想他从来没有预料到父亲会在这么大的一声尖叫中死去。他的计划是刺伤他，烧掉新的遗嘱，迅速弄乱桌子，打开其中一扇窗户，然后从那边逃走。他会从另一扇门进入房子，回到楼梯下面的座位，然后，当尸体最终被发现时，让大家觉得这是抢劫。”

“在赫尔勋爵的律师看来却不是这样。”雷斯垂德说。

“他要不就保持沉默吧。”福尔摩斯沉思着说，然后愉快地补充道，“我打赌我们的艺术家朋友也打算留下一点痕迹。我发现，更高明的杀人犯几乎总是喜欢在离开犯罪现场的途中留下一点神秘痕迹。”他发出一个短促的、干巴巴的声音，与其说是笑，不如说是吠叫，然后视线从离桌子最近的窗户上移开，转而看向我和雷斯垂德，“我想我们都会认为，在这种情况下，这似乎是一起可疑的近便谋杀，但即使律师说了出来，也不可能有任何证据。”

“赫尔勋爵的一声尖叫破坏了一切。”我说，“他一生都在做扫兴的事。整个房子里的人都被惊动了。乔里一定完全慌了，就像鹿被强光照到了一样，僵在原地一动不动。是史蒂芬·赫尔救了他……或者为他提供了不在场证明——至少是那个当他父亲被谋杀时乔里坐在楼梯下面的长凳上的不在场证明。史蒂芬从音乐室冲到大厅，把门撞开了，一定让乔里别出声，要乔里马上跟着自己走到办公桌前，这样看起来他们就是一起闯进去的——”

我突然停了下来，如同遭受晴天霹雳。我终于明白福尔摩斯和雷斯垂德之间闪过的眼神是何意。从我向他们展示诡谲的藏身之处的那一刻起，我就明白他们一定已经明白了什么：这不可能是单独完成的。杀人，是单独完成的，但其余的事……

“史蒂芬说他和乔里在书房门口碰见。”我慢慢地说，“他，史蒂芬，破门而入，他们一起进去，一起发现了尸体。他撒谎了。他这么做可能是为了保护他的哥哥，但他在不知发生了什么的情况下撒谎撒得这么圆满，似乎……”

“不太可能。”福尔摩斯说，“华生，你想说的词是‘不太可能’。”

“然后乔里和史蒂芬一起进去了，”我说，“他们一起谋划了这件事……而且根据法律，两个人都犯下了弑父的罪行！我的天哪！”

“不是他们两个，我亲爱的华生，”福尔摩斯用一种好奇而温和的语气说，“是所有人。”

我只能目瞪口呆。

他点点头。“你今天早上表现出了非凡的洞察力，华生；事实上，你有了一股强烈的推理热情，我敢打赌你再也不会有了。亲爱的朋友，我向你致意，我对任何能够超越正常本性——无论多么短暂——的人都会致意。但在某种程度上，你还是那个可爱的家伙，一如既往：虽然你知道人们可以有多善良，但你不知道他们也可能会有多阴暗。”

我默默地看着他，近乎谦卑。

福尔摩斯说：“如果我们听到的关于赫尔勋爵的陈述有一半是真的，那么这还不算太阴暗。”他站起身来，开始烦躁地在书房里踱来踱去。“谁能证明当门被砸开时乔里和史蒂芬在一起？当然是乔里。当然是史蒂芬。但是在这张全家福中还有另外两个人，其中一个是威廉，第三个兄弟。你同意吗，雷斯垂德？”

“同意。”雷斯垂德说，“如果事情就是这样，威廉也一定参与其中了。他说他下楼时看到两个人一起走了进去，乔里在前面一点。”

“多么有趣！”福尔摩斯说，眼睛闪闪发亮，“史蒂芬破门而入——因为他更年轻，当然也更强壮，所以我们可以认为，他势必是最先冲进房间的。然而，威廉下了一半楼梯时，看到乔里先进去了。为什么会那样，华生？”

我只能僵硬地摇头。

“问问你自己，在这里，我们可以相信谁的证词，唯一可信的证词。答案是唯一一个不属于家族的证人：赫尔勋爵的仆人奥利弗·斯坦利。

他走到走廊的栏杆前，恰好看到史蒂芬进入房间，这是理所当然的，因为破门而入的时候只有史蒂芬一个人。威廉说，他看到乔里先于史蒂芬进入书房，从他在楼梯上的位置看，他的角度更好。威廉这么说是因为他已经看见斯坦利，知道自己必须这么说。归根结底，华生，我们知道乔里就在这个房间里。因为他的两个兄弟都证明他在外面，所以至少串通好了。但正如你所说，他们所有人如此顺利地团结在一起，这表明另有更大的隐情。”

“共谋。”我说。

“是的。华生，你还记得我问你，你是否相信他们四个人在听到书房门锁上的声音后，一言不发地走出了客厅，朝四个不同的方向走去？”

“是的，现在我知道了。”

“他们四个。”他瞥了瞥雷斯垂德，后者点了点头，然后又回过头来看着我，“我们知道乔里在老人离开客厅的那一刻就已经忙活起来了，以便在父亲之前到达书房，然而包括赫尔太太在内的四个活生生的家人都表示，当赫尔勋爵锁上书房门的时候，他们正在客厅里。赫尔勋爵遇害在很大程度上是一件家务事，华生。”

我惊讶得说不出话来。我看着雷斯垂德，他脸上的表情是我以前从未见过的，以后也没再见过：一种疲惫而厌恶的凝重表情。

“他们会面临什么？”福尔摩斯近乎亲切地说。

雷斯垂德说：“乔里肯定会被判处绞刑，史蒂芬将会被终身监禁。威廉・赫尔可能会被判终身监禁，但更有可能被判二十年监禁，这是活受罪。”

福尔摩斯弯下腰，抚摸着铺在咖啡桌两腿之间的画布，弄出了奇怪而嘶哑的咕噜声。

雷斯垂德继续说：“赫尔太太未来五年可能会在比奇伍德庄园度过，囚犯们通常把那儿叫作豆腐宫殿……不过，见过这位女士后，我更怀疑她会找到另一条出路。我猜会是她丈夫的鸦片酊。”

“都是因为乔里·赫尔失手，干得不够利落。”福尔摩斯说道，叹了口气，“如果这位老人能体面而安静地死去，一切都会没事。乔里，就像华生说的那样，会从窗户逃出去，当然，带着他的画布……更不用说他那无用的影子了。相反，他惊动了整幢房子。所有仆人都在里面，为死去的主人悲号。全家人都很无措。他们太不走运了，雷斯垂德！斯坦利叫警察的时候，警察离他有多近？”

雷斯垂德说：“比你想象的要近得多。事实上，警察正急匆匆地开车上门。他正在例行巡视，经过这里，听到了屋里传来的尖叫声。他们的运气很糟糕。”

“福尔摩斯，”我说，扮演我惯常的角色让我感觉舒服多了，“你怎么知道警察就在附近？”

“这显而易见，华生。如果不是这样，这家人就会把仆人赶出去，留出足够长的时间把画布和‘影子’藏起来。”

“我想，也要打开至少一扇窗户。”雷斯垂德用一种异常平静的声音补充道。

“他们本可以拿走画布和‘影子’。”我突然说。

福尔摩斯转向我。“是的。”

雷斯垂德扬起眉毛。

“归根结底，这是一个选择。”我对他说。他们有足够的时间烧掉新的遗嘱或者摆脱这种混乱状态……当然，只有史蒂芬和乔里，在史蒂芬破门而入后的那段时间。他们——或者，如果你已经了解了人物的紧张情绪，我猜你已经明白了，史蒂芬——决定烧掉遗嘱，还期待着最好的结局。我想当时他们刚好有足够的时间把它扔进炉子里。”

雷斯垂德转过身来，看了看炉子，然后回过头来。“只有像赫尔这样邪恶的人临死前才会有足够的力量尖叫。”他说。

“只有像赫尔这样邪恶的人才会逼迫一个儿子来杀死他。”福尔摩斯回答说。

他和雷斯垂德面面相觑，他们又一次互相传递了什么信息，一种完全无声的交流，我被排除在外了。

“你做过吗？”福尔摩斯问道，好像是在说回之前聊的话题。

雷斯垂德摇摇头。他说：“有一次差一点就做了。有一个女孩被卷入其中，不是她的错，不完全是。我差一点就做了。但……只有一个。”

“这里有四个。”福尔摩斯答道，完全理解他的意思，“四个人被一个本应在六个月内死去的恶棍利用。”

我终于明白了他们在讨论什么。

福尔摩斯把灰色的眼睛转向我：“你说呢，雷斯垂德？华生已经破案了，尽管他没有看到所有的细节。我们让华生来决定好吗？”

“好吧。”雷斯垂德粗鲁地说，“快点，我想离开这该死的房间。”

我没有回答，而是弯下腰，捡起可触摸的“影子”，卷成一个球，放在我的外套口袋里。我觉得此举很奇怪，就跟我那次在印度发烧差点丧命时的感觉一样。

“好家伙，华生！”福尔摩斯叫道，“你破了你的第一个案子，成为谋杀案的从犯，现在甚至还不到喝茶的时间！这是留给我自己的纪念品——乔里·赫尔的原创作品。我怀疑上面没签名，但人们必须感谢上帝在下雨天送给我们的东西。”他用笔刀刮开画家把画布粘在咖啡桌腿上的胶水。他很快就完事了；不到一分钟，他就把一根细帆布条塞进他那件巨大的大衣内袋里。

“这是一件肮脏的作品。”雷斯垂德说，但他走向其中一扇窗户，犹豫了一会儿，开了锁，打开半英寸左右。

“你应该说‘这是未完成的脏活’。”福尔摩斯说，几乎带着一种仓促的欢快语气，“我们走吧，先生们？”

我们走到门口。雷斯垂德打开门。一个警察问他有没有什么进展。

在别的情况下，雷斯垂德可能会让这个人看到自己口下无情的一面。但这一次，他简短地说：“看起来是抢劫未遂起了杀心。”当然，我马上就会意了；过了一会儿，福尔摩斯也会意了。

“太遗憾了！”另一个警察大胆地说。

“是的。”雷斯垂德说，“但至少老人的尖叫声让小偷还没来得及偷东西就跑了。继续守着。”

我们离开了。客厅的门是开着的，但我们经过客厅的时候，我一直低着头。福尔摩斯当然看了一番，他不可能不这样做。他生来就是这样。至于我，我从来没有见过这一家的任何人。我也不想见。

福尔摩斯又打了喷嚏。他的朋友缠绕着他的腿，幸福地喵喵叫着。“让我离开这里。”他说着，然后逃走了。

一个小时后，我们回到了贝克街221B号，各自就座，和雷斯垂德坐车过来时我们坐的位置差不多：福尔摩斯坐在靠窗的座位上，我坐在沙发上。

“好吧，华生。”福尔摩斯马上说，“你觉得今晚会睡踏实吗？”

“妥妥的。”我说。“你呢？”

他说：“我当然也一样。我可以告诉你，离开那些该死的猫，我太高兴了。”

“你觉得雷斯垂德会睡得怎么样？”

福尔摩斯看着我笑了。“今晚会很糟糕。可能一周都会不好。但之后他就会好起来的。除了有其他天赋，雷斯垂德还很擅长创造性地遗忘。”

我笑了。

“看，华生！”福尔摩斯说，“这儿风景不错！”我站起来，走到窗前，不知何故，我确定我会再次看到雷斯垂德坐在马车上。不过，我只看到太阳穿透云层，伦敦沐浴在辉煌的晚霞中。

“终于天晴了！”福尔摩斯说，“太棒了，华生！活着让人很开心！”他拿起小提琴开始演奏，阳光明亮，照在他的脸上。

我看了看他的气压计，读数在下降。我笑得很厉害，不得不坐下来。当福尔摩斯稍带恼怒地问我怎么了时，我只能摇头。事实上，我并不确定他会理解。无论如何，这不是他的思维方式。

Umney's Last Case

乌姆尼的最后一案

雨停了。小山依然青翠，在好莱坞群山对面的山谷里，你可以看到高山顶上的白雪。皮草商店正在给他们的年度促销活动打广告。专门为十六岁少女提供服务的电话公司生意兴隆。在贝弗利山庄，蓝花楹树开始开花了。

——雷蒙德·钱德勒《小妹妹》

I. 来自皮奥里亚的消息

这是一个如此完美的洛杉矶春日早晨，以至于你都以为某个地方就印着 R 这个小小的商标符号。日落大道上过往的车辆排放的尾气夹杂着淡淡的夹竹桃清香，而夹竹桃又染上了少许尾气的味道。头顶的天空无比清澈，纯净得就像一个无比虔诚的浸礼会教徒的良心。皮奥里亚·史密斯是一个眼睛失明的报童，他习惯性地站在日落大道和月桂大道交会处。如果这还算不上“上帝居天堂，万象皆顺畅”[1]的景象，那我就不知道什么才算了。

然而自我一反往常、在早晨七点半从床上爬起来开始，我就莫名感觉事情有点不对劲：我晕乎乎的。直到我开始刮胡子，或者至少是亮出剃须刀，准备把那些讨厌的胡子渣制得服服帖帖时，才意识到原因何在。尽管我昨晚熬夜读书到深夜两点，我还是没有听到德米克夫妇上床睡觉的声音，他们醉意朦胧地耳鬓厮磨，相互说着俏皮话，这些显然是他们婚姻的基础。

我也没听到巴斯特睡觉的声音，这可能更奇怪。巴斯特是德米克夫妇养的威尔士柯基犬，它的吠声特别尖厉——那种声音传进你耳中，就像是扎进你脑袋里的玻璃片，而且它会叫唤个没完。它还是那种嫉妒心很强的狗。每次乔治和格洛丽亚拥抱时，它都会发出刺耳的吠叫；通常，乔治和格洛丽亚不是像两个杂耍喜剧演员那样互相打趣，就是拥抱在一起。我不止一次在睡觉时听到他们咯咯地笑，而那只杂种狗在他们脚边跳来蹦去，心想用一根钢琴线勒死一条肌肉发达的中等个头的狗不知道有多难。然而，昨天晚上，德米克一家的公寓却静得像一座坟墓。这很反常，但还称不上惊天动地。在很多情况下，德米克夫妇不是那种完全按点做事的人。

不过，皮奥里亚·史密斯状态还好——他一如往常，像只花栗鼠一样精力充沛，而且他能通过我的脚步声认出我，尽管我比平常至少早了一个小时。他穿着一件一直拖到大腿的宽松的“加州理工学院”运动衫，一条灯芯绒短裤，膝盖上结痂的伤口露了出来。他那根讨厌的白手杖随

[1] 出自英国诗人罗伯特·布朗宁的诗歌《比芭之歌》。

意地靠在他做生意用的牌桌边上。

“乌姆尼先生，过来看看！孩子还好吗？”

皮奥里亚的墨镜在早晨的阳光下闪闪发亮，而当他循着我的脚步声转向我，把我要的那份《洛杉矶时报》放在他面前时，我瞬间产生了一个令人不安的想法：好像有人在他脸上钻了两个大黑洞。我不禁打了个寒战，心想也许是时候戒掉睡前喝黑麦酒的习惯了。要么戒掉，要么来双倍的量。

希特勒登上了《洛杉矶时报》的头条，这段日子以来一直如此。这次的头条是关于奥地利的。我想，而且我也不是第一次这么想，邮局公告栏上那苍白的脸和软塌塌的额发，在家里的时候会是什么样子。

“皮奥里亚，孩子很好。”我说，“实际上孩子就像房屋外墙上新刷的油漆一样精神。”

我往皮奥里亚那堆报纸上的科罗娜雪茄盒子里扔了一毛钱。《洛杉矶时报》只要三美分，而且仍然定价过高，但我往皮奥里亚的零钱箱里扔的零钱一直是一样的。他是个好孩子，在学校里成绩很好——去年，他帮我从韦尔德案中解围之后，我特意去查了一下。如果皮奥里亚没有出现在哈里斯·布伦纳的游艇上，我可能还在马里布附近的某个地方，试图用卡在煤油桶里的脚游泳求生。说我欠他一个大人情，这句话还不足以表达他对我的恩情。

在那次特殊的调查过程中（是针对皮奥里亚·史密斯的，而不是哈里斯·布伦纳和梅维斯·韦尔德），我甚至发现了那个孩子的真名，不过连野马也不能逼我说出口。在“黑色星期五”那天，皮奥里亚的父亲从九楼的办公室窗户里跳了出去，生命永远停留在那个咖啡时间。他的母亲是在拉蓬塔那间傻乎乎的洗衣房里工作的唯一的贫弱白人，孩子又是盲人。尽管如此，我们都觉得，当弗朗西斯年纪还小，没有生存能力时，他父亲还是要对他负起责任的，我们不需要向世界强调这一点吧？这是无可辩驳的。

如果前一天晚上发生了什么有趣的事情，你几乎总能在《洛杉矶时报》的头版找到它，就在左边的折痕下面。我翻了翻报纸，看到一个古巴乐队的领队在伯班克的一个喧闹酒会上和乐队的女歌手跳舞时心脏病发作了。一小时后，他在医院去世。我对这位大音乐家的遗孀有些同情，但对他本人却毫不同情。我认为去伯班克跳舞的人都活该去死。

我打开体育版，想看看前一天布鲁克林的棒球队与圣路易的红雀队连赛两场的赛况。“你呢，皮奥里亚？你城堡里的每个人都还守着自己的地盘吗？护城河和城垛都还完好吗？”

“是的，乌姆尼先生！哦，天哪！”

他声音里的某种东西引起了我的注意，我放下报纸，想更仔细地看看他。当我这么做的时候，我看到了像我这样的一流私家侦探应该马上发现的状况：这个孩子几乎被幸福冲昏了头。

“你看起来就像有人给了你六张世界大赛的首场门票。”我说，“怎么啦，皮奥里亚？”

“我妈妈在蒂华纳中奖了！”他说，“四万块！我们有钱了，兄弟！发财了！”

我朝他咧嘴一笑，他看不见，我拨弄他的头发，把他额头的一绺头发弄得翘了起来，不过，管他呢。“哇，等等。你多大了，皮奥里亚？”

“五月份满十二岁了。你知道的，乌姆尼先生，你还给了我一件 polo 衫。但我不明白这跟——”

“十二岁的孩子应该知道，有时候，人们会把他们想得到的东西与实际已得到的东西混为一谈。我就是这个意思。”

“如果你说的是白日梦，你是对的——我确实对它们门儿清。”皮奥里亚说着，用手摸了摸后脑勺，想让翘起来的头发服帖一点，“但这不是白日梦，乌姆尼先生。这是真的！我叔叔弗雷德昨天下午下楼去取钱。他装在他的文森特摩托车的马鞍包里带回来了！我闻到了它的味道！该死，我在钱堆里打滚！妈妈的床上到处都是！我跟你说，这是我感觉最富有的时候——整整四万块！”

“十二岁的孩子也许已经能够分辨白日梦和真实世界了，但还没到谈论这种事的年纪。”我说。这听起来不错——我敢肯定正派军团[1]的人百分之两千会同意我的说法，但我的嘴却像在自动驾驶一样，而我几乎听不到自己说了什么。我忙着想他刚才告诉我的话。有一件事我是绝对肯定的：他弄错了。他一定是弄错了，因为如果这是真的，那么当我去富尔威德大楼办公室的路上的时候，皮奥里亚就不会再站在这里了。这是不可能的。

我发现自己又想到了德米克夫妇，他们俩有史以来第一次没有在就寝前用最大音量播放那些大型乐队的爵士乐唱片；还想到了巴斯特，他有史以来第一次没有在乔治转动钥匙的时候疯狂吠叫。那种有什么不对劲的感觉又回来了，而且这次更强烈。

与此同时，皮奥里亚正看着我，他那诚实、坦率的脸上带着一种我始料未及的表情：愠怒中又夹杂着幽默。这是一个孩子看着一个喋喋不休的叔叔把所有无聊的故事讲了三四遍之后的样子。

“乌姆尼先生，你没有看到新闻吗？我们发财了！我妈妈再也不用给那个该死的老头熨衣服了，我再也不用站在街角卖报纸了，再也不用在冬天的冷雨中瑟瑟发抖，也不用巴结那些在彼尔德店工作的老疯子了。每次那些吹牛的人给我五分钱的小费时，我也不用再装死、升天了。”

我有点吃惊，但管他呢——我不是个吝啬鬼。我每天给皮奥里亚留下七美分。当然，除非我身无分文，给不起这钱。但我的生意偶尔也会

[1] 也称天主教正派军团，是一个天主教团体，成立于 1933 年，其宗旨是从美国天主教会的角度识别和打击电影中令人反感的内容。

遇到棘手的时候。

“也许我们应该去金发女郎店喝杯咖啡，好好谈谈这件事。”我说。

“不行，它关门了。”

“金发女郎店吗？你在说什么？”

但皮奥里亚不愿为街上的咖啡店这样的琐事烦心。“这还不是最好的消息，乌姆尼先生！我叔叔弗雷德在弗里斯科认识一位医生，他是位专家，他觉得他能治我的眼睛。”他仰着脸看向我。在他的眼镜和瘦削的鼻子下面，他的嘴唇在颤抖。“他说可能根本不是视神经的问题，如果不是，就需要手术……我不懂那些技术的玩意，但我又能看见了，乌姆尼先生！”他瞎着眼向我伸出手来……嗯，他当然是瞎着眼了，不然他又为什么要伸出手来呢？“我又能看见了！”

他紧紧地抓着我，我紧紧地握住他的手，握了一会儿，然后轻轻地把他的手推开。他的手指上有墨渍，我起床时感觉很好，所以我穿上了新的粉笔条纹精纺毛衣服。当然，夏天很热，但是最近整座城市都仿佛装上了空调，而且这种凉爽感很自然。

我现在觉得不那么冷了。皮奥里亚抬头看着我，他那瘦削而完美的报童脸上露出不安的神色。一阵微风吹过，夹竹桃的香味扑鼻而来，吹乱了他那翘起的头发，我意识到我之所以能看见他的头发，是因为他没有戴花呢帽子。他不戴花呢帽子时，头看起来光秃秃的，他为什么不戴呢？每个报童都应该戴一顶粗花呢帽子，就像每个擦鞋童都应该歪戴着一顶无檐便帽一样。

“怎么啦，乌姆尼先生？我以为你会高兴的。天哪，我今天没必要到这个旮旯来，但我来了，还来得很早，因为我早就知道你会来的。我以为你会高兴，我妈妈中了彩票，我有机会做手术，但你没有。”此时他的声音因怨恨而颤抖，“你不高兴！”

“我高兴。”我说，想表现得高兴一点——不管怎么说，我是有点开心的。但最糟糕的是，他差不多说对了。因为这意味着情况会发生改变，你看，情况本不应该改变。皮奥里亚·史密斯就应该在这里，年复一年地戴着那顶完美的帽子，暑天把帽子往后斜，雨天把帽子拉低让雨滴从帽舌上流下来。他就应该保持微笑，永远不应该说“该死的”或“妈的”，最重要的是，他就应该是个瞎子。

“你没有为我高兴！”他说，然后令人震惊的是，他把桌子推倒了。它倒到街上，报纸到处乱飞。他的白色手杖滚进了排水沟。皮奥里亚听见它滚过去的声音，弯腰去捡。我能看见眼泪从他的墨镜底下流出来，顺着那苍白瘦削的脸颊滚落下来。他开始摸索手杖，但手杖掉在我附近，他走错了方向。我突然有一种强烈的冲动，想踢那个瞎眼报童的屁股。

但我没有。我弯下腰，拿起他的手杖，轻轻地拍了拍他的臀部。

皮奥里亚像条蛇一样敏捷地转过身来，一把抓住了它。从眼角余光中，我可以看到希特勒和最近去世的古巴乐队领袖在日落大道上翩翩飞舞的照片——一辆开往范奈斯的公共汽车呼哧呼哧地从中穿过，车后留下一股苦涩的柴油味。我讨厌那些报纸到处飘动着的样子，看起来很凌乱。更糟的是，它们看起来不对劲，完全不对劲。我抑制住了另一种强烈的冲动，和第一次一样强烈——我想抓住皮奥里亚摇晃着他的身子告诉他，他一上午都要去收拾那些报纸，在他把所有的报纸都收拾完之前，我不会让他回家。

我突然想到，不到十分钟之前，我一直在想这是一个完美的洛杉矶早晨——如此完美，它值得拥有一个商标。事实确实如此，该死的。那么问题出在哪里呢？怎么会变化得这么快呢？

没有答案，只有我内心那个不理性但强有力的声音告诉我，这个孩子的妈妈不可能中了彩票，孩子不能停止卖报纸，最重要的是，孩子还应该瞎着。皮奥里亚·史密斯的余生都应该是盲人。

我想，手术一定是实验性质的。弗里斯科的医生很可能是个庸医，而且即使不是，手术也一定会失败。

尽管听起来很奇怪，但这个想法让我平静了下来。

我说："听着。今天早上我们出师不利，就是这样。让我来补偿你。我们去金发女郎店，我请你吃早餐。你说呢，皮奥里亚？你可以吃一盘咸肉和鸡蛋，告诉我所有关——"

"去你的！"他喊着，吓了我一大跳，"去你的，去你的！你这个低贱的穷侦探！你以为盲人就无法辨别像你这样的人在说谎吗？去你的！从现在起别再碰我！我看你就是个死娘炮！"

那句话激怒了我——没有人叫我死娘炮还能逃脱惩罚，盲人报童也不行。我完全忘记了皮奥里亚在梅维斯·韦尔德那个案子中怎样救了我的命；我伸手去拿他的手杖，我想把手杖从他手里夺走，在他的屁股上打几下，让他懂点礼貌。

我还没来得及拿过来，他就把手杖拖了下来，把手杖尖狠狠地扎进我的腹部下方——我是说还要更下一点的部位。我痛苦地弯下身子，但即使当我竭力忍住没有因痛苦而号叫时，我也在庆幸：再低两英寸，我就不用再偷窥女人了，我可以靠在总督宫唱女高音歌剧为生了。

无论如何，我条件反射性地飞速抓住了他，他把手杖劈到我脖子上。下手很重。手杖没有断，但是我听到了它裂开的声音。我觉得自己能搞定，我抓住他，并把手杖绕到他的右耳边。我要让他看看谁才是娘炮。

他好像听到了我的脑电波，从我身边后退了几步，然后把手杖扔到了街上。

"皮奥里亚。"我还在努力，也许现在保持理智还为时不晚，"皮奥里亚，到底怎么了——"

"别这么叫我！"他尖叫，"我叫弗朗西斯！弗兰克！就是你开始叫我'皮奥里亚'的！你开始这么叫，现在所有人都这么叫我！我恨这个名字！”

他转过身去，不顾交通状况，两只手向前伸着穿过街道，我紧紧地盯着他，眼泪汪汪的（幸运的是，他前面已经没有车辆了）。我原以为他会被远处的马路牙子绊倒——事实上，我一直这么盼望着，但我想盲人的脑子里一定有一套相当不错的地形图。他像山羊一样敏捷地跳上人行道，然后把戴着墨镜的眼睛转回到我的方向。他泪痕斑斑的脸上露出一种疯狂的胜利表情，黑色的镜片看上去比以往任何时候都更像两个洞。太大了，好像有人用两发大口径的霰弹枪击中了他。

他尖叫道："金发女郎店关门了，我告诉过你！我妈妈说店主和他上个月雇的那个红发荡妇私奔了！你真是走运，你这个丑陋的浑蛋！"

他转过身去，朝日落大道的方向跑去，他手指张开伸在身前，跑步的姿势很奇怪。人们成群结队地站在街道两旁，看着他，看着街上飘动的报纸，看着我。

似乎主要是在看着我。

这一次，皮奥里亚——呃，好吧，弗朗西斯——走到了德林格酒吧，然后喊了最后一声。

"去你的！乌姆尼先生！"他尖叫道，然后跑开了。

Ⅱ. 弗农的咳嗽

我努力挺直身子，过了马路。皮奥里亚——又名弗朗西斯·史密斯——早已不见了，但我也想把那些随风飘荡的报纸抛到脑后。看着它们让我头疼，而且不知怎么的，比我腹股沟的疼痛还要厉害。

在街道的另一边，我盯着费尔特文具店，仿佛橱窗里的派克圆珠笔（或者可能是那些性感的仿皮记事簿）是我这辈子见过的最迷人的东西。大约五分钟内，我把灰扑扑的橱窗里的每一件东西都记了下来，我觉得自己可以继续朝日落大道走去，不需要大幅改变方向。

问题在我的脑海中盘旋，就像当你在圣佩德罗的汽车旅馆但忘记带一两根驱蚊棒时，蚊子在你头上盘旋一样。我可以忽略大多数问题，但有几个问题让人无法忽略。首先，皮奥里亚到底怎么了？其次，我到底怎么了？我不停地想着这些令人不安的问题，直到我走到日落大道和特拉弗尼亚大道的拐角处，来到了金发女郎店，上面写着“二十四小时营业，特色菜百吉饼”；而且我已经走了那么远，问题一下子就被赶出脑海。从我记事起，金发女郎店就一直在那个角落——骗子、皮条客、文艺青年、瘾君子，都在这里进进出出，更不用说刚出来混社会的年轻女子、同性恋者和吸毒者了。一位著名的默片影星曾经因谋杀罪，从金发女郎店出来的时候被捕，我自己不久前刚在那里做了一桩肮脏的生意：开枪打死了一个叫邓宁的人，他吸可卡因，穿着时髦，曾在一次好莱坞吸毒聚会之后杀害了三名瘾君子。在这里，我也和有着银白头发、紫色双眸的阿迪斯·麦吉尔道了别。在那个失落的夜晚剩下的时间里，我一直在洛杉矶罕见的雾气中散步，可能雾气来自我的眼睛……太阳升起时，雾水顺着我的脸颊往下淌。

金发女郎店关门了？它消失了？不可能了，你宁愿相信——更有可能的是——自由女神像从纽约港那片光秃秃的岩石上消失了。

不可能，却是事实。曾经摆放着令人垂涎欲滴的馅饼和蛋糕的橱窗被涂上了肥皂条纹，但工作做得很潦草，我可以透过条纹看到一个几乎空无一人的房间。亚麻布看上去脏兮兮、光秃秃的。头顶风扇的叶片油黑油黑的，像失事飞机的螺旋桨一样垂下来。里面只剩下几张桌子，七八张熟悉的红色软垫椅子堆在上面，椅子腿朝上，但这就是所有东西了……除了角落里几个翻倒的空空如也的糖罐。

我站在那里，试着让这幅景象进入我的脑海，就像试着把一个大沙发搬上一段狭窄的楼梯。所有的活力和令人兴奋的事，所有的深夜忙碌和惊喜——这一切怎么能结束呢？这看起来不像是个错误；这似乎是对上帝的亵渎。对我来说，金发女郎店集中体现了围绕着洛杉矶本质上黑暗冷漠的核心而产生的所有矛盾；我有时会以为金发女郎店就是洛杉矶，只是规模更小，因为我知道这家店已经存在十五年或者二十年了。你还能在哪里看到暴徒在晚上九点和牧师一起吃“早餐”，或者一个珠光宝气的时髦女郎坐在柜台凳子上，旁边是一个正喝着热咖啡庆祝下班的机器修理工？我突然发现自己又想起了那位古巴乐队领队和他的心脏病，这一次我对他有了更多的同情。

那些都是洛杉矶城闪闪发光的美妙生活——你明白吗，朋友？你注意到这条消息了吗？

门上挂着一个牌子，上面写着“因翻修而关闭，不久将重新开张”，但我不相信。根据我的经验，躺在角落里的空糖罐就表明这个店并不是在翻修。皮奥里亚是对的：金发女郎店已经成为历史。我转过身，继续往前走，但现在我走得很慢，我不得不有意识地让我的头脑保持清醒。当我快走到富尔威德大楼时，一种奇怪的确定性攫住了我。巨大的双扇门的把手上缠着一条粗粗的拖链，用挂锁锁着。玻璃被潦草地涂上了条纹。这里还会有一个标志，上面写着“因翻修而关闭，不久将重新开张”。

当我走到那栋楼的时候，这个疯狂的念头已经以一种强迫性的力量占据了我的头脑，甚至在三楼工作的注册会计师比尔·塔格尔也无法让我完全忘记。但是眼见为实，当我到了 2221 号房间时，我没有看到链子、标志，玻璃上也没有肥皂条纹。富尔威德大楼没有变，和以前一样。我走进大厅，闻到了熟悉的味道——这让我想起这些天他们在公共男厕所的小便池里放的粉色蛋糕。我环顾四周，看到的还是那几棵老朽的棕榈树，悬垂在褪了色的红瓷砖地面上。

在二号电梯里，比尔站在世上最老的电梯操作员弗农·克莱因旁边。

弗农穿着破旧的红色西装，头戴一顶老式的圆礼帽，看上去就像菲利普·莫里斯公司大楼的侍从和一头掉进工业蒸汽清洗机里的恒河猴的混合体。他抬起头来，用他那猎犬一样的忧郁眼睛望着我，他嘴里塞着骆驼牌香烟，烟雾呛得他的眼睛水汪汪的。他的眼睛几年前就应该习惯了烟雾；我不记得自己有多少次见过他把骆驼烟叼在相同的位置。

比尔挪了挪身子，但是没有挪多远。电梯里没有足够的空间让他挪得更远。我不确定罗德岛是否会有足够的空间让他腾挪。特拉华州可能有。他闻起来像一根在廉价的波本威士忌中浸泡了一年左右的大红肠。就在我以为这已经够难闻了的时候，他打了个嗝。

“抱歉，克莱德。”

“呃，你确实应该道歉。”我说。我把手放在面前扇着，弗农把电梯门关上，准备带我们飞向月球……或者至少到七楼。“比尔，你是在什么排水管里过夜的吗？”

然而，这种气味也令人欣慰——如果我非说没有，那就是在撒谎。因为那是一种熟悉的气味。那是比尔·塔格尔的气味，他浑身发臭，宿醉未醒，站在那里，膝盖微微屈着，好像有人把鸡肉沙拉塞进了他内裤的裤裆里，而他自己也意识到了这一点。很不愉快，那天早上乘电梯的经历一点也不愉快，但至少这是他以前经历过的。

电梯开始哗啦哗啦地往上升时，比尔朝我病态地笑了笑，但什么也没说。

我把头转向弗农，主要是为了躲开会计身上像是烤煳了的气味，但我把想说的寒暄话都咽了回去。弗农的凳子上方很久以前就一直挂着两幅画——其中一幅是耶稣在加利利海行走，各位门徒在船上呆呆地看着他；另一幅是弗农的妻子，穿着绲着麂皮边的牛仔服装，留着世纪之交的发型——现在都不见了。取而代之的东西本不应该令人震惊，尤其是考虑到弗农的年龄，但它还是像一车砖头一样砸中了我。

只是一张卡片，仅此而已——一张简单的卡片，上面画着一个日落时分在湖上钓鱼的人的剪影。正是独木舟下面印的字让一股伤感之情油然而生：退休快乐！

当皮奥里亚告诉我，他可能会重见光明但仍然不会看得特别清楚时，我感受到了一种伤感，现在的感觉是当时的两倍。记忆在我的脑海中闪过，就像一个江轮上的赌徒在洗牌一样。有一次，弗农闯进我隔壁的办公室去叫救护车，那个古怪的女人阿格尼丝·斯特姆伍德先是把我的电话从墙上扯下来，然后一口吞下了什么东西，她觉得肯定是排水管清洁剂。后来我才知道“排水管清洁剂”只是原糖结晶，弗恩[1]闯入的办公室原来是一家高档赛马赌博房。据我所知，那个出租这个地方并且把麦肯齐进口公司拒之门外的家伙，在圣昆廷监狱仍然能收到西尔斯·罗巴克公司的年度商品目录。还有一次，弗农还没等我说出心里话，就在他的凳子晕过去了。自然，我又想起了梅维斯·韦尔德那个案子。更不用说那次他把他的女儿带到我这儿来——她真是个尤物，那时她被卷入一起色情照片的混账事中。

弗恩要退休？

不可能，这不可能。

我问道：“弗农，这是个什么笑话？”

“不是笑话，乌姆尼先生。”他说，当他把电梯停在三楼时，他突然开始咳嗽得很厉害，我认识他这么多年以来从未听到过他咳嗽，感觉就像大理石保龄球滚下石头小巷的声音。他把骆驼牌香烟从嘴里拿了出来，我惊恐地看到它的末端是粉红色的，而且不是口红留下的印记。他看了一会儿，皱了一下脸，然后把它放回原处，又把手风琴式的铁栅栏拉上。“谢谢，塔格尔先生。”

---

[1] 弗农的昵称。

“谢谢你，弗恩。”比尔说。

“别忘了周五的派对。”弗农说。他说话的声音含糊不清。他从后兜里掏出一块带着褐色斑点的手帕擦嘴。“你能来，我当然很高兴。”他瞥了我一眼，眼神阴冷，其中的意味把我吓得魂不附体。弗农·克莱因的生命将会迎来一些变故，他的表情说明他什么都知道。“你也是，乌姆尼先生——我们一起经历了许多，我很高兴能和你一起举杯。”

“等一下！”我喊着，抓住想走出电梯的比尔，“你们两个他妈的等一会儿！什么派对？这是怎么回事？”

比尔说：“退休派对。通常人在头发变白后的某个时候就要退休，怕你太忙而没有注意到。弗农的派对周五下午将在地下室举行，大楼里的每个人都要去，而且我要做我那举世闻名的‘炸药潘趣酒’。你怎么了，克莱德？一个月前你就知道弗恩将在五月三十日退休。”

这又一次让我生气了，就像皮奥里亚叫我娘炮时一样。我抓住比尔的双排扣西装的软垫肩，晃了他一下。“你他妈的说什么！”

他冲我露出一个痛苦的微笑。“我才不说呢，克莱德。但如果你不想来，没关系，那就别来。不管怎么说，在过去的六个月里，你一直有点不着调。”

我又摇了摇他：“你是什么意思，不着调？”

“癫狂，古怪，失控，魂不守舍，心理有毛病——这些词能明白吗？在你回答之前，让我先告诉你，如果你再晃我一次，哪怕是轻轻晃一下，我的肠子就要直接从胸口倒出来了，即使干洗也洗不掉你衣服上的脏东西。”

我还没来得及再晃他一次——尽管我很想这么做，他就挣脱开了，尽管我很想这么做，但他还是像往常一样，把裤脚捋到膝盖处，沿着走廊走去。他只回头看了一眼，弗农正把那扇黄铜大门推过去。“你需要休息一下，克莱德。从上周开始就应该了。”

“你怎么啦？”我对他喊道，“你们都怎么啦？”但那时电梯的内门已经关上了，我们继续往上面去了——这次是七楼，我的小小天堂。弗农把烟蒂扔进放在角落的一桶沙子里，然后立刻在双唇之间塞了一支新的。他用大拇指划燃了一根木头火柴，点燃了烟头，然后立刻又咳嗽起来。现在我能看见细小的血滴从他裂开的嘴唇间冒出来。他垂下了眼睛，茫然地望着对面的角落，但什么也没看见，什么也没指望。比尔·塔格尔身上的狐臭就像《往日狂欢的幽灵》[1]一样萦绕在我们周围。

“好吧，弗农。”我说，“发生什么了？你要去哪儿？”

弗农从来没有忘记过他学过的英语，这一点至少没有改变。“是癌症。”他说，“周六我去亚利桑那州的沙漠花疗养院。我要和我姐姐住在一起。不过，我不希望待太久讨人嫌。她可能得换两次床单。”他让电梯停了下来，把门关上。“七楼了，乌姆尼先生。你的小天堂。”他像往常一样笑了笑，但这一次，他的笑容就像你在蒂华纳的亡灵节上会看到的那样。

由于电梯门已经开了，在我那片小小的天堂里，我闻到了一种异样的气味，过了一会儿才辨认出来：新鲜的油漆。一旦知道是什么了，我就把它保存在记忆里了。我还有别的事要做。

“这不对劲。”我说，“你知道不对劲，弗农。”

他那双可怕而茫然的眼睛转向我。他的眼中映着死神，一个黑色的身影在淡蓝色虹膜深处扇动着翅膀，向我招手。“什么不对劲，乌姆尼先生？”

“你就应该待在那里，该死！就是这里！坐在你的凳子上，你的上方应该挂着耶稣和你妻子的画像，而不是这幅画！”我伸出手，抓起那幅画着一个男人在湖上钓鱼的画，把它撕成两半，又把碎片折叠一下，

[1] 美国乡村歌手约翰·伯林格的一首歌。

撕成四片，然后把它们抛了出去。它们像五彩纸屑一样飘落在电梯地板上褪了色的红地毯上。

“你到了。”他重复说，那双可怕的眼睛始终盯着我。在我们后面，有两个穿着溅满颜料的工作服的人转过身来朝我们这边看。

“没错。”

“多久，乌姆尼先生？既然你什么都知道，你大概能告诉我，对不对？我还要在这该死的电梯里工作多久？”

“嗯……永远。”我说，这个词悬停在我们之间——另一个在烟雾缭绕的电梯里的幽灵。如果让我选幽灵的话，我想我会选比尔·塔格尔的狐臭……但我别无选择。我又说了一遍。“永远，弗农。”

他抽着骆驼牌香烟，咳出一股烟和一股血，继续望着我。“我无权给房客提建议，乌姆尼先生，不过我想我还是会给你提一些建议的，反正这是我的最后一周。你可以考虑去看医生。就是那种给你看墨水瓶，然后让你进行描述的医生。”

“你不能退休，弗农。”我的心比以往任何时候都跳得快，但我还是努力让声音保持平稳，“你就是不能退休。”

“不能？”他把香烟从嘴里拿了出来——新鲜的血液已经浸透了烟蒂，然后回头看了看我。他的笑容很可怕。“在我看来，我没有什么选择，乌姆尼先生。”

Ⅲ. 油漆工和比索

新刷的油漆味特别刺鼻，盖过了弗农的烟味和比尔·塔格尔的狐臭。那些穿工作服的人此刻占据了离我办公室门口不远的地方。他们放下一块防尘布，工具都摊在上面——油漆桶、刷子和松脂。还有两把梯子，像细细的挡书板一样立在油漆工的两侧。我想跑过大厅，一边跑一边把所有的东西都踢到一边。他们有什么权利把这些古老的黑墙漆成耀眼的、亵渎神灵的白色呢?

但我没有这么做。我走到其中一个智商似乎只有两位数的油漆工面前，礼貌地问他和他的同事他们在做什么。他打量着我:“你觉得是什么?我要给美国小姐做指交，还要在贝蒂·格拉布尔[1]的乳头上涂胭脂。”

我受够了。够了，真够了。我伸出手，抓住那个小机灵鬼的腋窝，用指尖去挠隐藏在那里的一根特别讨厌的神经。他尖叫一声，刷子掉在地上。白漆溅到他的鞋子上。他的同伴胆怯地瞪了我一眼，然后向后退了一步。

我咆哮道:“如果你试图在我收拾完你之前逃走，我会把刷柄插进你的屁股眼，你需要用船钩才能找到刷毛。你想试试，看看我是不是在撒谎?”

他不再移动，只是站在防尘布边缘，眼睛从一边迅速看向另一边寻找帮助。没有人可以提供帮助。我有点希望坎迪会打开门，看看外面在争吵什么，但门却牢牢地关上了。我把注意力转回我抓着的那个小机灵鬼身上。

“问题很简单，兄弟——你到底在这里干什么?你能回答吗?还是要我再暴打你一次?”

我的手指在他的腋窝里转动，只是为了唤起他的记忆，他又尖叫起来。“粉刷大厅!天哪，你没看见吗?”

我能看见，即使我是盲人，我也能闻到气味。我讨厌这两种知觉告诉我的一切。走廊不应该被漆成这种耀眼的反光的白色。它应该是模糊幽暗的;它应该有灰尘和旧日回忆的味道。从德米克一家反常的安静开

[1] 美国电影演员、歌手和舞者。

始，情况一直在恶化。这个不幸的家伙发现我气疯了。我也很害怕，不过，如果你的生计要求你随身携带翻盖皮套和枪，那你就会变得很善于隐藏起那种感觉。

“谁派你来的？”

“我们老板。”他说，看着我，好像我疯了似的，“我们在范奈斯的查理斯定制油漆公司工作，老板是哈普·科里根。如果你想知道是谁雇了这家公司，你就得问哈——”

“就是所有者，”另一个油漆工平静地说，“这栋楼的所有者，一个叫萨缪尔·兰德里的人。”

我搜寻着自己的记忆，试图把萨缪尔·兰德里这个名字和我对富尔威德大楼的了解联系起来，但是我想不起来。事实上，我不能把萨缪尔·兰德里这个名字和任何东西联系起来……然而，尽管如此，它几乎像钟一样在我的脑海中敲响，就像在雾蒙蒙的早晨，你能听到的几英里外的教堂钟声。

“你在撒谎。”我说，但说得不是很有力。我说这句话，只是因为我要说点什么。

“给老板打电话。”另一个油漆工说。人不可貌相，毕竟，他显然是两个油漆工中更聪明的那个。他把手伸进脏兮兮、沾满颜料的工作服里，拿出一张小卡片。

我挥了挥手，突然累了。“天哪，到底是谁想把这地方漆成这样？”

我问的不是他们，但给我名片的油漆工也做了同样的回答。“其实，能让这地方变敞亮。”他谨慎地说，“你得承认这一点。”

“小子。”我朝他那边走了一步，问道，“你母亲生的孩子都活下来了吗？还是她只是偶然生出像你一样的胎盘？”

“嘿，随便啦，随便啦。”他说着往后退了一步。我顺着他担心的目光低头看到自己攥紧的拳头，强迫自己重新张开。他看上去并不怎么放心，实际上我也没有太责怪他。“你不喜欢这样——在这一点上你说得清清楚楚。但我得按老板说的去做，对不对？我的意思是，见鬼，那是美国做派。”

他瞥了他的同伴一眼，然后又回头看我。那只是匆匆一瞥，实际上非常短暂，但在我的职业生涯中，我不止一次看到过它，那是一种你过目难忘的神情。这个神情在说：不要为难这个家伙，别冲撞他，别烦扰他。他可惹不得。

“我是说，我有妻小要照顾。”他接着说，“你知道，现在经济一片萧条。”

我困惑不已，它将我的怒气淹没，像暴雨浇灭灌木丛的火一样。现在有大萧条吗？有吗？

“我知道。”我说，其实我什么也不知道，“算了吧，你说呢？”

“当然。”油漆工赞同道，他们如此急切，听起来就像理发店四重唱[1]。我误以为比较聪明的那个人把他的左手深深地埋进腋窝里，努力安抚那根神经。我本可以告诉他，他还有一个小时的工作要做，也许还要做更长的时间，但我不想再和他们说话了。我不想跟任何人说话，也不想见任何人——即使是可爱的坎迪·凯恩也不想。众所周知，坎迪·凯恩湿答答的媚眼和凹凸有致的亚热带女人的身材能让身经百战的街头混混拜倒在她裙下。我唯一想做的就是穿过外面的办公室，进入里面的“圣所”。左下角的抽屉里有一瓶罗布店里的黑麦酒，现在我亟须痛饮一杯。

我走向标有“克莱德·乌姆尼私家侦探”字样的磨砂玻璃门，抑制住了一股把一罐荷兰男孩牌的乳白色油漆从大厅尽头的窗户踢到防火梯上的新冲动。我正要伸手去抓门把手，一个念头突然闪过我的脑海，我

[1] 一种无伴奏的合唱方式，由四位歌手组成小组。

转向油漆工，但动作很慢，他们不会相信我又发作了。而且我觉得如果我转得太快，就会看到他们正冲彼此咧嘴笑着，用手指挖着耳朵——我们在学校操场上学到的疯狂手势。

他们没有转动手指，但也没有移开看着我的目光。稍微聪明的那个人似乎在估量到标有“楼梯井”的门的距离。突然间，我想告诉他们，我并不像你们刚认识我的时候那么坏；事实上，有几个委托人和至少一个前妻认为我是个英雄。但你不能这么说自己，更不能对两个这样的笨蛋说。

“别紧张。”我说，“我不会突然攻击你们，我只是想再问一个问题。”

他们放松了一点，只是一点点。

“问吧。”二号油漆工说。

“你们有没有在蒂华纳玩过彩票？”

“乐透[1]？”第一个问。

“你的西班牙语知识让我大吃一惊。是的，就是乐透。”

一号油漆工摇了摇头。“墨西哥的电话号码和妓院是专为笨蛋准备的。”

你觉得我为什么要问你？我这么想着，但没有说出来。

他继续说：“另外，你赢了一两万比索，很大的一笔钱。这些比索兑换成美元是多少？五十块？八十块？”

皮奥里亚当时说：我妈妈在蒂华纳中奖了！四万块，我叔叔弗雷德昨天下午下楼去取钱。他装在他的文森特摩托车的马鞍包里带回来了！我当时就知道有什么事不对劲。

“是的。”我说，“我想大概是这样。而且他们总是以这种方式支付，不是吗？用比索吗？”

---

[1] 此处原文为西班牙文。

他又看了我一眼，好像我疯了一样，然后他记起我真的疯了，于是调整了一下表情。“嗯，是的。你知道，这是墨西哥彩票。他们不太能用美元支付。”

“千真万确。”我说，脑海中浮现出皮奥里亚那张瘦削而热切的脸。我听见他说：我妈妈的床上到处都是！整整四万块！

此外，一个盲人孩子怎么能确定确切的数额，或者他得到的是真钱呢？答案很简单：他不能。但连一个盲人报童也知道，乐透是用比索而不是美元支付的。连一个盲人报童也会知道，文森特摩托车的马鞍包里装不了价值四万美元的墨西哥比索。他的叔叔需要一辆洛杉矶的自卸车来运送这么多的钱。

混乱，混乱——除了一片混乱，什么也没有。

“谢谢。”我说着，向我的办公室走去。

我相信我们三个人都松了一口气。

Ⅳ. 乌姆尼的最后一位委托人

“坎迪，亲爱的，我不想见任何人，也不想处理任何案——”

我打住话头，外面的办公室空无一人。角落里坎迪的桌子异乎寻常地空无一物。过了一会儿我明白了原因：写着“进 / 出”的文件盒被扔进了垃圾桶，她拍的埃罗尔·弗林和威廉·鲍威尔[1]的照片都不见了，她的费尔科牌机器也不在了。那个小巧的速记员蓝凳子空着，坎迪过去常常坐在上面秀她那漂亮的腿。

我的目光又回到垃圾桶外伸出来的写着“进 / 出”字样的文件盒上，就像一艘正在下沉的船的船头，一时间我的心雀跃不已。也许有人进入

[1] 前者为澳大利亚男演员，后者为美国男演员。

过这里，搜刮了这个地方，绑架了坎迪。换句话说，也许发生了案子。在那个时刻，我会欢迎有案子的，即使这意味着此刻有一个抢劫犯正在把坎迪绑起来……小心翼翼地把绳子套在她隆起的胸部上方。任何能让我逃离如蛛网一般笼罩在我周围的混乱的事情，对我来说都是完美的。

阻止这个想法实现的困难很简单：房间没有被洗劫一空，写着“进/出”的文件盒被扔进了垃圾桶，这是千真万确的，但这并不意味着有过一场搏斗；事实上，这更像是……

桌上只剩下一样东西，放在记事簿的正中央。一个白色的信封。光是看着它就给我一种不好的感觉，然而，我还是穿过房间，把它拿了起来。看到信封正面写着我的名字，上面有坎迪用她那曲里拐弯的宽大字体写的字，我一点也不惊讶；这只是这个漫长而不愉快的早晨中又一件令人不快的事情。

我把它撕开，一张字条掉在我手里。

亲爱的克莱德：

我已经受够了你对我的各种动手动脚和嘲弄，我已经受够了你用我的名字开的那些荒唐幼稚的玩笑。人生苦短，我不想被一个口臭的中年离婚侦探糟蹋。克莱德，你确实有优点，但它们正逐渐被缺点所淹没，特别是自从你开始不停喝酒之后。

放过自己吧，成熟点。

你真诚的

阿琳·凯恩

附：我要回我母亲位于爱达荷州的家。不要试图和我联系。

我把那张字条拿了一会儿，难以置信地看着它，然后把它扔了下去。

当我看着它懒洋洋地飘摇着朝已经满了的垃圾桶飞过去时，那个句子又出现了：我已经受够了你用我的名字开的那些荒唐幼稚的玩笑。她除了坎迪·凯恩还有其他名字？当那张字条继续懒洋洋地——似乎没完没了——来回飘摇时，我在心里搜寻着，答案是一个诚实而响亮的“不”。她一直叫坎迪·凯恩，我们经常拿这个开玩笑，我们在办公室里闹过几次，那又怎么样？她一直很喜欢。我们俩都是。

她喜欢吗？一个声音从我内心深处发出。她是真的喜欢吗，还是这只是你这些年来对自己讲的另一个小童话？

我试着把那个声音关在外面，一两分钟后我成功了，但那个代替它的声音更糟糕。这声音不是别人的，正是皮奥里亚·史密斯的。他说：每次那些吹牛的人给我五分钱的小费时，我也不用再装死、升天了。乌姆尼先生，你没有看到新闻吗？

“闭嘴，孩子。”我对着空房间说，“你不是加布里埃尔·希特[1]。”我从坎迪的办公桌转过身，当我转过来的时候，一张张疯狂的面孔从脑海中闪现：乔治·德米克和格洛丽亚·德米克，皮奥里亚·史密斯，比尔·塔格尔，弗农·克莱因，身为稀有的金发女郎却有着低贱名字的阿琳·凯恩……甚至连两位油漆工也在那里。

混乱，混乱，只有混乱。

我低下头，拖着沉重的脚步走进办公室，关上身后的门，坐在办公桌前。透过紧闭的窗户，我隐约听到外面日落大道上的车流声。我有个想法，对那个合适的人来说，这仍然是一个完美的洛杉矶春日早晨，以至于你以为会在某个地方看到那个小小的商标符号；但对我来说，这一天所有的光芒都消失了……消失得彻彻底底。我想到了底层抽屉里的那

[1] 美国电台评论员，他的第二次世界大战时期的节目开场白“今晚有好消息”成为他的名言。

瓶酒，但突然间，我连弯腰去拿酒都觉得太费劲了。事实上，这似乎是一项类似于穿着网球鞋攀登珠穆朗玛峰的工作。

新鲜油漆的气味一直渗透到里面的“圣所”。这是我平常喜欢的一种气味，但在那个时候，我不喜欢。在那一刻，一切都不对劲了，因为德米克一家还没有走进他们的好莱坞式别墅，像扔橡皮球一样互相说着俏皮话，用最大音量播放唱片，没完没了地叽叽咕咕，让他们的柯基犬歇斯底里地不停吠叫。我清楚而简单地意识到——就像我一直想象的那样，只有特定的人才能领悟伟大的真理，如果有医生能切除正在杀死富尔威德大楼电梯操作员的肿瘤，它一定会是白色的，乳白色的，而且闻起来就像荷兰男孩牌油漆一样。

这个想法太累人了，我不得不低下头，用手掌根抵住太阳穴，用力按着……或者只是为了防止里面的东西炸出来，把墙壁弄得一团糟。当门轻轻打开，脚步声进入房间时，我没有抬头。在那个特定的时刻，这似乎是我竭力也办不到的。

此外，我有一个奇怪的想法，我已经知道是谁了。我无法说出我所知道的人的名字，但不知何故有点熟悉。对于古龙水也是如此，我知道即使有人拿枪指着我的头，我也说不出他的名字，原因很简单：我这辈子从未闻到过。你可能会问，我怎么能认出一种我从未闻到过的气味？我不能回答这个问题，但我确实闻得到。

这还不是最糟糕的。最糟糕的是：我几乎吓得魂不附体。我见识过愤怒的男人手里拿着冒火的枪，这很糟糕，也见识过愤怒的女人手里拿着匕首，这要糟糕一千倍；有一次，我被绑在帕卡德汽车的轮子上，那辆汽车停在一条繁忙的货运线上；我甚至被从三楼的窗户扔出去过。我的人生真是经历丰富，好吧，但没有什么比古龙水的气味和轻轻的脚步声更让我害怕了。

我的头似乎至少有六百磅重。

“克莱德。”一个声音说。那是一个我从未听到过的声音，一个和我自己的声音一样熟悉的声音。仅仅听到这个名字，我的头就又重了一吨。

“从这里出去，无论你是谁。”我说着，没有抬头看，“事务所已经关闭了。”我又想起什么，补充了一句，“因为装修。”

“今天过得不好吧，克莱德？”

那声音里有同情吗？我想也许有，但不知何故，这让我感觉更糟。不管这个人是谁，我不需要他的同情。我感觉，他的同情比他的仇恨更危险。

“还不错。”我说着，用手掌托着我那沉重而疼痛的脑袋，尽力低头看着记事簿，左上角写着梅维斯·韦尔德的电话号码。我的眼睛一遍又一遍地看着它——贝弗利 6–4214。盯着记事簿似乎是个好主意。我不知道这位访客是谁，但我知道我不想见他。那时候，那是我唯一清楚的事情。

“我觉得你可能有点……不诚实，可以这么说吗？”那个声音问道，的确表现出了同情；它让我的胃蜷成一团，感觉就像一个被酸液浸透了的颤抖的拳头。他坐到平常委托人坐的椅子上，弄出嘎吱嘎吱的声响。

“我不知道这个词到底是什么意思，但无论如何，就这么说吧。”我同意了，“既然我们说起了，你为什么不慨然站起来，伙计，离开这里。我想请一天病假。你看，我请假没有什么好争辩的，因为我是老板。干干脆脆，有时候事情就是这样，是不是？”

“我想是这样。看着我，克莱德。”

我的心怦怦直跳，但我的头还是低着，眼睛不停地盯着“贝弗利 6–4214”。我有点想知道，对梅维斯·韦尔德来说，地狱是否足够热。我说话时，声音平稳。我很惊讶，但很庆幸。“事实上，我可能会请一整年的病假。在卡梅尔，也许吧。坐在甲板上，腿上放着《美国水星》，看着那些大明星从夏威夷回来。”

“看着我。”

我不想，但我还是抬起了头。他坐在委托人的椅子上，就坐在梅维斯、阿迪斯·麦吉尔和大汤姆·哈特菲尔德曾经坐过的地方。就连弗农·克莱因也曾坐在那里，当时他看到女儿脸上挂着吸了鸦片般的笑容、身上一丝不挂的照片。他坐在那里，加利福尼亚的阳光斜照在他的脸上——我以前肯定见过他的脸。最近的一次是不到一小时前，在我浴室的镜子里，我在用蓝吉列刀片刮胡子。

他眼里——也是我眼里——流露出的同情是我所见过的最可怕的东西。当他把手伸出来握住我的手时，我突然有一种冲动，想在我的转椅上转一圈，站起来，从我七楼办公室的窗户里直接跳出去。我想如果我没有那么困惑、彻底迷失，我也许能做到。我读到过很多次“无人操控”这个词——低俗小说写手和煽情记者们的最爱，但这是我第一次真正有这种感觉。

办公室突然变暗了。我敢发誓，那日天晴朗得很，但还是有一朵云遮住了太阳。桌子对面的男人至少比我大十岁，也许十五岁，他的头发几乎全白了，而我的头发仍然是乌黑的，但这并没有改变一个简单的事实：无论他自称是谁或看起来多大了，他就是我。我是不是觉得他的声音听起来很熟悉？那当然了，就像你听自己的录音那样熟悉——尽管不像听内心的声音那样熟悉。

他把我无力的手从桌子上拿了起来，轻快地握了握，就像一个房地产经纪人在做买卖，然后又把它放下。我的手“啪”地一声打在记事簿上，落在梅维斯·韦尔德的电话号码上。当我抬起手指时，我看到梅维斯的号码不见了。事实上，这些年来我记在记事簿上的数字都不见了。记事簿就像……嗯，就像一个虔诚的浸礼会教徒的良心一样干净。

“天哪！”我用嘶哑的声音大喊着，“我的天哪。”

老年版的我坐在桌子对面委托人的椅子上说：“没什么大不了的。兰德里，萨缪尔·D. 兰德里。为您服务。”

V. 一次与上帝的对谈

尽管我很慌乱，但我只花了两三秒钟就记住了这个名字，可能是因为我不久前才听到这个名字。根据二号油漆工的说法，萨缪尔·兰德里就是造成通往我办公室的那个又长又暗的大厅很快就会变成乳白色的原因。兰德里是富尔威德大楼的所有者。

我突然有了一个疯狂的想法，但它明显的疯狂丝毫没有减弱随之而来的希望之火。他们——不管是谁——都说地球上的每个人都有双重人格。也许兰德里是我的第二重人格。也许我们是同卵双胞胎，没有血缘关系的双生子，不知何故出生在不同的父母家里，时间上相差了十年或十五年。这个想法并不能解释这一天中所发生的其他咄咄怪事，但它确实是一个说得通的想法，该死的。

“我能为您做些什么，兰德里先生？”我问，我竭尽全力，但我的声音不再那么平稳了，“如果是关于租约的事，你得给我一两天的时间来处理。因为我的秘书刚刚似乎发现她在爱达荷州那旮旯的家里有急事。”

兰德里完全没有理会我转移话题的微弱努力。“是的。”他用若有所思的语调说，“我想今天是最糟糕的日子……这是我的错。对不起，克莱德，真的很抱歉。亲眼见到你……好吧，不是我想的那样，完全不一样。首先，我比我想象中更喜欢你。但现在没有回头路了。”他深深地叹了口气。我非常不喜欢那个声音。

“你这话是什么意思？”我的声音颤抖得更厉害了，希望的火焰正在熄灭。我头疼欲裂似乎是因为缺氧。

他没有马上回答，而是弯下腰，抓住了靠在委托人椅子前腿上的瘦长皮箱的把手。上面的首字母缩写是 S. D. L.，我推断是我的一位古怪的客人带过来的。一九三四年和一九三五年，我不是无缘无故地获得年度最佳私家侦探奖的。

我一生中从未见过这样的公文包——它太小太薄了，不适合用作公文包，而且它不是用皮带扣着的，而是用拉链拉着的。我也从未见过像这样的拉链，现在我想起来了。拉链非常小，几乎不像金属。

但兰德里的行李只是奇怪事情的开始。就算兰德里长得出奇地像我哥哥，但他不像我这辈子见过的任何一个商人，当然也不像一个富裕到足以拥有富尔威德大楼的人。当然，它不是丽兹酒店，但它在洛杉矶市中心，我的委托人（如果他是的话）在风和日丽的日子里看起来就像个流动工人，需要洗个澡、刮刮胡子。

首先，他穿着蓝色牛仔裤，脚上穿着一双运动鞋……只是不像我以前见过的运动鞋。鞋子又大又硬，看起来更像鲍里斯·卡洛夫[1]在《科学怪人》里穿的鞋子。如果是帆布做的，我会吃掉我最喜欢的软呢帽。鞋面上的红色字体看起来就像中国外卖菜单上的一道菜名：锐步。

我低头看了看记事簿，上面曾经写满了乱七八糟的电话号码。我突然意识到我不记得梅维斯·韦尔德的电话号码了，尽管我去年冬天才给他打过无数次。那种恐惧感更加强烈了。

“先生。”我说，“我希望你把话说完，离开这里。我想起来了，你何不跳过说话环节，直接离开呢？”

他笑了……很疲倦，我想。这是另一回事。那件朴素的开领白衬衫上面的脸显得非常疲倦，也非常悲伤。那张脸仿佛在说它的主人经历了我做梦也想不到的事情。我对我的委托人有些同情，但更主要的是害

[1] 英国演员，以出演 1931 年的电影《科学怪人》而闻名。

怕，还有愤怒。因为那也是我的脸，而那个浑蛋显然已经让这张脸饱经沧桑了。

“对不起，克莱德。”他说，“我无能为力。”

他把手放在那个灵巧的小拉链上，一下子打开了公文包，这是我最不愿意看到的。为了阻止他，我说：“你总是打扮成一个靠种白菜为生的人去拜访你的租客吗？你是什么人，和那些古怪的百万富翁一样吗？”

“好吧，我是个怪人。”他说，“克莱德，把这件事说出来对你没有任何好处。”

“你怎么会有这种想法——”

然后他说出了我一直害怕的事情，同时熄灭了最后一丝希望。“我知道你所有的想法，克莱德。毕竟，我就是你。”

我舔着嘴唇，强迫自己说话；说任何能阻止他拉上拉链的事情。任何事情。我的声音沙哑了，但至少发出声音了。

“是的，我注意到了相似之处。不过我不熟悉古龙水。我喜欢用老香料[1]家的产品。”

他的拇指和另一根手指仍然捏着拉链，但他没有拉。至少现在还没有。

“但你喜欢这个。”他十分肯定地说，“如果你能在拐角处的雷克索百货公司买到它，你会用它的，是不是？不幸的是，你买不到。它叫雅男士，要再过四十年左右才会被发明出来。”他低头看了看自己那双又怪又丑的篮球鞋，“就和我的运动鞋一样。”

“不会吧！”

“嗯，是的，确实如此。”兰德里说，他没有笑。

“你从哪儿来？”

---

[1] 一个美国男性美容产品品牌。

“我还以为你知道呢。”兰德里拉开拉链，露出一个用光滑塑料做成的长方形小玩意。它和太阳落山时七楼大厅的颜色一样。我从未见过这样的东西。上面没有商标，只有一个肯定是序列号的东西：T–1000。兰德里把它从提箱里拿了出来，用拇指拨弄箱子两边的挂钩，又把带铰链的盖子掀起来，露出一个像电影《在二十五世纪的巴克·罗杰斯》[1]里荧光屏幕似的东西。“我来自未来，就像廉价杂志上的故事一样。”兰德里说。

“你更像是来自阳光之乡疗养院。”我嘟囔道。

“但不完全像廉价的科幻小说。”他继续说，没有理会我的话，“不，不完全是。”他按下了塑料盒子边上的一个按钮。手机里传来一阵微弱的呼呼声，接着是一声短促的嘟嘟声。放置在他腿上的东西看起来像台奇怪的速记机……我有个想法，它可能和事实相差不远。

他抬头看着我说：“克莱德，你父亲叫什么名字？”

我看了他一会儿，抑制住再次舔嘴唇的冲动。房间里还是很昏暗，太阳还躲在云层后面，我从街上进来时还看不见那些云朵。兰德里的脸似乎在黑暗中飘浮着，像一个皱巴巴的旧气球。

“你不知道，对吧？”

“我当然知道。”我说，我的确知道。我就是想不起来，就这样——它就在我的嘴边，就像梅维斯·韦尔德的电话号码一样，不知怎么搞的，我就是说不上来。

“你母亲的名字呢？”

“别跟我玩游戏了！”

“有一个简单的问题——你上的是哪所高中？每个热血的美国人都记得自己上过什么学校，对吗？或者第一个和他上床的女孩。或者是他长

[1] 一部 1979 年的美国科幻电影。

大的那个小镇。你是在圣路易斯·奥比斯波长大的吗？”

我张开嘴，但这次什么也没说出来。

“卡梅尔？”

听起来不错……然后觉得一切都不对劲。我的头在旋转。

“也许是在新墨西哥州的达斯蒂。”

“废话少说！”我喊道。“你知道吗？你知道？”

“是的！这是——”

他弯下腰。他那奇怪的速记机的按键发出咔嗒咔嗒的响声。

“圣迭戈！你在那里出生和长大！”

他把机器放在我的桌子上，然后把它转过来，这样我就能读到键盘上方的窗口里浮现的字了。

圣迭戈！你在那里出生和长大！

我的眼睛从那窗口上垂下，看到了印在窗口边框上的字。

“东芝是什么？”我问，“当你点了一份锐步晚餐时，会附带这个东西？”

“这是一家日本电子公司。”

我冷淡地笑了。“你在跟谁开玩笑，先生？日本人做发条玩具没有不把弹簧装反的。”

“现在不会了。”他同意了，“说到现在，克莱德，现在是什么时候？今年是哪一年？”

“一九三八年。”我说，然后举起一只半麻木的手摸着脸，揉搓着嘴唇。

“等一下——一九三九年。”

“甚至可能是一九四〇年。我说得对吗？”

我什么也没说，但我感到脸热了起来。

“别难过，克莱德；你不知道，因为我不知道。我总是含糊不清。我想要的时间范围其实更像是一种感觉……如果你愿意，可以把它叫作‘钱德勒美国时间’。对我的大多数读者来说，效果非常好，而且从出版者的角度来看，它也让事情变得更简单，因为你永远无法准确地指出时间的流逝。你难道没有注意到你经常会说‘比我记得的时间还长’‘比我想的时间还要早’‘赫克托还是条小狗的时候’之类的话吗？”

“没有——我不能说我注意到了。”但既然他提起，我确实注意到了。

这让我想到了《洛杉矶时报》。我每天都看，但具体是哪几天呢？你无法从报纸本身判断出来，因为报头从来没有日期，只有一句广告语：“美国最优秀的城市的最优秀的报纸。”

“你说这些话，是因为时间在这个世界并不会真正地流逝。”他停顿了一下，然后笑了。那笑容看起来非常可怕，充满渴望和奇怪的贪婪。“这是它的许多魅力之一。”他最后说。

我很害怕，但当我真的需要强忍痛苦的时候，我总是能够咬紧牙关，现在就是这样的时候。“告诉我这到底是怎么回事。”

“好吧……但你已经开始明白了，克莱德。不是吗？”

“也许吧。我不知道我父母的名字，也不知道第一个和我上床的女孩的名字，因为你不认识她们。对吗？”

他点了点头，微笑着，就像老师会对一个思维活跃、出乎意料地说出正确答案的学生那样微笑。但是他的眼中仍然充满那种可怕的同情。

“当你在你的小玩意上写下圣迭戈的时候，它同时进入我的脑海……”

他点点头，鼓励我继续。

“你拥有的不只是富尔威德大楼，对吗？”我咽了口唾沫，想把喉咙里卡着的一大块东西弄下去，但那东西怎么都不下去。“你拥有一切。”

但是兰德里摇了摇头。“不是一切。只有洛杉矶和几个周边地区。也就是说，这个版本的洛杉矶，附带偶尔会出现的小故障或人为创造的东西。

“胡说。”我低声说了这个词。

“看见门的左边墙上的那幅画了吗，克莱德？”

我瞥了一眼，但几乎没必要看；上面画的是华盛顿在横渡特拉华河，它就一直在那里，从……好吧，自从赫克托还是条小狗的时候。

兰德里把他那像电影里的塑料速记机拿回腿上，弯下腰来。

“不要那样做！”我喊着，想去抓他。我做不到。我的胳膊似乎没有力气了，我也无法下定决心。我觉得昏昏欲睡，精疲力竭，就好像我已经失血三品脱[1]，而且还在继续失血。

他又把按键敲得嗒嗒作响。把机器转向我，这样我就能读懂窗口上的字了。上面写着：在通往糖果园的门左边的墙上，挂着我们敬爱的领袖……但总是有点歪斜。这是为了让他保持客观。

我回头看了看照片。乔治·华盛顿不见了，取而代之的是富兰克林·罗斯福的照片。罗斯福咧嘴笑着，他的烟嘴向上翘着，在他的支持者看来，这种姿态昭示着自信，而他的批评者则认为这是一种傲慢自大的姿态。那幅画挂得有点歪。

他说：“我不需要笔记本电脑来做这件事。”他听起来有点尴尬，好像我指责了他什么似的。“我只需要集中注意力就能做到——就像那些数字从你的记事簿上消失时你看到的那样，但笔记本电脑能帮上忙。我想是因为我习惯把事情写下来。然后进行编辑。从某种程度上说，编辑和重写是这份工作中最吸引人的部分，因为最终的变化就发生在这个时候——通常很小，但往往至关重要，而且故事也逐渐成形了。”

---

[1] 1 美制品脱约合 473.2 毫升。

我回头看了看兰德里，我说话时，我的声音消失了。“是你创造了我，对吗？”

他点了点头，一脸怪异的羞愧，好像他所做的是件肮脏的事。

“什么时候？”我发出一声奇怪而沙哑的微弱笑声，“我可以这么问吗？”

“我不知道可不可以。”他说，“我想任何作家都会跟你说同样的话。这并不是一下子发生的——这点我很肯定。这是一个持续的过程。你第一次出场是《在斯卡利特镇》，我是在一九七七年写下的，但从那以后你改变了很多。”

一九七七年，我想。肯定是电影《在二十五世纪的巴克·罗杰斯》上映的那一年[1]。我不想相信这一切就这样发生了，我想相信这一切都只是一场梦。奇怪的是，正是他身上的古龙水气味阻止了我——这是我一生中从未闻到过的熟悉气味。我怎么能辨认出来呢？这是雅男士，对我来说，这个品牌和东芝一样陌生。

但他还在继续说。

“你变得更加复杂有趣了。你一开始很死板。”他清了清嗓子，盯着自己的双手微笑了一会儿。

“真让我伤脑筋。”

听到我声音里的愤怒，他稍稍畏缩了一下，但还是让自己抬起头来。“你的上一本书是《多像一个堕落的天使》。我从一九九〇年开始写这本书，但直到一九九三年才写完。在这期间我遇到了一些问题。我的生活一直……有趣。”他说这个词时语调愤愤不平，“克莱德，生活有趣时，作家是写不出最好的作品的。相信我。”

我瞥了一眼他身上那件宽大的流浪汉衣服，断定他的话可能有道理。

---

[1] 该电影于1979年上映，此处疑作者笔误。

“也许这就是你的生活为何败得这么惨。”我说，“那些关于彩票和四万美元的事情纯粹是胡扯——他们是用边境以南的比索付款的。”

“这我知道。”他温和地说，“我没有说我不会偶尔出错，在这个世界，或者对这个世界来说，我可能是神一样的存在，但就我自己而言，我只是一个人类——但当我出错，你和像你一样的人永远不会发觉，克莱德，因为我的错误和中断是你的真理的一部分。是的，皮奥里亚在撒谎。我知道，而且我还想让你知道。”

“为什么？”

他耸了耸肩，又显得有些不安和羞愧。“我想，是为了让你对我的到来有所准备吧。这就是这一切的目的，从德米克夫妇开始。我不想再把你吓着了。”

任何称职的私人侦探都能很好地判断出委托人何时在说谎，何时在说真话；判断委托人何时在说真话，但故意不说一些事情，则是一种更为珍贵的天赋，我怀疑即使我们中的天才也不能一直利用这种天赋。也许我现在利用它只是因为我和兰德里的脑电波步调一致，但我之前在利用它。他没有告诉我，问题在于我是否应该主动询问。

让我却步的是一种突然来临的可怕直觉，它不知从哪儿蹦出来，就像一个幽灵从鬼屋的墙上渗了出来。这和德米克夫妇有关。他们昨晚之所以如此安静，是因为死人夫妻不会窃窃私语——这是其中的一条规则，和那句“祸不单行”一样，你几乎在任何情况下都可以信赖。几乎从我见到乔治的第一刻起，我就感觉到乔治彬彬有礼的外表下隐藏着暴烈的脾气，格洛丽亚·德米克漂亮的脸蛋和傻乎乎的举止背后可能潜伏着一个牙尖嘴利的泼妇。如果你明白我的意思，他们只是有点太恩爱了，让人觉得不真实。现在，不知怎么的，我确信乔治终于暴跳如雷，杀死了他的妻子……也许还有他们那只爱叫的威尔士柯基犬。格洛丽亚现在可能正撑着身子坐在浴室淋浴间和厕所之间的角落里，她的脸色发黑，眼睛像老旧的弹珠一样鼓起，舌头伸在发青的嘴唇之间。那只狗躺在地上，脑袋倚在她的膝盖上，脖子上绕着一圈钢丝衣架，它那刺耳的吠声永远停止了。那乔治呢？他躺在床上死了，格洛丽亚的安眠药瓶子空了，放在他旁边的床头柜上。不再有派对，不再有在阿尔·阿里夫酒店跳的吉特巴舞，不再有棕榈沙漠市或贝弗利·格伦街区发生的上流社会浅薄的谋杀案。他们的尸体正在冷却，引来了苍蝇，他们因为游泳晒出的时髦古铜色皮肤正变得苍白。

乔治·德米克和格洛丽亚·德米克，死在这个人的机器里。他们死在这个人的脑子里。

“你没把我吓着，真是糟透了。”我说，然后立马在想：他是否有可能做好事？问问你自己：你如何让一个人欣然去见上帝？我敢打赌，就连摩西看到那丛灌木开始发光的时候，他也会心急如焚。而我只不过是个每天只能得四十美元的私家侦探，还没有扣除开支。

“梅维斯·韦尔德的故事多么像一个堕落的天使。梅维斯·韦尔德这个名字来自雷蒙德·钱德勒的小说《小妹妹》。”他看着我，带着一种不安的不确定感，还夹杂着一丝内疚：“这是一种致敬。”他把“致”的音发得很重。

“这对你来说太棒了。”我说，“但我对这个家伙的名字没有印象。”

“当然没有。在你的世界里，钱德勒从未存在过——当然，在我的世界中的洛杉矶也同样如此。不过，在我的书中，我用过他书中的各种名字。富尔威德大楼是钱德勒书中的侦探菲利普·马洛的办公室所在地。弗农·克莱因……皮奥里亚·史密斯……当然还有克莱德·乌姆尼。这是《重播》中律师的名字。”

“你把这个叫作‘致敬’？”

“没错。”

“那是你这么说，但对我来说，这就是个一般意义上的‘抄袭’的花哨说法。”但这让我觉得很有意思，因为我知道我的名字是由一个我从未听说过的人在一个我从未梦想过的世界里编造出来的。

兰德里的脸色有一点发红，但他的眼睛没有垂下来。

“好吧，也许我确实抄袭了一点东西。当然，我也模仿了钱德勒的风格，但我绝不是第一个；罗斯·麦克唐纳在五六十年代也做过同样的事情，罗伯特·帕克在七八十年代也做过，评论家们都盛赞他们。此外，钱德勒还向哈米特和海明威学习，更不用说向一些通俗作家学习，比如——”

我举起手说：“我们跳过文学课吧，直接切入主题。这太疯狂了，但是——”我的目光移到罗斯福的画像上，从那里又移到那本可怕的空白记事簿上，然后又回到桌子对面那张憔悴的脸上，“就当我相信它了吧。你在这里干什么？你来干什么？”

不过我已经知道了。我靠做侦探谋生，但这个问题的答案来自我的内心，而不是我的头脑。

“我是来找你的。”

“找我。”

“对不起，是的。恐怕你得换个角度看待你的生活了，克莱德。就像……嗯……比如说一双鞋。你出去，我进来。等我把鞋带系好，我就走。”

当然可以。他当然是。我突然意识到我必须做什么……我能做的只有一件事。

摆脱他。

我的脸上绽开了灿烂的笑容，这是一种“请告诉我更多”的微笑。与此同时，我把双腿盘好，准备好越过桌子冲向他。很明显，我们中只有一个人能离开这间办公室。我想成为那个人。

“哦，真的吗？”我说，“多么迷人。萨缪尔，我怎么了？不穿鞋的私家侦探会怎么样？发生了什么，克莱德——”

乌姆尼，最后一个词应该是我的姓，这个入侵的小偷在他的生命中听到的最后一个词。我一说出口，就想跳起来。问题是，心灵感应似乎是双向的。我看到他眼中流露出惊慌的神色，然后他闭上了眼睛，嘴巴因专注而紧闭着。他没有用电影里的机器。我想他知道没有时间了。

“‘他的坦白让我震惊，就像某种使人衰弱的药物’，”他说，声音很低，但带着一种朗诵的口吻，不只是简单地说话，“‘我的肌肉失去了所有力量，双腿就像两股有嚼劲的意大利面条，我能做的就是扑通一声坐在椅子上看着他’。”

我瘫倒在椅子上，双腿伸直，除了看着他，什么也做不了。

“不太好。”他抱歉地说，“但快速创作从来都不是我的强项。”

“你这个浑蛋。”我虚弱地说，“你这个狗娘养的。

“是的。”他同意了，“我想我挺浑蛋的。”

“你为什么要这么做？你为什么要偷走我的生命？”

他的眼里闪烁着愤怒的光芒。“你的生命？你很清楚，克莱德，即使你不想承认。这根本不是你的生命。我创造了你，从一九七七年一月的一个雨天开始，一直到现在。我赋予你生命，我有权把它带走。”

“非常高尚。”我冷笑着说，“但如果上帝现在就降临，开始像拆一条围巾上没有缝好的线一样撕毁你的生活，你也许会更容易理解我的观点。”

“好吧。”他说，“我想你说得有道理。但为什么要争论呢？与自己争论就像玩数独棋游戏一样——要公平的话，每次都会陷入僵局。我们就说我这么做是因为我能做到。”

我突然觉得平静了一点。我以前见识过这种场面。有人欺负你时，你必须让对方说话，让他们一直说。这个方法曾经在梅维斯·韦尔德的案子中发挥过作用，现在也会发挥作用。他们会说：‘好吧，我想你现在知道了也无妨’或者‘这有什么害处呢？’”

梅维斯的版本非常优雅：我想让你知道，乌姆尼——我想让你把真相带进地狱。你可以边吃蛋糕边喝咖啡把这些告诉魔鬼。他们说什么真的不重要，但他们如果在说话，就不会开枪。

让他们一直说下去，就是这样。让他们继续说下去，盼望着救兵会在某一刻出现。

“问题是，你为什么想这么做？”我问，“通常都不这么做，对吧？我的意思是，通常你们这类作家，不是能兑现支票，然后该干吗干吗就满意了吗？”

“克莱德，你想让我不停地说话，对不对？”

这对我来说就像一记致命的重拳，但奉陪到最后是我唯一的选择。我咧嘴一笑，耸了耸肩。“也许是吧，也许不是。不管怎样，我真的很想知道。”我并没有撒谎。

他又不确定地看了一会儿，弯下腰，摸了摸那个奇怪的塑料盒子里的钥匙（当他抚摸钥匙时，我感到我的腿、肚子和胸口都抽筋了），然后又站了起来。

“我想你现在知道了也无妨。”他终于说，“毕竟，这有什么害处呢？”

“完全没有。”

“你是个聪明的家伙，克莱德，”他说，“你完全正确——作家很少会一头扎进他们自己创造的世界。我想，如果真的这样了，也只是他们的脑子在胡思乱想，而身体却像个植物人一样待在精神病院里。我们大多数人仅仅满足于在我们想象的世界里做游客。我的情况确实如此。我写得并不快——我想我告诉过你，写作对我来说一直是一种折磨，但我在十年内创作了五本‘克莱德·乌姆尼系列’小说，一本比一本成功。一九八三年，我辞去了在一家大型保险公司担任地区经理的工作，开始全职写作。我有一个我深爱着的妻子，有一个每天早上都生龙活虎地起床、晚上好好睡觉的儿子——不管怎么说，在我看来就是如此。我不认为生活会比那时候更好。”

他坐在那个垫得又软又厚的委托人椅子上挪动了一下，动了动手，我看到阿迪斯·麦吉尔在软厚的扶手上留下的烟烫过的痕迹也消失了。他发出一声冷笑。

“我是对的。”他说，“没有比这更好的了，但情况可能会变得更糟。事实也正是如此。大约三个月后，我开始觉得自己像个堕落的天使，丹尼——我们的儿子——从公园的秋千上摔下来，撞到了头。用你的话说，他晕乎过去了。”

他脸上掠过一丝微笑，和刚才的冷笑一样冰冷苦涩。微笑刚出现就消失了，速度和掠过他脸上的悲痛一样快。

“他流了很多血——你一生中见过很多头部受伤的情况，知道是怎么回事，把琳达吓得半死，但医生都很好，结果发现只是脑震荡；他们让丹尼的情况稳定下来，给他输了一品脱血来补充流失掉的血。也许他们没有必要这样做——这一直困扰着我，但他们做了。你知道的，真正的问题不在于他的脑袋，而在于那一品脱血，那些血液感染了艾滋病。”

“再说一次？”

兰德里说：“感谢上帝，这是一种你不知道的病。它在你那个时代是不存在的，克莱德，直到七十年代中期才会出现，跟雅男士古龙水一样。”

“它会造成什么后果？”

“它会侵蚀你的免疫系统，直到整个系统崩溃，就像轻便马车散架一样。然后，从癌症到水痘，所有病毒都会冲进身体狂欢。”

“天哪。”

他的笑容像抽筋一样忽来忽去。“你想怎么说都可以。艾滋病主要是一种性传播疾病，但它偶尔会出现在血液供应中。我想你可以说，我的孩子中了一次非常不幸的乐透大奖。”

“我很抱歉。”我说，尽管我害怕这个脸色疲倦的瘦削男人，我是认真的。失去孩子这种事就像是……还有什么比这个更糟的吗？好吧，也许还有什么事——总有一些事，但你得坐下来想一想，对不对？

“谢谢。”他说，“谢谢，克莱德。至少对他来说，病情恶化得很快。他五月份从秋千上摔了下来，九月生日的时候第一个紫色斑点——卡波西肉瘤——出现了。他于一九九一年三月十八日去世。也许他不像一些病人那么痛苦，但是他也很痛苦。哦，是的，他很痛苦。”

我也不知道卡波西肉瘤是什么，所以决定不问。我知道的已经超过我想了解的了。

他说：“你也许能理解我为什么写这一部时慢了下来。你能吗，克莱德？”

我点了点头。

“不过我要继续说。主要是因为我认为虚构是一个伟大的治疗师。也许我不得不相信。我也试着继续生活，但总是出问题——就好像《多像一个堕落的天使》是某种奇怪的倒霉魔咒，把我变成了约伯。丹尼去世后，我的妻子患上了重度抑郁症，我非常担心她，几乎没有注意到我的腿、胃和胸部开始出现红斑，还有瘙痒。我知道这不是艾滋病，一开始我只担心这个。但随着时间的推移，事情变得更糟……克莱德，你得过带状疱疹吗？”

然后他大笑起来，用手掌根拍了拍前额，我还没来得及摇头，他就做了个“真傻”的手势。

“当然没有——你从来没有遇到过比宿醉更严重的问题。带状疱疹，我的私家侦探朋友，是一种可怕的慢性疾病的有趣名字。在我的世界里的洛杉矶，有一些很好的药物可以帮助缓解症状，但对我没有多大帮助；一九九一年年底，我陷入痛苦。当然，部分原因是对发生在丹尼身上的一切感到沮丧，但大部分原因是痛苦和瘙痒。这会是一本关于一个饱受折磨的作家的有趣的书，你不觉得吗？《痛苦和瘙痒》，或者《托马斯·哈代面临青春期》。”他发出一声烦躁的刺耳笑声。

“随你怎么叫，萨缪尔。”

“我说那是地狱般的几个月。当然，现在回想起来没什么，到了那年的感恩节，情况就变严重了——我每晚最多睡三个小时，有时我觉得我的皮肤就像姜饼人一样蠕动着想从我身上爬下来逃掉。我想我也因此没有意识到琳达的状况有多糟。”

我不知道，不可能知道……但我知道。“她自杀了。”

他点了点头。“在一九九二年三月，丹尼逝世一周年忌日的时候。距离现在两年多了。”

一滴眼泪顺着他那布满皱纹的、过早衰老的脸颊流下来，我有一种感觉，他是突然变老的。这有点可怕，意识到我是由这样一个小型的上帝创造的，但这也说明了很多，主要是说明了我的缺点的渊源。

“够了。”他说，声音因为愤怒和泪水而含混不清，“如你所说，直切正题吧。在我那个时代，我们说‘开门见山’，但意思都一样。我写完了这本书。就在我发现琳达死在床上的那天——警察今天晚些时候会发现格洛丽亚·德米克也是如此，克莱德——我已经完成了一百九十页的手稿。我一直写到你在塔霍湖搜寻梅维斯的哥哥。三天后，我从葬礼上回到家里，打开文字处理器，开始写第一百九十一页。这让你震惊吗？”

“没有。”我说。我想问他文字处理器是什么样子的，然后决定不必问了。当然，他腿上的东西是一个文字处理器。必须是。

兰德里说：“你显然属于少数。我仅剩的几个朋友都对此感到震惊，他们太震惊了。琳达的亲戚认为我和疣猪一样冷酷无情。我没有力气解释我是想自救。就像皮奥里亚会说的那样，忽视他们。我抓起书，就像溺水的人抓起救命稻草一样。我抓住了你，克莱德。我的带状疱疹的情况仍然很糟糕，这使我放慢了速度——在某种程度上，它把我挡在外面，要不然我可能更早就到这里了，但这并没有阻止我。至少当我快要写完这本书的时候，我的身体状况开始好转。但当我写完时，我陷入一种我认为一定也是抑郁的状态。我茫然地浏览着编辑过的剧本……”他直直地看着我说，“你觉得这有什么意义吗？”

“有意义。”我说。它确实有意义，从某种疯狂的角度来说。

他说：“房子里还剩下很多药片。琳达和我在很多方面都像德米克夫妇，克莱德——我们真的相信化学制品能让我们的生活更美好，有几次我差点就吃了两把。我想到的不是自杀，而是追上琳达和丹尼，趁还有时间赶上去。”

我点了点头。我想到的是阿迪斯·麦吉尔，就在我们于金发女郎店里互相道别的三天后，我就在那间闷热的阁楼房间里发现了她，额头中央有个发青的小洞。但真正杀死她的是萨缪尔·兰德里，他用一种变形子弹击中了她的大脑。当然是这样。在我的世界里，萨缪尔·兰德里，这个穿着流浪汉裤子、看起来很累的人，对一切都负有责任。这个想法本应该看起来很疯狂，但事实的确如此……我越来越清醒。

我发现我的体力足以支撑我转动椅子，看看窗外。不知怎的，眼前的情景丝毫没有使我感到惊奇：日落大道和它周围的一切仿佛冻住了。汽车、公共汽车、行人都死死地停在路上。这是一个如同柯达快照般的世界，为什么不呢？它的创造者不愿费心让它继续运转，至少目前是这样；他仍然被自己的痛苦和悲伤所困。见鬼，我很庆幸自己还能呼吸。

“所以发生了什么事？”我问，“你怎么到这儿来的，萨姆[1]？我可以这样称呼你吗？你介意吗？”

“不，我不介意。不过我不能给出很好的答案，因为我不太清楚。我

---

[1] 萨缪尔的昵称。

唯一确定的是，每当我想起那些药片，我就会想起你。我特别想到的是：‘克莱德·乌姆尼绝不会这么做，他会嘲笑任何这么做的人，他会说这是懦夫的做法。’”

我考虑了一下，觉得很有道理，点点头。对那些直面某种可怕疾病的人——弗农的癌症，或者那个夺去这个男人的儿子生命的卑鄙的恶魔——我可以破例，但你就因为抑郁便想了结自己？那是娘炮会做的事。

“然后我想：‘可那是克莱德·乌姆尼，克莱德是虚构的……只是你想象出来的。’不过，这种想法是行不通的。世上的蠢人——在大多数情况下是指政治家和律师——都嘲笑想象力，除非他们能吸它、打它、摸它、干它，否则他们都认为是不真实的。他们这样想是因为他们自己没有想象力，也不知道想象的力量。而我很清楚。该死，我应该——我的想象力在过去十来年一直用在购买食物和付房贷上。

“与此同时，我知道我不能继续生活在我过去认为的‘真实世界’里。”我想我们都指的是“唯一的世界”，“从那时起，我开始意识到，我只剩下一个地方可以去，能让我感到受欢迎，而且当我到达那里时，我也只能成为一个人。那是一九三〇年左右的洛杉矶，那个人就是你。”

我又听到他的小玩意里传来微弱的呼呼声，但我没有转身。

部分原因是我害怕。

部分原因是我不再知道我是否能做到。

Ⅵ. 乌姆尼的最后一案

在七层楼下的街道上，一个男人僵住了，他的头半扭着，正看着拐角处的女人，她正在登开往市区的八点五十分的公共汽车的台阶。她美丽的腿一闪而过，那个男人正在盯着她的腿。再往前走一点，一个男孩正伸出他那破旧的棒球手套去接那只凝固在头顶半空中的球。皮奥里亚·史密斯翻倒的桌子上放着一份报纸，飘浮在离大街六英尺高的地方，就像一个三流宗教教师在狂欢节的降神会上召唤的鬼魂。令人难以置信的是，我能从这里看到上面的两张照片：褶皱上面是希特勒，下面是最近去世的古巴乐队领队。

兰德里的声音似乎来自很远的地方。

“起初我以为这意味着我将在某个疯人院里度过余生，以为自己是你，但这没关系，因为只有我的肉体会被锁在疯人院里，你明白吗？然后，渐渐地我开始意识到我可以做到更多，也许有一种方法，我可以……嗯……溜进去。你知道关键是什么吗？”

“知道。”我说，我没有左顾右盼。当他的小玩意里的什么东西旋转起来时，那呼呼声又响了起来。突然，凝固在半空中的报纸顺着凝固了的林荫大道飘了下来。过了一两分钟，一辆老旧的德索托汽车摇摇晃晃地穿过日落大道和费尔南多大道的十字路口，撞倒了戴棒球手套的男孩，男孩和德索托汽车都不见了。但球还在，掉到街上，滚到排水沟的中间处，又凝固了。

“你知道？”他听起来很吃惊。

“是的，皮奥里亚就是关键。”

“没错。”他笑了，然后清了清嗓子——两种声音都很紧张，“我总是忘记你就是我。”

这是我从没享受过的奢侈。

“我在胡写一本新书，什么都写不出来。我已经尝试过用六种方式写开头，直到我意识到一件非常有趣的事情：皮奥里亚·史密斯不喜欢你。”

我急忙转过身来。“你他妈的说什么！”

“我知道你不会相信，但这是事实，不知怎的，我一直都知道。我不想再上文学课了，克莱德，但我要告诉你我的一个诀窍——用第一人称写作是一件有趣而棘手的事情。就好像作者所知道的一切都来自他的主人公，宛如一系列来自遥远战场的信件或快讯。作家很少有秘密，但这次我有。似乎你在日落大道上的那一小块地方是伊甸园——”

“我以前从来没听人这么叫过。”我说。

“——里面有条蛇，我看见了，而你没有。一条名叫皮奥里亚·史密斯的蛇。”

外面，被他称为我的“伊甸园”的凝固的世界继续变暗，尽管天空万里无云。据说是幸运的卢西亚诺[1]经营的夜总会“红门”消失了。有那么一会儿，它原来所在的地方只剩下一个洞，然后一栋新建筑将之填满——是一家名叫“精致早餐店”的餐馆，窗户上挂满了蕨类植物。我扫视了一下街道，看到正在发生的其他变化——新的建筑正悄无声息地以一种令人毛骨悚然的速度取代旧建筑。这意味着我没有时间了；我知道这一点。不幸的是，我还知道一件事——在这段时间里可能不会有任何逃脱的机会了。当上帝走进你的办公室，告诉你他更喜欢你的生活，而不是他自己的生活时，你到底还有什么选择？

兰德里说：“在我妻子去世两个月后，我就开始写这本小说了。这是本简单——蹩脚——的书。然后我开始了一本新的。我叫它……你能猜到吗，克莱德？”

“当然。”我说着，转过身来。这花光了我的力气，但我想这个怪才会说我的“动机”是好的。日落大道并不太像香榭丽舍大街或海德公园，但它是我的世界。我不想看着他把它撕碎，然后按照他想要的方式重建。“我想你把它叫作《乌姆尼的最后一案》吧。”

---

[1] 本名萨瓦托雷·卢卡尼亚，“幸运的卢西亚诺”是其绰号。他是一名出生在意大利的黑帮成员和黑手党头目，主要活跃于美国。

他看上去有点吃惊。“你的猜测是对的。”

我挥了挥手。这很费力，但我做到了。“一九三四年和一九三五年，我并不是无缘无故地获得年度最佳私家侦探奖的，你知道的。”

他笑了：“是的。我一直很喜欢这句话。”

突然间，我恨他——像恨毒药一样恨他。如果我能鼓起勇气冲过桌子，掐死他，我一定会这么做。他也看到了，笑容消失了。

“算了吧，克莱德——你没有机会了。”

“你为什么不离开这里？”我对他大喊，“为什么不出去，不要再打扰一个踏实工作的普通人了？”

“因为我不能。即使我想，我也做不到……”他带着一种愤怒中夹杂着恳求的奇怪表情看着我，“试着从我的角度来看这件事，克莱德——”

“我还有别的选择吗？我有吗？”

他忽略了我说的话。“在这个世界里，我永远不会衰老，每一年所有的时钟都停留在“二战”前的十八个月，报纸总是只要三美分，我在那里可以吃所有我想要的鸡蛋和红肉，永远不必担心我的胆固醇水平。”

“我根本不知道你在说什么。”

他认真地向前倾着身子。“不，你知道！这才是重点，克莱德！这是一个我可以真正做小时候梦想做的工作的世界：我可以成为一名私家侦探。我可以在深夜两点开着一辆快车到处兜风，对着小流氓开枪——我知道他们可能会死，但我不会；我会睡够八小时后在一个漂亮的女歌手旁边醒来，树上鸟儿啁啾，卧室的窗外阳光明媚——那清澈美丽的加利福尼亚阳光。”

“我卧室的窗户朝西。”我说。

“不再是了。”他平静地回答，我感觉到自己的手在椅子扶手上无力地握成了拳头。“你知道这有多美妙了吗？你知道这有多完美了吗？在这个世界，人们不会因为一种叫作带状疱疹的愚蠢且不体面的疾病引起的瘙痒而发疯。在这个世界，人们的头发不会变白，更不用说秃顶了。”

他平视着我，在他的凝视中我看不到任何希望。完全没有希望。

“在这个世界，深爱的儿子永远不会死于艾滋病，深爱的妻子永远不会服用过量的安眠药。再说，你才是这里的局外人，而不是我，不管你会有什么感觉。这是我的世界，它在我的想象中诞生，用我的努力和雄心维持。我把它借给你一段时间了，仅此而已……现在我要把它收回来。”

“告诉我你是怎么进来的，能跟我说说吗？我真的很想知道。”

“这很容易。我把它撕毁，从德米克夫妇开始，他们不过是尼克·查尔斯和诺拉·查尔斯[1]的蹩脚模仿者，然后我按照自己的形象重建了它们。我把所有可爱的配角都拿走了，现在我把所有的地标都搬走了。换句话说，我一点一点地把你的世界的基础抽走，我并不为此感到骄傲，但我为自己坚持不懈的努力感到骄傲。”

“如果你回到你自己的世界，会发生什么事？”我还让他说个不停，但现在这已经成了习惯，就像一个下雪天的早晨，一匹老马在找回谷仓的路。

他耸了耸肩。“也许会死。或者，也许我真的留下了一个身体上的自我，一具躯壳，一个住在精神病院的紧张性精神病患者。不过，我认为这两件事都不是真的——所有这些感觉都太真实了。不，我想我已经成功了，克莱德。我想他们正在国内寻找一位失踪的作家，却不知道他已经消失在自己文字处理器的存储库中。而事实是，我真的不在乎。”

“那我呢？我会怎么样？”

“克莱德。”他说，“我也不在乎这个。”他又弯腰去摆弄他的小玩意。

---

[1] 达希尔·哈米特小说《瘦子》中的虚构人物。

“不！”我厉声说。他抬起头来。

“我……”我听到自己的声音在颤抖，试图控制它，却发现自己控制不了，“先生，我很害怕。请让我一个人待着。我知道外面不再是我的世界——地狱，这里也是，但这是我唯一能接近的世界。把剩下的给我。求你。”

“太迟了，克莱德。”我又从他的声音里听到了那无情的悔恨，“闭上你的眼睛。我会尽快完成的。”

我试着跳过去——我尽了最大的努力。我一动也不动。当我闭上眼睛时，我发现我不需要这样做。所有的灯都熄灭了，办公室里一片漆黑，就像午夜的装煤麻袋。

我感觉到而不是看到他从桌子上向我倾过身来。我试着往后退，却发现自己连后退都做不到。一个干巴巴的东西碰了碰我的手，我尖叫起来。

“别紧张，克莱德。”他的声音从黑暗中传来。声音不仅从我前面传来，而且从四面八方传来。当然，我想。毕竟，我是他凭空想象出来的。“这只是一张支票。”

“一张……支票？”

“是的。五千美元。你把生意卖给我了。油漆工们将在今晚离开之前把你的名字从门上擦掉，把我的名字涂上。”他听起来像是在做梦，“萨缪尔·D. 兰德里，私家侦探。听起来很不错，不是吗？”

我想求他，但是我发现自己做不到。现在我连声音都发不出。

“准备好。”他说，“我不知道会发生什么事，克莱德，但它就要发生了。我想不会疼的。”但我真的不在乎会不会疼——这是他没有说出的那句话。

那微弱的呼呼声从黑暗中传来。我感到我的椅子在身下化开了，我突然摔倒了。兰德里的声音随着我沉下来，伴随着他那来自未来的神奇速记机的嗒嗒声和轻拍声，复述着一本名为《乌姆尼的最后一案》的小说的最后两句话。

"'所以我离开了这座城市，至于我会在哪里驻足……先生，我想那是我的事，不是吗？'"

我的身下有一道耀眼的绿光。我正朝它掉下去。很快它就会把我吞没，我唯一的感觉就是解脱。

"'全书完'。"兰德里的声音洪亮起来，接着我就掉进绿光中，绿光正穿透我，照进我的身体，克莱德·乌姆尼不见了。

再见了，私家侦探。

Ⅶ.光线的另一面

这都是六个月之前的事了。

我来到一间阴森森的房间，耳朵里嗡嗡作响。我跪了下来，摇了摇头，想把地板弄干净。我看到一台巴克·罗杰斯的机器，比兰德里带到我办公室的那台机器大一点。上面闪着绿色的字母，我强迫自己站起来，以便能够阅读它们，心不在焉地用指甲在我的小臂上划着。

所以我离开了这座城市，至于我会在哪里驻足……先生，我想那是我的事，不是吗？

在这句话下面，写了另外三个字，大写居中：

全书完。

我又读了一遍，手指在肚子上划过。我这样做是因为我的皮肤有问题，虽然不是很疼，但肯定很烦人。当它在我脑海中浮现时，我意识到奇怪的感觉无处不在——我的颈后、大腿后部和胯部。

带状疱疹，我突然想。我患上了兰德里的带状疱疹。我觉得很痒，而我没有马上意识到是因为——

“因为我以前从来没有痒过。”我说，然后其他的事情我都明白了。咔嗒咔嗒的声音是那么突然、那么用力，我的脚都摇晃起来了。我慢慢地走到墙上的一面镜子前，尽量不去抓我那奇怪的、仿佛正在蠕动的皮肤，因为我知道我将看到年老版的我，那是一张有着像干洗过的旧衣服一样布满皱纹的脸，头上是一绺毫无光泽的白发。

现在我知道当作家们以某种方式接管了他们所创造的角色的生活时，会发生什么。这毕竟不是真正的盗窃。

更像是一次交换。

我站在那里，凝视着兰德里的脸——我的脸只是苍老了十五岁，我感到皮肤瘙痒难忍。他不是说他的带状疱疹好转了吗？如果这样都算好些了，那他当初情况更糟时是怎么能忍受并且不彻底疯掉的呢？

当然，我当时在兰德里的家里——现在是我的家，在书房外的浴室里，我发现了他治疗带状疱疹服用的药物。不到一个小时后，我站在放着他办公桌的地板上，看到桌上嗡嗡作响的机器，我服下了第一剂药，感觉就像吞下了他的生命，而不是药物。

好像我把他的一生都吞了。

我很高兴地告诉大家，这些天来，带状疱疹已经成为历史。也许它只是过去了，但是我觉得老克莱德·乌姆尼的灵魂起到了一定的作用——在克莱德的世界中，他从未生过一天病，你知道，尽管在这个虚弱的萨缪尔·兰德里的身体里我似乎总是流鼻涕，如果我屈服于它们，那我就死定了……而乐观一点什么时候会有害处呢？我想这个问题的正确答案是“从来没有害处”。

然而，有些日子也相当糟糕。第一次发生在我出现后不到二十四小时的一九九四年，那是令人难以置信的一年。我正在兰德里的冰箱里翻找，想找点吃的（前一天晚上我喝了他的黑马啤酒，觉得吃点东西能缓解一点宿醉），突然一阵剧痛刺进我的肠子。我以为我要死了。更糟的是，我知道我要死了。我跌倒在厨房的地板上，努力不尖叫出来。过了一两分钟，不知道发生了什么事，疼痛减轻了。

我这辈子大部分时间都在说“我不在乎”。从那天早上开始，一切都变了。我把自己收拾干净，然后爬上楼梯，知道自己会在卧室里发现什么：兰德里床上的湿床单。

在兰德里的世界里，我的第一周主要用来训练自己上厕所。当然，在我的世界里，从来没有人上过厕所，或者去看牙医。正因如此，对于我第一次去兰德里名片盒上列出的那家牙医诊所的经历，我连想都不愿意去想，更不用说讨论了。

但这丛荆棘中偶尔也有玫瑰。首先，在兰德里令人困惑、快速发展的世界里，没有必要去找工作；他的书显然还会继续大卖，我可以毫无困难地把寄来的支票兑现。当然，我的签名和他的完全一样。至于我对那样做可能产生的任何道德上的内疚，别逗我了。是我的故事换来了这些支票。兰德里只是把它们书写下来，我却是亲身经历的。该死，我活该挨五十枪，打一针狂犬疫苗，就因为我离梅维斯·韦尔德的爪子太近，它抓破了我。

我本以为和兰德里所谓的朋友会产生问题，但我想，像我这样任务很重的私家侦探应该很清楚——一个有真正朋友的人会想消失在他自己想象出来的世界里吗？不太可能。兰德里的朋友是他的儿子和妻子，他们都死了。他有熟人和邻居，但他们似乎接受了我是他这件事。街对面的女人不时会向我投来困惑的眼神，当我走近时，她的小女儿会哭，尽管我过去常常帮她照看小孩（不管怎样，那个女人说我照看过，她没必要撒谎吧？），但这没什么大不了的。

我甚至和兰德里的经纪人谈过，他叫维利尔，来自纽约。他想知道我什么时候开始写新书。

很快，我告诉他。很快。

大部分时间我都待在家里。兰德里把我从我自己的世界中赶出来后又把我送进这个世界，但是我没有探索这个世界的欲望。在我每周一次的银行和杂货店之行中，我看到的东西超过了我想看到的。在我学会如何使用他那台糟糕的电视机不到两小时后，我就用一个书立把电视机砸穿了。兰德里想离开这个充斥着疾病和毫无意义的暴力的呻吟世界，这并不让我感到惊讶——在这个世界里，裸体女人在夜总会的窗户上跳舞，和她们发生性关系会要你的命。

不，我大部分时间都在室内。我重读了他的每一部小说，每一部都像是翻阅一本广受欢迎的剪贴簿。当然，我也自学了如何使用他的文字处理器。它不像电视机；屏幕是类似的，但在文字处理器上，你可以创造任何你想看的图片，因为它们都来自你的大脑。

我很喜欢这样。

你知道的，我已经准备好了——试着写下一些句子，然后又弃而不用，就像在玩拼图游戏一样。今天早上，我写了一些似乎正确或者几乎正确的句子。想听吗？好的，它们是：

> 当我朝门口望去时，我看到皮奥里亚·史密斯非常谦卑、非常沮丧地站在那里。“我想我上次见到你时对你态度很不好，乌姆尼先生。”他说，“我是来道歉的。”六个多月过去了，但他看上去和以前一样。我的看法也没有变。
>
> “你还戴着眼镜？”我说。
>
> “是的。我们试过做手术，但没有成功。”他叹了口气，然后咧

嘴一笑，耸了耸肩。在那一刻，他看起来就像我一直熟悉的皮奥里亚。“嘿，乌姆尼先生，失明也没那么糟。”

这些句子不完美；那当然，我知道。我是做侦探起家的，不是作家。但我相信你可以做任何事情，如果你确实想做，并且只要你掌握最基本的技能——这也相当于侦探世界的窥视钥匙孔的能力。使用文字处理器的基本技能和侦探世界略有不同，但它仍然是在调查其他人的生活，然后向委托人报告你所看到的。

我自学的原因很简单：我不想待在这里。如果你愿意，你可以叫它一九九四年的洛杉矶；我称之为地狱，原因很多：你在一个叫“微波炉”的盒子里做可怕的冷冻晚餐；运动鞋看起来像弗兰肯斯坦的鞋子；从收音机里传出的音乐听起来像乌鸦在高压锅里被活活蒸熟；还有——

好吧，还有一切。

我想要回我的生活，我想回到原来的样子，我想我知道该怎么做。

你是个可悲的、偷窃的浑蛋，萨姆，我还能这么叫你吗？——我为你感到难过……但是难过也到此为止，因为这里用的词是偷窃。你看，我对这个问题的最初看法一点也没有改变——我仍然不相信有创造的能力就意味着有偷窃的权利。

你现在在做什么，你这个窃贼？在你创造的精致早餐馆吃饭？和漂亮的女孩睡觉，睡在漂亮的宝贝旁边，胸部完美不下垂，而她正在谋划一场谋杀？开车去马里布尽情狂欢？或者只是坐在办公室的旧椅子上，享受你的无痛、无臭、无屎的生活？你在做什么？

我一直在自学写作，这就是我一直在做的，现在我找到了入门的方法，我想我会很快好起来的。我已经快看见你了。

明天早上，克莱德和皮奥里亚要去金发女郎店，那里已经重新开业了。这次皮奥里亚要请克莱德吃早餐了。这是第二步。

是的，我几乎能看见你，萨姆，很快我就能看见你了。但我想你不会看到我的。除非我从办公室门后走出来，用手掐住你的喉咙。

这次没有人回家。

Head Down

低头

作者按：读者朋友们，我想告诉你们，这不是一个故事，而是一篇随笔——几乎是一篇日记。它最初于一九九〇年春天载于《纽约客》。

斯蒂芬·金

低头！把头低下！

这远远不是体育运动中最难赢得的壮举，但任何尝试过的人都会告诉你，这已经够难的了：用一根圆圆的球棒正好击中圆球。这太困难了，困难到那些击中的人都能够名利双收，成为偶像：像何塞·坎塞科、迈克·格林韦尔和凯文·米切尔[1]一样。对成千上万的男孩（和为数不少的女孩）来说，他们才是最重要的，而不是艾克索·罗斯或鲍比·布朗[2]；他们的海报在卧室的墙上和衣帽间的门上占据着重要的位置。今天，罗恩·圣皮埃尔正在教这些男孩如何用圆棒击中圆球——他们将代表邦戈西区参加第三区少年棒球联盟世界大赛。现在他正和一个叫弗雷德·穆尔的孩子一起练习，而我的儿子欧文就站在旁边，密切地注视着。他正等着接受圣皮埃尔的艰难训练。欧文肩膀宽阔，体格魁梧，像他的老爸一样；弗雷德穿着他那件鲜绿色的运动衫，瘦得简直可怜巴巴的。而且他击球方式不太好。

“低头，弗雷德！”圣皮埃尔喊道。在邦戈的可口可乐工厂后面有两个少年棒球联盟世界大赛的球场，他站在其中一个球场的投手丘和本垒板之间；弗雷德几乎已经退到了边缘。天气很热，但弗雷德或圣皮埃尔都没有感觉到不舒服，就算有，也没有表现出来。他们专注于自己正在做的事情。

“低一点！”圣皮埃尔又喊了一声，重重地投了一个球。

弗雷德往下削。还有那种牛皮撞上铝的声音——有人用勺子敲锡杯的声音。球击中挡球网，然后反弹，差点撞到他的头盔上。他们都笑了，然后圣皮埃尔从他旁边的红色塑料桶里拿了另一个球。

“准备好，弗雷德！”他喊道，“低头！”

缅因州的第三区太大了，以至于被一分为二。佩诺布斯科特县的球队占了整个赛区的一半；来自阿鲁斯图克县和华盛顿县的球队占据了另一半。全明星队的孩子们是根据成绩从所有现有地区的少年棒球联盟世

---

[1] 三人均是美国棒球队员。

[2] 两人均为美国歌手。

界大赛中挑选出来的。第三区十几个队同时参加锦标赛。大约在七月底，剩下的两支球队将以三局两胜的形式决出地区冠军。那支球队将代表第三区参加州冠军赛，而邦戈西区队上次进入州锦标赛已经是很长时间以前了——十八年前。

今年，州冠军赛将在奥尔德敦独木舟制造公司的工厂举行。在那里比赛的五支球队中将会有四支铩羽而归，第五支球队将代表缅因州参加今年在康涅狄格州布里斯托尔市举行的东部地区锦标赛。除此之外，当然还有宾夕法尼亚州的威廉斯波特市，那也是世界少年棒球联盟世界大赛的举办地。邦戈西区队的球员似乎没怎么想过要取得如此喜人的成绩；只要能在佩诺布斯科特县的比赛中击败他们的第一轮对手米尼诺基特队，他们就会很高兴。然而，教练是允许做梦的——事实上，他们几乎有义务做梦。

这一次，这个爱开玩笑的队员弗雷德确实低下了头。他击出一个虚弱的地滚球，球刚好停在一垒外，出界六英尺。

“看好。”圣皮埃尔说着，又拿起一个球。他举了起来。它又脏又破，还沾满了草屑。尽管如此，它还是一个棒球，弗雷德毕恭毕敬地看着它。“我要教你一个诀窍。球在哪里？”

“在你手里。”弗雷德说。

球队主教练戴夫·曼斯菲尔德称圣皮埃尔为“老圣”，老圣把球扔进手套里。“现在呢？”

“在你的手套里。”

老圣侧身站着，投球的手伸到手套里。“现在呢？”

“在你手里，我是这么觉得的。”

“你是对的，所以注意我的手。观察我的手，弗雷德·穆尔，等着球出来。你要看着球，而不是其他东西，只看球。我对你来说应该是一片模糊。你为什么要看见我？你在乎我是否在微笑吗？不。你正等着看我怎么投——侧肩投、斜肩投，或是上肩投。你在等了吗？”

弗雷德点头。

“你在观察吗？”

弗雷德又点头。

“那好。”圣皮埃尔说着，又开始了他的短臂击球练习。

这次弗雷德真的猛力一挥，一个有力的俯冲平直球打到了右外野。

“好吧！”老圣喊道，“没关系，弗雷德·穆尔！”他擦去额头上的汗水，“下一个击球手！”

留着大胡子的大块头戴夫·曼斯菲尔德戴着飞行员太阳镜，穿着一件大学世界大赛的开领运动衫（这是一种幸运符）来到公园，他带了一个纸袋来参加邦戈西区队对阵米尼诺基特队的比赛，纸袋里装着十六面不同颜色的三角旗，每一面旗子上都写着“邦戈”，这个词的一侧是龙虾，另一侧是松树。当每一位出场的邦戈西区队队员的名字在挂在链条挡球网的扩音喇叭中被播报时，这位队员就会接过戴夫递出来的一面三角旗，跑过内野，把它递给对方相应号码的球员。

戴夫是个吵吵嚷嚷、坐不住的人，他恰好喜欢棒球，也喜欢打这个水平比赛的孩子们。他认为全明星少年棒球联盟世界大赛有两个目标：开心和赢球。他说，两者都很重要，但最重要的是让孩子们保持良好状态。发三角旗并不是一个打乱对手阵脚的狡猾策略，只是为了好玩。戴夫知道两队的男孩都会记住这场比赛，他想让米尼诺基特队的每个孩子都有个纪念品，就这么简单。

米尼诺基特队的队员们似乎对这一举动感到惊讶，当有人的磁带机开始播放安妮塔·布赖恩特唱的《星条旗之歌》时，他们不知道该拿这些旗子怎么办。几乎被装备埋在下面的米尼诺基特队捕手用一种独特的方式解决了这个问题：他把自己的邦戈旗子举在胸前。

准备周详之后，邦戈西区队轻松而彻底地击溃了对方；最后比分是邦戈西区队 18 分，米尼诺基特队 7 分。然而，失败并没有使纪念品贬值；当米尼诺基特队队员乘球队大巴离开时，除了几个饮料瓶和冰棒棍之外，客队的队员席空空如也，旗子——每一面——都不见了。

“二次拦接！”邦戈西区的田赛队教练尼尔·沃特曼喊道，“二次拦接，二次拦接！”

今天是和米尼诺基特队比赛之后的第二天。球队里的所有人都在训练，不过现在时间还充裕。大家开始感到疲倦了。这已经被安排好了：父母并不总是愿意放弃暑期计划，这样他们的孩子就可以在五月到六月的常规赛季结束后参加少年棒球联盟世界大赛，有时孩子们自己也厌倦了无休无止的苦练。有些人宁愿去骑自行车，在滑板上玩十趾吊，或者只是在社区游泳池里待着，看看女孩们。

“二次拦接！”沃特曼喊道。他身材矮小，穿着卡其布短裤，留着一般教练会留的平头。他实际上是一名教师，也是大学篮球教练，但今年夏天，他想让这些男孩明白，棒球和象棋之间的共同点比许多人所认为的要多。他一遍遍地告诉他们，要了解你们的比赛，知道你们在支持谁，最重要的是，在任何情况下都要知道你们的拦接手是谁，并且要将球准确传到。他耐心地向他们展示比赛的核心真相：比赛更多的是在头脑中进行的，而不是靠身体进行的。

邦戈西区队的中外野手瑞安·亚罗比诺向二垒的凯西·金尼投了一颗速球。凯西看都不看就触杀了身后的一个跑垒手，转动身体，同样扔了一颗速球回本垒，J. J. 费德勒站在那里接住球，然后把球扔回给沃特曼。

“双杀！”沃特曼喊道，一拳打在马特·金尼（与凯西无血缘关系）

身上。马特今天练习当游击手。这个球奇怪地一跳，似乎要飞向左中外野了。马特把球打下来，捡起来，传给在二垒的凯西；凯西转身，把球扔给迈克·阿诺德，他在一垒。迈克把它扔回本垒给 J. J.。

“好！”沃特曼喊道，“干得好，马特·金尼！打得不错！一坏二好一出局！你来替补，迈克·佩尔基！”叫的都是全名。总是要叫全名，以免混淆。球队里有很多叫马特、迈克和金尼的家伙。

投球很完美。迈克·佩尔基，邦戈西区队的二号投手，而这正是他应在的位置，去替补一号。他不是总能记得要这么做，但这次他记住了。尼尔·沃特曼准备开始训练下一个组击球动作，迈克·佩尔基咧嘴笑着跑回投手丘。

曼斯菲尔德在邦戈西区队痛击米尼诺基特队几天后说：“这是我多年来见过的最好的少年棒球联盟全明星球队。”他把一堆葵花子倒进嘴里，嚼了起来。他边说话边漫不经心地吐出瓜子壳。“我认为他们无法被打败，至少在这个赛区是这样。”

他停了下来，看着迈克·阿诺德从一垒奔向打席，接住了一个练习的触击球，并将身体扭向了一垒垒包。他的手臂向后弓起——然后持住了球。迈克·佩尔基还在投手丘上；这一次，他忘记了自己负责补位，而垒包是没有人防守的。他内疚地瞥了戴夫一眼。然后他突然露出灿烂的笑容，准备再来一次。下次他就没问题了，但他在比赛中能记得吗？

“当然，我们可以超越自我。”戴夫说，“通常就是这样。”他提高嗓门吼道：“迈克·佩尔基，你上哪儿去了？你应该补位一垒！”

迈克点点头，小跑过去——迟做总比不做好。

“布鲁尔队。”戴夫摇摇头说，“布鲁尔队在自己的主场。会是一场恶战。布鲁尔队很难搞定。”

邦戈西区队并没有把布鲁尔队打得落花流水，但是他们是在没有任何压力的情况下赢得第一场客场比赛的。该队的一号投手马特·金尼状态良好。他远远算不上咄咄逼人，但他投出的速球会鬼祟地如小蛇般跳跃，他也能投不起眼但有效的变化球。罗恩·圣皮埃尔喜欢说，美国每个参加少年棒球联盟世界大赛的投手都认为自己打的曲线球棒极了。他说："他们认为打出曲线球通常能赢得一笔买棒棒糖的零花钱。击球手只要稍微自我训练一下，就可以搞定这个可怜的家伙。"

然而，马特·金尼的曲线球真的会走曲线，今晚他打满全场，投出了八个三振。也许更重要的是，他只保送了四次。保送是少年棒球联盟教练最痛恨的。"保送会害事。"尼尔·沃特曼说。"保送每次都会害事。绝对没有例外。在少年棒球联盟比赛中，百分之六十被保送的击球手最后都会得分。"在这场比赛中不是这样：击球手金尼保送的两人被二垒封杀；另外两人残垒。只有一名布鲁尔队的击球手得到打点：中外野手丹尼斯·休斯，在第五局打出一垒安打，但他被二垒封杀。

马特·金尼是个严肃且镇定得有点可怕的男孩，他很少笑。比赛稳操胜券之后，他居然冲戴夫微微一笑，露出了整齐的牙套。"他能安打！"他几乎是虔诚地说。

"等着看汉普登队吧，"戴夫冷冷地说，"他们都能安打。"

当汉普登队七月十七日来到邦戈西区在可口可乐工厂后面的球场时，他们很快就证明了戴夫是对的。迈克·佩尔基的球技很好，控球能力也比对阵米尼诺基特队时强，但对汉普登队的少年们来说，他算不上什么传奇。迈克·塔迪夫身材矮小，击球速度快得惊人；他在距离佩尔基两百英尺远的地方接住了佩尔基投到左外野围栏上方的第三个球，在第一局就打出了本垒打。汉普登队在第二局又得了 2 分，以 3：0 的成绩领先邦戈西区队。

然而在第三局，邦戈西区队势如破竹。汉普登队投球表现很好，击球也很棒，但他们的防守，尤其是内野防守，还有待改进。邦戈西区队击出三记安打，失误五次，保送两次，得 7 分。少年棒球联盟的比赛常常是这样，7 分就够了，但他们还不够；对手顽强地将比分拉近，在第三局后半场拿下 2 分，在第五局又拿下 2 分。汉普登队在第六局后半场比分上升，为 10∶7，只落后 3 分。

十二岁的凯尔·金今晚是汉普登队的先发球员，在第五局转为捕手，在第六局后半场以一支二垒安打领先，然后迈克·佩尔基将迈克·塔迪夫三振出局。汉普登队的新投手迈克·温特沃思一垒安打到内野远端。金和温特沃思趁一个漏接球推进，但当杰夫·卡森以地滚球把球投回到投手身边时，他们被迫停下。这时乔希·贾米森上场，他是汉普登队能打出本垒打的五名队员之一，此时垒上两人，出局两人。他上场是为了看看能否追平。迈克虽然明显很累，但还是使出最后一点力气，用一坏二好的投球把他三振出局。比赛结束了。

孩子们排着队，按照惯例互相击掌庆祝，但很明显，迈克并不是唯一一个在比赛后筋疲力尽的孩子；他们耷拉着肩膀，低着头，看上去都像失败者。邦戈西区队目前在分区比赛中以 3∶0 的成绩领先，但这场胜利只是一次侥幸，这种比赛让少年棒球联盟世界大赛变成一次让观众、教练和球员自己都感到紧张的经历。通常发挥稳定的邦戈西区队今晚九次失误。

“我整晚都没睡。”戴夫第二天练习时嘟囔着，“该死，我们被打败了。我们本来就会输掉那场比赛。”

两天后的晚上，又有别的事情让他郁闷。他和罗恩·圣皮埃尔来到汉普登队，观看凯尔·金和他的伙伴们对阵布鲁尔队。他们不是去挖人的；邦戈西区队在两家俱乐部都打过球，两人都有丰富的经验。戴夫承认，他们其实是想去看布鲁尔队交好运，汉普登队出局。他们没有如愿；他们看到的不是一场棒球比赛，而是打击练习。

在关键时刻被迈克·佩尔基三振出局的乔希·贾米森，击出了一个飞入汉普登队练习区的全垒打。不光贾米森，卡森也打出一个，温特沃思也打出一个，塔迪夫命中两个。最终的比分是汉普登队 21 分，布鲁尔队 9 分。

在回邦戈的路上，戴夫·曼斯菲尔德嗑了很多葵花子，但没怎么说话。他将那辆老旧的绿色雪佛兰车停入可乐厂旁布满车辙的肮脏停车场时才振作了起来。他说："我们周二晚上只是侥幸，他们也知道。我们周四去那儿比赛的时候，他们可不会放过我们。"

能供第三区的球队打完六局激烈比赛的球场大小都一样，只是有的球场会多出或少一英尺，而有的球场会多一扇外野大门。教练们都把规则手册放在后面的口袋里，并且经常使用。戴夫喜欢说，凡事确认一下不会有坏处。内野每条边线是六十英尺，里面那个正方形的站立区就是本垒板。根据规则手册，挡球网离本垒至少要有二十英尺，这样捕手和三垒跑垒手都有公平的机会去接漏接球。围栏离本垒板要有两百英尺。在邦戈西区队的球场，围栏距球场最远的距离大约为两百一十英尺。而在汉普登队的主场球场，这个距离则是一百八十英尺，这个队有塔迪夫和贾米森这样的强力击球手。

投手丘和本垒板中心之间的距离是最不能变动也最重要的，应该为四十六英尺，不多也不少。谈到这个问题，没有人会说："哦，差不多了，就这样吧。"大多数少年棒球联盟球队淘汰与否都取决于这两点之间四十六英尺的距离。

第三区的各个球场之间在其他方面区别很大，通常快速扫一眼就足以知道某个社区是如何看待这个比赛的。邦戈西区队的球场的情况很糟糕——这是由于该区常常忽视其娱乐设施方面的预算。球场草皮下的地面是贫瘠的黏土，天气潮湿时会变成泥塘，干燥时则变成水泥，就像今年夏天一样。会有人给球场浇水，外野的大部分区域基本上能保持绿色，但是内野却是一派凋敝。球场上长满了杂草，但是投手丘和本垒板之间的区域几乎是光秃秃的。挡球网生锈了；漏接球和暴投经常从地面和链环之间的空隙中激射出来。两个巨大的沙丘贯穿着右外野和中外野。这些沙丘实际上已经成为主场球队的优势。邦戈西区队的球员们学会了利用它们，就像红袜队的左外野手们学会了利用绿色怪物[1]一样。另一方面，客场外野球员经常会判断失误，跟着球跑到围栏去。

布鲁尔队的球场位于当地独立食品商联盟[2]杂货店和一家马登折扣店后面，它必须与可能是新英格兰地区最古老、最陈旧的操场设备争夺场地；小弟弟们和小妹妹们在秋千上头朝下，脚朝天空，倒立着看比赛。

马柴厄斯的鲍勃·比尔球场，内野铺满了鹅卵石，可能是邦戈西区队今年将造访的最糟糕的球场；汉普登队球场的外野修剪得很整齐，内野的布局也很整齐，可能是最好的一个。汉普登队球场位于当地对外战争老兵组织[3]的大厅后面，看上去就像一个富家孩子的乐园。它还有一个野餐区，就在中外野的围栏外面，还有一个配备了卫生间的小吃店。但外表可能具有欺骗性。这个球队的孩子们都来自纽堡和汉普登，纽堡是一个有小农场并产奶制品的村子。这些孩子中有许多人乘着旧汽车去看比赛，车头灯周围涂着底漆，用铁丝网固定着消声器；他们身上的晒斑是他们跑各种腿晒出来的，不是在乡村俱乐部的游泳池里待着晒出来的。城里的孩子和乡下的孩子有区别。不过一旦他们穿上制服，这些区别就不重要了。

---

[1] 波士顿红袜队的主场芬威公园左外野全垒打墙的昵称。

[2] 美国一个以特许经营方式运营的超市品牌。

[3] 美国退伍军人组织，总部位于密苏里州堪萨斯城。

戴夫是正确的：纽堡和汉普登的球迷正严阵以待。邦戈西区队上次获得第三区少年棒球联盟世界大赛冠军是在一九七一年；汉普登队从未获得过冠军，尽管早些时候输给了邦戈西区队，但许多当地球迷仍然希望他们今年能夺冠。这是邦戈西区队第一次真正感觉到自己在到处奔走。它面临着对手家乡的一大群粉丝。

马特·金尼开始比赛了。汉普登队遭遇凯尔·金，比赛迅速发展成少年棒球联盟世界大赛最难得一见、最精彩的一场比赛。这是一场真正的投手对决。在第三局结束时，汉普登队0分，邦戈西区队0分。

在第四局的后半场，汉普登队的内野再次失控，邦戈西区队得了两点非自责分。邦戈西区队的一垒手欧文·金完成了两个上垒和一个出局。这两位姓“金”的队员——汉普登队的凯尔和邦戈西区队的欧文——没有血缘关系。不需要有人告诉你，看一眼就够了。凯尔·金大约五英尺三英寸，身高约六英尺二英寸的欧文·金远远高过了他。在少年棒球联盟世界大赛中，队员体形差异是如此之大，以至于很容易让人眼花缭乱，产生错觉。

邦戈西区队的金打出一个地滚球给游击手。这是一个量身定制的双杀球，但汉普登队的游击手并没有干净利落地守备，而金击中投球，拖着他那约有两百磅重的身体以最快的速度跑向一垒，安全上垒。迈克·佩尔基和迈克·阿诺德轻松溜回本垒。

接着，在第五局的上半场，一直在跑垒的马特·金尼击中了汉普登队的八棒击球手克里斯·威特科姆。九棒击球手布雷特·约翰逊快速跑到了邦戈西区队的二垒手凯西·金尼处。同样，这是一个适时的双杀，但凯西放弃了。他的手自然垂下，在离地面约四英寸的地方一动不动，然后凯西转过脸，以防被糟糕的弹地球打中。这是少年棒球联盟世界大赛中最常见的防守失误，也是最容易理解的；这是显而易见的自我保护行为。当球投向中外野时，凯西向戴夫和尼尔投去震惊的眼神，完成了这次芭蕾舞般的表演。

“没关系，凯西！下次注意！”戴夫用他那沙哑自信的北方佬腔调喊道。

“换击球手！”尼尔喊道，完全无视凯西的表情，“换击球手！好好比赛！我们仍然领先！打出一个出局！集中精力打一个出局！”

凯西开始放松，重新投入比赛，然后，在外野围栏之外，汉普登队的号角声开始此起彼伏。其中一些是最新款的汽车——丰田和本田——发出的，还有的来自时髦的道奇小马——保险杠上贴着“我们冲出美洲中部”和“劈开木头而不是原子”的贴纸。但汉普登队大部分的喇叭声都来自老式汽车和皮卡。许多皮卡的铁门都生锈了，仪表盘下面连接着调频转换器，车厢上盖着里尔露营帽。谁在车里按喇叭？似乎没有人知道——不确定。那些人不是汉普登队球员的父母或亲戚；父母和亲戚们（外加一大群脸上糊着奶油的小弟弟和小妹妹）挤满了看台，沿着球场三垒那一侧的围栏排成列，汉普登队的队员席就在那里。他们可能是刚刚下班的本地人，在去隔壁的对外战争老兵组织俱乐部喝几杯啤酒之前停下来先看了几场比赛；或者可能是汉普登队以前的少年棒球联盟世界大赛球员——他们渴望着那面很久都未曾得到的州冠军旗帜。至少看起来是可能的；汉普登队的喇叭声听起来既怪异又志在必得。他们的鸣笛一片和谐，或高亢，或低沉，有些电池快没电了，声音响亮而尖厉。几个邦戈西区队的队员不安地回头看了看。

在挡球网处，一个当地电视台的摄制组正准备录一则决赛报道，在十一点档的新闻节目中播放。这引起了一些观众的骚动，但在汉普登队的候补席上似乎只有少数队员注意到了这一点。马特·金尼当然没有注意到。他正全神贯注于汉普登队的下一个击球手马特·奈德，奈德用他的沃思牌锡质球棒轻敲一只场地鞋，然后走进击球手区。

汉普登队的喇叭声沉寂了。马特·金尼入场挥臂准备投球。凯西·金尼回到二垒东面的位置，戴着手套的手垂下。他的神情表明，如果球再次击中他，他不打算转头避开了。汉普登队的跑垒手们满怀期待地站在一垒和二垒上（在少年棒球联盟世界大赛中，球员绝不能够离开垒包）。围在球场栏杆边的观众们焦急地观看着，谈话声渐渐平息了。在最精彩的棒球赛（这确实是一场非常棒的比赛，你会花钱去看的）上，观众应该屏息凝神，间或穿插着短促尖厉的抽气声。球迷们现在可以感觉到这种抽气声即将到来。马特·金尼挥臂投球。

奈德将第一个平直球击出二垒，打出一记安打，现在比分是2∶1。汉普登队的投手凯尔·金踏上打席，发出一记飞得嗖嗖响的低空直线球，直接打回投手丘，球击中了马特·金尼的右小腿。在他意识到自己真的受伤并且状态不佳之前，他本能地将球打出去，球已经歪歪扭扭地飞向了三垒和游击手之间的空隙。现在各垒都有人，但目前没有人在意；当裁判举起手示意暂停时，邦戈西区队的所有队员都向马特·金尼靠拢。在中外野外，汉普登队的喇叭耀武扬威地吹响了。

金尼脸色苍白，显然很痛苦。有人从小吃店的急救箱拿出一个冰袋，几分钟后，他就能站起来，双臂搭在戴夫和尼尔身上一瘸一拐地离开了赛场。观众们热烈而同情地鼓起了掌。

之前的一垒手欧文·金成为邦戈西区队的新投手。他必须面对的第一个击球手是迈克·塔迪夫。当塔迪夫上场时，汉普登队的喇叭意料之中地发出了短暂的呜呜声。金的第三个球暴投到了挡球网上。布雷特·约翰逊跑回本垒；金遵照指导，从投手丘跑向本垒。在邦戈西区队的队员席，尼尔·沃特曼仍然搂着马特·金尼的肩膀，高喊着："补位——补位——补位！"

邦戈西区队的先发捕手乔·威尔科克斯比金矮一英尺，但他速度很快。这个全明星赛季刚开始时，他并不想当捕手，现在他仍然不喜欢接球，但是他已经学会了忍耐，学会了在一个很少有小个子球员能坚持很久的位置上变得强大起来；即使在少年棒球联盟世界大赛中，大多数捕手也像人形的托比壶[1]一样矮矮的。在这场比赛的早些时候，他漂亮地单手接住一个界外球。现在他向挡球网冲去，用没戴手套的手把面罩扔到一边，与此同时，他接住了弹回的暴投。汉普登队的喇叭疯狂地奏响胜利的号角——事实证明，这还为时过早，因为他转向本垒，把球向金抛去。

约翰逊已经放慢了脚步。他脸上的表情和凯西·金尼眼看着约翰逊猛地从防守空隙中击出一个地滚球时的表情惊人地相似。表情中夹杂着极度的焦虑和恐惧，就像一个男孩突然希望自己能钻到别的地方，任何地方都行。新投手挡住了本垒板。

约翰逊开始心不在焉地滑垒。金接过威尔科克斯抛出来的球，以出人意料的、迷人的优雅姿势转身，轻松地将倒霉的约翰逊触杀出局。他朝投手丘走去，擦去额头上的汗水，准备再次面对塔迪夫。他身后的汉普登队的号角再次沉寂。

塔迪夫从一垒绕向三垒。邦戈西区队的三垒手凯文·罗什福特后退了一步作为回应。这是一场轻松的比赛，但是他的脸上露出一种可怕的沮丧表情，只有当罗什福特被一个轻松的弹跳高飞球吓呆的时候，你才能看到马特受伤对整个球队造成了多么严重的冲击。球进了罗什福特的手套，而他没能把球抓稳，球弹了出来——后来弗雷德·穆尔开始戏称他为“蟑螂夹”，接着全队队员都这样戏称他了。金和威尔科克斯与约翰逊交手时，奈德走向三垒，他已经冲向本垒板了。如果罗什福特接住了球，他本可以轻松地把奈德打败。但这里和美国职业棒球大联盟一样，棒球是充满不确定性的比赛，失之毫厘，差之千里。罗什福特没有接住球，而是先向一垒暴投。迈克·阿诺德已经接管一垒，他是队里最好的

[1] 一种有着坐姿的人形或人头形状的陶壶。

外野手之一，但是没有人给他助力。与此同时，塔迪夫则猛力冲向二垒。这两个投手之间的对决已经很像一场典型的少年棒球联盟世界大赛比赛了，现在汉普登队的号角一片欢腾。主场球队势如破竹，最后比分是汉普登队 9 分，邦戈西区队 2 分。不过，他们回家时还可以带上两个好消息：马特·金尼的伤势并不严重，而当凯西·金尼在下半赛程争得上场机会时，他拒绝握短棒，而完成了击球。

最终的出局数被记录了以后，邦戈西区队的球员们艰难地走到他们的队员席，坐在长椅上。这是他们的第一次失败，大多数人都不太能接受。有人厌恶地把手套扔到脏鞋间，有人在哭，有人眼看着就要哭了，没有人说话。连邦戈西区队平时妙语连篇的弗雷德，对汉普登周四晚上闷热的天气也没有发表任何言论。在中外野的围栏外，汉普登队的几只喇叭还在欢快地鸣响着。

尼尔·沃特曼是第一个发言的人。他叫孩子们抬起头来看着他。其中三个人已经抬头：欧文·金、瑞安·亚罗比诺和马特·金尼。现在大约有一半的队员照做了。然而，其他几名球员，包括打出最后一个出局的乔希·史蒂文斯，似乎仍然对他们的球鞋非常感兴趣。

“抬起头来。”沃特曼又说，这次他说话的声音更大了，但并不尖刻，于是孩子们都勉强看着他了，“你们打得很好。”他轻声说：“你们有点慌神了，结果他们才赢了。事情已经发生了。但这并不意味着他们更好——我们周六就会发现。今晚你们输的只是一场棒球赛。明天太阳会照常升起。”他们开始在长椅上动来动去；这个古老的说教显然没有失去安慰的力量。“你们今晚已经拼尽全力，这就是我们想要的。我为你们感到骄傲，你们也应该为自己感到骄傲。没有什么事情值得你们为之垂头丧气的。”

他站到一旁，腾出地方给戴夫·曼斯菲尔德，戴夫正在观察他的团队。戴夫说话了，他通常很大的声音此刻甚至比沃特曼的还小。“我们来这里时，就知道他们肯定得打败我们，不是吗？”他问道。他说话时若有所思，几乎像是在自言自语，“如果他们不这么做，他们就会出局。他们周六要来我们的场地。那时候我们必须打败他们。你们想吗？”

孩子们现在都抬起头来。

“我想让你们记住尼尔对你们说的话。”戴夫用一种若有所思的声音说，这与他在练习区上的咆哮截然不同，“你们是一个团队。这意味着你们要爱你们的队友。你们要爱你们的队友——无论输赢，因为你们是一个团队。”

他们第一次听到有人建议在球场上要爱自己的队友时，都对这个说法不自在地笑了起来。但此刻他们没有笑。在一起经历了汉普登队号角的奚落之后，他们似乎明白了，至少有一点明白了。

戴夫又看了他们一眼，然后点点头。“好了，收拾东西。”

他们捡起球棒、头盔、接球装备，把所有的东西都塞进帆布行李袋里。等他们把东西运到戴夫的绿色小货车上时，有人又笑了起来。

戴夫跟着他们笑了起来，但他在回家的路上没有笑。今晚的旅程似乎很长。他在回来的路上说：“我不知道我们周六能否击败他们。”他用同样深思熟虑的语气说，“我想赢，他们也想赢，但我不知道谁会赢。现在汉普登队有‘莫’加持了。”

显然，“莫”（Mo）是指动力（momentum）——一种神秘力量，它不仅影响单场比赛，还影响整个赛季。棒球运动员在每一个层次的比赛中都会古怪而迷信。出于某种原因，邦戈西区队的球员们选择了一只塑料小凉鞋作为他们的吉祥物，这只小凉鞋是从某个小球迷的玩具娃娃身上掉下来的。他们给这个可笑的护身符取名为“莫”。每场比赛时，他们都会把它插在队员席的铁链围栏上，击球手在准备就绪之前通常会偷偷摸一摸它。尼克·特查斯科斯通常为邦戈西区队打左外野，他被委以在不比赛的时候保管“莫”的重任。今晚，他第一次忘了带护身符。

“尼克周六最好记得带上‘莫’。”戴夫冷冷地说，“但即使他记得……”

他摇摇头，“我还是不知道。”

少年棒球联盟世界大赛的门票是免费的。章程明确禁止收费。然而，当比赛进行到第四局时，球员会拿上一顶帽子，为设备和场地维护进行募捐。周六，邦戈西区队和汉普登队将在今年的决赛中对决。

在邦戈举行的佩诺布斯科县少年棒球联盟世界大赛上，人们可以通过简单的比较来判断当地对球队命运的兴趣是否在增长。在邦戈西区队对阵米尼诺基特队的比赛上募集到了 15.45 美元；在周六下午对阵汉普登队的比赛中，帽子终于在比赛进行到第五局时回归，里面满是零钱和皱巴巴的钞票，总共是 94.25 美元。看台上坐满了人，围栏边也排满了，停车场已经满了。几乎所有的美国体育和商业活动都有一个共同点：成者为王。

邦戈西区队开局不错——他们在第三局结束时以 7∶3 的成绩领先，后面局面就崩溃了。在第四局中，汉普登队得了 6 分，大部分是实打实的得分。邦戈西区队不会像马特·金尼在与汉普登队的比赛中被击中后那样屈服——用尼尔·沃特曼的话来说，球员们不会低头。但是，在第六局后半场他们开始击球时，他们以 12∶14 的比分落后，十分沮丧。他们被淘汰的命运似乎迫在眉睫，也难以逃脱。“莫”被插在了它通常的位置，但是邦戈西区队离赛季结束还差三次出局。

在邦戈西区队 2∶9 失利后，有一个孩子不需要别人提醒他振作起来，那就是瑞安·亚罗比诺。他在那场比赛中三打两中，打得很好，他知道自己打得不错，就小跑着离开了球场。他是一个高大的孩子，性格安静，肩膀宽阔，长着一头浓密的深棕色头发。他是邦戈西区队两名天生的运动员之一。马特·金尼是另一位。虽然这两个少年在体形上截然不同——金尼身材苗条，但相当矮；亚罗比诺身材高大，肌肉发达——但他们有一个共同的特点，这在同龄男孩中并不常见：他们相信自己的身体。邦戈西区队的其他队员，无论多么有才华，似乎都把脚、胳膊和手当作间谍和潜在的叛徒。

有些少年为了某个竞赛穿上装备时，似乎会变得更像那么一回事，亚罗比诺就是其中之一。很多孩子戴上击球头盔后就跟书呆子戴着妈妈的炖锅一样，他是这两支球队中少数几个不会给人这种感觉的孩子之一。当马特·金尼站在投手丘上投球时，看起来完美极了，简直占尽天时地利。当瑞安·亚罗比诺走进右边的击球手区，将球棒的头部对准投手片刻后将它斜举到右肩上的位置时，他似乎完全得其所哉。甚至在准备好击打第一个球之前，他似乎就已全神贯注了：你可以把他击中的齐肩、齐臀，以及齐脚踝的球连起来画一条完美的直线。马特·金尼天生就是投手，瑞安·亚罗比诺天生就是击球手。

邦戈西区队的最后一次机会。在第四局中打出关键本垒打的杰夫·卡森，早先为球队替补了迈克·温特沃斯，而现在迈克·塔迪夫又上来替补他。他首先要与欧文·金交手。金打出了三坏二好（对一个触地球也像要本垒打一样挥空），然后目送一次略为偏内的球，保送上垒。在他之后，罗杰·费希尔到了打席，替补永远开朗的弗雷德·穆尔击球。罗杰有着印度式的黑色眼睛和黑色头发。他看起来很容易出局，但人不可相貌；罗杰很有力量。然而，今天，他被打败了。他被三振出局了。

在外野，汉普登队的球员们快速移动，互相配合。他们快赢了，也知道这一点。这里离停车场太远，汉普登队的号角不能发挥作用了；他们的球迷只能通过尖叫给他们加油。两个戴着紫色汉普登队帽子的女人站在队员席后面，欢欣地抱着对方。其他几个球迷看起来就像等待发令员枪声的田径运动员；显然，他们打算等孩子们将邦戈西区队一举击败后，就冲到赛场上。

乔·威尔科克斯不想做捕手，但最终还是完成了这项工作，他在向场中间高高打出了一垒安打，打进了左中外野。金在二垒停了下来。上来的是邦戈西区队的右外野手亚瑟·多尔，他穿着一双旧得不能再旧的高帮运动鞋，一整天都没有安打。这一次他成功了，但就在汉普登队游击手面前，对方几乎不需要移动。游击手将球猛击到二垒，希望能让金离垒，但他运气不好。尽管如此，还是有两个出局的。

汉普登队的球迷们继续尖叫着加油。队员席后面的女人们在跳上跳下。现在有几只汉普登队的号角在某个地方嘟嘟作响，但他们吹得有点早，只要看看迈克·塔迪夫的表情就知道，他正一边着擦额头，一边把棒球猛砸进手套里。

瑞安·亚罗比诺走进右边的击球手区域。他几近流畅完美地快速挥棒，即使是罗恩·圣皮埃尔也不会在这一点上责备他太多。

瑞安挥向了塔迪夫投的第一个球，这是他当天投出的最难的球——当球击中凯尔·金的手套时，发出步枪射击的声音。然后塔迪夫浪费了一个外角球。金回传球，塔迪夫沉思了一会儿，然后传出一个低飞速球。瑞安看了看，裁判员判定为两记好球。球落到了外野的角落——也许。裁判员说是这样，那无论如何，就是这样了。

现在双方的球迷都安静下来了，教练们也一样。他们都迷糊了。现在全看塔迪夫和亚罗比诺的了，全部押在这些球队的最后一场比赛，最后一局，最后一个出局数，最后一个好球。这两张脸之间距离四十六英尺。只是，亚罗比诺没有看塔迪夫的脸。他在看塔迪夫的手套，在某个地方我可以听到罗恩·圣皮埃尔告诉弗雷德：你正等着看我怎么投——侧肩投、斜肩投，或是上肩投。

亚罗比诺在等着看塔迪夫会怎么投。当塔迪夫侧身时，你可以隐约听到附近球场上网球的“嘣——嘣——嘣——嘣”声，但这里只有寂静和球员们清晰的黑影，映在泥土上就像用黑色建筑用纸剪下的剪影，亚罗比诺正等着看塔迪夫会怎么投。

他是上肩投。亚罗比诺突然开始移动，双膝和左肩都微微弓着，球棒在阳光下变得模糊不清。这一次牛皮撞上铝的声音——铿，就像有人用勺子敲打锡杯——不一样了。很不一样。不是“铿——”的一声，而是瑞安打中后发出的“梆”的一声，然后球就飞向左外野了——这是一个远球，球在高空中沿着长长的弧线帅气地飞进了这个夏日的午后。球将在距离本垒板两百七十五英尺远的一辆车下面被捡回来。

十二岁的迈克·塔迪夫简直难以置信，惊得目瞪口呆。他快速地看了一眼自己的手套，似乎希望看到球仍然在那里，并发现亚罗比诺击出的戏剧性的二好球二出局的球只是一个可怕而短暂的梦。挡球网后面的两个女人惊异地看着对方。一开始，没有人发出声音。那一刻，在大家都开始尖叫之前，在邦戈西区队的球员冲出队员席，等待瑞安冲到本垒板上后簇拥过去之前，只有两个人完全确定眼前的事情真的发生了。其中一个是瑞安自己。当他绕过一垒时，把双手举到肩膀上，做了一个简短但有力的胜利手势。而当欧文·金带着三点得分的第一分穿过本垒时，迈克·塔迪夫意识到，汉普登的全明星赛季结束了。作为一名少年棒球联盟的球员，他最后一次站在投手丘上，泪流满面。

“你要记住，他们只有十二岁。”三位教练每次都会这样说，每次其中一个说出来，听者都会觉得他——曼斯菲尔德、沃特曼或者圣皮埃尔——是在提醒自己。

“当你们在球场上的时候，我们会爱你们，你们也要爱彼此。”沃特曼反复告诉少年们。在邦戈西区队最后一刻以 15：14 的成绩战胜汉普登队之后，少年们确实都爱着彼此，便不再嘲笑这个说法了。沃特曼继续说：“从现在开始，我会对你们很严厉——非常严厉。你们比赛时，只会从我这里得到无条件的爱。但是当我们在主场进行训练时，你们中的一些人会发现我吼得有多大声。如果你偷懒，你就得一边待着去。如果我让你做什么事而你不去做，你就得一边待着去。休息时间结束了，伙计们——大家都撤了。刻苦训练就从现在开始。”

几天后的晚上，沃特曼在防守训练中向右击球，球差点把亚瑟·多尔的鼻子打断了。亚瑟当时正忙着检查他的拉链是否拉好了，或者检查鞋带或其他什么该死的东西。

“亚瑟！”尼尔·沃特曼咆哮着，听到这个声音时，亚瑟比棒球近距离飞过时吓得更厉害，“到这里来！到替补席上去！马上！”

“可是——”亚瑟开始说。

“过来！”尼尔也喊了一声，“到替补席上去！”

亚瑟闷闷不乐地走了进来，低着头，J. J. 费德勒替补了他。经过几个晚上，尼克·特查斯科斯在大约五次试击练习中未能打出两次短打，因而失去了击球的机会。他一个人坐在替补席上，两颊通红。

邦戈西区队的下一个对手是马柴厄斯队，阿鲁斯图克县 / 华盛顿县的获胜者，两队将进行三局两胜的系列赛，获胜者将是第三区冠军。第一场比赛将在可口可乐厂后面的邦戈西区队的球场进行，第二场比赛将在马柴厄斯队的鲍勃·比尔球场进行。如果需要，最后一场比赛将在两个小城之间的中立场地进行。

正如尼尔·沃特曼所承诺的那样，一旦国歌奏响，首场比赛开始，教练组的工作人员都会积极鼓励。

“没关系，没有大碍！”当对方投出一个向右的远球，亚瑟·多尔判断错误，球落在了他身后时，戴夫·曼斯菲尔德大喊道，“打一个出局，快点！肚皮游戏！打一个出局吧！”似乎没有人确切地知道“肚皮游戏”是什么，但由于它似乎跟赢比赛有关，少年们都支持。

不必与马柴厄斯进行第三场比赛了。邦戈西区队在第一场比赛中，马特·金尼的投球表现很强势，并以 17：5 的成绩获胜。赢得第二场比赛有点困难，只是因为天气不配合：夏天的一场倾盆大雨就会让第一次努力打水漂，邦戈西区队必须往返一百六十八英里两次到马柴厄斯参加比赛，才能夺得分区冠军。他们终于在七月二十九日开始了比赛。迈克·佩尔基的家人已经将邦戈西区队的二号投手带到奥兰多的迪士尼乐园了，使迈克成为第三个退赛的球员，但欧文·金悄悄地上场，投出了五记安打、八次三振的成绩，并因疲劳在第六局让位给了迈克·阿诺德。邦戈西区队以 12：2 的比分获胜，成为第三区少年棒球联盟世界大赛的冠军。

在这样的时刻，职业球员们会退到他们装了空调的更衣室里，把香槟倒在彼此的头上。邦戈西区队的球员们去了海伦餐厅，这是马柴厄斯最好的（也许是唯一的）餐厅，用热狗、汉堡包、百事可乐和堆成小山的炸薯条来庆祝。看着他们，看着他们互相嘲笑，互相戏弄，用吸管吹纸巾小球，你不可能不意识到，他们很快就会发现更多花哨的庆祝方式。

然而，就目前而言，这完全没问题——事实上，很好。他们并没有被所取得的成绩冲昏头脑，但是他们似乎非常高兴，非常满意，并且完全沉醉其中。如果说他们这个夏天仿佛有了魔力，他们并不自知，而且到目前为止还没有人忍心告诉他们，事实可能是这样的。现在，他们被允许享受海伦餐厅的油炸食品，有这些简便的庆祝方式就足够了。他们已经赢得了分区的比赛；州际冠军赛在一周之后举行，届时来自人口稠密地区的更强大、更优秀的球队可能会将他们淘汰出局。

瑞安·亚罗比诺又换回了他的背心。亚瑟·多尔的脸颊上涂了一层番茄酱，样子十分滑稽。而欧文·金在零坏球二好球的情况下，用一个强力侧肩速球让马柴厄斯的击球手们闻风丧胆，现在他正高兴地咕噜咕噜地喝着百事可乐。比赛进展不顺利时，尼克·特查斯科斯看起来是世界上最快快不乐的少年，但今晚他看起来无比快乐。有何不可呢？今晚他们十二岁，他们是胜利者。

不过，他们自己也会时不时地提醒你这一点。他们第一次出门时，因为下雨取消了比赛，在从马柴厄斯回来的途中，J. J. 费德勒在汽车的后座上不安地挪动起来。“我想尿尿。”他说，他紧紧抓住自己，不祥地补充道，“伙计，我憋不住了，我是认真的。”

“J. J. 要尿裤子了！”乔·威尔科克斯欢快地大喊，“看这个！ J. J. 要把车淹了！”

“闭嘴，乔。”J. J. 说，然后又开始扭来扭去。

他一直等到快憋不住的时候才告诉大家。马柴厄斯和邦戈相距 84 英里，途中大部分是空旷之地。在这段路上，甚至连一片像样的树丛也没有，J. J. 没有地方可去，消失片刻——一路只有绵延的开阔干草场，1A 号公路蜿蜒其中。

正当 J. J. 的膀胱要炸了的时候，一个天赐的加油站出现了。助理教练闪进来给他的油箱加满油，而 J. J. 则慌忙去找男厕所。“天哪！”当他小跑着回到车里时，他一边说，一边把头发从眼睛里拨开，“差点就憋不住了！”

“你裤子上有一些，J. J.。”乔·威尔科克斯漫不经心地说，当 J. J. 检查时，大家都狂笑起来。

在第二天返回马柴厄斯的途中，马特·金尼揭示了《人物》杂志对参加少年棒球联盟世界大赛这个年龄段的少年的主要吸引力。“我肯定在某处有一则。”他说着，慢慢地翻阅着他在后座上发现的一册杂志，“几乎总是会有。”

“什么？你在找什么？”三垒手凯文·罗什福特问，他从马特的肩膀上方看过去。马特翻过这一周的明星照片时，几乎没有瞅一眼。

“乳房检查广告。”马特解释道，“看不到全部，但可以看到一部分。

在这里！”他得意扬扬地举起杂志。

另外四个小脑袋——每个都戴着一顶红色的棒球帽，立刻簇拥到杂志周围。至少有几分钟，棒球早被这些少年抛到九霄云外了。

一九八九年缅因州少年棒球锦标赛于八月三日开始，就在参赛球队刚刚开始全明星比赛的四周后。该州分为五个区，所有区都派球队到奥尔德敦，今年的锦标赛将在那里举行。参赛队伍是雅茅斯队、贝尔法斯特队、刘易斯顿队、约克队和邦戈西区队。除了贝尔法斯特队之外，其他球队都比邦戈西区队的全明星阵容强大，而且贝尔法斯特队应该有一个秘密武器。他们的头号投手是今年的锦标赛神童。

锦标赛神童的指定仪式一年举行一次，它仿佛一个小肿瘤，似乎所有试图切除它的努力都无济于事。这个男孩，无论他是否想要这个荣誉，都会被称为“棒球小子”。他会发现自己处于前所未有的聚光灯下，成为大家讨论、猜测和投注的对象，这是不可避免的。他还会发现自己的处境并不令人羡慕，他不得不去配合各种赛前炒作活动。少年棒球锦标赛对任何孩子来说都是一种压力，当你上了“锦标赛之城”的新闻时，你会发现自己不知何故也瞬间成了传奇，这通常是难以忍受的。

今年的神话和讨论的对象是贝尔法斯特的左撇子投手斯坦利・斯特吉斯。在他为贝尔法斯特打的两场比赛中，他已经完成了三十次三振——在第一场比赛中有十四次，在第二场中有十六次。在任何联赛中，两场比赛打出三十次三振都是一个令人印象深刻的成绩，但是要完全理解斯特吉斯所取得的成绩，我们必须记住，少年棒球联盟世界大赛的比赛只有六局。这意味着贝尔法斯特队的斯特吉斯打出的出局中有百分之八十三都是三振出局。

还有约克队。所有来到奥尔德敦哥伦布骑士球场参加锦标赛的球队都有出色的记录，但未曾战败过的约克队显然是最有希望打进东部地区锦标赛的球队。这支球队的队员个头都不高，但其中有几个身高超过了五英尺十英寸，他们最优秀的投手菲尔·塔博克斯的速球在一些比赛上可以达到每小时七十英里——以少年棒球联盟世界大赛的标准来看，这是非常罕见的。和雅茅斯队和贝尔法斯特队一样，约克队球员穿着特殊的全明星制服和配套的场地鞋，这让他们看起来像职业球员。

只有邦戈西区队和刘易斯顿队的穿着五花八门，也就是说，队员的球衣颜色各异，上面都印有他们的常规赛赞助商的名字。欧文·金的球衣是橙色的，上面印着“麋鹿”；瑞安·亚罗比诺和尼克·特查斯科斯是红色的，上面印着“邦戈水电”，罗杰·费希尔和弗雷德·穆尔则是绿色的，上面印着“雄狮”，诸如此类。刘易斯顿队的穿着类似，但他们至少有配套的鞋子和马蹬。与刘易斯顿队相比，邦戈西区队穿着各种宽松的灰色运动裤和平平无奇的运动鞋，看起来很奇怪。然而，与其他球队相比，他们看起来就像彻头彻尾的流浪汉。除了教练和球员自己，没有人会拿他们当回事。在第一篇关于锦标赛的文章中，当地报纸对贝尔法斯特队球员斯特吉斯的报道比对整个邦戈西区队的报道还多。

戴夫、尼尔和老圣，这个不和谐却出奇地有效的智囊团带领球队走到这一步，看着贝尔法斯特队占据了内野进行击球练习没有说什么。贝尔法斯特队的孩子们穿着崭新的紫白色制服，光彩夺目——在今天之前，他们都没有怎么穿过，制服没有沾上多少内野的泥土。最后，戴夫说："好吧，我们终于再次来到这里。我们付出了那么多努力。没有人能从我们这里夺得胜利。"

邦戈西区队来自今年举办锦标赛的地区，在五支球队中有两支被淘汰之前，球队将不用打比赛。这被称为第一轮淘汰赛，现在这是他们最大的，也许也是唯一的优势。在他们自己所在的地区，他们有冠军样（除了与汉普登队的那场可怕的比赛），但是戴夫、尼尔和老圣久经赛场，知道现在他们面对的是一个水平完全不同的棒球赛。当他们站在围栏旁观看贝尔法斯特队练习时，他们的沉默承认了这一点。

相比之下，约克队已经订购了第四区的别针。别针交易是地区锦标赛的传统，而约克队已经订到一批货的事实说明了一个有趣的问题。别针表明，约克队打算在布里斯托尔与东海岸最优秀的球队进行比赛。别针表明，他们不认为雅茅斯队能阻止他们夺冠；拥有神奇的左撇子投手的贝尔法斯特队也不能；在以 12：15 的比分输掉第一场比赛之后，在败者组艰难地获得第二区冠军的刘易斯顿队也不能；或者，最重要的是，来自邦戈西区的十四个衣着褴褛的矮个子小淘气鬼也不可能。

“至少我们有机会比赛。”戴夫说，“我们会努力让他们记住我们曾经来过。”

但首先是贝尔法斯特队和刘易斯顿队有机会比赛。在波士顿大众管弦乐团演奏的国歌播放完之后，一位颇有名气的当地撰稿记者发出了必投的第一球之后（球一直飞到挡球网），他们的对阵就开始了。

地区体育记者对斯坦利·斯特吉斯重点着墨，但一旦比赛开始，记者就不能上场（有些人似乎觉得，这种情况是最初定下的规则中的错误造成的）。一旦裁判员发令开场，斯特吉斯就发现他只能靠自己了。撰稿记者、权威人士和整个贝尔法斯特的棒球联盟现在都站在了围栏外。

棒球是一项团队运动，但是在每一个球场的中心，只有一个球员拿着球，在球场尖角处也只有一个球员拿着球棒。拿球棒的人一直在变化，但投手不变，除非他再也不能投球了。今天是斯坦利·斯特吉斯发现锦标赛的残酷事实的一天：每个神童迟早都会遇到他的对手。

斯特吉斯在他的最后两场比赛中出局了三十人，但那是在第二区。贝尔法斯特队今天对阵的是一群来自刘易斯顿的埃利奥特大道联盟的厉害角色，这完全是另外一回事了。他们没有约克队少年们那么大的块头，也没有雅茅斯队少年们那么快的速度，但是他们有毅力。一棒击球手卡尔顿·加尼翁体现了球队穷追猛打的精神。他先向中路击出一垒安打，盗了二垒，又通过牺牲打前进到三垒，然后在教练的指示下盗垒回到本垒。在第三局比分为1∶0的情况下，加尼翁再次上垒，这一次是野手选择上垒。兰迪·热韦尔在打线中紧随其后，随即被出局，但在他出局前，加尼翁趁一个漏接球到达二垒，又盗了三垒。在两人出局的情况下，通过三垒手比尔·帕拉迪斯的安打得分。

贝尔法斯特队在第四局有一次得分，比赛有了短暂的起色，但随后刘易斯顿队在第五局得分2分，在第六局又得了4分，彻底击败了贝尔法斯特队和斯坦利·斯特吉斯。最后的比分是9∶1。斯特吉斯三振出局十一人，但他手上也放出了七记安打，而刘易斯顿队的投手卡尔顿·加尼翁三振八次，只容许了三记安打。当斯特吉斯在比赛结束离开球场时，他看起来既沮丧又如释重负。对他来说，炒作和喧嚣已经结束。他可以不再做报纸花边新闻的对象，可以做回正常的孩子。他脸上的神情表明他看到了其中的某些好处。

后来，在强队对阵中，锦标赛最受欢迎的约克队击败了雅茅斯队。然后大家都回家了（或者，客场球员回到他们的汽车旅馆或寄宿家庭）。明天，周五，将轮到邦戈西区队上场，而约克队则等待着与胜利者狭路相逢。

周五如期而至，天气炎热，多雾多云。天刚亮时就仿佛要下雨了，在邦戈西区队和刘易斯顿队准备开始比赛的前一个小时左右，雨下了起来——一场倾盆大雨。当他们在马柴厄斯遭遇这种天气时，比赛很快就被取消了。这里不行。这是一块不同的场地——内野是一片草地而不是泥地，但这不是唯一的因素。主要是电视。今年，两家电视台首次汇集了资源，并将于周六下午在全州范围内转播锦标赛决赛。如果邦戈西区队和刘易斯顿队之间的半决赛被推迟，那就意味着电视台的节目安排会受影响，即使是在缅因州，即使是在这个最业余的体育赛事中，媒体的节目安排也是雷打不动的。

于是，邦戈西区队和刘易斯顿队来到球场，他们没有解散。相反，他们坐在汽车里，或者聚集在中央特许经营的摊位的粉白相间条纹的帆布下，等待着雨停。等着等着，球员开始感到不安了。这些孩子中的许多人在他们的运动生涯结束之前会参加更大的比赛，但这是所有孩子迄今为止最大的一次。他们激动无比。

终于有人出了一个主意。在打了几个电话后，两辆奥尔德敦的校车在附近的麋鹿俱乐部停下，倾盆大雨中车身闪耀着明亮的黄色，球员们被送去参观奥尔德敦独木舟公司的工厂和当地的詹姆斯河造纸厂。（詹姆斯河集团是即将开始的锦标赛电视转播广告时间的主要商家）。当他们坐上校车时，没有一个球员看起来特别高兴；回来时，他们看起来也没有更快乐。每个球员都拿着一个小小的独木舟船桨，大小刚好适合一个体格健壮的精灵。这是独木舟工厂的赠品。似乎没有一个少年知道应该怎么处置这些船桨，但我后来检查时，它们都不见了，就像与米尼诺基特队的第一场比赛后邦戈西区队的旗子一样。免费纪念品，很划算。

而且比赛似乎终究会到来。在某个时候——也许就在少年棒球联盟世界大赛的球员们看着詹姆斯河造纸厂的员工们把树变成卫生纸的时候——雨停了。场地的排水性能很好，投手丘和击球手区迅速干了，现在，下午三点刚过，一缕还带着雨意的阳光第一次从云层中投下一瞥。

邦戈西区队从客场回来时无精打采。今天到目前为止，还没有人投过球、挥过棒或跑过垒，但每个人似乎都已经很疲惫了。球员们不看对方一眼就向练习区走去，手套挂在肩头或手腕上。他们走起路来像失败者，说起话来也像失败者。

戴夫没有教训他们，而是让他们排成一排，开始和他们一起玩他独创的训练游戏。很快，邦戈西区队的球员们就开始互相开玩笑，冲对方叫唤，尝试来一个特技接球，当戴夫报错并派人到队尾时，他们就会发出呻吟和牢骚。然后就在戴夫准备结束练习，让尼尔和老圣接着开始击球练习之前，罗杰·费希尔跑到界外，用手套抵着肚子弯下腰来。戴夫立刻走向他，他的微笑变成了一种关切的表情。他想知道罗杰是否还好。

“还好。”罗杰说，“我只是想拿这个。”他又弯下腰来，深色的眼睛很专注，他从草丛中摘下什么东西，递给戴夫。是一株四叶草。

在少年棒球锦标赛中，主场球队总是由掷硬币决定。戴夫总是非常幸运地赢得主场，但今天他输了，邦戈西区队被指定为客队。有时候，坏运气也会变成好事，而今天就是这样的日子。尼克·特查斯科斯就是原因。

在为期六周的赛季中，所有球员的技术都有所提高，在某些情况下，态度也有所改善。尼克在替补席位上做好准备，尽管他已经证明了他拥有作为防守球员的技能和作为一名击球手的潜力，但是他对失败的恐惧让他怯场。渐渐地，他开始相信自己，现在戴夫已经准备好尝试让他做先发击球手。圣皮埃尔说：“尼克终于明白，没接住一个球或出局，其他人也不会过分责怪他。对尼克这样的孩子来说，这是一个很大的改变。”

今天，尼克抡起球棒把比赛的第三个球打到了中外野的边缘。这是一个很有力的上升式平直球，球飞过了围栏，这时中外野手都还没来得及转身去看，更别说跑回来接住它。当尼克·特查斯科斯跑过二垒，并放慢速度，开始跑回本垒时，所有少年都在电视上清楚地看到了，而挡球网后面的球迷们看到了罕见的一幕：尼克·特查斯科斯正咧嘴笑着。当他跑过本垒板时，他惊讶而快乐的队友们簇拥着他，他真的笑了起来。当他进入队员席时，尼尔拍了拍他的后背，戴夫·曼斯菲尔德给了他一个短暂而有力的拥抱。

尼克也完成了从戴夫开始的赛前练习：团队现在精神饱满，准备大展身手了。马特·金尼放给了卡尔顿·加尼翁一个先发安打，就是这个讨厌的家伙开始领着队友将斯坦利·斯特吉斯击溃。加尼翁借瑞安·斯特雷顿的牺牲打之机到达二垒，然后凭借一个暴投到达三垒，又凭借一个暴投得分。这可以说是不可思议地重复了他在第一次对阵贝尔法斯特队的比赛中的模式。今天下午金尼的控球表现不是很好，但刘易斯顿队在比赛开始时的唯一得分来自加尼翁。他们有点倒霉，因为邦戈西区队第二局上半场得分了。

欧文·金凭借一记深远的一垒安打，先发上垒；亚瑟·多尔以另一记一垒安打紧随其后；迈克·阿诺德在刘易斯顿队的捕手杰森·奥格接过阿诺德的触击球后，给一垒来了一个暴投。金借这个失误之机得分，让邦戈西区队 2：1 重新领先。邦戈西区队的捕手乔·威尔科克斯打出一支内野安打，场上满垒。尼克·特查斯科斯第二次上场三振出局，这让瑞安·亚罗比诺回到本垒板。瑞安第一次上场三振出局了，但这次没有。他将马特·诺伊斯的第一次投球变成了大满贯本垒打，一局半后，得分情况是邦戈西区队 6 分，刘易斯顿队 1 分。

直到第六局，对邦戈西区队来说，这是一个真正的幸运日。当刘易斯顿队击球时，邦戈西区队的球迷们希望这是对手的最后一次机会，刘易斯顿队以 1：9 的比分落后。讨人厌的家伙卡尔顿·加尼翁是先发击球手，然后因为防守失误到达本垒。下一个击球手瑞安·斯特雷顿也因为防守失误到达本垒。一直在疯狂欢呼的邦戈西区队球迷们开始有点不安了。当你领先 8 分时，对方很难反胜，但这也不是不可能。这些北部的新英格兰人是红袜队的球迷。他们已经见识过很多次了。

比尔·帕拉迪斯一记快速一垒安打到中场，让球场氛围更加紧张。加尼翁和斯特雷顿都到达本垒了。现在比分是 9：3，跑垒手在一垒，没有人出局。邦戈西区队的球迷们的脚不安地动来动去，心神不定地看着对方。比赛已经进行到这种程度了，胜利不会被夺走的，对吗？他们的表情仿佛在问。答案是，当然，这是可能的。在少年棒球联盟世界大赛中，任何事情都可能发生，而且经常发生。

但这次不会。刘易斯顿队又一次得分，然后止步于此。诺伊斯在对阵斯特吉斯的比赛中曾经三次出局，而现在是今天的第三次了，终于有一个出局。刘易斯顿队的捕手奥格将第一球猛地扔向游击手罗杰·费希尔。罗杰在该局较早时防守卡尔顿·加尼翁球失误，造成了后面的局面，但这次他轻易地把球捡了起来，传给迈克·阿诺德，阿诺德一开始把球传给欧文·金。奥格很慢，而金投球的射程很长。结果是6—4—3双杀，结束了比赛。在跑垒道只有六十英尺长的少年棒球联盟世界大赛这样一个微缩版赛事上，你不会经常看到双杀传球，但是罗杰今天找到了一株四叶草。如果你一定要找个原因，那它可能就是。不管你认为原因是什么，邦戈西区队的少年们又赢了一场，比分为9：4。

明天，他们将迎战来自约克的强大对手。

现在是一九八九年八月五日，在缅因州只有二十九个男孩还在少年棒球联盟世界大赛上——邦戈西区队有十四个，约克队有十五个。当天的天气几乎和前一天一模一样：炎热，多雾，好像要下雨。比赛预定在十二点三十分准时开始，但天空再次不作美，到十一点，看起来比赛将——必须——被取消。大雨倾盆而下。

然而，戴夫、尼尔和老圣不会冒险。他们都不喜欢孩子们前一天临时返程时那种怏怏不乐的情绪，他们也不想让这种情况重演。没有人希望今天又得靠玩赛前游戏度过或指望一株四叶草带来好运。如果今天能顺利比赛——而且会有电视转播，这会是一个强大的激励因素，不管天气多么阴暗，那就再好不过了。赢家去布里斯托尔，失败者回家。

在可口可乐厂后面的球场上，一支临时车队聚集起来，都是教练和父母驾驶的货车和旅行车。车队开到十英里外的缅因州大学室内运动场，这个地方类似于谷仓，尼尔和老圣在那里把孩子们集合起来，让他们迈着步子，直到他们都汗流浃背。戴夫也已经安排好让约克队使用室内运动场，当班戈西区队步入阴沉的天空下时，约克队穿着整洁的蓝色制服整队而来。

到了下午三点的时候，雨已经变成了零星的小雨，场地管理员正在忙乱地工作，试图让球场恢复到可比赛的状态。在球场周围的钢架上搭建了五个临时的电视工作平台。在附近的一个停车场里，有一辆巨大的卡车，旁边写着“缅因州远程直播广播系统”。厚厚的一捆电缆被几小块电工胶带绑在一起，从摄像机和播音员的临时摊位拉到了这辆卡车上。一扇门敞开着，许多电视监视器在里面闪烁。

约克队还没有从室内运动场赶来。邦戈西区队开始在左外野围栏外投掷，主要是为了有事可做，好不那么紧张；他们在大学体育场，经过了汗流浃背的一小时，当然不需要再热身了。摄影师们站在塔楼上，看着场地管理员忙着把水扫走。

外野状况良好，已经有人用耙子耙过内野的草皮并涂上了速干涂层。真正麻烦的是本垒板和投手丘之间的区域。在锦标赛开始之前，这里已经被重新铺设了草皮，草皮还根本没有生根并达到自然排水的效果。结果，本垒板前变成了一汪沼泽——一片绵延至三垒线的泥泞地带。

有人出了个主意——后来发现是一时的灵光闪现：移除大部分被毁坏的内野草皮。大家正忙活着移除的时候，一辆卡车从奥尔德敦高中赶来，卸下两辆工业规模的轮森瓦克牌地毯清洁机。五分钟后，场地管理员开始清理内野的地面。这个方法管用。到了三点二十分，场地管理员正在更换一块块草皮，草皮就像一个巨大的绿色拼图玩具。到了三点三十五分，当地的一位音乐老师正用一把原声吉他伴奏，演唱《星条旗之歌》，歌声曼妙。而在三点三十七分，邦戈西区队的罗杰·费希尔——戴夫的黑马选手——替补了缺席的迈克·佩尔基，他正在热身。罗杰前一天的发现与戴夫决定让他——而不是金或阿诺德——上场有什么关系吗？戴夫只把手指放在鼻子的一侧，狡黠地笑了笑。

三点四十分，裁判员入场。“把球放下，捕手。”他轻快地说。乔照做了。迈克·阿诺德朝一个看不见的跑垒手做了一个横扫触杀，球快速飞到内野。从新罕布什尔州到加拿大沿海省份的电视观众都看到了罗杰紧张地摆弄着他绿色球衣的袖子和里面穿的灰色热身运动衫。欧文·金从一垒把球传给他。费希尔接过来，拿着它抵在自己的臀部。

“我们开始打球吧。”裁判员邀请道——这是裁判员五十年来一直向少年棒球联盟世界大赛的球员发出的邀请，约克队的捕手和先发击球手丹·布沙尔走进击球手区。罗杰侧身，准备投掷一九八九年州锦标赛的第一个球。

五天前：

戴夫和我带着邦戈西区队的投手去了奥尔德敦。戴夫想让他们都了解来这里正式比赛时，站在投手丘上是什么感觉。迈克·佩尔基离开了，现在的队员有马特·金尼（他离战胜刘易斯顿队还有四天）、欧文·金、罗杰·费希尔和迈克·阿诺德。我们出发晚了，四个少年轮流投掷，戴夫和我坐在客队队员席里看着少年们，此时夏日的天空慢慢地暗淡下来。

在投手丘上，马特·金尼朝 J. J. 费德勒投了一个又一个强力曲线球。在球场对面的主队队员席，其他三名投手结束了练习，和陪他们来的队友一起坐在长椅上。虽然我只能断断续续地听到几段谈话，但我能听出来谈话主要是关于学校的——在暑假的最后一个月，这个话题出现的频率会越来越高。他们谈论着之前的老师和未来要遇到的老师，谈论着组成他们前青春期神话中的趣闻逸事：学年最后一个月，老师情绪不稳定，因为她儿子出车祸了；疯狂的文法学校教练（他们把他描述成一个集杰森、弗雷德和皮脸人[1]于一身的可怕的人）；据说科学老师有一次把一个孩子重重地扔向储物柜，把孩子撞晕了；如果你忘记带午餐钱，或者只要你说你忘记了，班主任就会给你。这是初中生的“伪经”，爆料很多，他们津津有味地讲述着，直到暮色降临。

在两个队员席之间，马特不断地扔球，球仿佛成了一条白色条纹。他的节奏具有催眠效果：侧身，挥棒，投球。侧身，挥棒，投球。侧身，挥棒，投球。J. J. 的手套每次接球时都会裂开。

“他们会有什么收获？”我问戴夫，“当这一切都结束时，他们会有什么收获？你认为这对他们会有什么影响？”

戴夫脸上是惊讶和沉思的表情。然后他转过身去看着马特，微笑着说：“他们能学会互相接纳。”

这不是我一直期待的答案——绝不是这个。今天的报纸上有一篇关于少年棒球联盟世界大赛的文章——在充斥着广告的“荒原”上的讣告栏和占星栏之间，通常会出现这样的思考片段。这篇文章总结了一位社会学家的研究结果，他花了一个赛季的时间来观察少年棒球联盟的球员，然后对他们的发展做了一小段时间的跟进。他想知道这个比赛是否如少年棒球联盟世界大赛支持者所声称的那样，也就是说，把公平竞争、勤奋工作和团队协作这样的老式美国价值观传承下去。该研究者报告说，从某种程度上来说，它确实奏效了。但他也报告说，少年棒球联盟世界大赛几乎没有改变球员的个人生活。九月重新开学时，学校的捣蛋鬼仍然是学校的捣蛋鬼；优秀的学生仍然是优秀的学生；六月和七月去参加一些严肃的少年棒球联盟世界大赛的班级小丑（如弗雷德·穆尔）在劳

---

[1] 三人均为美国恐怖影片中的经典反派形象。

动节[1]之后仍然是班级小丑。但社会学家发现了例外。非凡的比赛有时会产生非凡的影响。但是大体上，他发现少年们在参赛前后都差不多。

我想我对戴夫的回答的困惑源于我对他的了解——他几乎是少年棒球联盟世界大赛的狂热支持者。我相信他一定读过这篇文章，我一直期待他以这个问题为出发点，驳斥这位社会学家的结论。相反，他给出了体育界最老掉牙的答案之一。

在投手丘上，马特继续向 J. J. 投球，比以往任何时候都用力。他发现投手们把这个神秘的地方称为“老地方”，虽然这只是一个让孩子们熟悉球场的非正式练习区，但他不愿意放弃。

我问戴夫是否能更详细地解释一下，但我很小心，有点觉得自己会中迄今为止从未被人怀疑过的陈词滥调大奖：“猫头鹰从不在白天飞”“胜利者永不放弃，放弃者永不胜利”“去发挥你的天赋，不要浪费了”，也许甚至包括“上帝会保佑我们”之类的话，然后是“对吧，宝贝”。

“看看他们。”戴夫说，仍然微笑着。从他的笑容中可以看出他可能看穿了我的心思。“好好看看。”我照做了。大概有六个人坐在长椅上，还在笑着讲初中的打架故事。其中一个人不参与讨论很长时间了，他要求马特·金尼投曲线球，马特照做了，投出一个非常厉害的变化球。长椅上的少年们都欢呼起来。

“看看那两个家伙，”戴夫指着说，“其中一个家庭良好，另一个不太好。”他把一些葵花子扔进嘴里，然后指着另一个男孩，“或者那个。他出生在波士顿最贫穷的地段之一。如果不是因为少年棒球联盟世界大赛，你认为他会认识像马特·金尼或凯文·罗什福特这样的孩子吗？他们初中不会在同一个班级，不会在大厅里交谈，不会知道彼此的存在。”

马特投出了另一个曲线球，这个曲线球非常难对付，J. J. 没接住。球

---

[1] 美国的劳动节在每年九月的第一个周一。

一直飞到挡球网，当 J. J. 站起来在它后面小跑的时候，长椅上的少年们再次欢呼起来。

戴夫说："但比赛改变了这一切。这些少年一起打球，一起赢得了他们的地区赛冠军。有些人来自富裕的家庭，还有一些来自一贫如洗的家庭，但是当他们穿上制服，来到球场，他们把所有那些都抛开了。你的学习成绩，或者父母做什么或不做什么，对你的球场表现没有帮助。在球场上发生的都是孩子们之间的事。他们应对这些事，尽自己所能。其余的——"戴夫用一只手做了一个射击手势，"都被抛开了。他们也知道这一点。如果你不相信我，就看看他们，因为证据就在那里。"

我的视线越过球场，看到我自己的孩子和戴夫提到的其中一个男孩并排坐着，头凑在一起正认真地讨论着什么事情。他们惊讶地看着对方，然后大笑起来。

"他们一起比赛。"戴夫重复说，"他们一起练习，日复一日，这可能比比赛本身更重要。现在他们要参加州锦标赛了。他们甚至有机会赢。我不认为他们会赢，但那不重要。他们会去参赛，这就足够了。即使刘易斯顿队第一轮就把他们击败，这也足够了。因为这是他们一起在球场上完成的事情。他们会记住的。他们会记住那是种什么感觉。"

"在球场上。"我说，然后我一下子就明白了——恍然大悟。戴夫·曼斯菲尔德相信这个老派的价值。不仅如此，他也能相信。这样的陈词滥调在大型联赛上可能是空洞的，每隔一两周就有一些球员的药检呈阳性，而自由球员就是上帝，但是这并不是大型联赛。在这里，安妮塔·布赖恩特唱的国歌通过装在队员席后面的铁链上的破旧扩音器传出来。在这里，人们不必购买门票就可以观看比赛，在比赛过程中往帽子里放些东西就可以了。当然，这要看你自己的意愿。没有一个孩子休赛期会和超重的商人在佛罗里达一起打昂贵的棒球赛，在纪念品展览上签昂贵的棒球卡，或者以每晚两千美元的价格参观养鸡场。当一切都是免费的时候，戴夫的微笑暗示，他们必须把“陈词滥调”还给你，让你重新拥有它们，这样公平而且公正。你可以再次相信红色理发师[1]、约翰·图尼斯[2]和那个来自汤金斯维尔的孩子。戴夫·曼斯菲尔德相信自己所说的少年们在球场上是平等的，他有权利相信，因为他、尼尔和老圣都耐心地引导着这些孩子相信这一点。他们确实相信，当他们坐在球场另一边的队员席时，我能从他们的脸上看到这一点。这可能就是为何戴夫·曼斯菲尔德和全国其他地区所有和他一样的人会年复一年地坚持做这件事。这是免费的通行证，不是回到童年——不是那样的——而是回到梦想。

戴夫沉默了片刻，思考着，在他的手掌中上下抛着几粒葵花子。

他最后说：“这不是输赢的问题，那是之后要考虑的。这关乎他们今年将如何在走廊里擦肩而过、看着对方，然后记住彼此。从某种意义上说，在很长一段时间内，他们将会是一九八九年的区赛冠军球队。”戴夫瞥了一眼阴暗的一垒队员席，弗雷德·穆尔正和迈克·阿诺德在那里笑着什么。欧文·金咧着嘴笑着从一个人看向另一个人。“关键是要知道你的队友是谁，你必须依赖的人，不管你是否愿意。”

在比赛开始的四天前，他看着少年们谈笑风生，然后提高嗓门，让马特再投四五个球，然后停止练习。

并不是所有抛硬币赢了的教练——戴夫·曼斯菲尔德八月五日就抛硬币做了决定，这是他九场季后赛中的第六次那样做了——都会选择成为主场队。其中一些人（例如布鲁尔队的教练）认为所谓的主场优势完全是想象的，特别是在锦标赛中，两支球队实际上都没有在主场比赛。抛硬

[1] 原名沃尔特·拉尼尔，“红色理发师”是其昵称，美国体育评论员。

[2] 美国作家和广播员，以其少年体育小说而闻名。《来自汤金斯维尔的孩子》是约翰·图尼斯的一部小说，讲述了出身小城汤金斯维尔的主人公罗伊·塔克一路成长为美国职业棒球联盟布鲁克林道奇队队员的故事。

币选择做客队的理由是这样的：在这样的比赛开始时，两队的孩子都很紧张。要将这些紧张情绪利用起来，就得先击球，让防守队有足够的保送、投手犯规和失误，以便占得先机。这些理论家的结论是，如果你先击球，得 4 分，那么在比赛刚刚开始之际，你就赢了这场比赛。证明完毕。这是戴夫·曼斯菲尔德从未赞同过的理论。他说："我有我的坚持。"对他来说，这就是一切。

只是今天有点不一样。这不只是一场普通的锦标赛，它是一场锦标赛决赛——实际上，是一场会被电视转播的锦标赛决赛。当罗杰·费希尔挥臂投出他的第一个球时，戴夫·曼斯菲尔德的表情说明他在热切希望自己做的决定没错。罗杰知道他是一个临时先发球员——如果迈克·佩尔基此刻不是在迪士尼乐园和高菲握手，他就会站在这个位置上，但他控制住了打第一局的紧张情绪，如人所料，也许还稍微超乎了人们的预期。每次捕手乔·威尔科克斯传球后，他都会退回投手丘，观察击球手，摆弄他的球衣袖子，非常从容。最重要的是，他明白把球保持在好球区离自己最近的四分之一区域是多么必要。约克队个个都是力量型选手。如果罗杰失误，将球投到与击球手目光齐平处——尤其是像塔博克斯这样的击球手，他击的球和投的球一样有力——球很快就会被击出场外。

尽管如此，他还是败给了约克队的第一个击球手。布沙尔伴随着约克队粉丝区歇斯底里的欢呼声小跑到一垒。下一个击球手是游击手菲尔布里克。他将第一球打回给了费希尔。有时某些动作能决定整场球赛的命运，而这就是其中之一，罗杰选择传到二垒，以封杀前位跑垒手。在大部分少年棒球联盟世界大赛的比赛中，这不是个好主意，要么会导致投手向中外野暴投，让前位跑垒手前进到三垒；要么他会发现游击手没有跑到二垒，让垒包无人防守。然而，今天，它奏效了。圣皮埃尔已经对这些孩子进行了很好的防守站位训练。马特·金尼，今天的游击手，已经就位。投手罗杰也是。菲尔布里克因为野手选择进到一垒，但是布沙尔出局了。这一次，邦戈西区队的粉丝们在高声欢呼。

这场比赛大致平复了邦戈西区队的紧张情绪，并让罗杰·费希尔获得了一些他急需的信心。菲尔·塔博克斯，约克队发挥最稳定的击球手，也是他们的王牌投手，被一个低飞到好球区外的球三振。“下次干掉他，菲尔！”一名约克队的球员在替补席上大喊，“你只是不习惯这么慢的球！”

但是约克队的击球手遇到的不是球速问题，而是位置问题。罗恩·圣皮埃尔整个赛季都在宣扬低飞球的信条，而当老圣在球场讨论时，罗杰·费希尔——少年们都称他为“费儿”——一直在安静而专注地听着。戴夫让罗杰投球并打最后一棒，看起来这个决定很不错，尤其是当邦戈在第一局下半场打击的时候。我看到几个少年进入队员席时摸了摸塑料凉鞋“莫”。

球队、球迷和教练的信心，可以用不同的方式衡量，但无论你选择什么标准，约克队都更胜一筹。在家乡的啦啦队区，粉丝们在记分牌较矮的柱子上挂了一条横幅，上面写着浮夸的标语：约克队必胜。还有第四区别针的问题，别针都做好了，准备用来交易。但是从约克队教练派出的先发投手可以非常明显地看出来，教练对他的球员信心满满。所有其他的俱乐部，包括班戈西区队，都在各自的第一场比赛中派出了他们的头号先发投手，并牢记着一句古老的季后赛格言：如果你没有舞伴，你就不能在舞会上跳舞。如果你不能赢得预赛，你就不必担心决赛。只有约克队的教练反对这种说法，在第一场对阵雅茅斯队的比赛中，他选择了自己的二号先发球员瑞安·弗纳尔德。他侥幸成功，因为他的球队以 9 : 8 的比分战胜雅茅斯队。这是一次险胜，但胜负今天才能见分晓。他把菲尔·塔博克斯留到决赛，虽然塔博克斯在技术上可能不如斯坦利·斯特吉斯好，但他有一些斯特吉斯没有的优势。菲尔·塔博克斯很具威慑力。

诺兰·瑞安可能是棒球比赛中最优秀的快速球投手，他对自己在贝比·鲁斯联盟锦标赛上投球的故事津津乐道。他击中了对方球队的一棒击球手的手臂，导致其骨折。他击中了二棒击球手的头部，把男孩的头盔劈成两半，导致该球员短暂昏迷。正当大家在对第二个男孩进行救护时，三棒击球手脸色苍白，浑身发抖，走到他的教练跟前，恳求教练不要让他击球。瑞安说："我并没有责怪他。"

塔博克斯不是诺兰·瑞安，但他投球的力道很大，他知道威慑力是投手的秘密武器。斯特吉斯投球的力道也很大，但他让球保持低飞，并偏向外角，斯特吉斯很守规矩。但是塔博克斯喜欢投内角高球。邦戈西区队是凭借击球取得今天的成绩的。如果塔博克斯能威慑到他们，那他就会夺走他们的击球机会，如果他真的做到了，那邦戈西区队就完了。

尼克·特查斯科斯今天离完成先发本垒打还差得远。塔博克斯一记近距离的快速球让尼克迅速从击球手区闪出，将他三振出局。尼克难以置信地环顾四周，看着本垒板那儿的裁判员，张口想表示抗议。戴夫在队员席大喊："尼克，什么都别说！赶紧回来！"尼克照做了，但他的脸又像从前那样拉长了。进入队员席后，他厌恶地把他的击球头盔扔到长椅下面。

塔博克斯尝试用内角高球对付所有人，除了瑞安·亚罗比诺。关于亚罗比诺的传言早就传开了，连看起来很自信的菲尔·塔博克斯也不敢挑战他。他用外角低球对付瑞安，最终保送了瑞安。他还保送了跟着瑞安的马特·金尼，但是他现在又投内角高球了。马特的反应能力极快，他需要这种反应能力来避免被击中，然后又能让他有力地击中球。当他进至一垒的时候，亚罗比诺已经在二垒了，这多亏了一个距离马特的脸只有几英寸的暴投。然后塔博克斯稍微平静下来，将凯文·罗什福特和罗杰·费希尔三振出局，结束了第一局。

罗杰·费希尔继续缓慢而有条不紊地投球，投完一个球就摆弄一下袖子，环顾内野，偶尔还会看看天空，可能是在寻找不明飞行物。在两个人上垒、一个人出局的情况下，埃斯蒂斯保送，趁一个投球从乔·威尔科克斯的手套里弹出并落在他脚下，冲向三垒。乔迅速回过神来，把球传给三垒的凯文·罗什福特。等埃斯蒂斯到达三垒，球正好在那儿等着，他小跑着回到了队员席。两人出局；弗尔纳德在这一轮中到达二垒。

约克队的八棒击球手怀亚特把球带到内野右侧，由于地面泥泞，球的传递速度更慢了。费希尔去抢球。一垒手金也去抢。罗杰抓住它，然后在潮湿的草地上滑倒，手中拿着球爬向垒包。怀亚特轻而易举地超过了他。弗尔纳德一路回到本垒，拿到比赛中的第一分。

如果罗杰要崩溃，人们会认为只可能在这里发生。他环视了内野，并检查了球。他似乎准备投球，然后走下投手丘。他的袖子似乎不太合他的意。当他慢条斯理地调整袖子时，约克队的击球手马特·弗兰克在击球手区内都要变老发霉了。当费希尔终于开始投球的时候，他几乎控制住了弗兰克，令弗兰克击出一个容易的跳球，飞向三垒的凯文·罗什福特。罗什福特把球传给马特·金尼，怀亚特被封杀。尽管如此，约克队还是在一局半的比赛结束时，1∶0领先，取得了第一局的胜利。

邦戈西区队第二局也没有得分，但是他们仍然在与菲尔·塔博克斯的比赛中取得了成绩。这位身材瘦长的约克队投手在第一局结束时抬起头小跑出了投手丘。在投完第二个球后，他低着头艰难地走进队员席，他的一些队友不安地瞥了他一眼。

在第二局邦戈西区队击球的半场中，欧文·金是一棒击球手。他没有被塔博克斯吓到，但他是个大个子，比玛特·金尼可慢多了。在满球数时，塔博克斯试图将球猛投进内角。这颗速球上升且向内拐——这两方面都打得有点过头了。金的腋窝受到重击。他摔倒在地，紧紧抓住受伤的地方，一开始因为太震惊而哭不出来，但显然很痛。最终，他还是流下了眼泪——尽管不多，但他是真的哭了。他身高约六英尺二英寸，体重超过两百磅，和成年男人一样魁梧，但他只有十二岁，还没有习惯被时速七十英里的内角速球击中。塔博克斯立即冲出投手丘向他而来，脸上带着关切和忏悔的表情。裁判员已经向倒下的运动员弯下腰来，不耐烦地挥手让他离开。急匆匆赶来的值班护理人员甚至都没有看塔博克斯一眼。然而，球迷们看了。球迷们用各种神色朝他一看再看。

“把他弄出去，别让他打到别人！”一个人大叫。

“把他拉出来，别让人真受伤了！”另一个人补充说，好像被快速球击中胸腔并不是真的受伤。

“警告他，裁判员！”第三个声音响起，“那是故意的触身球！警告他，如果他再这样做，会发生什么？！”

塔博克斯朝球迷们瞥了一眼，有那么一会儿，这个曾经散发出平静自信气质的男孩，看起来非常年轻，非常不确定。事实上，他看起来跟斯坦利·斯特吉斯在贝尔法斯特队与刘易斯顿队的比赛接近尾声时一样。当他回到投手丘时，他沮丧地把球摔进了手套。

与此同时，金被扶着站了起来。在向护理人员、尼尔·沃特曼和裁判员明确表示他想继续比赛并且有能力这样做之后，他小跑到一垒。两队的球迷都给了他热烈的掌声。

菲尔·塔博克斯当然不想在一场一分的比赛中击中先发击球手，他当即把球从中场喂给了亚瑟·多尔，这表明他自己对此也感到震惊不已，亚瑟是邦戈西区队先发阵容中第二矮小的男孩，他接受了这个意料之外却又受欢迎的礼物，把球打进了右中野的外围。

金听到击球声就离垒了。他绕过三垒，知道不能得分，但希望能把球引向自己，来保证亚瑟在二垒的位置，而潮湿的球场影响了他这么做。球场的三垒那一侧仍然是潮湿的。当金试图停住时，他脚下打滑，一屁股坐在地上。球已经传到塔博克斯那里，他不会冒险投球。他冲向金，金正颤巍巍地努力重新站稳。最后，邦戈西区队个头最大的球员只是举起双臂，做了一个富有感染力的感人手势：我投降。多亏了湿滑的地面，塔博克斯现在有一名跑垒手在二垒，另一名出局，面临的不是二垒和三垒都有人却无出局的局面。这很不一样，塔博克斯通过让迈克·阿诺德三振出局展示了他重新获得的信心。

然后，当他第三次投球给下一个击球手乔·威尔科克斯时，他正好击中了对方的肘部。这一次，来自邦戈西区队球迷的愤怒的呼喊更加响亮，并且带有威胁的味道。其中几个人把怒火指向本垒板裁判员，要求他把塔博克斯赶走。而裁判员对这种情况完全理解，他甚至都没有警告塔博克斯。当威尔科克斯摇摇晃晃地慢跑到一垒时，塔博克斯脸上的惊恐表情无疑告诉裁判员，这是没有必要的。但是约克队的经理必须站出来让投手平静下来，指出一个显而易见的事实：你有两个出局，而且一垒没有人。没事。

但是塔博克斯有事。这一局他击中了两个男孩，他们都哭了。如果他还能心安理得，那他可能就需要接受心理检查。

约克队利用三记一垒安打，在第三局的上半场得 2 分，打开了 3∶0 的领先优势。如果这两个自责分是在第一局上半场出现，邦戈西区队就会有很大的麻烦。但是球员们被罚回到队员席时，看起来急切而兴奋。他们没有表现出输球的感觉，没有失败的气息。

瑞安·亚罗比诺是邦戈西区队在第三局下半场的一棒击球手，塔博克斯小心翼翼地对付他——太小心了。他已经开始瞄准球，结果基本上可以预测。在投球一坏二好的情况下，他击中亚罗比诺的肩膀。亚罗比诺转过身来，把球棒往地上摔了一下，无论他是出于痛苦、沮丧，还是愤怒，我们都无从分辨。很可能是三者都有。读懂人群的情绪则要容易得多。邦戈西区队的球迷们站起来，愤怒地对塔博克斯和裁判员大喊大叫。

在约克队方面，球迷们沉默而困惑；这不是他们所期待的比赛。当瑞安小跑到一垒时，他瞥了一眼塔博克斯。短暂的一瞥，但它似乎足够清楚：这是第三次了，你这个家伙，务必是最后一次了。

塔博克斯与教练简短地商量了一下，然后与马特·金尼对垒。他现在毫无信心，他投给马特的第一个球是一个暴投，说明他渴望能继续在这场比赛中投球，就像猫想洗泡泡浴一样渴望。亚罗比诺轻而易举地在约克队捕手丹·布沙尔的传球到达前踏上二垒。塔博克斯保送金尼。下一个击球手是凯文·罗什福特。在两次失败的触击球尝试后，罗什福特稍稍退后，以便菲尔·塔博克斯有机会给自己挖更大的坑。塔博克斯做到了，在一坏一好开局后保送凯文。塔博克斯在不到三局的时间里投了六十多个球。

罗杰·费希尔与塔博克斯的投球也是三坏二好，塔博克斯现在几乎完全只投很轻的变化球；他似乎觉得，就算他真的又打中一个击球手，打得也不会很重。费希尔没有垒可以去。各垒都已经被占了。塔博克斯知道这一点，在深思熟虑之后愿意冒险，他传了另外一个球，以为费希尔会寄希望于保送，目送这个球。但相反，罗杰急切地挥出球棒，球在一垒和二垒之间弹跳一下，打出一记安打。亚罗比诺小跑回本垒，为邦戈西区队赢了第一分。

当菲尔·塔博克斯开始自取灭亡时，在击球手区的欧文·金是下一个击球手。约克队教练怀疑他的王牌投手这次不太能对付金，他已经看得很明白了。马特·弗兰克上场救援，塔博克斯成为约克队的捕手。当他蹲在本垒板后面让弗兰克热身时，他露出一副无奈又如释重负的表情。弗兰克没有打到任何人，但他无法阻止球队失利。三局结束时，邦戈西区队只有两记安打，但他们以 5∶3 的比分领先于约克队。

现在是第五局了。空气灰暗而潮湿，而钉在记分牌立柱上写着“约克队必胜”的横幅已经开始下垂，球迷们也有点垂头丧气，而且越来越不安了。他们的粉丝想，约克队必胜吗？好吧，我们希望如此，但是现在已经是第五局了，我们仍然落后两分。天哪，怎么这么快就到第五局了？

罗杰·费希尔继续投球，在第五局快结束时，邦戈西区队往标志着约克队失败的棺材上钉了最后一颗钉子。迈克·阿诺德靠一垒安打先行上垒。乔·威尔科克斯用牺牲打，让代跑垒手弗雷德·穆尔进入二垒，亚罗比诺在弗兰克的基础上打出一记二垒安打，使穆尔得分。这让马特·金尼来到了打席。在一个漏接球使瑞安上了三垒后，金尼击出一个简单的内野地滚球，但是球从内野手的手套上弹开，亚罗比诺快步跑回本垒。

邦戈西区队兴高采烈控制住了内野，拥有 7∶3 的领先优势，只需要再来 3 次出局。

当罗杰·费希尔在第六局的上半场投球对付约克队时，他已经投了 97 个球，他已经很疲惫了。他在满球数的情况下保送代打者蒂姆·波拉克时，这个状态展露无遗。戴夫和尼尔很明白。费希尔去了二垒，迈克·阿诺德在两局之间一直在热身，他接着上了投手丘。他通常是一个很好的救援投手，但今天发挥得不是很好。也许是因为紧张，也许只是投手丘上潮湿的泥土影响了他的正常动作。他让弗兰克飞球出局，但随后布沙尔保送，菲尔布里克的一记二垒安打，跑垒手波拉克冲向费希尔并得分，布沙尔被困在三垒；就其本身而言，波克拉的得分毫无意义。重要的是，约克队现在在二垒和三垒都有跑垒手，而可能追平比分的安打将要到来。这需要一个对安打具有强烈个人兴趣的人，因为他是约克队离淘汰只差两个出局的主要原因。追平比分的是菲尔·塔博克斯。

迈克现在的投球是一坏一好的计数，他把一个快速球传到了本垒板中间。塔博克斯开始挥棒了，在邦戈西区的队员席上，戴夫·曼斯菲尔德皱着眉头，以手扶额，做了一个防御的手势。在一声重响中，塔博克斯完成了最困难的棒球壮举：他将圆球棒正好打在圆球上。

在塔博克斯击中后，瑞安·亚罗比诺立即跳了起来，但他激动得有点早。球越过了围栏二十英尺，在电视摄像机上砰的一声落下，弹回了球场。瑞安沮丧地看着它，而约克队的球迷们都疯了，整个约克队的球员都从队员席蜂拥而出迎接塔博克斯，塔博克斯打出了三分炮，漂亮地挽回了自己犯的错。他不是踏到本垒板上，而是跳了上去，脸上流露出近乎幸福的满足感。他被欣喜若狂的队友团团围住，在他回到队员席的路上，他脚下生风，几乎要飞了起来。

邦戈西区队的球迷们静静地坐着，完全被这个可怕的逆转惊呆了。昨天和刘易斯顿队对阵时，邦戈西区队铤而走险；今天他们已经身陷险境，呆若木鸡了。“莫”又一次倒戈了，球迷们显然担心这一次是永远的叛变。迈克·阿诺德与戴夫和尼尔商量。两个教练告诉他要继续努力投球，还只是平分，没有输，但迈克显然是一个沮丧又不快乐的少年。

下一个击球手——哈钦斯——向马特·金尼击出一个容易的两次弹跳球，但阿诺德并不是唯一一个乱了阵脚的人；平常可靠的金尼没接住球，哈钦斯上垒了。安迪·埃斯蒂斯向三垒的罗什福特击出小飞球，罗什福特漏接，哈钦斯趁机到达二垒。金抢下了马特·霍伊特的飞球使三垒出局，邦戈西区队也摆脱了麻烦。

球队有机会在第六局的下半场打败对方，尽管这也不太可能发生。对阵马特·弗兰克时，他们1—2—3出局，突然间邦戈西区队进入了季后赛的第一个延长局，7∶7与约克队打成平手。

在对阵刘易斯顿队的比赛中，泥泞的天气逐渐好转。但今天没有。随着邦戈西区队在第七局的上半场登场，天空一直在变暗。现在快到六点了，即使在这样的条件下，球场应该还是开阔明亮的，但是雾气已经开始漫上来了。不在现场的人看比赛的录像带时会以为电视摄像机有问题；一切都看起来无精打采，乏味，曝光不足。在雾气中，中外野看台上穿着球衣的球迷们现在仿佛成了一个个被切割下来的头和一只只手。在外野的特查斯科斯、亚罗比诺和亚瑟·多尔得靠他们的球衣被辨认出来。

就在迈克投出第七局的第一个球之前，尼尔用手肘捅了捅戴夫并向右外野指了指。戴夫立即叫停，小跑出去看看亚瑟·多尔是怎么回事，他弯着腰站着，头几乎夹在膝盖之间。

当戴夫走近时，亚瑟抬头带着惊讶的神情看着他。“我没事。”他回答了那个未说出口的问题。

“那你到底在干什么？”戴夫问。

“在找四叶草。”亚瑟回答。

戴夫大吃一惊，或者说哭笑不得，他没有教训那个男孩。他只是告诉亚瑟，在比赛结束后再去找四叶草可能更合适。

亚瑟环顾四周弥漫着的雾气，然后回头看戴夫。他说：“我认为到那时天会太黑了。”

在确认亚瑟没事之后，比赛可以继续了。迈克·阿诺德的投球表现值得称道——可能是因为他面对的对手全是约克队剩下的替补队员。约克队没有得分，邦戈西区队在第七局后半场又有机会赢得比赛。

他们差一点就能赢了。在满垒和两个出局的情况下，罗杰·费希尔沿着一垒线狠狠地击出一个球。然而，马特·霍伊特就在那里等着猛扑上去，球队再次换边。

菲尔布里克一个高飞球打到尼克·特查斯科斯那里，开启了第八局。然后菲尔·塔博克斯上场了。塔博克斯还没有完成击溃邦戈西区队的任务。他已经恢复了信心，当他接住迈克的第一个投球，赢得一个有效好球时，他的表情非常平静。他朝下一个球挥动球棒——一个相当不错的变速球从乔·威尔科克斯的小腿护具上弹开。他从击球手区走出来，蹲了下来，把球棒夹在两膝之间，集中精神。这是约克队教练教给这些少年的一个禅宗技巧——弗兰克紧张的时候已经在投手丘上做了好几次。这一次，这个技巧——加上迈克·阿诺德的帮助——对塔博克斯很有效。

阿诺德向塔博克斯投的最后一个球，是一个与击球手目光齐平的高悬曲线球，这正是今天戴夫和尼尔最担心的球路，而塔博克斯重重地敲了上去。球深入到左中外野，越过围栏。没有摄像机的支柱阻止这个球；它最终落在树林里，约克队的球迷们再次站起来，高喊着“菲尔——菲尔——”，塔博克斯绕过三垒，顺着垒线跑过去，跳得很高。他不只是跳上了本垒板，而是整个砸了上去。

起初看起来，这一切还没完。哈钦斯向中路击出一垒安打，并趁防守失误上了二垒。埃斯蒂斯接着将一个球击向三垒方向，而罗什福特向二垒传的球很糟糕。幸运的是，罗杰·费希尔得到了亚瑟·多尔的支持，挽救了第二次失分，但现在约克队在一垒和二垒的位置上都有人，而且只有一个人出局。

戴夫叫欧文·金上场投球，迈克·阿诺德移动到一垒。继暴投让跑垒手分别上了二垒和三垒之后，马特·霍伊特向凯文·罗什福特猛击一记地滚球。在邦戈西区队输给汉普登队的比赛中，凯西·金尼能够在失误后重新找回状态。罗什福特今天也是如此，而且是多次。他拿起球，握了一会儿，以确保哈钦斯不会向本垒板进发。然后他投球越过球场，跑速慢的马特·霍伊特慢了两步。鉴于这些少年已经经历了这么多艰辛，这简直是一次机灵的发挥。邦戈西区队已经恢复了状态，金正以绝佳状态在对阵瑞安·弗尔纳德——瑞安在对阵雅茅斯队时曾打出过一个三分炮，金用他那诡异而有效的侧肩投法去辅助过顶速球，正好掐在好球区角上。弗纳尔德轻轻打了个一垒方向的小飞球，这局比赛结束了。比赛打到七局半的时候，约克队以 8：7 的比分领先邦戈西区队。约克队的六个打点都属于菲利普·塔博克斯。

当戴夫决定用迈克·阿诺德替下疲惫的费希尔时，约克队的投手马特·弗兰克也同样疲惫。不同的是，戴夫有迈克·阿诺德，在迈克后面还有欧文·金。而约克队教练没有可以替补的球员了；之前他让瑞安·弗纳尔德上场对阵雅茅斯队，导致瑞安今天没有资格投球，现在只能是弗兰克一投到底。

弗兰克在第八局开局表现不错，让金三振出局。亚瑟·多尔接着上场，他今天四打一中，与塔博克斯对垒时有一记二垒安打。能看出来，弗兰克正在苦苦挣扎，但同时他已经决心要完成比赛，他和亚瑟进入满球数，然后投了一个高角但是过于偏外侧的球。亚瑟小跑到一垒。

下一个上场的是迈克·阿诺德。今天他不当投手，但是他在打席上表现不错，目送了一个完美的触击球。他的目的不是牺牲，迈克的触击球是为了上垒，他差点就成功了。球在本垒和投手丘间的潮湿地块滚动不息，弗兰克抓起球，瞥了一眼二垒，然后选择投去一垒。现在两人出局，二垒有人。邦戈西区队还差一个出局就要终结比赛了。

接下来上场的是捕手乔·威尔科克斯。现在他的投球计数是二坏一好，他沿着一垒线击出一个球。马特·霍伊特抓起了球，但刚好晚了一刻；他把球带到界外不到半英尺，而一垒裁判员及时判他出界。霍伊特已经准备好冲向投手丘，拥抱马特·弗兰克，此时只能把球传回。

现在乔的计数是二坏二好。弗兰克走下投手丘，直直地盯着天空，集中注意力。然后他回到投手丘，投出一个偏高且偏外角的球。乔还是朝它挥了球棒，连看都不看，只是出于自卫。球棒撞上球——纯属运气，球反弹出界。弗兰克又一次集中注意力，然后投了球——刚刚偏出好球区。三坏球。

即将迎来决定胜负的一投了，这看起来是一个高角好球，一个结束比赛的好球，但裁判员喊出了四坏球。乔·威尔科克斯小跑到一垒，脸上带着一丝不相信的表情。只有在看了比赛的电视录像带上的慢动作回放之后，人们才能看出裁判员的判罚多么正确，多么厉害。乔·威尔科克斯如此紧张，以至于在投球的时刻到来之前，一直像高尔夫球棒一样抡转手中的球棒。当球接近时，他踮起脚尖，这就是为何当球穿过本垒板时，球对他来说是齐胸高的。而裁判员岿然不动，不理会乔所有紧张的抽动，做出了一个大联盟水平的判罚。规则说你不能通过蹲下身子来缩小好球区；同样，你也不能通过拉伸来扩大好球区。如果乔没有踮起脚尖，弗兰克的球应该是齐喉咙高，而不是齐胸高。所以，乔没有成为第三个出局者，也没有结束比赛，而是成为另一个垒上跑垒手。

当约克队的马特·弗兰克投球时，一台电视摄像机将镜头对准了他，它捕捉到了一个非凡的画面。录像回放显示，当球开始变向下坠时，仅差一点就能进好球区，弗兰克已经雀跃起来。他举起投球的手，握成拳头敬礼，一副胜利状。这时，他开始向右边移动，向约克队的队员席走去，裁判员把他挡住。当他稍后回到镜头中的时候，他的表情已经变成了不快和难以置信。他并没有就这个判罚进行理论——这些孩子被教导在常规赛中不能这样做，而且永远、永远、永远不要在总决赛中这样做——但是当他准备对付下一个击球手弗兰克时，他看上去快哭了。

邦戈西区队还活着，当尼克·特查斯科斯走近打席时，他们站起来开始大喊。尼克显然希望搭便车，而且他如愿以偿了。弗兰克用五次投球保送他。这是约克队投手今天送出的第十一个保送。尼克小跑到一垒，占了垒，瑞安·亚罗比诺上场了。以前都是瑞安·亚罗比诺一次次地面对这种状况，而这次轮到瑞安了。邦戈西区队的球迷们站了起来，尖叫着。邦戈西区队的球员们聚集在队员席里，手指抠住网眼，焦急地看着。

一位电视评论员说："我不敢相信，我不敢相信这场比赛是这样发展的。"

他的搭档插话说："好吧，我告诉你。不管怎样，两支球队都希望看到比赛以这样的方式结束。"

他说话时，摄像机通过聚焦马特·弗兰克痛苦的脸，展现出了与评论截然相反的可怕场面。画面明显表明，这是这位约克队左投手最不想见到的情形。他有什么理由想见到呢？亚罗比诺目前积累二垒安打两次，保送两次，还有一次触身球。约克队一次都没有让他退场。弗兰克先投了一个外角高球，然后是一个低飞球。这是他的第一百三十五和第一百三十六个投球。这个男孩筋疲力尽了。约克队的经理查克·比特纳把他叫过去简短谈话。亚罗比诺等待着讨论结束，然后再次上场。

马特·弗兰克集中注意力，头向后仰，眼睛闭着；他看起来像一只等待喂食的小鸟。然后他挥臂投出了他在缅因州少年棒球联盟世界大赛的最后一球。

亚罗比诺没有注意到对方集中注意力。他的头低着，他只是看着弗兰克会怎么投，眼睛一刻也未离开过球。这是一个快速球，很低，向本垒板的外角移动。瑞安·亚罗比诺稍微下蹲了一点，球棒的顶部转动着。他完全打中了这个球，用力砸了上去，当球飞出球场，飞往右中外野的远处时，他的手臂举过头顶，他开始疯狂地沿着一垒线跳踢踏舞。

投手丘上的马特·弗兰克，两次离赢得比赛只有几英寸之遥，他低下了头，不想看。当瑞安绕道二垒，开始跑回本垒时，他似乎终于明白了自己做了什么，这时他开始哭泣了。

球迷们歇斯底里，体育评论员们歇斯底里，就连戴夫和尼尔也近乎歇斯底里地聚集在本垒板周围，给瑞安留出了踏垒的空间。瑞安绕过三垒，那里的裁判员仍然在灰色的空中转动着一根权威的手指，表明跑垒手赢得了一个本垒打。

在本垒板后面，菲尔·塔博克斯摘下护具，离开了庆祝的人群。他跺了一脚，他的脸因深深的挫败感而紧绷着。他离开了摄像机镜头，永远地离开了少年棒球联盟世界大赛。他明年会在贝比·鲁斯联盟打球，也许他会打得很好，但是塔博克斯，或者这些少年中的任何一个都不会再有这样的比赛了。就像他们说的，这个比赛已成历史。

瑞安·亚罗比诺，又是笑又是哭，一只手拿着头盔，另一只手直指着灰色的天空，跳得很高，落在本垒板上，然后又一次跳到队友的怀里，他们扛着他离开。比赛结束了，邦戈西区队以 11∶8 的比分获胜。他们是缅因州一九八九年的少年棒球联盟世界大赛冠军。

我朝一垒那一侧的围栏望去，看到了一个非凡的景象：一双双手如森林般在挥舞着。球员的父母挤在链环边上，伸手越过链环去抚摸他们的儿子。许多家长也在流泪。少年们都带着快乐而难以置信的表情，所有这些手——似乎有上百只——向他们挥动着，想去触摸他们，祝贺他们，拥抱他们，并且感知他们。

少年们不理父母们。稍后，他们会去与父母触摸和拥抱。然而，首先，他们有正事需要处理。他们排成一排，和约克队的少年们握手，仪式性地越过本垒板。两队的大部分少年都在哭，有些人哭得太厉害了，几乎走不动了。

然后，在邦戈西区队的少年们围栏边挥动的双手走去之前，他们将教练团团围住，在欣喜的凯旋中击打着他们，并且彼此击打着。他们坚持到最后，赢得了锦标赛——瑞安和马特，欧文和亚瑟，迈克和四叶草的发现者罗杰·费希尔。此时此刻，他们正在朝彼此欢呼，其他所有事情都得稍后再说。然后他们冲向围栏，走向他们哭泣、欢呼、大笑的父母，世界开始再次回到正常的轨道上来。

“教练，我们还要打多久？”J. J. 费德勒在邦戈西区队对阵马柴厄斯队后问尼尔·沃特曼。

“J. J.”尼尔回答，“我们会一直打球，直到有人让我们停下来。”

最终让邦戈西区队停下来的球队是马萨诸塞州的韦斯特菲尔德队。一九八九年八月十五日，邦戈西区队在康涅狄格州布里斯托尔举行的东部地区少年棒球锦标赛第二轮比赛中与他们进行了较量。马特·金尼是邦戈西区队的投手，他打出了他一生中最好的一场比赛，三振出局九次，保送五次（一次故意四坏球），只丢失了三次安打。然而，邦戈西区队面对韦斯特菲尔德队的投手蒂姆·劳里塔，只击出一记安打，而这一次，不出所料，属于瑞安·亚罗比诺。最后的比分是2∶1，韦斯特菲尔德队胜。邦戈西区队的一次打点归功于金的一次满垒保送。胜利打点归功于劳里塔，也是一次满垒保送。这是一场精彩的比赛，一场纯粹的比赛，但它无法和邦戈西区队与约克队的比赛相比。

在职业棒球界，这一年对棒球来说是糟糕的一年。一位未来的名人堂成员被终身禁止参加这项运动；一名退休的投手开枪打死了他的妻子，然后自杀；委员心脏病发作死亡；二十多年来在烛台公园举行的第一场世界大赛被推迟，原因是加利福尼亚州北部发生地震。但职业棒球只是棒球运动的一小部分。但是对其他地方和其他联赛来说，比如少年棒球联盟世界大赛——这个大赛没有自由球员，不发薪水，也不需要门票，这是相当不错的一年。东部地区锦标赛的冠军是康涅狄格州的特朗布尔队。一九八九年八月二十六日，特朗布尔队击败中国台湾队，夺得少年棒球联盟世界大赛冠军。这是自一九八三年以来，第一次有美国队赢得在威廉斯波特举行的世界大赛的冠军，也是十四年来第一支来自邦戈西区队所在地区的队获胜。

九月，美国棒球联合会缅因州分部投票选出戴夫·曼斯菲尔德为年度业余教练。

Brooklyn August

布鲁克林的八月

（献给吉姆·毕晓普）

在埃贝茨球场，马唐草生长（为阿尔斯通所管理），
一行又一行，
当时间之轴指向黄昏，
我仍然能看到他们——
伴着飘散在这向晚的时辰的
刚刈草坪的浓浓清芬；
右外野的灯光将他们照亮，
灯刚刚打开，就被打转的成群飞蛾，

还有刚刚登上夜幕的虫子袭击；
再下一点，老人和下班的出租车司机
坐在七十五美分一位的座位上，
喝着大杯的喜力滋啤酒，
弗拉特布什和天鹅绒般的哈莱姆大街一样真实，
一九五六年六月，大街上到处都是跳着摇摆舞的青年男女。

在埃贝茨球场，内野手动作从容，
一排排座椅空空，
霍奇斯第一个被撞倒，伸出手套，
去触碰三垒手鲁宾逊传过来的球，
击球手区浮现在幽灵般的光芒中，
在那个穹隆笼罩的周五晚上
（穆夏尔早就全垒打，弗拉特布什丢了两分）。
纽科姆在爆米花和报纸头条的簇拥下，
步履艰难地回去早早洗澡。
卡尔·厄斯金上场了，使劲投球，
但约翰尼·波德雷斯和克莱姆·拉宾正在热身，
以防他晚些时候爆发；
他可以，你知道，他们都可以。

在埃贝茨球场，他们来来去去，
打着自己的棒球局，一棒又一棒，
第五局在沮丧中结束，
有人向桑迪·阿莫罗斯扔了一瓶啤酒，
他一言不发地喝空杯子，

然后把它递给一个嚼着烟草的场地管理员，
而看不见面孔的球迷们
则用元音饱满的布鲁克林口音大喊着，
这对双方来说都是一次灾难。
皮·威·里斯屈膝站在二垒西边，
坎帕内拉亮出指示牌，
我闭上眼睛，看到这一切
都散发着蒸香肠和晚上八点的泥土味，
我能看见那些黄昏的晚霞
和天使一起在球场上空飘动，
而厄斯金在挥臂，旋转，抛出一个低飞内野球。

Notes

后　记

在我出版上一本短篇小说集《斯蒂芬·金的故事贩卖机》后不久，我与一位读者交谈，她告诉我她有多喜欢这本书。她说，她已经能够按照固定的节奏把故事读完——大约三周，每晚一篇。“不过，最后我跳过了后记。”她一边说一边密切注视着我（我想，她觉得我可能会因为这种无礼的冒犯行为而愤怒地扑向她）。“我是那种不想知道魔术师是如何表演魔术的人。”

我只是点了点头，告诉她这完全是她的权利，我不想就这个话题进行冗长复杂的讨论，因为我还有其他杂事要办。但是我今天早上没有杂事，我想澄清两件事，就像我们圣克利门蒂的老朋友过去说的那样。第一，我不在乎你是否读过后面的后记。这是你的书，对我来说，你赛马时尽可以把它戴在头上。第二，我不是魔术师，这些不是魔术。

这并不是说写作中没有魔法，我恰好觉得有魔法，而且它枝繁叶茂地缠绕在小说中。悖论却是：大多数魔术师都会欣然承认，魔术师与魔法没有任何关系。他们不可否认的奇迹——从手帕中飞出来的鸽子，从空罐子里冒出来的硬币，从空空的手中抽出的丝巾——都是通过不遗余力的练习、久经考验的误导信号和技法来实现的。他们总是喋喋不休地谈论“东方的古老秘密”和“被遗忘的亚特兰蒂斯传说”。我怀疑，大体上，舞台魔术师会深深认同这个老笑话，这个笑话讲的是一个外地人问纽约的披头族怎么去卡内基音乐厅，披头族回答道：“练习，伙计，练习。”

所有这些也适用于作家。在写了二十年的通俗小说之后，我被更多的知识分子式的评论家斥为雇佣文人（知识分子对雇佣文人的定义似乎是“一个作品被太多人欣赏的作家”），我会乐意证明，写作技艺是非常重要的，要想创作出好作品，反反复复、几易其稿是必需的。对我们这些稍有才能但几乎没有天赋的人来说，努力工作是唯一可取的做法。

尽管如此，这份工作还是有魔力的，在一个故事——通常是一个片段，但有时也可能是一篇完整的东西——突然出现在作者头脑中的那一刻，作者就能感受到这种魔力（发生这种情况有点像被战术性核武器击中）。作者之后可以讲述那个时刻他在哪里、是什么因素促使他产生了这种想法，但这个想法本身是一个新的东西，是一个大于部分的总和，一些从无到有被创造出来的东西。套用玛丽安·摩尔的话来说，它是虚构花园里的一只真正的蟾蜍。所以你不必害怕阅读后记，不用担心我告诉你这些技巧会破坏魔法。真正的魔法没有窍门，只有历史。

然而，这样做有可能会透露一个你还没有读过的故事的情节，所以如果你是那种（可怕的人中的一员）在看一本书之前一定要先了解结局的人，就像一个任性的孩子在吃肉饼之前一定要先吃巧克力布丁，那我请你别读这篇该死的文章了，以免你遭受可能最糟糕的诅咒：幻灭。对其他人来说，这里是一次旋风之旅，讲述了噩梦和梦境中的一些故事是如何发生的。

《多兰的凯迪拉克》——我猜产生这个故事的思路非常明显。我在一个似乎永远完不了工的修路地点闲逛，空气中充斥着灰尘、焦油和废气，我坐在那里看着同一辆旅行车的尾端以及保险杠上同样的“我遇到动物会刹车”的贴纸，感觉大概有九年之久……只是那天，在我面前的车是一辆绿色的凯迪拉克德维尔汽车。当我们缓缓走过一个铺设了巨大圆管的挖掘工地时，我记得我当时在想，连像凯拉迪克那么大的车也能放进去。片刻之后，我有了“多兰的凯迪拉克”的想法，成竹在胸，情节完满，而且叙事中没有对任何一个元素做过丝毫改动。

这并不是说这个故事的诞生非常轻松。肯定不是。我从来没有被技术性的细节吓倒过——事实上，我几乎也不会感到不知所措。现在我要说一点《读者文摘》喜欢称之为“个人一瞥”的东西：虽然我喜欢把自己看作詹姆斯·布朗（他自封为“演艺界最勤奋的人”）的文学版本，但涉及研究和技术性细节时，我是一个极其懒惰的人。由于我在这些方面的疏忽，我一次次地受到读者和评论家的批评（最一针见血且最让我无地自容的一次批评来自为《芝加哥论坛报》和《奇幻与科幻小说》杂志撰稿的阿夫拉姆·戴维森）。写《多兰的凯迪拉克》时，我意识到这一次我不能只是敷衍了事，因为这个故事的整个基础依赖于各种科学细节、数学公式和物理学的假设。

如果我早点发现这个令人不快的真相——在我已经为多兰、伊丽莎白和她的爱伦·坡风格的丈夫的故事着笔写了大约一万五千字之前——我无疑会把《多兰的凯迪拉克》这个故事归入“未完的故事部门”。但是我没有更早地发现，我不想停下来，所以我做了我唯一能想到的事，我打电话给我的大哥，请求帮助。

戴夫·金是我们新英格兰人所说的“一件杰作”。他是一个智商超过一百五十的神童（你会在《混乱终结》中天才兄弟身上找到戴夫的影子），他在学校里简直就像坐着火箭雪橇，十八岁完成大学学业，开始在布伦瑞克当地的高中当一名数学老师。他的代数补习班的许多学生年龄都比他大。戴夫是缅因州有史以来当选的最年轻的城镇理事会成员，大约二十五岁时，他成了一名执行镇长。他是一个真正的博学者，一个对所有事情都有所了解的人。

我在电话里向我哥哥解释了我的问题。一周后，我收到了他寄来的一封用牛皮纸信封装着的信，打开时我的心顿时沉了下去。我确信他已经把我需要的信息发给了我，但我也同样确信这对我没有好处；我哥哥的字迹绝对糟糕透顶。

令我高兴的是，我在里面找到了一盘录像带。当我插上电源时，我看到戴夫坐在一张高高的桌子旁，桌子上堆满了泥土。他用几辆玩具火柴盒汽车，向我解释了我需要知道的一切，包括那些关于下降弧的极不吉利的事情。戴夫还告诉我，我的主角将不得不使用高速公路设备来埋葬多兰的凯迪拉克（在最初的故事中，他是亲手完成的），并确切地解释了如何启动当地公路部门一般会在各种道路修理点留下的大型机器。这个信息非常有用……事实上，太有用了。我做了合适的改动，所以如果有人按照故事中的“配方”去尝试，什么都不会发生。

关于这个故事的最后一点：我写完的时候，我讨厌它。绝对讨厌。它从来没有被发表在杂志上，只是被我放进了我办公室后面走廊里的一个纸箱中。几年后，赫布·耶林写信来问我是否可以为我的一个短篇小说做限量版，最好是未出版过的，他在担任约翰勋爵出版社负责人期间出版了精美的限量版。因为我喜欢他出版的书，这些书很小，制作精美，而且通常都极其古怪，所以我走进被我看作“末日走廊”的地方，在箱子里寻找是否有什么可挽救的篇什。

我偶然发现了《多兰的凯迪拉克》，时间又一次发挥了作用——阅读效果比我记忆中要好得多。当我把它寄给赫布时，他热情地接受了。我做了进一步的修改，这本书由约翰勋爵出版社出版，开本很小，大约印了五百册。为了让它呈现在本书中，我再次进行了修改，我对它的看法也发生了改变，将其放在首篇。如果这个故事算不上别的什么，它至少也是一种恐怖故事的雏型，有着疯狂的叙述者和沙漠里准备不充分的埋葬情节。但这个特别的故事真的不再是我的了；它属于戴夫·金和赫布·耶林。感谢，朋友们。

《小恶魔》——这个故事和《守夜》中的大部分故事发生在同一时期，最初发表在《骑士》上，就像一九七八年的大部分故事一样。因为我的编辑比尔·汤普森觉得这本书越来越“笨重”，所以没有把它选编进去。有时候，编辑们就是这样告诉作家们，他们必须删除一点内容，免得书价贵得离谱。我想把一个叫作《灰质》的故事从《守夜》中删除，比尔想删《小恶魔》。我听从了他的判断，又仔细地读了一遍故事，最后决定将它收入本书。我非常喜欢它——感觉就像四十年代末和五十年代初的布雷德伯里，邪恶的布雷德伯里嗜好杀害婴儿、叛变者；也像只有《魔界奇谭》中的古冢看守才会喜欢的故事。换句话说，《小恶魔》是一个恐怖的玩笑，没有任何社会性的益处。我喜欢故事的这一面。

《夜航员》——有时，小说中的配角会抓住作者的注意力，拒绝离开，坚持说他还有更多要说的话和要做的事情。《夜航员》的主角理查德·迪斯就是这样一个角色。他最初出现在一九七九年的《死亡区域》中，在那部小说中，他给注定灭亡的主人公约翰尼·史密斯提供了一份在他那糟糕的超市小报《内部看法》上担任通灵师的工作。约翰尼把他赶出了他爸爸家的门廊，这本应该是他的结局。但他又来了。

就像我的大多数故事一样，《夜航员》一开始只不过是闹着玩——一个拥有私人飞行员执照的吸血鬼，多么有趣的现代操作，但它随着迪斯的成长而成长。我很少了解我的人物，就像我不了解每天在现实中遇到的人物的生活和心灵一样。但我发现有时我可以把他们画出来，就像制图员绘制地图一样。当我写《夜航员》的时候，我开始注意到一个有着深刻疏离感的人，他身上似乎以某种方式集结了二十世纪最后的二十五年里我们这个本应开放的社会中发生的一些最可怕、最令人困惑的事情。迪斯是本质上的无信仰者，他在故事结束时与夜航员的对峙让我想起了我在《撒冷镇》中使用的乔治·塞菲里斯的诗句——关于真理柱上有一个洞的那一句。在二十世纪末期，这似乎是完全正确的，而《夜航员》主要讲述的是一个人发现那个洞的故事。

《小亲亲》——这个小男孩的祖父就是那个在《夜航员》结尾要求理查德·迪斯打开他的相机并曝光他的胶卷的人吗？你知道，我倒认为他是。

《上头》——这个故事的其中一个版本最初发表在缅因州大学的文学杂志《沼泽根》上，那是在七十年代初，但本书的这个版本几乎完全不同。当我读到初版的故事时，我开始意识到这些老人实际上是《必需品专卖店》中所描述的灾难幸存者。那篇小说是一个关于贪婪和痴迷的黑色喜剧，而这是一个关于秘密和疾病的严肃故事。这篇小说似乎正好适合作为当初那篇的尾声……最后一次见到我的城堡岩中的老朋友真是太棒了。

《致谢》——多年来，自从第一次见到一位现已去世的著名作家（我在这里不会说出他的名字）并感到震惊以来，我一直被这样一个问题困扰着：为什么一些极具才华的人竟然是个如此彻头彻尾的浑蛋——女性骚扰者、种族主义者、冷嘲热讽的精英，或者残忍的恶作剧小丑。我并不是说大多数有才华或出名的人都是这样，但是我见过足够多这样的人——包括那个无可否认的伟大作家，我想知道这是为什么。这个故事是为了给这个问题寻找我自己满意的回答而写的。努力失败了，但我至少能够表达我自己的不安，在这种情况下，这似乎就足够了。

这不是一个非常政治正确的故事，我认为很多读者——那些期待被一个关于老妖怪和游乐场恶魔的平和故事吓到的人——将会被它激怒。我希望如此，我朝这个方向已经努力一段时间了，但我倾向于认为，我还没有完全放松下来。《夜梦故事集》中的故事，在很大程度上是评论家们会归为恐怖故事的那种（可惜的是，他们又常常对此不屑），而恐怖故事应该是一条脾气暴躁的大狼狗，如果你靠得太近，它就会咬你。我想这条狗会咬人。我要为此道歉吗？你觉得我应该吗？这——被咬的风险——不是你最初选择这本书的原因之一吗？我也是这么想的。如果你把我当成你善良的老斯蒂芬叔叔、世纪末的罗德·塞林[1]，我会更努力地咬你。换句话说，我希望你每次走进我的“客厅”时都有点害怕。我希望你不确定我会走多远，或者我下一步会做什么。

我已经说了这么多，让我再补充一句，如果我真的认为《致谢》需要辩护，我一开始就不会发表。一个不能自我辩护的故事不值得发表。赢得这场战斗的是卑微的女仆玛莎·罗斯韦尔，而不是大牌作家彼得·杰弗里斯。这也告诉了读者所有他们需要知道的我的同情所在。

哦，还有一件事。在我看来，这个故事最初发表于一九八五年，是小说《日蚀》（一九九二年）的试剪版。

《会动的手指》——我最喜欢的短篇故事总是事出必有因。在小说和电影中（除了西尔维斯特·史泰龙和阿诺德·施瓦辛格等人主演的电影），你应该解释事情发生的原因。我告诉你们，朋友和邻居：我讨厌解释事情发生的原因，而且我在这方面所做的努力（比如给人下了致幻剂以及由此产生的 DNA 变化，正是这些变化造就了查莉·麦基在《凶火》中的热动力学天赋）不是很多。但现实生活中很少有电影制片人所说的“贯穿在台词中的动机”——你注意到了吗？我不知道你是怎么想的，但从来没有人给我发过说明书；我只是在尽我所能度日，我知道我永远也无法

---

[1] 美国编剧、剧作家，以其创作于 20 世纪 50 年代的科幻电视连续剧《阴阳魔界》而闻名。

活着离开生活，但同时我也尽量不败得太惨。

在短篇小说中，作者有时仍被允许说“这发生了，别问我为什么”。可怜的霍华德·米特拉的故事就是属于这种，他在一次智力问答秀中努力对付从浴室排水管伸出来的手指，在我看来，这是一个完全站得住脚的隐喻，即我们如何应对生活中令人不快的意外：肿瘤、事故、偶尔噩梦般的巧合。奇幻故事的独特之处，就在于它们能够回答“为什么坏事会发生在好人身上？”这个问题，而回答是：“咳——不要问。”在奇幻故事中，这个令人沮丧的答案似乎能让我们满意。最后，这可能是这种类型故事的主要道德优势：在最好的情况下，它可以打开一扇窗（或一个忏悔的屏风），让我们看到人类生活的方方面面。它不是永恒的运动……但也不坏。

《欢迎来到摇滚天堂》——本书中至少有两个故事是关于女主角眼中的“奇特小镇”的。这是一个，《雨季》是另一个。有些读者可能会认为我去过“奇特小镇”一两次，有些人可能会注意到这两幅画与我之前的作品《玉米田的小孩》有相似之处。它们有相似之处，但这是否意味着《欢迎来到摇滚天堂》和《雨季》都陷入了自我模仿呢？这是一个微妙的问题，每个读者都必须自问自答，但我的答案是否定的。（当然是否定的啦，我还能说什么呢？）

在我看来，用传统形式写出的作品和自我模仿的作品之间有很大的区别。以蓝调音乐为例。蓝调实际上只有两种经典的吉他和弦进程，这两个进程基本上是相同的。现在，回答我这个问题——仅仅因为约翰·李·胡克演奏了他用 E 调或 A 调写的几乎所有东西，这是不是就意味着他是在机械地、一遍又一遍地做同样的事情呢？很多约翰·李·胡克的粉丝（更不用说波·迪德利、马迪·沃特斯、弗里·刘易斯[1]和其他

[1] 以上几个人物都是美国蓝调歌手。

所有伟大人物的粉丝）会说不是这样的。这些蓝调音乐爱好者会说，关键不在于你演奏时用了什么调子，而是你演唱时的灵魂。

这里也一样。有一些恐怖故事的原型，它们像沙漠中的平顶山一样显得权威而突出——鬼屋故事、死而复生的故事、奇特小镇的故事。这些故事真正关乎的不是它们的内容，如果你能理解的话；总的来说，它们真正关乎的是神经末梢和肌肉受体，也就是你感觉到了什么。我在这里所感受到的是——这个故事的推动力，如此之多的摇滚歌手英年早逝或在恶劣的环境下死去是多么令人毛骨悚然，这是精算专家的噩梦。许多年轻的粉丝认为高死亡率是浪漫的，但是当你像我一样随着派特斯合唱团[1]或者Ice-T[2]起舞时，你就会开始看到更黑暗的一面，它就如同一条爬行的王蛇。这就是我在这里想表达的，虽然我认为故事得到最后六页或八页，才会真正开始变得精彩，像那条王蛇一样开始蠕动和爬行。

《生在家里》——这可能是本书中唯一一个奉命写下的故事。约翰·斯基普和克雷格·斯佩克特（写过《尽头的光》《桥》，还有其他几本比较好的恐怖小说）想编一部故事选集，来探索如果乔治·罗梅罗写的“死亡三部曲”（《活死人之夜》《活死人黎明》《丧尸出笼》）中的僵尸接管世界，一切会变成什么样子。这个概念让我的想象力火花四射，而这个背景设置在缅因州海岸上的故事就是成果。

《我漂亮的小马驹》——八十年代初，理查德·巴克曼正努力写一部小说，书名是《我漂亮的小马驹》（我想这很自然）。这部小说讲述的是一个名叫克莱夫·班宁的独立杀手的故事。他受雇组织了一群志趣相投的精神变态者，并在一场婚礼上杀死了一些有权势的罪犯。班宁和他的同伙成功了，把婚礼变成了一场血淋淋的屠杀，然后他们的雇主出卖了

[1] 美国于1952年成立的合唱团。

[2] 原名特雷西·马洛，美国说唱歌手。

他们，开始一个接一个地把他们干掉。这部小说记述的就是班宁为逃离他所引发的灾难所做的努力。

这部作品很糟糕，它诞生于我生命中一个不愉快的时期，此前一切顺利的事情突然都应声瓦解。理查德·巴克曼在此期间"去世"，留下了两个碎片：用笔名乔治·斯塔克写的几乎要完成的小说《机器之道》，以及《我漂亮的小马驹》。作为理查德的文学遗嘱执行人，我将《机器之道》加工成了一部名为《黑暗的另一半》的小说，并以我自己的名字将之出版（不过，我确实向巴克曼致谢了）。我抛弃了《我漂亮的小马驹》……除了一段简短的倒叙——班宁在等待时机开始攻击婚宴上的人之际，记起他的爷爷是如何教导他认识时间的可塑性的。我找到那段倒叙——惊人地完整，几乎是一个短篇小说，就像在垃圾堆里发现一朵玫瑰一样。我将之摘下，怀着极大的感激之情。这是我在极其糟糕的一年里写的为数不多的好东西之一。

《我漂亮的小马驹》最初是由惠特尼美国艺术博物馆出版的，当时定价过高（在我看来，设计也过度了）。后来克诺夫出版社发行设计了一个稍微便宜的版本（但在我看来，仍然价格过高，设计过度）。在这里，我很高兴看到经过打磨和稍微简化处理后的作品，其实从一开始就应该这样——它只是我的又一篇短篇小说，比一些稍微好一点，比另一些差一点。

《抱歉，正确号码》——还记得我在很多页之前是怎么开篇的吗，谈论《信不信由你！》？好吧，《抱歉，正确号码》几乎就是这样一个故事。有一天晚上，我买了一双鞋，在回家的路上，我突然有了这个想法，就是一个"迷你电视剧本"的想法。我想，它是"视觉"的，因为如今电影的电视转播扮演着如此核心的角色。我坐下来两次将它写完，就像书里展示的一样。我的"西海岸"经纪人——那个做电影交易的人——在那个周末拿到了它。接下来的一周早些时候，史蒂文·斯皮尔伯格为他当时制作的电视剧《惊异传奇》而读了这个故事（但当时还没有开始播出）。

后来，斯皮尔伯格拒绝了——他说，他们需要更乐观一点的故事，所以我将它交给了我的长期合作者兼好朋友理查德·鲁宾斯坦，他后来推出了一部名为《午夜鬼谭》的电视剧。我不会说理查德对大团圆结局嗤之以鼻——我想，他和任何人一样也喜欢喜剧结局，但他从不回避沮丧的故事；毕竟，他制作过《宠物坟场》（我认为，《宠物坟场》和《末路狂花》是自二十世纪七十年代末以来仅有的以一个或多个主要人物的死亡作为结尾的好莱坞大片）。

理查德在读到《抱歉，正确号码》的当天就买下了它的改编权，一两周后就投入制作了。一个月后，它在电视上播了……作为电视剧的首集，如果我没记错的话。它仍然是我听说过的以最快的速度从头脑转换到屏幕上的故事之一。顺便说一句，这个版本是我的初稿，它比最终的拍摄脚本更长一些，也更有质感；因为预算原因，最终只拍了两个场景。我将之收录在这里，以展示另一种讲述故事的方式……不同，但和任何其他的方式一样有效。

《十点民族》——一九九二年夏天，我在波士顿市中心散步，寻找一个我一直无法找到的地址。最后，我找到了我要找的地方，但在我找到之前，我构思了这个故事。我的寻址活动发生在上午十点左右。当我走着的时候，我开始注意到每一栋高级摩天大楼前都聚集着成群的人，在社会学意义上根本不合理的一群人：木匠和商人们在亲切地交谈，看门人和梳着优雅发型、身穿制服的女士们在闲聊，送信员和行政秘书们在一起打发时间。

在我对这些群体——写格兰法龙团体[1]的库尔特·冯内古特从未想象过的——困惑了大约半小时之后，我终于明白了：对某些特定阶层的美国城市居民来说，由于烟瘾，他们已经把喝咖啡的休息时间变成抽烟时间

[1] 出自库尔特·冯内古特小说《猫的摇篮》，指一群人组成的骄傲而无意义的协会。

了。高级大楼现在都成了禁烟区，而美国人对二十世纪最惊人的转折之一也能平静以待；我们正在戒除自己的坏习惯，几乎没有大张旗鼓，结果出现了一些非常奇怪的社会学行为。那些拒绝放弃坏习惯的人——十点民族——就是其一。写这个故事仅仅是为了简单的娱乐，但我希望它能说明这次变革的一些有趣的事情，这次变革至少暂时重塑了四五十年代隔离但平等[1]的设施的某些特质。

《枫树街的房子》——还记得我的制片人朋友理查德·鲁宾斯坦吗？他是送我第一本克里斯·范·奥尔斯伯格的《哈里斯·伯迪克之谜》的人。理查德用他那尖尖的笔迹附了一张字条："你会喜欢的。"我确实很喜欢。

这本书据说是由一系列图片、标题和说明文字组成，由同名的伯迪克先生绘制——这些故事本身并不那么突出。每一组图片、标题和说明文字都可以充当一种罗夏墨迹检测，也许更能说明读者/观看者的思想，而不是范·奥尔斯伯格先生的意图。我最喜欢的一组图文是一个男人手里拿着一把椅子——如果需要的话，他显然准备用它作为一根棍子——正看着客厅地毯下一个奇怪且似乎有机的凸起。"两周过去了，事情又发生了。"说明文字如是写道。

鉴于我对动机的看法，这类事情对我的吸引力应该是显而易见的。两周后又发生了什么？我认为这无关紧要。在我们最糟糕的噩梦中，那些逼着我们醒过来，在恐惧和解脱中大汗淋淋、不停颤抖的东西，我们只能用代词来称呼。

我的妻子塔比莎也被《哈里斯·伯迪克之迷》迷住了，是她提议我们家的每个成员根据其中一张图片写一篇短篇小说。她写了一篇；我们最小的儿子欧文（当时十二岁）也写了一篇；塔比莎选择了书中的第一张

---

[1]种族隔离政策的一种表现形式，它试图通过为不同种族提供表面平等的设施或待遇，从而使实施空间隔离的做法合理化。

图片；欧文选择了中间的一张；我选择了最后一张。经克里斯·范·奥尔斯伯格的允许，我将我努力的成果收录在本书里。没有什么要补充的了，除了我在过去的三四年里给四年级和五年级的学生读了几次这个故事略有删节的版本，他们似乎很喜欢。我觉得，他们真正喜欢的是送邪恶的继父上西天。我确实很喜欢。这个故事以前从未发表过，主要是因为其错综复杂的前情，我很高兴在这本书里发表它。我只希望我也能把我妻子和儿子写的故事放在书里。

《第五部分》——又是巴克曼，或者乔治·斯塔克的作品。

《乌姆尼的最后一案》——一篇拟古之作，显然是的，和《华生的案子》搭配在一起也正因于此，但《华生的案子》更有野心。自从我在大学里发现雷蒙德·钱德勒和罗斯·麦克唐纳，就爱上他们（虽然我觉得大家应该注意到，钱德勒仍然被大家阅读和讨论，而麦克唐纳受到高度赞扬的“卢·阿彻”系列小说现在在黑色小说粉丝圈以外却鲜为人知。了解这一点颇有助益，但也有点可怕），我认为是这些小说的语言激发了我的想象力；它开辟了一种全新的视角，强烈地吸引着当时那个孤独的年轻人的心灵和思想。

那也是一种极易被模仿的风格，在过去的二三十年里，有至少五百位小说家发现了这一点。有很长一段时间，我有意回避那个钱德勒式的声音，因为对我没有什么用……用我自己的菲利普·马洛式的语调说不出什么。

然后有一天我做到了。“写你知道的。”聪明的老伙计们告诉我们这些被斯特恩、狄更斯、笛福和梅尔维尔的余泽惠及的可怜人。对我来说，这意味着教学、写作和弹吉他……虽然不一定按照那个顺序。至于我自己写关于写作生涯的写作生涯，我想起了有一天晚上我听到切特·阿特金斯[1]在奥斯汀城市极限音乐节上弹唱。他在给吉他调音一两分钟无果

[1] 一位有影响力的美国音乐家。

后，抬头看着观众说：“我花了大约二十五年的时间才发现我在这方面不是很擅长，那时我已经太有钱了，不能放弃了。”

同样的事情发生在我身上。我似乎注定要回到那个奇特小镇——不管你叫它俄勒冈州的摇滚天堂、内布拉斯加州的加特林，还是缅因州的威洛镇——而且我似乎也注定要继续做我的工作。那个困扰着我并且永远挥之不去的问题是这样的：当我写作的时候我是谁？在这件事上你是谁？这里到底发生了什么，为了什么，这其间有什么关系？

所以，带着这些问题，我戴上了我的萨姆·斯佩德式软呢帽，点燃了一支好彩牌（现在这是个比喻[1]）香烟，开始写作。结果就是《乌姆尼的最后一案》，在这本书的所有故事中，这是我最喜欢的一个。这是它第一次出版。

《低头》——我的第一篇有偿写作是体育主题的（有一段时间我负责整个《里斯本企业周刊》的体育部的工作），但这并没有让我的写作变得更容易。当邦戈西区全明星队出人意料地打入州冠军联赛时，我与他们的亲密接触，不是纯粹的运气使然，就是纯粹的命运使然，这取决于你如何看待一种更强大力量的存在。我倾向于更强大力量的论点，但无论如何，我在那里只是因为我的儿子在球队中。然而，我很快意识到——比戴夫·曼斯菲尔德、罗恩·圣皮埃尔或者尼尔·沃特曼还快——一些非常不寻常的事情正在发生或将要发生。我没有特别想写它，但总有东西告诉我，我应该写它。

当我感到力不从心时，我的工作方法极其简单：我低下头，尽可能快地跑，越久越好。我写这篇故事时就是这么做的，像一只仓鼠一样疯狂地收集资料，只是想跟上球队的步伐。在一个月左右的时间里，我感觉就像生活在一本老土的体育小说里，很多人都用这本小说消磨枯燥的

---

[1] 英文为“Lucky Strike”，也有“幸运”之意。

午后学习时光:《追求荣耀》《大前锋》[1]，偶尔也会有像约翰·R. 图尼斯的《来自汤姆金斯维尔的孩子》那样的优秀小说。

无论是否艰难,《低头》都是我一生中难得的机会，在我完成之前，《纽约客》的奇普·麦格拉思就已经引导我写出了我一生中最优秀的非虚构类作品。我为此感谢他，但我最应该感谢欧文和他的队友们，他们首先让这个故事发生，并允许我发表我的版本。

《布鲁克林的八月》——当然，它与《低头》配套，但有一个把它放在这里的更好的理由，就在这本长书的尾声部分：它逃出了创作者可疑名声的累人牢笼，过着与他相去甚远的平静生活。它已在各种棒球精选集中被重印了几次，似乎每次都被编辑选中，这些编辑似乎对我应该是谁或者我应该做什么一点概念都没有。我真的很喜欢这一点。

好了，把它放在书架上，照顾好自己，直到我们再次见面。读几本好书，如果你的兄弟姐妹中有一个摔倒了，你看到了，把他或她扶起来。毕竟，下次你可能是那个需要帮助的人……或者帮我把那根讨厌的手指从排水沟里弄出来。

一九九二年九月十六日，缅因州邦戈

[1] 两本均为体育人物传记。

The Beggar and the Diamond
乞丐和钻石

这个小故事——最开始是写成印度教寓言形式的——最初是由纽约斯卡斯代尔的苏伦德拉·帕特尔先生告诉我的。我已经对它进行了自由改编，并向那些知道原版故事的人道歉，在原版寓言中，湿婆神和他的妻子帕尔瓦蒂是主要人物。

有一天，大天使乌列尔沮丧地来到上帝面前。“你有什么烦恼？”上帝问。

“我看到了一些非常悲伤的事情。”乌列尔回答，然后用手指着他的双脚之间，“在那里。”

“在地球上？”上帝微笑着问道，“哦！那里从不缺乏悲伤！嗯，我们看看。”

他们一起弯腰。在远处的山下，他们看到一个衣衫褴褛的人沿着钱德拉布尔郊外的一条乡间小路缓缓跋涉。他瘦骨嶙峋，双腿和胳膊上都是疮。狗经常追赶着他汪汪叫，但是这个人从来没有转身用他的棍子去攻击它们，即使它们咬了他的脚后跟；他只是艰难地向前走，一边走路，一边照料着他的右腿。有一次，几个相貌英俊、生活优渥的孩子从一幢大宅里出来，他们脸上带着邪恶的微笑，当那个衣衫褴褛的人把乞讨的空碗递给他们时，他们向他扔起了石头。

“走开，你这个肮脏的东西！”其中一个大喊，“滚去田野里，去死吧！”

听了这话，大天使乌列尔大哭起来。

“看吧，看吧。”上帝一边说，一边拍拍他的肩膀，“我以为你能更加坚强。”

“是的，毫无疑问。”乌列尔说，擦干了眼泪，“只是下面的那个家伙似乎是所有地球子民犯过的所有错误的集合体。”

“他当然是。”上帝回答说，“那就是拉姆，那是他的工作。当他死去，另一个人会担任这个职位。这是一份光荣的工作。”

“也许吧。”乌列尔说着，颤抖着捂住自己的眼睛，“但我不忍心看着他这么做。他的悲伤让我的心充满了黑暗。”

“这里是不允许存在黑暗的。”上帝说，“所以我必须采取措施来改变让你内心充满黑暗的东西。看这里，我的好大天使。”

乌列尔看了看，看到上帝手里拿着一颗孔雀蛋那么大的钻石。

“这样大小和质量的钻石够养活拉姆下半辈子，还可以将他的后代延续到第七代。”上帝说，“事实上，它是世界上最精美的钻石。现在……我们看看……”他用手和膝盖撑着地向前倾，把钻石放在两片薄薄的云之间，让它掉下去。他和乌列尔仔细地看着它落下去，看着它落在拉姆所走的路的中心。

这颗钻石如此之大，如此之重，如果拉姆是个年轻人，他一定会听到它撞击地面的声音，但是在过去的几年里，他的听力已经严重衰退，一起衰退的还有他的肺部、脊背和肾脏。只有他的视力还像他二十一岁时那样敏锐。

当他挣扎着爬上公路的一个高地时，他没有注意到那颗巨大的钻石，它在远处曚昽的阳光下闪闪发光，拉姆深深地叹了口气……然后停了下来，弯下腰去，他的叹息变成了一阵咳嗽。他双手抓着手杖，以撑过这阵咳嗽。当咳嗽慢慢缓和时，那根又老又干的手杖“啪”的一声折断了，拉姆跌倒在尘土中。

他躺在那里，望着天空，想知道为什么上帝如此残忍。“我比所有我最爱的人都活得长。”他想，“但不比那些我讨厌的人活得长。我又老又丑，狗对我吠叫，孩子们朝我扔石头。这三个月来，我除了一些剩菜剩饭，什么也没有吃，十多年来，我没有和家人朋友一起吃过一顿像样的饭。我是人世间的流浪者，没有自己的家；今晚，我要睡在树下或树篱下，头上没有屋顶阻止雨水淋湿我的后背。我的心像我的饭碗一样空虚。”

拉姆慢慢地站了起来，没有意识到那不到六十英尺高的、干燥隆起的土地挡住了他仍然敏锐的目光，使他看不见世界上最大的钻石，他抬头望着雾蒙蒙的天。“天哪，我真倒霉。”他说，“我不恨你，但我担心你不是我的朋友，也不是任何人的朋友。”

说完，他觉得好受了一点，又开始了他的跋涉，只停了一下，捡起了那根断了的手杖较长的那一截。他一边走，一边开始责备自己的自怨自艾和忘恩负义的祈祷。

“因为我确实有几件事要感激。”他推断道，“天气特别好，一方面，虽然我在很多方面都失败了，但我的视力依然敏锐。想一想，要是我瞎了，那该多可怕啊！”

为了向自己证明这一点，拉姆紧紧地闭上眼睛，拖着沉重的脚步走着，他把那根折断的手杖伸在身前，就像一个盲人一样。那黑暗很可怕，令人窒息，使人失去方向。不久，他就不知道自己是在像以往那样往前走，还是在向路的某一侧偏离，也许很快就会掉进沟里。想到自己那又老又脆的骨头这样摔倒时会发生什么事，他就害怕起来，但他紧闭双眼，继续向前走去。

“这正是治你忘恩负义的良药，老家伙！”他对自己说，“在今天剩下的时间里，你得记住，虽然你是一个乞丐，但至少你不是一个盲乞丐，你应该感到幸福！”

拉姆并没有掉进两边的沟里，但是当他爬上高地，从另一边往下走的时候，他开始向路的右侧偏离，他就是这样经过那颗在尘土中发着光的钻石的。他的左脚离它不到两英寸。

再往前走了三十码左右，拉姆睁开了眼睛。灿烂的夏日阳光淹没了他的眼睛，似乎也淹没了他的思想。他高兴地望着灰蒙蒙的天、尘土飞扬的黄土地，以及他所走的那条银白色的路。他笑看着一只鸟从一棵树飞向另一棵树，尽管他从来没有回过头去看他身后的那颗巨大的钻石，但他忘记了身上的脓疮和背部的疼痛。

“感谢上帝赐予我视力！”他喊道，“至少要感谢上帝！也许我会在路上看到一些有价值的东西——在集市上看到一个值钱的旧瓶子，甚至一枚硬币，但即使我没有看到，我也会随遇而安。感谢上帝赐予我们视力！感谢上帝！”

他心满意足地又出发了，把那颗钻石留在了身后。然后上帝伸手把它捡了起来，把它放回非洲的山下，他当初就是从那里拿走这颗钻石的。他从草原上拾起一根铁木树枝，把它扔到钱德拉普尔的路上，就像他把钻石扔到地上一样。

“不同的是，”上帝对乌列尔说，“我们的朋友拉姆会找到这根树枝，它会成为他余生的手杖。”

乌列尔犹疑地看着上帝（几乎任何人——甚至包括大天使——都至少能看着那张燃烧的脸）。“你给我上了一课吗，上帝？”

“我不知道。”上帝温和地回答，“我上了吗？”

图书在版编目（CIP）数据

夜梦故事集 /（美）斯蒂芬·金著；王泽林，罗彧译．-- 上海：上海文化出版社，2023.4
ISBN 978-7-5535-2710-9

Ⅰ．①夜… Ⅱ．①斯… ②王… ③罗… Ⅲ．①短篇小说—小说集—美国—现代 Ⅳ．① I712.45

中国国家版本馆 CIP 数据核字（2023）第 078291 号

著作权合同登记号：图字 09-2023-0009

出 版 人：姜逸青
责任编辑：郑 梅
监　　制：吴文娟
特约策划：姚珊珊　许韩茹　李甜甜
文案编辑：吕晓如　刘艳君
营销支持：傅 丽
版权支持：辛 艳　张雪珂
封面设计：一亩幻想
版式设计：李 洁
内文排版：行健开元

书　　名：夜梦故事集
作　　者：［美］斯蒂芬·金
译　　者：王泽林　罗 彧
出　　版：上海世纪出版集团　上海文化出版社
地　　址：上海市闵行区号景路 159 弄 A 座 3 楼　201101
发　　行：中南博集天卷文化传媒有限公司
印　　刷：北京天宇万达印刷有限公司
开　　本：875 mm × 1270 mm　1/32
印　　张：25
字　　数：638 千字
版　　次：2023 年 4 月第 1 版　2023 年 4 月第 1 次印刷
书　　号：ISBN 978-7-5535-2710-9/I · 1043
定　　价：88.00 元（全 2 册）

如发现印装质量问题，影响阅读，请联系 010-59096394 调换